Mehmed Niyazi

ÇANAKKALE MAHŞERİ

(Roman)

ÖTÜKEN

YAYIN NU: 409
EDEBÎ ESERLER: 207

1. Basım : Ekim 1998
2. Basım : Kasım 1998
3. Basım : Ocak 1999
4. Basım : Şubat 1999
5. Basım : Nisan 1999
6. Basım : Mayıs 1999
7. Basım : Kasım 2000
8. Basım : Nisan 2000
9. Basım : Aralık 2000
10. Basım : Eylül 2001
11. Basım : Mart 2002
12. Basım : Ekim 2002

ISBN 975-437-276-4

ÖTÜKEN NEŞRİYAT A.Ş.
İstiklâl Cad. Ankara Han 99/3 80060 Beyoğlu-İstanbul
Tel: (0212) 251 03 50 • Faks: (0212) 251 00 12
İnternet: www.otuken.com.tr
E- posta: otuken@otuken.com.tr

Kapak Tasarımı: grataNONgrata
Dizgi - Tertip: Ötüken
Kapak Baskısı: Birlik Ofset
Baskı: Özener Matbaası
Cilt: Yedigün Mücellithanesi
İstanbul - 2003

Hanefi Polat'a Fâtihalarla

"... Evet, insan ruhunu yenmek mümkün olmuyor. Dünyada hiçbir ordu bu kadar sürekli ayakta kalamaz. Sadece bugün 1800 şarapnel attık. Aylardan beri gece gündüz savaş gemilerimiz mevzilerini bombalıyor. Son derece hırpalanmış Türkleri koruyan Cenab-ı Allah'larından ayırmak için başka ne yapılabilir!..."

Müttefik Orduları Başkomutanı
General Jean Hamilton

"Bir asker için mutluluk denen bir şey varsa, Türk'lerle omuz omuza savaşmaktır diyebilirim.

Fakir insanlardı; buğday kırığından yapılmış çorba en önemli yemekleriydi; sağlıksız su içerlerdi; çamur barınaklarda yatarlardı; fakat en modern silah ve araçlarla donanmış düşmanlarına karşı aslanlar gibi savaşırlardı... Bu insanların kalplerinde sadece ve sadece ulvî bir vatan sevgisi vardır. Ölüme onlar kadar gülümseyerek giden bir millet ferdi daha görmedim."

Beşinci Osmanlı Ordusu Kumandanı
Mareşal Liman von Sanders

Ey Boğaz'ın hülyalı suları!.. Şimdi hürriyetin neşesiyle yeşil tepelerin eteklerine köpüklü dalgacıklarınızla dantelalar işliyorsunuz. Sizleri çiğnemeye gelen o çelik devlere karşı kükreyemez miydiniz! Bir millet, bir ümmet, bir medeniyet kaderini sizlere emanet etmişti. Yüzyıllardan beri canları pahasına sizleri koruyana sadakatinizi esirgememeniz için Cide'li Mehmed Çavuş'un, Lapseki'li Ali'nin, Kilitbahir'li Yüzbaşı Hasan'ın, Libya'lı Üsteğmen Mevsuf'un kurban olmaları mı lâzımdı!

Siz ey Kanlısırt, Kocaçimen, Kabatepe, Alçıtepe!... Baharın şu günlerinde üzerinize bir gelinlik gibi düşen güneşin pırıltıları altında bahtiyar uyuyorsunuz. Pütürgeli Bilâl, Yozgat'lı Kınalı Murat, Ezineli Yahya Çavuş, Konyalı Mıstık ve iki yüz elli üç bin vatan evlâdı kemiklerini sizlere siper etmeseydiler, haliniz nice olurdu! Bedelinizin ağırlığını göstermek için mi alev saçan namlulara karşı lâvlarınızı püskürtmediniz!...

Ve siz ey hayatlarının baharında şehâdet mertebesine erenler!.. Âlemlerin Rabbi sizler için "diridir" derken destanınızı fanilerin yazamayacağına da işaret ediyor. Biz yazamasak da kanlarınızla yoğurduğunuz tepelerde rüzgâr ebediyete kadar cenginizi terennüm edecek, mahzun vadilerde sütun sütun fatihalarla yükselen mezar taşlarınızı gökler selâmlayacak!...

İnsanlığın kaderi Çanakkale'de düğümlenmişti

Nöbetçinin haberi üzerine gözetleme yerine gelen Tabur Kumandanı Binbaşı Talât, boynunda asılı dürbününü gözlerine yaklaştırdı. Kurşun renkli gökle maviliğin kesiştiği yerde, önde gambotlar, arkada zırhlılar dumanlarını savurup, hafif dalgalı denizi yararak geliyorlardı. Başını çevirdi, karaağacın yanında dikilen Ahmed Çavuş'a bağırdı.

- Batarya Kumandanı'na haber ver, düşman göründü.

Tekrar gözetlemeye devam etti. Biraz sonra subaylar ve erler koşuşmaya başladılar. Binbaşı Talât, dürbününü onlardan ayırmıyor, koskoca gambotların bile yanlarında küçücük kaldığı çelik devlerin her dakika göz kamaştırıcı azametleri ortaya çıkıyordu.

Çok geçmeden onları bir bir seçebiliyordu; İngiliz, Fransız zırhlıları arasında Rus'ların beyaz renkli Askolt kruvazörü de bulunuyordu. İrili ufaklı yirmi dört gemi saydı; plandralarını dalgalandırarak Boğaz'ın girişine doğru yaklaşıyorlardı.

Aralarındaki uzaklık on dört bin metreye inince dördü öne geçti; kısa bir süre daha yaklaştıktan sonra en sağdaki zırhlı çark edip, doğuya döndü; ilerlemeye başlayınca diğerleri de onu takip ettiler. İkisi İngiliz, ikisi Fransız bu dört zırhlı bordalarını istihkâmlara çevirdiler. Aynı anda birisi sağ taraflarındaki Ertuğrul Tabyası'na, diğeri Binbaşı Talât'ın bulunduğu Seddülbahir'e, yanındaki Orhaniye'ye, en soldaki de Anadolu yakasının ucundaki Kumkale Tabyası'na ateş açtıklarında, Binbaşı Talât saatine baktı; tam üçü on geçiyor, böylece günlerden beri beklenen hücum başlıyordu.

Ne yazık ki aralarında büyük bir dengesizlik vardı. Müttefikler'in zırhlı taretler içinde, modern aletlerle donatılmış, seri ateşli, uzun menzilli, büyük çaplı çok sayıda topuna, Türkler Boğaz'ın giriş kısmının iki yakasındaki toprak tabyalarda ve açıkta onyedi adi ateşli topla karşılık veriyorlardı. Orhaniye ve Ertuğrul tabyalarındaki on yedi toptan dördü on iki bin, diğerleri ise yedi bin beş yüz metre menzilliydiler.

Zırhlıların namlularında alevlerin görünmesiyle, karşıdaki Kumkale'den havalanan toz bulutunun içinde sarı, kırmızı, mavi şimşeklerin çakması bir oluyordu. Zırhlıların değişik yerlerinde, dumanlar arasında alevler yanıp, sönüyor; mermilerin düştükleri tepelerden toprak kuru fıskıyeler gibi yukarı savruluyor, havada bir an kalıyor, sonra aşağıya dökülüyor, gök kubbe top seslerine dar geliyordu. Bu tufana ancak Ertuğrul Tabyası karşılık verebiliyordu; ama ne sesi duyuluyor, ne de mermisinin düştüğü yer belli oluyordu; sadece koyu kurşunilikte bir kızıllık yayılıp, siliniyordu. Zırhlılardan birisi öne çıkınca, Orhaniye Tabyası'ndan da ateş başladı.

Seddülbahir'e atılan ilk mermiler arkalarına düşmüştü; bir mermi de önlerinde patlayınca, Binbaşı Talât hedef tesbitine çalışıldığını anladı. Bataryanın yapabileceği bir şey yoktu. Müttefik zırhlıları atış menzillerinin dışında kaldıklarından erler ve subaylar cephaneliğin bitişiğindeki üstü kalın toprak tabakasıyla örtülü sığınağa girmişlerdi. Binbaşı Talât bataryanın yanındaki siperdeydi; oradan takip ettiği zırhlıların atış menzillerine yaklaşmalarını bekliyordu; fakat onlar yaklaşmıyorlar, mermi yağdırmaya devam ediyorlardı. Dürbününü onlardan ayırmıyordu; önce bir alev ve duman yığını görünüyor, sonra yeri göğü sarsan dehşet verici bir gümbürtü kopuyordu.

Gerilerinde yükselen tepeciğin arkasındaki çukurda bağlı atların üzerine bir mermi düştü. Tam isabet alan at parçalanırken, yaralananlardan bir tanesi can havliyle ipini kopardı; acı acı kişneyerek vadilerde kayboldu.

Mermilerin Seddülbahir'e düşüşleri yoğunlaştı. Siperden düşmanı takip eden Binbaşı Talât korkunç bir patlama ile sarsıldı. Çevresini zifiri bir karanlık kapladı; burnunun ucunu bile göremiyordu. Bombardıman devam ediyor, bütün zemin zangır zangır sallanıyor; taş, toprak göğe savruluyordu.

Bombardıman kesildiğinde ortalığa ölüm sessizliği hakim oldu. Havada uçuşan toz, toprak bulutu azalıyor, Binbaşı Talât'ın çevresini saran zifiri karanlık da yavaş yavaş aydınlanıyordu. Ellerinin tersiyle gözlerini oğuşturdu. Artık net bir şekilde görebiliyordu; ama neler görüyordu; şaşırdı! Gözlerine inanamadı! Topların namluları yerlerinden fırlamış, bazıları çökmüş, taş ve toprak bataryaya dolmuştu.

Müttefik zırhlıları ufukta kaybolunca, piyade bölüğünün sığınağındaki bazı subay ve erler bataryaya geldiler. Onlar da Binbaşı Talât gibi şaşkına döndüler. Daha şaşkınlıklarını yenemeden, bir merminin cephaneliğin havalandırma deliğinden girip, infilâk ettiği, bitişiğindeki sığınakta pek çok şehit ve yaralının bulunduğu, bazı askerlerin de toprak altında kaldığı haberi gelince, Binbaşı Talât etrafını zifiri karanlığa gömen o korkunç patlamanın ne olduğunu anladı.

Cephaneliğe koşan subay ve erlerin arasında saçları kırlaşmış, yüzündeki çizgiler derinleşmiş, Oğuz Amca en önde gidiyordu. Bunları gören değişik sığınaktakiler de fırladılar.

Sığınak ve cephanelik darmadağın olmuştu. Taşlar arasında gövdeler çırpınıyor, tozlara bulanmış kanlı bir kol, çimenlerin üzerinde duruyor, bacağı kopmuş bir asker feryad ediyordu!... Soluk soluğa gelenlerin bir kısmı hemen yaralıları sırtlarına aldılar, sargı yerinin yolunu tuttular. Diğerleri de yıkıntıların altında kalanları kazma kürekle çıkarmaya başladılar. Taş ve toprağın altında kalanların bazısından hiç ses çıkmıyor, bazısından feci iniltiler geliyordu. Bir erin ezilmiş başı, hepsini çok etkiledi; ama duramazlardı; toprak altında kalanların belki bir kaçını daha kurtarabilirlerdi.

*

* *

Siperlere serili kuru ot ve saman doldurulmuş yataklar yorgunluklarından onlara kuş tüyü gibi gelir, başını yastığa bırakan hemen uykuya dalardı. Ama bu gece Oğuz Amca bir türlü uyuyamıyor, sık sık zihninden, "Anası, babası oğullarının başını görseler çıldırırlardı" diye geçiriyordu. Sarıkamış cephesindeki oğulları da gözlerinin önündeydi. Nasıl olduysa, o ezilmiş başla, oğlu Akif'in gövdesi birleşiyormuş gibi geldi ona! İçi titredi!... Aslında böyle vesveselere gerek yoktu; her şey Allah'ın takdirindeydi. Bildiği duaları okudu; yarın zinde olmalıydı; kendini uyumaya zorladı; uyuyamadı. Tekrar tekrar okudu... Ancak üzerlerinde donuk bir kurşunî kapağı andıran gökyüzünde yıldızlar seyrekleşince daldı.

Dağı taşı inleten rüzgâr çığlıklar savuruyor; toz bulutuna dönüşmüş kar, nefeslerini tıkamasına rağmen, süngüleri takılmış tüfeklerini ellerine almış askerler Rus'lara saldırıyorlardı. Binlerce askerin arasında oğulları Hasan ile Akif'i de görüyordu. Tepeler yükseldikçe, sanki rüzgârın zincirleri iyice boşalıyor, yoğunlaşan kar tanecikleri ortalığı göz gözü görmez hale getiriyordu. Düşen kalkamıyor, ama çoğu tepeleri aşıyordu.

Tipi daha da şiddetlendi; askerler birbirlerini kaybetmemek için, bir elleriyle tüfeklerini tutuyorlar, diğer elleriyle yanındakilerin kollarından, omuzlarından yakalıyorlardı. Rüzgârın önünde duvar meydana getirmeleri, durumlarını daha da güçleştiriyordu. Birbirlerine yaklaşarak bir daire oluşturdular; başlarını da önlerine eğdiler. Sırtlarına, omuzlarına vuran rüzgâr, vınlayarak kaynaşan toz bulutunun arasına dalıyordu. Yalnız Akif ile Hasan saldırmaya devam ediyorlardı. O ezilmiş baş önlerindeki tepede duruyordu. İkisi de onu alıp, kendi başlarının yerine oturtacaklardı. Oğuz Amca bağırmaya başladı.

- Hasan! Akif!

Rüzgârın çığlıklarından sesini duyuramıyordu; duysalar, duracaklar, kurtulacaklardı. Oğuz Amca bütün gücünü sesinde topladı.

- Akif! Hasan!

Sesi, Yahya Çavuş'u uykusundan çekip, çıkardı. Oğuz Amca aynı güç, aynı endişeyle bağırıyordu.

- Akif! Hasan!

Yahya Çavuş yatağında doğruldu; bakışlarını sağ yanında yatan Oğuz Amca'ya çevirdi. Sıkıntılı bir rüya gördüğünü anladı. Elini uzatıp:

- Oğuz Ağabey! Oğuz Ağabey! diyerek sarstı.

İrkilişlerle kendine gelen Oğuz Amca'nın göğsü telâşlı telâşlı kalkıp iniyor, sessizce Yahya Çavuş ona bakıyordu.

- Sıkıntılı bir rüya gördüm Çavuş.

- Allah hayır etsin.

- Hayır eyler inşallah

Hava bıçak gibi keskindi; Yahya Çavuş yorganını başına çekti. Öteki tarafa dönen Oğuz Amca bir türlü uyuyamıyordu. Akif ve Hasan gözlerinin önündeydi; bakmaya kıyamadığı evlâtlarının acılarına dayanabilir miydi? Karısını, oğlu Mustafa'yı, kızı Nadiye'yi kara haber ne hale getirirdi?...

Kalktı; fıçıların yanına geldi. Abdest aldı. Siperden çıktı. Dondurucu bir ayaz vardı. Bakışlarını çevrede gezdirdi; henüz her şey tatlı bir alaca karanlık içindeydi.

Dağlar, tepeler sessizliğe gömülmüş, demir renkli deniz de uykuya dalmıştı. İki rekât namaz kıldı. Dua ederken gözleri yaşardı; içli yakarışlarla ellerini yüzüne sürdü.

*
* *

Tepelerdeki nöbetçiler, Müttefik donanmasının üs edindiği Limni, Bozcaada ve Gökçeada'da hareket olup olmadığını gözetlerken, askerler istihkâm subaylarının nezaretinde kazma kürekle tabyalarını tamir ediyorlardı. Uzunca boylu, geniş omuzlu, sağlam yapılı Oğuz Amca'nın yüz çizgilerinden ter damlacıkları süzülüyor, içinden de "Rabbim, rüyamı hayırlara tebdil et" diyordu. Onun çabası çocuğu yaşındaki askerleri de gayrete getiriyordu. Çimento ve demir olmadığından taş, topraktan yararlanıyorlardı. Bombardımanın şiddetini yaşamışlardı; taş ve toprağın dayanamayacağını biliyorlardı; ne çare ki ellerinde başka imkân yoktu.

Topları onaran ustalara yardım ederlerken Yahya Çavuş zihnini kurcalayan sorunun önüne geçemedi.

- Usta, topların menzilini uzatamaz mıyız?

Soğuğa rağmen uzun beyaz sakallarından ter damlayan Halil Usta gülümsedi.

- Çavuş, dediğin fabrikanın işidir.

Esmer, kök gibi bir delikanlı olan Yahya Çavuş, "Ah bu topların menzilleri uzun yapılsaydı" diye içinden geçirirken Boğaz'ın karşı yakasında, Kumkale ile İntepe istihkâmlarının arasındaki tepecikte gözetleme görevinde bulunan Teğmen Hüsameddin de aynı şekilde hayıflanıyordu.

*
* *

Teğmen Hüsameddin bütün bombardımanı gözetleme yerinden çaresizce seyretmiş, solundaki Kumkale ile karşısındaki Seddülbahir tabyalarının nasıl yerle bir edildiklerini görmüştü. Bu elîm manzara karşısında elinden bir şey gelmemesi de onu canevinden yaralamıştı.

Teğmen Hüsameddin, bir kumandan olarak, askerlerin kendisine emanet edildiğine inanır, onlara iyi muamele etmeye çalışırdı. Fırsat buldukça, üst ast ilişkisini zedelememeye dikkat ederek, hal hatır sorar, onlarla konuşurdu. Onlardan pek yaşlı olmamasına rağmen, kendisini bir baba gibi görür, aralarında ayırım yapmamaya dikkat ederdi. Ama Konyalı Mıstık biraz farklıydı; zira o her söylenene inanacak, her şakaya kanacak kadar saftı. Ufak tefekti; gayet bol olan elbisesi, yuttuğu sıska vücudunu daha da küçük gösterirdi. Kabalağı da genellikle düzgün durmazdı; başına büyük geldiğinden bir tarafa yıkılırdı.

Gene düşünceli, gene hüzünlü olan Teğmen Hüsameddin hayallerini daha içten yaşamak için akşam güneşinde yamaçtaki dikenliklerin arasında dolaşırken Mıstık'a rastladı. Namazını kılmış, postallarını giyiyordu.

- Mıstık, saatin yok; neye göre kılıyorsun?

Mıstık'ı hafif bir ter bastı.

- Ellerimle ölçüyorum, kumandanım.

- Nasıl ölçtüğünü göster bakayım.

Ellerini Teğmen Hüsameddin'e doğru uzattı.

- Dört parmak bir saat eder.

Başparmaklarını kıvırıp, el ayalarını üst üste getirerek saymaya başladı.

- Bunu nereden öğrendin?

- Köydeki imamdan.

- Ya güneş görünmüyorsa?

- O zaman iyice kanaat getirince kılarım.

Zayıf, çelimsiz Mıstık'ın yüzü kızarmıştı. Kumandanı ile konuşurken sıkıldığı anlaşılıyordu. Onu daha fazla zorlamamak için,

- Aferin Mıstık, Allah kabul etsin, diyerek yanından ayrıldı.

*
* *

Türk savunmasını hırpalamak için sık sık bataryaları bombardıman eden Müttefik donanmasına ait bir muhrip, havanın kapalı olduğu bir günde Boğaz'ın önlerinde göründü. Nereden ve nasıl geldiğini kimse anlayamadı. Orhaniye Tabyası'ndan atılan üç mermi çevresine düşünce, menzil dışına kaçtı. Ama aradan çok geçmeden zırhlılar bulutların içinden çıkmaya başladılar.

Seddülbahir Tabyası da top başı yaptı. Müttefik zırhlıları çok uzaktaydılar. Biraz daha yaklaştıklarında Tabya Kumandanı Yüzbaşı Tahsin askerleri sığınağa gönderecekti; fakat toplara ilk mermilerin sürülmesi, hazırlıkların yapılması gerekiyordu.

Zırhlılar atış menzillerine yaklaştıklarında, askerler sığınağa geçtiler. Yüzbaşı Tahsin de bataryanın yanındaki sipere girdi; oradan gözetliyordu. Bordalarını istihkâmlara çevirip, barış zamanında atış talimi yapar gibi, endişe duymadan, hiçbir karşılık görmeden atışa başladılar. İlk mermileri ya tepelerde patladı veya denize düştü. Rasat ve düzeltici işaretlerle isabet kaydetmeye çalışarak öğleye kadar ateşe devam ettiler. Ateşi kestiklerinde Yüzbaşı Tahsin'in üzerinde bir süre toz bulutu ve barut dumanları dolaştı.

Boğaz'ın açıklarında Müttefik zırhlıları sakin sakin duruyorlardı. Anadolu ve Rumeli yakasındaki tabyalar derin bir sessizliğe gömülmüşlerdi. Yahya Çavuş'la, Oğuz Amca aynı siperde idiler; Yahya Çavuş daha genç olmasına rağmen, ikisi de diğer askerlerden yaşlıydılar; birbirlerinden pek ayrılmazlardı. Bacalarından yükselen dumanları bulanık havada eriyen zırhlılardan gözlerini ayırmadan Yahya Çavuş:

- Ezine'nin Koçali Köyü'nden Yahya Çavuş, piyade tüfeğiyle bunlara ne yapsın, dedi.

Zırhlıları dikkatle izleyen Oğuz Amca, onu teskin etmek ihtiyacını duydu.

- Merak etme Çavuş; piyade tüfeğinin de iş göreceği zaman gelir.

Akşam üstü tekrar bombardımana başladılar. Mermilerin düştüğü yerlerden simsiyah sütunlar halinde taş, toprak fışkırıyor, bataryaların sükûtu devam ediyordu.

Bir süre sonra Boğaz'ın girişindeki tabyaların karşılık verecek durumdan çıktıklarını tahmin ettiklerinden iki zırhlı, kalıntıları da ortadan kaldırmak maksadıyla tabyalara yaklaşmaya kalkınca, menzillerine girdiklerinden Ertuğrul ve Orhaniye'den ateş açıldı. Oldukça da isabetli ateş ediyorlardı. Mermilerin Müttefik zırhlılarına vurduklarını gördükçe, Yüzbaşı Tahsin yerinden fırlamamak için kendisini zor tutuyordu. Ne yazık ki arzuladığı sonuç alınamıyordu; karşı koyabilen topları az, düşman zırhlıları dayanıklıydı.

Akşam karanlığı basarken, Gökçeada'dan havalanan keşif uçağı, Müttefik donanmasının çekilmesiyle tabyaların üzerine çöken sessizliği dağıtıyor, hasar tespitine çalışıyordu. Fazla hasar yoktu; bunda sahte bataryalar önemli rol oynamıştı.

*

* *

Müttefikler'in saldırılarını İstanbul'daki gazeteler manşetten veriyorlardı. Çanakkale'yi geçmekteki kararlılıklarına dair Batı basınından iktibaslar yapıyorlar, Türklerin de geçirmemekte azimli olduklarını heyecanlı üslûplarla işliyorlardı. Eli silah tutabilecek gençler, askerlik şubelerine, Harbiye Nezareti'ne müracaat ederek gönüllü yazılıyorlardı. Darülfünun*'un, medreselerin sınıfları gün geçtikçe seyrekleşiyordu.

* Üniversite

Yılın son günlerinde İstanbul'da yazdan kalma bir gün yaşanıyor, masmavi gökyüzünü, kaldırım taşlı caddeleri, kafesli evleri tatlı bir güneş aydınlatıyordu. Fatih parkı'nda gazete okuyan tıbbiye öğrencisi Hasan Şakir, Dilâra'nın geleceğini unutacak kadar dalmıştı. Dilâra sessizce, mesafeli bir şekilde banka oturdu.

- Hayırlı sabahlar efendim.

Ayağa kalkan Hasan Şakir hafifçe heyecanlandı; üflenmiş su gibi ürpertili yüzüne bir şafak rengi karışıyordu.

- Kusura bakmayın gelişinizi fark edemedim. Dalgınlığıma verin; hoş geldiniz.

Yüzünün rengi ve gözlerinin yeşilinden saçlarının kumrallığı anlaşılıyordu. Şık bir eşarp saçlarını örtüyor, yüzünü çevreliyordu. Kılığı, kıyafeti, giydiğini kendine yakıştırması zevk sahibi olduğunu gösteriyor, bir goncanın açılışını andıran gülümseyişi dudaklarından eksik olmuyordu. Hafif çatık kaşlı, zeki bakışlı Dilâra uzun boylu sayılırdı. Hiçbir zaman dile getirmemelerine rağmen ikisi de birbirini sözlüsü olarak görüyordu. Hatta bunu yakınları da biliyorlardı. Gazeteyi katlayıp, cebine sokan Hasan Şakir:

- Bütün Batı basını Çanakkale'de fazla dayanamayacağımızı yazıyor, dedi. Pek de haksız değiller. Daha üç yıl önce, derme-çatma Balkan devletlerine yenildik. Şimdi ise dünyanın en kuvvetli donanma ve ordularına karşı koyabileceğimize ihtimal vermiyorlar.

- Her milletin yükseliş, düşüş dönemleri vardır. Böyle hazin günlerin bizim neslimize rastlamasını istemezdim; ne yapalım ki rastladı. "Kader" deyip, sabretmeli, gerektirdiği fedakârlıklardan kaçınmamalıyız. Fakat yüzyıllardan beri beraber yaşadığımız gayri müslim vatandaşlarımızın bayram yapmaları, karşılama komiteleri kurmaları beni derinden yaralıyor.

İç çeken Hasan Şakir'in sesi de kederliydi.

- Dün Beyoğlu'nda Müttefik donanmasının Sarayburnu'nda göründüğüne dair bir şayia yayılmış; dükkânlar kapanmış, sevinç çığlıklarıyla sahile koşmuşlar.

- Geçen gün bir gazete İstanbul'a girecek işgal ordusunun Cadde-i Kebir*'de yapacağı resmi geçidi yakından görebilmek için camların kiralandığını yazdı.

Çanakkale'ye gönüllü gitmeye karar veren Hasan Şakir'i bir dedesinin yalnız kalması, bir de Dilâra düşündürüyordu. Ama Dilâra'nın konuşmaları onu cesaretlendirmişti.

- Bilmiyorum, nasıl bulursunuz; zaman zaman içimden Çanakkale'ye gönüllü gitmek geçiyor.

Yanakları hafifçe pembeleşen Dilâra'nın gözlerinde tutuşan gülümseme yüzünü, ilkbahar sabahlarındaki sis perdesi ardından görünen güneş gibi aydınlatıyordu.

- Yakınlarınız da iftihar eder.

Hasan Şakir'in bakışlarına düşen pırıltının sıcaklığını hisseden Dilâra devam etti:

- Sizden de o beklenir; fakat dedeniz tamamiyle yalnız kalmaz mı?

- Vatan ve millet denince, dedemin gözlerinden yaş gelir. Bağrına taş basar, izin verir. -Kısa bir süre düşündükten sonra bakışlarını tekrar Dilâra'ya çevirdi- Size Raif'in kanalıyla mektup yazmak isterim; tabii izniniz olursa.

Yeşil gözlerinde ufuksuz bir sevinç derinleşirken Dilâra cevap verdi.

- Çok memnun olurum.

*

* *

Müderris Rasih Efendi, torunu Hasan Şakir'i dün kendi eliyle şubeye teslim etmişti. Oğlu Dömeke'de şehit olmuş, şimdi sıra torununa gelmişti. Aslında onun gönül-

* İstiklâl Caddesi

lü gitmesini istememişti; çünkü elde avuçta bir o kalmıştı. Ama arzuluydu; ona nasıl "Gitme" derdi?... Torununa "Gitme" deseydi, öğrencilerine, "Gidin, vatanın imdadına yetişin" diyebilir miydi? Öğrencilerinin ondan farkı ne idi? Onlar da ana-baba kuzuları değiller miydi?

Bastonuna dayandı; terlerini silmek bahanesiyle yaşlarını kuruladı. Gene torunu gözlerinin önündeydi. Asker elbisesi nasıl da yakışmıştı? Kışlaya sevk edilmek üzere arabaya bindiğinde arkadaşlarının arasından ona niçin öyle mahzun bakmıştı? Gönüllü yazıldığına pişman mı olmuştu?

Kendisini teskin etmenin yollarını arıyor, ama duygusallığını yenemiyordu. Nasıl duygusal olmasındı; gelininden sonra hanımı da ölmüştü. Yalan dünyada bir tek torunu kalmıştı!... Bu halde derse gitmek istemiyordu; torununun arkadaşlarını görünce, hislerine nasıl hakim olacaktı?... Ne çare ki ders başlamak üzereydi; bastonuna dayanarak yürüdü.

Ayakta ders verecek gücü kendinde bulamadı; alışkın değildi; fakat kürsüdeki sandalyeye oturdu. "Bugün ne anlatacaktım?" diye düşünürken torununun ayrılışı da gözlerinin önündeydi; bakışı, duruşuyla ne kadar da masumdu... Nemli bakışlarını öğrencilerinde gezdiriyordu. Sık sık beraber gördüğü arkadaşları gözüne çarpıyordu. Birden ayağa kalktı.

- Hassasiyetimi bağışlayın evlatlarım. Dün torunumu şubeye teslim ettim. O zaten gönüllü yazılmıştı. Ona "Gitme" diyebilir miydim? Nasıl gitmezdi? Vatan en kara gününde çocuklarından vefa istiyor, fedakârlık istiyor. İşgal altındaki milletimizin durumunu bir düşünün!... -Gözyaşlarını tutamıyordu- Haysiyetsiz yaşamaktansa, ölmek daha iyi değil mi?

Hasan Şakir'in en yakın arkadaşı Yusuf'un kitaplarını toplayıp, sınıftan çıkması bir işaretti sanki. Nevzat, Sabri, diğerleri de onu takip ettiler. Konuşmasına devam eden Rasih Efendi'nin heyecanı doruk noktasına varmıştı; soluğu daralıyor, tir tir titriyordu.

- İçinde bulunduğumuz savaş, sıradan bir savaş değil. Çekileceğimiz yer kalmadı. Kaderimizin saati çalmıştır; ya yok olacağız, yahut da şerefimizle yaşayacağız. Müttefikler en güçlü, en modern silâhlarıyla saldırıyorlar! Onlara ancak canımızla karşı koyacağız!...

Bir ara gözlerinin karardığını zannetti. Gözlerini oğuşturdu. Yanlış mı görüyordu? Sınıf bomboştu! Ne zaman boşalmıştı!...

*

* *

Şubesi İstanbul'da olmayanların işlemleri Harbiye Nezareti'nde yapılıyordu. Bayezid Meydanı'ndaki Harbiye binasının önünde uzun kuyruklar meydana gelmişti. Rasih Efendi'nin öğrencileri de kuyruğa girdiler. Ailesine haber vermeden gidişi Yusuf'un zihnini kurcalıyor, anne ve babasının razı olmayacaklarını da tahmin ediyordu. Kendisini oyalamak için cebinden çıkardığı gazetenin manşeti, "Müttefikler kan istiyor"du. Okumaya devam etti. "Paris ve Londra'da büyük nümayişler yapılıyor. Halkın galeyanı geniş meydanlara sığmıyor. 'Berlin'e, İstanbul'a yürüyelim! Prusyalıları, Osmanlıları ezelim!' sloganları, vatan şarkılarıyla oğullarını cepheye gönderiyorlar. Aydınlar hem gönüllü cepheye gidiyorlar, hem de gönüllü iştirakleri şiirleri ve yazılarıyla teşvik ediyorlar. Yakışıklılığıyla ünlü genç şair Rubert Brook'un şu mısraları üniversiteli gençlerin dillerinden düşmüyor:

'İşte şükürler olsun Tanrı'ya bizi uyardı!
Kavradı gençliğimizi uykudan uyandırdı.
Borazanlar selâm çaldı ufuk tanımayan bayrağa
Genç ihtiyar demeden bizi kaldırdı ayağa
Ölürsem eğer, beni şöyle hatırlayın
Uzak bir köşesinde yabancı ülkelerin

Brook bir avuç toprak oldu
Fakat İngiltere sonsuza kaldı.'

Asker elbisesi giydiği gün Rubert Brook'un alev yüklü şu satırları hemen hemen bütün gazetelerde yer aldı:

'İnanılmayacak kadar güzel bir şey bu!... Kaderimizin bize bu kadar yardımcı olacağını tasavvur edemezdim. Demek Galata Kulesi toplarımızın altında paramparça olacak!... Demek deniz top gülleleriyle kana boyanıp, müslüman leşiyle dolacak!... Demek Ayasofya'nın mozaikleri, halıları, İstanbul'un lokumları bizleri bekliyor. Demek ki bizler tarihte bir çağın dönüm noktasını yaratacağız. Oh Tanrım! Hayatımda, bu kadar mutlu olmamıştım! Tamamen bir yöne akan ırmak gibi!... Birden anladım ki, çocukluğumdan beri hayatımın tek arzusu İstanbul'a karşı askerî bir harekâta katılmakmış...'

Yusuf'un ağzından sert bir şekilde:

- Kahrolsunlar, çıktı.

Sabri döndü.

- Niçin öfkelendin?

- Baksana neler yazıyor?

Konuşurken sıranın nasıl ilerlediğini fark edemediler. Yazılana göz kararıyla elbisesi, postalları veriliyor; derhal Taksim veya Metris kışlalarına sevk ediliyordu.

Boğaz'ın girişindeki tabyalar tahrip ediliyor

Dalgalı denizin geniş bir alanına yayılmış zırhlıların savurdukları dumanlar, durmadan yer değiştiren parça parça bulutlara karışıyordu. Tepeden dürbünüyle bakan Yüzbaşı Tahsin gözlerini onlardan ayırmıyordu. Zırhlıların arasında, dalgaların üzerinden sanki sıçrayarak gelen, kızaktan yeni indirilmiş, ilk defa savaşa iştirak eden Queen Elizabeth'in aradaki mesafeye rağmen gerçekten emsali bulunmayan bir gemi olduğu anlaşılıyordu. Bütün bataryalar top başı yaptılar. Epeyce yaklaşmışlardı; Yüzbaşı Tahsin artık adlarını da okuyabiliyordu.

Donanma Boğaz'a yaklaştığı sırada Agamemnon, Suffren zırhlıları ve bir kruvazör filodan ayrılarak Yeniköy ve Bozcaada'nın arasında yerlerini aldılar. Diğerleri Tekkeburnu'ndan Gökçeada'ya uzanan hatta sıralandılar. Yüzbaşı Tahsin, bugüne kadarkilerden daha şiddetli bir saldırıyla karşı karşıya olduklarını anlamıştı. Her zamanki gibi zırhlılar demirledikten sonra, önce uzun menzilli toplarıyla dövecekler, Türk bataryalarının ateş edemez duruma geldiklerini anlayınca da yaklaşacaklar, yakın mesafeden isabetli atışlarla kalıntıları temizlemeye, tarama gemileriyle de mayınları toplamaya başlayacaklardı.

Anadolu Yakası'ndaki küçücük tepeyi siper edinip, gözetleyen Teğmen Hüsameddin'in gözleri önünde, gene vahim bir olay cereyan ediyordu. Tepelerde şimşekler çakıyor, zifiri karanlık sütunlar iç içe kaynaşarak göğe tırmanıyor, ağaçlar çatırdıyor, ufuklar birbirine karışıyordu!... Zırhlıların gökleri yırtan seri toplarına Ertuğrul Tabyası iki topuyla cevap verebiliyordu. Orhaniye Tabyası'ndaki uzun menzilli bir topun namlu çemberi bozulduğundan bir topuyla ateşe katılıyor, yüzlercesine ancak üç topla karşı koyabiliyorlardı. Müttefikleri şaşırtmak amacıyla sahte bataryalarda pamuk yakılarak duman çıkarılıyor, gerçek batarya oldukları intibaını kuvvetlendirmek için de yerleştirilen küçük toplarla arada bir atış yapılıyordu.

Öğleye doğru Agamemnon Zırhlısı'nın güvertesinde bir ateş patladı; büyük bir sarsıntıyla geri çekilmeye başladı. Teğmen Hüsameddin'in sevincini gelip, sağ tarafında sessizce seyreden Mıstık'ın sesi yarım bıraktı.

- Yaşa Ertuğrul!

- Ulan, burada ne işin var! Gebertirim seni! Doğru sipere!

Mıstık, yanından yel gibi uzaklaştı. Teğmen Hüsameddin dürbününü tekrar gözlerine götürdü. Bu kere öne çıkan Dablin kruvazörünü merceğinin içine aldı. Suların fışkırmasından, Ertuğrul Tabyası'ndan atılan mermilerin yanına düştükleri belli oluyordu. O da menzilinin dışına çıkınca, Ertuğrul Tabyası ateşini, Kumkale Tabyası'nı topa tutan Goluva Zırhlısı'na yöneltti. İsabetli atışları onu da ürküttü; o da uzaklaşıp, uzun menzilli toplarıyla diğer zırhlılar gibi dövmeye başladı.

Yaptıkları ayarlamalarla donanmanın mermileri artık Ertuğrul Tabyası'nın çok yakınlarına düşüyordu. Hedef tespit edilmişti; fakat ne yapabilirlerdi?... Çakılı topları bir yere kaçıramazlardı!... Birkaç mermi art arda hemen yanlarında patlayınca, taş ve toprak tabyanın içine doldu. Toplar hareket edemez hale geldi. Askerler kazma kürekle topların etrafını temizlerken isabet eden mermiyle uzun menzilli bir topun namlusu ateşler arasında havaya uçtu, Teğmen Wöhrman* ile çevresindekilerin çoğu yere serildi. Birkaçı kanlar içinde can havliyle çırpınıyordu. Oğuz Amca elindeki küreği attı; çırpınanlardan birini omuzuna alıp, arkadaki sargı yerine doğru koştu. Bazı erler de birer yaralıyı sırtlayarak onu takip ettiler. Mermiler yağıyor, taş, toprak serpintileri arasında koşuyorlardı. Sargı yerine ilk gelen Oğuz Amca idi; ne yazık ki getirdiği er yarı yolda can vermişti.

Yüzbaşı Şemseddin'in sol omuz başında görünen kan lekesi büyüyordu; ama o ne çevresinde olup bitene, ne de sol omuz başında büyüyen kan lekesine aldırıyordu. Gözlerini uzun menzilli diğer topun bozuk nişan tertibatına dikmişti. Şimdi ne olacaktı?...

Ertuğrul Tabyası sükût edince, mermiler Orhaniye Tabyası'nın çevresinde yoğunlaştı. Ölüm adeta adım adım yaklaşıyordu; fakat onlar bir salvo daha yapabilmenin çaresini arıyorlardı. Taş, toprak tufanı üzerlerine çökünce, hareketli top da kilitlendi, tabya sessizliğe gömül-

* Çanakkale'de Alman subay ve teknik elemanları da vardı.

dü. Bu mermi sağanağının altında bir şey yapmalarına imkân yoktu; sığınağa çekildiler.

Oğuz Amca ile beraber yaralıları götüren diğer erler de döndüler; sığınakta yerlerini aldılar. Müttefik filosu iyice yaklaşarak Boğaz'ın giriş kısmındaki bütün tabyaları topa tuttu. Zırhlılar gittikçe ateşlerini çoğaltıyorlar, sık sık yer değiştirerek tam isabet kaydetmenin yollarını arıyorlardı. Zelzeleye tutulmuş gibi sallanan sığınaklardan bakanların gözlerinin önünde bir cehennem kurulmuştu; peşpeşe düşen mermilerle devamlı alevleniyordu.

Donanmadan ayrılan Venncens ve Cornovalis Zırhlıları Boğaz'a doğru yol aldılar. Sığınaklardan bakan Türk askerleri onları endişeyle izliyorlardı; uzun menzilli toplarıyla yine Ertuğrul ve Orhaniye'yi ateşe tutarak yaklaşıyorlardı. Mesafe azaldıkça ateşin etkisi artıyor, siperler havaya uçuyor, tabyaların beden duvarları un ufak oluyor, sanki mahşer yaşanıyordu.

Zırhlılar, topları kısa menzilli Seddülbahir ve Kumkale Bataryaları'nın ateş alanlarına girdiklerinde, Tekbir getirerek koşan subay ve erler olanca hınç ve enerjileriyle ateşe başladılar. Zaman zaman kulaklarına çarpan imam Abdürrahim Efendi'nin gür sesiyle okuduğu Kur'an da askerler için ayrı bir moral kaynağı oluyordu. Oğuz Amca, Ezineli Yahya Çavuş ve diğer piyade askerleri cephanelikten devamlı mermi taşıyorlardı. Seddülbahir Bataryası'nın yanında dikilen Yüzbaşı Tahsin "Ateş!" derken kulaklarını parmaklarıyla tıkıyor, mermiler patlıyor, açıkta bulunması da askerlere cesaret veriyordu.

Ne çare ki kara barutla ateş eden eski topların önlerinden siyah dumanlar dağılıncaya kadar, Müttefik zırhlılarını görebilmek ve yeniden nişan alabilmek imkânları yoktu. Onlar bu anı beklerken, zırhlılar üzerlerine yüz mislini yağdırıyorlar, onları ateş tufanına boğuyorlardı. Tabyalarda göz gözü görmez hale gelmesine rağmen, er ve subaylar yılmıyorlar, yeni bir mermi atmanın heyecanını ve hırsını yaşıyorlardı. Yaralanıp yere düşenleri,

Oğuz Amca, Yahya Çavuş, diğer piyade erleri sargı yerine götürüyorlar, yerden fışkıran taş ve toprağın arasında sedyelerle de depodan mermi taşıyorlardı.

Bu hengâmede Orhaniye Tabyası da bir şeyler yapmalıydı; ancak ikindi sularında bir mermi atabildi. Orhaniye Tabyası'nın harekete geçtiğini sezebilenlerin içinde bir ümit ışığı yandı; fakat bu ışık fazla devam etmedi; zira yapılan atışla silindiri kırılan uzun menzilli top, işlemez hale geldi.

Namlularına, vinçlerine, raylarına isabet eden mermilerle Seddülbahir'deki topların hemen hemen tamamı devre dışı kaldı. Müttefiklerin atışları bütün şiddetiyle devam ediyordu. Daha fazla kayıp vermemek için siperlere çekilmek zorunda kaldılar.

Boğaz'ın girişindeki tabyaları berhava etmek isteyen Müttefiklerin ilk hedefi Seddülbahir'di; amansız bir ateş altında kalan siperler onları korumaya yetmiyordu. Köy değirmeninin arkasındaki dere içine sığınmalıydılar. Üzerlerine kaydırılan ateş biraz daha yoğunlaşırsa, siperlerin altı üstüne gelir, hiçbirisi canlı kalmazdı. Yüzbaşı Tahsin sesi çıktığı kadar bağırmaya başladı.

- Manga manga değirmenin ardındaki dereye çekileceğiz. İlk önce Birinci Manga! Fırlamaya hazır ol! Fırla!

Birinci Manga'dan sonra biraz bekledi; ateş kuzeye doğru kayınca İkinci Manga'ya aynı emri verdi.

Donanma, Seddülbahir'de canlı bırakmamak için, deniz kıyısından Alçıtepe Köyü'ne kadar tarama ateşi yapıyor, sonra yine aynı kademeli ateşle geriye dönüyor, deniz kıyısına kadar iniyordu. Bu taramayı birçok defalar tekrarladı. Attıkları yangın çıkartıcı mermilerle Seddülbahir Köyü de yanıyordu.

Yağmurla beraber zifiri bir karanlık çökünce, bombardıman da durdu. Topçu Tabur Kumandanı Binbaşı Talât, tabyaların kontrol edilip, kendisine rapor verilmesini isteyince, Yüzbaşı Tahsin ve Yüzbaşı Şemseddin yanlarına birkaç asker alarak sessizce tabyalara indiler. Göremiyorlardı; ama el yordamıyla neler olup bittiğini tespite gayret ederlerken Seddülbahir Koyu'nda demir atmış Müttefik zırhlılarında bandolar çalınıyor, şenlikler yapılıyordu. Ellerinden ne gelirdi; düşman burunlarının dibindeydi; acılı halleriyle alay edercesine çalıp, oynuyorlardı. Ahmed Çavuş, nemli gözlerle tabyalarının durumunu anlamaya çalışıyor, Yüzbaşı Tahsin de topun kırık namlusunu hazin hazin okşuyordu.

Alçıtepe Köyü'ne çekilme emri üzerine, taşıyabilecekleri silâhları, kıymetli malzemeleri yüklendiler. Çaresizliklerine göklerin bile gözyaşı döktüğü hissini duyarak, çamurlara bata çıka yürüyorlardı. Yol yokuştu; yükleri de ağırdı; ayağı kayıp düşen kalkıyor, yürümeye devam ediyordu.

Kolordu Kumandanı Esat Paşa Müttefiklerin merhametsiz olduklarına inandığından Alçıtepe halkını, daha gerilerdeki köylere göç ettirmişti. Boş evlere girdiler; kuru tahtaların üzerlerine serildiler. Zaman geçtikçe ıslak elbiselerinin içinde titriyorlardı; fakat hiçkimse kendisinde kalkıp ateş yakmak tâkatini bulamıyordu.

Yüzbaşı Tahsin ölümüne yorgun olmasına rağmen uyuyamıyordu. Gözleri kapanır kapanmaz Müttefiklerin bando sesiyle uyanıyordu. Seddülbahir Koyu'ndan buraya bando sesinin gelemeyeceğini de biliyordu; fakat bir türlü bu sesten kurtulamıyordu.

Oğuz Amca da uyuyamıyordu; kendisi bu havada titriyorsa, Sarıkamış cephesindeki iki oğlu dondurucu soğuklara nasıl dayanıyorlardı?... Evde bir Mustafa kalmıştı; her şey ona bakıyordu. Karısı Hatice'nin boynu bükük hali, içinde bir kor gibi yanıyordu. Fakirlik ona bir gün göstermemiş, şimdi de hasret cehennemine düşmüştü. Ayrılırken kızı Nadiye nasıl feryat etmiş, koşarak boynuna sarılmıştı! Şimdi babasız ne yapıyordu?...

*
* *

Ocakta yanan ateşin ışığında Nadiye bulgur çorbasına ekmek doğramış, yiyordu. Annesi Hatice, "Sen ye, iştahım yok" demişti. Bir parça ekmek yer, öğünü savardı. Biraz da Mustafa'ya ayırmalıydı; gece yemek arardı.

Köyün yaşlıları, delikanlı çağına yeni yeni gelen gençleri, akşamları köy odasında toplanırlardı. Mutlaka birisi Kemah'a gitmiş olur, ilçede duyduklarını anlatır, dinlerlerdi. Konuşmalar genellikle savaşa dairdi. İhtiyarlar savaş hatıralarından söz ederlerken, Mustafa'nın bakışlarında babası, ağabeyleri canlanırdı; onlar da dönecekler, böyle anlatacaklardı. Buradaki konuşmaları can kulağıyla dinleyen Mustafa, çoğu kere annesi ve kızkardeşi yattıktan sonra eve gelirdi.

Hatice, sütten kesilmiş iki ineğini sağmış, büyücek tas ancak yarıya kadar dolmuştu. Yaşlarını Nadiye'ye göstermek istemediğinden, sütü kaynatırken duman kaçmış gibi gözlerini oğuşturdu. Nadiye'nin aklı artık her şeye eriyor, annesinin gözlerini yaşlı görünce o da ağlamaya başlıyordu.

Nadiye, babası ve ağabeyleri askere giderlerken feryat ederek ağlamıştı. O zaman kendi gözlerinden süzülen yaşların, annesinin göz yaşlarını daha da artırdığını anlamıştı. Şimdi de hasretlerini duyuyor; ama annesinin yanında ağlamamaya dikkat ediyordu. Kendisini tutamayacağını anladığı zamanlar, ya tenha bir yer bulur, yahut da yatağına girer, yorganını başına çekerdi. Bu hali annesini daha fazla duygulandırırdı; fakat ikisi de rahatça ağlardı.

Nadiye hem yiyor, hem de endişe ile annesine bakıyordu. O, ocağın başında şütün kaynamasını bekliyor, duman kaçmış gibi gözlerini oğuşturuyordu.

*
* *

Rasih Efendi, torunu Hasan Şakir'den mektup aldı. Mektubu Taksim Kışlası'ndaki temel eğitimden sonra sevk edildikleri Keşan'dan göndermişti. Aynı eğitim alayında bulunan Yusuf, Nevzat, Sabri ve diğer öğrencilerinin ayrı ayrı selâm ve hürmetleri de yüreğini okşadı.

Torunundan aldığı mektup onu hem çok sevindirdi, hem de boğazını sıkar gibi oldu. Sarayı andıran evde yapayalnızdı!... Türk Ocağı onun için bir sığınaktı. Eskiden orada lezzetine doyulmayan sohbetler yapılırdı; şimdi ise herkes üzgün, herkes tedirgindi. Ama gene de birkaç âşina yüz görürdü; dört duvar arasından iyiydi.

Kapıdan girdiğinde Ziya Gökalp karşısındaki Doktor Mürsel'i dinliyordu. O, elindeki İngilizce gazeteye bakıyor, Türkçe'ye tercüme ediyordu. "Hükümet Çanakkale'de elde edilen neticeyi değerlendirmek üzere Başbakan Lord Ausquit'in başkanlığında toplandı. Dışişleri Bakanı David Liyod George, toplantıya iştirak etmeden önce basın mensuplarının sorularını cevaplandırdı. "Donanmamız İstanbul'a ne zaman giriyor?" sorusuna tarih vermekten kaçındı; "Pek yakında" demekle yetindi.

Her ne kadar Savunma Bakanı emekli Mareşal Lord Kitchener ise de Çanakkale Savaşı'nın asıl kahramanı genç Bahriye Bakanı Sir Churchill'dir. Korkak, pısırık bulduğu muhalefeti sık sık köşeye sıkıştıran Churchill'in son kabine toplantısında çok ümitli konuştuğu, basın bülteninde belirtilmektedir. "... Ekselanslar, herhalde artık bir tereddüdünüz kalmamıştır. Sizlere, bir elimizi bağlasalar, tek elimizle Boğaz engelini aşacağımızı söylememiş miydim? İşte donanmamızın muhteşem zaferi. Boğaz'ın girişindeki dört tabya berhava edilmiştir. Evet, bu cephe son derece isabetle açılmıştır. Tannenberg'de Almanlar karşısında ağır yenilgiye uğrayan dostumuz Rusya'ya yardım edeceğiz. Çarlık yönetimi, savaş aleyhtarı komünistleri ezecektir. Çanakkale-İstanbul su yoluyla onlar mühimmata, biz de sayısız asker gücüne kavuşacağız. Hepinizin takdir edeceği üzere, bu cephenin sonucu sadece bunlarla kalmayacak, kadavralaşmış Osmanlı Devleti ortadan kalkacak; bizim veya hasımlarımızın yanına geçmekte tereddüt eden Bulgaristan, Romanya gibi Balkan devletleri yanımızda yer alacaklar, Avusturya ve Almanya'yı doğudan da sıkı bir şekilde çembere alacağız. Yenilmez donanmamız Çanakkale Boğazı'nı aşınca, muzaffer ordumuz İstanbul'a girmeden, orada isyan patlayacaktır. Osmanlı'nın başşehrinde yaşayan sayıları hiç de azımsanmayacak kadar çok olan Hıristiyanlar ve Levantenler, kurdukları komitelerle yapılacak şenliklerin şu anda programını hazırlamaktadırlar."

Churchill'in azınlıklara dair sözlerine içerleyen Doktor Mürsel gözlüklerini düzeltti, sesi de değişti.

- Muhterem Efendim; yüzyıllardan beri beraber yaşadığımız bu insanları incitmemek için milletçe azami dikkat gösterdik. Şimdi bunların yaptıkları nedir?

Ziya Gökalp'in durgun yüzünde belli belirsiz bir ışık dolaşıp, silindi.

- Mürsel Beyciğim, herkes seciyesinin icabını yapar.

Müderris Rasih Efendi de kuşkusunu dile getirdi.

- Ne dersiniz Ziya Bey, dayanabilecek miyiz? Halkın hissi pek yanılmaz; Anadolu'ya göç başladı. Devlet arşivlerinin, bankalardaki altınların Eskişehir'e nakledildikleri de halk arasında fısıltı halinde dolaşıyor.

Üzüntüsü ve karamsarlığı sesinden anlaşılmasına rağmen Ziya Gökalp kendini iyimser yorumlar yapmaya zorladı.

- Bunlar doğru olabilir. Devletin tedbir alması, savunmamızın gevşeyeceği manasına gelmez.

*

* *

Gece sabaha kadar binlerce asker istihkâm kazmış, siperleri birbirine bağlayan tünellerin bazılarını tamamlamış, sahra telefonları çekmiş; topların, obüs bataryalarının mevzilerini hazırlamış; her zamanki gibi, gün doğmadan kısa bir süre önce üstlerini çalı çırpı ile örtüp, siperlerine çekilmişlerdi. Anadolu yakasında ve Gelibolu Yarımadası'nda kalan tek tük nöbetçilerden birisi de Oğuz amca idi. Gün ağarıyor, karanlık eriyor, sisli bir sabahın ucu tepeciklerin ardından görünüyordu.

Oğuz Amca ile Yahya Çavuş aynı kaputu kullanırlar, nöbette olan giyerdi. Kaputunun yakalarını kaldırmış, tüfeğini omuzuna asmış, beş-on adımlık mesafeyi gidip gelirken gözlerini adalardan, Kabatepe'nin açıklarına demir atmış zırhlılardan hiç ayırmıyordu.

Adalardan bir uçak havalanınca durdu. Kabatepe'ye doğru geliyordu. Çan çalmaya, ışıldak sallamaya veya sahra telefonuyla haber vermeye gerek duymadı. Çünkü Gelibolu'yu, Eceabat'ı, Çanakkale ve diğer yerleşim birimlerini bombalamak niyetinde olsalardı, birkaç uçak birden kaldırırlardı. Böyle anlarda uyarılan halk basit sığınaklara girerdi. Bombardımanlar daha çok geceleri yapılırdı; bunun için de karartmaya baş vurulur, evlerden bir damla ışık sızdırılmamaya dikkat edilirdi. Tek uçakla keşifte bulunurlar, mümkün olduğu kadar alçalarak yapılan çalışmaların resimlerini çekmeye gayret ederlerdi; ama tek tük nöbetçilerden başka kimseyi göremezler, herhangi bir tespit yapamazlardı.

Uçak Gelibolu Yarımadası'nın kuzeyindeki Saros taraflarına yönelince, Oğuz Amca'nın yanına Binbaşı Mahmud Sabri geldi; dürbününü gözlerine dayadı; gökte boyuna şekil değiştiren bulutların altındaki adalara bakmaya başladı. Gökçeada'yı, Bozcaada'yı, Limni'yi merceğine alıyor, uzun uzun inceliyordu.

Uçak onlara yaklaşınca, sipere girdiler. Çalıların altında sağa doğru yürürlerken, art arda iki bomba patladı. Binbaşı Mahmud Sabri, Oğuz Amca'ya döndü.

- Cephanelikleri arıyor; şüphelendiği yerlere bomba attı.

Oğuz Amca cevap vermedi, sadece onu doğrular şekilde baktı. Uçak uzaklaştıktan sonra siperden çıktılar. Binbaşı Mahmud Sabri dürbününü gene gözlerine götürdü. Güneş denizin maviliklerinden kor gibi sıyrılmaya yüz tuttuğu sırada, adalarda da yoğun bir faaliyet başladı. Dürbününü sağa sola gezdirirken kendi kendine söylendi:

- Yeni teşebbüslerin arifesindeyiz; Allah koruyuculuğunu üzerimizden eksik etmesin.

Bir süre daha baktıktan sonra!

- Aman Oğuz Onbaşı, dikkatli ol, dedi.

- Emredersiniz.

Saatine bakan Mahmud Sabri Tabur Karargâhına doğru yürüdü. Oğuz Amca sabahın dondurucu soğuğunu hafifletmek gayesiyle belli mesafenin içinde gidip, geliyor; gözlerini adalardan, güneşin ilk ışıklarıyla parıldayan zırhlılardan ayırmıyor, aynı zamanda ailesini düşünüyordu. Gelibolu Yarımadası'na devamlı asker akıyordu. Gençliği dikkatini çeken bir ere doğum tarihini sormuş, Mustafa ile yaşıt olduğunu öğrenince yüreğinde zehirli bir hançerin ucunu hissetmişti. Onun askere alınması dertlerine dert katardı. Tamamiyle yalnızlaşan evdekiler ne yaparlardı? Şimdi Sarıkamış cephesindeki Hasan ile Akif'in korkusunu çekiyordu; bunlara bir de Mustafa'nınki eklenecekti..

*

* *

Kaput bezi almaya parası olmayan Hatice, arka pencerenin perdesini indirdi. Evde Nadiye ve Mustafa'nın olmadığı zamanda perdeyi eline alabildi; çünkü hemen gözyaşları sicim gibi dökülüyordu. Bu kaçıncı torba idi? Gidenlerin hiçbirisi daha geri gelmemişti; ne zaman gelecekleri de belli değildi. Mustafa'nın gitmesiyle de kalabalık ev iyice hayaletler diyarına dönecekti.

Biraz çökeleği, biraz peyniri vardı. Birkaç tane taze bazlama hazırladı; on yumurta da suda pişirdi. Torbaya doldururken sert bir hıçkırık boğazından fırladı; gözyaşları sanki tükenmez bir kaynaktan geliyordu. Dış kapının açıldığını hissetti; Nadiye gelmişti. Hatice çabucak gözlerini kuruladı; ne çare ki ne hıçkırıklarının, ne de gözyaşlarının ardı arkası kesilmiyordu. Elindeki torbayla iç odaya geçti. Nadiye şüphelenmişti; ama kapının önünden komşularının kızı Fatma çağırınca tekrar dışarıya çıktı.

Akşam eve gelen Mustafa annesinin üzüntüsünü fark etti; fakat bir şey söyleme gücünü kendinde bulamadı; gözyaşlarını zor tutuyordu. Nadiye'nin de bakışları annesindeydi; gözleri nemliydi. Hatice ekşimek tavalamıştı; yoğurtları da taze idi; birbirleriyle göz göze gelmemeye dikkat ederek yemeklerini yediler.

Sabahleyin köyün ortasındaki düzlükte davul, zurna çalınmaya başladı. Hatice camdan bakıyordu. Muhtar ve köy ihtiyar heyeti toplanınca, ağır ağır evlere doğru yürüdüler.

Askere gidecek oğlu bulunan en sondaki evin önünde durdular; davulcu hızlı hızlı tokmağı vururken, zurnacı da zurnasının ucunu yukarıya kaldırıp, ince yanık bir havaya geçti. Avluda küçücük bir kalabalık birikmişti. Elinde torbasıyla dikilen, askere gidecek delikanlı, büyüklerin ellerini öpmeye başladı. Kadınlar ağlıyor, çocuklar burun çekiyor, ihtiyarlar gözlerini siliyorlardı. Delikanlı davul ve zurnanın yanında dizilenlere doğru yürürken, ninesi arkasından bir maşrapa su döktü.

Hatice camdan bakıyor, devamlı gözlerini kuruluyordu. Mustafa da gidiyordu; artık ne yapacaktı?... Davullu, zurnalı kalabalık evleri dolaşıyordu. Ocağın yanında dikilen Mustafa torbasını eline almış, annesine bakıyor, kendisini zor tutuyordu. Bir delikanlının ağlaması ne demekti? Annesi gözyaşlarını unutur muydu?...

Muhtar, ihtiyar heyeti, torbaları ellerinde askere gidecek birkaç delikanlı, uğurlayanlar, çoluk çocuk evlerinin önüne geldiler, davulcu tokmaklarını hızlandırdı; zurnacı zurnasının ucunu havaya kaldırdı, ayrılık nağmeleri çalıyordu. Mustafa bulanık bir sesle:

- Ana, ben gidiyorum, dedi.

Hatice koşup, oğluna sarıldı.

- Mustafa'm; bizi kimlere bırakıyorsun!

Mustafa'nın gözyaşı yağmur gibi dökülüyor, dışarıda davulun tokmakları sıklaşıyor, zurnacının ayrılık nağmeleri gönüllere işliyordu. Mustafa giydiği babasının eski, yamalı ceketinin yenleriyle gözlerini sildi. Nadiye'nin çığlığı arka odadan yükseliyordu. Mustafa dışarıya çıktı; delikanlıların yanında yerini alınca, davul ve zurna normal havalarına döndü; yürümeye başladılar. Mustafa'nın başı önündeydi; ağladığının belli olmasını istemiyordu. Sezdirmeden gözucuyla arkadaşlarına bakıyordu; onların da başları önündeydi.

Davul, zurna, çevresindeki kalabalık evleri dolaşıyordu. Camdan onları görmeye çalışan Hatice'nin yaşları gittikçe artıyor, Nadiye'nin hıçkırıkları kesik kesik devam ediyordu. Köyün üst kısmına doğru yürüyorlardı. Hatice, önündeki ağaçların arasından onları görebilmek için başını sağa sola eğiyordu. Ne yazık ki tepeyi aşıyorlardı; zurnanın sesi duyulmuyor, davul da artık derinden inliyordu. Hatice camın önünde kala kaldı. Nadiye'nin hıçkırıkları seyrekleşiyordu.

Biraz sonra kapı vuruldu, köyün imamı Ömer Hoca'nın sesi geliyordu.

- Kızım Hatice, benim, kapıyı aç.

Başörtüsünün ucuyla gözlerini kurulayan Hatice kapıyı açtı. Karşısındaki ak sakallı Ömer Hoca'ya sarığı, cübbesi ayrı bir saygınlık veriyordu.

- Kızım, hem gazi karısı, hem de gazi anasısın. Bir evden dört kişinin harbe gitmesi kolay değil. Fakat sabredeceksin; Allah sabredenleri sever.

- Hoca Efendi içeriye buyurun.

- Komşuları dolaşmak, evlatlarını uğurlayan anaları, babaları ziyaret etmek istiyorum. Ziyaretlerime senden başlamayı uygun buldum. En çok asker sen gönderdin. -Sesi değişti- Ah kızım, bu yalan dünyada Allah ve Peygamber için ne yapabilirsek, o bizimle gelecek. Ümmetimiz en karanlık günlerini yaşıyor. Fakir düştük; silâh ve cephanemizin yeterli olmadığını sık sık duyuyoruz. Düşmanlarımıza karşı sadece mücahitlerimizin cesaretine güveniyoruz. Allah yardımcıları olsun. Üzülme kızım; gazi anası, gazi karısı olmak her kula nasip olmaz.

Ömer Hoca'nın teskin edici sözleri Hatice'nin gözyaşlarını dindirmeye yetmedi. Başını önüne eğmişti.

- Giden gelmiyor, Hoca Efendi.

Sesinde katıksız bir acı vardı.

- Biliyorum kızım; sabredeceğiz. Allah Kitabı'nda bizlere en çok sabır tavsiye ediyor.

*

* *

Boğaz'ın rüzgârı gene hoyratlaşmıştı. Kar serpiştiriyor, kuduran dalgalar durmadan sahilleri dövüyordu. Eceabat'tan atla dönen Binbaşı Talât kaputunun yakalarını kaldırmış, hanımının gönderdiği yün eldivenleri ellerine geçirmişti. Sıkı giyinmesine rağmen esen rüzgârı iliklerinde hissediyordu. "Ya hâlâ yazlık elbise giyen askerlerin hali nedir?" diye zihninden geçirirken ufukları inleten bir patlama ile tepeler sarsıldı. Ürken atını zaptedebilmek için bütün kuvvetiyle dizginini çekti; huysuzlaşan at kişneyerek şaha kalkıyordu. O anda Kepez Burnu'nun açıklarında demirlemiş Mesudiye gemisinin güvertesinde koşuşma başladı. Top başı yapan askerler, Eceabat yönüne ancak birkaç mermi atabildiler; çünkü gemi iskele tarafına yatmış, batıyordu. Müttefik denizaltısı da gözlerden silindi. Süratle kaybolan Mesudiye'nin cankurtaran filikaları ve sahildeki filikalar denizde çırpınanları toplamak için harekete geçtiler. Binbaşı Talât atını sahile sürdü. Yapabileceği bir şey yoktu; herşey karşı kıyıya yakın cereyan ediyordu. Askerlerin kurtarılışını izlerken değerlendirmelerde bulunuyordu. "Beş hatlık mayın, demek ki yeterli değil. Müttefik denizaltısı sızabiliyor. Belki Marmara'da başkaları da var; mutlaka tedbir almalıyız; fakat gerekli malzemeyi nereden temin edeceğiz?..."

*

* *

Önemli olanlar bir yana, harcıalem malzemeleri de kıttı. Ter kokan yataklarda bile münavebe ile yatıyorlardı; hatta pek çoğu, "Şu saatler arasında, şu yatak bana ait" diyemez, boş bulduğu yatağa girerdi. Bu davetsiz misafirleri Yusuf pek umursamazdı; Hasan Şakir ise titizdi; yatağını mümkün olduğu kadar göz altında bulundurur, bir yabancının yatmamasına dikkat ederdi; ama sık sık yatağında uyuyan bir başkasına rastlardı. Ona karşı tavrını o andaki ruh hali belirlerdi.

Zığındere bölgesinde sabaha kadar siper kazmışlardı. Yataklarının bulunduğu istihkâmlara döndüklerinde Hasan Şakir sabah çorbasını bekleyemedi. Yusuf'a "Tayınımı alırsın" dedi ve yorganını başına çekti: Her zaman olduğu gibi, midesini kabartan ter kokusuna, kısa bir süre sonra alıştı. Dilâra bütün güzelliği, dedesi bütün yalnızlığıyla gözlerinin önündeydi; her yatağa girişinde, bıkmadan, usanmadan aynı hayali kurar; çoğu kere onlara doyamadan uykuya gömülürdü. Fakat bu kere bir türlü uyuyamıyor; sırtı, koltuk altları kaşınıyordu.

Büyük kazanlarla bulgur çorbası gelmiş, dağıtılıyordu. Tasını uzatan askerler acele ediyor, kazanların başında kargaşa yaşanıyordu. Nöbetçi subayı görünürlerde yoktu. Çorbayı dağıtanların biriyle Mendebur İdris'in arasında kavga çıktı. Mendebur İdris "Almadım" diye bağırıyor, dağıtan da "Kepçeyi kafana vururum; iki kere tasına koydum" diyordu. Bu tartışma Hasan Şakir'in uykusunu iyice kaçırmıştı. "Hiç değilse, çorbamı içeyim" diyerek yatağından kalktı.

Fakat kazana yaklaşması çok zordu; dağıtan, "Sana da verdim, defol" gibi sözlerle azarlamasına rağmen, önündeki itişme kakışma azalmıyor, Yusuf elinde tasıyla kenarda bekliyordu. Yanında Hasan Şakir'i görünce:

- Ne oldu, uyuyamadın mı? diye sordu.

- Vücudumun değişik yerlerinde kaşıntı peydahlandı, bir türlü uyuyamadım; galiba uyuz oldum.

- Yok canım; uyuz yaz, sıcaklık hastalığıdır. Bitlenmişsindir.

Hasan Şakir'in rengi attı.

- Ne? Bitlenmiş miyim?

Yusuf hafifçe gülümsedi.

- Ne o? Merih'ten gelmişçesine şaşırdın. Çalı diplerinde iç gömleklerinin dikiş yerlerini elden geçirenlere hiç rastlamadın mı? Onlardan birisi bizim yatağa veya yanımızdaki bir yatağa yatmışsa mesele bitmiştir.

- Ey Rabbim! Helâya pislikten yaklaşamıyorum. Şimdi de yatağa giremeyecek miyim?

- Helâya olan ihtiyacını bir başka yerde gideriyorsun. Uyku ihtiyacını nerede gidereceksin? Merak etme, alışırsın.

Kazanların bulunduğu yerde kavga çıktı. Çorbayı dağıtanlar önlerindekilerin kafalarına kepçeyle vuruyorlardı. Birisi kazanı devirince, iş hepten çığırından çıktı; tekme, tokat birbirine karıştı. Bazı askerler tayın çuvallarına saldırdılar. Yusuf, Hasan Şakir'e:

- Kumandanların değerini şimdi daha iyi anlıyoruz, dedi. Bugüne kadar böyle bir durum görülmedi. Çorba dağıtılırken başında büyük veya küçük bir kumandan bulunurdu. İşin tadı kaçtı; ele geçireceğimiz ekmek de yenmez. Hadi, gidip yatalım.

- Ben yatağa giremem ki! Bit var diyorsun.

ende de vardır, uyumayacak mıyız?

girdiler; biraz sonra Yusuf da kaşınmaya başladı. Hasan Şakir:

- Yusuf, gözlerim kapanıyor; ama uyuyamıyorum. Ne yapacağız?

- Ben de uyuyamıyorum. Sabret, hava biraz ısınsın. Öğleye doğru iç çamaşırlarımızı temizler, kumandana söyler, yatak ve yorganları, arka vadiye çıkarır, silkeler, dikiş yerlerini elden geçiririz. Belki de içlerini boşaltır, yıkarız.

Öylesine yorgundular ki ikisi de hem kaşınıyor, hem de uykunun kollarına sokuluyorlardı.

*

* *

Kumkale ile İntepe arasında, sahile bakan yamacın, denizden görünmeyen kuytu yerinde, bir odadan büyücek, kırık dökük bir kulübede takımıyla barınan Teğmen Hüsameddin'in içinde akşamdan beri sıkıntı vardı; kesik kesik uyuyup uyanıyor; fakat içinde hep aynı sıkıntıyı buluyordu. Aslında buna gerek yoktu; daha yakında evden mektup almıştı, hepsi iyilerdi. Kendisine telkinlerine rağmen bir türlü uyuyamadı. Sabah da yakındı; kalktı.

Nöbetçinin yanından geçerek sahile indi. Uykusuzluktan sersemleşmişti sanki, deniz suyu ile yüzünü yıkadı. Çömeldiği yerden, Müttefik gemilerinin ışıldaklarına bakıyordu. Bu sırada, Boğaz'ı kontrol altında bulunduran Seddülbahir ile Kumkale'nin açıklarındaki iki zırhlı da kırmızı ve sarı ışıklarını yakıp, söndürerek birbirleriyle anlaşıyorlardı. Daha gerilerinde, denizi ablukaya almışçasına sıra sıra duran, ışıkları devamlı yanan gemilerde de gözlerini gezdiren Teğmen Hüsameddin aynı zamanda değerlendirmeler yapıyordu. Bu gemilerin hepsi birden saldırdıklarında hangi imkânla karşı duracaklardı!... Ama ne pahasına olursa olsun durmalıydılar!... Milletin kaderi buna bağlıydı!... Devletin can damarı burada atıyordu!... İçinde soğuk bir titreme belirdi.

Gecenin karanlığında hörgüçler gibi duran tepelerin üzerinde gök mavileşiyor, dağılmış bulutların incecik bir sis halinde kaldığı doğu ufkunda pembelik yayılıyor, sakin sabahla dünyanın renkliliği ortaya çıkıyordu. Bütün tazeliğiyle gerçekten dünya ne güzeldi. Bakışlarını karşısındaki Seddülbahir'e, Morto Koyu'na, Gelibolu Yarımadası'nın kuzeyine doğru uzanan tepeciklere çevirdi. Bu tarifsiz güzellikleri seyrederken içinden, "Rabbim ne yazmışsa, o olur" diye geçirdi ve sonra cebinde özenle sakladığı annesinin resmini çıkardı. Sadece şefkat dolu gözlerini görebiliyor, yüzünün hatlarını seçemiyordu. Resmi hürmetle kokladı; kırılıp, bükülmesinden endişe ederek, cebine koydu. Ayağa kalktı. İçinde bulunduğu sessizlik, ona ifade edemediği, onu hafifleten bir huzur veriyordu. Çünkü bu sessizlik kışın bir kristal parçasını andıran ölüm sessizliği değildi; kokuların, renklerin dokuduğu canlı bir sessizlikti.

"Ne olacak?" kuşkularının öldürdüğü duygularını Boğaz'ın güzelliği, tabiatın zenginliği tekrar diriltmişti. Sahili, yamaçları zümrüt gibi kaplamış çayırın çiçek kokan temiz havasını ciğerlerine doldurarak bayır yukarı yürüyordu. Askerlerin bulunduğu sırta tırmanırken, tepenin üstünde bir tüfeğin mekanizma kolunun açılıp, kapandığını duydu. Bir nöbetçi, yerini diğer bir nöbetçiye devrediyordu. Sahilde olduğunu nöbetçi, yeni nöbetçiye söylememişse, bir yanlışlığa kurban gidebilirdi. Öksürdü, "Kim o? Parola?" diye sorulmasını bekledi, ses seda yoktu. Etrafını seyrederken iki askerin konuşmasını duyar gibi oldu. Biraz daha yaklaşınca sesler netleşti.

- Mıstık, ateşe hazır bulunacaksın, unutma!

- Unutmam.

- Bak Mıstık, denizin üzerinde bize doğru gelen bir şey görürsen, şu ipi çekecek, kulübedeki çanı çalacaksın.

- Biliyorum.

- Parola nedir?
- "Kılıç"
- Bizim kumandan denizin kenarına indi. Dikkatli ol; bir yanlışlık yapma.
- Yapmam.
- Gözünü denizden ayırma.
- Ayırmam.
- Ben gidiyorum. Sana söylediklerimi nöbeti devralana tekrarlarsın.
- Tamam hemşehrim.

O, uzaklaşırken Teğmen Hüsameddin yürümeye başladı. Daha birkaç adım atmıştı ki Mıstık'ın sesini duydu.

- Parola? Kim o?
- Benim Mıstık.

Teğmen Hüsameddin Mıstık'ın yanına geldi. Yüzündeki tatlı ifade Mıstık'ın da dikkatinden kaçmadı.

- "Parola"na cevap vermedim.
- Ses verdin ya kumandanım.
- Aferin Mıstık; işte böyle; gözünü hiç denizden ayırma.
- Ayırmam, kumandanım.
- Anan, baban sağ mı?
- Babam öldü; anam sağ.

Boğaz'da nöbet bekleyen Müttefik zırhlılarından Çanakkale şehrine doğru art arda iki mermi atıldı. Birisi şehrin önündeki tepede patladı; toz bulutu yükseldi. Diğerinin nereye düştüğü belli olmadı. Teğmen Hüsameddin Mıstık'a döndü.

- Korktun mu?
- ....

Mıstık sadece sessizce gülümsedi.

*

* *

Giriş kısmındaki tabyalar berhava edildiğinden, zırhlılar ve kruvazörler Boğaz'a üç kilometre kadar rahatça girip çıkıyorlardı. Müttefikler fırsat buldukça orta bölgedeki Türk topçusunu hırpalayarak, buradaki mayınları toplamaya çalışıyorlar; fakat Albay Cevat, danışmanı emekli Amiral Merten, Kurmay Heyeti'nin gayretleri ve askerlerin fedakârlıklarıyla Müttefikler istedikleri sonucu kolay elde edemiyorlardı. Çünkü bu kesimdeki Türk topları Seddülbahir, Ertuğrul, Kumkale'deki gibi çakılı olmayıp, daha küçük çaplı ve yer değiştirebilen cinstendiler. Bu toplar, donanmanın bombardımanı sırasında gizli mevzilerde sessiz kalıyor, mayın tarama gemileri ortaya çıkınca, onları yoğun ateş altına alıyorlardı. Mevzilerinin tespit edildiğini fark ettikleri zaman da ateş kesip, hızla mevzi değiştiriyor ve yeniden ateşe başlıyorlardı. Bir-iki saat önce tahrip ettiklerini zannettikleri bataryanın bir başka mevzide yeniden ortaya çıkması Müttefikleri deli ediyordu. Duman çıkaran sahte bataryalar da ayrı bir dertti.

Albay Cevat, karargâhtan ayrılmıyor; erken yatıp, erken kalkıyor; bataryaları dolaşıyor, eksikliklerin giderilmesine nezaret ediyordu. Orta bölgedeki Türk subay ve erleri için genel olarak akşam karanlığı ile başlayan, gece yarısına doğru kızışıp, bazen güneşin ilk ışıklarına kadar devam eden mayın toplama hücumları adeta alışkanlık haline gelmişti. Saldırı başlayınca, herkes ne yapacağını gayet iyi biliyordu; sonra da normal hayatlarını sürdürüyorlardı.

Subayların eline nasılsa, "Binbir Gece Masalları" kitabı geçmişti. Mahrumiyet bölgesinde bu kitap onlar için değeri biçilmez bir hazineydi. Geceleri mayın toplama hücumunu beklerken, karargâhta toplanırlar; birisi okur, diğerleri dinlerdi.

Bir gece kitabı yüksek sesle okuyan bir subay "Hazerat" kelimesini "Haşerat" telaffuz edince, bir kahkaha koptu. Bitişikte uyuyan Albay Cevat uyandı. Genç subayların "Binbir Gece Masalları"nı okuduklarını biliyor, ama bilmezlikten geliyordu.

Bu kahkaha onu sinirlendirmedi; bilâkis memnun etti. Başka konularla ilgilendiklerine göre korkuyu yenmişlerdi. Korkuyu yenen asker ne yaptığını iyi bilirdi. Fakat uyumalıydı; sabahleyin yapacağı çok işi vardı. Uyandığını belli etmek için tuvalete çıktı; kapısının açıldığını duyan subaylar sessizce dağıldılar.

Albay Cevat, sabah erken kalktı. Rumeli Mecidiyesi'ne gitti. Kara yağız, dik bıyıklı, kalpaklı, sert bakışlı Batarya Kumandanı Yüzbaşı Mehmed Hilmi'den yapılanlar hakkında bilgi alırken, Köse Burnu açıklarından top sesleri gelmeye başladı. Albay Cevat çevredeki bütün bataryaları alarma geçirdi. Ama top sesleri devam etmedi. Albay Cevat, karargâhla temas kurulmasını, ne olup bittiğinin öğrenilmesini emretti.

Biraz sonra üç adım kadar önüne gelen Muhabere Teğmeni Necdet topuk vurarak, onu selâmladı.

- Köse Burnu Kalesi'nin iki yüz metre kadar açıklarında bir düşman denizaltısı görünmüş. Limanda bulunan Nusret Mayın Gemisi ile İsa Reis Gambotu, yanlarında su yüzüne çıkan denizaltıyı ateşe tutmuşlar. Kendilerini denize atan on dört er dışında bütün mürettebatıyla batmış. On dört er de esir alınıp, Çanakkale'ye sevk edilmiş.

Albay Cevat bakışlarını Yüzbaşı Mehmed Hilmi'ye çevirdi.

- Marmara'nın artık hiç güvenliği kalmadı. Bir şeyler yapıp, mutlaka güvenliğini sağlamalıyız.

*

* *

Teğmen Hüsameddin ve takımı derin uykudaydı. Havası iyice ağırlaşan kulübenin kapısındaki nöbetçi, Teğmen Hüsameddin'i uyandırmaya koşarken, o, çan sesini duymuş, yatağından fırlamıştı. Takım mürettebatının bazıları da uyanmıştı; diğerlerini de uyandırdılar. Zaten elbise ve postallarıyla yatmışlardı. Bir solukta armalarını kuşanıp, siperlerde yerlerini aldıklarında, Teğmen Hüsameddin Boğaz'dan giren gemileri seçmeye çalışıyordu. Yıldızsız bir gece olmasına rağmen karartıların birbirlerini takip ettiklerini görebiliyordu. Telefona koştu; Tabur Kumandanı ile temas kurdu. Haberleri olduklarını öğrendi. Katiyen ses çıkarılmaması, ateş edilmemesi emrini aldı. Koşarak gelip, aynı yerden gözetlemeye devam etti. Bir taraftan da heyecanlanıyor; kendi kendine "Ne oluyor, niçin ateş edilmiyor?" diyordu.

Heyecanlı dakikalardan henüz birkaçı geçmemişti ki Boğaz'ın her iki yakasında ışıldaklar birden yandı. Ortalığın gündüz gibi aydınlanmasıyla ateşe başlanması bir oldu. Rumeli tarafından Mesudiye, Muinizafer, Anadolu tarafından da Kepez mantelli ve adi top bataryalarıyla mayın tarlalarını koruyan onbeşlik bataryaların alevleri tepelerin arasından fışkırıyordu. Ateşler zırhlıları pek etkilemiyor, ama mayın tarama gemilerini sarsıyor, sulara gömüyordu. Zırhlılar da uzun menzilli toplarıyla alevlerin göründüğü yerlere ateş ediyorlardı. Bir anda gecenin sessizliği kızılca kıyamete döndü. Dünyanın bir noktasında cereyan eden bu hengâmeyi Teğmen Hüsameddin tepedeki yerinden gözetliyordu. Düşen mermiler suları yükseltiyor, mayın tarama gemilerinde yangınlar çıkıyor, kurtarma gemileri filikalarla sulardan askerleri topluyor, feryatlar top gürültüleri arasında eriyordu. Devamlı yer değiştiren ışıldaklara bir türlü isabet ettiremeyen zırhlıların uzun menzilli topları tepelerde durmadan hedeflerini arıyorlardı. Çalılıkların arasında görünen alev, bir-iki dakika sürdükten sonra kayboluyor, bir başka çalılıktan başlıyordu. Oğuz Amca, Yahya Çavuş, Yusuf, Hasan Şakir ve diğer piyade askerleri fundalıkların arasında donanmanın projektörlerine yakalanmadan, sedyelerle mermi taşıyorlardı. Sık sık yer değiştiren bataryaları bulmalarında irtibat erleri önemli rol oynuyorlardı. Koca zırhlılar birbirine çarpmamak için yavaş hareket ediyor, bir yerde görünüp, kaybolan alevleri kovalıyorlardı.

Saatlerce süren mücadeleden sonra, mayın tarama gemileri ağlarını ve ığrıplarını toplayıp, Boğaz'ı terk etmeye başladılar. Mayın gemilerinin önlerine geçen gambotlar çokça duman çıkararak onları gizliyor, Türk toplarının alevleri göründüğü yerleri ateş altına alıyorlardı. Hafif yara alanı da bir zırhlı yedeğinde götürüyordu. Yanmakta olan birkaç mayın tarama gemisini de kaderleriyle başbaşa bırakmışlardı. Geride kalan savaş gemileri mevzi tahmin ettikleri yerleri bombalıyarak arkalarından gidiyorlardı.

*

* *

Fedakârca yapılan bütün savaşları, alınan başarılı neticeleri bildirdikleri halde Churchill bir türlü tatmin olmuyor, bir an önce sonuç alınması için onları sıkıştırıyor, bütün telgraflarında şu cümleyi tekrarlıyordu. "Tekne ve insan kaybı ne olursa olsun, mayın toplama işi kesinlikle en kısa sürede tamamlanmalıdır." Churchill hem savaşın uzamasından, hem de Alman ve Avusturya denizaltılarının Çanakkale'ye gönderileceğine dair alınan istihbarattan endişe ediyordu.

Halbuki Amiral Carden, gece gündüz çalışıyor, ne mümkünse yapıyordu. Hatta bu aşırı gayret sağlığını bozmuştu. Boğaz'ı geçen, İstanbul'u Türklerden alan komutan olmak hayalinin onda yüce bir tutku haline gelmesi, onu ayakta tutuyordu.

Adı her zaman şükranla anılacaktı; gelecek nesillere bundan daha büyük miras bırakabilir miydi?... Fakat gün geçtikçe rahatsızlığı artıyordu; artık ne sinirleri tahammül edebiliyor, ne de kendinde enerji bulabiliyordu. Günden güne eriyor, hastalığını da gizleyemiyordu. Sanki her gün kanından bir şeyler emiliyor, içi biraz daha boşalıyor, boş çuval gibi, ayakta duramıyordu. Doktorların şiddetle istirahat tavsiye etmelerine rağmen, azimle direniyor, ancak çok talihli bir askere nasip olabilecek bu tarihî fırsatı elden kaçırmak istemiyordu. Ne çare ki her geçen gün direnci biraz daha kırılıyordu.

Durumunu Yüksek Savunma Konseyi'ne bildirmek mecburiyetinde kalınca, yaptığı hizmetlerin takdirle anılacağı belirtilerek Londra'ya davet edildi; ondan boşalan donanma komutanlığına da yardımcısı Amiral De Robeck getirildi.

Amiral De Robeck dünyada en mutlu askerlerden birinin eline geçebilecek bu imkânı ağır başlılıkla karşılamanın lüzumuna inanıyordu. Hayatta şansın rolü gerçekten büyüktü; hiç ummadığı bir anda, kendini Donanma Komutanı bulmuş, ebediyete intikal etmenin yolu önüne açılmıştı. Bahriye Bakanı Churchill'den aldığı şu telgraf da şevkini bir kat daha artırmıştı. "Büyük bir güvenle Akdeniz Filo Komutanlığı'nı size veriyorum. Evvelce hazırlanmış hareket plânının derhal uygulanması konusunda hiçbir etki altında kalmadan karar vermenizi istiyorum. Kararınız olumlu ise, zaman geçirmeden uygulayınız. Olumsuzsa, sebeplerini bildiriniz. Şansınız açık olsun." Elbetteki kararı olumluydu; ele geçen böyle bir fırsatı tepmek büyük bir aptallık olurdu. Onun yerinde bulunabilmek kim bilir kaç subayın rüyasını süslüyordu!.. Kendisine duyulan güvene lâyık olmak da biricik emeli haline gelmişti; bu uğurda canının ne değeri vardı!...

*

* *

Adalarda yeterli su ve birbiriyle kaynaşması gereken birliklerin bir arada talim yapabilecekleri geniş bir alan bulunmadığından, Çanakkale'yi ve İstanbul'u elinde tutacak kara ordusu Mısır'ın İskenderiye şehrinde toplanıyordu. Oradan adalara veya İstanbul'a intikalleri kolaydı.

Çanakkale'nin işgalini Yunan Genel Kurmayı hazırlamıştı; ama karada yapılacak harekâtın riski artık kendisine ait olduğundan, "Akdeniz Seferi Komutanı" unvanıyla görevlendirilen General Hamilton hemen bir muhriple yola çıkmıştı. Türkler hakkında Lord Kitchener ona fazla bilgi vermemiş, sadece "Balkan Savaşı'ndan durumlarını biliyoruz; o bölgenin savunmasından Esat Paşa adında bir komutan sorumluymuş" demişti.

Bir eli hafifçe felçli, uzunca boylu, zayıf, elmacık kemikleri çıkık, yüz çizgileri çok keskin Hamilton, Akdeniz'in dalgalı sularını seyrederken, eski komutanı Lord Kitchener'in niçin kendisini tercih ettiğini düşünüyor, geçmişe dalıyordu. Boer harbinde Lord Kitchener'in Kurmay Başkanlığı'nı yapmış, Hindistan'ın değişik yerlerinde nice savaşlarda beraber bulunmuşlardı. Güvenine mutlak lâyık olmayı düşünürken, Lord Kitchener'ın "Çanakkale Boğazı geçilinceye kadar, mecbur kalınmadığı sürece, kara kuvvetlerimizin savaşa iştiraklerini Savunma Konseyi'miz uygun görmemektedir." cümlesi de devamlı zihnini kurcalıyordu. İki kuvvetin arasında rekabet doğmaması için, ona hak veriyordu; ama Boğaz'ı geçmek şerefinin tamamen Amiral De Robeck'e ait olmasına da gönlü pek razı olmuyordu.

Mondros Limanı'ndaki karargâhında Amiral De Robeck, Hamilton'u çok sıcak karşıladı ve emrine Phaeton muhribini tahsis etti.

De Robeck karargâhında çalışırken, o Phaeton muhribiyle çevreyi dolaşmaya başladı. Kışın haşinliği kalmamış, bahar da kendisini tam göstermemişti. Bazı günler görünen güneş, ufukları genişletiyor, emsalsiz güzellikleri gözlerinin önüne seriyordu. Sessiz, ayak değmemiş koylar, tertemiz deniz, hafif tepeciklerle uzayıp giden Gelibolu yarımadası, çam kokularını koynunda barındıran Anadolu yakası onu büyülemişti. Neden buralarda savaşların yapıldığını, destanların yazıldığını şimdi gayet iyi anlıyordu.

Hamilton, gözlemleri sonucunda, karaya çıkıp, Boğaz'a hakim tepeleri işgal etmeksizin, yalnız donanma ile geçmenin ancak büyük kayıplarla gerçekleşebileceği görüşüne varmıştı. Boğaz ağır kayıplar verilerek geçilse bile, yeterli kuvvetle karadan güven altına alınmadıkça, hem Marmara denizi gibi bir torbaya giren donanmanın, hem de arkasından gelerek İstanbul'a karşı harekete girişecek olan kara kuvvetlerinin durumu tehlikeye girecekti. Bu kanaatini Amiral De Robeck'e söyleyip söylememekte tereddütlüydü; zira bu görüşü zaferine ortak olmak için ileri sürdüğünü zannedebilirdi.

*

* *

Amiral De Robeck bütün İngilizlerin vurucu üstünlüğüyle övündükleri Queen Elizabeth Zırhlısı'nda komutanlarla yemekli bir toplantı yaptı. Zırhlı'da lüks için ne gerekliyse, düşünülmüştü. İmparatorluklarının gücünü de masalarında görmek mümkündü. Savaşta bulunmalarına rağmen yemeklerinin kalitesi düşmemiş, yıllanmış şarapları da eksilmemişti. Yumuşak melodilerle dokunmuş hafif müzik de dinlendirici bir hava estiriyordu. Yemek oldukça uzun sürdü; aceleleri yoktu.

De Robeck akşam yemeğinden sonra içmeyi alışkanlık haline getirdiği purosunu yaktı. Koltuğuna yaslandı; yarı ettiği şarap bardağını kendisine yaklaştırdı. Zihni gene Türklerin seyyar topçu birliklerini kurnazca idare etmeleriyle meşguldü. Sabit bataryaları susturabilirlerdi; fakat obüs topları ve diğer sahra bataryaları durmadan mevzi değiştiriyorlar, mayınları temizlemeye çalışan küçük gemileri zekice ve etkili bir şekilde ateş altına alıyorlardı. Hatta donanma, Boğaz'dan geçmeyi başarsa bile seyyar bataryaların, ikmal gemileri ile onları takip edecek taşıt şileplerine büyük kayıp verdirecekleri apaçıktı. Kayba rağmen kesin sonuç alacaklarına inancı tamdı. Zaten kaybı göze almayan komutan, zaferi ancak hayalinde görürdü. Bunun için de Churchill, telgraflarında, "Tekne ve insan kaybına aldırmayın, yürüyün" demiyor muydu? Fakat belki alınabilecek tedbirlerle kaybı azaltabilirlerdi. Toplantı başlayınca konuyu dile getirdikten sonra, komutanları dikkatle dinlemeye koyuldu.

Hamilton, konuşmamakta kararlıydı; ama sükûtu De Robeck'in gözünden kaçmıyordu. Konuşmaları en ince ayrıntılarına kadar takip eden Hamilton, arada bir not alıyordu. Diğer komutanların görüşlerini öğrenen De Robeck, Hamilton'a döndü.

- Sayın General, siz ne diyorsunuz?

Seyyar bataryalar nihayet karada gizleniyorlardı. Karada da üzerlerine gidilirse, kesin sonuç alınabileceğini De Robeck de düşünebilirdi. Söyleyip söylememekte kararsızdı. Gerçek fikrini okumak için beynine nüfuz edercesine bakan De Robeck ısrar etti:

- Evet, sayın Hamilton, fikirlerinizi lütfeder misiniz?

Gözlerini ona çeviren Hamilton'un sesi ve rengi değişti:

- Türklerin savunma gücünü parçalamak için kara ve deniz kuvvetlerinin birlikte hareket etmelerinin faydalı olacağı kanaatindeyim.

De Robeck'in denizlerin fırtınasını andıran derin çizgili yüzü hiç renk vermedi; bu teklifi bekliyormuş gibi konuşmaya başladı.

- Çanakkale'yi ele geçirmeden, Boğaz'a tam hakim olmadan kara birliklerini Gelibolu Yarımadası'na çıkarmak, Türk'lerin tuzaklarına düşmektir. Türklerin oralarda ciddi tahkimatlar yaptıkları çekilen resimlerden az buçuk belli oluyor. Boğaz'ı açtıktan sonra, Ege Denizi'nden ve Boğaz'dan yapacağımız çapraz ateşle ufacık yarımadayı cehenneme çeviririz. Ardından da kara birliklerimiz çıkar, arta kalanları temizler.

Hamilton bir şey söylemedi; Lord Kitchener'in de belirtmek ihtiyacını duyduğu Savunma Konseyi'nin kararı hafızasına çakılıydı; yetkili donanma, komutanı da Amiral De Robeck'ti. Boğaz'ın aşılmasında, ancak yardım istenmesi halinde kara birlikleri savaşa iştirak edecekti. De Robeck, Hamilton'un susmasını, "ikna oldu" anlamında yorumladı. Churchill'in, Savunma Konseyi'nin, tabii Haşmetli Kral'ın da duydukları güvene lâyık olacağından, İstanbul'a giren ilk komutan unvanına kavuşacağından şüphe etmiyordu. Gerek hava keşif subaylarının ve gerekse mayın tarama filo kumandanının, Çanakkale şehrinin yedi kilometre güneyindeki Soğanlı Dere hizasına kadar mayınların temizlendiğine dair verdikleri raporlar da elindeydi. Oradan Çanakkale'ye kadar uzanan tabyaları susturmamaları için hiçbir sebep yoktu.

Tophaneli Hakkı mayınları döşüyor

Dört yaşındaki kızı Hilâl'siz rüya görmeyen Tophaneli Hakkı, kumandanı bulunduğu Nusret mayın gemisini sefere hazırlarken heyecanını yenmeye çalışıyordu. Yapacakları işin önemini düşündükçe heyecanlanıyor, kalp rahatsızlığının nüksetmemesi dileğiyle sık sık sol göğsünü oğuşturuyordu.

Eldeki yirmi altı mayın, batmış gemilerden değişik yerlerden temin edilmişti. Son imkândı; çok iyi değerlendirilmeliydi; bu da soğukkanlılık isterdi. Pala bıyıklı, sakin görünüşlü Yüzbaşı Hakkı görevini eksiksiz yerine getirmekte kararlıydı; aksi halde o cehennemî topların karşısında tabyaların tutunması çok zordu. Bugün paşalığa terfi eden Albay Cevat'ın da ümitleri ondaydı. Şartların aleyhte olması görevini yerine getirmesine engel teşkil etmemeliydi; milleti ona paşalık vermişti; beklenen hizmeti mutlaka yapmalıydı. Müttefik donanmasının toplarını, emrindeki bataryaların durumunu bildiğinden, Yüzbaşı Tophaneli Hakkı'nın dökeceği yirmi altı mayın adeta savunmanın bel kemiğini oluşturacaktı.

Müstahkem Mevki Mayın Grup kumandanı Yüzbaşı Hafız Nazmi, mayın uzmanı Üsteğmen Geehl de bu önemli görevde Tophaneli Yüzbaşı Hakkı'yı yalnız bırakmadılar. Nusret Mayın Gemisi'nin bütün mürettebatı hazırdı. Dudaklarda sessiz dualarla, gece yarısına doğru, Çanakkale'nin önlerinden demir aldılar. Dalgalı suları yararak güneye yöneldiler. Arkalarında sürüklenen hafif hışırtı, çarpan yüreklere hüzün dolduruyordu.

Yüzbaşı Hafız Nazmi, Üsteğmen Geehl gemide beraber dolaşıyorlardı. Herkes pür dikkat görevinin başındaydı. Geminin elektrik subayı olan Teğmen Boyabatlı Hasan Abdullah'ın bütün hassasiyeti üzerindeydi. Herhangi bir eksiklik gözlerine çarpmadı. Geehl, Çarkcı'nın sağındaki camdan kıyıya ne kadar yakın seyrettiklerini anlamaya çalışırken, Yüzbaşı Hafız Nazmi Tophaneli Hakkı'nın yanına geldi. Sesinde içli bir sıcaklık gizliydi.

- Allah rast getire.

Âlemlerin Rabbinden merhamet dilediği belli olan duygu yüklü bir tonla karşılık verdi.

- Âmin!

Hava sisliydi; geminin ışıklarını söndürdükleri halde, sahili yakından takip ediyorlar, azami dikkatle mayın tarlalarından geçiyorlardı. Havanın sisli olmasına, Yüzbaşı Tophaneli Hakkı ne kadar dua etmiş, Cenab-ı Allah da kabul buyurmuştu. Zaman zaman alevlenen rüzgârın önüne kattığı dalgaların kıyılara çarpmasıyla çıkan iniltiler sessizliğin derinliğinde eriyor, Nusret Mayın Gemisi'nin burnu karanlık suları yarıyordu.

Yüzbaşı Hafız Nazmi, Yüzbaşı Tophaneli Hakkı'ya bir şeyler söylemek, heyecanlarını yatıştırmak istiyordu; fakat aklına bir şey gelmiyordu.

- İnşallah görevimizi eksiksiz yapar ve döneriz.

Kararlı bir sesle:

- Dönmemiz fazla önemli değil, dedi; ama görevi mutlaka yerine getirmeliyiz.

Yüzbaşı Tophaneli Hakkı'nın kuşkusu yerindeydi. Daha şimdiden Çanakkale Boğazı'nın güney kesimindeki tabyalar susturulmuş, Erenköy önlerine kadar Müttefikler için ciddi bir tehlike kalmamıştı.

Sükût kesilmiş tepeler, koylar sise gömülmüşlerdi; rüzgâr esiyor, Nusret Mayın Gemisi, mayın tarlaları arasında yol alıyordu. Bacasından duman çıkmaması için de çarkları düşük devirde döndürülüyordu. Müttefiklerin nöbetçi zırhlısı, Morto Limanı'nın aşağısında, karanlığı katran rengine dönüştüren sisler arasında, avını bekleyen kaplan gibi duruyor; iki devriye gemisi de Boğaz'ın giriş kısmına yakın sularda dolaşıyordu.

Tophaneli Hakkı, Hafız Nazmi'ye sessizce:

- Sen de dinle, dedi; köpek havlaması veya ıslık sesi duyarsan, bil ki Müttefiklerin devriye gemileri bize yaklaşıyorlar. O zaman durup, geri kaçacağız; aksi halde önümüz açıktır.

İkisi de kulak kesildi; fundalıkların aralarına gizlenmiş askerlerin verecekleri sesi arıyorlar; fakat hiçbir ses duyamıyorlardı. Gemi hafif bir hışırtıyla yol alıyordu. Sık sık "Bir şey işittin mi?" diye sorarcasına bakışıyorlar, ne bir ıslık, ne de bir köpek havlaması duyuyorlardı.

Topçular, toplarının başındaydılar, bir karartı belirince ateş edeceklerdi; gözleri çakılıymışçasına önlerindeydi. Kuytularda koyulaşan sis, iyice yaklaştıklarında aralanmaya başlayınca, rahat nefes alıyorlardı.

Dokuz mayın hattını geçip, Karanlık Liman'a geldiklerinde, geminin belli bir seviyede dönen çarklarını da durdurdular. Diğerlerine benzer şekilde, Boğaz'ı dik kesen değil de, sahile paralel yeni bir hat kurmak için "Besmele" ile ilk mayını suya indirdiler. Etrafı dinlediler; rüzgârın insanı iyice yalnızlaştıran hafif uğultusundan başka çıt yoktu; tekrar çarkları döndürdüler.

Aynı sessizlikle Karanlık Liman'a yirmi altı mayını yüz metre aralıklarla, dört buçuk metre derinlikte döküp, Müttefiklerin devriyelerine görünmeden, sabah aydınlığından önce döndüler.

Yenilmez donanma Boğaz'ı yormak için saldırıyor

Sabaha karşı Bozcaada'dan hareket eden Hamilton, Limni'ye geldiğinde şaşırdı; bunca yıllık askerlik hayatında bu kadar savaş ve yardımcı savaş gemisini bir arada görmemişti.

Gök kubbeye ilk ışıklar dolmaya hazırlanırken, güzel bir bahar havasının müjdesiyle sakinleşmiş denizi köpürterek donanma ilerliyor, Amiral De Robeck'in sevinç ve heyecan çığlıklarıyla çarpan yüreği sanki göğüs kafesine sığmıyordu. Zafere giden komutandan daha mutlu kim olabilirdi?... Hem de bu zafer öyle sıradan bir zafer olmayacaktı; bin yıldan beri birbiriyle mücadelesi süren Haç'ın Hilâl'e kesin üstünlüğü olacaktı. İmparatorluklarına yeni ülkeler ve imkânlar katacak bu zaferin komutanı yalnız kendilerinin değil, bütün Batı dünyasının tarihinde şükranla anılacaktı!... Bir ara sevimli renklerle bezenmiş, talihsiz Hektor'un yenik düştüğü Truva dağı gözüne ilişince, içinde onun intikamını alacakmış gibi bir duygu belirdi. Hafifçe gülümsedi.

Müttefiklerin güçlü bir şekilde saldırmaları Türkler için fazla sürpriz değildi; havadan yaptıkları gözetlemelerle adalardaki faaliyetlerin arttığını tespit etmişlerdi. Mayın hatlarına karşı devam eden saldırıların sıklaşması da Müttefiklerin büyük bir hücuma geçeceklerini gösteriyordu; ama böylesine bir donanmayı tahmin etmelerine de imkân yoktu.

Doğu ufkunda sanki kalın bir damar çatladığı sırada, donanmanın yaklaştığına dair ilk haber Kumkale'nin güneyindeki Yenişehir Tepe gözetleme yerinden geldi. Onu diğer gözetleme yerlerinden haberler takip ederken Pilot Yüzbaşı Serno ve gözetleme subayı Yüzbaşı Schneider keşif için Çanakkale'den havalandılar. Anadolu yaylasında doğmak üzere olan güneşin ilk ışıklarında donanmanın geldiğini gördüler. İngiltere'nin bilhassa donanmada güçlü olduğunu biliyorlardı; ama Müttefiklerin bu kadar haşmetli bir donanmayı bir araya getirebilecekleri akıllarından geçmemişti. Gerçekten dünyada görülmemiş bir donanma idi; dehşetle birbirlerine baktılar. Miktarı hakkında fikir edinmek gayesiyle biraz yaklaşınca, Fransız Bouvet zırhlısı ateş açtı. Yarım daire çizip, üslerine dönerken pilot üsteğmen Cemal de Ertuğrul uçağı ile havalandı. Donanmayı görünce heyecanlandı; mavi gökyüzüne dumanlar savurup gelen zırhlıların bacaları ufku kaplamıştı. Gelibolu Yarımadası'nın güneyinden döndü ve hemen raporunu verdi.

Müstahkem Mevki Kurmay Başkanı Yarbay Selahaddin Âdil çevredeki birlikleri süratle alârma geçirdi. Gelibolu'ya gelen Üçüncü Kolordu Kumandanı Esat Paşa'yı ziyarete gitmiş olan Cevat Paşa'yı ve Harbiye Nezareti'ni hücumdan haberdar ettirdi. Nezaretten alınan telgrafta her on dakikada bir Müttefiklerin ve Müstahkem Mevkiin durumlarının doğrudan Sadrazamlığa bildirilmesi emrediliyordu.

Yarbay Selahaddin Âdil, tahkimat ve tabya konularında uzman emekli Korgeneral Merten ve karargâhın aslî elemanları bulundukları binadan birkaç yüz metre ilerde Çimenlik Tabyası'nın içinde hazırlanmış basit bir siperde yerlerini aldılar. Burası telgraf ve telefon telleriyle bütün bataryalara, çevredeki birliklere, Üçüncü Kolordu Karargâhına ve doğrudan doğruya İstanbul'a bağlanmıştı. Selahaddin Âdil karargâh elemanlarına talimatını verdikten sonra, emekli Korgeneral Merten ve Kurmay Yüzbaşı Ali ile beraber Boğaz'ın girişine kadar hemen hemen bütün tabyaları görmeye elverişli siperin biraz daha kuzeyine düşen tümsekteki gözetleme ve kumanda yerine geçtiler. Selahaddin Âdil, gözlerini dayadığı makaslı dürbünün merceğini güneşin rengiyle bir yakut şelalesine dönüşen Boğaz'ın sularında, sessiz sakin koylarda, zümrüt gibi tepelerde gezdiriyordu.

Dünyanın en kalabalık donanması Boğaz'ın açığında plâna göre savaş düzeni alırken, Jean Hamilton, kurmaylarıyla Gelibolu'nun Ege sahillerini incelemek üzere hareket etti. Modern ve muhteşem zırhlıların savaş düzenine girmeleri uzun sürmedi. Kekik kokusu dolu belli belirsiz rüzgârla okşanan, süt liman denilecek kadar durgun denizde Müttefik donanmasının Boğaz'a yaklaştığı sırada, kara, deniz bütün Türk birlikleri de savaş düzeni almışlardı.

Donanma ürkütücü azametiyle Boğaz'ın önünde görününce, birkaç yerden başlayan ezan sesleri dalga dalga göklere yükseliyordu. Tatlı bir hüzünle sabah rüzgârına karışan ezanlar, askerleri duygulandırdı; Oğuz Amca nemli gözlerini Yahya Çavuş'a çevirdi; onun sağ yanağından çenesine doğru bir damla yaş süzülüyordu.

Boğaz'a saf saf giren zırhlılardan heyecanlanan Yüzbaşı Ali, Kurmay Başkanı Selahaddin Âdil'e baktı. O, büyük bir dikkatle makaslı dürbününden gözlerini ayırmıyordu. Gemileri merceğine bir bir alırken:

- Amiral forsu, İngilizlerin Inflexible Zırhlısı'na toka edilmiş, dedi.

Savaş plandraları ve işaret flamalarıyla süslenmiş zırhlılar gerçekten göz kamaştırıcı idi. Sanki muhteşem bir gösteri halindeydiler; dalgalandırdıkları Boğaz'ın sularını yararak geliyorlardı. Hiçbir şeyden etkilenmeyecekmiş gibi görünen çelik devler, üç sıra halinde yaklaşıyorlardı. Majestic ve Swiftru zırhlıları da sahil boylarındaki havan toplarını, obüs bataryalarını susturmak gayesiyle sağ ve sol taraflarında yer almışlardı. Selahaddin Âdil, makaslı dürbününe değişik pozisyonlar vererek bakıyor, saf saf yaklaşan zırhlıların arkalarından gelen kurtarma, mayın tarama gemilerinin Boğaz'dan girişleri bir türlü sona ermiyordu. Başını sık sık da geriye çeviriyor, Marmara'nın sularında Cevat Paşa'nın motorunu arıyordu.

Yamaçtaki tepeyi siper edinen Teğmen Hüsameddin, önünden merasim yaparcasına geçen zırhlıları kirpiklerinde tomurcuklaşmış yaşlarla seyrediyordu. Bu yenilmez donanma durdurulmazsa, başkent İstanbul işgal edilecek, bütün ülke elden çıkacaktı. Bir daha hür olmak ne mümkündü!.. Gelmiş, tepenin kıyısından Mıstık da onları seyrediyordu. İlk zırhlılar İntepe istihkâmının hizasından geçiyorlardı. Beklediği top atışı olmayınca Mıstık telâşlandı.

- İntepe!

Teğmen Hüsameddin onu şimdi fark etmişti. Sessiz, ama sertçe bağırdı.

- Yerine yürü!

Agamemnon, Amiral De Robeck'in de bulunduğu Queen Elizabeth, Lord Nelson ve İnflexible zırhlıları yerlerini aldılar. Arkalarındaki iki grup da belli aralıklarla dizildi. Tepelerde, vadilerde, koylarda fitili tutuşmaya hazır bir dinamit gibi sükûnet hakimdi. Martın bu pırıl pırıl gününde bütün yeşillikler, denizin mavilikleriyle koyun koyuna uyuyordu. Ama bu sükûnet uzun sürmedi; ileriye sokulan Triumpf Zırhlısı'nın, mayın hattını koruyan orta bölge Türk topçularına ateş açmasıyla bozuldu. Hemen ardından Prince George de orta bölgede bulunan Tenker ve Baykuş bataryalarına ateşe başladı. Daha dakika geçmeden birinci grubun dört büyük zırhlısı da merkez bataryalarını hedef aldılar. En modern zırhlı olan Queen Elizabeth Anadolu Hamidiyesi'ni, Agamemnon Rumeli Mecidiyesi'ni, Lord Nelson Namazgâhı, İnflexible de Rumeli Hamidiyesi'ni dövüyorlardı. Sanki en ağır bir bora, olanca gücü ile, Boğaz'ın kenarına dizilmiş tabyaların üzerine çökmüş, devamlı çelik kusuyordu. Yarımada'nın batısından açılan ateş de etkili oluyor, bazı tabyalardaki Türk askerlerini iki ateş arasında sıkıştırıyordu. En gerideki zırhlı da Kumkale'den başlayıp, İntepe'ye kadar olan kısmı ara vermeden tarıyor, oralardan edilecek ateşi engellemeye çalışıyordu. Bilhassa Queen Elizabeth'in otuzsekiz cm.lik topları ortalığı cehenneme çevirirken uzaklarda, Çanakkale şehrininin çevresindeki tepelcr sanki birbirlerine doğru yürüyor, gökyüzüne tırmanan toz bulutu yeni mermilerle devamlı kaynıyordu. Tepelerden derin iniltiler geliyor, şimşekler çakıyor, kulakları sağır edecek gürültüler gök kubbeyi dolduruyordu. İki kıyıda dolaşan Majestic ve Swiftru zırhlılarının demir püskürten namluları da obüs ve havanların mevzilerini arıyor, toz-duman sütunları arasında ağır topların bataryalara düşen mermileri kayalardan alevler saçıyordu. Bütün bunların üstünde yükselen lekesiz gökyüzünde güneş, doğunun emsalsiz güzelikteki ilkbahar sabahını aydınlatıyordu.

Merkez tahkimatının çakılı büyük topları derin bir suskunluk içindeydi; çünkü atışlar menzillerinin dışından yapılıyordu. Yalancı tabyalardan zaman zaman görünen alevlerin Müttefikleri yanıltmaktan başka gayesi yoktu. Ancak orta bölgede, kayalık arazideki çukurlara, ateşten korunabilecek tepeciklerin arasına gizledikleri küçük toplarla ateş ediyorlardı. Bu küçük topların subay ve erleri büyük gayret sarfediyorlardı. Oğuz Amca, Yahya Çavuş, Yusuf, Hasan Şakir ve diğer piyadeler sık sık yer değiştiren küçük toplara mermi taşıyorlardı. Beklenmeyen yerlerden yapılan atışlar, Müttefikleri şaşırtıyor ve savaşı yöneten beyinleri bir an için felç ediyordu. Ama onların çabaları ancak Müttefiklerin merkez tabyalarını rahatça dövmelerini, mayın tarama gemilerinin ileri sokulmalarını engelliyebiliyordu. Makaslı dürbünden bakan Selahaddin Âdil'in gözlerinin önünden tabyalar kaybolmuş, toz dumana gömülmüşlerdi; üzerlerine çöken çelik fırtınası da aralıksız devam ediyordu. Selahaddin Adil, yanındaki Yüzbaşı Ali'ye döndü:

- Merkez tabyalarının devamlı suskunluğu askerin moralini bozabilir. Anadolu Hamidiyesi'ni bulunuz, Müttefiklere ateş etsinler.

Yüzbaşı Ali telefona koştu; Anadolu Hamidiyesi'ni buldurdu; ahizeyi eline aldı. Karşısında Türkçeyi mükemmel konuşan, Tabya Kumandanı Yarbay Wossidlo vardı.

- Kumandan hemen ateş etmenizi emrediyor.

- Telemetreler, zırhlıların menzilimizin dışında olduklarını gösteriyor.

- Askerin morali bozulabilir, diyor. Bunun önüne geçilebilmesi için ateş emrediyor.

- Başüstüne.

Yarbay Wossidlo, hemen Batarya Kumandanı Yüzbaşı Süleyman Sırrı'ya "Ateş" emrini verdi. En soldaki top, "Besmeleri"yle ateşlendi. Bir salvo ile kalmadılar; wossidlo emrin manasını anlamıştı. Kısa aralıklarla salvolar devam ediyordu.

Cevat Paşa geldiğinde Kurmay Başkanı Selahaddin Âdil, gene makaslı dürbünün başındaydı. Cevat Paşa tok sesiyle:

- Gazânız mübarek olsun, dedi.

Bu sesi heyecanla bekleyen Yarbay selahaddin Âdil geri döndü; sert bir topuk vuruşuyla Paşa'yı selâmladı.

- Sağolun kumandanım.

- Durum nedir?

- Müttefikler, merkez tahkimatımızı dövüyorlar. Daha henüz ciddi bir zayiat yok. Atış menziline girmeleri bekleniyor. Ancak orta bölgedeki küçük çaplı toplar ve obüslerle karşılık veriyoruz. Bir de Anadolu Hamidiyesi'nden moral atışları yapıyoruz.

Çelikleşmiş iradesi bakışlarında yansıyan Cevat Paşa makaslı dürbününün başına geçti; bataryaların bulundukları yerlerden kaynayarak havalanan toz topraktan başka bir şey göremiyordu. Çevreyi tarıyor, orta bölgedeki vadilerden, tepelerden alevler fışkırıyordu. Bu bölgedeki küçük çaplı Türk topları ile donanmanın iki kanadındaki muhriplerin çarpışmaları bir yana bırakılırsa, ağır topçular arasında tek yanlı döğüş cereyan ediyordu; bir taraf olanca gücüyle vuruyor, diğer taraf sinerek korunmaya çalışıyordu.

Nihayet tek taraflı bombardımanı yeterli görmüş olacak ki Amiral De Robeck, geride sessizce bekleyen İkinci Grub'un Komutanı Amiral Guépratte'ye ileriye geçmesi için emir verdi. "Şimdi sıra bizde" diye içinden geçiren Amiral Guépratte geride kalmaktan sıkılmıştı; çünkü devamlı hücum arzulayan, biraz da kendini göstermek isteyen bir karaktere sahipti. Fransız zırhlılarından Goulois, Charlemagne soldan, Bouvet ve Suffren sağdan hareket ederek İngiliz zırhlılarını geçtiler. Yarım mil kadar ileriye vardıklarında yelpaze gibi iki yana açıldılar; gerideki İngiliz zırhlılarına rahat ateş sahası bıraktılar. Ateşe başlayan Fransız zırhlıları merkez tahkimatındaki ağır Türk toplarının menzillerine girmişlerdi. Bu zamana kadar suskun kalan ağır Türk topları da birden gürlediler. Ölümcül mücadele bütün şiddetiyle kendini göstermeye başladı. Öne geçen dört Fransız ve arkadaki dört İngiliz zırhlısının ağır topları gökleri sarsıyor, Boğaz'ın değişik yerlerinde mevzilenmiş Türk topçuları saatlerden beri beklemenin hıncıyla yükleniyorlardı.

Toz duman bulutları içinde kaybolmuş tabyaların yıkıntılarından alevler yükselmekteydi. Zırhlılar, çevrelerinde fışkıran su sütunları arasında yavaş yavaş hareket ediyorlar, duman ve üzerlerine sıçrayan sulardan bazen iyice görünmez duruma geliyorlardı. Tepelerden ateş eden havan toplarının alevleri şimşek gibi çakıyor, ağır topların mermileri düştükleri yerleri sarsıyordu.

Öfkeli kainat bu noktada hesaplaşıyordu; mermiler sağanak halinde yağıyor, toz duman göğü kaplıyordu. Toplar hayatı temsil eden her varlığı yok etmek için ufukları inletiyordu. Ama bir taraf zırhlı kalkanların ardında, diğer taraf ise taş ve toprağı siper edinmişti... Bir taraf seri ateşli toplara sahipti; diğer taraf çoğunlukla adi ateşli toplarla dövüşüyordu. Yeni kızaktan inmiş Queen Elizabeth'in altı salvosuna, en mükemmel Türk topu ancak bir salvoyla cevap verebiliyordu. Pozisyon bulmak için zırhlılar sınırlı da olsa hareket edebiliyorlardı; Türk tabyalarının böyle bir imkanı da yoktu. Sayı bakımından da dengesizdiler; Müttefiklerin iki yüz yetmiş altı topuna, Türkler yetmiş sekiz topla karşı koyuyorlardı.

Bir mermi İnflexible zırhlısının prova direğini parçaladı ve güvertede yangın çıkardı. İki direğinde de toz bulutu arasında meşale gibi alevler yükseliyordu. Kısa bir süre sonra bir mermi taretlerden birine isabet etti. Güvertesinde de arka arkaya üç mermi birden patladı. Aradan çok geçmeden bir mermi de kontrol kulesini devirdi; geminin atışlarını yöneten subay kanlar içinde yere serildi. Henüz bir dakika geçmeden prova çanaklığı gemiden uçtu; toplarla bağlantı kesildi. Bu esnada pek çok yerinden isabet alan Agamemnon uygun bir yere kaçmaya çalışıyordu. Quuen Elizabeth'in de top ambarı tam isabetle hasara uğradı; ikinci bir mermi vinçlerini parçaladı; bir üçüncüsü de ön bacasında kocaman bir delik açtı.

Yeryüzü yaratıldığından beri sanki böyle bir sarsıntıya tutulmamıştı. Koca koca mermiler arka arkaya düşüyorlardı. Müttefiklerin ateş gücü çok yüksekti; çelik sağanağını hiç eksiltmeden devamlı Türk bataryalarının üzerinde gezdiriyorlardı; ama Türk topçuları da birbiriyle iyi yardımlaşıyorlardı.

Bütün bataryaların yeteri kadar hırpalandıklarına kanaat getirmiş olacaklar ki öndeki Müttefik zırhlıları bir tabyayı hedef alıp, susturmak amacıyla atışlarını aynı noktada topladılar. Olanca güçleriyle yüklendikleri Anadolu Mecidiyesi'nin sukût etmemesi için Anadolu Hamidiyesi ve Dardanos Tabyaları büyük gayret sarfediyorlardı. Anadolu Mecidiyesi'ne doluyu andırırcasına mermiler yağıyor, toprak bir hortum gibi göğe yükseliyordu. Subaylar göz gözü görmez bir ortamda bağırıyorlardı:

- Sığınağa! Sığınağa!

Oradan salvoların kesildiğini fark edince, var kuvvetleriyle Anadolu Hamidiyesi'ne yüklendiler; Batarya Kumandanı Yüzbaşı Süleyman Sırı çalışabilen toplarıyla karşı koyarken, Tabya Kumandanı Yarbay Wossidlo kendilerine en yakından yardımcı olabilecek, güneydeki Dardanos Tabyası'nın daha fazla gayret göstermesini istiyordu. Dardanos'un kumandanı Yüzbaşı Hasan topların hepsini ateş halinde tutmak için ne gerekliyse yapıyor, gözetleme subayı Üsteğmen Mevsuf da atışların isabetine dikkat ediyordu. Fakat Anadolu Hamidiyesi'nin kumandanı Yarbay Wossidlo, "Biraz daha gayret" diye telefonda feryad ediyordu. Çünkü tabyaya düşen yoğun mermilerin karşısında ateşi kesmek zorunda kalırlarsa, zırhlıların daha da sokulacaklarını biliyordu. Savaşın bütün seyrini kontrol altında bulundurmak için gözlerini hiç makaslı dürbünden ayırmayan Cevat Paşa da bu vahim durumu fark ediyordu; zira diğer tabyalardan toz toprağın yükselişi azalmış, Anadolu Hamidiyesi ise cehennem gibi kaynıyordu. Cevat Paşa, Yarbay Selahaddin Adil'e döndü.

- Anadolu Hamidiyesi'nin durumu çok ağırlaştı.

- Evet efendim.

Bu anda önlerinde patlayan merminin dip tablası ikisinin arasından geçerek arkalarına düştü. Başını çeviren Cevat Paşa dip tablaya bakarken söylendi.

- Vay mendebur, vay!

Birbirleriyle göz göze gelip gülümsedikten sonra, Cevat Paşa tekrar makaslı dürbünden bakmaya başladı. Savunmanın en kuvvetli tabyası olan Anadolu Hamidiyesi'nden yığın yığın toz bulutları ve dumanlar yükseliyor, Dardanos'un gayretleri onu kurtarmaya yetmiyordu. Gözünü dürbünden ayırmadan Selahaddin Adil'e:

- Anadolu Hamidiyesi ile görüşünüz, dedi; durumu nedir?

Selahaddin Adil telefona koştu; kumandanı Yarbay Wossidlo'yu buldu.

- Kumandan paşa, durumunuzu öğrenmek istiyor.

- Bazı top döşemeleri toprakla doldu. Ciddi bir hasar yok; fakat yoğun ateş altındayız. Salvolarımız devam ediyor.

İlerleyen dakikalar zırhlıların hasarlarını artırıyordu. Rumeli Mecidiyesi, özellikle Fransız Bouvet Zırhlısı'nı gözüne kestirmiş, ateşini üzerinde yoğunlaştırmıştı. Direkleri ve bacası parçalanan Bouvet Zırhlısı sancak tarafına yattı; mermiler üstüne yağmaya devam ediyordu. Erenköy Tabyası'nın kumandanı Yarbay Werle de emrindeki toplara Fransız Suffren Zırhlısı'nı hedef aldırmıştı. Zırhlıya arka arkaya on dört mermi isabet etti; çıkan yangınları söndürmekte güçlük çekiyorlardı. Goulois ve Charlemagne de değişik yerlerinden hasara uğramışlardı.

Deniz yer yer düşen ağır mermilerin su sütunları ile kabarıyor; toz, duman arasında kaybolmuş sırtlardaki çelik namlulardan devamlı alevler fışkırıyordu. Çanakkale şehri, karşısındaki Eceabat ve Kilitbahir köyleri yanıyordu. Her on dakikada bir durumu Kurmay Yüzbaşı Ali sadrazamlığa bildiriyor, oradan "Direnin! Duamız sizinle beraberdir" mesajları alıyordu. Onlar da bütün varlıklarıyla direniyorlardı; ne çare ki çelik heyûlalara karşı insanın yapabileceği sınırlıydı.

Cevat Paşa, Anadolu Hamidiyesi'nin salvolarındaki seyrekleşmeyi üzülerek seyrediyordu. Bir şeyler yapmalıydı; en önemli tabyanın sukûtu felâketleri olurdu. Ufak tefek tamirler için ihtiyaç duydukları zamanı bulmalıydılar. Bu konuda ancak Tenker sırtlarındaki obüs bataryalarından yararlanabilirdi. Cephaneleri boldu, yer değiştirme imkânları da vardı. Tehlikeyi göze alıp, birkaç obüsü güneye kaydırsalar, atışlarındaki etki artardı. Başını Selahaddin Adil'e çevirdi.

- Tenker sırtlarındaki obüs bataryalarıyla temas kurunuz. Ağır bataryalarımız, bilhassa Anadolu Hamidiyesi çok yoğun ateş altında. Su sütunları az görünüyor. Daha gayretli ateş etsinler. Birkaç toplarını da daha güneye kaydırsınlar.

İki solukta telefonun yanına gelen Selahaddin Adil, Tenker sırtlarındaki obüs bataryasının kumandanı Yüzbaşı Rıfat'ı buldu.

- Alo Rıfat Bey; denizde su sütunları az görünüyor. Çok yoğun ateş altında bulunan ana bataryalarımız âdeta nefes alamıyorlar. Anadolu Hamidiyesi'nin durumu çok sıkışık. Müttefiklerin öndeki zırhlılarını daha süratli dövünüz. Birkaç obüsünüzü de güneye kaydırınız; vuruşlarınızın etkisi artması lâzım.

Yüzbaşı Rıfat'ın sesi tunç bir muhafazanın içinden geliyordu.

- Taburun bütün bataryaları aralıksız ateş ediyorlar. Mermiler zırhlıların güvertelerinde patladıklarından denizde su sütunları az görünüyor. Gemilerde önemli hasarlar var. Hemen birkaç topumuzu güneye kaydıracağız.

Zırhlıların pek çoğu ateşlerini Dardanos Tabyası'nda topladılar. Sanki bütün dünya kara bulut gibi üzerlerine çökmüştü. Yüzbaşı Hasan askerleriyle büyük çaba harcıyor, gözetleme subayı Üsteğmen Mevsuf da mermilerin boşa gitmemesi için isabetli atışlar yaptırıyordu; ne yazık ki ateşleri sönük kalıyordu.

İki taraf da canlarını dişlerine takmış, kıyasıya dövüşüyorlardı. Ama aralarındaki silâh dengesizliğini gayretleriyle kapamaları gereken Türklere çok iş düşüyordu. Mermileri de azdı; Cevat Paşa, her mermiyi değerlendirmeleri gerektiği, gelişi güzel ateş edilmemesi hususunda batarya kumandanlarını sık sık uyarmak mecburiyetini hissediyordu.

Queen Elizabeth sanki bir ejderha idi; hedef aldığı Anadolu Hamidiyesi allak bullaktı; tabyanın duvarları yıkılıyor, karşı koymaya çalışan askerlerin çevrelerinde patlayan mermiler yeri göğe savuruyordu.

Cevat Paşa plânlarına çok ümid bağlamıştı; topların yerleri menzillerine göre ayarlanmıştı; Karanlık Liman düşman için sığınak haline gelmeliydi. İşte o zaman, orada uyuyan mayınlar devreye girecek, her türlü imkânsızlığa rağmen zafer onlara gülecekti.

Saatler ilerledikçe Türklerin durumu daha da güçleşiyordu. Topların bazıları isabet alarak saf dışı kalmışlar, bazıları toprağa gömülmüşlerdi. Kimisinin de telefon telleri kopmuş, gözetleme ile komuta yerleri arasında irtibat kesilmişti. Yağmur gibi yağan mermilerin altında askerler kazma kürekle çalışıyorlar, motorla yetiştirilen ustalar topları tekrar devreye sokmaya gayret ediyorlardı.

Santrala bir mermi rastlayınca, Rumeli kıyısıyla telefon bağlantıları da koptu. Ama erinden kumandanına kadar her şart altında direnmek, kollektif şuur haline gelmişti. Ölen ve yaralananlar, toz toprağın arasında kalıyor, onlarla sıhhiye erlerinden başka kimse ilgilenmiyordu. Savaş disiplinini sonuna kadar sürdürmeyi sanki esrarlı bir güç onlara dikte ettirmişti.

İkindiye doğru Türk ağır topçusunun ateşlerinde yavaşlama görülmesi, Amiral De Robeck'i ümidlendirdi. Zırhlılara ateşi hızlandırmalarına dair emir verdi. Türk tarafının duraklamasını askerler de sezmiş, şevke gelmişlerdi. Göğü yırtan gümbürtüler birbirine karışıyor, Türk tahkimatları enkaza dönüşüyordu. Topçular sığınaklarına giriyorlar, ateş biraz hafifleyince bataryalarına koşup, hareket kabiliyeti devam eden toplarıyla Müttefik zırhlılarını dövüyorlardı. Ege Denizi'nden aşırtma ateşine maruz kalan tabyaların durumları ise daha feci idi.

Sukût eden Seddülbahir Tabyası'nın kumandanı Yüzbaşı Tahsin, İntepe ile Çanakkale arasındaki obüs bataryasının başındaydı. Motorları, katanaları olmadığı için, mandalarla çektirdiği topları bazen vadiye indiriyor, bazen tepelere çıkarıyordu. Cevat Paşa sık sık Yüzbaşı Tahsin'i bulduruyor, ne yapması lâzım geldiğini bildiriyordu.

Amiral De Robeck'e göre savunmanın beli kırılmıştı; daha fazla beklemenin gereği yoktu. Boğaz'ın ağzına yakın yerde bulunan mayın tarama gemilerine, muhriplerin korumasında ileri çıkmaları emrini verdi.

Anadolu ve Rumeli kıyılarından iki çift tarayıcı harekete geçti; önlerindeki küçük motorlarda kumandanları da bulunuyordu; tarama âletlerini de çıkarmışlardı. Birinci grubu rahatlıkla geçtiler. İkinci gruba yaklaşırlarken Anadolu ve Rumeli yakasından obüslerin ateşleriyle karşılaştılar. Rumeli yakasındaki obüslerin yeri belli olunca, Majestick zırhlısı mermilerini yağdırmaya başladı. Obüsleri kullananlar başlarını mevzilerinden dışarıya çıkaramadıklarından, mayın tarama gemileri üç serseri mayını yakalayıp, imha ettiler. Fakat çok geçmeden bir başka yerden alevler göründü. Majestick toplarını o tarafa çevirince, biraz daha güneydeki kayalıkların arasından gelen mermilerle mayın tarama gemilerinde yangınlar çıktı. Anadolu yakasına yakın hareket eden mayın tarama gemileri ise ilk tutuldukları ateşle batmışlardı.

Zırhlıların bir kısmı namlularını sürekli görünüp kaybolan obüslere çevirince, ağır tabyalar biraz nefes almıştı. Bu arada obüsleri çekenlere, yerleştirip ateş edenlere, mermi taşıyanlara bağırmaktan subayların sesi kesilmişti.

Amiral De Robeck öne geçmesi için üçüncü gruba işaret verdirtti. Öndeki Fransız Suffren ve Bouvet zırhlıları yer açmak gayesiyle Anadolu yakasındaki Erenköy sahillerine yaklaşınca, buradaki tabyaya güzel bir fırsat doğdu. İşte bu anı kollayan Yarbay Werle isabetli atışların gerektirdiği tebdirleri almıştı. Saniye aralıklarla gönderilen salvolarla hırpalanan zırhlılar kaçışmaya başladılar. Queen Elizabeth Zırhlısı'nın dövmekte olduğu Anadolu Hamidiyesi'nin Batarya Kumandanı Süleyman Sırrı da bir ara Bouvet Zırhlısı'nın menzillerine girdiğini fark etti; 24 cm'lik mermileriyle onu sarsarken, Queen Elizabeth'in atışları tabyanın duvarlarını yıkıyor, taşı toprağı üzerlerine yığıyordu. Bataryanın ortasına düşen bir mermi Cideli Mehmed Çavuş'u bacaklarını gövdesinden kopararak yere serdi. Bu anda Bouvet'i Rumeli Mecidiyesi de hedef almıştı. Batarya Kumandanı Yüzbaşı Mehmed Hilmi'nin "Ateş" emriyle çelik namlularda alevler görünüp kayboluyordu. Değişik yerlerinden yara alan ve sağına kavis çizerek dönmeye çalışan Bouvet Zırhlısı, kulakları sağır eden müthiş bir patlama ile sarsıldı. Yoğun dumanlar güvertesinden göğe doğru döne döne çıkıyordu; kısa sürede denizin üzerinde bir tepecik meydana getiren koyu sarı dumanların arasında gemi kayboldu. Dumanlar dağılırken alabora olmuş Bouvet, sulara gömülüyordu. Anadolu Hamidiyesi'nden sevinç çığlıkları yükseldi. İlk müdahalede bulunmak üzere başına gelen sıhhiye erlerine, Cideli Mehmed Çavuş yalvardı.

- Ne olur kardeşlerim, ben de göreyim.

Bu onun son arzusu olabileceği için sıhhiye erleri kanlar içinde kıvranan Cideli Mehmed Çavuş'u kavrayıp, kaldırdılar; geminin batışını görebileceği yere götürdüler. Acılı bakışlarına dolan gülümsemelerle sulara gömülen Bouvet'in batışını seyrederken Cideli Mehmed Çavuş'un başı göğsüne düştü.

Bouvet'in yedi yüz küsur personelinden ancak pek azı su yüzünde kalabilmişti. Çevredeki zırhlılardan filikaları indirip, denizde çırpınanları kurtarmaya çalışanlara zarar vermemek için Türk topçularının ateşlerini diğer zırhlılara kaydırmaları dürbünle bakan Amiral De Robeck'in dikkatini çekti.

Ne olduğunu kimse anlamamıştı. Mayın tarlalarından uzakta bulunuyorlardı. Acaba serseri bir mayın sürüklenip de ona mı çarpmıştı? Yoksa talihli bir mermi mühimmat deposuna mı rastlamıştı?...

Bouvet'in batışıyla morali yükselen Türk askerleri denizdekilerin toplanmasından husule gelen duraklamadan faydalanarak bazı rayları temizlediler, top kamalarını yağladılar. Büyük bir şevkle yeniden ateşe başladılar.

Filikaların denizden topladıkları yaralıların bir kısmının bindirildiği Fransız'ların Goulois zırhlısı da epeyce yara almıştı; almaya da devam ediyordu. Geminin zırh kuşağına çarpan ve güvertesine düşen mermilerin parçaları bazen boğuk, bazen de tiz madenî sesler çıkarıyorlardı. Arka güvertesindeki taretlerin yanında bir mermi patladı; taretlerin içindeki nişancı ve numara erleri yuvarlandılar; bir daha da kalkmadılar.

Türk mermilerinin isabeti gittikçe artıyor, revire götürülen yaralılar da çoğalıyordu. Bazısının yanağına obüs mermisinden bir kırıntı saplanmış, pek çokları vücutlarının değişik yerlerinden sivri ve kızgın çelik serpintileriyle yaralanmış, birisinin dizi parçalanmış, birisinin de bir ayağı pestil gibi ezilmişti. Bu yaralı askerlerin benizleri yeşil bir renk almış, gözleri dehşetle açılmıştı. Acılı durumlarında bile uykuya hasret oldukları anlaşılıyordu. Savaşlarda uzmanlaşmış doktorlar, baruttan zehirlenmiş olduklarını hemen anladılar; branda sedyelere yatırıp, tedaviye başladılar.

Ama gemiyi hedef alan mermiler durmuyor, patlamalar birbirini takip ediyordu. Bir an geldi ki zırhlı zelzeleye tutulmuşçasına sarsılmaya başladı. Elektrik üretme dairesine giden yolda telâş koptu. Cephane deposu o tarafta idi. Bir er bağırıyordu.

- Mermi deposu sular altında!..

Yangın ihtimaline karşı vanalar mı açılmıştı? Yoksa gemi su mu alıyordu? Kimse bilmiyordu; fakat gemi gittikçe eğiliyordu!... Subay, astsubay ve erler telaşla sağa sola koşuyorlardı. Ne olup, bittiğini kimse anlamıyor, geminin sarsıntısı ve eğilmesi artıyor, revire sular doluyordu. Emir komuta köprüsünden revirin boşaltılmasına dair emir geldi. Telaşlı koşuşmaların arasında sıhhiye erleri sedyelerle yaralıları güverteye taşımaya başladılar.

Yaralılar güvertede Bouvet mürettebatından kurtulabilenlerle karşılaştılar. Onlar da şaşkındılar; gözlerini sabit noktalara dikmişlerdi; birkaçının yanaklarında kan lekeleri, ağızlarının kenarlarında beyaz köpükler vardı. Bir diğerinin eli parçalanmış, yardım istercesine güverteye getirilenlere bakıyordu. Hepsinin rengi mosmordu; ıslak elbiselerinin içinde titriyorlardı; üzerlerine atılan battaniyeler onları korumaya yetmiyordu. Mermi isabet ettikçe de geminin sarsıntısı artıyor, herkes korku ve endişeli gözlerle birbirine bakıyordu.

Geminin burnu batıyor, tahliyesi için hoparlörden emirler veriliyordu. Ama nasıl tahliye edilecekti? Mermiler değişik yerlerine peş peşe iniyordu. Personel gemiyi ateş menzilinin dışına çıkarmak için büyük çaba harcıyordu; ne çare ki çok ağır uzaklaşabiliyorlardı.

Amiral De Robeck, Charlemagne Zırhlısı'nı onu korumakla görevlendirdi. Goulois Boğaz'ın girişine doğru ağır ağır yol alıyor, yanında giden Charlemagne sahilleri rastgele dövüyordu. Goulois'in kontrolden çıktığı iyice anlaşılınca, Albay Briard bağırdı.

- Kumkale açıklarında kayalıklara bindirelim.

Komutan soğukkanlılıkla cevap verdi.

- Türk toplarının sabit hedefi haline geliriz. Açık denizde batmayı tercih ederim.

Bu sırada, arkalarındaki hattı teşkil eden gemilere De Robeck ileri emrini verdi. Ağır ağır yol alan zırhlılarda bulunan askerler yanlarından geçerken Goulois'takilerin durumlarını görmüş, ateş hattında kendilerini nelerin beklediğini anlamışlardı; fakat ne yapabilirlerdi?...

Sağa sola yalpalayan Goulois'in ön kısmı her an biraz daha suya gömülüyordu. Suyla dolan bölmelerin çelik perdeleri basınca dayanamayıp, patladıkça tehlike daha da artıyordu. Artık gemiye hemen hemen hiç hakim olunamıyor, dev zırhlı sanki rüzgâra kapılmış, güneye doğru sürükleniyordu. Kurtarma gemileri yaklaşarak filikalarla yaralıları ve mürettebatı tahliye etmeye başladılar.

Nihayet Goulois, Tavsan Adası'na bindirip, kuma oturdu. Ama değişik yerlerinden yara almış İnflexible

Zırhlısı'nın böyle bir şansı da yoktu. Bir mermi telsizini tahrip etmiş, direğini koparıp atmıştı. Âcil durum yağ lambalarının çoğu söndü; tüm iletişim kesildi ve makine dairesine emirler habercilerle gönderilmek zorunda kalındı. Şarapneller ana gövdesinde delikler açmış, şiddetli bir patlamayla kırk beş derece yan yatmış batıyordu. Gemiye sel gibi dolan sularla boşaltma tulumbaları baş edemiyorlardı. Gemi batıyor, su hattı kayboluyordu. Paniği güçlükle önleyebilen subaylar makine dairesinde görev yapanları, kömür ocaklarında çalışan erleri, personelin büyük kısmını güvertede topladılar; gemilerini terk etme emrini bekliyorlardı. Bir çok muhrip ve dretnot rotalarından ayrılıp, yardımlarına koşuyordu. Yaralı geminin güvertesinde toplananlar her an artıyor, kopacak fırtına ile sulara gömülmeyi bekledikleri morarmış yüzlerinden, büyüyen gözlerinden okunuyordu.

Aradan on dakika geçmeden aynı felâket filonun en sağında, Asya sahiline yakın sularda bulunan İngiliz zırhlısı İrresistible'nin de başına geldi. Çektiği yeşil bayrak sol tarafından torpillendiğini gösteriyordu. Sabit bir hedef haline gelen zırhlıya Türk topları mermi yağdırıyorlardı. De Robeck'in yardımına gönderdiği Wear muhribine altı yüz personeli geçtikten kısa bir süre sonra, patlamayla İrresistible'nin orta bölmesi parçalandı; makine dairesi su doldu ve zırhlı hareketsiz kaldı. De Robeck, İrresistible'nin yedeğe alınarak, geriye götürülmesini emrettiyse de zırhlı yedekte çekilip, götürülecek durumdan çıkmıştı. Geri kalan mürettebat kurtarma gemilerinin filikalarıyla Queen Elizabeth'e alındı; gece kurtarılmak üzere terk edilen gemi, her isabet alışında daha çok sarsılıyor, sulara gömülüyordu.

Makaslı dürbünün başında Kurmay Başkanı Selahaddin Adil'i bırakan Cevat Paşa, emekli Korgeneral Merten'i de yanına alarak, mermi tufanı arasında motorla tabyaları dolaşıyordu. Neresi sukût etmek üzere ise, oraya yetişiyor; subay ve erleri gayrete getiriyor; toprak altında kalmış topları kazma kürekle çıkaranları teşvik ediyor; tamir gerekiyorsa, ustaları getirtiyordu.

Anadolu Mecidiyesi'nin durumu çok kritikleşmişti; ancak bir topu çalışıyordu. Bir topun namlusu parçalanmış, diğer top taş ve toprağın altında kalmıştı. O, tek topla da hareketsiz durumdaki İrresistible'yi hedef almış, isabetli atışlar yapıyordu. Zırhlı her mermisiyle sarsılıp, sulara gömülürken Queen Elizabeth'in topları da Anadolu Mecidiyesi'ni mermi sağanağına tutmuştu. Tabyanın ortasına arka arkaya iki mermi düştü; korkunç bir patlamayla da toz, toprak fırtınası içinde tamamiyle kayboldu. Sanki yer yerinden oynamış, inleyen tepeler birbirleriyle çarpışmıştı. Top seslerinin tamamını bastıracak kadar gürültü çıkarmasından bir cephaneliğin berhava olduğunu anlayan Cevat Paşa dalgacıkların üzerinde kayan motoru oraya yöneltti.

Tabyaya çıkan Cevat Paşa moloz yığınlarıyla karşılaştı. Toz duman yavaş yavaş dağılıyor; görüş alanı genişliyordu; hiç kimse yoktu. Denize doğru yürüdü; çevreye bakarken ikindi güneşi gözlerini alıyordu. Elini siper edince birkaç adım ilerideki ağacın altında yatan er dikkatini çekti. Er, kendisine doğru gelen Kumandanı görünce ağacı destek alarak ayağa kalktı; sol bacağı kana gömülmüş, gözleri de şaşılaşmıştı. Hemen esas duruşa geçti. Her halinden ayakta duramayacağı belliydi.

- Gözlerine ne oldu evladım?

Lâpsekili Ali cevap verdi:

- Üzülmeyin Kumandan Paşam; bu gözler hiç kimsenin göremediklerini gördü.

Lâpsekili Ali'nin cevabı Cevat Paşa'yı duygulandırdı; ama Paşa kendini toparlamakta güçlük çekmedi.

- Kumandanların, arkadaşların nerde?

- Bilmiyorum Kumandan Paşam.

Bu anda sığınaktan Tabya Kumandanı çıktı. Arkasında askerler kürek ve kazmalarla göründüler. Sol kaşı patlamış, sol omuzu kanlanmış Tabya Kumandanı, Cevat Paşa'nın önüne geldi; selâm verip, esas duruşa geçti.

- Yakınımızdaki bir cephaneliğin patlamasından sonra bombardıman azalmaya başladı. En çabuk şekilde toplar taş ve toprağın altından çıkarılıp, ateş kabiliyeti olanlarla salvolara devam edilecek, diğerlerinin onarılması için de usta istenecektir.

- Elinizi çabuk tutun; karşıdaki tabyaların ne kadar dayanacakları belli değil.

Anadolu Mecidiyesi sukût edince, Müttefik donanması bütün gücüyle Anadolu Hamidiyesi'ne bindirdi. Bilhassa iyice yaklaşan Agememnon'un bütün personeli gayrete gelmiş, topları canlı zerre bırakmamak azmiyle ateşliyorlar; keskin, göz kamaştırıcı alevler toz toprağın içinde dolaşıyorlardı. Şiddetli ateş altındaki Anadolu Hamidiyesi'nde göz gözü görmez hale gelince Batarya Kumandanı Yüzbaşı Süleyman Sırrı bağırdı.

- Sığınağa! Sığınağa!

Sığınağa koşarlarken tam istihkâmın ortasına bir mermi düştü. Aynı anda cephaneliğin patlamasıyla da meydana gelen müthiş basınç bazılarını sağa sola savurdu; bir kısmı da enkaz altında kaldı. Bir süre daha mermi yağdırdıktan sonra, Müttefikler toplarını Dardanos Tabyası'na çevirdiler. Yoğun toz bulutu azalıyor, harabeye dönmüş tabya ortaya çıkıyordu. Askerlerin çoğu şehit olmuştu; sağ kalanların arasında Edremit'in Çamlık Köyü'nden Abdurrahman oğlu Seyit de bulunuyordu. O da birkaç adım ötesindeki Niğdeli Ali gibi bayılmıştı. Kendisine geldiği zaman toz bulutu iyice hafiflemişti; çevresine şaşkın şaşkın bakan takım arkadaşı Niğdeli Ali'yi gördü. Kendini toparlamakta güçlük çeken Seyit, Ali'ye sordu:

- Neredeler?

- Mertebelerini buldular.

İri yarı Seyit bütün heybetiyle ayağa kalktı. Dolu gözlerini yerlerde yatan arkadaşlarının cesetlerinde gezdirdi. Neler olup bittiğini anlamak için denize doğru birkaç adım attı. Diğer tabyaları döven zırhlılar karaya sokulmuşlar, taretlerinden alev ve duman püskürtüyorlardı. Geriye döndü; tabyanın içinde ise üçüncü toptan gayrısı yine toprağa gömülmüştü. Seyit önce gemilere, sonra topa ve daha sonra da yerde duran 215 okkalık* mermilere intikam hırsıyla baktı.

- Ali yardım et; sırtıma alayım.

Niğdeli Ali gözlerini önce topun yan yatmış vincine dikti; sonra Seyit'e döndü.

- Kaldıramayız.

- Hele bir deneyelim.

Niğdeli Ali ümitsizlikle olduğu yerde dikiliyordu. Seyit Onbaşı mermilerin yanına giderken yirmi beş otuz metre kadar yukarılarına anlık aralıklarla üç mermi düştü. Kendi kendine söylendi.

- Vay kâfir vay!

Eğildi, kavradı; gres yağlı mermi ellerinden kaydı. Kurulamak için ellerini toprağa sürerken köyündeki pehlivanlıklarını hatırladı; nice babayiğit delikanlıların sırtını yere getirmişti. Aslan pençesi gibi gerdiği nasırlı elleriyle bir daha kavradı, dünyanın kalbini sökercesine asıldı; kan beynine sıçradı ama mermiyi sırtına vurdu. Sendeleyerek topa doğru yürürken Niğdeli Ali ona şaşkınlıkla bakıyordu. Merdiven basamaklarına adımını attığında beli kırılacaktı; fakat kararlıydı; buraya kadar gelmişti; başarmalıydı. Güç belâ mermiyi namluya sürdü ve kamayı kapattı. Şafak rengine bürünmüş yüzünden terler süzülüyor, derin derin soluyordu. Niğdeli Ali yanına geldi. Ne fayda ki ikisi de numara eriydi; namluyu Ocean Zırhlısı'na çevirip, ateşlediler, mesafeyi ayarlayamamışlardı.

Bu anda Ocean Zırhlısı Dardanos Tabyası'nı hedef almış, dövüyordu. Mermiler çevresine düştükçe Tabya Kumandanı Yüzbaşı Hasan, teğmenlik döneminde, Anadolu Kavağı'ndaki, çocukların "Hindi Baba" diye ad taktıkları saçı sakalı karışmış meczubu hatırlıyordu. Hiç ko-

* 276 kiloluk.

nuşmamışlardı; Hasan onu birkaç kere uzaktan görmüştü. Bir gün yolda yürürken Hindi Baba'nın sesini duymuş, geri dönmüştü. "Hasan! Hasan! Yakında Çanakkale'de yangın çıkacak, sen Fatih olacaksın!" demişti. Hasan da kafa sallayıp, yoluna devam etmişti. Adını nereden öğrenmişti ki?...

Yakınlarına düşen mermilerle, antik Dardanos kasabasının toprak altındaki vazoları, eski paraları göklere savruldukça, "Hasan! Hasan!" sesini duyar gibiydi. Yeni bir atışa hazırlandıkları sırada Tabur Kumandanı Binbaşı Nihat'ın telefonda onu beklediği haberi geldi. Telefonun bulunduğu siper, gözetleme yerinden biraz uzakta ve o anda tam bir mermi sağanağı altındaydı. Telefona koşan Yüzbaşı Hasan'ı, üstü başı toprağa bulanmış, Üsteğmen Mevsuf takip etti; su da aynı siperdeydi; nasıl olsa şu anda ateş edemeyeceklerdi; çok susamıştı; fırsattan yararlanıp, su içebilirdi. İkisi de sipere girer girmez, bir müttefik salvosu siperin önündeki toprağı kaldırdı ve üzerlerine yığdı. Bunu gören askerler Ocean Zırhlısı'nın Dardanos'u yerle bir etmek için yağdırdığı mermiler arasında kumandanlarını kurtarmak gayretiyle kazma, küreği kapıp, koştular.

Olanca gayretleriyle eştilerse de, ulaştıklarında ikisi de ruhlarını teslim etmişti. Bıyıklı, hafif etine dolgun, orta boylu Yüzbaşı Hasan'ın sol eli göğsündeydi. Esmer, yakışıklı üsteğmen Mevsuf da yanına kıvrılmıştı. Dardanos Tabyası'nın tozunu bırakmamak hırsıyla toplarının çelik ağzından alevleri hiç eksik etmeyen Ocean zırhlısı'nın gözetleme subayları oradan artık bir salvo gelmediğini görüyorlar, sabahtan beri onlara kan kusturan tabyayı devre dışı bıraktıklarına inanıyorlardı. Fakat bu sırada Seyit ile Ali'nin hedeflerine gelmişlerdi. İlk mermileri kısa düşmüştü. Seyit'in mermiyi getirip, namluya süreceğinden şüphesi yoktu. Ellerini güzelce toprağa sürdükten sonra, "Besmele" ile mermiyi kavradı. Sırtına vurdu; yüzü kıpkırmızı kesildi; ayakları titriyordu; ama götürmüştü;

şimdi de götürecekti. Çevresine düşen mermileri umursamıyordu. Merdivende gene zorlandı; kol kasları kopacaktı... Fakat kararlıydı; götürüyordu...

Bu seferki Ocean Zırhlısı'nın ilerisine düştü, üçüncü mermi ise kıç tarafında patladı. Dümen tertibatı bozulan Ocean bulunduğu yeri harmanlamaya başladı. Yakınındaki gemiler kaçıştılar. Tabya Kumandanı Yarbay Wossidlo ve Batarya Kumandanı Yüzbaşı Süleyman Sırrı sığınaktan Seyit'i şaşkınlıkla seyrediyorlardı. Seyit dördüncü mermiyi almaya giderken sığınaktan çıkan Süleyman Sırrı:

- Yarabbi ne büyüksün, aferin Seyit, dedi.

Wossidlo ise aynı kelimeyi tekrarlayarak şaşkınlığını ifade ediyordu.

- Gemi! Gemi! Gemi!

Seyit de bakışlarını serseri mayın gibi dolaşmasıyla gemileri ürküten Ocean'a çevirdi. Onlara ölüm yağdıran gemi can derdine düşmüştü. Yaklaştığı sahilde topçular için güzel bir hedef teşkil ediyor, mermiler gövdesine peş peşe iniyordu; ufukları sarsan bir patlamayla sular yarıldı; Ocean gömüldü.

Sukût eden Dardanos belki tekrar devreye sokulabilirdi. Cevat Paşa, Yüzbaşı Ali'yi çağırdı.

- Hemen Dardanos'a gidiniz. Oranın kumandanları şehit oldular. Saf dışı kalması kuzeydeki tabyaların durumunu daha da ağırlaştırıyor. Belki sağlam topları kalmıştır; onlarla ateşe devam edebilirsiniz.

- Baş üstüne Paşa hazretleri.

Yüzbaşı Ali bindiği atını mahmuzladı. Küçük tepeciklerin üzerinden yel gibi uçuyordu. Önünde bir mermi patladı; atı ürktü; kişneyerek tepelere doğru yön değiştirdi. Fakat Yüzbaşı Ali dizginine hakimdi; atı gideceği yöne çevirdi.

Geldiğinde askerler topları açmışlardı; bir top hariç, diğerlerinin bir şeyi yoktu. Kısa sürede onları atışa hazır hale getirdiler. Tekrar Dardanos'tan alevler fışkırmaya başladı.

Amiral De Robeck, günlerce süren mayın arama harekâtından sonra, değişik iki kaynaktan temiz olduğuna dair rapor aldığı bölgede, mayın tarlasına düştüklerini ilk patlamalardan anlamıştı; panik onlara yakışmazdı; Boğaz'ı geçmek zorundaydılar; bütün imkânları zorlamıştı; inatla daha da zorlamak istiyordu; ama ne çare ki kayıpları çok büyüktü. Kimbilir nerelerde, daha hangi mayınlar koca zırhlıları bekliyordu? Tekrar mayın araması yaptırmalıydı; aksi takdirde daha büyük zayiata uğrarlardı; komutan olarak da bunun altından kalkamazdı. Güneş batmış, önce koylara çöken karanlık yavaş yavaş tepelere doğru tırmanışa geçmişti. Donanmada düzen de kalmamış, gruplar birbirine karışmıştı. Gemiler çarpışabilirlerdi. Amiral De Robeck geri çekilme emri verdi.

Tabyalara ateşi eksik etmeden topçu ve mayın cehenneminden sıyrılmaya çalışıyorlardı. Hiç değilse, bu zamanda zayiat vermemeliydiler. Amiral De Robeck komutanları devamlı uyarıyordu.

Boğaz'ın giriş kısmına yaklaşırlarken, Queen Elizabeth ve Lord Nelson zırhlıları en geride kalmışlar, Türk bataryalarına ateş kusuyorlardı. Topların ağzından çıkan şimşekler, kararmış havada alevden diller gibi yarımadanın tepelerini yalayıp kayboluyorlardı.

Çekilmelerini makaslı dürbünden takip eden Cevat Paşa kendi kendine:

- Geçemediler, geçemeyecekler, dedi.

*

* *

Yenilgiyi kabullenemeyen Amiral De Robeck, hemen o gece, Limni'nin Mondros Limanı'ndaki karargâhından Londra'ya gönderdiği mesajda savaşın nasıl cereyan ettiğini anlattıktan ve kayıpları sıraladıktan sonra, havanın uygun olduğu ilk fırsatta mayınları temizleme işini başlatacağını ve Boğaz'ı geçeceğini bildirdi. Ümit vermekle sona eren mesajı, Londra'ya bir bomba gibi düştü. Hükümet ve yakın çevresi ajansların haberlerinde abartma olabileceğini düşünmüşlerdi; De Robeck de doğruluyordu.

O gece Türk topçuları, onlara yardımla görevlendirilen piyade birlikleri hiç durmadılar. Ağır bataryalarda çok ciddi hasarlar vardı. Siperleri düzelttiler, telefon hatlarını onardılar. Moloz yığınları altında kalmış topları çıkardılar; sıkışmış, yönünü değiştirmiş olanları, ayarlamak için bütün gece çalıştılar.

Ertesi sabah, çamların üzerinde gök mavileşirken gözetleme yerlerindeki Türk nöbetçileri dürbünlerle filonun gelişine işaret olabilecek dumanları arıyorlardı. Ama dünün şokunu üzerinden atamayan De Robeck Karanlık Liman'da mayın bulunmadığına dair rapor verenleri kurşuna dizdirmenin hazırlığını yapıyordu.*

Çanakkale şehrinde de bir başka hummalı hazırlık vardı. Günlerden cuma idi; köylerden akın akın insanlar şehre geliyorlardı. Yüz on dört şehidin Çanakkale'nin Değirmenlik mezarlığında yerleri hazırlanmıştı. Yüz on dört rakamını duyan şaşırıyordu; raporlar önüne geldiğinde Cevat Paşa da şaşırmıştı; fakat gerçekti. Her ne kadar ayrıca yirmi dört ağır yaralı varsa ve dokuz top elden çıkmışsa da saatlerce süren bombardımana karşı inanılması güç bir sonuçtu. Hâlâ Kilitbahir'de, Çanakkale'de yangınlar tam söndürülememişti.

Cumadan sonra cenaze namazı kılındı. Tabutlar tekbirlerle omuzlara alındı; binlerce asker, kalabalık bir halk topluluğu çağıltısız bir ırmak gibi mezarlığa doğru

* Daha sonra Karanlık Liman'da mayın bulunmadığına dair rapor verildiğinde, gerçekten temiz olduğu, o gece Nusret Mayın Gemisi'yle mayınların döküldüğü anlaşılınca, İngiliz devleti ailelerinden özür diledi ve maaş bağladı.

akıyordu. Pencerelerden bakan kocakarılar, genç kızlar gözlerini siliyorlardı.

Mezarlığa geldiler; toprağı doğurgan kılan baharın dört bir yana canlı hayat serptiği, tadına doyum olmayan bu mevsimin yerin her zerresinde bir yürek gibi attığı bütün gözlere çarpıyordu. Kuşların cıvıldaştığı çimenlerde kazılmış mezarlar, kurbanlarını yutmaya hazırlanmış ağızları andırıyordu. Tabutlar omuzlardan indirildi; mezarlara koyuldu; üstleri toprakla örtülürken Vanlı Molla Kâzım davudî sesiyle Kur'an okumaya başladı. Askerlerin arasında onu dinleyen Akyazılı Mehmed'in yüreğinde şimşekler çaktı. Kader onları tekrar buluşturmuş, sanki bin yıldır hasretini duyduğu dostuna kavuşturmuştu. Ama Balkan Savaşı'ndaki Eşref Beyler, Selim Samiler, Cihangiroğlu İbrahim Beyler, Zenci Musalar, Mamaka Mustafalar... Nerede idiler?... Karayağız bir delikanlı olan Molla Kâzım hiç değişmemişti; zaten aradan iki yıl geçmişti. Molla Kâzım'ın gözleri kapalı olarak okuduğu Kur'an'la yükselen davudî sesini hafif rüzgâr, çiçeklerden çiçeklere taşırken, Akyazılı Mehmed'in bakışlarında Muradlı Tepeleri'ndeki ilk saldırı canlandı; o andaki heyecanı tekrar yaşıyordu. Eşref Bey kurt gibi çevresini kolluyordu, avının üstüne atlayacak kaplanı andıran Zenci Musa yanındaydı. Mamaka Mustafa'nın Bulgar hatlarının arkalarında patlattığı bombadan sonra, Selim Sami'nin "ileri" nidâsı gecenin karanlığını kurşun gibi delmişti... Nihayet barış yapılınca, Mehmed evine dönmüş, annesinin zorlamasıyla evlenmişti. Hanımı hamile iken tekrar askere alınmıştı...

Cevat Paşa, Yüzbaşı Hasan ile Üsteğmen Mevsuf'un yanyana bulunan mezarlarının başına geldi; kuzu postundan kalpağı ve dudaklarını pek taşmayan bıyıkları ona heybet veriyor, yorgun olmasına rağmen dinç görünüyordu. Kazma, kürek bırakıldı; çıt çıkmıyordu.

- Askerler ve aziz vatandaşlar!... Er ve kumandanlarıyla şehitlerimizi toprağa veriyoruz. Kumandanların biri şu karşıdaki köyden, yani Kilitbahir'den Yüzbaşı Hasan, diğeri Libya'lı evladımız Üsteğmen Mevsuf'tur. Biz fâniler için en yüce mertebe şehitliktir; her müminin ideali o mertebeye ermektir. Bu mezarlar onların geçici ıstirahatgâhlarıdır; ilk fırsatta Dardanos Tabyası'na nakledilecekler, oranın adı da Hasan Mevsuf Tabyası olacaktır.

Elbetteki bu zaferler bizi şerefli bir barışa ulaştıracak, hepiniz birer gazi olarak evlerinize döneceksiniz. Askerler, kumandanınız ve silâh arkadaşınız, siz Çanakkalelilerden de bir kardeşiniz olarak rica ediyorum. İlk doğacak çocuğunuzun adını Hasan yahut Mevsuf koyunuz ki içimizde yaşayacak olan kahraman ruhlarıyla beraber isimlerini de ebediyete kadar yaşatalım.

Kalabalığın arasında Molla Kâzım'ı kaybetmemeye dikkat eden Akyazılı Mehmed, mezarlıktan çıkarlarken ona yaklaştı; hafifce omuzuna dokundu. Molla Kâzım dönünce, sarışın, çakır gözlü Mehmed gülümsüyordu. O da can yoldaşını bulmanın sevinciyle kollarını açtı.

- Mehmed!...

Hasretle birbirine sarıldılar. Asker arkadaşlığı hiçbir şeye benzemezdi; hele omuz omuza savaşlara girip çıkmak bu arkadaşlığı başka ufuklara taşırdı. Devamlı ciddi olan Molla Kâzım'ın yüzünde gülümsemeler birbirini kovalıyordu. Bir elini Mehmed'in omuzuna koydu.

- Şehitlerimize binlerce rahmet olsun; bizi tekrar buluşturdular. Nerdesin?

- Seddülbahir'deki Yirmi Altıncı Alay'ın Üçüncü Taburu'ndayım. Sen?

- Ben de Arıburnu'ndaki Yirmi Yedinci Alay'ın İkinci Taburu'ndayım.

- Eski arkadaşlarımızdan, kumandanlarımızdan kimseye rastladın mı?

- Rastlamadım.

Konuşurlarken kalabalığın arasında şehre doğru ağır ağır yürüyorlardı.

- Acaba neredeler?

- Bilmiyorum. Balkan Savaşı'ndan sonra İstanbul'da kaldım. Medresede tahsilimi ilerletmek istiyordum. Savaş başlayınca Harbiye Nezareti'ne gönüllü baş vurdum. Hocamız Said Nursi ve diğer talebe arkadaşlarımız Van'a dönmüşlerdi. Hocamızın gayesi Van Gölü'nün kenarında, "Medresetü'z-Zehra" adında bir medrese kurmaktı. Fakat savaş çıktı; muhakkak ki onlar da elde silâh bir yerlerde dövüşüyorlardır. Sen kimseyi gördün mü?

- Görmedim. Savaş bitince Akyazı'ya dönmüştüm. Önce Keşan'a, sonra da buraya geldim.

- Annen- baban nasıllar?

- İyiler.

Molla Kâzım'ın sesi duygusal bir iklime büründü.

- Ah Mehmed; gençliğimiz savaşlarda geçiyor. Anne-babalarımız da hasretle, endişeyle yaşıyorlar. Hepimize sadece sabretmek düşüyor. Neyliyelim ki milletimizin en kara günündeyiz. Cenab-ı Allah ceddimizin, gencecik şehitlerimizin uğruna milletimize, ümmetimize hayırlı günler nasip eder.

- İnşallah.

- Gel Mehmed; belki bir daha kısmet olmaz; şurda bir çay içelim. Biraz da dertleşiriz.

Kahveye girip, camın kenarındaki masaya oturdular. Müşteri olarak sadece Hacı Mahmud vardı; ellerini kıvrık yerinde birleştirdiği bastonunu ayaklarının arasına almış, kahveciye anlatıyordu. Molla Kâzım sözünü bölmemek için eliyle iki çay işaret etti.

- Cevat Paşa, Arapkirli'dir. Köklü, çok âlim yetiştiren bir sülaleden gelmektedir. İmanı kâmil bir askerdir. Rüyasında Peygamber Efendimizi görmüş. Ona, Cenab-ı Peygamber, Karanlık Liman'a mayınları nasıl döşeteceğini tarif etmiş. O da, ona göre döşetmiş. Allah'a bin şükür, koca zırhlılar telef oldular.

Bardakları dolduran kahveci de onu doğruladı.

- Her şeyin başı imandır, Hacı efendi.

*
* *

Lekesiz gökyüzü alabildiğine derinleşmişti. Alev bir top gibi ışıldayan güneş, dünyanın bütün güzelliklerini ortaya çıkarıyor, dalgaların üzerinden sıçrayarak giden deniz motoru, arkasında köpükler bırakıyordu. Kurmay heyetiyle tabyaları dolaşan Cevat Paşa yanına bir de fotoğrafçı almıştı. İki yüz on altı okkalık mermiyi taşıyıp, namluya yerleştirdikten sonra, göz kararıyla ateş ederek Ocean Zırhlısı'nı batıran askerin resmini çektirecekti. Cevat Paşa, İngilizce ve Fransızca gazeteleri takip etmeyi alışkanlık haline getiren Kurmay Binbaşı Ohri'li Kemal'e:

- Yabancı basın neler yazıyor? diye sordu.

- Neler yazmıyor ki Paşam! En çok, "Hasta Adam sağlığına mı kavuştu" sorusu üzerinde duruyorlar. Bunun yanısıra da bilhassa İstanbul'un hayaliyle yatıp kalkan Çar II. Nikola'nın eli böğründe kaldığını belirtiyorlar.

Cevat Paşa'nın bakışlarına sanki bir ateş düştü.

- Bizi "Hasta Adam" olarak ilk defa onlar vasıflandırmışlardı. İstanbul'a çıkarma yapmak üzere Odesa'da General Istomi'nin kumandasında toplanan orduları şimdi kıpırdayamıyorlar. "Hasta Adam"ın karşısında kıpırdayamayana ne demeli?

- Balkan'larda sürpriz gelişmelerin olabileceğine de dikkat çekiyorlar. Malûm âliniz, Yunan Başbakanı Venizelos, üç tümeninin İstanbul'un işgaline iştirak için hazır olduğunu Müttefiklere bildirmişti. Müttefikler, İstanbul'u vaad ettikleri Rusya'yı ürkütmemek gayesiyle, Venizelos'un teklifini reddetmişlerdi. Yunan Kralı Kostantin, Alman Kayzeri'yle hısımlığından dolayı, Müttefiklerin yanında yer almak istememişti. Bu zaferimizle Kostantin'in Venizelos'a karşı eline geçirdiği kozu nasıl kullanacağı da merak konusudur. Bulgarların, Romenlerin tarafsızlıklarını daha uzun süre devam ettiremeyecekleri hakkında görüşler birleşiyor.

- Söylediklerinizi ve Rusya'daki Çar taraftarlarına güven vermeyi de düşünerek İngiliz Hükümeti büyük bir saldırıya lüzum duyacaktır. Aksi takdirde sömürgelerindeki Müslümanları tutmaları da zorlaşır. Zaten bu ana kadar, Limni ve Bozcaada'ya iki tümen indirmişler. İngiltere ve Fransa'nın sömürgelerinden gelen birlikler de İskenderiye de toplanıyorlarmış.

Kıyıya çıktıklarında, Anadolu Hamidiyesi Tabya Kumandanı Yüzbaşı Süleyman Sırrı, kazma kürekle çalışan askerleri esas duruşa geçirmek için:

- Dikkat! Kumandan Paşa Hazretleri! komutunu verdi.

Kazmayı, küreği bırakan askerler esas duruşa geçtiler. Onları karşılayan Yüzbaşı Süleyman Sırrı, üç adım kala sert bir şekilde selâm verdi.

- Gelecek ustaların tamirlerini kolaylaştırmak için tabyamız hazırlatılmaktadır.

Süleyman Sırrı'nın elini sıkan Cevat Paşa esas duruştaki askerlere!

- Gazanız mübarek olsun, dedi.

Hep bir ağızdan cevap verdiler.

- Sağ olun Paşam!

Cevat Paşa, moloz yığını haline gelen tabyada gözlerini gezdiriyordu. Toprak altından çıkardıkları iki topun namlusu parça parça olmuş, bir topun da vinci uçmuştu. Bazı taşlarda bulunan kan lekeleri de dikkatini çekti. Sonra bakışlarını Tabya Kumandanı'na çevirdi.

- Mermiyi getirip, namluya sürerek Ocean'ı batıran hangisiydi?

Yüzbaşı Süleyman Sırrı askerlere döndü.

- Seyit Onbaşı, buraya gel.

Askerlerin arasından çıkan Seyit Onbaşı bir alevin içine düşmüştü sanki. Kumandan Paşa bir şey sorarsa, nasıl cevap verecekti? Yanlarına gelince Cevat Paşa'yı selâmladı; esas duruşa geçti. Süleyman Sırrı onu:

- Kahraman askerimiz Abdurrahman oğlu Seyit Onbaşı, Edremit, diye tanıttı.

Cevat Paşa'nın gözleri gülümsedi.

- Aferin evlâdım; Allah daha çok hizmetler nasip eylesin. Devletimizin imkanlarına göre ödüllendirileceksin. Şu mermiyi bir daha kaldır da fotoğrafçı resmini çeksin.

Bütün gözler ağacın altındaki mermilerin yanına gelen Seyit Onbaşı'nın üzerindeydi. Seyit Onbaşı da heyecanlanmıştı. Kumandan Paşa'ya mahçup olursa, ne yapardı? Ama niçin mahçup olacaktı? Kaldırmıştı; şimdi niye kaldıramayacaktı? Var gücüyle mermiyi kavradı; asılırken yüzü kıpkırmızı kesildi; gözleri yuvalarından fırlayacaktı. Fakat mermiyi yerinden kımıldatamadı. Ellerini toprağa sürdü; bir daha kavradı; olanca kuvvetiyle asıldığı halde bir milim kaldıramıyordu. Kendisini daha fazla zorlarsa, beli yahut bir başka yeri sakatlanabilirdi. Cevat Paşa:

- Bırak evladım, dedi.

Seyit Onbaşı geri döndü; kıpkırmızı kesilmiş yüzünden terler süzülüyor, derin derin soluyordu.

- O zaman nasıl kaldırdın!

Seyit Onbaşı bir tuhaf oldu; ayaklarının yerden kesildiğini zannetti; bulutların üzerinde yüzüyordu. Karşısındaki Kumandan Paşa idi; ne söylediğinin pek farkında değildi; yalnız Kumandan Paşa'ya cevap veriyordu.

- Paşam, karşımda düşman olsun, gene kaldırırım.

Cevat Paşa'nın sert yüz çizgileri yumuşadı.

- Aferin evlâdım.

Yüzbaşı Süleyman Sırrı mahcubiyete benzer bir duyguyla konuya açıklık getirmek istedi.

- Herhalde şu anda kendisini yeterince teksif edemediği için kaldıramadı.

Cevat Paşa'nın yüzünde bir ışık dolaştı.

- Kendisini teksifle ve belki de Allah'ın bir başka lütfuyla olağanüstülükler cereyan ediyor. Ne olduklarını pek fazla bilemiyoruz; fakat olağanüstü şeylere şahit oluyoruz. Merminin tahtadan bir maketini yaptırın; siyaha boyatın. Fotoğrafçıyı göndereyim; bu kahraman evladımız maketi kaldırırken resmini çeksin.

- Emredersiniz Paşa Hazretleri.

*

* *

Dalların arasından sızan güneş, maskelenmiş siperde uyuyan Oğuz Amca'nın yanaklarındaki çöküntülerle Anadolu'nun kavrukluğunu aksettiren esmer yüzüne vuruyordu. Bahar sıcaklığını taşıyan güneş, uykusuna lezzet katıyor, bütün gecenin yorgunluğunu atmak için zaman zaman gerinen Oğuz Amca kendisini tekrar uykuya bırakıyordu.

Uykunun tatlı bir anındayken yakınında gürültü koptu. Yerinden doğrulan Oğuz Amca, biraz ilerde Mendebur İdris'le Muzır Ruşen'in küfürleşerek birbirlerini ittiklerini, kavgaya tutuşmak üzere olduklarını gördü. Tehditkâr bir sesle uyardı.

- Durun! Ne oluyor!

Mendebur İdris, kiler faresi gibi tombul Muzır Ruşen'in ceketini bırakmadan ona döndü.

- Bu çakal tayınımı çaldı.

Elinden kurtulmaya çalışan Muzır Ruşen de onu yalanladı.

- Kendini kaybetse, benden bilecek bu serseri!

Oğuz Amca başını sağa sola sallayarak:

- İdris bırak, dedi; bak tayının otların üzerinde, gel, al.

Kendi tayınını ona verdi. Muzır Ruşen, haklılığını belirtircesine Mendebur İdris'i itti.

- Gördün mü?

Uykusu kaçan Oğuz Amca, yerinden kalkarken Muzır Ruşen'e anlamlı bir şekilde baktı.

- Ne adamlarsınız! Çevremizde uyuyan birileri olabileceğini nasıl düşünmüyorsunuz?

Ekmeği alıp, yemeye başlayan Mendebur İdris'in hırsı geçmemişti.

- Sana boş yere Muzır dememişler.

Muzır Ruşen ona döndü.

- Sana ne diyorlar?

Oğuz Amca'nın iyice hiddetlendiği anlaşılıyordu.

- Yeter artık! Başka uyuyanlar da vardır. Hiç değilse onları uyandırmayın.

Yoksulluğun acımasız elleriyle yoğurduğu demirden karakteri çevresindekilerinin üzerinde etkili olmasını sağlayan Oğuz Amca siperden çıktı; birkaç metre ilerdeki ağacın altına geldi. Bakışlarını güneşin tatlı ışıklarıyla ayrı bir güzelliğe kavuşan yeşil tepelerde, Anadolu Yakası'ndaki renk cümbüşünde gezdirmeye başladı. Baharın bütün canlılığı, neşesi tabiatın her zerresine cömertçe serpilmişti. Vadiler, çalılıklar kuş sesleriyle cıvıl cıvıldı. Köyünü hatırladı. Bu günlerde Oğuz Köyü ne güzel olurdu. Uzunca kış uykusundan çıkan ağaçlar günden güne yeşilliklere bürünür, toprak canlanırdı. Tarlalar şenlenir, güçlü erkekler çift sürer, kadınlar da tohum ekerlerdi... Mustafa çifti sürebiliyor, annesi tohum ekebiliyor muydu?

*

* *

Kocası ve iki oğlu askere giderken öküzün birini satmışlar, "Mutlaka köyde bir öküzü olan bulunur, onları çift haline getirir, işleri görürüz" şeklinde düşünmüşlerdi. Fakat bahar gelmişti; komşuları tarlalarını, bahçelerini sürüyorlardı. Köyde tek öküzlü aile yoktu. Bahçenin sürülmesi gerekiyordu. Hatice, binbir zorlukla öküzün yanına eşeği koştu. Zaten huysuz olan eşek hepten çıldırdı; boyunduruğun zelfisini kırıp, yularını Nadiye'nin elinden kurtardı. Hatice, bahçede peşinden epeyce koştuktan sonra yularını yakaladı. Eşekle süremeyeceğini anlamıştı; götürüp, ahıra bağladı. Evden keseri aldı; bir zelfi yaptı; boyunduruğa taktı. Ahırdan çıkardığı ineği güç belâ boyunduruğa koştu. Nadiye yularları çekiyor, Hatice sapanı tutuyordu. Boyunduruğu yadırgayan inek sağa sola yalpa yapıyor, boynuz sallıyor, Hatice de sık sık aynı şeyleri söylüyordu.

- Hadi kızım Bozıya! Nadiye yularları sıkı tut.

Bahçenin sonuna gelince, dönmeleri dert oldu. Ama Boziya uslu bir hayvandı. Hatice, zor da olsa, bahçeyi sürebileceğine kanaat getirdi. Yalın ayaklarında aktarılan toprağın yumuşaklığını duyarak sapanın peşinden gidiyordu.

Bahçenin ortasına yaklaştıkları sırada, avluda iki jandarmanın dikildiğini gördü.

- Nadiye dur; sakın yularları elinden bırakma. Ben hemen geliyorum.

Eve doğru koşmaya başladı. Yüreği ağzına gelmişti. Ne olabilirdi?... Nefesi kesilecekti?.. Askere götürecekleri kimse kalmamıştı ki!... Yanlarına yaklaştığında soluk soluğa idi. Yavaşladı, başörtüsünü düzeltti.

- Hayır haber jandarma kardeşler?

Biraz daha esmer olanın elinde sarı bir zarf vardı.

- Hayırlar Bacım; mektubunuzu vermek için uğradık.

Acele acele sordu.

- Nerden geliyor? Ne yazıyor?

Diğer jandarmanın sesi biraz buruktu.

- Şubeden geliyor; herhalde bir asker celbidir.

- Askere gidecek kimsemiz kalmadı. Hele bir okuyun; ne yazıyor?

Esmeri:

- Vallahi Bacım, ikimizin de okuması yazması yok, dedi. Birisini bulur, okutursun. Haydi, sağlıcakla kal.

Zarfı aldı; içindeki kuşku büyüyordu; bugüne kadar şubeden böyle bir zarf gelmemişti. Ne olabilirdi? Ömer Hoca'nın evine doğru yürümeye başladı. Kuşkusu adımlarını hızlandırdı; koşuyordu; yüreği durdu duracaktı!...

Avluda odun yaran Ömer Hoca, acılarına sabırla tahammül eden Hatice'nin koşarak geldiğini görünce, baltasının sapına yaslanıp, dikildi; böyle acele etmesine sebeb ne idi?... Avludan içeriye girince, Hatice yavaşladı; ama yürek çarpıntıları daha da arttı. Elindeki sarı zarf Ömer Hoca'nın da dikkatini çekti. Yanına yaklaşan Hatice'ye:

- Hayrola kızım, dedi.

- Jandarmalar şubeden bir zarf getirdiler. Okur musun?

Ömer Hoca zarfı alıp, açtı. "Allah yolunda öldürülmüş olanlar için 'ölüler' demeyin. Bilakis onlar diridirler. Fakat siz iyice anlayamazsınız" âyetini, "Şehitler bu dünyaya tekrar şehit olmak için gelmek isterler" hadisi takip ediyordu. Sonra da Akif ve Hasan'ın Sarıkamış cephesinde şehitlik mertebesine erdikleri bildiriliyor, Allah'tan sabırlar dileniyordu.

Mektubu sessizce okuyan Ömer Hoca, bakışlarını Hatice'ye çevirdi; soluk soluğa ona bakıyordu. Ne diyebilirdi; yalan söyleyebilir miydi? Akif ve Hasan gözlerinin önüne geldi; ağır başlı, efendi çocuklardı; elini öpüp, veda ederlerken, "Hocam dualarınızı esirgemeyin" demişlerdi. Yüreği lastik bir top gibi göğsüne çarpan Hatice, gözlerini ondan ayırmıyordu. Bir şeyler söylemesi gerekirdi. Sesinin teskin edici olmasına da dikkat ederek söze başladı.

- Kızım, üzülmen mi, sevinmen mi lâzım, bilemiyorum. Bu kâinatta yalnız Allah'ın emrinin geçerli olduğunu unutmamalıyız. Onun iradesi karşısında boynumuz kıldan incedir. Biz fânilerin biricik emeli de, onun emirlerine uymak, emirleri uğruna şehitlik mertebesine ermek olmalıdır. Zaten biz kullar içinde en yüce mertebe şehitliktir. Sarıkamış Cephesi'ndeki Akif ve Hasan evlâtlarımız o mertebeye ermişler!...

Ömer Hoca konuşmaya devam ediyordu; fakat Hatice duyamıyordu. Feryadı köyü kaplayabilirdi. Geriye dönerken sol elini başörtüsünün altına getirdi ve ağzını kapadı. Eve doğru yürürken diz bağları çözülüyor, içinden birşeyler kopuyordu. Yüreği eriyerek arkasından bakan Ömer Hoca karısına seslendi.

- Selime, Hatice'lere git. Çocukları Akif ve Hasan şehit olmuşlar. Yanında bulun; belki tesellisinde yardımcı olursun.

Annesinin gelişinden olağanüstü bir şey olduğunu anlayan Nadiye ağlamaya başladı; ama yularları elinden bırakmıyordu.

Kara haber köye hemen yayıldı. Selime daha gelmeden komşu kadınları Hatice'nin evine dolmuşlardı. Hepsinin boynu bükük, gözleri yaşlıydı. Dövünen Hatice'nin sesi duvarları sarsıyordu. Yuları bırakmayan Nadiye'nin çığlıkları da evdekilerin yüreklerini dağlıyordu.

*

* *

Amiral De Robeck, yeni gelişmeleri bildirmek üzere Queen Elizabeth'in konferans salonunda üst rütbeli subaylarla toplantı yaptı. Yüksek Savunma Konseyi'nin tebliğini almalarına rağmen denizcilerin önüne geçmek gibi bir gayretin içinde bulunduklarına dair intiba vermek istemediklerinden, Hamilton ve diğer karacılar, De Robeck, "Artık görev sizin" deyinceye kadar susacaklardı. Her halinden moral çöküntüsünde olduğu anlaşılan De Robeck oturumu açtığını belirttikten sonra, sözü uzatmadan onların beklediğini söyledi.

- Kara birliklerimiz öncülük etmedikçe, donanma ile Boğaz'ı çok güç geçebileceğimiz anlaşılmıştır. Yüksek Savunma Konseyimiz'in kararı da bu istikamettir.

General Braitwaite, Birdwood, Albay Pollen bakışlarını Hamilton'a çevirdiler. İçinde güç zaptedilen, "İlerle, batan savaş gemilerimizin intikamını al!" diye haykıran bir ses onu zorlamasına rağmen Hamilton konuşmakta acele etmiyordu. Üzüntülü De Robeck Hamilton'a döndü.

- Evet, sayın Başkomutan, artık söz sizin. Size de bildirildiği üzere, Yüksek Savunma Konseyimiz, deniz kuvvetlerimizi de, kara kuvvetlerimizin Başkomutanı olan size bağlamıştır. Donanmanın komutanı olarak emrinize hazırım.

Hamilton, temkinli konuşmayı tasarlamıştı. Ne fazla ümit vermek, ne de başaramayacaklarını söylemek istiyordu. Çantasından notlarını çıkardı; konuşmaya başladı.

- Karşımızdakilerin hiç de Balkan Savaşı'ndaki Türkler olmadıklarını anladık. Çok sağlam, ayrıntılı plân ve hazırlık yapmalıyız. Bize tahsis ettiğiniz kruvazörle bütün sahilleri dolaştık; incelemelerde bulunduk. Saroz Körfezi bize isabetli yer gibi geldi; fakat o bölge sık ormanlarla kaplı, Körfez'in arkası da korkunç bataklık. Türkler de kör değiller; orayı çok sıkı tutmuşlardır. Tabiatın bu çetin şartlarıyla beraber, bir de kuzeyden ve güneyden kuşatıldığımızı düşünürsek, Saroz'dan çıkarma harekâtının imkânsızlığı daha iyi anlaşılır. Suvla Körfezi ile Kabatepe'nin arasındaki sahil hattı bize oldukça müsait göründü. Kabatepe Gelibolu Yarımadası'na hakim bir mevkidir. Türkler de bunu biliyorlar; zaten siperler, dikenli tel engelleriyle savunma hazırlıkları fark ediliyor. Fakat bu bölge üç taraftan da top ateşi altına alınabilir. Kabatepe ile Mehmedcik Burnu arasındaki yarımada sahilleri yüz ile üç yüz kadem* yüksekliğinde kayalıktır. Kayalıklar tırmanmaya elverişli olmamakla beraber, arala-

* Bir kadem 32 santimdir.

rında yeteri kadar kumsal parçalar mevcuttur. Deniz ve hava üstünlüğümüzü hesaba katarsak, bu bölgeden yapacağımız çıkarmanın başarılı olmaması için hiçbir sebeb yok. Seddülbahir'den yapacağımız bir çıkarma ile de güney kesimine hakim olan Alçıtepe'yi ele geçirebiliriz. Bu iki tepe yarımadayı kolayca avucumuza düşürür. Seddülbahir bölgesine çıkan birliklerimizin güvenliği için de Anadolu yakasını, bilhassa Kumkale'yi ihmal etmememiz lâzım.

Yalnız her şeyden önce harekâtımıza gereken önemi vermeli, işi ciddi tutmalıyız. Adalar bina, su, alan bakımından birliklerin toplanmalarına elverişli değildir Savunma Bakanı Lord Kitchener'e birliklerimizi İskenderiye'de toplayacağımızı bildirmeliyiz. Değişik ülkelerden gelecek askerleri sıkı bir eğitime tabi tutmalı, birbirleriyle kaynaştırmalıyız. Acele etmemeliyiz; önce istihkâm ve diğer uzmanlarımız cepheye intikal etmeliler. Elimizde yeterince bomba, elbombası, dürbün, siper havanı ve benzeri modern savaş aletleri ve silâhları olmalıdır.

*
* *

Müttefik donanmasının hezimeti, Türklerin zaferi, İstanbul gazetelerinde sevinç çığlıklarıyla manşetten veriliyor, ancak bunları kuşku, korku salan haberler takip ediyordu. Müttefikler çekilip gitmemiş, Bozcaada, Limni, Gökçeada'yı üs edinmişler; yaralı gemilerini harıl harıl onarıyorlarmış, zaferi mutlak hale getirmek için de değişik denizlerdeki savaş gemileri Çanakkale'ye doğru yol alıyormuş. Hindistan, Senegal, Tunus, Yeni Zelanda, Avustralya, Fransa, İngiltere'den hareket eden kara birlikleri de İskenderiye'de toplanıyormuş. Bu haberler eli silâh tutabilecek herkese sorumluluklarını hatırlatıyor, halktan, Darülfünun ve medrese öğrencilerinden gönüllülerin oluşturduğu kuyruklar Harbiye Nezareti'nin önünden eksik olmuyordu.

Taksim ve Metris kışlalarında temel eğitimini bitirenler Çanakkale'ye uğurlanırlarken merasim yapılıyordu. Kadın-erkek, genç-ihtiyar İstanbul halkının büyücek bir kısmı Beşiktaş'a akmıştı. Mehter "Kur'an'da zafer vaad ediyor Hazreti Yezdan" marşını çalıyor, ahali de eşlik ediyordu. Muin-i Zafer, Hamidiye, Sultanhisar gibi savaş gemileri Beşiktaş önlerinde demir atmışlardı. Ordunun nakliye gemileri olmadığından askerler gözyaşları arasında, el ve mendil sallamalarıyla Şirket-i Hayriye vapurlarına bindiriliyorlardı.

Kalabalığın arasında dolaşan Müderris Rasih Efendi yorulmuştu; zaman zaman bastonuna yükleniyor, terlerini silmek bahanesiyle gözlerini kuruluyordu. Torunu Hasan Şakir'e mektup yazmıştı; iç çamaşırı, fındık, leblebi ve benzeri kuru yiyecekleri de bir torbaya doldurmuştu. Yirmi Altıncı Alay'ın Üçüncü Taburu'na gidecek bir kişi arıyordu. Sık sık posta ile mektup gönderiyordu; bir de elden göndermek istemişti. Kimbilir torunu ne kadar sevinecekti? Dermanı kesilmiş, ama ümidini yitirmemişti; mutlaka birisini bulacaktı.

Bir ara durdu; kalabalığın verdiği şaşkınlığı yenmek, terlerini silmek, gözlerini kurulamak istiyordu. Cebinden mendilini çıkarırken yanına bir asker yaklaştı.

- Hocam, elinizi öpeyim; hakkınızı helâl ediniz.

Müderris Rasih Efendi'nin nemli gözlerinde bir ışık belirdi.

- İhtiyarlığıma verin evlâdım, tanıyamadım.

- Ben sizin Tıbbıye'den öğrencinizim; adım Nazmi. Gönüllü Çanakkale'ye gitmek için müracaat ettim. Temel eğitimimizi Taksim Kışlası'nda yaptık. Şimdi gidiyoruz.

- Evlâdım, Çanakkale'nin neresine gidiyorsunuz? Torunum Hasan Şakir de gönüllü gitti. Ona şu torbayı, bir de mektup göndermek istiyorum.

- Arıburnu'ndaki Yirmi Yedinci Alay'ın İkinci Taburu'na gidiyorum.

- Ah, şanssızlığa bakınız. O, Seddülbahir'deki yirmi Altıncı Alay'ın Üçüncü Taburu'nda.

- Üzülmeyin Hocam; bizim Osman'la Şevket oraya gidiyorlar.

- Ne bileyim evlâdım? Götürürler mi?

- Nasıl götürmezler! Onlar sizin öğrencileriniz. Bir dakika müsaade ediniz.

Müderris Rasih Efendi çocuk gibi sevindi. Kısa bir süre sonra Nazmi iki arkadaşıyla döndü. Osman ve Şevket, hocaları Rasih Efendi'nin elini öptüler. Rasih Efendi sınıftan onları hayal meyal hatırlıyor veya hatırladığını zannediyordu.

- Evlâtlarım, asker elbiseleri de ne güzel yakışmış. Allah sizleri ana-babalarınıza, milletimize, ümmetimize bağışlasın.

İkisi de:

- Sağ olun efendim, dediler.

- Bilmiyorum -Nazmi'yi işaret ederek- beyefendi evlâdım size söyledi mi? Bir mektupla, şu torbayı Seddülbahir'deki Yirmi Altıncı Alay'ın Üçüncü Taburu'nda vatanî görevini gönüllü yapan torunum Hasan Şakir'e göndermek istiyorum. Sizlere yük olur mu?

Şevket cevap verdi.

- Ne demek efendim! Şeref duyarız. Siz hiç merak buyurmayın.

Kalabalığın gürültüsünden, mehterin sesinden söylediklerini Müderris Rasih Efendi'nin duyabilmesi için Şevket sesini yükseltmek zorunda kalmıştı.

Mülayim, şefkatli, dersinde ciddi olduğu için Müderris Rasih Efendi'yi, öğrencileri sever ve sayarlardı. Orada olduğunu haber alınca, diğer öğrencileri de geldiler. Rasih Efendi duygulandı.

- Allah sizleri düşman kurşunundan korusun. Savaş iyi şey değil; ne yapalım ki yabancıların vatanımızda gözleri var.

Mehter durdu; megafonla bağırılıyordu.

- Seddülbahir ve Arıburnu'na gidecek gönüllüler ilk vapura! Dikkat, dikkat! Seddülbahir ve Arıburnu'na gidecek gönüllüler ilk vapura!

Elini öperlerken hocaları Müderris Rasih Efendi, gözyaşlarını göstermek istemiyordu. Torununa söylerler, üzülürdü.

*
* *

Nisan gelmesine rağmen Gelibolu Yarımadası soğuktu; hiç dinmeyen rüzgâr bilhassa sabah ve akşamları bıçak gibi keskinleşirdi. At sırtından inmeyen Esat Paşa'nın yüzüne sanki tunçtan bir maske geçirilmişti; soğuk onu iyice yakmıştı. Her ne kadar Müttefikler, İskenderun'a veya İzmir'e çıkarma yapacaklarına dair şayialar yayıyorlarsa da inanmıyorlar, hazırlıkların Çanakkale için yapıldığından şüphe etmiyorlardı. Edirne, Çatalca ve diğer yerlerden birlikler, büyük çaplı toplar, makineli tüfekler, heybelerine cephane sandıkları doldurulmuş sürü sürü katırlar devamlı Gelibolu Yarımadası'nın güney kesimlerine akıyorlardı. Ama Müttefiklerin üstün silâh gücü karşısında bunların fazla önemi olmadığını bildiklerinden arazinin bütün imkânlarını savunmada değerlendiriyorlardı. Karargâhlarda gündüz çalışan kurmaylar, gece haritalarla yarımadaya dağılıyorlardı. Siperler, hendekler, tüneller kazılıyor, çıkarma yapılabilecek bölgeler engellerle kapatılıyor, mayınlanıyordu.

Esat Paşa, Anadolu yakasında bir tek Kumkale'yi ele geçirmeye kalkışacaklarını düşünüyordu; zira Müttefikler oradan, Seddülbahir'e yapacakları çıkarmayı koruma altına almak isteyeceklerdi. Yüksek ve Boğaz'a hakim bulunduğundan, asıl çıkarmayı Gelibolu Yarımadası'na yapacaklardı. Buradan karşı yakayı, Boğaz'daki bütün tabyaları dövebilirler, donanmalarını rahatlıkla geçirebilirlerdi. Bu bölgede de Seddülbahir, Arıburnu, Suvla

Esat Paşa'nın dikkatini çekiyordu. Kabatepe veya Alçıtepe'ye hakim olduktan sonra, uzun menzilli toplarıyla Boğaz'ı, Anadolu yakasını, Gelibolu Yarımadası'nın güney kesimini kontrol altına alabilirler, bir solukta Çanakkale'nin karşısındaki Kilitbahir'e ve Eceabat'a inebilirlerdi.

Mareşal Liman Von Sanders'in asıl korkusu Saroz Körfezi'ydi; burada çok daralan yarımada Müttefiklerin iştihasını kabartabilirdi. Yapacakları başarılı bir çıkarma ile hemen Gelibolu'ya inerler, baklava dilimi gibi olan yarımadayı rahatça koparırlardı. Esat Paşa ise buna çok az ihtimal veriyordu; zira Saroz'dan çıkıp, Gelibolu'ya inen Müttefikler, kuzey ve güneyden kuşatılacaklarını düşünürlerdi.

Esnek bir savunma plânlanıyordu; çünkü Müttefikler bir yandan uzun menzilli toplarıyla denizden döverken, diğer yandan çıkarma yapabilirlerdi. Deniz kenarında onları büyük kuvvetlerle karşılamaları, ağır topların bombardımanıyla, aşırı derecede kayıplar verebilirlerdi. Çıkarma yapılır yapılmaz karada tutunmalarına fırsat vermeden, denize dökülmeleri gerekirdi. Bunun için sahillerde hafif kuvvetler bulundurulacak, asıl kuvvetler içerdeki istihkâmlarda tutulacaktı. İstihkâmlar çok hesaplı yapılıyor, irtibat yollarıyla birbirine bağlanıyor, elden çıkan olursa, nereye çekilecekleri, kaybettikleri mevzileri ele geçirmek için nereden ve nasıl taarruz edecekleri hesaplanıyordu.

*

* *

Savaşa gönüllü iştirak ettiğine Rubert Brook'un duyduğu memnuniyet anlatılamazdı. Ölümsüzlüğün fırsatı insanın eline en fazla birkaç kere geçerdi; onu görebilen, değerlendirebilen ebediyete intikal ederdi. Çünkü hayat başka, hayal başkaydı; büyük eserler gücünü hayattan alırlardı. Ne kadar tahayyül etse de çadır yaşantısını, savaşı eksiksiz canlandıramazdı. Renkleri, kıyafetleri değişik birlikler hergün geliyor, çölde kurulan çadır şehir devamlı büyüyordu. Üzerinde güneş batmayan imparatorluklarını kitaplarda okumuştu; burada ise onun haşmetini yaşıyordu. Askerler, katırlar, katanalar, ağır silâhlar toplandıkça, Brook bir başka gurur duyuyordu.

Bu ayı, bu yıldızları, harikulâde tatlı geceleri İngiltere'de nasıl görebilir, çölün şiir yüklü sessizliğini nasıl yaşayabilirdi. Sükût burada canlı bir varlık misali derinleşir, insanın duygularını sarardı. Savaşa gönüllü iştirak etmiş, Başbakan'ın oğlu Arthur Ausquit'le geceleri piramitleri dolaşırken bu derin sessizlik, çağlar ötesinden getirdiği sırları ona fısıldardı. Taş taşıyan köleleri, sırtlarında şaklayan kırbaçları görür gibi, acılarını duyar gibi olurdu. Hele askerlerin çok sık söylediği şu türküyü her dinleyişinde, duygularını zaptetmesi ne mümkündü. Dünyanın en kahraman askerlerinin vatanlarını özleyişleri ne kadar içliydi; milletlerinin geleceği için ana-baba kucağından kopuşlarını bu türkü ne kadar güzel dile getiriyordu.

"Vatanım, ey vatanım
Seni bir daha ne zaman göreceğim!
Doğduğum topraklar
Yeryüzünün en güzel yeri
Vatanım, ey vatanım
Seni bir daha ne zaman göreceğim!
Yıllar olabilir, ya da sonsuza kadar
Sevgili Vatanım!"

Elbette bu hatıralar yazmayı düşündüğü Çanakkale Zaferi'nin destanına renk katacaklardı. Belki de o destan Çanakkale Savaşı'ndan daha meşhur ve uzun ömürlü olacak; *İlyada*, *Odesa*, *Niebelungen*, *Kalevala*'ya benzer bir şekilde yüzyıllar boyu elden ele, dilden dile dolaşacaktı.

Ama başında bir ağrı vardı; terliyor, midesi bulanıyordu. Geçeceğini ümid etmişti; ne çare ki geçmiyor, gittikçe de artıyordu. Palmiye gölgesinde beraberce oturduğu arkadaşlarının neşesini kaçırmak istemiyor, devamlı dişini sıkıyordu. Bir yandan arkadaşlarının esprilerini paylaşmaya çaba gösterirken, diğer yandan da buradaki hayatın acımasızlığını; meşakkati, suskunluğuyla ruhları olgunlaştıran çölün, insanın bedeni, ihtirasları için bir şey vaad etmediğini düşünüyordu. Henüz nisanın ilk günleriydi; yazın bu güzelim İskenderiye'de yaşamak cehennem azabı verirdi. Şimdi bile alev alev yanan kumu güneş sanki devamlı bombardıman ediyordu.

Gözlerinin önünde karanlıklar yoğunlaşıyor, mide bulantısı artıyor, kendisini tutmakta güçlük çekiyordu!... Midesindeki bulantı harekete geçti; canlı bir yaratığı andırırcasına yukarıya doğru yürüyordu... Ağzından fışkıracaktı; arkadaşlarının arasından fırladı. İki adım atmadan istifra etmeye başladı. Olduğu yere yığıldı. Öğürdükçe istifra dalgaları geliyordu; rahatlamayı umuyordu; fakat midesi kaynıyor, yeni dalgaları yukarı yolluyordu. Telâşlanan arkadaşları sıhhiyelere haber verdiler.

Ellerindeki sedye ile sıhhiyeler koşarken Ausquit, arkadaşlarını uyarıyordu.

- Açılın! Rahat nefes alsın!

Kaldırıp, sedyeye yatırdıkları Brook'un ağzından devamlı köpükler geliyor, boncuk boncuk terliyor, göğsü kalkıp iniyordu.

Hamilton, Limni'den gelmiş, Metropol oteline yerleşmişti. Aynı yerde bulunan karargâhında çalışmalarını sürdürüyordu. Masaya serdikleri büyük ölçekli bir harita üzerinde gösteri çıkarmalarını nerelere yapmaları gerektiğini tartışırlarken, Rubert Brook'un rahatsızlandığı, revire kaldırıldığı haberini aldılar. Hamilton hemen elindeki kalemi bıraktı; kurmaylarına:

- Siz devam edin, dedi ve ayağa kalktı.

Ordudaki çağdaşlarının aksine Hamilton kültürlü ve sosyal konulara düşkünlüğüyle tanınırdı; sanatla, bilhassa edebiyatla çok yakından ilgilenirdi; şiir yazıyordu ve basılmış bir romanı da vardı. Ziyaretine giderken, yıllardan beri dostu olan, yakışıklılığı ve şiirleriyle ünlü Rubert Brook, gözlerinin önündeydi. Ne idealist bir gençti, sosyetenin güzel kızlarının hayallerinden çıkmayan, dillere destan bu delikanlı, Londra'nın renkli hayatını elinin tersiyle itip, cepheye koşmuştu. Başkomutanlığın verdiği yetkilere dayanarak, onu tehlikelerden korumalıydı. Kurşun sıkacak milyonlarca İngiliz bulabilirdi; ruhlara canlılık verecek kaç tane Brook yetişirdi!..

Revire geldiğinde onu kapıda saygıyla karşılayan Başhekim'e sordu.

- Rubert Brook nasıl? Neyi var?

- Şimdi iyi Başkomutan'ım. Güneş zehirlenmesi; gerekli müdahale yapıldı.

Aldığı cevaptan Hamilton tam tatmin olmak istedi.

- Hayatî tehlike sözkonusu mu?

- Sanmam; çöllerde sık rastlanan bir olay.

- Ziyaret etmem sakıncalı mı?

- Hayır, buyurun.

Hamilton yattığı odaya girdiğinde Rubert Brook dalgın dalgın camdan dışarıya bakıyordu. Topuk seslerinin kendisine yaklaştığını fark edince, başını çevirdi; Hamilton'la göz göze geldi; ölgün bakışlarında bir kımıldama belirdi. Hamilton'un kemikli yüzüne derinliği olan bir gülümseme yayıldı.

- Nasılsın Rubert?

- Teşekkür ederim; iyiyim.

- Telaşlanmıştım; ama gerçekten iyi görünüyorsun.

- Eksik olmayın.

Hafifçe elini tutan Hamilton'un sesindeki sıcaklık hissediliyordu.

- Senin için bir şeyler yapabilirsem, mutlu olurum.

- Nezaketiniz beni gerçekten müşkül duruma düşürüyor Başkomutanım; sağ olun, doktorlar gerekeni yapıyorlar.

- Başhekim, durumunun tehlikeli olmadığını söyledi. Ümid ederim ki çok yakında sağlığına kavuşursun.

Yastığı sırtına koyup, yaslanan Brook:

- Kendimi iyi hissediyorum, dedi. Yakında tam sağlığıma kavuşacağıma inanıyorum. -Bakışlarında bir pırıltı belirip, silindi- Cephenin en ön saflarında dövüşme imkânını bana verirseniz, size minnettar kalırım.

- Merak etmeyin, sevgili Rubert.

*

* *

Güzel bir gün dünyayı ışık seline boğarken, baharın neşesini her yerde görmek mümkündü; bu neşeyle çeşit çeşit kuşlar bir başka türlü ötüyor, rengârenk kelebekler çiçekten çiçeğe uçuyorlardı; fakat askerlerin siperlerden çıkmamalarına dair emir kesindi. Yahya Çavuş'la Oğuz Amca aynı siperde oturuyorlardı. Oğuz Amca, Yahya Çavuş için sadece yaşlıca bir asker arkadaşı değildi; ona karşı izah edemediği bir yakınlık, saygı, sevgi duyardı; çizgileri derinleşmiş yüzünde, gün görmüş bakışlarında bir ferahlık bulurdu. Gerçekten de Oğuz Amca'nın bakışlarında sıradan bir köylü basitliği yoktu; toprakla yoğrulmanın olgunluğu gizliydi; gülümseyişiyle de insana bir başka güven telkin ederdi.

Oğuz Amca yorulmuştu; bütün gece siper kazmışlardı; ne de olsa yirmi yaşın gücünü kendinde bulamıyordu. "Yüreğime uyabilecek dizlerim, bacaklarım olsaydı!.. Ah bu yaşlılık, kimseye hatır gönül etmiyor" diye zihninden geçirirken göz ucuyla Yahya Çavuş'a bakıyordu. Son günlerde iyice durgunlaşan Yahya Çavuş dalmış, bakışlarını iç dünyasına çevirmişti. Dağların sükût kesilmiş tefekkürüyle şahsiyetini bulan, gereksiz konuşmayı hiç sevmeyen Oğuz Amca merakının önüne geçemedi.

- Çavuş, seni bu günlerde düşünceli görüyorum.

Bakışlarını ona çeviren Yahya Çavuş'un sesi duygu yüklüydü.

- Bazen aklıma köy geliyor. Bazen değil, her zaman aklımda köy var. Ama bazen bir tuhaf oluyor, içimin sıkıntısını ancak hüngür hüngür ağlarsam, hafifletebileceğimi zannediyorum. Üç yaşındaki oğlum Muharrem içimde devamlı bir merhamet ateşi yakıyor. Çok yaşayalım, az yaşayalım, sonumuz ölümdür. Fakat geride dul bir kadınla, yetim bırakmak yok mu?... Beni kahrediyor!...

- Öyle şeyler düşünme Çavuş; kaderde ne varsa, o olur; hayatımızın tamamı ezel defterine yazılmıştır. Allah'a şükür ki vatan savunmasına iştirak edecek kadar sağlıklıyız. Yetimin sahibi Allah'tır. İnşallah yetim kalmaz. Geçimleri nasıl?

- Koçali, Ezine'nin en verimli köylerinden sayılmaz; ama fena da değil. Bir parça yerimiz var; ekeni mahrum bırakmaz.

- Genç kadın, elbette yiyecekleri kadar ekip, biçer. Biz her şeye sabretmeli ve hatta şükretmeliyiz. Sabırsızlık, şükürsüzlük Allah'ın takdirini beğenmemek olur. Allah korusun!

Oğuz Amca konuşurken iki asker onlara yaklaşıyordu. Gelenlerin birini gözü ısırır gibiydi; fakat siperin içi tam aydınlık değildi. Yanlarında durdular. Ona yabancı görünmeyen er eğildi.

- Nasılsın Oğuz Amca? Ver elini öpeyim.

Oğuz Amca'nın da gözü ondaydı.

- Tanıyamadım, oğlum.

- Ben komşunuz Rasim'in oğlu Rıza.

Oğuz Amca gülümseyerek ayağa kalktı; Yahya Çavuş da doğruldu.

- Ah, Rıza evlâdım, biraz esmerleşmişsin. Asker elbisesiyle de seni hiç görmediğimden hemen tanıyamadım. Nasılsın, iyi misin? Neredesin?

- Allah'a şükür iyiyim. Arıburnu'ndaki Yirmiyedinci Alay'ın, Birinci Taburu'ndayım. -Yanındakini işaret ederek- Hüseyin bir hemşehrisini ziyaret etmek için buraya geliyordu. Ben de seni görmek istedim. Babam da adresini yazmıştı. İzin alıp, geldim.

- Allah razı olsun; bana memleketin havasını getirdin.

Hüseyin'e döndü, elini uzattı

- Sen de hoş geldin evlâdım.

- Hoş bulduk.

Yahya Çavuş da ikisine ayrı ayrı "Hoş geldin" dedi. Mustarip yüzünde gülümsemeler eksik olmayan Oğuz Amca gerçekten sevinmişti.

- Hele oturun.

Otururken sözüne devam etti.

- Gurbette insanın bir yakınına rastlaması başka oluyor. Çok yaşayasın Rıza; beni derecesiz memnun ettin. Allah gönlüne göre versin. Baban nasıl, iyi mi?

- Geçen hafta mektup aldım; iyi olduğunu yazıyor.

- Baban benden dört yaş büyük. Rahmetli babam harpten çok korkmuş, beni yirmi yaş küçük yazdırmış. Onun için Akif, Hasan, Mustafa babamın üzerine kayıtlı.

Akif'i, Hasan'ı anarken "Rahmetli" dememesi Rıza'nın dikkatini çekti. Oğuz Amca Hüseyin'i ihmal etmiş olmamak için ona döndü.

- Nasılsın evlâdım.

- Allah'a şükür iyiyim.

- Memleket neresi?

- Balıkesir.

- Çok güzel evlâdım; Allah seni anana-babana bağışlasın.

- Âmin.

Oğuz Amca bakışlarını tekrar Rıza'ya çevirdi.

- Burada bizim oralardan kimse yok. Arıburnu taraflarında tanıdık, bildik var mı?

- Kimseye rastlamadım.

Bu anda siperin ucundan bağırıldı.

- Taslar!

Yahya Çavuş yerinden kalktı

- Tasını ver; çorba getireyim.

Oğuz Amca tasını verirken konuşmasına devam etti.

- Herhalde nakliye zorluğundan dolayı, bizim oralıları çoğunlukla doğu cephesine yolluyorlar; buralara da Hüseyin gibi civar vilayetlerin çocuklarını getiriyorlar.

Rıza, Oğuz Amca'yı dinlerken, Akif'le Hasan'ın şehit düştüklerini söyleyip söylememekte kararsızdı. Ama bu izni bile zor almıştı, bir daha buraya gelemezdi. Haberi varsa, sabırlar dilememesi çok ayıp olurdu. Nasıl olsa er-geç duyacaktı. Sesi biraz değişti.

- Babamın çok selâmı var. Kara haberin çabuk yayılacağını, senin duymuş olabileceğini yazıyor. Şehit olan Hasan ve Akif'in künyeleri gelmiş. "Bir fırsatını bulur, ziyaret edebilir, Allah sabırlar versin dersen iyi olur" diyor.

Renk vermemeye çalışan Oğuz Amca'nın bakışları parça parça oldu; yüreğinde kızgın bir demir derinleşiyordu. İki oğlu da bütün masumluklarıyla gözlerinin önündeydi. Bir düğüm boğazına ilmik attı; boğuluyordu.

- Sizler sağ olun, diyebildi.

İki tas çorbayı getiren Yahya Çavuş birini Rıza'nın, diğerini Hüseyin'in önüne koydu. Yanı başlarındaki fıçıdan maşrapa ile aldığı suyla yıkadığı kaşıkları uzatırken:

- Buyurun, dedi. Bizim çorbalarımız kazanda kaldı. Sonra da biz içeriz.

Rıza cevap verdi.

- Siz buyurun, çorbanızı için; yola çıkacağız diye sabahleyin tıka basa yedik; biraz sonra da döneceğiz.

Oğuz Amca konuşmakta güçlük çekiyordu.

- Rıza, Hüseyin buyurun; misafiri gelenin çorbası ayrılır.

Oğuz Amca'nın gözünden bir damla yaş fırladı. Bir bahaneyle sildi. Rıza'ya karşı daha önce haberi varmış gibi davranmak istiyordu. Fakat ondaki değişikliği Yahya

Çavuş sezmişti; gurbette olanın başına her hal gelirdi. Aşırı derecede merak etmesine rağmen başkalarının yanında ne olduğunu sormadı.

Rıza ve Hüseyin veda edip gidince, koynundan çıkardığı kuru tayını Yahya Çavuş ikiye böldü. Yarısını Oğuz Amca'ya uzattı.

- Buyur.

- Sen ye.

Dedi ve kalktı; gözyaşlarını tutamıyordu.

Yahya Çavuş:

- Hayır ola, Oğuz Ağabey? diye sormaktan kendini alamadı.

Derin bir göğüs çektikten sonra cevap verdi.

- Hayırdır, veren de Allah, alan da Allah; ama baba yüreği her şeye tahammül edemiyor. Sarıkamış Cephesi'ndeki oğullarım şehit olmuşlar.

"Şehit olmuşlar" sözü ağzından zor çıktı; gözyaşları boşandı. Yahya Çavuş lokmasını bir türlü yutamıyor, yüreği ağır bir taşın altında eziliyordu.

*

* *

Değişik kültürlerden gelen askerleri belli ölçülere kavuşturmak, demir gibi bir disiplinle eğitmek, gözleri kapalı saldıracak hale getirmek için subaylar büyük gayret sarf ediyorlardı. Moral eğitimlerini üstlenen papazlar da ellerinden geleni yapıyorlardı. Atölyelerde çekiç sesleri hiç durmuyor, çöllerde toplar gümbürdüyor, piyade birlikleri "Hurra! Hurra!" naralarıyla süngü hücumuna kalkıyorlardı.

Birlikleri sık sık denetleyen Hamilton da gurur ve sevincini gizlemiyordu. Niçin gizleyecekti ki?... Giyimi, beslenmesi, eğitimi, disiplini, silâhları, savaş araçlarıyla gıpta edilecek bir ordunun Başkomutanı değil miydi? Buna rağmen hazırlığı çok ciddi tutuyor, plânın gerektirdiği ayrıntıları gözden kaçırmamaya dikkat ediyordu.

Hamilton, düzenini, disiplinini çok mükemmel bulduğu Avustralya ve Yeni Zelanda birliğini denetledikten sonra, onlara hitap etmek için kürsüye çıktı. Karşısında saf saf dizilmiş askerler boy, atletik yapı, savaşın gerektirdiği her şey bakımından olağanüstüydüler. Bakışlarını çevrede gezdirdi; nisan ayi olmasına rağmen çöl alev soluyordu.

- Görev şuurunuzu, eğitiminizi ve disiplininizi müşahede ettikçe, Gelibolu Yarımadası'nda top gürlemeleriyle çalacağımız havaya Türklerin ayak uyduramayacaklarından hiç şüphe etmiyorum. Bu aynı zamanda Türkler için İstanbul'u savunmak üzere ricat havası olacaktır. İstanbul'u savunmaları da çok kısa sürecek. Sizlerle bugün, bütün imparatorluk camiamız ve müttefiklerimiz iftihar ediyor. Yarın ise bütün Avrupa ve hatta insanlık iftihar edecektir...

Eğitim sahasından ayrılan Hamilton bu günü birliklerin denetimine ayırmıştı. Fransız birliğinin bulunduğu yere doğru yol alırken yaptıkları işin ciddiyetini değerlendiriyordu. İngilizler, Fransızlar ve sömürgelerinden gelen Gurkalar, Sihler, İskoçlar, İrlandalılar, Avustralyalılar, Yeni Zelandalılar, Senegalliler, Tunuslular, doğulu Yahudiler, Rumlar, Pencaplılar çok değişik kültürlerin çocuklarıydılar. Bu kadar farklı insanlardan disiplinli bir ordu oluşturmak askerî dehalarının ürünü değil miydi?...

Victoria Kolleji'ndeki Fransız Genel Karargâhı'na geldiğinde onu kapının önünde General D. Amade karşıladı. Bir kahve içimi kadar dinlendikten ve karşılıklı hal hatır sorduktan sonra, iki komutan atlarına binip, geçit resmini izlemek için hareket ettiler.

Merasim sahasına geldiklerinde onları Fransız boru-trampet takımı çok canlı bir marşla karşıladı. Hamilton gözlerini birliklerinde gezdirirken bu topraklarda, bugüne kadar böyle muhteşem bir merasim yapılmadığını zihninden geçirdi. Gerçekten de tarih boyunca pek çok işgale uğrayan, Kleopatra'nın gözünü diktiği, Napolyon'un ele geçirmek istediği İskenderiye, benzeri bir gösteriye şahit olmamıştı.

Fransız sömürgelerinden gelen askerlerin üniformaları, çöl güneşinin altında, gök kuşağını andırır bir renk cümbüşü olarak yansıyordu. Önündeki düzlüğe serpilmiş yaprakları hafif hafif kımıldayan palmiye ağaçlarının arkalarında yükselen kum tepelerine yerleştirilmiş dağ bataryaları ve mitralyöz birlikleri manzaraya ayrı bir azamet veriyordu.

Süvariler, piyadeler, topçular önlerinden geçmeye başladılar. Hamilton sahip oldukları medeniyetin ihtişamını şimdi bir kere daha idrak ediyordu. Böyle askeri ancak dört başı mamur bir medeniyet ortaya çıkarabilirdi. Piyadelerin meydana getirdiği hat, kül renginde, hafif topçu birlikleri Zuovlar'ın üniformaları mavi ve kırmızı idi. Senegal birlikleri koyu mavi cepken ve pantolon giyiyorlardı. Gurka Nepal Tugayı'nın elbiseleri mavi, üniformaları ise açık kurşuniydi. Onları uzun sakallı, bıyıklı, beyaz sarıklı; mavi ceket, parlak al kırmızı pantolon giymiş Tunus'lu süvarilerin geçişi izliyordu. Bu renk armonisi seyredenlere coşku veriyordu. Komutan olarak Hamilton, önünden geçen askerlere nasıl güvenmez, nasıl ümitlenmezdi. Ona göre, kurtarılacak yer Kudüs olmuş, İstanbul olmuş hiç önemli değildi. Bu askerin başarısının sınırı olamazdı. İçinden şöyle haykırmak geliyordu.

- Hurra piyadeler! Hurra süvariler! Hurra topçular!...

*

* *

Yağmur çiseliyor, iliklere işleyen rüzgâr tepelerde uğulduyordu. Esat Paşa, kalpağını kulaklarına kadar çekmiş, kaputunun yakalarını kaldırmış. Kabatepe'deki savunma hatlarını kontrol ediyordu. Müttefikler nereden çıkacaklar ve nasıl vuracaklardı?... Siperlerin göremediği boşluklar var mıydı?... İrtibat yolları güvenli miydi?... Denizden ve havadan da dövüleceklerdi; siperler bunlar düşünülerek hazırlanmış mıydı? Topçu bataryalarının, makineli tüfek mevzilerinin yer seçimleri nasıldı?...

Kader savaşı vereceklerinin idrakinde olan Esat Paşa, Müttefiklerin gücünü biliyor, zaman zaman ümidsizliğe düşüyordu. Fakat kendisini çabuk toparlıyor, "Rabbim dilerse, her şey olur" diyerek ümidini tazeliyordu. Zira O, savaşı yönetmenin, sadece bedenleri yönetmek olmadığını, ruhları yönetmek olduğunu gayet iyi biliyordu. Moralini yitirmiş bir kumandandan daha çaresiz kim olabilirdi?...

Gözlerini siperlerde, yazlık elbiseleri içinde titreyen askerlerde gezdirirken, "Ne yapabiliriz?" diye düşünüyor, bir çözüm bulamıyordu. Millet fakir düşmüştü; büyük fedakârlıklara rağmen askerini ancak bu kadar besliyor, bu kadar giydirebiliyordu.

Gelibolu Yarımadası'nın ucundan Kabatepe'ye doğru yükselen araziyi incelemek için deniz tarafına geçince, onu bölgenin savunmasından sorumlu Yirmi Yedinci Alay'ın Kumandanı Yarbay Şefik karşıladı. Buluştukları sırtta rüzgâr çılgınlaşıyordu. Kalpağını iyice çeken Esat Paşa, Yarbay Şefik'in verdiği bilgileri dinledi; sorular sorduktan, cevaplar aldıktan sonra denizin hemen üstündeki tepeye indiler. Burada onları sahili korumakla görevli Dördüncü Tabur'un kumandanı Binbaşı İsmet bekliyordu. Çıkarma yapılabilecek yeri nasıl abluka altına aldığına dair ayrıntılı bilgi verdi.

Karargâhına dönen Esat Paşa karpit lâmbasının aydınlattığı masasına oturdu. Bakışları son zamanlarda masasından hiç kalkmayan haritada dolaşmaya başladı. Çakmak çakmak yanan gözleri, haritanın değişik yerlerinde dolaştıktan sonra, işaretlediği Arıburnu, Seddülbahir ve Kumkale'de çakılıyordu. Buralarda yapılanları göz önüne getiriyor, Müttefiklerin yüksek ateş gücüne fazla dayanamayacaklarını biliyordu. Eldeki imkânlar da son derece kısıtlıydı; "Bu kısıtlı imkânlarla daha neler yapabiliriz" diye düşünürken, hizmet eri bir bardak çay getirdi. Dikkatini haritadan ayırmadan sordu.

- Şeker kalmış mıydı?

- Vehip Paşa'nın gönderdiği şekerden biraz daha var Paşa Hazretleri.

- Ne bereketli şekermiş. İnşallah arkadaşlardan esirgemiyorsundur.

- Hayır Paşa Hazretleri.

*

* *

Gece karanlığında siper kazıyorlardı. Akyazılı Mehmed Oğuz Amca'ya:

- Kazmanı bana ver, dedi.

- Ah Mehmed, devlet yolu, Allah yoludur. Niçin kazmamı almak istiyorsun?

- Ama biz gençlerin elinde kazma, kürek yok. Amcamız yerindesin; sen çalışıyorsun, biz dikiliyoruz.

- Siz de dikilmeyin, taşları, tokalakları elle atın.

Ezineli Yahya Çavuş söze karıştı.

- Mehmed doğru söylüyor; gençler varken benim bile kazma sallamam yanlış; biz daha hafif işler yapmalıyız.

Kazmasının sapına dayanan Yahya Çavuş çalışanlara bir bir bakıyor, karanlıkta hareketlerine dikkat ediyor, Mendebur İdris'le Muzır Ruşen'i arıyordu. Her fırsatta işi bırakır, bir yerlere gizlenirlerdi.

- Mendebur'la Muzır neredeler?

Oğuz Amca cevap verdi.

- Kimbilir hangi deliğe sıvıştılar.

- Bunlar beni delirtecekler yahu!.. Ne birbirleriyle geçinirler, ne de ayrılırlar. Doğru dürüst görev yapmazlar. Onlara bu lâkapları kim takmışsa, isabetli bir iş yapmış.

- İsabet kaydetmeseydi, lâkapları tutmazdı.

Sipere siyah bir gölge süzüldü.

- Aydın'lı, var mı? Aydın'lı?

Yahya Çavuş:

- Burada Aydın'lı yok, dedi; fakat aşağıda bulabilirsin.

Siperden fırlayıp çıktı; aşağıdan gelen kazma seslerine doğru, "Aydın'lı var mı Aydın'lı var mı?" diye bağırarak koşarken Oğuz Amca kendi kendine söyleniyordu:

- İnsanoğlu avunmak için nelere muhtaç! Bulacağın Aydın'lı hangi ilçesinin, hangi köyünden? Hepimiz aynı Allah'ın kulu, aynı ümmetin çocuklarıyız... Hemşehrini bulursan, eline ne geçecek?... Hangi derdine çare olacak?... Neylersin ki biz böyleyiz?...

*

* *

Müttefikler denizden rahatça dövüp, buralardaki Türk birliklerini tarumar ettikten sonra, Alçıtepe ve Kabatepe'yi ele geçirdiler mi artık önlerinde durmak mümkün değildi. Bu tepelere yerleştirecekleri uzun menzilli toplarıyla deniz kıyısındaki tabyaları arkalarından istedikleri şekilde dövebileceklerinden, iki ateş arasında kalınca, eskisi gibi Boğaz'a saldıran donanmayı da durduramazlardı. Deniz ve karadan aynı anda hücum edebilecek imkâna sahip bulunan müttefiklerin yıldırım savaşı yapacaklarından şüphe etmeyen Esat Paşa, Gelibolu Yarımadası'nın değişik noktalarına ihtiyat birlikleri sevk ediyordu.

Eceabat'ın üst kısmında konaklayan Ondokuzuncu Tümen'in Yetmiş İkinci Alayı'nın Üçüncü Taburu'nun kumandanı Binbaşı Rıfkı, kendisini gösterebileceği fırsatı ele geçirdiğinden gene pek emin değildi. Topları Gelibolu Yarımadası'nın ucuna doğru çeken mandaları, makineli tüfek taşıyan develeri gördükçe, bu defa da geride kaldığını düşünüyor ve üzülüyordu.

Binbaşı Rıfkı kumandan olarak çok disiplinliydi. Disiplinsiz asker her an güruha dönüşebilirdi; uğranılan bozgunların altında hep bu yatıyordu. Fakat kanaatince bu disiplin aynı zamanda yetenekli subayların ortaya çıkmalarını da önlüyordu. Rütbe ise yeteneğin, cesaretin en büyük düşmanıydı; korkakla cesuru, aptalla dâhiyi bir seviyede tutuyordu. Aynı basamakta bir sünepe ile aynı yıllar beklemek onuruna dokunuyordu. Ama bu kere, şartlar ne olursa olsun, dikkatleri üzerine çekecekti. Bunun için de ne gerekiyorsa, yapacaktı...

Katiyen zamanı boş geçirmiyor, çok sıkı talim yaptırıyordu. Taburun en küçük birimleriyle ilgileniyor, her manganın kendi içinde yardımlaşmasını dikkatle izliyordu. Mangaları birbiriyle süngü savaşı yaptırıyor, birisinde biraz lâkaydi sezdi mi, volkan gibi patlayarak kamçıyı yapıştırıyordu. Taburun topyekûn durumunu öğrenmek isteyince, bir bölüğü düşman olarak bir tepeye yerleştiriyor, diğer iki bölüğü de hücuma kaldırıp, tepeyi geri aldırıyordu. Bu hücum anlarını tepeciğin üzerinden dürbünüyle seyrederken kendisini Celâleddin Harzemşah'a benzetir, yüzünü mağrur bir gurur aydınlatırdı. Ordusu dağılmıştı; ama o ayakta kalmış, insanlığa tam bir cengâverlik örneği göstermişti. Cengiz Han bile, "Ah böyle bir oğlum olsaydı" dememiş miydi? Hücuma kalkan birliklerin "Allah! Allah!" sesleriyle ürperir, kahramanlık duygularıyla ruhu dolup taşar, savaş anında böyle bir fırsata kavuşmanın ihtirasını duyardı.

*

* *

Sabaha karşı birliklerin, silâh ve araçların yüklendiği gemiler kuzeye hareket ettiler. Akdeniz'de güneş başka türlü doğuyordu. Geniş bir otağı andırırcasına yayılan pembelik göklere yükseliyor, küçücük bulutları kapıp, içine alıyor, ulaştığı her yere hakim oluyor, gittikçe de koyu bir al renge bürünüyordu. Kısa bir sürede bu al rengin ortası nar misali kızarıyor; biraz sonra maviliklerin içinde güneş ateşten bir top gibi yüzüyordu.

Giyimine fazla özen göstermeyen zayıf, uzun boylu Başkomutan Jean Hamilton hafifçe aksayarak kamarada geziniyordu. Savaşlardan hatıra kalan bu aksaklık onu rahatsız etmiyor, içten içe gururunu da okşuyordu. Korkusuzdu; tecrübeliydi; bilgili komutanlara sahipti; asker ve silâh üstünlükleri de âşikârdı. "Onları zaferden alıkoyacak ne olabilir" diye düşünüyor, hiçbir sebeb bulamıyordu.

Gözünün alabildiği maviliklerde yüzen gemilere baktıkça, zaman zaman hayale dalıyor, kendisini Annibal, Caesar ve Napolyon'la mukayese ediyor; hayalini çevresindeki komutanların sezmesinden de endişeleniyordu. Aslında endişelenmesine gerek yoktu; Akdeniz yaratıldığından beri böylesine güçlü bir orduya şahit olmamıştı. Çağ değişmiş, yelkenlilerin yerini binlerce tonluk gemiler almış, silâhlar korkunçlaşmıştı. Kendisi de "Akdeniz Seferi Kuvvetleri Başkomutanı" olarak Çanakkale'yi geçip, İstanbul'u almaya gidiyordu. Bakışlarını çevrede gezdirdi; ufuk boyunca dizilmiş gemiler, hafif dalgalı denizi yararak kuzeye doğru yol alıyorlardı. Durdu; zihninden şöyle bir hesap yaptıktan sonra mırıldandı:

- Tam dörtyüz altmış iki yıl önceki hesabı görmeye gidiyoruz.

Türkler tarafından fethedileli beri İstanbul Avrupalıların rüyası haline gelmişti. Türkler ve Müslümanlar İstanbul'u alan Sultan Mehmed'e "Fatih" unvanını vermişlerdi; kendi milleti, ümmeti daha az alicenap değildi.

Hamilton, Brook'u ziyaret etmek için revire çıktı. Rengi kül gibi görünmesine rağmen Brook kendini biraz toparlamıştı. Sırtına yastığını dayamış, maviliklere dumanlarını bırakan gemilerin suları yarışlarını seyrediyordu. Hamilton'u görünce, gözlerinde bir ışık parladı.

- Sayın Başkomutan'ım, sizlere de zahmetler veriyorum.

Hamilton ona ön adıyla hitap etmekle yakınlığını ihsas ediyordu.

- Ne münasebet Rubert; sen milletimizin iftiharısın. Seni düne nazaran daha iyi gördüm.

- Evet iyiyim.

Hamilton, onun için düşündüğü görevi söylemekte bir sakınca olabileceğine ihtimal vermemişti. Hem savaşı yaşayacak, hem de tehlikeden uzak kalacaktı.

- Rubert, seni karargâhta görevlendirmek istiyorum. Bir kalleş kurşuna kurban gitmeyesin. Bir Rubert daha kolay kolay yetişmez.

Brook'un solgun yüzü hafifçe pembeleşti; bakışları değişti.

- Başkomutan sizsiniz; karar sizindir. Ama ben karaya çıkmak, sıradan bir askerden farksız dövüşmek isterdim.

Hamilton'un durgun yüzünde tatlı bir gülümseme yayıldı.

- Peki, nasıl istersen Rubert.

Rubert Brook'a veda edip, ayrılan Hamilton, merdivenden inerken de ona hak veriyordu. Savaşı bütün haşinliğiyle yaşarsa, daha güçlü eser verirdi. Hayatını eserinden kıskanan sanatçı, gerçek sanatçı olamazdı.

Gemiler Ege Denizi'ndeki adaların arkalarından geçiyordu. Sessiz ve sakin görünen öbek öbek adaların her biri diğerinden güzeldi; sanki avuç dolusu yemyeşil inciler maviliklere serpilmişti. Hamilton, kamarada oturmuş, lâcivert denize kor gibi süzülen güneşi seyrederken bir puro yaktı; bardağındaki yıllanmış şarap da gurup rengindeydi. Kan denizinde boğulmamak için uzun süre çırpınan güneş, ruhunda hüzünlü bir gurbet duygusu bırakarak yavaş yavaş mavi sulara gömüldü; bir süre sonra da silindi.

*

* *

Asıl gurbet Hasan Şakir'in duygularındaydı; dedesinin yalnızlığı ve Dilâra'nın hasreti, içinde sessiz bir feryat halinde devamlı çağıldardı. Dedesine mektup yazarken zorlanmıyor, duygularının bir ilmiğini yakalayıveriyor, gerisi çorap söküğü misali geliyordu; ama bir türlü Dilâra'ya yazamıyordu, ne kadar duygulu, içli şeyler yazsa da, kuru buluyordu.

Gün doğmak üzereyken siper kazmaktan döndüler. Herkes kendini büyük bir iştiyakla ot doldurulmuş, ter kokan yatakların koynuna attı. Hasan Şakir de yatağa girmişti; fakat bir türlü uyuyamıyor, yüreğindeki yangın gözkapaklarına kurşun gibi çöken uykuyu eritiyordu. Zorlamakla uyuyamayacağına kanaat getirince, usulca yatağından kalktı.

Doğu ufkunda tutuşan yangın büyüyor, sabah rüzgârı otları, yaprakları okşuyordu. Gümüşü andıran çiğle kaplı çimenlerde biraz aradıktan sonra, bir tepeciğin arkasında, üzerinde mektup yazabileceği bir taş buldu. Yere oturdu; yayvan taşı dizine koydu. Yazıp çizdiği kâğıtları atmamıştı, onları bir bir okuduktan sonra cebinden çıkardığı kâğıdı taşın üzerine serdi. Eline kalemi aldı; başlığı gene kolayca yazdı. "Saygı Değer Efendim." Gerisini getirememişti; fakat bu kere getirmeliydi; çünkü bir kâğıdı kalmıştı. İstese arkadaşları verirlerdi; ama niçin bir başkasını sıkıntıya sokacaktı. Zira burada kâğıt çok kıymetliydi; her zaman ele geçmiyordu... Ne yazabilirdi; aşkını dile getiremezdi; soğuk şeylerle de kâğıdı dolduramazdı. Siper kazarken düşündüklerini yazmaya başladı.

"Hayat subjektiftir; değerler zamana ve şahsa göre değişir. 'En önemli icat nedir?' diye bir anket yapılsa, herhalde 'mektuptur' cevabına hiç rastlanmaz. İnsan gurbette, sevip, saydıklarından uzak olunca, mektubun kıymetini daha iyi anlıyor ve onun en önemli icat olduğunu düşünüyor.

"Belki size çok şey söylemek istiyorum; ama ünlü bir şairin, 'En önemli şiirlerim yazmadıklarımdır' dediği gibi, öyle zannediyorum ki, siz de duygularımı yazmadıklarımda, satır aralarında bulacaksınız. Şu anda yüreğim kalemimi zorluyor; Fatih Parkı'nda oturduğumuz bankı, beraber gezinti yaptığımız anları, sizdeki zerafeti, inceliği özlediğimi yazmamı istiyor. Fakat bir insanın saygı duyduğu bir kişiye, yazmasının ne kadar zor olduğunu mutlaka takdir edersiniz. Yanlış anlaşılmak, maksadı aşan çağrışımlara sebeb olmak endişesi kalemimi dizginliyor.

"En büyük emelim, onurlu bir barışa ulaştıktan sonra, İstanbul'a, sizin yanınıza dönmektir. Paylaştığımız günler, müşterek hatıralarımız rüyalarımdan eksik olmuyor, gurbet elinde bana mutlu anlar yaşatıyorlar; bunun için size ne kadar teşekkür etsem, azdır. - Dilâra'nın değişeceğinden zaman zaman kuşku duyuyordu; ama bunu yazamazdı; kendisini sözkonusu etmeyi uygun buldu.- İçimi bazan bir korku yokluyor. Değişir, yakınlarımın yadırgayacakları bir insan haline gelirsem, ne yaparım kabilinden endişe ediyorum. Göz nasıl kendini görmüyorsa, ben de kendimi değerlendiremiyorum. Fakat çevremdeki arkadaşlarımın ne kadar değiştiklerini görüyorum. Buraya gelmeden önce, bir kelebeği incitmekten çekinenlerin hayalî düşmana süngü sallarken gözlerinde tutuşan öfke beni ürkütüyor. Hayatımız tüfekle, süngüyle yoğruluyor; "Yat, kalk; düşman karşıki tepede, hücum"la günlerimiz geçiyor. Bu ortam bizleri bambaşka kişiler haline getiriyor.

"Dün Yüzbaşımız şöyle söyledi. 'Askerliğin pek çok tarifi var; en doğrusu, «insan öldürme sanatı» şeklinde yapılanıdır.' Bunun karakterimle hiç bağdaşmayacağını siz de takdir edersiniz. Neyleyelim ki, nimetleriyle büyüdüğümüz vatanımız bizden bunu bekliyor. Kişilik değiştirmek, bir anlamda ölmektir; demek ki önce öleceğiz, sonra öldüreceğiz.

"Buralar çok güzel; Boğaz'ı İstanbul'u andırıyor. Baharında ise tarif edilmez bir canlılık var. Billûr gibi gökyüzünde çılgınca bir neşeyle ışıldayan güneşin altında gerinen toprağın her zerresi, biz aciz kullara Rabbimiz'in engin kuvvetini müşahade imkânı veriyor. Mustarip milletimizin yüzünü güldüren bir barıştan sonra, bu enva-i çeşit çiçekler arasında yakınlarımla dolaşmayı, tertemiz havayı müşterek solumayı sık sık hayal ediyorum."

Zarfın üzerine Raif'in adını ve adresini yazdı; içine yüreğini yerleştirmişcesine zarfı özenle kapattı.

*
* *

Seddülbahir ve Arıburnu'ndaki Tıbbiye öğrencileri sözleşerek, cuma günü için izin aldılar. Bir araya gelip, üç-beş saati paylaşmak, geçmiş günleri yâd etmek istiyorlardı. Kumandanları tarafından çok sevilirlerdi; kendilerini bekleyen güzel günleri bir kenara itmişler, askere gönüllü gelmişlerdi. Hiç birisi uygulanan sert disipline uyumsuzluk göstermiyordu. Gece sabahlara kadar kazma kürekle çalıştıklarından, alışkın olmayan el ayaları ve parmaklarının ikinci boğumları su toplamıştı.

Deniz motoruyla Eceabat'tan Çanakkale'ye geçerlerken değişik minarelerde öğle ezanı okunuyordu. Topluca Ulu Cami'ye gittiler; hutbe "Vatan sevgisi"ne dairdi; İmamın sesi de yüzü gibi sanki nuranî idi; yüreklere işliyordu. Ülkenin içinde bulunduğu elim durumu anlatırken cemaatı "Ha boşandı, ha boşanacak" diye bekliyordu. Minberden inerken herkes hutbeyi yarıda kesmişcesine bir duyguya kapıldı.

Deniz kenarındaki kahvenin önüne oturdular. Güneşli bir gün olmasına rağmen, devamlı hafif bir rüzgâr esiyor, dalgalar üç-beş metre önlerindeki sahili okşuyordu. Şehri çevreleyen tepeler, karşılarındaki yamaçlar, canlı yeşilliklere bürünmüşlerdi. Tabiat böylesine cıvıl cıvıl ve canlıyken Çanakkale şehri bambaşka bir manzara arzediyordu. Uzun menzilli toplarla harabeye dönen şehrin neresine bakılırsa, yangın izleri, yıkıntılarla karşılaşılıyordu. Fakir halkın bedbinliği, endişesi de yüzlerinden okunuyordu. Bu günlerde savaş yoktu; fakat adalardaki yoğun faaliyet açık havalarda Gelibolu'nun uç kısmından, Anadolu Yakası'ndan görülüyor, halkın arasında değişik şayialar dolaşıyordu. Gidecek başka yerleri olmayanlar burada kalmışlar, âdeta başlarına gelecek felâketi bekliyorlardı.

Nazmi de Hasan Şakir'e benzer şekilde yanıp, tutuşuyordu. Yusuf ona, "Kızın haberi var mı?" diye sorduğunda, "Kadın milletine sırrımı verecek adam mıyım?" cevabı hepsini güldürmüş, esprilere konu olmuştu. Hasan Şakir'i ve Dilâra'yı tanıyanlar, "Gerçekten birbirlerine yakışmışlar" diyorlardı. Müderris torunu, varlıklı ailenin çocuğu olması bir yana, uzunca boyu, narin yapısı, kumral saçları, mütenasip burnu, düzgün dudakları, gözleriyle oldukça yakışıklı olan Hasan Şakir ilk bakışta dikkat çekecek kadar da ağırbaşlı, efendi idi.

Yusuf suretâ imamın hutbesini ele almış gibi:

- Vatan sevgisi güzel de... dedi ve sustu.

Gülümser bir tavırla baktığı Hasan Şakir, hafifçe pembeleşti. Sabrî mânâlı bir şekilde Yusuf'a göz kırptı.

- Başka sevgiler de var, demek mi istiyorsun?

Nevzat gülümsedi.

- Anlasana anne-baba, kardeş, dost sevgisini kast ediyor.

Bu sözlerin kendisine söylendiğini anlamamazlıktan gelen Hasan Şakir:

- Vatan olmazsa, bütün bunların anlamı kalmaz, dedi.

Yusuf'un gözleri ışıldadı.

- Vatan da kuru kuruya sevilmez ki Şakir'ciğim. Bize vatanı sevdirenler de Nevzat'ın saydıklarıdır.

Hasan Şakir'in zihni mektupla meşguldü. Zarfın üzerine "Muhterem" diye yazdı mı, Raif, mektubun Dilâra'ya ait olduğunu anlayacaktı. Raif'in bir ayağı topaldı; ister istemez devamlı İstanbul'daydı. Mektupla Dilâra'nın sevineceğini biliyor, sık sık yüzünün alacağı şekli gözünün önüne getiriyordu. Mektubu postalamak için sabırsızlanıyor, ama belli etmemeye çalışıyordu.

Duruşu, bakışı ve meşakkatle kavrulmuş yüzüyle dikkat çeken Hacı Mahmud yanlarına geldi.

- Evlâtlarım, sizi rahatsız etmezsem, konuşmalarınızdan ben de faydalanmak istiyorum.

Yusuf gülümseyerek buyur etti.

- Amca, bizde faydalanılacak söz bulunmaz; fakat sohbetimize katılırsanız, memnun oluruz.

Bir sandalyeye oturan Hacı Mahmud, âdeti olduğu üzere bastonunu ayaklarının arasına aldı; kemikli, mavi damarlı ellerini bastonun kıvrık yerinde üst üste koydu.

- Asker elbisesi herkesi aynı kılığa sokuyor; sizin tavır ve hareketleriniz ise diğerlerinden farklı. Gazetelerde Darülfünun*dan, medreselerden pek çok talebenin gönüllü asker olduklarını okuduk. Sizler de talebe misiniz?

Yusuf cevap verdi.

- Hepimiz Tıbbiye'de okuyoruz.

Hacı Mahmud'un gözleri nemlendi.

- Çocuğu büyüt, okut, askere gönder; bir serseri kurşun hayatını söndürsün. Devletimiz sizi düşmana karşı sürmek istemez. Ne çare ki tükenmeyen harpler bizde erkek mi bıraktı? Allah sizleri ana-babalarınıza, milletimize bağışlasın.

- Âmin!

Yusuf'un sesi diğerlerinden biraz daha yüksek çıktı.

- Sizler sıhhiye olarak mı askerlik yapıyorsunuz?

* Üniversite

Yusuf'a bakarak sorduğu için, o cevap vermek mecburiyetini hissetti.

- Hayır Amca; biz henüz birinci sınıftayız; daha yüksek sınıftakiler sıhhiye olarak askerlik yapıyorlar.

Hacı Mahmud'un uzun, ak sakallarından iri bir gözyaşı tanesi süzülürken konuşmaya devam ediyordu.

- ... Ah evlâtlarım; dünyaya gözümüzü açtığımızda savaşla karşılaştık. İhtiyarladık, savaş bitmedi. Âciz insanlarız; elimizden, "Allah sonumuzu hayır etsin" demekten başka bir şey de gelmiyor.

Hacı Mahmud'un susmasıyla masaya hüzünlü bir sessizlik hakim oldu. Kendisinden sıkıldıklarını zannedebileceğinden Yusuf:

- Buralı mısınız? diye sordu.

- Buralıyım evlâdım.

- Buradan çok kimse başka yerlere göçtü. Siz göçmeyi düşünmüyor musunuz?

- Ben de çocukları, torunları Biga'ya, dayılarına gönderdim. Hanımla buradayız. Aslında kaderden kaçılmaz evlâdım; o seni her yerde bulur. Fakat bir top mermisi alıp, götürünce, "Keşke gönderseydim" sözüyle hayıflanmamak için yolladım.

- Teyze ile siz niçin gitmediniz?

- Ata yadigârı toprağımızı kime bırakalım? Sağ kalırsak, buraya gelirler, Ölürsek, ana-babalarımızın mezarları, ata toprağımız buradadır, diyerek ya tekrar dönerler, yahut da ziyaret ederler.

Kaşla, gözle işaretleştiler; birliklerine dönme zamanı yaklaşıyordu. Yusuf:

- Amca sohbetimiz güzel; ama bizim vaktimiz dolmak üzere; izninizle, dedi.

- Konuşmanızı bozdum; kusura bakmayın. Sizler gibi askerleri görünce, konuşmadan edemiyorum. Yüreğimde yangın var evlâtlarım; umarım ki, beni bağışlarsınız.

- Ne demek Amca; masamıza şeref verdiniz; sohbetimize renk kattınız.

Bir fotoğrafçıya gittiler; topluca ve ayrı ayrı resim çektirdiler. Fırsat bulamayan Hasan Şakir, "Postahaneye uğrayacağım" demek zorunda kalınca, gülüşme başladı. Yüzü kızaran Hasan Şakir, cebinden mektupları çıkardı; birisini Dedesi'ne, diğerini "Muhterem" sıfatıyla Raif'e yazmıştı. Arkadaşları yanıldıklarını ifade edercesine birbirlerine baktılar.

*
* *

Hamilton, Limni Adası'nın Mondros Limanı'nda demirlemiş Queen Elizabeth Zırhlısı'nın konferans salonunda, plânın aldığı son şekle dair bilgi vermek için yüksek rütbeli subaylarla toplantı yapıyordu. Hamilton, en çok güvendiği General Hunter-Weston komutasındaki Yirmidokuzuncu Tümeni, yarımadanın en uç kısmında bulunan Mehmetçik Burnu'ndaki beş küçük plaja birden çıkaracaktı. Gösteri çıkarması yapan diğer birliklerle bunları takviye ederek, ilk günün sonunda Alçıtepe'yi ele geçireceklerine inanıyordu. Yakından tanıdığı ve yeteneklerini bildiği General Birdwood da diğer güvendiği birliklerle Arıburnu'na baskın şeklinde çıkarma yapacaktı. Çıkarmanın omurgası burada oluşacaktı. Ama ordu içinde, "'Güvenilen" ve "Az güvenilen" ayırımına sebeb olacağı için birliklerin neye göre düzenlendiğini söylemeyecekti.

Kendisini zafere alıştırdığından, soğukkanlılığını muhafaza etmekte güçlük çekmiyordu. Konuya girmeden önce, uçaklardan, balonlardan çekilmiş resimleri subaylara dağıttı. Resimlerde birdirbir oynayan askerler, tepelerde tek tük nöbetçiler görünüyordu. Kabatepe'nin ön sırtlarında belli olan tahkimatlar da bakanın dikkatini çekiyordu. Birdirbir oyununu gülümseyerek seyredenin, tahkimatı görünce, yüzü ciddileşiyor, kaşları çatılıyordu. İki subayın bakışlarındaki endişeyi sezen Hamilton bir kahkaha attı.

- Teknoloji bir bütündür. Tahkimatları da silâhlarına benzer. Büyük toplarımızın darbelerine dayanabileceklerini hiç zannetmiyorum.

Hamilton ciddileşen bakışlarını kontrol maksadıyla salonda gezdirdi; komutanların tamamı gelmişti. Konuşmaya başladı; arada bir masasındaki haritaya bakıyor, adı geçen yeri işaret ediyordu. Savaşın taktik yönüne gelince konuşmasına şöyle devam etti:

- Bizi zafere götürecek en önemli hususlardan biri de Esat Paşa'nın şaşırması, kararsızlığa ve dengesizliğe düşmesidir. Nereden çıkacağımızı kestiremiyeceği için, asıl hedeflerimizin önüne gerekli kuvvetleri toplayamıyacaktır. Değişik yerlerden çıkarma yapacağız; ama ilk günkü çıkarmalarımızdan biri yarımadanın ucundaki Seddülbahir köyü çevresinde yoğunlaşacaktır. Beş ayrı yerden çıkarma yapacağımız bu bölge, denizden günlerce gözlenmiştir. Burası donanmamızın topları için mükemmel bir hedef teşkil ediyor. Arazi burada tatlı bir meyille denizin içine girmektedir. Her ne kadar bu tatlı meyil tahkim edilmiş, dikenli tellerle çevrilmişse de, donanmamız tarafından ağır bombardıman altına alınacak, her şey dümdüz edilecek, birliklerimiz rahatça karaya çıkacaklar. Aynı anda Arıburnu'na da baskın şeklinde çıkarma yapacağız. Karaya adımımızı atar atmaz, hızla saldırıya geçip, belirlenen hedeflere ilerliyeceğiz. Kuvvetlerimizin mümkün olduğu kadar büyük bir kısmını aynı anda karaya çıkarmalı, tam bir şiddet husule getirecek tarzda ilk yumruğu balyoz gibi indirmeliyiz. Düşmanımız yaradılıştan soğukkanlı millet olsa dahi, onun da moralinin bir sınırı vardır. İlk darbemiz ne askerinde ve ne de komutanı Esat Paşa'da moral bırakmıyacaktır. Yıldırım harekâtımızın birinci hedefi, yarımadaya hakim olan Kabatepe ve Alçıtepe'yi zaptetmektir. Bu iki tepeyi ele geçirince, Kilitbahir yaylası kendiliğinden avucumuza düşecektir. Sözünü ettiğim tepeler alındıktan sonra, herhangi bir sebeble yarımadanın güney bölgesine hakim olmamız gecikme gösterirse, taarruzlarımızı ayak ve bel kısmında sürdürürken, bıçak boynu gövdeden ayıracaktır. Taşıt gemilerimiz ilk iki gün karaya çıkmamış birliklerimizi alıp, Bolayır'a hareket edecekler; bu birlikler küçük istimbotlarla karaya çıkarak çemberi tamamlayacaklar. -Gülümseyerek ilave etti- İşte o zaman Esat Paşa'ya İstanbul'a alârm telgrafı göndermekte yardımcı olunacaktır.

Asya Yakası'nda da Türk birlikleri bulunmaktadır. Fransızlar en vurucu tugaylarını Kumkale'ye çıkaracaklar; oradan Seddülbahir'i, Morto Körfezi'ni ateş altına alacak topları susturacaklar, Türk birliklerinin teknelerle Gelibolu Yarımadası'na geçmelerini de önleyecekler.

Yüzelli kilometreden fazla sahayı kaplayan değişik bölgelerden de şaşırtma çıkarmaları yapacağız. Karargâhına "imdat" mesajları yağan Esat Paşa mecburen kuvvetlerini dağıtacaktır. Bir tek gemisi kıpırdıyamıyacağına göre, asker sevkiyatını sadece karadan yapacaktır. Yol-iz olmayan yerlerde kuvvetleri dağıtmak da, toplamak da zordur. O birliklerini toplayıncaya kadar, biz işi bitireceğiz.

*

* *

Son günlerde Müttefik uçakları keşif uçuşlarını çok sıklaştırdıklarından Gelibolu Yarımadası'nın uç kısmındaki birlikler gündüzleri ne tahkimat, ne de talim yapıyorlar, dallarla maskelenmiş siperlerde vakit geçiriyorlardı. Fazla ses çıkarmak, bir araya gelip sigara içmek kesinlikle yasaktı. Öğleleri irtibat yollarından kazanlarla getirilen yemeğin sessizce dağıtılmasına da dikkat edilirdi.

Bu öğle bulgur pilâvı çıkmıştı. Taslara dolduruluyor, yarım da ekmek veriliyordu. Tasını doldurtup, ekmeğini alan bir kenara çekiliyordu.

Pilâv Oğuz Amca'nın boğazından zor geçiyordu. O, hiç olmazsa, günde bir kere sıcak birşey yiyebiliyordu; evdekiler ne yapıyorlardı?...

Posta görevini üstlenen Yusuf mektupları getirdi; Oğuz Amca'nın da mektubu vardı; "Gene sevinecek" diye düşünen Yusuf en alta onunkini koydu; okur-yazar olmadığı için mektuplarını Yusuf okurdu. Dağıtımı bitiren Yusuf, elindeki son mektupla, sessiz sakin oturan Oğuz Amca'nın yanına geldi; yüzüne gene hüzünle karışık durgunluk hakimdi.

- Gözün aydın, mektubun var.

- Sağ olasın, diyen Oğuz Amca'nın yüzü hafif değişti.

- Açıp, okuyayım mı?

- İyi olur.

Yanına çömeldi; mektubunu açtı; yalnız Oğuz Amca'nın duyabileceği sesle okumaya başladı.

"Allah'ın selâmı üzerine olsun. İnşallah iyisindir. Bizi hiç düşünme; hepimiz bıraktığın gibi sağlıklıyız. Yalnız bir ay kadar önce Mustafa'yı askere aldılar"

Oğuz Amca mırıldandı.

- Korktuğum başıma geldi.

Yusuf okumaya devam etti.

"Tekirdağ'a sevk edildi. Senin adresini yanına almıştı. Ziyaretine gelmek istiyordu. Belki de gelmiştir. Hasan ve Akif'ten ay geçmiyor ki mektup alıyoruz; sağlıcakları iyi imiş. Hiçbir şeye ihtiyaçları da yokmuş."

Yusuf'un okumasını Oğuz Amca'nın bulanık sesi kesti.

- Neye ihtiyaçları olacak ki! Zavallı kadın; bağrına taş basıp, sabrediyor; üzülmemem için bana yazmıyor.

Binbir acının kazıdığı yüz kırışıklıklarından süzülen yaşlar, Yusuf'un kalbine kızgın bilyalar gibi düşüyordu. Metin bir insan olan Oğuz Amca gözyaşı dökecek adam değildi; fakat evlat acısı başka idi. Yusuf kendini okumaya zorladı.

"Tarlaları ektik. Bu yıl Mevlâm yağmurunu bol verdi. İnşallah bereketli ürün elde edeceğiz. Nadiye de büyüdü; her işte bana yardım ediyor. Bozıya ve Sarıkız doğurdu. Yakında yağ, çökelek satmak imkânımız olacak."

Oğuz Amca'nın ağıt yüklü mırıldanışı Yusuf'un ciğerine işledi.

- Kendinize baktınız da!

Karısının para gönderebileceğini ima ettiğini anlayan Yusuf da gözyaşlarını tutamıyordu.

"Buralarda herhangi bir yaramazlık yok. Biz iyiyiz; konu komşularımız da iyiler.

"Kızın Nadiye ellerinden öper; bu mektubu yazan Ömer Hoca, hısım-akraba, konu komşu selâm ederler. Allah'a emanet olasın."

*

* *

Adalardaki limanlarda harıl harıl gemiler onarılıyor; onarılmaları imkânsız olanların sahteleri inşa ediliyordu. İnce saçtan gövdeler, toplar, uydurma direkler yapılıyor, bordaları boyanıyor, büyük harflerle adları yazılıyordu. Dünyanın her tarafından da gemi üstüne gemi geliyordu. Uçak gemisi Ark Royal da donanmaya katılmıştı. Bozcaada'da Rum kadınlarının yardımıyla bağlık bir alan sökülmüş, toprak düzeltilmiş, yedi-sekiz yüz metre uzunluğunda uçak pisti yapılmıştı.

Demirlenmiş iki yüz kadar gemi su üzerinde âdeta bir şehir meydana getirmişlerdi. Gemilerin ortasında bütün ihtişamıyla duran Queen Elizabeth'te Başkomutan Hamilton ve Donanma Komutanı De Robeck, karargâhlarını kurmuşlardı. Savaş gemilerinin yanısıra taşıma gemileri, kömür şilepleri, gezinti çatanaları, balıkçı tekneleri bulunuyordu. Yüzlerce bacadan göklere dumanlar savruluyor, adalardan gemilere, gemilerden gemilere durmadan filikalar, motor sürüleri gelip gidiyordu. Akşam olunca bütün körfezi ışık ve işaret lambalarının parıltıları kaplıyordu.

Gece gündüz çalışan kurmaylar en ince ayrıntılarına kadar çıkarmayı plânlıyorlardı. Herşey düşünülüyor, gereği ihmal edilmiyordu. Serdümenler karanlıkta yabancı bir sahildeki belirli bir noktaya doğru dümen tutma çalışmaları yapıyorlar, havanın hareketi inceleniyor, akıntılar gözleniyordu. Gemilerden sahillere tatlı su verebilmek için adalardaki Yunan kasabalarından hortumlar satın alınıyor, işaret ve parolalar tesbit ediliyor, çıkarmayı destekleyecek savaş gemileriyle kruvazörlerin hedefleri ayrılıyor, donanmanın bütün harekâtını düzenleyecek cetveller hazırlanıyordu.

Çıkarma İngilizler'e büyük zaferler hediye eden yirmibir nisandaki st. George Yortusu'nda yapılacaktı. O gün ay, gün doğmadan iki saat önce batıyordu; böylece de donanma, karanlıkta sahillere sokulma imkânı bulacaktı.

Sahilden beş mil kadar açıkta askerler mavnalara, büyük teknelere aktarılacak, dörtlü gruplar halinde motorlarla sahile kadar çekileceklerdi. Piyade birlikleri ikiyüzer atımlık cephaneleri, tüfekleri, siper kazma aletleri ve üç günlük tayından başka yanlarına hiçbir şey almadan sabahın ilk ışıklarıyla karaya çıkacaklardı.

Adaların değişik yerlerinden borazan, bandomızıka sesleri yükseliyor, ilk çıkacak birlikler, ip merdivenleriyle filikalara inme talimleri yapıyorlardı. Bir başka yerde de hayvanları sahile çıkarma çalışmaları sürdürülüyordu.

Kendisine sonsuz güven duyan ordu, bir an önce karaya çıkmak için ihtiraslı bir nabız gibi acele ediyordu. Talim anlarında, güvertelerde dizilirlerken, bir yerden bir yere taşındıkları sırada, askerler birbirlerine "Türk Lokumu! İstanbul'a! Hareme!" esprileriyle bağırıyorlardı.

*

* *

Hamilton ve kurmayları, araziyi son bir kere daha incelemek ihtiyacını duydular. Onarılan Queen Elizabeth'i de denemek istiyorlardı. Baharın tatlı bir gününde denize açıldılar.

Saroz Körfezi'ne doğru yol alırken, Queen Elizabeth zırhlısı erimiş gümüşü andıran denizin sularını bıçak gibi yarıyor, göğün sonsuzluğu maviliklere demir atmış sessizliği şiirleştiriyor, göz alıcı ufukların menekşe rengi nice güzelliklerin sırlarına işaret ediyordu. Hamilton ve kurmay heyeti güçlü dürbünlerle kıyılara bakıyor, herhangi bir tahkimat olup olmadığını tesbit etmeye çalışıyorlardı. Çok güzel, neşeli bir gündü; yeşeren yapraklarda, tüten topraklarda, tepelerde ve eteklerde boy veren otlarda, aralarına serpilmiş çiçeklerde bahar gülüyordu. Ayak basmamış, sessiz sedasız ormanlarda kuşlar ötüyor, taze ot kokuları rüzgâra karışıyordu.

Geriye dönerken Queen Elizabeth hızını azalttı; mümkün olduğu kadar sahile yaklaştı. Kıyıları yakından inceliyorlar, ellerindeki haritaları da kontrol ediyorlardı; hayret verecek kadar araziyi aksettiriyorlardı. Emir subayı ile Esat Paşa da ormanın en sıklaştığı bölgeye gizlenmiş, dürbünlerin merceklerinden bugüne dek emsalini daha görmedikleri Queen Elizabeth'in ihtişamını seyrediyorlardı. Biraz uzaklaşınca, Esat Paşa, emir subayı'na döndü.

- Savaşın yüksek bir meslek, ilim haline geldiğini idrak edemiyecek kadar aptal değiliz. Fakat bu davetsiz misafirlerimiz savaşın, asıl gıdasını kahramanlık, vatan sevgisi gibi, maalesef ilkel kabul edilmeye başlanan duygulardan aldığını unutuyorlar.

Queen Elizabeth meydan okurcasına denizin temiz sularında akarken siperlerinden seyreden Türk subay ve erlerinde hayranlık uyandırıyordu.

Adaya döndüklerinde Senegalli ve Avustralyalı birlikler gemilerden karaya çıkış tatbikatı yapıyorlardı. Onlar için karaya çıkış çok önemliydi; o anda savaşın kaderini belirleyecek sinyalleri sezmek mümkündü; tökezlemeleri moral çöküntüsüne sebep olur, başarıdan aldıkları güven önlerini açardı. İzlemeye başladılar. Herşey mükemmeldi. Güneşi yansıtan süngüleri sallarken, bakımlı, eğitimleri eksiksiz askerlerin "Hurra! Hurra!" bağırışları Ege'nin derin sessizliğinde eriyordu.

Bu sırada yakınlarındaki Skyros Adası'ndaki Fransız Hastahanesi'nde Rubert Brook son nefeslerini alıp veriyordu. Hayatından ümid kestikleri için doktorlar Londra sanat çevrelerinden Aubrey Herbert, Arthur Ausquith gibi dostlarına yanında bulunmalarına izin vermişlerdi.

Brook, gözlerini açınca, elini ünlü "Uygunsuz Sokak" adlı eserin yazarı Kapri'nin avucunda buldu. Sesi oldukça güç çıkıyordu.

- Ah Kapri! Sen de mi buradasın!

- Nasılsın Rubert?

- Sağlığımdan endişe duymuyorum. Tek endişem, Gelibolu'ya ayak basacak ilk kahramanların aralarında bulunmamaktır. O vakte kadar bütün gücümü toplamalıyım.

- Merak etme sevgili Rubert, toplayacaksın; hem de ilk kahramanların arasında omuz omuza beraber bulunacağız.

Brook'un gözlerinde canlılıktan eser kalmamış, rengi kireç gibi olmuştu. Zayıflamış, elmacık kemikleri sivrilmişti. Dudakları kalın bir ibrişimi andırıyordu. Ancak dikkatli bir göz, yakışıklılığını kavrayabilirdi.

- Üzerinde çalıştığın "Guy ve Pouline" adlı eseri bitirdin mi?

- Daha bitirmedim. O, nasıl olsa duygularımda, zihnimde bulunuyor; burada milletimin bana ihtiyacı olabilir inancıyla gönüllü geldim.

- Ne kadar iyi ettin. Bu sadece ekonomik savaş değil; aynı zamanda bir medeniyet savaşıdır. Buradan milletimize, bilhassa gelecek nesle çok şey anlatılmalıdır.

- Doğru söylüyorsun.

Derin bir soluk alan Brook'un başı hafifçe sola kaydı; gözleri camda oynaşan güneşte çakılı kaldı. Kapri ve arkadaşları telâşlandılar.

- Doktor!

- Doktor çağırın!

Koşarak gelen doktor sol bileğini eline aldı, nabzı atmıyordu. Üzüntülü bakışlarını arkadaşlarına çevirirken, sağ eliyle gözlerini kapadı.

- Maalesef öldü.

Odadan çıktılar; koridorda ağır ağır yürürlerken başları önlerindeydi; zihinlerinden Rubert Brook'la ilgili hatıralar geçiyor, yıllar birbirini kovalıyordu.

Başhekim, sağlığıyla yakından ilgilenen Başkomutan Hamilton'un karargâhına Rubert Brook'un öldüğünü bildirdi. Neşeyle başarılı tatbikatları izleyen Hamilton karargâhına geldiğinde aldığı kara haberle şoke oldu. "Sağlığı iyi diyorlardı" cümlesiyle şaşkınlığını ifade ederken, yakışıklılığı dillere destan olan Rubert Brook gözlerinin önünde duruyordu. Ama kendini toparlamakta gecikmedi, ölmüştü; yapabileceği birşey yoktu.

*

* *

Skyros Adası'nın en yüksek tepesindeki zeytin ağacının altında birkaç asker Rubert Brook'un mezarını eşerken Başkomutan Hamilton, Başbakan'ın sanat heveslisi oğlu Arthur Asquith, sosyete çevresinde beraber dolaştığı, kadehler kaldırdığı, şen kahkahalar attığı sanatçı dostları Aubrey Herbert, Charles Lister, Kapri, ünü imparatorluğun sınırları dışına taşmış müzisyen Denis Browne ve diğer bazı dostları orada bulunuyorlardı. Gürgen ağacından yapılmış tabutun başında da genç bir papaz dikiliyordu. Kapri:

- Sanat dünyamız için büyük kayıp, dedi.

Derin bir göğüs çeken Ausquith mırıldandı:

- Sosyetemizden bir yıldız kaydı.

Çanakkale hakkında yazmayı tasarladığı "The Secret Battle" romanında Rubert Brook'u nasıl işleyeceğiyle zihni meşgul olan Herbert birşey söylemedi; sadece hüzün yüklü bakışlarını sigarasından derin derin çeken Lister'e kaydırdı.

Papaz:

- Yeterli, diyerek mezarı kazanları durdurdu.

Arkadaşları tabutu götürüp, mezara indirdiler. Papaz dua ederken topladıkları çiçekleri tabutun üzerine bıraktılar. Ausquith atılan ilk toprakların tahtaya vurmasıyla çıkan seslerden aralarında çelik bir duvar örülüyormuş hissine kapılıyordu. Baş tarafına büyük bir haç diktikten, bir mermer yerleştirdikten sonra Hamilton, papaz ve askerler gittiler. Arkadaşları mezarın yanına oturdular. Birbirleriyle konuşmaktan çok sükûtu tercih ediyorlardı. Bu sükût Denis Browne'ye en içli ezgileri duyuruyordu.

Korlaşmış güneş denizin maviliğini tutuştururken Arthur Ausquith, sırtını zeytin ağacına dayamış, hayallere dalmış, derin derin çektiği sigarasının dumanlarını savuran Aubrey Herbert'e döndü.

- Bayan Cornford'un Rubert'e dair şiirini başındaki mermere yazdıralım.

İçli bir göğüs çeken Aubrey Herbert, Cornford'un şiirini duygulu bir sesle okumaya başladı.

- "Genç bir Apollon, altın saçlı
Işıklar saçarak duruyor kavganın
Kenarında
Gösterecek insanlığa
Hayat ne imiş, ideal ne imiş..."

*

* *

Oğuz Amca'nın rüyalarına oğlu Mustafa giriyordu. Tekirdağ'a gelmişti; eğitimleri daha bir süre devam ederdi. Orada eğitimlerini tamamlayanların güneye sevk edildiklerini sık sık duyuyordu; ama birliklerine veya çevrelerine kimse gelmemişti.

İki oğlu şehit olmuştu; bari Allah Mustafa'yı bağışlasaydı... Onun askere alınışını öğrendikten sonra eve dair kuşkuları da artmıştı. Anadolu'da erkeksiz ev zordu; konu komşu kanat gerer, sahip çıkardı; fakat akşam karanlığı ile herkes evine çekilirdi. Köylerinde Ermeniler de vardı; onların ne yapacakları belli olmazdı. Yıllardan beri süren savaşlar memlekette düzen bırakmamıştı; dağ, taş itle, uğursuzla doluydu; bir kadın, küçücük bir kızla ne yapardı?

Mustafa'yı nasıl bulurdu?... Adresini almıştı; ama acemi ere izin verilmezdi. Orduya ait kayıtların tutulduğu bir merkez olmalıydı. Yusuf, Hasan Şakir, diğer tıbbiyeliler ona yardım ederlerdi. Belki onlardan birinin Bölük Kumandanı'na söylemesi daha uygun olurdu. Birkaç gün izin alıp, gidebilirdi. Fakat Müttefiklerin ne zaman saldıracakları belli değildi; izin istemesi yakışık alır mıydı?... Kumandanları izin verir miydi?...

*

* *

Yüzbaşı Serdar meşe ağacının dibinde kendisine sığınak eştirmişti. Portatif masa ve sandalye koydurmuş, telefonu da oraya bağlatmıştı. Küçük bir sırtta olan sığınağının önü açıktı; çevreyi görebiliyor, siperlerde çalışanları takip edebiliyor, uzaktan bakandan da onu meşenin dalları gizliyordu.

Yusuf, sığınağa girdiğinde, Yüzbaşı Serdar telefonla Tabur Kumandanı Mahmud Sabri ile konuşuyordu. Yusuf esas duruşta beklemeye başladı. Yüzbaşı Serdar konuşmasını bitirince, ona döndü.

- Müsaade buyurursanız, bir istirhamda bulunacağım, Kumandan'ım.

- Buyur Yusuf.
- Oğuz Amca'nın oğlu Mustafa Tekirdağ'a askerlik görevini yapmaya gelmiş. Adresini nasıl temin edebiliriz? Tabii ayrıca Oğuz Amca'ya izin verip veremiyeceğinizi de öğrenmek istiyoruz.
- Çok olağanüstü bir durum olmazsa, izin verebiliriz. Oğlu Tekirdağ'ın merkezinde mi, çevresinde mi?
- Bilmiyorum.

Yüzbaşı Serdar biraz düşündükten sonra:
- Biliyorsun ki, bizim Beşinci Ordu'nun karargâhı Saroz'dadır, dedi. Oradaki bir başka ordudur. Tekirdağ ilinin sınırları içinde değişik ordulara mensup tümenler, alaylar da var. Gene de Tekirdağ'daki ordunun karargâhına sorarız. Ama en azından Tekirdağ'ın merkezinde mi, Keşan'da mı, bir başka yerde mi olduğunu bilirsek, işimiz kolaylaşır.
- Eve mektup yazıp, birliğinin adresini isteyelim.
- Adresini henüz bildirmemiş olabilir. Bildirmekte güçlük de çekebilir; çünkü kuzeydeki birlikler devamlı yer değiştiriyorlar. Fakat celp kâğıdında emrine verildiği ordu yazılıdır. Onu bildirirlerse, fazla güçlük çekmeyiz.

*
* *

Torunu Hasan Şakir'in gönderdiği mektuptan arkadaşlarıyla beraber çektirdiği resim de çıkmıştı. Hasan Şakir, arkadaşlarının münasip yerlerine ince ince numaralar koymuş, arkasına da, o numaraların karşılarına adlarını yazmıştı. Hasan Şakir hemen hemen ortalarındaydı; hepsi de gül gibi delikanlıydı. Müderris Rasih Efendi Nazmi'yi, Osman'ı, Şevket'i tanımıştı. Konsolun üzerine koyduğu resme gece gündüz bakıyor, numaraları hafızasında tutup, resmi çeviriyor, hangi numaranın kime ait olduğunu ezberliyor, dersten de onları bir bir hatırlamaya çalışıyordu.

Hasan Şakir'in, "Muhterem Dedeciğim" ile başlayan mektubunu defalarca okumuş, her okuyuşunda gözleri yaşarmıştı. "Hiçbir şeyimiz eksik değil, giyimimiz, yemeklerimiz mükemmel" diyordu. Bunları kendisini teselli için yazdığına inanıyordu. Başşehirde hiçbirşey doğru dürüst bulunamazken torunu Hasan Şakir ve öğrencileri ne giyebilir, ne yiyebilirlerdi?...

Dışarıya çıkmak için bastonunu eline aldı; belki bir ahbabına rastlar, iki söz edip, kendini oyalar veya Türk Ocağı'na uğrar, Ziya Gökalp'ın sözlerinde biraz teselli bulurdu. Kapıya yürümeden önce Hasan Şakir'ini bir daha görmek arzusu onu geri çevirdi. Resmin önüne geldi; biraz uzaktan seçemiyordu, iyice yaklaştı; gözlüklerini taktı. Herşeyiyle güzel Hasan Şakir'in yüzü, her zamanki gibi, gülümsemeye hazırdı; ona derin derin bakıyordu. Kirpiklerinde tomurcuklaşan yaşları yüz çizgilerini bulup, çenesine doğru süzülüyordu...

*

* *

Çıkarmanın yapılacağı gün şiddetli yağmur ve rüzgâr fırtınası bindirdi. Deniz öyle azdı ki koca koca zırhlılar dalgaların arasında sandal gibi sallanıyorlardı. Karaya çarpabilecekleri için zırhlıları limandan uzaklaştırdılar.

Rakip tanımıyan rüzgâr, dalgaları önüne katıyor, tepecikler halinde üst üste yığıyor, Queen Elizabeth'in lüks kamarasının camlarına yağmur damlalarını, kafalarını kopardığı dalgaların sularını kamçı misali şaklatıyordu. Dışardaki bu hengâme tatlı melodilerin dolaştığı kamarayı daha haz duyulan bir yer haline getiriyordu. Nar renkli şarabından bir yudum alan Başkomutan Hamilton, eski dostu, Anzak Kolordusu Komutanı General Birdwood'a:

- Rüzgâr Tanrısı Acılus ve Deniz Tanrısı Neptün,

Yunanlılar ve Truvalılar zamanından beri güçlerinden birşey kaybetmemişler.

Birdwood bardağını kaldırdı.

- Deniz ve rüzgâr geciken zaferimizi selâmlıyor; biz de selâmlıyalım.

*

* *

Soğuk yetmiyormuş gibi rüzgâr da kudurmuştu; tepelerde, vadilerde, ağaç dallarında binbir hıçkırığı sinesinde barındırıp inlerken, siperin kuytu yerinde Oğuz Amca söylüyor, Yusuf mektubunu yazıyordu. ".... Bizleri düşünmeyin. Allah devletimize, milletimize zeval vermesin. Yemeklerimiz bol bol yetiyor; sırtımız pek. Zaten buralar, bizim oralara benzemiyor; fazla soğuk olmuyor; yaz da kendini hissettiriyor. Yağ, çökelek satarsanız, kendi ihtiyaçlarınızı görün. Ben burada parayı ne yapacağım?

"Bana Mustafa'nın adresini bildirin. O, henüz acemi olduğundan belki izin alamaz; ama ben gidip, onu bulabilirim. Allah razı olsun, kumandanlarımızın hepsi iyi insanlar. Mutlaka izin verirler. Daha mektubu gelmemişse, celp kâğıdında adresi vardır. O kâğıt kaybolmuşsa, veya Mustafa yanına almışsa, Kemah'a giden birisi Askerlik Şubesi'ne uğrar. Hangi ordunun emrine verildiğini, Tekirdağ'ın neresine sevk edildiğini öğrenir." Durdu, kısa bir süre düşündükten sonra Yusuf'a:

- Hasan ve Akif'in şehit olduklarını öğrendiğimi bilmesin, dedi.

- İyi olur.

- Yazıver

"Hasan ve Akif'i mektupsuz bırakmayın. Buradan mektup yazarım; fakat onlar evden, köyden haber beklerler.

"Ömer Hoca'ya mahsus selâm eder, ellerinden öper,

sizlere mukayyet olmasını dilerim. Konu komşuya, bu mektubu okuyana, dinleyene ayrı ayrı selâm eder, hepinizi bizi yoktan var eden Allah'a emanet ederim."

Kara çıkarması başlıyor

St. George Yortusu'ndan iki gün sonra hava düzeldi; deniz sakinleşti. Herşey hazırdı; pazar da İngiliz milletine çok kere yardımcı, müjdeci olmuş bir gündü. Ayın dörtte birinin parlaklığı, derin sessizliğe gömülmüş denizi aydınlatırken, gemiler ışıklarını yakmadan sessizce yol almaya başladılar. Deniz, deniz olalı böyle kalabalık bir donanma, çıkarma gemileri, römorklar, modern araç ve gereçlerle yüklü şilepler görmemişti.

Uyumayan askerlerin bir kısmı alt güvertedeki subay kantininde toplanmışlardı. Piyanonun başına Denis Browne geçmişti; parmakları tuşların üzerinde dolaşırken, şen melodilere askerler eşlik ediyorlardı. Belki ömürlerinde bir daha şarkı söyleyemeyecek bu askerlerin Denis Browne'den bir istekleri de "John Pcel" oldu. O da belki ömründe bu parçayı bu kadar güzel çalmamış, onlar da bu kadar duygulu söylememişlerdi.

Merdivenin başındaki bir er, bütün duyu organlarını dünyaya kapamış, huşu ile İncil okuyordu. John, birkaç metre ilerdeki masaya oturmuş, loş ışığın altında sevgilisi Maria'ya mektup yazıyordu. Belki kısa zamanda müsait vakit bulamazdı; nasıl olsa bir fırsatını bulup, gönderirdi. Endişelerini dile getirmek istiyor, fakat sevgilisini kuşkulandırmaktan da çekiniyordu. Ümid ve ümidsizlik duygularıyla mektubunu şu cümlelerle noktaladı. "Herkesin olayları böyle sakin kabul ettiğini görmek ne kadar iyi. Az bir zaman sonra mutlaka kıyamet kopacak, ama şimdi herkes kaygısız; kimi şarkı söylüyor, kimi uyuyor, kimi de benim gibi mektup yazıyor. Altın Boynuz*'a vardığımızda

* Haliç.

benden gene mektup alabilirsin; fakat şimdi söyleyecek başka birşey kalmadı. Sana hasretimi ifade etmekten aciz olduğumu da belirtmek isterim."

Donanmanın kraliçesi Queen Elizabeth ortadaydı; şu anda o nazik bir hanımefendi değil, elinde kılıç bulunan haşin bir şövalye idi; görevini eksiksiz yapması için hazırlanmıştı. Su geçirmez bölmeleri, kaportaları kapatılmış, gerekli olmayan eşyalar ambara istif edilmişti. Brook'un ölümüyle moralleri bozulan sanatçı Herbert'i, Lister'i, Kapri'yi, Başbakan'ın oğlu Ausquit'i ve diğerlerini Mondros'taki karargâhında görevlendiren Başkomutan Hamilton ile Amiral De Robeck köprü üstünde yerlerini almışlardı. Danışma karargâhı da altı inçlik top bataryasının içindeki çelik kulübede bulunuyordu.

Yarımada'nın beş mil kadar açığında bütün gemiler toplandılar. Ay batmış, alt güvertedeki eğlence de çoktan sona ermişti; hafif dumanlı hava donanmayı örtüyor, herşey sessiz bir film gibi cereyan ediyordu. Uyuyanlar da uyandırılmışlardı. Askerlere kahveli bir kahvaltı verildi. Charles lokmasını çiğnerken gözlerinin önüne babası geldi. "Gönüllü gitme!" diyen babasına geleceğini güven altına almak istediğini söylemişti; aslında onu buraya macera arzusu sürüklemişti; ama artık işin şakası yoktu; sarıklı, kavuklu Türklerin de ellerinde tüfek vardı; kurşun atıyorlardı.

Kahvaltıdan sonra ellerinde tüfekleri, sırtlarında kazma ve kürekleri, çantaları bulunan, çoğu miğferli askerler, güvertelerde numaralanmış yerlerine dizildiler; herhangi bir karışıklık, gürültü yoktu; herşey katı bir disiplin içinde cereyan ediyordu.

General Birdwood, Arıburnu'na baskın yapacak olan Anzak Kolordusu'nu taşıyacak filikaların suya indirilmesi emrini verdi. Filikaları çekecek istimbotlar da yanaşıyorlardı. Birlikler birbirinin ardından filikalara dolmaya başladılar. Adımını atarken haç çıkaran Charles'in İstanbul'da yaşayacağı renkli maceraya ait duygularından eser kalmamıştı. Yüreği de sık sık göğüs kafesine vuruyordu. Filikalarındaki genç papaz da asker elbisesi giymişti. Yalnız kurşunî ceketinin göğüs cebinin üstünde fazladan koyu kırmızı kadifeden bir haç bulunuyordu. Sessizliği bozmamaya dikkat ederek konuşuyordu.

- Meryem Ana'nın, Tanrımız İsa'nın yolunda olmak ne güzel! Biz insanlar için bundan büyük bir mutluluk düşünülebilir mi? Barbar, dinsiz Türkler'den dünyanın incisi İstanbul'u alacağız ve hıristiyan kardeşlerimizi kurtaracağız...

Donanma üçe ayrıldı; zırhlıların bir kısmı birbirinin ardında dört sıra filika bağlı olan kruvazörler, filikaları çeken istimbotlar Arıburnu'na yöneldiler. Aralarında Queen Elizabeth'in de bulunduğu zırhlıların pek çoğu çıkarma gemileri, istimbotlar Seddülbahir'e ve Kumkale istikametine hareket ettiler. Sessizce suları yararlarken Hamilton ve Amiral De Robeck köprü üstündeki yerlerinden çevreyi tarıyorlardı. Şafağın ilk ışıkları sahilin çizgilerini belirginleştirmeye başlamıştı. Kül rengin altındaki tepelerde madenî bir sessizlik hüküm sürüyor, hiçbir yerde hayat belirtisi görünmüyordu.

*
* *

Bütün işaretler hücumun an meselesi olduğunu gösterdiğinden, kıyılardaki birlikler teyakkuz halindeydiler. Tek odalı kulübesinde değil de, dışarda, siperlere yakın bir yerde yatan Teğmen Hüsameddin kaputuna sarılmış, bir taş parçasını başının altına koymuş, dalmıştı. Aceleyle bir el onu sarsınca, yerinden fırladı.

- Ne oluyor?
- Gemiler kumandanım!
- Ne gemisi?
- Yüzlerce gemi geliyor kumandanım.

Hemen sahildeki sırta koştu; siperdeki nöbetçinin

yanına girdi. Dürbününü gözlerine dayadı. Zırhlılar, kruvazörler, gambotlar, römorklar, nakliye gemileri, istimbotlar denizi mahşer yerine çevirmişlerdi. Bacaları tüterek, geliyorlardı. Nöbetçi çavuşa bağırdı:

- Çabuk askeri silâh başı yap! Bölük Kumandanı'na haber ver!

Zırhlılar, kruvazörler sağa sola süratle açıldılar; uzun bir hat meydana getirdiler. Hattın gerisinde bir hat daha belirdi. Bu iki hattın çevresinde hızla ileriye, geriye, sağa sola gidip gelenlerden başka daha gerilerde kümelenmeler de oluyordu. Gemilerden kopan dalgalar sahillere arka arkaya vuruyor, kıyılar hava lodosluymuşçasına inim inim inliyordu. Ne bir ışık görünüyor, ne bir ses duyuluyor, sessiz bir mahşer yaşanıyordu.

Bu korkunç manzarayı Seddülbahir, Arıburnu, Suvla, Beşige'deki nöbetçiler de birliklerine bildirdiler. Geride dağınık, küme küme gemilerin arasında bir deniz uçağı belirdi; suyun üzerinde duruyordu sanki. Birden Kumkale'ye doğru havalanan uçak, güneye kayınca, gemilerdeki yüzlerce top alevli dumanlar fışkırtarak gürlemeye başladılar. Mermiler Seddülbahir'deki tepelere, karşısındaki Kumkale'ye, arkasındaki ovaya peş peşe düşüyor; simsiyah dumanla karışık taş, toprak sütun sütun havaya yükseliyor, sonra şemsiye gibi açılarak tekrar yere iniyordu. Teğmen Hüsameddin dikkatli bakınca, çıkarma teknelerinin kıyı şeridine en yakın iki zırhlı arasında dizildiklerini fark etti. Mermiler dağı, taşı döverlerken çıkarma tekneleri de harekete geçtiler.

Uçak, göğü yırtan top seslerinin arasında, Kumkale'nin güneyinde dolanıyordu. Değişik yerlerden Türk askerinin ateşi başladı; gazlı bir paçavraya benzer şekilde tutuşan uçağın yana yana düşüşünü seyrettikten sonra Teğmen Hüsameddin bakışlarını gene Seddülbahir'e çevirdi. Uzun menzilli topların namlularından alevler çıkıyor, gök gürültüsünü andıran sesler birbirine karışıyor, içi asker dolu irili ufaklı tekneler karaya yaklaşıyorlardı.

*

* *

Değişik yerlerdeki bölüklerden taburlara, taburlardan alaylara, alaylardan tümenlere, kolordu ve orduya raporlar yağıyordu. Sahillerde beş bölgede, Avrupa Yakası'nda Saroz'da, Hisarlık'ta, Seddülbahir'de, Anadolu Yakası'nda Kumkale ve Beşige'de kıyametler kopuyordu. Arıburnu'na da baskın şeklinde çıkarma yapılıyordu. Önceden aldıkları bilgilere göre Müttefiklerin güçlerini az-çok tahmin ediyorlardı. Bu kadar değişik bölgelerden çıkarmaya kuvvetleri yetmez, birliklerini tehlikeye sokarlardı. "Hangisi gerçek, hangisi şaşırtma çıkartması?" sorusu, haritanın başından ayrılmayan Esat Paşa'nın beynini burgu gibi deliyordu! Karar vermesini biraz da güçleştiren Ordu Kumandanı Liman Von Sanders'in, "Deniz çıkarması kaygan olur; düşman harekât sırasında beklenmedik yerden vurabilir" demesi ve ölümcül darbeyi Saroz'dan beklemesiydi. Tereddütlerine rağmen Esat Paşa, baştan beri düşündüğü şekilde, Arıburnu, Seddülbahir, Kumkale'den bindireceklerine ihtimal veriyor, gelen raporlardan da bu üç yerde savaşın yoğunlaştığı anlaşılıyordu. Gelibolu Yarımadası'nın uç kısmının savunmasından sorumlu olan Dokuzuncu Tümen Kumandanı Albay Halil Sami ile devamlı temas halindeydi. Albay Halil Saminin de bölgesindeki çıkarmanın Arıburnu ve Seddülbahir'e yapılacağından şüphesi kalmamıştı; ama her ihtimale karşı saldırının biraz daha berraklaşmasını bekliyordu. Düşmanın denizden dövmesinde çok kayıp vermemek için kıyıları küçük birliklerle tutuyor, asıl ağırlığı iç kısımlarda bulunduruyordu. Bu savunma plânının zamanla ilgili olduğunun şuurundaydı; çünkü yol, iz yoktu; ağırlıkları patikalardan, fundalıklardan sevk etmek vakit alacaktı. Müttefikler karaya çıkıp, yerleşirlerse, söküp atmak kolay olmazdı. Kıyı kesimlerinde bulunan zayıf birliklerin ne kadar dayanabilecekleri onu düşündürüyordu.

Alayları yanlış sevk etmekle de düşmanın önünü açardı!... Esat Paşa, ona acele etmemesini bildirirken, Ecebat'ta ihtiyatta bulunan Ondokuzuncu Tümen'in Kumandanı Yarbay Mustafa Kemal'e, İkinci Tümen'in Kumandanı Yarbay Hasan Askerî'ye, diğer kumandanlara cepheye hareket etmek üzere hazır olmaları için emir verdi.

*

* *

Arıburnu bölgesinin savunmasından sorumlu Yirmiyedinci Alay'ın Kumandanı Yarbay Şefik, sahili korumakla İkinci Tabur'u görevlendirmişti. Tabur Kumandanı Binbaşı İsmet, önemli yerleri kuvvetli tutmuş, diğer yerleri gözetleme postalarıyla kontrol etmenin yeterli olduğuna inanmıştı. Taburun asıl kuvvetlerini çıkarma için uygun olan plaj bölgesine hakim bulunan Kabatepe'nin güney yamaçlarına yerleştirmişti. Sağ taraftaki sarp bölgeyi de görev şuuruna güvendiği medreseli ve tıbbıyelilerden teşekkül eden mangaya bırakmıştı.

Dördüncü Bölüğün Kumandanı Yüzbaşı Faik, gece saat üç sularında açıklardaki Müttefik donanmasını fark etmiş, birliğini alârma geçirmiş, alay ve tümen kumandanlarını da haberdar etmişti. Yarbay Şefik'in uyardığı Binbaşı İsmet de gerekli bütün tertibatı almıştı.

Müttefik kuvvetleri filikalarla yaklaşırken Binbaşı İsmet dürbünle siperden bakıyor, başında bulunduğu birliği ateşe hazır durumda bekliyordu. Plaja tam çıktıklarında topyekûn ateşe başlayacaklardı. Fakat kıyıya yaklaşan Müttefik kuvvetleri görünmüyordu. Ne olup bittiğini anlayamayan Binbaşı İsmet tedirgindi; çevresindeki subaylara, nöbetçilere nereye gittiklerini soruyor, onlar da uzaktan gördükleri düşmanı, yaklaşınca kaybettiklerini söylüyorlardı.

Sarp arazide bulunmalarına rağmen, Manga Kumandanı Onbaşı Molla Kâzım dikkatliydi; düşman umulmadık yerden saldırabilirdi. Balkan Savaşı'ndan ilk günün, bilhassa ilk anın heyecanını hatırlıyordu. Sadece tetik çekilirdi; ancak günler geçtikçe atılan yer bilinirdi.

Gün ağarıyor, vadiler seçilebiliyordu. Tıbbiyeli Nazmi koluna dokundu; aşağıdaki fundalıklar sallanıyordu. Molla Kâzım sessizce:

- Ateş yok, dedi.

Eliyle de bütün mangaya işaret etti. Çok geçmeden tam önündeki fundalığın arasında önce bir miğfer göründü, ardından bir el sallandı. Belli ki "ilerleyin" diyordu. Çevresindekilere kıpırdamamalarını işaret ettikten sonra, her an bir silâh sesi duymak endişesiyle, Molla Kâzım ona doğru sürünmeye başladı. Taş, toprak yuvarlamamaya dikkat ediyordu. Tam tepesine geldi, fundalıkların arasından onu görüyordu. Bir eliyle tabancasını tutuyor, diğer eliyle aşağıdakilere, çabuk olmalarını işaret etmek istiyordu, ama görünürlerde kimsecikler yoktu; yalnız epeyce geride fundalıklar sallanıyordu. O da kendisini takip edenleri görmek için başını çevirmiş, sağ omuzunun üzerinden geri bakıyordu. Ellerini yere basıp, hafifçe vücudunu kaldıran Molla Kâzım birden üstüne atladı; süngüsünü boğazına dayadı. Neye uğradığını anlayamayan teğmen tabancasını yere bıraktı; irileşmiş gözleriyle şaşkın şaşkın bakıyordu. Aşağıdaki fundalıktan silâhlar patlayınca, yukardan peş peşe iki bomba fırlatıldı; alevlerin arasında bir müttefik askeri savruldu. Değişik yerlerden tüfekler patlarken Molla Kâzım tabancayı alıp, beline soktu; yerden kaldırmadan üstünü aradı; el bombalarını da aldı. Eliyle susmasını ve sürünmesini işaret etti.

Yerine dönünce Tıbbıyeli Nazmi ile Medreseli Hasan'a:

- Ayağa kalkmadan, sürünerek, bunu geri götürün, dedi. Tabur Kumandanı'na teslim edin ve gelin.

Filikalar kıyıya asker taşıyor, karaya çıkışlar, fundalıklardaki hareketlenmeler artarak devam ediyor, o çevrede patlayan silâhlar gittikçe yoğunlaşıyordu. Sarp yerdeki çatışmadan haberdar olan Binbaşı İsmet, hemen bir piyade takımını oraya sevk etti.

Artık hareket baskın olmaktan çıkmıştı; kendi askerlerini de görebildiklerinden donanma olanca gücüyle zayıf Türk birliklerine yüklendi. Mermilerin düştükleri tepelerden meşe gövdesinden daha kalın sütunlar yükseliyor, ardlarında yanık kokan koca koca oyuklar bırakıyordu. Sarp yerdeki çarpışmayı gözetleyen Binbaşı İsmet kendi kendine söylendi.

- Kefereler akıntıyı hesap edemediler.

Gerçekten Binbaşı İsmet doğru tahmin etmişti. Anzaklar'ın plaja çıkarma yapmaları plânlanmıştı; fakat kıyı akıntısı onları birbuçuk mil kuzeye atmış, sarp yerden çıkarma yapmalarına sebeb olmuştu.

Üç-dört yüz metre yüksekliğindeki yar dik ve kayalıktı, ancak yer yer tırmanılabilecek yağmur ve kar sularının yatakları, birbirine eklenip, deniz kıyısından üstteki düzlüğe ulaşan fundalıklar vardı. O bölgedeki Türk birliğinin ateşi etkisizdi; sahile çıkan Anzaklar her an çoğalıyor, yukarlara tırmanıyorlardı. Kabatepe'nin eteklerindeki İkinci Tabur'un diğer birlikleri yan taraftan ateşe başlamışlardı. Kısa sürede haşin tepeler savaş alanına döndü. Karaya adım atar atmaz kurdukları makineli tüfeklerle devamlı tarıyorlardı. Kayaların aralarına yayılan Türk askerleri de fundalıklarda gördükleri kıpırdamalara ateş ediyorlardı. Yerleri belli olmuş, donanma tarafından yoğun ateş altına alınmışlardı; tepelerde kaynaşan toz toprağın arasında renk renk alevler parlıyordu. Fundalıkların arasında süngüleri ışıldayan birkaç müttefik askerinin biraraya gelmesiyle telâşlanan Salihli'li Hüsnü siperden fırladı; düşmana doğru daha iki adım atmadan yere serildi. Molla Kâzım, bir yandan ateş ediyor, diğer yandan da bağırıyordu.

- Sakın yerinizden kıpırdamayın!

Türkler'in ateşi sönük kalıyor, fundalıkların altlarında çoğalan Anzak askerleri tepelere tırmanıyorlardı. Donanmanın bombardımanı, el bombaları, kurdukları makineliler Türkler'e göz açtırmıyordu. Bu mermi tufanında Molla Kâzım'ın yanında bulunan Pütürgeli Musa ayağa kalktı; aşağılarındaki fundalığa ateşe başladı. Molla Kâzım başını ona çevirdi.

- Ne yapıyorsun?
- Ateş ediyorum.
- Yattığın yerden etsene.

Yanına uzanırken ayağa kalkışının sebebini açıkladı.

- Dikenlikler önümü kapatıyor, göremiyorum.
- Bekle yaklaşsınlar.

Anzaklar yaklaşıyorlardı; el bombaları, piyade mermileri, dağılan şarapnellerin misketleri fundalıkları biçiyordu. Bir ara Pütürgeli Musa'nın tüfeğiyle uğraşması Molla Kâzım'ın dikkatini çekti. Mekanizması tutulmuş, kovanı fırlatıp, yeni bir şarjör süremiyordu; kahırla tüfeğini fundalıklara savurdu. Yanındaki Giresunlu Haşim'in tüfeğini aldı; namluya mermi sürüp, arpacığın tepe noktasından hedefini aramaya koyuldu. Molla Kâzım boş kovanı fırlatırken, Giresunlu Haşim'e bakıyor; o hiç kıpırdamıyordu. Merakını yenemedi.

- Musa, Haşim'e ne oldu?
- Şehit.

Molla Kâzım tetiği çekerken, Giresunlu Haşim gözlerinin önündeydi. Ne idealist bir delikanlıydı; kaç gece yatakhanede sabahlara kadar milletlerinin, ümmetlerinin kaderlerine gözyaşı dökmüşlerdi.

Anzaklar iyice yaklaşmışlardı; bu iğreti siperlerde onların üstün ateş güçlerine karşı koymak artık mümkün değildi. Geri çekilme emri verildi. Molla Kâzım, deli fişek gibi olan Pütürgeli Musa'ya seslendi.

- Musa, geri çekiliyoruz.

Nişan almaya hazırlanan Musa:

- Burayı kimlere bırakıyoruz? diye sordu.

Molla Kâzım'ın kan beynine sıçradı.

- Kimseye bırakmıyoruz; geri çekiliyoruz.

Tüfeğinin üzerine kapaklanmış, yanındaki Tıbbıyeli Nazmi'den hiç ses yoktu. Hafifçe itti; yan dönen Nazmi değişik yerlerinden vurulmuş, ruhunu teslim etmişti. Tüfeğini aldı; geri geri sürünmeye başladı. Yukarlardan edilen ateşle de, Anzaklar'ın süratle tırmanmaları önleniyordu. Ama çevrelerinde bombalar patlıyor, sağ taraflarında kurulan makineli de kesintisiz bir zincir gibi tarıyordu.

Donanmanın isabetli atışları gittikçe artıyor, Binbaşı İsmet'in kumandasındaki İkinci Tabur'un direnişi etkisiz kalıyordu. Donanmanın yüzlerce topunun mermileri tepelerde peş peşe patlıyor, Türk askerleri ateş etmek için fırsat bulamıyorlardı. Daha ilk anda dört topun ikisi kullanılmaz hale gelmişti; o hengâmede iki topun ateşi fark edilmiyordu bile.

*
* *

Doğudaki tepenin ardında beliren turunculuk güzel bir günü müjdelerken Başkomutan Hamilton ve Amiral De Robeck Kabatepe'nin açıklarındaki Queen Elizabeth'in köprü üstünden güçlü dürbünleriyle çıkarmayı seyrediyorlardı. Türkler'in karşı koymaları azalınca, filikaların sahile akışları hızlandı. Ortalık aydınlanınca da, filikalar çıktıkları sarp yerin biraz güneyindeki plaja yanaşıyorlar, askerler adımlarını rahatça karaya atıyorlardı.

Nihayet dörtbin kişilik birliğin Arıburnu'nda karaya çıktığı haberi gelince, Hamilton ile De Robeck birbirini kutladılar. Bu anda da yanlarından geçen askerlerle dolu filikalar sahile doğru yol alıyorlardı. İkisi de dürbünlerini gözlerine dayadı; karadaki birlikler Sarıbayır'a ulaşmaya çalışıyorlardı. Dalgalar halinde ilerleyen birlikler yere tam siper yatıp, Türkleri ateş altına alınca, ardından yeni dalgalar beliriyordu. Komuta Heyeti'nin ve gemi mürettabatının neşeleri yerindeydi. De Robeck dürbününü gözlerinden indirdi.

- Sayın Başkomutan, bu işin, bu kadar kolay olacağını pek sanmıyordum.

Hamilton gülümsemekle yetindi.

Plânlanan yerlerde çıkarma gerçekleşmiş, kara savaşları başlamıştı. Zırhlılar aşırtma ateşleriyle, deniz savaşının intikamını almak için büyük bir hınçla Türk siperlerini dövüyorlardı. Gemici dürbününü gözlerinden hiç eksik etmeyen Hamilton'un merceğine çarpışan, yere yığılan askerler geliyor, onları seyrederken kendisini rüyada zannediyordu.

Saatler ilerledikçe Türkler'in direnişi azalıyor, hatta ortalıktan kayboluyorlardı. Zik-zak hareketleriyle ilerleyen birliklerine arkalarındaki sakalar parlak gaz tenekeleriyle su taşıyorlardı. Hamilton, dürbününü gözlerinden indirirken De Robeck'e:

- Şaşırtma hareketimiz herhalde başarılı oldu, dedi. Esat Paşa, gerçek taarruzlarımızı nerelerden yapacağımızı kestiremedi.

*

* *

Esat Paşa ve Kurmay Heyeti gelen raporları inceliyor, hangi birliğin nereye kaydırılması gerektiğine karar veriyorlardı. İçeriye giren Emir Subayı:

- Arıburnu'nda bir teğmen esir alınmış, dedi. Albay Halil Sami Bey size göndermiş.

- Nerede?

- Karargâhın kapısında.

- Dışarıdaki odaya alın.

Toprak altındaki Kolordu Karargâhı beş-altı odalı evden daha büyüktü. Emir Subayı dışarıya çıktı. Elleri arkasından bağlanmış; ince, uzun boylu teğmen üç askerin arasında titriyordu. Geldikleri atlar da yanlarındaydı. Emir subayı, Ekrem Çavuş'un uzattığı zarfı görünce!

- Nedir? diye sordu.

- Esirin ceplerinden çıkanlar kumandanım.

Emir Subayı, esiri Esat Paşa'nın dediği odaya götürdü; başına iki nöbetçi dikti. Zarfı getirip, Esat Paşa'nın masasına koydu.

- Esirin cebinden çıkanlar bu zarfta imiş Paşa Hazretleri.

Esat Paşa, zarfın içindekilerini masanın üzerine döktü. Aile resimleri, çıplak kadın fotoğraflarından başka, "Bank of New South Wales" yetkililerince imzalanmış açık çek ve yalnız Osmanlı topraklarında geçerli olmak üzere hazırlanmış İngiliz paraları Esat Paşa ve Kurmay Heyeti'nin dikkatlerini çekti. Parayı eline alan Esat Paşa evirip çevirirken mırıldanıyordu.

- Bu adamlar kendilerinden ne kadar eminler.

Sonra Gelibolu Yarımadası'nın 1/40.000 ölçekli haritasını incelemeye başladılar. Haritadaki işaretlerden hangi bataryaları, nereden ateş altına alacakları, ilk hedef edindikleri bölgeler ve hangi yolları kullanacakları anlaşılıyordu. Boğaz ve çevresindeki eski tabyaların gösterildiğini, yeni tabyaların işaretlenmediğini hemen fark ettiler. Masadan kalkmaya hazırlanan Esat Paşa eski tabyaların üzerinde sağ elinin işaret parmağını gezdirerek:

- Bunlar yerli Rumlar'ın, buralara avcılık bahanesiyle gelmiş turist casusların marifetidir, dedi. Siz bu haritanın işaretli yerlerini iki ayrı haritaya kopya edin. Herşeyini ona verelim. Haritalardan biri bizde kalır, diğerini Tümen Kumandanı Halil Sami Bey'e göndeririz.

Esat Paşa esirin bulunduğu odaya geçti. Sandalyeye oturmuş esirin yanında silâhlı iki nöbetçi dikiliyor, masadaki karpit lâmbası da sararmış, ürpertili yüzünü aydınlatıyordu. Esat Paşa, masanın arkasındaki sandalyeye yürürken elini uzattığında, esirin ellerinin arkadan bağlı olduğunu fark etti. Nöbetçilere:

- Biriniz ellerini çözün, dedi.

Sağdaki nöbetçi ellerini çözerken esir titriyordu. Esat Paşa yumuşak bir sesle sordu.

- Almanca biliyor musunuz?

- Biliyorum.

- Adınızı sorabilir miyim?

- Peterson.

- Rütbeniz teğmen değil mi?

- Evet.

Heyecandan tıkanacakmış gibi olan Teğmen Peterson'un yürek atışları kulağının içinde güm güm ediyordu. Esat Paşa gülümsedi.

- Askerlik mesleğini seçerken esir olmayı, esir almayı, ölmeyi ve öldürmeyi kabul etmiş olmalısınız. Fakat görebildiğim kadarıyla kendinizi rahat hissetmiyorsunuz.

- Evet.

- Niçin?

- Türkler aldıkları esirleri öldürüyorlarmış!

Bakışında taşıdığı esrarlı kuvvet devam etmesine rağmen Esat Paşa'nın yüzünde ince bir gülümseme belirdi; sesi iç okşayıcı bir hal aldı.

- Öyle şey olur mu? Savaşın da kaideleri vardır. O kaidelere riayet etmek insani vazifelerimizdendir. -Yüzünü kapıya doğru çevirdi- Bize iki çay getirin -Tekrar ona döndü- Bütün kumanda heyetleri emrindeki askerlerin esir olmalarını istemediklerinden böyle şeyler söylerler. Siz artık düşmanımız değil, misafirimizsiniz. Bundan sonra size saygı göstermek, bize insanlığımızı duyurur. Memleketiniz İngiltere mi?

- Hayır, Avustralya.

- Arıburnu'na Avustralya kuvvetleri çıktı demek ki.

- Yeni Zelanda kuvvetleriyle beraber çıktılar.

Esat Paşa, önüne konan çayın şekerini atarken Peterson'a:

- Buyurun, dedi ve ilave etti. Ne kadar kuvvet çıktı?

- Arıburnu'na çıkmak için görevli bulunan Avustralya ve Yeni Zelanda Kolordusu'na biz kısaca Anzak Kolordusu diyoruz. Kolordu'nun ne kadarı çıktı; ne kadarı çıkmak üzere idi? Bunları bilmem mümkün değil.

- Herhalde hedefiniz Kabatepe, oradan da Kilitbahir veya Eceabat değil mi?

- Büyük plânları Kurmay Heyeti bilir. Ben bir teğmenim; bize nokta görevi verildiğini takdir edersiniz. O nokta görevini ifa edince, yeni bir görev verilir. Ben ilk görevimde esir düştüm.

Onu fazla sıkıştırmanın fayda getirmiyeceği kanaatine varan Esat Paşa!

- Kendinizi üzmeyiniz, diyerek ayağa kalktı.

Üzerinden çıkanları zarfa doldurtup, posta eri ile ona yolladı. Telefonla ordu karargâhıyla görüştükten sonra, Teğmen Peterson'u Eceabat'ta kurulacak esir kampına gönderdi.

*
* *

Seddülbahir'de kanlı çarpışmalar olmasına rağmen, Tekkeburnu'nda tutunduklarına dair Hamilton'a haber geldi. Hemen Queen Elizabeth zırhlısı doğuya doğru yol aldı; Hamilton ve De Robeck o bölgedeki başarılarını görmek istiyorlardı. Elbetteki kanlı çarpışmalar olacaktı; kansız zafer nerede görülmüştü ki?...

Saatlerce süren müthiş bombardımandan sonra plâna göre diğer zırhlıların bir kısmı Boğaz'a girdi; bir kısmı da Kumkale önlerine yaklaştı. Oraları döven zırhlıların yanlarında yerlerini aldılar; gökyüzüne kaynaşarak yükselen taş toprak biraz daha çoğaldı. Albion zırhlısı ise Seddülbahir'in önünde kalıp, nerede bir kıpırdama sezerse, orayı ateş altına alacaktı. Gözetleme subayları dürbünleriyle dikkatli bir şekilde sessizliğe gömülmüş sahili, Eski Kale'yi, Seddülbahir Koyu'nu, vadileri, yamaçları taradılar; bir belirti göremediler; fakat herhangi bir ihtimale karşı şüphelendikleri yerler, Albion zırhlısı tarafından bir daha dövüldükten sonra, General Hunter-Weston filikaların ve River Clyde Şilebi'nin taşıdıkları seçme kahramanlara sahile çıkmaları emrini verdi.

Albion Zırhlısı'ndan bakan komutanları gördükleri şaşırtıyordu; "Canlı kalmadı" dedikleri yerlerden fırtına gibi tüfek mermilerinin filikaları hedef almalarını hafsalalarına sığdıramıyorlardı.

Gözü karalığıyla ünlü olan Binbaşı Unwin River Clyde şilebini karaya oturtmaya çalışıyordu. Şilebin burun kısmıyla sahilin arasında kalan derin boşluğu doldurmak için getirdikleri çatanalar sürüklenip, sahile yapışmışlardı; ama boşluk mutlaka doldurulmalıydı; askerlerin çoğu boğulurdu. Binbaşı Unwin halatla suya atladı; onu William usta takip etti. Kısa bir süre boğuştuktan sonra, iki mavnayı birbirine bağlayarak oluşturdukları köprüyü şilebin pruvasına yerleştirmeye çalışırlarken Türkler'in ateşi yaklaşan filikalarda korkunç derecede yoğunlaşmıştı. Ancak suya atlayıp, sahildeki tepecikleri siper edinebilmiş birkaç kişi canlarını kurtarabilmişti; onlar da başlarının üzerinden geçen mermilerden dolayı kıpırdıyamıyorlardı. Binbaşı Unwin ve William Usta akıntıya kapılmamaları için yerleştirdikleri mavnaları sıkıca tutuyorlardı. Binbaşı Unwin şilepteki askerlere bağırdı.

- Çıkın!

Askerler şilebin iki yanından sarkıtılmış halat iskelelerden süratle inmeye başladılar. Diğer filikalarda kimse kalmadıktan sonra, Türkler dikkatlerini bu yeni saldırıya çevirdiler. Mavnalara geçen askerler daha yakından ateşe maruz kalıyorlardı. Denize atlayanlardan ancak birazı mermi sağanağı altında boğazlarına kadar gömüldükleri suları aşabiliyordu. Sendeleyen William Usta'nın ellerinden mavna kurtuldu; vurulduğunu anlayan Binbaşı Unwin hemen ona doğru hamle yaptı. Öldüğünü fark etmediğinden onu kaldırmış, su yüzünde tutuyordu. Boş kalan mavna akıntıya kapıldı; üstündeki ölü ve yaralıları döke döke sürükleniyordu. Bu anda Seddülbahir'in üzerinde uçan Hava Komodoru Samson aşağıya baktığında, durgun denizin sahilden elli metre kadar açığının kandan kıpkırmızı kesildiğini görünce, şaşırdı. Feci bir manzarayla karşı karşıyaydı; kızıl dalgacıklar sahilde oynaşıyor, suyun durgun yüzü, yağmur gibi yağan kurşunlarla pis bir köpük halinde fışkırıyordu. Durumu hemen oraya yaklaşmakta olan Başkomutan Hamilton'a bildirdi; o da Queen Elizabeth'in Komutanı'na daha çabuk yol alması için emir verdi.

Bu sırada Eurgalus Zırhlısı'nda bulunan General Hunter-Weston kıyıya yakın bölgelerde neler cereyan ettiğini bilmediğinden, plânın ikinci aşamasının uygulamasına geçti. Tuğgeneral Napier'e, asıl birliklerle karaya çıkmasını emretti. Nakliye gemileriyle harekete geçen Napier, sahilin yakınlarında anormalliklerin olduğunu görüyordu. Aradaki mesafe azalınca, bir başçavuşun River Clyde'nin arka tarafından megafonla bağırdığını fark etti. Top seslerinden, piyade tüfeklerinin patlamalarından anlıyamıyordu; ancak yakınlaşınca, ne dediğini anlayabildi.

- Yaklaşmayın! Karaya çıkamazsınız!

Tuğgeneral Napier karşılık verdi.

- Deneyelim, bakalım.

River Clyde Şilebi'nin hizasına gelir gelmez, Tuğgeneral Napier sendeledi ve yanındaki askerlerin üzerine düştü. Askerlerde şaşkınlık başladı. Öndeki şileplerden gerideki şileplere durum bildirilince, Hunter-Weston Seddülbahir Koyu'na çıkarmayı durdurmak mecburiyetinde kaldı. Bu bölgedeki diğer çıkarmalar ise devam ediyordu. Kanlı çarpışmalardan sonra tutundukları Tekkeburnu'nu Hunter-Weston aralıksız takviye ediyordu. Ama Seddülbahir Koyu'na yapılacak çıkarma yakınındaki diğer çıkarmaları rahatlatacağı için General Hunter-Weston bombardımanın tekrar başlamasını emretti.

Oraya yaklaşan Queen Elizabeth Zırhlısı'nın köprü üstündeki yerlerinden dürbünleriyle bakan Başkomutan

Hamilton ve Donanma Komutanı De Robeck sahile yakın yerdeki çarpışmaları ve plajdaki küçük kum tepeciklerini siper edinmiş on-onbeş askeri de görebiliyorlardı; kumların fışkırmasından yoğun ateş altına alındıkları belliydi. Güven içinde bulundukları zırhlıdan ölümle burun buruna gelenleri, sahilde yatanları, vurulup akıntıya kapılanları seyrederken, yılların askeri Hamilton'un insanî duyguları alevlendi. Aynı duygularla De Robeck de ona döndü.

- Seyretmek bile tahammül istiyor.

Nice savaşlara girip çıkmış Hamilton boğuşma alanının uzaktan görülenden veya düşünülenden daha zalim, daha insafsız olduğunu biliyordu. "Ben böyle çok savaştım, şimdi sıra gençlerin" diye zihninden geçirerek teselli bulmaya çalışmasına rağmen, kendisini gladyatörleri zevkle seyreden Roma'lı vahşiler gibi hissediyordu. Ama bir an önce, en azından şu anda bu ilkel histen kurtulmak istiyordu; çünkü su içinde cereyan eden River Clyde askerlerinin faciasına seyirci kalamazdı. Hemen Queen Elizabeth'in altı inçlik toplarıyla bombardımana iştirak etmesi için emir verdi. Plajı yarım daire halinde çevreleyen tepeciklerden ve yüksekteki düzlükten nisan güneşinin aydınlattığı gökyüzüne yükselen toz duman birden gürbüzleşti. River Clyde'den, kendilerine en fazla zarar veren atışların sağ taraftaki fundalıklardan geldiği işaretle bildirilince Queen Elizabeth hedefi bulmak için yer değiştirmek zorunda kaldı.

*

* *

Quéen Elizabeth zırhlısı da dövecekti; saatlerden beri alev kusan namlulara daha yenileri eklenecekti. O topların tahrip gücünü de deniz savaşlarından biliyorlardı. Bütün imkânsızlıklara rağmen Tabur Kumandanı Binbaşı Mahmud Sabri birliğini günlerce sürecek mücadeleye piyade tüfekleriyle hazırlamıştı. Sadece eski model dört topları vardı, onları da bombardımandan korumak için geriye çektirmişti. Tenekelere, mataralara su doldurtmuş, ikinci günün akşamına yetecek kadar da cephane dağıttırmıştı. Emri kesindi; acele edilmeyecek; nakliye gemileri, filikalar ve mavnalar sahile iyice yaklaşınca ateş açılacaktı. İhtiyat bölüklerini, batı ve güneyden gelebilecek mermilerden korunmaları maksadıyla sırtın doğu eteğinde içtima ettirmişti. Yaralıların ilk tedavileri için sargı yerini de Harapkale'nin civarında, donanma atışlarının önünde duvar gibi duran tepenin ardında hazırlatmıştı.

Sabaha karşı bombardıman başlayınca, Binbaşı Mahmud Sabri sahili iyi görebilmek gayesiyle Harapkale tepesine çıkmıştı. Bir ağacı siper edinmiş, dürbününü gözlerine dayamıştı. Yükselen toz, toprak ve duman görmesini engelliyordu; ama düşmanın ne yapmayı düşündüğünü, nereden tam bindireceğini bilmek istiyordu. Yoğun bir şekilde ateş ediliyor, şarapneller yanyana patlıyor, mermiler güney ve batıdan çaprazlama geliyordu. Sonra kuzey batıdan da gelmeye başlayınca, avcı ve irtibat hendeklerinin bir kısmı dümdüz edildi; bu hendekler, içlerinde bulunan askerlere mezar oldular.

Binbaşı Mahmud Sabri sargı yerine koştu; değişik yerlerden sedyelerle, sırtlarda yaralılar taşınıyordu; kan revan içindeki askerler Mahmud Sabri'yi görünce, yeniden moral kazandılar. Ufak tefek yarası olanlar sardırıp, tekrar siperlerine dönüyorlardı. Sedyeye yatırılmış Tavaslı Memiş'in her tarafı kana bulanmış, sol kolunun dirsekten aşağısı da kopmuştu. Göğsüne yatırdığı tüfeğini sağ eliyle sımsıkı tutuyordu. Mahmud Sabri ile göz göze gelince:

- Cephanemi yanımdaki Tekirdağlı Sadık'a verdim, dedi. Tüfeğimi kime teslim edeyim kumandanım?

Yüreğinden vurulmuşcasına sarsılan Mahmud Sabri uzanıp, tüfeğini aldı.

- Gazan mübarek olsun evlâdım.

Askerlerin bazıları silâhsızdı; şehit veya ağır yaralıların silâhlarıyla savaşacaklardı. Tavaslı Memiş'in tüfeğini onlardan birine verirdi.

Tekrar tepeye çıkan Mahmud Sabri, dürbünüyle bakıyordu. Yarımadanın, Tekkeburnu'ndan Seddülbahir İskelesi'ne kadar olan güney ve güney-batı sahillerini sürekli bombardıman etmelerinden, düşmanın bu bölgeyi çıkarma yeri seçtiğine karar verdi. Sabahın erken saatlerinden beri, sahilin biraz açığına demirlemiş zırhlılar Tekkekoyu ve çevresinde canlı bırakmamak azmiyle tepecikleri, vadileri yakıp yıkmıştı. Şimdi de donanma ağır toplarıyla, Ertuğrul Koyu'nu, Seddülbahir'deki avcı siperlerini yeniden dövmeye başladı.

*

* *

Anadolu yakasındaki gözetleme yerinden bu feci manzarayı Teğmen Hüsameddin de seyrediyordu. Denizden karaya ateş ve çelikten oluşmuş bir silindir yürüyor, bastığı her yeri berhava ediyordu. Karşısındaki Seddülbahir'de, güneyindeki Kumkale'de ne vahşi saldırılar olduğunu dürbününün merceğinden çok yakınındaymış gibi görüyordu. Daha güneydeki Beşige Körfezi'nden, Arıburnu taraflarından da alevler yükseliyordu. Bu top, bu makineli tüfek mermileri kimbilir, her saniye kaç ana-baba kuzusunu gök ekinler misali biçiyordu!... Savaşın dehşetine kendini kaptıran Teğmen Hüsameddin'e muhabere çavuşu Hüseyin Tabur Kumandanı'nın emrini uzattı. Bir solukta okuduktan sonra bakışlarını karşısında hazırol vaziyetinde duran Hüseyin Çavuş'a çevirdi.

- Yerini değiştirip, Yenişehir Köyü'nün gerisindeki derenin içine gelen bölüğümüzle temas kurdun mu?

- Kurdum kumandanım.

- Telefonun başından sakın ayrılma, yeni bir emir olursa, hemen beni haberdar et.

- Emredersiniz kumandanım.

Çağırttığı Ragıp Çavuş'a da Tabur Kumandanı'nın belirttiği hususları takıma bildirmesini emretti.

- Kumkale'ye çıkan Fransız ve Tunuslu askerlerin teşkil ettikleri birkaç düşman alayını, Otuzdokuzuncu Alayın İkinci Taburu'nun kahraman erlerinin karşıladıklarını ve düşmanı şaşkına çevirdiklerini askerlere söyle. Şu anda da Kumkale kasabasında sokak savaşları devam ediyormuş. Düşmanı denize dökmek için de Çıplak Köy'den Otuzbir ve Otuzikinci Alayların harekete geçtiklerini bütün takıma bildir!

- Başüstüne kumandanım.

Teğmen Hüsameddin bakışlarını Kumkale'nin arkasındaki ovayı mermi yağmuruna tutan, kayık gibi sallanan devasa zırhlılara çevirdi. "Birkaç alayın" önünde İkinci Tabur'un erleri ne kadar dayanabilirlerdi?... Bazı şeyler sadece cesaretle yapılamazdı!... Gözetleme yerinde, Çıplak Köy'ün yönünü göremiyor, içi içine sığmıyordu. Arkasındaki küçük tepeyi aşması, takımın yanına gitmesi gerekiyordu.

Takımın yanına gelen Teğmen Hüsameddin, Çıplak Köy'ün yönüne bakabilecek bir yer buldu; dürbününü gözlerine dayadı. Çıplak Köy iki saatlik mesafedeydi, arazi düzlüktü; fundalık da değildi; kolay yol alırlardı... Ama koskoca ovayı hallaç pamuğunu andırırcasına atan bu şarapnel sağanağının altında Otuzbir ve Otuzikinci Alaylar'ın ilerlemeleri mümkün mü idi? Onlar ilerliyemezlerse, İkinci Tabur'un durumu ne olurdu?

Toplar ateşlerini Kumkale'nin kuzeyine doğru yayıyorlardı. Takımın yanına bünyelerinde binlerce misket bulunan büyük mermiler düşüp patlayınca, çevrelerini toz duman kapladı. İki er hafifce yaralandı; birinin sol eli, diğerinin sağ baldırı kanıyordu. Bir sıhhiye eri, sargı yeri olarak kullandığı çukurda yaralarını sararken, Teğmen Hüsameddin yanlarına geldi.

- Üzülmeyin aslanlarım.

Yarası sarılmakta olan.

- İkimizin de yarası zaten hafif kumandanım, dedi. Düşmanla karşılaşmadan, ona kurşun sıkmadan ölürsem, gözlerim açık gider.

Diğeri birşey söylemedi; başını önüne eğmiş, sırasını bekliyordu.

Müttefik donanması, Kumkale'den itibaren Anadolu Yakası'ndaki Orhaniye'yi, Yenişehir'i, arkalarındaki ovayı uzun süre dövdükten sonra ateşi hafifletti; mermiler tek tük düşüyordu. Bu anda bir uçak sırttan sıyrıldı ve başlarının üstünden süratle geçti; dolanmaya başladı. İki saatten beri ateş ve duman içinde kalan ovada askerî birlik aradığı anlaşılıyordu. Siperde yatan bir asker hayıflanarak söylendi:

- Vuramadık.

Sağa sola zik-zaklar çizerek dolaşan uçak, birden sendeledi. Mıstık siperden bağırdı.

- Düşüyor!

Uçak yere çakılırken Mıstık'ın sesine birkaç ses daha karıştı.

- Bizimkiler geliyor!

Dürbünüyle bakan Teğmen Hüsameddin toz bulutuyla ufuktan çıkan askerleri görüyordu. Dümdüz bir çizgi halindeydiler; bu hattın gerisinde de avcı hatlarının olduğunu fark ediyordu.

Yeni bir uçak belirdi; araziye yayılarak gelen askerlerin üzerinde dolaşıyor, donanmaya işaretler veriyordu. Askerler uçağı ve yanlarında patlayan top mermilerini umursamadan, aralıklarını muhafaza ederek geliyorlardı. En öndeki avcı hattında bir an gözden kaybolup, tekrar görünenler oluyordu. Herhalde top mermilerinin açtıkları derin çukurlara dalıp dalıp çıkıyorlardı. Yaklaştıkça, aralarından bazılarının düştüklerini, ama hatların hiç durmadığını, koşarak ilerlediklerini görüyordu.

Avcı hatlarının çevrelerine düşen mermiler sıklaşıyordu. Zaman zaman dumanların arasında kaybolup, beliriyorlardı. Mesafe azaldıkça, Teğmen Hüsameddin hızlarını daha iyi fark edebiliyordu; sanki koşmuyor, rüzgâr gibi esiyorlardı. Mıstık'ın sesi siperden yükseldi.

- Rabbim bunları sen koru!

Birden merceğine Binbaşı Şevki geldi. İhtişamlı heybetiyle beyaz atının üzerindeydi; elinde yanan kılıcıyla etrafına düşen mermilere meydan okurcasına atını sağa sola sürüyordu.

İlk avcı hattı, Kumkale'nin önlerine gelir gelmez, yere yattı. Askerler görünmüyor, arazi üzerinde süngüler şerit halinde parlıyorlardı. Geride, birbirinin ardında dört avcı hattı daha vardı. Onlar da yere yattılar. Geniş arazide süngü parıltıları çoğaldı. Biraz sonra ikinci hattakiler, kısa fasılalarla değişik yerlerden sıçramalar yaparak birinci avcı hattına girdiler. Arkalarındakiler de yeni bir hat oluşturdular. Önlerinde tek tük askerler görünüyor, yattıkları yerlerden Kumkale'ye doğru ateş ettikleri belli oluyordu. Büyük bir ihtimalle bunlar, geceden beri düşmanla boğuşan İkinci Tabur'un erleriydi. Düşman görünmüyor; yıkıntılardan yükselen toz bulutunun altında yoğun tüfek sesleri yankılanıyor, bombalar patlıyordu.

Birinci avcı hattı birden bire dikildi; birkaç bin süngü parladı ve "Allah! Allah" sayhalarıyla kasırga gibi esen askerler, Kumkale kasabasının çoğu moloz yığınına dönmüş evlerinin arasında gözden kayboldular. Ardından ikinci avcı hattı onları takip etti. Binbaşı Şevki de atını mahmuzlayarak silâh seslerinin arasına daldı.

Kumkale'nin doğu mahalleleri, arkaları ve Türk askerinin akışını önlemek için ova, donanmanın top mermileriyle dövülüyordu. Topların sesi azalınca, makineli tüfek patırdıları, mavzer sesleri duyuluyor, Kumkale'nin sokaklarında kanlı bir boğuşma cereyan ettiği anlaşılıyordu.

*

* *

Asıl kanlı boğuşma Seddülbahir bölgesindeydi. Hamilton'un çok güvendiği River Clyde Şilebi'nin taşıdığı kahramanlar bekleneni veremediler. Çift namlulu makineli tüfekler şilebin baş tarafındaki kum torbalarının gerisine yerleştirilmiş, mevzileri devamlı tarayarak karaya çıkmaya çalışan askerleri koruyorlardı. Ama Türklerin ateşi o kadar etkiliydi ki, müttefik askerlerinden sahile çıkabilenler, kumdan başlarını kaldırıp, birkaç adım bile ilerliyemiyorlar; ancak şansları yaver gidenler dalgaların sahile yığdığı kum tepeleri sayesinde ölümden kurtulabiliyorlardı.

Queen Elizabeth'deki Hamilton, De Robeck ve Kurmay Heyeti son derece telâşlıydılar. Bu kadar şiddetli bombardımana nasıl dayanıyorlardı? Her hallerinden ilkel silâhlar kullandıkları belli olan Türkler bu direnme gücünü nereden alıyorlardı?... Dirençlerini kırmak için başka ne yapabilirlerdi?...

Hamilton, dürbünüyle sol taraflarına düşen yamacı taramaya başladı. Royal ve Lancashine piyadelerini desteklemek üzere Wancester ile Essex birlikleri harekete geçmişlerdi. Kuşatma çemberine girmek üzere bulunan Türk kuvvetlerinin sağ kanatlarına vurabilmeleri için dua ediyordu. Bir ara bazı birliklerin taarruza geçtiklerini gördü; umduğunu bulmanın heyecanıyla takip ettiği birliklerin öncüleri araziyi kaplayan dikenli tel engellerini temizlemek için durdular. Makasla telleri kesiyorlar, açılan gediklerden teker teker giriyorlardı; fakat ilerliyemiyorlardı. Yamaçtaki fundalıkların arasında göğüs göğüse bir çarpışma sürdüğü anlaşılıyordu. Kendi birlikleri orada bulunduğu için, toplar hedeflerini gerilere kaydırmışlardı. "O yamaçtan tepeye çıkabilecekler mi?" diye endişelenen Hamilton'un yüreği göğüs kafesine çekiç gibi vuruyordu.

*

* *

O Aytepe'yi bırakmamak için Üçüncü Tabur'un Kumandanı Binbaşı Mahmud Sabri de direniyordu. Üzerlerinde gezen ölüm silindirine rağmen dayanmışlardı; bundan sonra da dayanmalıydılar. Seddülbahir Koyu'nda düşmanı durduruyorlardı; ne çare ki iki kilometre kuzeyde durum çok feci idi. Takım Kumandanı Teğmen Abdürrahim, ilk raporunda şöyle demişti. "Bölgemize bir bölük kadar düşman çıktı; savunuyoruz." Çok geçmeden gönderdiği ikinci raporunda gittikçe zorlandıklarını yazmıştı. "Karşımızdaki düşman kuvveti yeni çıkan birlikleriyle bir tabur oldu; savunuyoruz." Üçüncü raporunda durumun daha da vahimleştiğini bildirmişti. "Düşman bir alay kuvvetinde; takımımıza taarruza geçti; savunmaya devam ediyoruz." Bu onların son sözü, son çığlığı olmuştu.

Kuzeyden çıkarmayı başaran Müttefik kuvvetlerinin, sağ cenahlarını kuşatmaya başladıkları haberini alan Mahmud Sabri'nin, gönderdiği keşif kolu bir daha geri dönmedi. Tekke Koyu'ndan da kötü haberler geliyordu. Oradan saldıran düşmanı durdurmak için bölüğü gerideki mevzilere çekerek, yeni bir hat oluşturabilmiş ise de, sağ taraftaki takımın yarısı siperlerde kaldığından, istediği sonucu elde edememişti. Müttefikler ilerlemeye devam ediyorlardı. Kuşatılıp, imha edilme tehlikesini fark eden Binbaşı Mahmud Sabri, ihtiyattaki Dokuzuncu Bölüğün Kumandanı Yüzbaşı Secaaddin'i yanına çağırdı.

- Düşman sağ tarafımızı kuşatıyor. Hemen bölüğünle taarruza geç. Geriye, mümkünse denize sür!

- Baş üstüne kumandanım.

Koşarak bölüğünün yanına gelen Yüzbaşı Secaaddin çukurda, fundalıkların içinde yatan askerlere:

- Ayağa kalk! Hizaya geç! emrini verdi.

Kısa bir anda bölük, takım takım, manga manga karşısında esas duruşa geçti.

- Sağa dön! Yamaçlardan tırmanan düşmanı denize dökmek için ileri!

Başlarında teğmen, çavuş ve onbaşıların bulunduğu takımlar, mangalar, dağı taşı yakan şarapnellerin altında koşarak yayıldılar. Yüzbaşı Secaaddin ilk günün, bilhassa ilk çarpışmanın paniğe müsait olduğunu biliyordu. Kendisi de kılıcını sıyırdı. En önde düşmana doğru yürüyordu. Birkaçı sendeleyip, yuvarlandı. Düşmana yaklaştıklarında Yüzbaşı Secaaddin bağırdı.

- Yere yat!

Bölükle beraber kendisi de yere yattı. Yattığı yerden ikinci emrini verdi.

- Taarruz ateşi edilecek! Ateş!

Her manga kendi içinde ateş ve taarruz ediyordu. Kimisi sürünüyor, kimisi tetik çekiyordu. Fundalıkların arasında ilerlerken, makineli tüfeklerin kurşunlarına hedef oldular. Yüzbaşı Secaaddin birkaç yerinden yaralandı; kan sol omuz başından ve sağ kasığından elbisesine yayılıyordu. Yanındaki Üsteğmen Tarık:

- Kumandanım, vuruldunuz!

Derken boğazının altına bir mermi daha isabet eden Yüzbaşı Secaaddin olduğu yere yığıldı. Üsteğmen Tarık, Keşanlı İsmail'e:

- Tüfeğini bana ver, dedi. Ayağa kalkmadan, sürüne sürüne, kumandanı sargı yerine götür.

Makineli tarrakaları devam ederken Keşanlı İsmail, Yüzbaşı Secaaddin'i sırtına aldı ve sürünmeye başladı. Bölük kumandanlığı görevini üstlenen Üsteğmen Tarık, mevcut şartlarda daha ileri gitmenin mümkün olmadığını, burada bir hat meydana getirmeye çalıştığını, Tabur Kumandanı Mahmud Sabri'ye bildirdi.

Biraz sonra Aytepe'yi koruyan takımın kumandanı, karşılarındaki düşmanın çoğaldığını, Tekkekoyu'nun kuzeyinde yeni yeni kuvvetlerin karaya çıktığını ve sağ cenahtaki mangaların kısmen siperleri terke mecbur kaldıklarını bildirdi, düşmanı durdurmaya kararlı olduklarını da ilave etti. Ama bu sırada devamlı takviye alan Müttefik kuvvetleri hiç durmadan tarayan makineli tüfeklerin himayesinde üzerlerine geliyorlardı.

Ertuğrul Koyu'na da çıkarma hızlanmış, acele takviye kuvvetlerine ihtiyaç olduğu buradan da bildirilmiş, Binbaşı Mahmud Sabri ne yapacağını şaşırmıştı. Elinde fazla ihtiyat kalmamasına rağmen çevreden devamlı kuvvet isteniyor, alaydan da yardım gelmiyordu. Ertuğrul Koyu'ndaki gerçek durumu öğrenmek için gönderdiği Yüzbaşı Şemsi de ağır şekilde yaralanmış, sargı yerine götürülmüştü. Bütün bunlara rağmen Mahmud Sabri telâşa kapılmamaya gayret ediyordu. İhtiyattaki Onbirinci Bölüğü ikiye ayırdı; iki takımını Bölük Kumandanı Yüzbaşı Saim ile Ertuğrul Koyu'na, diğerini de Teğmen Hasib'in kumandasında Tekkeburnu'ndan gelen düşmanı durdurmaya çalışan birliğe takviye gönderdi.

Tekkekoyu sahil siperlerini savunan bölük, siperleri terke mecbur kalınca, oraya yapılan çıkarma kolaylaşmıştı. Siperleri terke mecbur kalan askerler, her ne kadar geri sırtları tutmuşlar ise de, buralardan sahil görünmüyor, düşman rahatça çıkıyor ve iki tarafa yayılıyordu.

Sargı yerinde de durum içler acısıydı; kolunu, bacağını kaybeden yaralılar kan kaybından ölüyorlardı. Mahmud Sabri, fırsat buldukça yanlarına gidiyor, "Sabredin evlâtlarım, akşam karanlığında arabalar gelip, sizi götürecekler" diyordu. Böyle bir haber almamıştı; ama nasıl olsa geleceklerine inanıyordu.

Mahmud Sabri, yine sargı yerinden, savaşı idare ettiği sığınağa dönerken Seddülbahir Köyü ve iskele civarı şiddetli bombardımana tutuldu. Kerpiç binaların tozu savruluyor, siperler yıkılıyordu; fakat askerler yerlerini terk etmiyorlar, ardından yapılacak çıkarmayı bekliyorlardı. Bombardıman azalmaya yüztutunca, bütün vücudu horozu çekilmiş tabanca gibi tetikte olan Ezineli Yahya Çavuş siperden başını çıkardı. Filikalar sahile yaklaşıyorlardı. Gür sesiyle bağırdı.

- Ateşe hazır ol!

Tüfeklerin namlularını toprağın üzerine yerleştiren siperdeki askerler, önlerini kaplayan çalılığın arasından filikaları görüyorlardı. Yahya Çavuş'un ateşi emir olacak, diğerleri onu takip edeceklerdi. Asker dolu filikalar yaklaşıyorlardı; dipçiğini omuzuna dayadığı tüfeğinin gez ve arpacığının tepe noktasından filikaların birini hedef alan Yahya Çavuş tetiği çekti; diğerleri de tüfeklerini ateşlediler. Mekanizmalar oynatılıyor, boş kovanlar fırlatılıyor, yeni mermiler sürülüyor, tetikler çekiliyordu. Elleri şimşek gibi hareket ediyordu.

Sahile çarpan dalgacıkların kan rengi koyulaşıyordu. Karaya çıkanların hemen hepsini yere serdiler; ancak ateş görmeyen harabelerin altında saklanabilen birkaç kişi kurtulabildi. Yeni filikalar yaklaşıyor, bunlar da tüfeklerine yeni şarjörler sürüyorlardı.

Karaya çıkılamadığını zırhlılardan gören Müttefik komutanları, harekâtı durdurup, bombardımanı tekrar başlatınca, yine siperlere gömüldüler. Yahya Çavuş'un yanındaki Tekirdağlı Kasım vurulmuş, sırtını dayadığı yerde kalmıştı. Sağ eliyle arkadaşının gözlerini kapatırken dudakları kıpırdıyor, üstlerinde şarapnel parçaları vınlıyordu.

En modern silâhlara tüfek ve süngü ile karşı koyuyorlar

Bir ağaç kökünü siper edinen Mahmud Sabri, şarapnellerin dağı taşı köpürttüğü yere bakıyordu. Burada, bir takım kadar kuvvet kalmıştı; bunun yarısı iskele başını tutmuş, diğer yarısı da köyün değirmeninin yanındaki hakim tepeye yerleşmişti. Teğmen Halit'in kumandasında, çoğunu tıbbiyelilerin oluşturduğu bir miktar asker de, eski kalenin içinde mevzilenmişti. Durum değerlendirmesinde bulunan Mahmut Sabri'nin bir kulağı devamlı Aytepe'de idi. Orayı savunan birlik de güç durumdaydı; çünkü çıkarmayı Tekkekoyu'na yapıyor, o tepeye tırmanıyorlardı. Müttefikler değişik hatlar teşkil ettikleri halde, direnci kıramıyor, ilerliyemiyorlardı. Toplamı bir avuç askerdi, onlar da devamlı eriyorlardı; daha ne kadar dayanacaklardı!... Ellerinde sadece piyade tüfekleri, bir de süngüleri vardı. Geriye kaydırılmalarına rağmen, tabura ait dört toptan üçü henüz mermi atmadan aldıkları isabetle elden çıkmışlardı. Kalan bir top sahile yaklaşan gemilere ateş açmışsa da, o da Müttefik donanmasının toplarıyla sabahın ilk ışıkları arasında paramparça olmuştu.

Mahmud Sabri, bütün birliklerin telefonlarının bağlandığı, sığınak olarak kullandıkları küçücük çukura geldiğinde, Muhabere Çavuşu, durumu hemen ona bildirdi.

- Telefonlarımız çalışmıyor kumandanım.

Yüzünden yorgunluk damlayan Mahmud Sabri bakışlarını ona çevirdi.

- Bir bu eksikti. Hatlar mı koptu?

- Herhalde kumandanım.

Artık yardım da isteyemeyeceklerdi; ama tümen ve alay kumandanları durumlarını biliyorlardı. Sığınakta fazla kalamadı; arkadaki tümseğin üzerine çıktı; denizden yumuşak bir eğimle yükselen ormanlık tepecikleri dürbününün merceğine aldı, inceliyordu.

Sahilden yamaçlara çıkışları güçleştiren tel örgülerin bir kısmı tahrip edilmişti. Tekirdağlı Hakkı, siperden tahrip edilmeyen kısmın önünde bir düşman askerinin tökezlediğini gördü; namlusunu ona doğrulttu; tetiği çekemedi; bakıyordu. Elleri tellerdeydi; ayakta durmaya çalıştığı, irkilmelerinden de yeni mermilerin isabet ettiği anlaşılıyordu; sonra birden yere yığıldı; mermilerin kopardığı bir eli, kanlı bilek ucuyla telde asılı kaldı. Tepeye iyice sokulan bir düşman subayı da, ağaç ve fundalıklardan aşağıları görebilmek için sağa sola oynayan Tekirdağlı Hakkı'nın önüne geldi. Namlusunu doğrulturken, düşman subayı işaretler veriyordu. Ne yapmak istediğini anlamak için duran Tekirdağlı Hakkı'nın gözleri kararır gibi oldu. Taşı, toprağı göğe savuran, ağaçları parçalayan top mermileri tel örgünün kalan kısmını da yok ettiler. İşareti veren subay, yattığı yerden kalkarken, Tekirdağlı Hakkı'nın tam namlusunun ucuna geldi; tetiği çekince, bir-iki sendeleyip, bayırdan aşağı yuvarlandı.

Siperlerin sahile yaklaşan kısmının bir bölümü yıkıldı. Biraz sonra bir düşman eri sürüne sürüne yıkıntının önüne gelince, Tekirdağlı Hakkı'nın süngüsü boğazına dayandı. İrkilen, yuvalarından fırlayacakmış gibi gözleri irileşen düşman erine, Hakkı'nın yanındaki Tosyalı Mustafa da siperden dışarıya çıkmadan ellerini kaldırarak teslim olmasını işaret ediyordu. Düşman eri silâhını bıraktı; ellerini yattığı yerden kaldırdı. Omuzlarından tutan Tekirdağlı Hakkı asılıp, içeriye çekti. Yahya Çavuş'a seslendi:

- Çavuş bir misafirimiz var.

Siperin önündeki fundalıkların arasından sahili gözetlemeye çalışan Yahya Çavuş başını çevirmeden cevap verdi.

- Ne misafiri? Burada misafir ancak Azrail olur.

- Gel, bak!

Yahya Çavuş, siperden başını çıkarmamaya dikkat ederek yanlarına geldi. Yerde yatan beti benzi atmış sarışın er, korku dolu gözlerle ona bakıyor, sıtmalı gibi titriyordu. Yahya Çavuş esirin iç gömleğini çekip, yırttı; ellerini arkadan bağladı. İlk esirlerini, silâhıyla beraber, irtibat erleriyle Tabur Kumandanı Mahmud Sabri'ye gönderdi.

Art arda yağan şarapnellerden biri tam siperlerinin üzerinde patladı. Yahya Çavuş yere kapandı. Gözlerini açtığında Bigalı Hasan kıvranıyordu. Yahya Çavuş ona yaklaştı.

- Ne oldu?

Bigalı Hasan cevap vermiyor, sadece kıvranıyor, üstlerinde şarapneller patlıyordu. Bacakları lime lime olan Bigalı Hasan'ın feryatları karşısında Yahya Çavuş çaresizce yakındı.

- Aman Allah'ım, ne yapmalıyız?

Tekirdağlı Hakkı:

- Bacaklarını kesip, atalım; kangren olurlar, dedi.

Yahya Çavuş kasaturasını çıkardı. Bigalı Hasan'ın bacaklarından kalan kısmı birkaç vuruşta kesti. Canlı bir yaratık bırakmamak hıncıyla üstlerine, çevrelerine şarapneller yağdırılırken, Tekirdağlı Hakkı bağırıyordu.

- Tütün ve toprak saralım Çavuş'um.

*

* *

Türk birlikleri her yerde erimelerine rağmen, bölgelerini adım adım savunuyorlardı. Karaya çıkan Müttefikler büyük kayıplar veriyorlardı; ama filikalar, istimbotlar devamlı asker taşıyorlardı.

Seddülbahir'in eski kalesine yerleştirilmiş birlik, bulunduğu yer yüksek olduğundan, Müttefiklere ağır kayıplar verdiriyordu. Top, makineli tüfek sesleri ve değişik yerlerde patlayan sayısız bombaların arasında oradan ateş edildiğini anlamamışlardı. Yerlerini farkedince, işaretle donanmaya bildirdiler. Çelik namlular doğrultulup, ateşlenince, kalenin eski duvarlarında gedikler açılmaya başladı.

Çok geçmeden Hisarlı'yı da ele geçiren Müttefikler, kaleyi güneyden ve doğudan kuşattılar. Kalenin içindeki kumandan Osmanlı'nın en yaşlı müşiri Deli Fuad Paşa'nın oğlu Teğmen Halit'ti; babası onu uğurlarken, "Düşmana aslanlar gibi saldırmazsan, sana hakkımı helâl etmem" demişti. İkinci Balkan Savaşı'nda, Edirne'nin geri alınışında şehit düşen onsekiz yaşındaki kardeşi Reşit de devamlı gözlerinin önündeydi. Onlara lâyık olmak en büyük emeliydi. Birliğinin çoğu gönüllü öğrencilerdendi; savaş başlayalı oniki saat geçmişti; artık ne yaptıklarını biliyorlardı. Teğmen Halit arka mazgalları ve kuzeye doğru çıkış yerlerini tutmuş, çembere alınmalarını engellemişti. Çekilmek zorunda kalabilirlerdi; fakat düşmana bu eski kale kalıntısını pahalıya mal etmeliydiler.

Kalenin duvarları sallanıyor, kayalar orta bahçeye fırlıyor, gedikler çoğalıyordu. Bir süre sonra bombardıman durur gibi oldu; fakat bu defa kalenin içine gediklerden bombalar düşmeye başladı. Yusuf, siper aldığı mazgal deliğinden ateş ediyordu. İlk önceleri her tetik çekişinde, namludan çıkacak kurşunun akibetini merak ediyor, "Bir ağaca mı saplanacak; yoksa bir taştan ateş mi çıkaracak? Bir insana rastlarsa, nasıl haykıracak, yüzüstü mü, sırt üstü mü düşecek?.." diye düşünüyordu. Ama kısa zamanda zihni bu tip düşüncelerden arınmış, sadece tetik çekmeye konsantre olmuştu. Başını kaldırdığında, gedikten içeriye bomba savuran düşman askerinin yere yığıldığını gördü. Biraz ilerdeki mazgalın önünde Osman, boş kovanı fırlatıyordu. Yusuf bağırdı.

- Aferin Osman! Kefereyi devirdin!

Osman başını çevirdi; sağ kulağı parçalanmıştı, ensesinden aşağı kan akıyordu. Gülümseyip, tekrar mazgalına döndü.

Silâh seslerinden, atılan bombalardan güney ve batı kesimlerinden iyice sarıldıkları anlaşılıyordu. Fakat Teğmen Halit, kuzeyi sıkı tuttuklarından emindi, Seddülbahir Köyü'ne çekileceklerdi; ama henüz buradaki görevlerinin bittiğine inanmıyordu. Açılan gediklerin önlerinde sık sık düşen bombalardan toz bulutları yükseliyor, oralardan içeriye birden dalacaklarını bildiği için Teğmen Halit, o yoğun toz bulutlarını devamlı tarıyordu.

Canhıraş bir hareketle başını tutan Osman iki adım

sendeleyip, yığıldı; tüfeği de yanına düştü. Yusuf ona doğru koştu.

- Osman! Osman!

Osman'da ses yoktu. Bu anda beş-altı kişi bomba atarak kalenin içine daldılar. Tüfeğini doğrultup, dipçiğini sağ omuzuna dayayan Yusuf, ateş etmeye başladı; toz toprak arasında sendeleyip, düşen birisi gözüne çarptı. Değişik yerlerden de ateş ediliyordu. İçeriye dalan beş-altı kişi ilk dalgaydı; arkası devam ediyor, köşelerde, kayaların üstünde bombalar patlıyordu. Silâh patırtıları, bomba infilâkları arasında sesini duyurmak için Teğmen Halit'in hançeresi yırtılacaktı sanki.

- Geri çekiliyoruz!

Geri çekilirken devamlı ateş ediyorlardı. Teğmen Halit'in elleri şimşek gibiydi; şarjörün birini fırlatıp, birini takıyordu. Ayaklarının ucuna bir bomba düştü; bombayı kapmasıyla fırlatması bir oldu; toz bulutuna dalarken alev saçarak havada patladı. Teğmen Halit, çenesine birşey olduğunu hissetti; elini sürdü; avucuna kan geldi; çenesini sağa sola oynattı; fırlayıp, dışarıya çıktı.

Bir kısmı geriye ateş ediyor, bir kısmı da sürünerek Seddülbahir Köyü'ne doğru çekiliyordu.

*

* *

Gelibolu yarımadasının uç bölgesinin savunmasından sorumlu Dokuzuncu Tümen'in Kumandanı Albay Halil Sami çok tedirgindi. Bir portatif karyola küçük bir masa, üç sandalye alabilecek büyüklükte bir toprak oyuktan ibaret olan sığınağındaki telefonun başından hiç ayrılmıyor, imdat çığlıklarıyla yüreği hoplamasına rağmen, soğukkanlılığını korumaya çalışıyor, birliklerin yerlerinin işaretli olduğu haritayı gözünün önünden hiç ayırmıyordu. Seddülbahir'deki savaş gerçekten korkunçtu; ama Üçüncü Tabur Kumandanı Mahmud Sabri'nin Yirmialtıncı Alay'a ulaşan feryatlarını fazla önemsemiyordu. Üçüncü Tabur tamamen şehit olsa da, Alçıtepe'yi elde tuttuktan sonra, kuzeye doğru ilerleyen Müttefiklerin önlerine Yirmialtıncı Alay'ın diğer birlikleri çıkarlardı. Onu asıl kuzey cephesi endişelendiriyordu. Arıburnu tepelerini ele geçiren Müttefikler, Kocaçimen'e ve daha doğuya el atmaları halinde bütün tümeni kuşatırlar ve cephe gerisiyle bağlantılarını keserlerdi. O tepelere yerleştirecekleri uzun menzilli toplarla da Eceabat'ı ve Boğaz'ın tamamını kontrol altına alabilirlerdi. Yirmiyedinci Alay'ın diğer birliklerinin Arıburnu'na sevki için, kumandanı Yarbay Şefik'e, "Alayınız'ın cephe gerisinde bulunan bütün birliklerini, Çamburnu'ndaki dağ bataryasını da yanınıza alarak Müttefikleri denize dökmek üzere derhal Kocaçimen, Kabatepe istikametine hareket ediniz." emrini vermişti. Yirmibeşinci Alay'ı ihtiyatta tutuyordu; beklenmedik bir gelişme olursa, oraya sevk edecekti.

Sahildeki İkinci Tabur'un Kumandanı Binbaşı İsmet'ten ilk haberi aldığında, dikkatlerini Tümen Kumandanı'na çeviren Yarbay Şefik, emirle beraber cepheye intikal için alârmda bulunan alayını harekete geçirmişti. Yollar taşlık ve fundalıktı; on kilometreyi kat etmek zorundaydılar; en azından iki saat sürerdi. "Bu zaman zarfında düşmanla boğuşan İkinci Tabur ne yapabilir?" sorusu devamlı Yarbay Şefik'in beynini kemirmiş, birliklerini daha hızlı yürütmeleri için subayları sık sık uyarmıştı.

Cepheye yaklaştıklarında donanmanın ateşine tutulmuşlar; önlerine, çevrelerine düşen şarapneller onları durduramamış, pek çok şehit vermeyi göze alarak yürümeye devam etmişlerdi. Cepheye intikallerini önlemeye kararlı olan Müttefikler de her yola başvurmuşlar; adalardan kalkan uçakları üstlerinde dolaşmışlar, bomba yağdırmışlar, topların isabetli atışları için donanmaya işaret vermişlerdi. Fundalıkların aralarına düşen koca koca mermiler taşı toprağı göğe savururken onlar hızla yürümüşlerdi. Zor durumda kalmasına rağmen cephedeki İkinci Tabur, Kocaçimen'in güney tepelerini, Kanlısırtı vermemek için olağanüstü direnmiş; fakat gücü yetmemişti.

Süngülerini takmış Alay'ın ilk öncüleri "Allah! Allah!" sesleriyle cepheye intikal ederken, İkinci Tabur'un bütün erleri gibi Molla Kâzım da galeyana geldi. Hem namlusuna mermi sürüyor, hem de çevresindekilere moral vermeye çalışıyordu.

- Vurun! Allah için, Peygamber için vurun! Kur'an kıyamete kadar bakidir. Zafer bizimdir.

Gelen birlikler, Kocaçimen'in güney eteklerine kadar ilerliyebilmiş Anzak askerlerinin üzerine büyük bir hırsla atıldılar. Yan taraftan ateşe başlayan üç topçu bataryasına Dağ Bataryası'nın ateşi de katıldı. Aşırtma ateşleriyle topçular birbirlerini hedef aldıklarından, fundalıkların içinde piyadeler arasında amansız bir boğuşma cereyan ediyor, Mehmetçikler Anzak'ları denize doğru zorluyorlardı.

Anzak'ların geri çekildiklerini gören Mehmedcikler, daha büyük bir şevkle saldırıyorlardı. Süngü süngüye, boğaz boğaza bir mücadeleden sonra Kanlısırtı geri aldılar. Denizden gerilemeyi izleyen donanma topçuları gazaba gelmişlerdi; bir bölümü namlularını Türk piyadelerine çevirmişler, olanca gayretleriyle toplarını ateşliyorlardı. Ama faydasızdı; askerlerin bazıları parça parça göğe savruluyor, bazıları diri diri toprağa gömülüyor, sağ kalanlar ise süngüleriyle saldırıyorlardı.

Müttefikler'in durdurulduklarını, hatta biraz geri atıldıkları haberiyle rahat bir soluk alan Albay Halil Sami, gene de işi sıkı tutmanın gereğine inanıyordu. Eceabat' tan gelip, Çamyolu bölgesinde konaklayan ihtiyattaki Ondokuzuncu Tümen'e cepheye intikal emrini verdi.

Nihayet Binbaşı Rıfkı'nın beklediği fırsat eline geçmişti. Kendini göstermeli, sıradan bir subay olmadığını ispat etmeliydi. Bugüne kadar ciddi bir yiğitliğini hatırlamaması da önemli değildi; nice sıradan kabul edilen insanlar, bazen öyle yiğitlikler yapmışlardı ki, dünyayı şaşırtmışlardı. Ömrünün bu anına kadar kış uykusuna çekilmiş olan yiğitliği uyanacak, insanlığa parmak ısırtacaktı. Ne çare ki kalbi kan değil, heyecan, korku pompalıyordu. Bunlara gerek olmadığına kendini inandırmaya zorluyor, ama önüne geçemiyordu. Top gürleyişlerinde sık sık atının dizginini çekiyor, bölük ve takım kumandanlarını durmadan haşlıyordu.

- Miskinler! Siz de kumandan olacaksınız!

Arıburnu'na yaklaştığı sırada, bir mermiye hedef olabilir endişesiyle, atından indi; dizginini seyisine verdi.

- Yanımdan ayrılma!

Askerin arasında bulunması, korunması bakımından yerinde bir tedbirdi, kılıcını sıyırdı, sağa sola bağırıyor, korkularını unutmak için kendini cesur olmaya zorluyordu. Ne yazık ki eski düşüncelerinden zihninde hiçbir eser kalmamıştı. Herhangi birşey düşünemiyor, uğuldayan kulaklarla bomba patlamalarını, makineli tarrakalarını dinliyor, kalbinin atışlarından sanki bütün vücudu sarsılıyordu. Duman bulutları arasında bir ıslık işitince, "İşte! Geliyor!" diye titriyor, tepelerdeki bir patlamayla azıcık da olsa rahatlıyor, yanında yürüyen İkinci Bölüğün Kumandanı Yüzbaşı Saffet'e dönüyordu.

- Korkak! Beceriksiz herif!

Islıklar çıkaran top mermisi, beş adım kadar önünde toprağa gömülünce, titredi. "Elbette alışacağım" cümlesini zihninden geçirdikten sonra, Yüzbaşı Saffet'e emir verdi:

- Askerler dağınık yürüsünler!

Arıburnu cephesinde Yirmiyedinci Alay Anzak'ların tozunu atıyor, fakat devamlı eriyordu. Donanma mermilerinin perdesi altında Müttefikler, karaya çıkardıkları yeni kuvvetleri rahatça savaş hatlarına intikal ettiriyorlardı. Böylece her an denge biraz daha Türkler'in aleyhine dönüyordu. Anzaklar ümidlendiği bir sırada Yarbay

Hüseyin Avni'nin emrindeki Elliyedinci Alay hızır gibi yetişti ve Yirmiyedinci Alay'ın yanında taarruza kalktı. Çatışma aniden şiddetlendi. Bir taraf denize dökülmemek, diğer taraf Kocaçimen, Conkbayırı, Kanlısırt, Kabatepe ve diğer stratejik yerleri vermemek için kıyasıya vuruşuyorlardı.

Ondokuzuncu Tümen'in Yetmişyedinci Alay'ı güneye indi, yetmişikinci Alayı da Conkbayırı'na ulaştı. Anzaklar'ın durumu büsbütün kötüleşti. Türkler tepelerden birbirini takip eden dalgalar halinde yükleniyorlardı. Donanma topları ateş kusuyor, Türk topları cevap veriyordu. Tepeler, vadiler zangır zangır sallanırken binlerce insan süngü süngüye, dipçik dipçiğe birbirlerine girmişlerdi. Sahili döven dalgaların üzerinde kalkıp inen filikalar yaralılarla doluydu; yeni yaralılar da tepelerden aşağıya sedyelerle taşınıyordu.

Anzak Kolordusu Komutanı General Birdwood, değişik birliklerin hücumlarını Conkbayırı'nda yoğunlaştırmıştı. Aynı yeri donanma topları da hedef almış, koordineli bir şekilde Conkbayırı'na yükleniyorlardı.

Korkunç bir âfet, Yetmişikinci Alay'ın Üçüncü Taburu'na doğru yaklaşıyordu. Ortalığı kasıp kavuruyor, askerleri doğruyor, üzerlerine geliyordu. İrkilen Binbaşı Rıfkı şaşkına dönmüştü; bundan kurtuluş yoktu; ne yapabilirdi?... Ama birşey yapmalıydı. Çocukları, karısı onsuz hayatlarını sürdürebilirler miydi?...Vatanı için hizmet yapacağı günler de gelirdi. Atının ürkmesini bahane edebilirdi!... Bu can pazarında iyi ki aklına gelmişti!... Seyisine bağırdı.

- Atımı getir!

Atına bindi; sol eliyle dizginini sıkı tutuyor, sağ elinde salladığı kılıcıyla işaret ediyordu.

- İleri!

Huysuzlaşan atı ileri gitmek istemiyordu. Can havliyle mahmuzlarken söylendi:

- Korkak at!

Bu anda topacı andıran bir obüs mermisi çayırlığın kenarındaki çalıların dibinde dumanlar çıkararak dönmeye başladı. Gözlerinde şimşekler çakan Binbaşı Rıfkı, atını sağa çevirdiği sırada korkunç bir patlama oldu. Mahmuzladığı atı yay gibi sıçrarken, patlamayla bir sürü demir parçasının fırladığını, sonra yağmura benzer şekilde düştüklerini gördüğünü zannetti. Dizginini çekip, atı durduracakmışçasına tavır takınıyor, bir taraftan da mahmuzluyordu.

Taburda başlayan panik bütün alaya sirayet etti. Vadilerin, fundalıkların arasına çil yavrusu gibi dağılan askerleri tutmak mümkün değildi. Sırtında patlayan bir mermi Binbaşı Rıfkı'yı mancılıkla fırlatırcasına dikenliklere savurdu. Yaralanan atı vahşi vahşi kişniyor, kan revan içinde vadiye doğru kaçıyordu.

Yetmişikinci Alay'ın boşluğundan Anzaklar Conkbayırı'nı rahatça ele geçiriyorlardı. Elliyedinci Alay'ın kumandanı Yarbay Hüseyin Avni tehlikeyi zamanında gördü; hemen bir bölüğü oraya sevk etti. Bölük taarruza geçerken kumandanı Nazif Çakmak bir el bombasıyla atışa hazır hale getirilmekte olan düşman makinelisini nişancısıyla beraber havaya uçurdu. Ardından savurduğu "Ya Allah!" nağrası, bitkin askerleri sarsarak kendilerine getirdi; sanki kişilikleri kaybolmuş, oluşturdukları kollektif bir gövdeyle alev ve süngü üzerine gidiyorlardı. Kısa sürede boğuşma kör döğüşüne döndü; çarpışan süngülerden kıvılcımlar çıkıyor, dipçikler kafaları eziyor, kanlı gövdeler yuvarlanıyordu.

Saniyelik aralıklarla üç kurşun Üsteğmen Nazif Çakmak'ın sağ omuzundan girdi; kürek kemiği parçalandı, kılıcı yere düştü. O, hiçbir şey olmamışcasına kılıcını diğer eline aldı.

- İleri!

Üsteğmen Nazif Çakmak Müttefiklerin conkbayırına tam hakim olmaları halinde diğer tepelere sadece aşağıdan değil, sağdan ve soldan saldırma imkânını da ele geçireceklerini, bunun savaşı yarı yarıya bitireceğini bildiğinden, ölümü hiçe sayarak, saldırıyordu. Daha üç adım atmadan yere yuvarlandı. Onun şahadeti paniğe sebeb olabileceği anda, Alay Kumandanı Hüseyin Avni'nin çelik gibi katı sesi imdada yetişti:

- Korkmayın! Vurun!

Aynı anda havada ıslıklar çalan kılıcıyla bir Anzak askerini biçti. Saflar karma karışık oldu; bu düzensizlikte şuurlarını kaybetmiş askerlerin ne yaptıklarını bilmemeleri lâzım gelirken, Türkler kumandanından erine kadar Conkbayırı'ndan düşmanı atmak için programlanmışlar, ölüm kusan makinelilerin ve patlayan bombaların üzerine süngülerle gidiyorlardı. Top, tüfek sesleri arasında nağralar, çığlıklar birbirine karışıyordu.

Bütün bu çabalara rağmen, Müttefiklerin Conkbayırı'nda tutunmaya başladıklarını fark eden Yarbay Hüseyin Avni ateş parçası kesilmişti. Fundalıktan fundalığa yalın kılıç fırlayan kumandanlarını gören askerler galeyana gelmişlerdi; feryatlarla düşen, yuvarlanan arkadaşlarına bakmıyorlar, Conkbayırı'nı ele geçirmek için çılgın bir mücadele veriyorlardı. Takırdayan kurşunlara, ışıldayan süngülere karşı beşerî bir kasırga esiyor, Anzak birliklerini Conkbayırı'nın güney yamaçlarına sürüyordu.

Conkbayırı'nın güney eteklerine gerileyen Anzaklar işaretle donanmadan yardım istediler. Donanma topları Conkbayırı'nı ve Suyatağı'nın hedef alıp, gürlemeye başladılar. Yüzlerce mermiyle tepeler sarsılıyor, vadiler uçurumlaşıyordu.

Yetmişikinci Alay'ın dağıldığını haber alan Albay Halil Sami telaşlandı; her ne kadar Elliyedinci Alay canını dişine takmış, döğüşüyorsa da, Müttefiklerin üstün ateş gücü karşısında uzun süre dayanabilirler miydi? Kuzeydeki Altmışdördüncü Alay'a güneye kayması için emir verdi. Anında hareket eden Altmışdördüncü Alay Suyatağı ve Conkbayırı arasındaki boyun noktasını geçince Müttefiklerin top ateşiyle karşılaştı; ama durmadı;

ateş sağnağının altından koşarak geçtiklerinden pek kayıp da vermediler.

Türkler sağ ve sol kanatlarından saldırıyorlardı. Tüfek ve makineli tüfek atışları tepeleri, vadileri çınlatırken, Müttefik donanmasının ateşi de son haddini bulmuştu. Yağmur gibi yağan top mermileri Kabasırt'ın sol taraflarına hücum eden Üçüncü Bölüğün büyük çoğunluğunu diri diri toprağa gömdü. Bu fecaate rağmen Müttefik ordusunda ciddi çekilme belirtileri başladığını fark eden Binbaşı İsmet, sabahtan beri iyice hırpalanmış taburunu hücuma kaldırdı. Pütürgeli Musa, Tıbbiyeli Hadi, İskilipli Rahmi birbirleriyle yardımlaşarak, top mermilerinden dağılan binlerce misketin, kızgın makineli namlularından şerit halinde çıkan kurşunların biçtikleri fundalıkların arasında ilerlemeye çalışıyorlardı. İkisi ateş ederken, birisi dirseklerinin üzerinde sürünüyordu. Üç adım kadar geriden Molla Kâzım da onları takip ediyor, fokur fokur kaynayan mermi seslerinin arasında tüfeği hiç susmuyordu.

Kabasırt'ın tepesini aşınca, pek çok zırhlının bulunduğu deniz, mavi bir çarşafı andırırcasına önlerine açıldı. Düşmanı aşağıya atmışlardı, denize sürmeleri artık kolaydı. Bunun verdiği şevkle hücum ediyorlardı.

Savaş gemileri sahile o kadar çok yaklaşmışlardı ki, donanma personeli, topçular, çıplak gözle, tepelerde koşan, eteklerde sağa sola sürünen Türk askerlerini görüyorlardı. Birden yüzlerce top Molla Kâzım'ın bulunduğu bölgeyi dövmeye başladı. Yerden sayısız fıskıyeler gibi fışkıran toprak bulutunun arasında, Tıbbiyeli Hadi'nin parçalanarak havaya savrulduğunu Molla Kâzım fark edebildi, İskilipli Rahmi'den parça kalmadı; mermiler üst üste yağıyordu. Çılgın bir öfkeye kapılan Pütürgeli Musa yerinden fırladı; donanmaya ayakta ateş etmeye başladı. Molla Kâzım ok gibi üzerine atladı; fundalıkların arasına yuvarlandılar. Pütürgeli Musa, Molla Kâzım'ın elinden kurtulmak için çırpınırken bağırıyordu.

- Molla Kâzım! Molla Kâzım!

Belinden kavrayan Molla Kâzım onu bırakmıyordu.

- Buradayım! Buradayım!

Fakat Pütürgeli Musa onu görmüyor, duymuyor, "Molla Kâzım! Molla Kâzım!" diye tekrarlıyor, tüfeğini donanmaya doğrultmaya çalışıyor, çevrelerine sık sık top mermileri düşüyordu. Molla Kâzım, devamlı, "Molla Kâzım! Molla Kâzım!" çığlıklarıyla elinden kurtulmak için çırpınan Pütürgeli Musa'yı sürükleyip, götürmek istiyor, ama gücü yetmiyordu. Yakınındaki boğuşmayı fark eden medreseli arkadaşlarından Pütürgeli Bilâl yanlarına geldi. Molla Kâzım'la beraber, tepenin arkasına doğru sürüklerlerken, Pütürgeli Musa kurtulmak hıncıyla debeleniyor, "Molla Kâzım! Molla Kâzım!" çığlıklarını savuruyordu.

Sağ taraftaki bölgenin çok engebeli olması, donanma ateşini kısmen zararsız hale getiriyordu. Ama sırtları aşıp, Kördere'ye düşen mermiler, derenin içindeki tümenin cephane kollarına büyük zayiat veriyordu. Askerler atları zaptetmekte güçlük çekiyorlardı. Dizginini koparan bir at barsaklarını saçarak kaçıyordu; yerde yatan birkaçı da dehşetle inliyor, ortalığı ızdıraba boğuyorlardı. Kumandanlar yaralı atları kafalarına kurşun sıkarak öldürdükten sonra diğerlerini binbir güçlükle Suyatağı'nın kuzey sırtlarına yaklaştırarak kayıpları önlediler.

Kördere'ye düşen mermilerin asıl hedefleri Türkler'in Suyatağı'ndaki iki dağ bataryasıydı. Bir türlü susturamadıkları bu dağ bataryaları devam eden çıkarmayı ve köprü başlarını etkili bir şekilde ateş altına alıyorlardı.

*

* *

Anzak Kolordusu bütün gayretlerine rağmen, ancak birbuçuk kilometreden az genişliğe, denizden bazı yerlerde üçyüz, bazı yerlerde yediyüz metre kadar iç kısımlara yayılabilmişti. Çatışma hatları durmadan değiştiğinden siper kazmaya vakit bulamıyorlardı. İkinci hattaki Charles her an kurşunlara hedef olabilirdi. Bir kökü siper edinip, sırtından kazmasını çıkardı; kendisini koruyabilecek bir yer eşmek istiyordu. Vurduğu ağaç kökleri ve çakıllar kazmasını yukarıya fırlatıyordu. Yere yığılma endişesiyle, uzunca bir zaman gayret sarfetmesine karşılık, ancak bir karış kadar derinliğe ulaşabilmişti ki, bir makineli taraması üç arkadaşını biçince, o da diğerleri gibi yeterince eşemediği çukura uzandı. Bir merminin miğferine dokunup, geçtiğini hissedince, askerin biricik koruyucusu toprağa gömülmek gayretiyle kendini zorladı; ne çare ki omuzları, sırtı dışardaydı. Gözlerinin önünde ona "Gitme" diyen babası vardı. Başucundaki fundalıklar biçildikçe titriyor, babasının "Gitme" diyen sesi kulaklarında yankılanıyordu.

Kara topçusuna şiddetle ihtiyaç duyuyorlardı; fakat bazı yerlerde siper kazılamayacak kadar dikleşen arazinin şekli, doğru dürüst cephe hattının kurulmasını güçleştiriyor, kayalıkların arasına sıkışıp kalmış işaret birliklerini, topçu bataryalarını şaşırtıyordu.

Yukarlardan devamlı getirilen yaralılar, karaya yeni çıkanların ve tepelere tırmananların moralini bozuyordu. Sahilde manzara gittikçe korkunçlaşıyordu; adalara veya gemilerdeki hastahanelere götürülmelerini bekleyen yaralılar, büyük acılarla kıvranıyorlardı; kimisi bir uzvunu kaybetmiş, kimisinin yüzü tanınmaz hale gelmişti. Bazıları da sedyelerde can veriyordu.

Kumsalda yan yana sıralanmış sedyelerin aralarına iki mermi peş peşe düştü; birkaçı denize uçtu, birkaçının parçaları diğerlerinin üzerlerine dağıldı; bazıları kana boyandılar; yürek paralayan feryatlar daha da çoğaldı. Bu mermilerin Suyatağı'ndaki Türklerin Dağ Bataryası'ndan geldiğini sahilin biraz açığına dizilmiş zırhlılara bildirdiler. Yüzlerce topun namlusu Suyatağı'nda buluştu; oradan dumanlarla karışık toprak sütunları yükselirken değişik yerlerden sedyeler sahile taşınıyordu.

Çok yorucu, dayanılmaz bir gün geçiriyorlardı. Devamlı hücumlarını tazeleyen Türkler'in tepelerinde olmaları, her hareketlerini kontrol altında tutmaları, en küçük kıpırtıyı yere sermeleri psikolojik yıkıntılarını daha da artırıyordu.

Ümitle bekledikleri akşam da onlar için kurtuluş olmadı. Türkler çevreyi aralıksız tarıyorlar, sapır sapır dökülseler de ilerliyorlardı. Ele geçirdikleri yerlerde tutunmaları çok güçtü. Her yerden sedye isteniyor, yardım çığlıkları geliyordu. Çabucak yapılan, büyük bir ayı inini andıran sığınakta General Birdwood yerinde duramıyor, devamlı dolaşıyordu. Türkler biraz daha bindirirlerse, bozguna uğrar, denize dökülürlerdi. Ne yapabilirlerdi?... Çekilmekten başka çareleri var mıydı?...

*

* *

General Birdwood Arıburnu Cephesi'nden çekilmeyi düşünüyordu; General Hunter-Weston'un emrindeki kuvvetler ise Seddülbahir bölgesinin dört yerinde tutunmuşlardı. Karanlık basmasına rağmen Tekkekoyu'na çıkarmaları sürüyor, ateşleri çoğalıyor, Aytepe'ye doğru ilerliyorlardı. Hunter-Weston'un sık sık tekrarladığı "Kayıptan bana ne?" sözünü subaylar rehber edinerek, kayıpları önemsemiyorlar, her dakika çoğalan kalabalıklarla Aytepe'ye yaklaşıyorlardı. Aytepe onlar için çok önemliydi; çünkü oradan Seddülbahir'i savunan Türk kuvvetlerini arkadan çevireceklerdi.

Türkler de bu tehlikenin şuurundaydılar; ne çare ki Aytepe'deki birlikleri erimiş, kumandanları Üsteğmen Halim de şehit düşmüş, başlarında Onbaşı Oğuz Amca'nın bulunduğu bir mangadan az fazla kuvvet kalmıştı. Binbaşı Mahmud Sabri'nin gözü, kulağı o tepedeydi. Geç saatlere doğru, çevreden gelen makineli tüfek atışları Aytepe'nin değişik yönlerinden sarıldığını gösterince, Mahmud Sabri Ertuğrul Koyu'nu savunan Onbirinci Bölük Kumandanı Yüzbaşı Saim'e Aytepe ile irtibat kurmasını, birliğinin bir kısmını oraya kaydırmasını emretti. Örtülü bir yol yoktu; tepeleri, vadileri güçlü projektörleriyle tarayan kruvazörler namlularından alevleri hiç eksik etmiyorlardı. Yüzbaşı Saim, önce bir irtibat keşif kolu çıkardı; duruma göre hareket edecekti. Çıkardığı keşif kolundan hiç kimse yoğun şarapnellerden kendisini kurtaramayınca, görevin imkânsızlığını Mahmud Sabri'ye bildirdi. Başka tedbirleri düşünmek zorunda kalan tabur kumandanı Mahmud Sabri, çaresizce Aytepe'nin kaderini oradakilerin ferasetine bıraktı.

Aytepe batı ve güneyden sarılmasına rağmen, Onbaşı Oğuz Amca sonuna kadar direnmekte kararlıydı. Kırkdört yaşındaydı, iyi kötü bunca günler görmüştü. Evlâdı yerinde gençler ölüyorlardı. İki oğlu Sarıkamış Cephesi'nde şehit olmuş, üçüncü oğlu Mustafa da Tekirdağ'dan güneye inmişti. Daha ondan bir haber alamamıştı, belki de bu savaşın içindeydi. Evde karısı, bir de küçücük kızı Nadiye kalmıştı; evleri ve geçinecek kadar tarlaları vardı; elbette Allah onları korurdu.

Oğuz Amca'nın emrindeki erler ikişer üçer Aytepe'nin değişik yerlerine dağılmışlardı. İki karış derinliğindeki bir hendekle bu yerler birbirine bağlanmıştı. Oğuz Amca, sanki vücudundaki gizli enerjiyi devreye sokmuş, yorulmak bilmiyordu. Ne tarafta ateş yoğunlaşırsa, sürünerek oraya yetişiyor, karşı koyan erlere yardımcı oluyordu.

Batı ve güneyden Aytepe'yi saran Müttefikler çok kayıp vermişler, ama denizden karaya kayıplarından daha çok asker çıkarmışlardı. Tehlikenin gittikçe arttığının farkında olan Oğuz Amca ve emrindeki erler kıpırdadıklarını sezdikleri çalılıklara mermi yağdırıyorlar, şarjörün birini fırlatıp, birini takıyorlardı.

Gecenin ilerlemesine rağmen silâh sesleri sıklaşıyordu. Bütün gün tek lokma yememişlerdi; fakat can pazarında açlıklarını duymuyorlardı. Tüfeklerini ateşliyor, başlarını sipere çekip, boş kovanları fırlattıktan sonra, başlarını tereddütle tekrar çıkarıyor, sallanan fundalıkları karanlıkta seçmeye çalışıyorlardı.

Kulaklarının dibinde bir bomba patladı; fundalıkları aydınlatan alev karanlıkta silindi. Oğuz Amca "Anam" diyen bir çığlık duyar gibi oldu. Yanındakilere:

- Siz atışa devam edin, dedi. Herhalde sağdaki yuvamıza bomba düştü. Gelmezsem, bilin ki orada düşmana karşı koyuyorum.

Sürüne sürüne sağ taraftaki sipere gelen Oğuz Amca, tam seçemiyordu; ama askerlerin üst üste yığıldıklarını fark etti. Hemen ateşe başladı. Bir ara tüfeği tutukluk yaptı; onu yanına bırakıp, şehit olan erlerden birinin tüfeğini aldı. Sol eliyle namluyu kavradı; sağ eli devamlı işliyordu. Boş kovanı fırlatıyor, namluya yeni bir mermi sürüyor, tetiği çekiyordu.

Aydınlanma fişekleri atılıyor, ortalık ışıyıp, kapanıyordu. Ardından donanmanın ağır topları gürlüyor, yer sarsılıyordu. Tarrakaları hiç durmayan makineli tüfeklerden, mavzerlerden çıkan alevlerle her yer devamlı yanıyordu. Denize parmak gibi dalmış olan Gelibolu Yarımadası'nın ucundaki kader savaşına sadece gökteki yıldızlar şahitlik ediyordu.

*

* *

Seddülbahir Köyü'ne geldiklerinde uykusuzluk, yorgunluk, açlık bütün enerjilerini tüketmesine rağmen evlere dağılmışlardı. Yusuf ile Hasan Şakir büyük bir evin siperinde kalan küçük bir evdeydiler, önleri de çimenlikti. Duvara yaslanmış, açık kapıdan dışarıyı kollayan Yusuf'un gözlerinin önünde şehit olan arkadaşları Osman'ın hayali duruyor, derin derin soluyarak:

- İntikamını alacağız Osman, diyordu.

Karşısında oturan Hasan Şakir de içli bir sesle üzüntüsünü dile getirdi.

- Ali ile Sami hemen önümde gittiler.

Onları öldüren mermilerin kendisine isabet edebileceğini düşünüyor; şimdi yaşamasını rastlantıya bağlıyordu. Dedesinin dilinden düşürmediği "Kader" kelimesi ne idi? Kader olunca, rastlantıya yer kalır mıydı?...

Dışarda bulunan Teğmen Halit tabakasından biraz tütün çıkararak çenesindeki yarasına bastı. Derin olmadığına şükrederken bir evin duvarını siper edinip, çevreyi dinlemeye başladı. Bir inilti duyar gibi oldu, kulak kesildi, yanılmamıştı. O tarafa yürüyünce, boğuk iniltilere birtakım kelimeler de karışıyordu. Emniyeti açık tabancası elindeydi; adımlarını sessizce atıyordu; her adımıyla kelimeler daha da belirginleşiyordu.

- Ah! Kimse yok mu? Ölüyorum!

Göremiyordu; ama arkın içinde birisi vardı.

- Kim o? Ne oldu?

Ses kesik kesik geliyordu.

- Yanımızda şarapnel patladı; kendimi kaybettim.

Baş ucunda dikilen Teğmen Halit!

- Birliğin nerede? diye sordu.

- Şarapnel düşünce dağıldı.

Ahırımsı yerden birisi seslendi.

- Buradayız Hüseyin.

Teğmen Halit, sesin geldiği tarafa döndü.

- Siz hangi birliktensiniz?

- Üçüncü Taburun, İkinci Bölüğünün, Birinci Takımı'ndanız.

- Kumandanınız nerde?

- Şehit düştü. Mersinli Hasan Çavuş kumandan olarak kaldı. O da köyün sağ tarafındaki evlerin birinde; birkaç arkadaşla orayı tutuyor.

- Ben Teğmen Halit; buraya gel, beni yanına götür.

Ahırımsı yerden çıkan kısa boylu bir er koşarak yanına geldi ve selâm verdi.

- Orada başka kimse var mı?

- Arkadaşlar var kumandanım.

Sesini yükseltti:

- Oradakiler, buraya gelin. Arkta yatanı alın ve olduğunuz yere götürün.

Karanlıkta birkaç kişi daha belirdi; onlar arktakini çıkarırlarken, Teğmen Halit'le yanındaki er, evleri siper edinerek Hasan Çavuş'un bulunduğu yere gidiyorlardı. Top mermileri azalmıştı, tek tük sağa sola düşüyordu; fakat alev alev yanan Arıburnu taraflarında savaş bütün şiddetiyle devam ediyordu.

Hasan Çavuş'un bulunduğu eve geldiklerinde ocakta ateş yanıyordu. Ocağa yakın sedirde yaralı bir er inliyor, alevlerin ışığında esmer, uzunca boylu Hasan Çavuş oldukça metin görünüyordu.

- Alçıtepe önlerindeki mevzilerimizin yönünü sıkı tutup, köyün içinde yer yer pusu kuracağız. Mevcudunuz ne kadar Çavuş?

- Tam bilmiyorum kumandanım.

- Mevcudunuzu tesbit et, bu erle bana bildir. Burada direneceğimizden haberi olması için tabur kumandanı ile irtibat kuracağım.

*
* *

Müttefikler çıkarmayı plânladıkları üç yerde de tutunmuşlardı; Kumkale'nin batı kesimini ele geçirmiş, Arıburnu ve Seddülbahir cephelerinde de köprü başı temin etmişlerdi. Buralardan hücumları çok daha kolay olacaktı... Türklerin bu kadar direnebileceklerine ihtimal vermeyen Hamilton gene de memnundu; fakat memnuniyeti yorgunluğunu önlemiyordu. Hemen hemen hiç uyumadığı bir geceden sonra aşırı stresli bir gün geçirmişti. Yüreğinde devamlı ümitle ümitsizlik çarpışmış; sevinçli, coşkulu, sinirli, karamsar anlar yaşamıştı. Ne de olsa yaşı çetin şartlara göre değildi, kendisini yarın da dinç hissetmeliydi. Gece saat yirmiüçe doğru Queen Elizabeth'deki kamarasına çekildi.

Uzaktan top sesleri ve pıt pıt mısırı gibi patlayan makineli tarrakaları geliyordu. Başını yumuşak yastığa koyan Hamilton savaşın cereyan ettiği şartları gayet iyi biliyordu; güzelim delikanlılar her an yere yığılırlardı. O zalim şartları değişik yerlerde, yıllarca yaşamıştı. Şimdi Başkomutan'dı, hem de hıristiyan âleminin yüzyıllara varan rüyasını gerçekleştirecek başkomutan!... İstanbul'a girecekti. Ömrünü cephede geçiren bir asker için bundan daha onurlu, daha mutluluk verici ne olabilirdi?... Gelecek nesillere daha anlamlı ne bırakabilirdi?...

Rüyada imiş gibi adının söylendiğini duyuyordu.

- Sir Jan! Sir Jan!

Yan döndü, aynı sesi gene duyuyor ve hafifçe de omuzuna dokunuluyordu.

- Sir Jan! Sir Jan! Kalkmalı, muhakkak bir karar vermelisiniz.

Telâşla uykunun kollarından sıyrılıp, çıktı.

- Ne var? Ne oldu?

Onu heyecanlandırmamaya dikkat eden yaveri, ses tonunu yumuşatarak:

- Gelmeli, karar vermelisiniz. Sizi bekliyorlar, dedi.

- Kim? Kim bekliyor?

- Amiral De Robeck, General Carrasthers, Amiral Thursby, Komodor Keyes ve diğerleri.

- Hemen geliyorum.

Aceleyle pijamasının üstüne robdoşambrını giyerken damarlarına alevler yürüyordu. Mutlaka olağanüstü bir durum vardı; ama soğukkanlılığını kaybetmemeliydi; gereksiz bir telâş, alınan sonuçları siler, süpürürdü...

Amiral salonuna giren Hamilton'un yorgunluğu ve uykusuzluğu salondakilerin dikkatini çekti. Bakışlarını gezdirdi, yaverinin adlarını saydığı ve diğer üst rütbeli subaylar üzgün halde onu bekliyorlardı. Geçip, masasına oturdu. Önünde duran Birdwood'un mesajını yüksek sesle okumaya başladı:

"Tümen komutanlarım, kıtalarının sabahtan beri sürdürdükleri kahramanca çabalardan, bütün gün süren ağır çarpışmalardan sonra takatlarının tükendiğini ve şimdi de düşmanın nefes aldırmaz şarapnel hücumlarından ötürü, morallerinin bozulduğunu bildirdiler. Birliklerinden bir kısmı ateş hattını terk edip, geri çekildiler. Bu zorlu topraklarda dağılan askerleri toplamak imkânsız görünmektedir.

"Yeni Zelanda Tugayı da, düşmanla az önce karşılaştı ve çok kayıplar verdi. Tugayın morali hayli bozulmuştur. Birliklerin yarın sabah yeniden savaşa sevkedilmeleri kararlaştırılmışsa da sonuç hüsran olacaktır. Ateş hattındaki gedikleri kapayacak ihtiyat birliklerine de sahip değiliz. Arz ettiğim hususların son derece ciddi olduğunu biliyorum, fakat birliklerimiz geri alınacaksa, bu iş hemen yapılmalıdır.

Anzak kolordu komutanı
General Birdwood

Yüzü sararan Hamilton başını kaldırdı; nasıl çekilirlerdi? Çekilmeleri, savaşı yarı yarıya kaybetmeleri demekti! Çekilirken de çok zayiat vereceklerdi! General Birdwood'tı da iyi tanıyordu, durum vahim olmasa bunları yazmazdı!.. Bakışlarını General Carrasthers'e çevirdi.

- Ne diyorsunuz?

Durgun görünen General Carrasthers'in bakışları değişti.

- Tehlike atlatılacak cinsten olsaydı, Birdwood bunları yazmazdı! Ne desem bilmem ki!

Amiral Thursby'e döndü.

- Sizin görüşünüz ne?

- Yığıldıkları plajdan birliklerin kurtulmaları üç gün sürer.

- Pekalâ, bu zaman zarfında Türkler nerede olacaklar?

- Birliklerimizin tepesinde!

Rengi attı.

- O halde ne olacak?... - Hiddeti sesinden de belli oluyordu- Söyleyin bakalım, ne olacak! Türkler elleri, kolları bağlı mı duracaklar? Ne düşünüyorsunuz?

Sesinde, "Çabuk söyleyin" dercesine bir buyurganlık gizliydi.

Kaşları çatılan Amiral Thursby cevap verdi.

- Ne mi düşünüyorum? Onları orada bulundurmak zorunda isek, bu görevin kahrına sonuna kadar katlanmaları lâzım.

İçeriye giren genç bir subay, tartışma ortamını zedelememeye dikkat ederek, sessizce Komodor Keyes'in yanına yaklaştı; bir kâğıt verdi. Hamilton, yüzünde sevinç pırıltıları beliren Komodor Keyes'e, "Bir gelişme mi var?" anlamında bakıyordu. Komodor Keyes:

- İyi bir haber komutanım, dedi, izninizle okuyabilir miyim?

- Buyurun.

- "Onyüzbaşı Stoker'in komutasındaki AE_2 Avustralya denizaltısı Çanakkele Boğazı'nı geçerek, Marmaya'ya intikal etti."

Bu güzel haber Hamilton'u ve salondaki havayı değiştirdi. Amiral Thursby hissiyatını dile getirdi.

- Şimdi işimiz biraz daha kolaylaştı.

Hamilton onu doğruladı.

- Evet.

Hamilton bakışlarını gezdirdi; herhangi birşey söylemek isteyen yoktu. Konunun aydınlığına kanaat getirdiğinden mesajını yazdırmaya başladı.

- "Türklerin denizden ikmallerini önlemek üzere bir denizaltımızın Boğaz'ı geçerek Marmara'ya çıktığı haberini şimdi aldık. Bu sevindirici başarı, görevinizi kolaylaştıracaktır. Daha önce de çok güç görevler üstlendiniz. Şu andaki şartlarınızın vehametini idrak ediyorum. Fakat milletimizi ve ülkemizi her bakımdan etkileyecek olan içinde bulunduğumuz savaşın kaderi sizin görevinizi eksiksiz yerine getirmenize bağlıdır. Güneş batmayan imparatorluğumuzun sahibi haşmetli Kralımız'ın ve yüce milletimizin adına size emrediyorum! Güvenliğe kavuşuncaya kadar sadece siper kazınız, siper kazınız, siper kazınız."

*

* *

Müttefiklerin siper kazıp, yerleşmelerinin felâket olacağını bilen Yirmiyedinci Alay'ın kumandanı yarbay Şefik ve Elliyedinci Alay'ın kumandanı Yarbay Hüseyin Avni korkunç kayıpları sineye çekerek, kırılan hücumlarını elde kılıçla yeniliyorlardı. Anzak Kolordusu da yerleşmek için donanmanın perdesine ihtiyaç duyuyor, Kabatepe'nin önünde demirleyen Müttefik zırhlılarının topları, aydınlatma fişeklerinin gündüze çevirdiği tepeleri durmadan dövüyorlardı.

Kanlısırt'ta yoğunlaşan mermiler, Tepeleri ve vadileri dümdüz edecekmiş gibi döverken, şarapnel parçaları da fundalıkları biçiyordu. Molla Kâzım, küçük bir çukura girmiş, fırtınanın dinmesini bekliyordu; ama bu mermi fırtınası bir türlü dinmiyor, gittikçe yoğunlaşıyordu. O, tüfeğini yanına bırakmış, elleriyle kulaklarını tıkamış, devamlı kelime-i şahadet getiriyordu. Yanında Arapkirli Davut, yüzükoyun yatmıştı. Birkaç adım arkalarında da medreseden arkadaşları devamlı tekbir getiriyorlardı.

Top mermilerinin düşüşleri azalınca, hücuma hazırlanmaları dilden dile dolaşmaya başladı. Molla Kâzım:

- Davut, dikkatli ol, saldırıyoruz, dedi.

Yorgunluk onları cesetlere döndürmüştü; fakat sanki sadece canlı kalmış şuuraltları onlara, "Vatanını savunacaksın! Seni öldürmeye geleni, öldüreceksin!" diyor, robotlar halinde onları hareket ettiriyordu. Yanlarından fırlayan erin kafası uçtu; bir fıskiyeyi andırırcasına boynundan kan fışkırırken birkaç adım daha atıp, yığıldı. Davut'da da onu duyduğuna dair bir belirti yoktu. Molla Kâzım daha sert bir şekilde seslendi:

- Davut! Davut!

Yine bir belirti göstermeyince, onu kendine çevirdi. Art arda patlayan aydınlatma fişeklerinin ışığında yüzünü görüyordu. Canlıydı; herhangi bir yerinde kan da yoktu; ama ağzından tek kelime çıkmıyordu; bakışları da çılgınlaşmıştı. Molla Kâzım telâşlandı.

- Davut, ne oldu?

Çılgın bakışlı Davut hiçbir şey söylemiyor; Molla Kâzım onu sarsıyor ve soruyordu.

- Ne oldu? Ne oldu?

Top mermilerinin düşüşleri tekrar hızlandı; önlerinde çelik bir duvar örülürken Molla Kâzım, Arapkirli Davut'u geri götürmenin çaresini arıyordu.

*

* *

Arıburnu'nda durumları kötü olan Müttefikler Seddülbahir Cephesi'nde Aytepe'yi düşürmek üzereydiler. Fakat Onbaşı Oğuz Amca bir mangadan daha az sayıya inmiş birliğiyle orada direniyordu. Aytepe'yi düşüren Müttefikler Ertuğrul Koyu'nu savunan hattı arkadan çevirirlerdi. Hisarlığı ele geçirip, kuzeyden ilerleyen Müttefikler Seddülbahir Köyü'nü işgal ederlerse, Ertuğrul Koyu için gene aynı tehlike sözkonusu olurdu. Buna engel olmaya çalışan Teğmen Halit, her iki birliğin artakalanlarını birleştirmişti.

Teğmen Halit, elindeki kuvvete göre savunma yapacaktı. İlk evleri boş bıraktı. Birliği doğu, batı ve güney kesimlerinden gelebilecek hücumlara karşı, dörder kişilik sekiz gruba ayırdı. Doğudakilerin başında Hasan Çavuş bulunuyordu. Teğmen Halit, beş er ile tam merkezdeydi; durumun gerektirdiği üzere yardıma koşacaktı. Arta kalan onbir kişiyi de çekilebilecekleri kuzey kesiminin emniyeti için yerleştirmişti. Aldığı tedbirden Tabur Kumandanı Mahmud Sabri'yi haberdar etti. Köydeki direnmeye Mahmud Sabri de çok önem veriyordu; ne çare ki elinde orayı takviye edecek kuvvet bulunmuyordu.

Hasan Şakir'le Yusuf, köyün güney kesimini koruyacak iki dörtlü gruptan birinin içindeydiler. Her grup gibi onlar da ikişer ikişer değişik evlere yerleşmişlerdi. Biri uyursa, diğeri devamlı nöbet tutacaktı.

Yusuf, cebinden peksimetini çıkardı; yemeğe başladı. Hava soğuktu; Hasan Şakir

- Kemiklerim üşüyor, dedi.

- Benim de öyle. Buranın rüzgârı da hiç bitmiyor. Bu duvarlar en azından bizi rüzgârdan koruyorlar. Çıplak arazide bulunanlar ne yapıyorlar? -Lokmasını yuttuktan sonra devam etti.- Bir şeyh Efendi, "Gönül neler ister, kader ona bakıp, güler" dermiş. Bir an önce mektebi bitirip, hayata atılmak istiyordum. En büyük emelim sıcak bir yuva kurmaktı. Şimdi ise buradayız. Allah sonumuzu hayır etsin.

Hasan Şakir içini çekti.

- Ölene mi acımalı, kalana mı? Osman, Ali, Sami şehit oldular. Anneleri, babaları acılarına nasıl dayanacaklar! Babam'ın şahadet haberi gelince, Dedem'in gözündeki yaş günlerce dinmemiş. Ninem de öldü; annem ben bir yaşındayken ölmüş. Yusuf, ölümden korkmuyorum; Dedem'in yalnızlığı beni düşündürüyor.

- Bağrına taş basar. İnsan acılara karşı çok dayanıklıdır. İlk acılı anlarında, "Bu da yaşamaz" dediğim nice insanların, bir-iki ay sonra hiçbir şey olmamış gibi yaşamaya devam ettiklerine çok şahit oldum. Ölümü de aklından çıkar; ölüm, ancak zamanı gelenleri yakalıyor.

Dışarıya bakan Yusuf, durmadan tepeleri tarayan donanmanın projektörlerini gördükçe, "Avlarını arıyorlar kahpeler" diye içinden geçiriyordu.

Yusuf, güçlü kuvvetliydi. Hasan Şakir ise zayıftı; hafif kumral, yüzü devamlı gülümsemeye hazır; kibar, nazik, sevecen bir delikanlıydı. Gözlerinde hiçbir zaman basit, aptalca ve göstermelik bir sevinç olmazdı; sevincine iç dünyasından duygular katılırdı. İstanbul'da doğup büyüdüğü için meşakkate alışmamıştı. Bacaklarının arasına tüfeğini koymuş, sırtını duvara dayamış, başı sağ omuzuna düşmüş, uyuyordu. Dışarıyı kollayan Yusuf sık sık bakışlarını ona kaydırıyordu. Vefa Lisesi'nden beri arkadaştılar; herhangi bir kabalığını görmemişti. Hasan Şakir birden yerinden fırlayınca, Yusuf da ürktü.

- Ne oldu? Ne oldu Şakir?

Gözleri kızarmış Hasan Şakir derin derin soluyordu.

- Rüyamda düşman gemilerinden atılan mermileri bize doğru gelirken görüyorduk; ikimiz de kaçmaya çalışıyor, fakat koşamıyorduk. Mermiler tam kafalarımıza inerken uyandım.

- Hayırdır inşallah. Rüya genellikle tersine yorumlanır. Demek ki Müttefik gemileri bize birşey yapamayacaklar.

Bu anda, kat kat bulutları yararak, ışıldayan şimşek, karanlıklarda kıvrılıp, kayboldu; ardından gelen, uçurumdan yuvarlanan kayaların iniltisini andıran gürültü, yeri göğü sarstı.

Yahya Çavuş, artık akrebin kıskacında olduklarını anlamıştı

Gök gürlüyor, şimşekler çakıyor, yağmur dökülüyordu. Aytepe'deki erlerin çoğu şehit olmuş, kalanların da tâkati tükenmişti. Dün geceden beri yalnız su yudumlamışlardı; artık mataraları da boşalmıştı. Üstün ateş gücüyle düşman her taraftan saldırıyor, yüzlerine çamurların sıçramasından sık sık yanlarına mermilerin düştüğünü anlıyorlardı.

Çamurun içinde tanınmaz hale gelmiş olan Oğuz Amca'nın sol elinin serçe parmağına bir mermi çarptı; parmağı tam kopmadı; ikinci eklem yerinden aşağısı deride sallanıyordu. Koparıp, parmağını attı. Kan fışkırıyor, sızısı da gittikçe derinleşiyordu; ama onunla uğraşacak zaman değildi, tekrar atışa başladı.

Ne çare ki artık direnemiyorlardı; sayıları da çok azalmıştı. Burunlarının ucuna kadar yaklaşan Müttefik askerleri nerdeyse siperlerine gireceklerdi. Direnemeyecek duruma gelince, kuzeye çekilme emrini zaten almıştı. Siperlerine sık sık el bombaları düşüyor, çamurlar sıçrıyor, makineliler çevrelerindeki fundalıkları doğruyordu. Daha fazla dayanmaları mümkün değildi; Oğuz Amca, hem tüfeğini ateşliyor, hem de bağırıyordu:

- Ateş azaltmadan sürünerek geri çekileceğiz.

Ateş ederek geri geri sürünürlerken, Oğuz Amca en arkada kalmaya dikkat ediyor; aydınlatma fişeklerinden görebildiği fundalıklara, karartılara mermi yağdırıyordu.

Müttefik askerleri siperlere bir süre daha bomba attılar; makineli tüfek mermileriyle aralıksız toprağı havaya fışkırttılar. Neden sonra Aytepe'nin terk edildiğini fark ettiler. Temkini elden bırakmadan, sürünerek siperlere daldılar. Üst üste yığılmış, bazı yerlerde tüfeğinin üzerine kıvrılmış, upuzun yatmış cesetlerle karşılaştılar.

Attıkları birkaç aydınlatma fişeğiyle donanmaya, Aytepe'yi ele geçirdiklerinin işaretini verdiler. Hemen makineli tüfekleri kurup, Ertuğrul Koyu'nu savunan hattı arkadan taramaya ve boşluklardan ilerlemeye başladılar.

Müttefikler çıkarmadan pek memnun değillerdi; bunca kuvvetle yüklenmelerine rağmen, ancak rahatça Tekkekoyu'ndan çıkabiliyorlardı. Buradan çıkanlar da tepelere köstebek hızıyla ilerliyebiliyorlardı. Türkler değişik yerlerden bu bölgeye birlikler kaydırmadan önce mesafe almak, yerleşmek istiyorlardı. Aytepe'den gelen işaret üzerine tekrar olanca güçleriyle Ertuğrul Koyu'na yüklendiler. Batısına yerleşen, koyu yandan gören Türkler'in beş manga askerinin başında Ezineli Yahya Çavuş bulunuyordu. Balkan Savaşı'na katıldığı için de tecrübeliydi. Hem cesur, hem de çevresine maneviyat verebiliyor, birliğini dirayetle yönetiyordu. Koya adımını atan, yere yığılıyordu; şans eseri bir yerlere sığınabilenler de başlarını kaldıramıyorlardı.

Ertuğrul Koyu'nu yandan gören Yahya Çavuş'un kumandasındaki birliğin yeri, karanlıkta iyice görünen namlu alevlerinden tesbit edilmişti. Bazı zırhlılar toplarını o tarafa çevirdiler; aralıksız yağdırdıkları mermilerle siperlerini dümdüz ettiler. Yanındaki erin paçavra misali savrulmasıyla dahi kılı kıpırdamıyan Yahya Çavuş'un gür sesi top patlamalarının arasında duyuldu:

- Diğer siperlere geç! Ateşe devam et!

Alt-üst olmuş irtibat yollarından geçtikleri diğer siperler de çok hasara uğramışlardı. Kendilerine yer buldular; ateşe başladılar. Ne çare ki ateş güçleri eskisi gibi değildi; sayıları çok azalmıştı. Toprağa ayak basan bazı düşman askerleri sağa sola kaçıyorlar, bir yerlere sığınıp, ateş ediyorlardı.

Yahya Çavuş, boşalan şarjörünü çıkarıp, yenisini takarken, yanına yaralı bir er sokuldu. Sesini duyurmak için var gücüyle bağırdı:

- Çavuş! Düşman Aytepe'yi ele geçirmiş! Bizi arkadan kuşatıyor!

İki ateş arasında kalmak üzereydiler. Arkadan sıkıştıracak düşmanı geri sürmeleri gerekiyordu. Sayıları azalmıştı; Ertuğrul Koyu'na çıkan düşmanla güç baş ediyorlardı; bir de arkadan kuşatılırlarsa, imha olurlardı.

- Sadık, Mehmed! Siz ve yanınızdakiler burada kalacak, ateşe devam edeceksiniz. Biz, arkadan bizi kuşatan düşmana hücum edeceğiz.

Ezineli Yahya Çavuş, beş eriyle Aytepe'yi ele geçirip, onlara yönelen düşmana karşı sürünerek ilerlemeye başladı. Şakır şakır yağmur yağıyor, şimşekler çakıyor, aydınlatma mermileri atılıyor, onlar balçık deryasında sürünüyorlardı.

Arkalarını koruyan manganın yanına geldiklerinde, dördü siperde can vermişti; ikisi de ağır yaralı idi. Birisinin beynine kurşun girmiş, diğerinin de göğsüne birkaç mermi isabet etmişti. Arta kalanlar da düşmana karşı koyuyorlardı. Sonuç almaları mümkün değildi; çünkü düşman makinelileri kurmuş, devamlı tarıyor, yanlarında bombalar patlıyordu. Ertuğrul Koyu'ndan düşmanın çıkarma yapmasını engellemeye çalışanlar da yeterli değillerdi. Yahya Çavuş, artık akrebin kıskacında olduklarını anlamıştı. Çekilmeleri, taburun savunma hattına iştirak etmeleri gerekiyordu. Beyninden kurşun giren yaralıyı Yahya Çavuş sırtına aldı, diğerini de Mendebur İdris sırtladı. Ötekiler de geriden ateşlerini eksik etmemeye çalışıyorlardı. Ertuğrul Koyu'nu savunanların siperlerine doğru sürünmeye başladılar. Bir eliyle sırtındaki yaralıyı tutmak, tüfeklerinin bulunduğu elleriyle sürünmek zorunda kalmaları, mesafe almalarını güçleştiriyordu.

Sipere yaklaşınca, sırtındaki yaralıyı bırakan Yahya Çavuş süratle yanlarına geldi.

- Sadık, Mehmed, hepiniz tabura, Harapkale'ye sürünün; çekiliyoruz.

Söylediklerini, Tekirdağlı Sadık duyabilmişti, düşmana ateş eden Akyazılı Mehmed uzaktaydı. Tekirdağlı Sadık sol tarafına başını çevirip, bağırdı.

- Beni duyuyor musunuz! Harapkale'ye! Tabur'a!

Muzır Ruşen irtibat hendeğine daldı. Tekirdağlı Sadık tekrarladı:

- Harapkale'ye! Tabur'a!

Hiçbir ses çıkmadığını fark etti; tüfekleri de susmuştu. Eğilerek siperin içinde hızla yürüdü; yanına geldiklerinin kimisi olduğu yere kıvrılmış, kimisi de silâhının üstüne düşmüştü. Tam göremiyor, eliyle tutup, sallıyor, "Harapkale'ye" diyordu. Hiçbiri ne ses verdi; ne de canlılık belirtisi gösterdi. Fakat sağ taraftan düşmana ateş ediliyordu; hemen o tarafa yürüdü; yaklaşınca bağırdı.

- Mehmet Harapkale'ye çekiliyoruz; yanındakilere söyle!

- Yanımda kimse yok!

- Hemşehrim Sefer!

- Şehit!

- Hemşehrim Hüseyin!

- Şehit!

Tekirdağ'lı Sadık, sağ tarafta bulunanların, Mehmet hariç, hepsinin şehit olmalarına inanmak istemiyordu. Şarapnel misketleri, mermi vızıltıları arasında hepsini bir bir sarstıktan sonra Akyazılı Mehmed'in sırtına vurdu.

- Harapkale'ye!

*

* *

Gözetleme yerinde dikilen Teğmen Hüsameddin, Arıburnu taraflarından, hemen karşılarında bulunan Seddülbahir'deki çarpışmalardan gelen top seslerini, bomba patlamalarını, hiç durmayan makineli tüfek tarrakalarını nefesi kesilircesine dinliyordu. Zaman zaman da silâh seslerinin alevlenip, söndüğü Kumkale'de neler cereyan ettiğinin merakıyla heyecanlanıyordu. Otuzbir ve Otuzikinci Alaylar oraya kasırga gibi girmişlerdi. Aradan bunca vakit geçmesine rağmen ne olduğunu öğrenememişti. Sadece sahilin yakınındaki zırhlıların bombalamamalarından, orada Müttefik askerlerinin de bulunduğunu anlıyor, gırtlak gırtlağa bir mücadelenin sürdüğünü tahmin ediyordu.

Şimşekler çakıyor, gök gürlüyor, yağmur yağıyor, Gökçeada'ya kadar uzanan gemilerin işaret lâmbaları yanıp sönüyor, projektörleri çevreyi tarıyordu. Birden Arıburnu Tepeleri'nden gök gürültüsüne karışan top sesleri patladı. Dağı, taşı birbirine katan bu sesler yarım saat kadar devam etti.

Gece ilerleyince, zırhlılar sessizliğe gömüldüğü için Kumkale'den yükselen tüfek seslerini daha net duyabiliyor, bazen tek tük atılıyor, bazen de taranıyordu. İyice meraklandı; ne oluyordu?... Kumkale'nin önlerinden, bir yıldız gibi göğe yükselen kırmızı hava fişeği yere düşerken "Allah, Allah!" sesleri yankılanmaya başladı. Vücudunu saran ürpertiyle yanındaki Ömer Çavuş'a döndü.

- Bizimkiler saldırıyorlar.

- Evet kumandanım.

Bir aydınlatma fişeği daha atıldı; onu yenileri takip etti. Daha da canlanan "Allah! Allah!" sesleri, dünden beri boğuşan askerlerin duygularını ateşliyor, yorgun bedenlerine canlılık veriyordu. Teğmen Hüsameddin'in göğüs kafesini devamlı döven yüreği, damarlarına alev pompalıyordu. Kumkale'de neler oluyordu?... Karşısındaki Seddülbahir'i görüyordu; düşman oraya çıkmış, tutunmuştu; ama ilerliyemediği anlaşılıyordu. Beşige limanı sessizliğe bürünmüştü. Arıburnu taraflarından ise ardı arkası kesilmeyen top sesleri geliyordu. Sabah olunca, savaşın hızlanacağını bilmesine rağmen, bir an önce günün ağarmasını ihtirasla istiyordu; çünkü avucuna düştüğü meraka güç katlanıyor, sık sık nefesinin kesileceğini zannediyordu.

Yanına gelen muhabere çavuşu Hüseyin esas duruşla selâm verdi.

- Tabur Kumandanı'nın emri var kumandanım.

- Ne diyor?

- Tümenimizin Otuzbir ve Otuzikinci Alayları Kumkale'de düşmanı denize dökmüşler. Fakat düşman kuvvetleri şimdilik Seddülbahir ve Arıburnu'nda tutunmuşlar; amansız hücumlarımızla denize dökülmeye zorlanıyorlarmış. Otuzbir ve Otuzikinci Alaylar yeni görevler için Kumkale'yi terk edeceklermiş. Taburumuz, Kumkale'nin gerisindeki mezarlıktaymış. Biz takımımızla Kumkale'nin içinde, denizi gören evlerin birinde bulunacakmışız. Görevimiz düşmana görünmeden, onu gözetlemekmiş. Mecbur kalmadıkça da ateş etmeyecekmişiz. Derhal hareket etmemiz gerekiyormuş.

Teğmen Hüsameddin, hemen takımıyla Kumkale'ye hareket etti. Arkalarında yerlere serilerek gelen bir telefon teli onları takip ediyordu. Projektörlere yakalanmamak için de dikkatli davranmak zorundaydılar. Tepeden inip, fundalıklara girince, biraz daha rahat yol alıyorlardı. Çevreyi tarayan zırhlıların projektörleri onlara döndüğünde yere yatıyorlardı.

Çalıların arasında yata kalka Kumkale kasabasının arkasına geldiler. Projektörlerin ışıklarını, pek çoğu yıkılmış binaların enkazları önlediğinden hızlandılar. En önde gidenlerden biri, ayağı takılarak düştü. Kalkmadan hafifçe seslendi.

- Bir ceset!

Kibrit yakmak, çakmak taşı kullanmak kesinlikle yasaktı. Teğmen Hüsameddin yanına geldi; eğildi, yüzünü tam göremiyordu. Eliyle dokundu; soğumuştu.

Kumkale'ye yaklaştıklarında cesetler çoğaldı. Değişik yerlerden iniltiler de geliyordu. Yağan yağmurun, zaman zaman hızlanan rüzgârın fundalıklardan çıkardığı uğultular arasında, neler olup bittiğini anlamak maksadıyla Teğmen Hüsameddin "Dur" emrini verdi. Bakışlarını çevrede gezdirirken, ayak hışırtıları dindiğinden, iniltiler de daha canlı duyuluyordu. Mıstık:

- Biri su istiyor, dedi.

Teğmen Hüsameddin ona döndü. Mıstık eliyle işaret etti.

- Bu tarafta.

O yöne yürüdüler. Birkaç adım sonra, "Su! Su!" inleyişleri daha da belirginleşti. Ses çalıların arasından geliyordu. Yanına yaklaşınca, Teğmen Hüsameddin eğildi, kaputunun altında cep fenerini yaktı; yüzü, gözü dağılmış, elbisesi kanlı paçavraya dönmüş bir erdi. Mıstık, hemen matarasını ağzına dayadı. O içerken, Teğmen Hüsameddin:

- Gazan mübarek olsun, dedi. Bizim alaylar nerede?

Mataradan dudaklarını alan er, cevap veremedi; derin derin soludu, başı önüne düştü ve kaldı. Teğmen Hüsameddin duygulu bir sesle mırıldandı.

- Mertebesine ulaştı.

Sokak aralarında, kazılmış siperlerin çevrelerinde ve içlerindeki yığın yığın cesetleri sanki onlara göstermek için gün ağarıyordu. Renkleri, kıyafetleri değişik askerler, karaya vurmuş uskumrular gibi yatıyorlardı. Büyük bir enkazı döndüklerinde bir kişinin, soldaki küçücük evin arkasına doğru sürünmeye çalıştığını gördüler. Öndekiler koştular, ne kadar çabaladıysa da kaçamadı; birkaçı namlularını ona dayadılar. Pantolonu, ceketi kızıla boyanmış askerin merhamet dileyen bakışı Mıstık'ın ciğerini dağladı.

- Durun!

Yanlarına gelen Teğmen Hüsameddin de onu doğruladı.

- Mıstık haklı; aman diyene birşey yapılmaz.

Ayağa kalkamayan Fransız asker yattığı yerden ellerini kaldırmıştı. Teğmen Hüsameddin Bekir'e emretti.

- Üstünü ara; sonra sırtına al!

Bekir kuvvetliydi, bir kişiyi taşımak ona hiç gelirdi. Elleriyle yokladı; ne tabancası, ne de bombası vardı; sırtına aldı; yürümeye başladılar.

Harabeye dönmüş eski kale, sol taraflarındaydı; bütün takım sessizce adım atıyordu. Kumkale kasabasına girdiklerinde önlerine çıkan yol denize ulaşıyordu. İkiye ayrıldılar; denizden görünmemek için saçak altlarını, taş toprak yığını haline gelmiş binaların kendilerini gizleyebilecek yerlerini takip ediyorlardı; çünkü sahilin açıklarında Goliath Zırhlısı duruyordu; birkaç istimbot, iki mayın tarama gemisi de çevresinde dolaşıyordu. Deniz tarafından Arapça, Fransızca sesler işitilince, gözler Teğmen Hüsameddin'e çevrildi; o, eliyle "Dur" işareti yaptı. Oldukları yerde durdular. Teğmen Hüsameddin sağa sola bakındı; yağmur damlalarıyla dolu rüzgârın ıslıklarla yatırdığı fundalıklara bir süre kulak kesildi; kimsecikler yoktu. Seslerin, sahilin biraz açıklarındaki istimbotlardan geldiğine hükmetti. Yürümelerini işaret ettiği anda sağdaki çalılıklardan fırlayan iki kişi denize doğru koştu. Bütün gözler tekrar Teğmen Hüsameddin'e çevrildi. "Durun" anlamında bir elini kaldırdı. Bekir, sırtındaki yaralının inlememesi için sol elinin işaret parmağını ağzına getirdi. Deniz kenarına koşanlar, çaresizliklerini belirten el kol hareketleriyle telâşlı telâşlı bağırdıktan sonra, evlerin arkasına döndüler. Açıkta görünmek istemediklerini tahmin eden Teğmen Hüsameddin Ragıp Çavuş'la dört askere:

- Siz sokağın şu başından girin. -Ömer Çavuş'la dört askere de- Siz de sokağın öbür başından girin, mümkünse esir alın, mecbur kalırsanız, ateş edin, dedi.

Sokağın başından girenler tüfeklerini doğrultunca, Fransız subayları aksi yöne kaçmaya yeltendiler. Diğer taraftan çıkanların namluları da onlara dönük olunca, yapabilecekleri birşey kalmadı; ellerini kaldırdılar. Ragıp Çavuş, bellerindeki tabancaları alıp, üzerlerini aradıktan sonra, eliyle işaret etti.

Diğer askerlerin yanlarına geldiklerinde, Teğmen Hüsameddin evlerin arasından Goliath'i gözetlemeye çalışıyordu. Mıstık tir tir titreyen Fransız subaylarına yaklaştı.

- Kelime-i Şahadet getirin Allah'ın kulları!

Ragıp Çavuş sinirlendi:

- Aptal, onlar senin dilinden anlamazlar!

Başını çeviren Teğmen Hüsameddin:

- Silâhlarını alıp, üstlerini aradınız mı? diye sordu.

Ragıp çavuş cevap verdi:

- Evet kumandanım.

- Ragıp Çavuş ve Halil, sırtlarından namlularınızı sakın ayırmayın.

İkisi de bir anda:

- Başüstüne kumandanım, dediler.

- Yürüyün.

Sessizliğe dikkat ederek adımlarını atıyorlardı. Kısa bir süre sonra denize bakan iki katlı bir evin arkasına geldiler. Teğmen Hüsameddin eve girip, kontrol etmek istedi.

- Burada kalın! Ragıp Çavuş, Halil, namlularınız sırtlarında değil mi?

İkisinin de cevabı aynı oldu.

- Sırtlarında kumandanım.

Evin ikinci katına çıktı. Camları dökülmüş kafesli pencerelerin önüne geldi. Ara sokaktan iyi tahmin etmişti. Boğaz ayaklarının altındaydı; Kepez Burnu'ndan Gökçeada'ya kadar uzanan deniz gayet rahat görünüyordu. Evin arka tarafında da iki oda vardı. Birinde akşama kadar Fransız esirlerini muhafaza eder, karanlıkla birlikte onları bölüğe gönderir, orada askerler kalırdı. Diğer odada kendisi istirahat ederdi. Aşağıya indi.

- Ahmet Çavuş, sokak başlarına ikişer nöbetçi dik; fakat hiçbirisi denizden görünmesin. Çevreyi, bilhassa deniz tarafını gözetlesinler; birşey görünce, hemen haber versinler. Sen de aralarında dolaş.

- Emredersiniz kumandanım.

Ahmed Çavuş nöbetçileri ayırdı. Diğerleri yukarıya çıktılar. Fransız esirlerini koyduğu odanın kapısına iki nöbetçi dikti.

Kafesin arkasından dürbünüyle bakan Teğmen Hüsameddin, hafif dalgalı denizde zırhlıları, kruvazörleri, nakliye gemilerini görüyordu. Çok geçmeden Gelibolu Yarımadası'nı kuşatan büyük zırhlılar yeniden top ateşine başladılar. Mor tepelerde şimşekler çakarken içinde bulundukları ev de sallanıyordu.

*

* *

Başkomutan Hamilton'un ilk işi Arıburnu Cephesi'ndeki Anzak birliklerinin çekilme fikrini ortadan kaldırmaktı. Bunun için Türkler'in direnişinin kırılması gerekiyordu. Kabatepe açıklarından diğer zırhlılarla birlikte Queen Elizabeth de bombardımana başladı. Koyu karanlık şimşekler gökyüzünü yarıyor, ağaçlar çatırdayarak devriliyordu. Kabatepe'nin önlerinde yan yana dizilen zırhlılardan fırlayan mermiler muazzam yankılanmalarla dağı taşı birbirine katıyor, toz toprağa gömülmüş tepelerde dolaşan alev parçaları adeta bir yanardağın püskürmesini andırıyordu. Her salvodan sonra Hamilton Türkler'in biraz daha hırpalandıklarına kanaat getiriyor, ateşi aralıksız devam ettiriyordu.

Sağanak halinde yağan mermiler Sarıbayır'daki Türk toplarını ateş çemberine aldılar; çok geçmeden karşı koymaya çalışan Türk toplarını yerle bir edince, karadaki Anzaklar rahat nefes almak imkânına kavuştular. General Birdwood, sığınağından Başkomutan Hamilton'a teşekkür dolu bir mesaj çekmesine rağmen, zırhlıların namlularını susturtmadı; birliklerine Türkler'in nasıl ezildiklerini gösterip, morallerini yükseltmek istiyordu.

Binlerce mermiden sonra Hamilton ateşi durdurttu. Tepeler, vadiler sükûta gömülerken Anzak birlikleri, "Hurra! Hurra!" nağralarıyla hücuma geçtiler. İçten içe zafer için ümitlenerek, uzunca bir süre dürbünüyle onları seyreden Hamilton, birkaç zırhlıyı orada ihtiyaten bırakıp, donanmanın büyük kısmıyla Seddülbahir'e hareket etti. Seddülbahir'de tutunmuşlardı; fakat durumları son derece iğretiydi; güçlü bir Türk dalgası onları siler süpürürdü.

Amiral De Robeck ve kurmaylarıyla dünkü çarpışmaları Queen Elizabeth Zırhlısı'ndan seyreden Hamilton, Türkler'in bilgi verildiği şekilde kolay bir düşman olmadıklarını daha ilk saatlerde anlamıştı. Ama her türlü direnişe karşı zafere ulaşacaklarına inanıyordu; çünkü gerek eğitim, gerekse silâh bakımından onların ordusuyla boy ölçüşebilecek bir ordu dünyada yoktu. Güney Afrika'daki gibi de gözleri kapalı savaşmıyorlardı. Düşmanın kim olduğu, niçin savaştıkları, en küçük birlik komutanlarına, hatta erlere anlatılmıştı. Savaşın sona ermesi için Boğazları aşıp, Rus ordularıyla el ele tutuşmalarının lüzumunu da biliyorlardı. Nice emek ve fedakârlıklarla ortaya çıkan imparatorluklarının, hatta fert olarak kaderlerinin de cesaret ve gayretlerine bağlı bulunduğu zihinlerine yerleştirilmişti. Üstelik kalben herhangi bir yakınlık duymadıkları bir düşmanla karşı karşıyaydılar.

Queen Elizabeth'in köprü üstündeki yerinden sisli tepeleri seyrederken, Hamilton'un zihni hep, "Daha ne yapmaları gerektiği" sorusuyla meşguldü. Seddülbahir Cephesi'ndeki Türk kuvvetinin miktarı hakkında bilgileri yoktu. Bir tümenden fazla kuvvet çıkarmışlardı; çıkarmaya da devam ediyorlardı; fakat tutunabildikleri yerlerde zor durumdaydılar. Şimdi de işaretle yardım istiyorlardı. Diğer zırhlılar gibi Queen Elizabeth de verilen işaretlere göre Türkler'in üzerine çullandı. Hamilton'un kulakları mumla tıkalı idi; gözleri tepelerdeki patlamaların alevlerinden yarı yarıya körleşmişti. Onbeş inçlik ağır toplar, yüksek patlayıcı madde doldurulmuş mermileriyle tepeleri, Seddülbahir Köyü'nün kerpiç evlerini göğe savuruyorlardı.

Bir avuç asker
Teğmen Halit'in kumandasında
Seddulbahir köyü'nü savunuyor

Yusuf, toz duman arasında kapının eşiğine yatmış, Hasan Şakir de pencereden ateş edecek durum almıştı. Dipten vuran zelzele gibi top mermileriyle ev sallandıkça, Hasan Şakir, önce üstüne geldiklerini zannettiği duvarlara, tavana bakıyor, sonra gözlerini Yusuf'a çeviriyordu. Yanı başlarındaki ev birden çöktü; toprak yığını haline geldi; ikisi de "iyi ki orda değildik" diye içinden geçirdi.

Az ilerdeki fundalıkta bir kafa göründü; şapkasından düşman askeri olduğu belliydi. Sağa sola bakıyor, yakında düşman olup olmadığını anlamaya çalışıyordu. Yusuf, Hasan Şakir'e eliyle işaret ederken sözle de uyarıda bulundu:

- Sakın ateş etme!

Görünen düşman askeri bir elini sallayınca, fundalıktan yukarıya sürünenler çoğaldı. Hafif düzlüğe ulaşınca, çevrelerine bakındıktan sonra sıçrayarak köye yaklaşmaya başladılar. Aralarındaki mesafe fazla iken, diğer bir evde mevzilenenler ateş ettiler. Erken ateşe kızan Yusuf, kafasını salladı.

Sıçrayarak yaklaşanlar yere yattıkları anda köyün diğer tarafından da silâh sesleri yükseldi. Yere yatanlardan bazıları fırlayıp, birkaç adım attıktan sonra tekrar yüzüstü uzandılar. Yakınlarındaki evden birkaç el daha ateş edildi. Bu kere yere yatanlar da ateşe başladılar; hafifçe de kuzeye dönmüşlerdi. Ateş edilen yeri tesbit ettiklerini Yusuf anladı; zira kimisi o yöne doğru sürünüyor, kimisi tüfeğini ateşliyor, kimisi de bomba fırlatıyordu. Köyün diğer yerlerinde de tüfek sesleri, bomba patlamaları sıklaşıyordu. Düşman askerleri ateş edilen eve yaklaştıkça Yusuf'la Hasan Şakir'in önlerine geliyorlardı.

Tam önlerine geldiklerinde Yusuf, Hasan Şakir'e işaret etti. İkisi birden tetiğe asıldı; mekanizmaları çekip, boş kovanları fırlatırlarken, bir düşman askeri acı feryatlarla yuvarlanıyordu. Tekrar ateş ettiler; düşman askerlerinde şaşkınlık oldu; silâh sesleri arasında bunların yerini tesbit edemediler; ama yakınlarından ateş edildiğini kestirdiklerinden yuvarlanarak fundalıklara kaydılar.

Köyün bu bölümünü savunanlar Yusuf ve Hasan Şakir'le beraber sekiz kişiydiler. Fundalıkların sallanmasından düşman askerlerinin gittikçe kalabalıklaştıkları anlaşılıyor, arka taraflarından gelen silâh sesleri de yoğunlaşıyordu.

Top mermileri tekrar köyü dövmeye başladı. Sanki mağma tabakası kükrüyor, yer yerinden oynuyor, evler toprak yığınına dönüşüyordu. Yakınlarına mermiler düştükçe, Yusuf'la Hasan Şakir birbirlerine bakıyorlardı. Yusuf:

- Çok sıkışırsak, arkadaki samanlığa atlar, ateşe devam ederiz, dedi.

Top sesleri kesilir kesilmez, her taraftan köye hücum başladı. Evleri siper edinenler de karşı koyuyorlardı. Tek tük düşman askerinin yuvarlanması, kalabalık birliklerin değişik yerlerden saldırmalarına engel olamıyordu. Zaman zaman Teğmen Halit'i duymalarına rağmen ne dediğini anlıyamıyorlardı. Hasan Şakir, bir ara Teğmen Halit'i gördü; art arda birkaç bomba savurduktan sonra sürünerek kayboldu.

Kapı kenarlarından, pencerelerden elden geldiği kadar çabuk ve etkili ateş ediyorlardı; ne çare ki çember gittikçe daralıyordu. Bazıları yattıkları yerlerden camları, kapıları ateş altına alıyor, bazıları da sıçrayarak yaklaşıyordu. Evlerle aralarındaki mesafe iyice azalınca, camlardan, kapılardan içeriye bomba fırlatmaya başladılar.

Yusuf'la, Hasan Şakir'in bulundukları evde ateş yoğunlaşmıştı. Atılan bomba kapının eşiğine vurup, geriye yuvarlanırken patladı. Yusuf, olduğu yere kapaklandı. Hasan Şakir, alevlerin içinde kaybolup, ortaya çıkan Yusuf'a bakıyor, o da kendini dinliyordu; hiçbir şeyi yoktu. Başını kaldırır kaldırmaz Hasan Şakir'e bağırdı.

- Samanlığa!

Arka pencereden atlarlarken karşılarındaki evi Müttefik askerleri kuşatıyordu. Hızla samanlığa dalıp, ateşe başladılar. Neye uğradıklarını anlamayan Müttefik askerleri kararmış gökyüzünü yaran şimşeklerin, boşanan yağmur damlalarının altında sağa sola sürünüyorlardı. Şaşırmışlardı; ateşin nereden geldiğini tesbit edemiyorlardı;

çünkü her yerde ateş kaynıyordu. Fakat gittikçe Müttefik askerleri çoğalıyor, yer yer cesetler de artıyordu; kimisi bir arkın kıyısına, kimisi de bir eşiğin önüne kıvrılmıştı.

Savaş bütün köye yayılmıştı. Tesadüfen ayakta kalmış, toprak yığını haline gelmiş evler birbirlerine çok yakındılar. Birinden diğerine geçmek, siper bulmak pek zor değildi. Hiçbir evi, samanlığı, toprak yığınını gereksiz yere terk etmiyor; ancak savunma imkânı kalmayınca bir sonrakine geçiyorlardı.

Gökyüzü çatırdıyarak yarılıyor, bulutlardan aniden fışkıran ışık selleri, çatıları, çimenleri şakır şakır döğen yağmuru aydınlatırken, Hasan Şakir'le Yusuf, yarısı yıkılmış bir eve girdiler. Görebildikleri düşman askerlerine ateş ediyorlardı. Her an silâh sesleri, bomba patlamaları sıklaşıyordu. Bir duvarın dibinden Teğmen Halit fırladı; birkaç adım sonra yuvarlandı; önce vurulduğunu zannettiler; ama güneye dönüp, namlusunu doğrultarak ateş edince, birşeyi olmadığını anladılar; sık sık da bir eliyle kuzeye gelmelerini işaret ediyordu. Hasan Şakir'le Yusuf, bulundukları evden fırladılar; koştukları eve üç-beş adım kaldığında birkaç mermi birden patladı; Hasan Şakir birisinin sanki sağ ayağını sıyırıp geçtiğini zannetti. Aynı anda Mersinli Hasan Çavuş da ev değiştiriyordu. Eve soluk soluğa girdiler; pencereden ateşe başladılar.

Gök gürültülerinin biri dinmeden diğeri başlıyor, şimşekler birbirine dolanıyor, bardaktan boşanırcasına yağmur yağıyordu. Yağan yağmuru toprak ememez olmuştu; güneye akan sular hızlanıyordu. Ev ev, yol yol savaşarak Seddülbahir Köyü'nden kuzeye çekiliyorlardı.

*

* *

Binbaşı Mahmud Sabri'nin en büyük korkusu, Aytepe'yi ele geçiren düşmanın Alçıtepe'ye doğru ilerlemesiydi. Bütün taburun ölümünü göze alıp, buna engel olmalıydı. Alçıtepe yönünde düşmana karşı koyan Dokuzuncu Takım'ın daha uzun süre dayanabileceğine ihtimal vermiyordu; zaten akşam saatlerinden beri yardım çığlıkları sıklaşmıştı.

Binbaşı Mahmud Sabri ile Yüzbaşı Serdar sığınakta yüzü koyun yere uzanmış, dirseklerini dayamış, ortasında bir fener bulunan haritanın üzerine eğilmişlerdi. Alınları şişmiş intibaını veren iki subayın yüzlerindeki kemikler siyah, elleri sarı görünüyor, şakaklarında ter ve yağmur damlaları parıldıyordu. Kulakları, şuurları, içinde bulundukları kıyamete kapanmış, müthiş patlamaları duymuyorlar, karınlarının altındaki toprağın sarsıldığını fark etmiyorlardı. Binbaşı Mahmud Sabri, sinir kesilmiş şahadet parmağıyla Yüzbaşı Serdar'a bazı yerleri gösterdikten sonra ayağa kalktı.

Sığınaktan fırlayıp çıkan Mahmud Sabri değişik yerleri savunan birliklerden intikal edenleri, hatta hafif yaralıları yanına alarak Aytepe'ye doğru yürüdü. Aytepe'yi geri almak için yoğun ateşin yanısıra, süngü hücumuyla baskın düşünüyordu. Dokuzuncu Takım'a ulaştığında düşman sık sık aydınlatma mermileri atıyor, kurulmuş makinelilerle de durmadan çevreyi tarıyordu. Durumun tahmin ettiğinden de vahim olduğunu gören Mahmud Sabri, "Bu güçle ne yapabilirim?" diye değerlendirmede bulunurken, fundalıkların arasında düşmanın aydınlatma mermileri azalmıyor, bilakis çoğalıyordu. Tekkekoyu'ndan çıkarma devam ediyor, kurulan makineli tüfekleri de her an artıyordu. Bir kısmı ateş ederken, bir kısmıyla süngü hücumuna kalkarsa, göğüs göğüse gelmeden tamamen yere serilirlerdi. Düşmana şiddetli ateş açarak, mümkün olduğu kadar zayiat verdirdikten sonra Alçıtepe istikametindeki mevzilere çekilmek ona en akıllıca yol geldi. Teğmen Ali'ye:

- Siz burada durun, ben sargı yerine gidip geleyim, dedi. Mecbur kalmadıkça ateş etmeyin.

- Başüstüne kumandanım.

Mahmud Sabri koşmaya başladı; ayakları kayınca sırtüstü yere uzandı. Ayağa fırladı; hiçbir şey olmamış gibi koşmaya devam etti.

Sargı yeri mezbahaneye dönmüştü. Kolunu, bacağını kaybedenler, değişik yerlerinden yaralananlar çamur deryasında inliyorlardı. Tüfeklerin toplandığı yerin yanında da birkaç ceset yatıyordu. Tepeden tırnağa kana boyanmış olan Doktor Mehmed Selim, tanınmaz hale gelmişti; çıra ışığının altında elindeki bıçağı devamlı işliyordu. "Tamam" deyince, sıhhiyeler, çırpınan yaralıyı, yaraları sarılmışların arasına götürüyorlardı. Rüzgâr tepeleri inletiyor, dallar çatırdıyor, bardaktan boşanırcasına yağmur yağıyor, Doktor Mehmed Selim çamur deryasının içinde gayretini sürdürüyordu.

Mahmud Sabri çıra ışıkları arasında gözlerini gezdiriyor, yüze yakın yaralı balçıkta yatıyordu; bir kısmı belki yürüyebilirdi; ama ölümle pençeleşen büyük çoğunluğu yürüyemezdi; onları götürmeleri de mümkün değildi; ne yapabilirlerdi?... Aytepe'den atılan aydınlatıcı fişekler çoğalıyor, düşman, karanlıkta yayılmanın yollarını arıyordu. Zaman zaman tepelerdeki ağaç dallarında projektörlerin ışıkları dolaşıyor, yakınlarında zırhlıların top mermileri patlıyordu. Alçıtepe yönünü tutmazlarsa, daha büyük felâkete sebeb olabilirlerdi. Mahmud Sabri durum muhakemesi yaparken, Alçıtepe'deki ağırlık merkezinden üç eşekle çuvallar dolusu ekmek, tenekelerle su getirildi.

Mahmud Sabri sıhhiyelere:

- Ekmekleri, suları yaralıların çevresine, değişik yerlere bırakın, dedi.

Doktor Mehmed Selim'e döndü.

- Tüfekleri eşeklere yükletin; artan olursa, onları da yürüyebilen yaralılar götürmeye çalışsınlar. Alçıtepe'deki ağırlık merkezine gidin. Biz düşmana ateş ettikten sonra, o yöndeki mevzilere çekileceğiz. Bizimle irtibat kurun.

- Emredersiniz kumandanım.

Yaralılara yönelen Mahmud Sabri:

- Ayağa kalk! emrini verdi.

Ancak birkaçı ayağa kalkabildi; şuurunu kaybetmiş olanlar, acılarla dövünenler sesini duymadılar bile. Sağ diz kapağından aşağısı kopmuş, sol omuzundan iki mermi girmiş İstanbullu Bülent seslendi.

- Kumandanım bizi kimlere bırakıyorsunuz!

Çıra ışığında gözyaşlarının görünmesini istemeyen Mahmud Sabri iki adım geriye çekildi.

- Kimseye bırakmıyoruz. Arabalar gelip, sizi alacaklar.

Alaydan arabaların geleceğine artık kendisi de inanmıyordu; fakat düşmanın insafına bıraktıkları yaralıları teskin etmenin lüzumunu duyuyordu.

- Ne zaman gelecekler? Dünden beri gelmediler!

- Gelecekler evlâdım. Sonra siz yaralısınız. Düşmanın eline geçseniz dahi, size birşey yapmazlar. Yaralılara birşey yapılmayacağına dair beynelmilel andlaşmalar da var. Düşmanlarımız medenî insanlar; andlaşmalara riayet ederler.

Kan ve çamurun içinde kıvranan İstanbullu Bülent derin bir göğüs çekti; sesi de ağıt yüklüydü.

- Ah kumandanım! Medeniyet mi, insanlık mı kaldı!

Böyle yüzüstü bırakarak, yaralılardan ayrılmayı Mahmud Sabri istemiyordu; ne çare ki daha fazla kalamazdı; her geçen dakika aleyhlerine işliyordu. Rüzgârın dallarında çığlıklar attığı ağaçların altında koşarken gözyaşları yağmur damlalarına karışıyordu.

Soluk soluğa birliğinin yanına gelince yüksek sesle bağırdı.

- Yahya Çavuş nerdesin?

- Buradayım kumandanım.

- Emrinde kaç er kaldı?

- Yedi er, kumandanım.

- Erlerinle derenin içinden yukarıya çıkın; projektörlere yakalanmayın. Alçıtepe istikametindeki siperleri tutun. Biz düşmana sokulup, şiddetli ateş açtıktan sonra oraya çekileceğiz. Oraya çekileceğimizi Teğmen Halit'e bildir.

- Başüstüne kumandanım.

Donanma olanca hıncıyla yükleniyor, çelik namlulardan aralıksız alevler fışkırıyordu. Aydınlatma mermileri atıldıkça, düşmanın yerleri iyice belli oluyordu. Makineliler de çıldırmışcasına devamlı tarıyorlardı. Mahmud Sabri'nin sesi fişek gibi patladı:

- İleri!

Tüfeklerini öne tutarak fundalıkların arasında yürüyen askerler, çalıların arkasındaki gözlerin üzerlerinde olduklarını, her adımlarında yere serileceklerini zannediyorlardı; ama hiçbirisi düşmüyordu. Müttefikler gelişi güzel tarıyor, o anda sağ taraflarına kurşun yağdırıyorlardı. Ciddi zayiat verdirebilecekleri kadar yaklaştıklarına kani olunca, Mahmud Sabri gür, derin sesiyle emrini verdi.

- Yere yat! Ateş vaziyeti al!

Çamurlara uzandılar.

- Ateş!

Ateşleri cılız kalıyor, düşman silâhlarının arasında pek fazla belli olmuyordu. Müttefik kuvvetleri vurulanlardan ateş altına alındıklarını anladılar. Ateşi azalttılar; bunların yönlerini kestirince, bünyelerinden binlerce kıvılcımlar saçılan parlak yıldızları andırırcasına göğe yükselen aydınlatma fişekleriyle, makineli tarrakaları da başladı.

Top mermileri de bulundukları mevkiyi ateş çemberine alınca, Mahmud Sabri çekilme emrini verdi. Onlar için tek güvenli yol dere içiydi; fakat suda yürümeleri çok güçtü; bazı yerlerde korkunç bir hızla akan su, bellerini aşıyor; ıslanmaması için tüfeklerini havaya kaldırmaları zorluklarını artırıyordu. Derenin dibi de taşlıktı; adım atarken dikkatli olmalıydılar.

Derede bir süre yürüdükten sonra, düşman makineli

tüfeklerinin menzilinden uzaklaştıkları, projektörlerden de kurtuldukları kanaatiyle sağ tarafa çıktılar. Bir yandan üzerlerinden su sızıyor, bir yandan da sanki gökten hortumlarla su boşanıyor, rüzgâr ağaç dallarını kırıyor, onlar tepeye tırmanıyorlardı.

İkinci mevzilere gelince Mahmud Sabri seslendi.

- Yahya Çavuş!

Yahya Çavuş'tan ses yoktu. Siperler batıya ve Boğaz'ın kuzey kesimlerinden yapılacak çıkarmaya karşı da doğuya uzanıyordu. Zifiri karanlık herşeyi yuttuğundan birkaç adım sağındaki Oğuz Amca'yı göremiyordu.

- Oğuz onbaşı!

- Emredin kumandanım.

- Yanına iki er al, karşıdaki sırtlara git; Teğmen Halit ve birliğinin oralarda olması lâzım, burada olduğumuzu haber ver. Yahya Çavuş'u da bulabilirsen, buraya gelmesini söyle. İkiniz de benimle gelin. -İki erin omuzuna dokundu- Sizler de siperlerde yerlerinizi alın. Yüzbaşı Serdar; aşağıdan bir kuvvet gelirse, ateş edin.

- Başüstüne kumandanım.

Siperlerin bir kısmı yağmur düşünülerek yapılmıştı; meyilli tarafı bayıra açılıyor, su durmuyordu. İçlerine girdiler. Su dolanların çevrelerine dağıldılar; kimisi bir ağaç kökünü, kimisi bir tümseği siper edindi.

Mahmud Sabri, yanına aldığı iki erle doğudaki sırta yürüdü. Erleri yukardaki siperlere gönderecekti; belki Yahya Çavuş orada idi. Kendisi de Boğaz yönünü kontrol edecekti; tehlike sezerse, askerin bir kısmını bu yamaca kaydıracaktı. Fundalıklarda yol alırlarken top, tüfek sesleri aralıksız devam ediyor, arada bir de aydınlatma fişekleri yükseliyordu. Başlarını ne kadar önlerine eğseler de, bıçak gibi doğrayan rüzgâr, yağmur damlalarını yüzlerine çarpıyordu. Tepeye çıktıklarında bir projektör ışığının onlara doğru geldiğini gördüler. Mahmud Sabri:

- Yat! emrini verdi.

Yere yattılar; projektörler çevrelerinde dolaştığından kalkamıyorlardı. Bu anda, batıdaki tepelere iki erle giden Oğuz Amca hem yürüyor, hem de bağırıyordu.

- Yahya Çavuş! Teğmen Halit! Nerdesiniz? Binbaşı derenin içinde!

Üç-beş adımda bir gücü yettiğince yüksek sesle aynı şeyleri tekrarlıyordu. Var gücüyle bağırması uzaklara gitmiyor, rüzgâr ağzından kapıyor, çığlıklarına katıyordu. Yine olanca kuvvetiyle bağırdı.

- Yahya Çavuş!

Gerisini getiremedi; ayağı bir köke takılıp, kapaklandı, ama sesini Yahya Çavuş duydu; birkaç metre yukarılarındaydı.

- Buradayız!

Oğuz Amca düştüğü yerden kalkarken!

- Binbaşı derenin içinde, dedi.

- Oraya mı gelelim?

- Gelin; fakat Teğmen Halit'le irtibat kurdunuz mu?

- Kurduk; onlar şu karşıki tepede.

Geriye döndüklerinde şarapnel atışları durmuştu. Oğuz Amca, Binbaşı Mahmud Sabri'ye haber vermek için gittikleri yöne yürüdü. Yağmur daha da hızlanmış, göz gözü görmüyor, fundalıkların arasında düşe kalka yol alıyordu.

- Kumandanım, Yahya Çavuş'u bulduk.

Mahmud Sabri de Boğaz tarafını kontrol etmiş, bir tehlike olmadığı kanaatıne varmış, iki erle dönüyordu. Oğuz Amca'nın sesini duyunca karşılık verdi.

- Onbaşı geliyorum.

*

* *

River Clyde şilebinden gelen telekste, İrlanda ve Hint birliklerinin Seddülbahir Köyü'nün çevresini Türk kuvvetlerinden temizlediklerini öğrenen Hamilton, Amiral De Robeck ve Kurmay Heyeti birbirini tebrik ettikten sonra Queen Elizabeth Zırhlısı'yla kuzeye yöneldiler.

Yağmur durmuştu; ama hava kapalıydı; her an tekrar yağmaya başlayabilirdi. Havadaki kasvet onları da etkilemiş, Seddülbahir'den gelen haberin sevincini çabuk unutmuşlardı; gözlerinin önünde de hiç iç açıcı olmayan olaylar cereyan ediyordu. Arıburnu'na çıkan kolordunun feryadı sona ermişti, ne çare ki bir türlü ilerliyemiyordu. Sahile yakın yol alıyorlardı; ellerindeki dürbünlerle Kabatepe, Kanlısırt ve Kocaçimen'e bakıyorlardı. Savaş bütün şiddetiyle devam ediyordu; yer yer ilerlemiş Anzak birlikleri çekiliyorlardı. Anzaklar'ın merkezine organize bir şekilde saldıran Türkler'in top mermilerinin Körfez'in sularına düştüğü belli olduğundan Queen Elizabeth sahilden uzaklaştı. Fakat onların gözleri devamlı savaş alanlarındaydı. Değişik yerlere yerleştirilmiş makineli tüfeklerin seri halinde mermi kusmaları, şarapnellerin tepelerde patlamaları Türklerin aşağılara sel gibi akmalarını önleyemiyordu. Dürbünlerini indiren Hamilton ile De Robeck göz göze geldiler; birbirlerine birşey söylememelerine rağmen ikisinin yüzünden de Türk direnişinin şaşkınlığı okunuyordu.

Queen Elizabeth'in çelik muhafazalı köprü üstünden dürbünleriyle tepeleri seyreden Hamilton ve De Robeck bazı birliklerin yamaçlardan sahile doğru aktıklarını gördüler. Hamilton gözlerini dürbününden ayırmadan De Robeck'e:

- Görüyorsunuz değil mi? dedi.
- Evet.
- Bizimkiler mi, Türkler mi?

Dürbünüyle biraz oynayan De Robeck cevap verdi:

- Kesin karar veremiyorum.
- Her ihtimale karşı onbeş inçlik toplara şarapnel atışları için hazır olmalarını emredelim.
- Yerinde bir tedbir olur.

Queen Elizabeth yol alırken bütün dikkatleri yamaçlardaki askerlerdeydi. Kapalı hava hafif sisli hale dönüştüğü için iyi göremiyorlardı. Queen Elizabeth mümkün olduğu kadar sahile yaklaştı. Arazi engeli de ortadan kalkınca daha yakından görebiliyorlardı. Hamilton mırıldandı.

- Bana Türkler gibi görünüyorlar.

- Ben de öyle zannediyorum.

Hızla araziye yayılan ve dağınık düzen halinde ilerlemeye devam eden askerlerin hareketlerini dikkatle izliyorlardı. Bir kısmı kayalıkların kenarına mevzilenip, tekrar atışa başladılar. Tepeden aşağıya akanların önlerinde kılıçlarını çekmiş subaylar koşuyorlardı. Dikkat çekecek kadar disiplinliydiler ve hareketlerini işaretle yapıyorlardı. Mevzilenenler de tekrar hücuma kalktılar. Hamilton nefesini tutmuş, onları izliyordu. Yaklaştıkça, elbiselerinin farklılıklarını seçmesine rağmen De Robeck'e sordu.

- Şüpheniz kaldı mı?

- Hayır.

Hamilton ateş emrini verdi; Queen Elizabeth'in topları onlara çevrilmişti. Onbin misketli şarapneller sağ taraflarında patladı. Alevlerle karışık duman, toprak ve taş cehenneminin örttüğü arazi görünmeye başladığında, o bölgede canlı tek Türk askeri kalmadığına kanaat getirdikten sonra, Hamilton De Robeck'e döndü. Zayıf, kemikli yüzüne derinliği olan bir gülümseme hakimdi.

- Askerlerimizle iftihar edebiliriz, değil mi?

- Gayet tabii efendim.

Bu kere de sevinçleri uzun sürmedi; çünkü daha uzaklaşmadan, dolaşan uçaklardan biri Yavuz Zırhlısı'nın Çanakkale Boğazı'na yaklaştığını bildirdi. Hemen geri döndüler. Derhal bir balon uçurulmasını emreden Hamilton De Robeck'e:

- Mutlaka uzun menzilli toplarıyla karadaki askerlerimizi ve Yarımada'nın üzerinden donanmamızı bombalıyacak, dedi.

- Tahmin ederim.

İplere bağlı uçurdukları balon Yavuz'un üzerinde mevki aldı. Ateşe başladılar; isabet ettiremediklerine dair işaretler geliyor, Yavuz da Marmara'nın derin sularına çekiliyordu. Bu anda Türkler'in hem kuzeyden güneye aktıkları, hem de Anadolu Yakası'ndan taşıt gemileriyle asker sevk ettikleri bildirildi. Hamilton, hemen topların o tarafa çevrilmelerini ve ateş etmelerini emretti. Yağan mermilerden güneye akan Türk birlikleri ağır kayıplar verdiler; taşıt gemilerinin bazıları kaçıp, kurtulamadılar. Sularda çırpınan askerleri yardım gemileriyle, filikalarla kurtarmaya çalışırlarken, kimisi çığlıklarla dalgaların arasında kayboluyor, kimisi de yakınlarına düşen mermilerin fışkırttığı sularla boğuşuyordu. Çanakkale Limanı'nda hastahane olarak kullanılan Üsküdar Gemisi de isabet almış, Türk ve esir yaralılar sulara gömülmüşlerdi.

Bombardıman sırasında yardıma koşan Türk birliklerinin fena hırpalandıklarının bildirilmesi üzerine Hamilton çok acele olarak deniz birliklerine şu mesajı yayımladı: "Muhteşem bombardımanınızı hayranlıkla takip ediyorum. Biraz daha gayretiniz düşmanın belini kıracak, şanlı adınızı ebedileştirecektir." Kısa bir süre sonra çelik namlulardan fışkıran alevler daha da sıklaştı.

*

* *

Direniyorlardı; ama durumları çok kritikti; ikinci siperlere çekilmeliydiler. Mahmud Sabri'nin aklında ise yaralı bıraktıklarını kurtarmak vardı. Geri çekilmekle onlardan biraz daha uzaklaşacaklardı. Ne çare ki geçici siperlerde tutundukları uçurulan balonlarla kolayca tesbit ediliyor, zırhlılardan yağan amansız şarapnellerle devamlı eriyorlardı.

Alayın öncü birlikleri intikal etmeye başlayınca Binbaşı Mahmud Sabri zayıf taraflarını kuvvetlendirme imkânına kavuştu. Şarapnel sağanakları ve makineli tarrakaları altında Alay'ın öncülerini batıya kaydırmaya çalışıyordu. Metanetle bu fırtına atlatılmalıydı; düşmanın üstün silâhlarını kullananlar da insandı; onlar da yorulacak, dinlenmek isteyeceklerdi. İşte bu dinlenme anını iyi değerlendirmeyi düşünen Mahmud Sabri yeni birlikleri ona göre yerleştiriyordu.

Müttefiklerin ateşleri Üçüncü Tabur'un bulunduğu siperleri sarstıkça, tüfeğine sarılan Oğuz Amca, Hasan Şakir'e bakıyordu. Yusuf da onun gibi öğrenciydi; fakat o Kastamonu'luydu; Anadolu'nun meşakkatiyle mayası yoğrulmuştu; dayanıklıydı. Hasan Şakir İstanbul'luydu; güçlüklerle büyümemişti; fakat bugüne kadar herşeye katlanmıştı. Böyle gençlerin acısı insanı nasıl da derinden yaralıyordu!... Akif, Hasan ve Mustafa da gözlerinin önündeydi "Rabbim, ikisini aldın; bari Mustafa'mı bağışla" diye içinden geçirirken yüzünü toprağa çevirdi. Üstünde top mermileri patlıyor, ılık gözyaşları toprağa karışıyordu.

Siperdeki askerlere nefes aldırmayan şarapnel sağanağına karşı Alay'dan intikal eden topçu bataryasına Mahmud Sabri ateş ettiriyordu. Aksi takdirde asker kendisini çaresiz hissedebilir, moral çöküntüsü onu panik durumuna getirebilirdi.

Taşı toprağı savuran şarapnellerin altında irtibat yollarından askerler intikal ettikçe, Üçüncü Tabur'un bitkin askerleri sanki kan tazeliyordu. Mahmud Sabri'nin aklında ve yüreğinde hep esir bıraktığı yaralılar vardı. Yeni birliklerde siperleri sıklaştırırken, gece baskınında o yaralılara nasıl ulaşabileceklerine dair kafasında plânlar yapıyordu.

Karanlık, tepeleri, vadileri sımsıkı örtünce, ateş durdu. Hayallere dahi sığmayacak o gümbürtülerin yerini mezar sessizliği aldı. Yer yer bu sessizliği inildiler, feryatlar delmeye başladı. Sıhhiye erleri sedyelerle sağa sola koşarlarken, Mahmud Sabri de siperleri gezerek sabaha karşı saat dörtte baskın yapacaklarını, subay ve çavuşlara birliklerini ikiye ayırmalarını, çünkü bir kısmının siperde kalacaklarını, bir kısmının da baskına iştirak edeceklerini bildirdi. Her birlik kumandanına hücum edecekleri yerleri de gösterdi.

Saat dörde on kala, dudaklarda ilahî kelimelerle süngüler takıldı. Savunmada kalacaklar siperlerde yerlerini aldılar. Bir aksilik halinde birlik güneye kayacak, peş peşe atılacak iki aydınlatma fişeğiyle, siperdekiler önlerine ateşe başlayacaklardı. Siperin çıkış kısmında dikilen Mahmud Sabri şahin gibi çevreyi kolluyordu. Gece gündüz ateş cehenneminin yaşandığı Seddülbahir'de çıt yoktu; önlerindeki çalılıklara tek tük serpilmiş ağaçları görüyor, siperdeki düşman askerlerinin elleri tetikte, gözlerinin çakmak çakmak yandığını biliyordu. Hücumları baskın olmaktan çıkarsa, sağ taraflarında görev yapacak Teğmen Halit, birliğiyle düşmanı ateş altına alacaktı. İster istemez düşman Teğmen Halit'in tarafına yönelince, onlara da fırsat doğacaktı.

Saat tam dörtte aniden siperden fırladılar; şimşek gibi çalılıklara daldılar. Değişik yerlerden silâhlar patlamaya başladı. Süratle ilerliyorlardı. Sol taraftan atışlar yoğunlaşınca, Mahmud Sabri Teğmen Halit'e bağırdı:

- Ateş altına al!

Teğmen Halit'in takımı tam siper yapmıştı; ateş etmeye başladı. Yusuf bu kere yalnızdı; Hasan Şakir siperlerde kalmıştı.

Mahmud Sabri birliğiyle ilerlemeye devam ediyordu; ateş çoğalınca Mahmud Sabri'nin sesi de mermi gibi patladı.

- Yere yat! Ateş!

Mahmud Sabri yattığı yerden iki bomba fırlattı. Her fırlatışında bir alev yükselip, siliniyordu. Mahmud Sabri iki ateş arasında kalan Müttefik kuvvetlerinin şaşkınlığından yararlanmak istiyordu. Kararlılığı sesinden de belliydi.

- Yarım sağa dön!

Sargı yerini tam karşılarına aldılar. Seri ateş iki taraftan da bir süre devam ettikten sonra, Mahmud Sabri peş peşe üç bomba daha fırlattı. Bu sargı yerine hücum işaretiydi; Teğmen Halit o yöne ateşi kestirdi, askerlerin durum değiştirmesiyle diğer yöne edilen atışlar yoğunlaştı. Mahmud Sabri'nin emrindekiler yerlerinden fırlayıp, yıldırım hızıyla koşarlarken, makineli tarrakaları başladı. Müttefikler için ne olup bittiğini anlamak güçtü; Türklerin topları patlamıyordu; hareketli küçük grupların hücumlarıyla karşı karşıyaydılar; aydınlatma fişekleri atılıyor, bombalar patlıyor, makineliler tarıyordu.

Sargı yerinin kuzeyinde Müttefiklerin yaptıkları derme çatma siperleri bir solukta aştılar. Seddülbahir'in uç kısmına yakın bölgedeki kızılca kıyamet donanmayı da hareketlendirdi. Boğuşmanın cereyan ettiği yerlerde kendi askerleri de vardı; cepheye intikal edebilecek yeni kuvvetleri engellemek için mecburen arka tepeleri dövmeye başladılar.

Son takatlarıyla saldırıyorlardı; Oğuz Amca'nın gözleri alev alev yanıyor, Yahya Çavuş'un nağraları askere güç veriyordu. Mahmud Sabri seçtiği intihar takımının ortasındaydı; oraları avucunun içi gibi bilirdi, hedeflerine az kalmıştı.

Çalıların arasından, taşların arkasından makineliler biçiyor, bombalar patlıyor, göğe yükselen aydınlatma mermileri yer yer süngüleşen, birbirlerini boğazlayan askerleri ortaya çıkarıyor, bu hengâmede intihar takımı silindiri andırırcasına hedefine yürüyordu.

Fundalıklarla çevrili sargı yerine gelince, Mahmud Sabri cep fenerini alçaktan dolaştırdı; kolu, bacağı kopmuş, yüzü gözü dağılmış cesetler yatıyordu; kurşunlanmışlardı. Kelimeler ağzından alev gibi fışkırdı.

- Vay kahpeler, vay!

Çalıların arasına gizlenmiş olan Üsküplü Rahim silâh patırtıları arasında Mahmud Sabri'nin sesini duydu.

- Kumandanım! Kumandanım!

Birkaç kişi sesin geldiği tarafa koştu; Üsküplü Rahim'i göremiyorlardı. O bağırıyordu:

- Kumandanım! Kumandanım!

- Nerdesin? Göremiyoruz!

- Çalılığın içindeyim.

Bir bacağı kopmuş, göğsünün sağ kısmı kalbura dönmüş, Üsküplü Rahim'i çalılıktan çıkardılar. Yahya Çavuş sırtına aldı. Geri dönerlerken Mahmud Sabri'nin gözlerinde tutuşan öfke alevi hiç azalmadı; Alay'dan kuvvetler intikal ediyordu; bu siperleri tam güven altına alınca, intikam hücumuna kalkacaktı.

*

* *

Queen Elizabeth'in köprü başında bulunan Hamilton'un dürbünü gözlerindeydi. Yanlış görmüyordu; birlikleri tepelerden, dik kayalıklardan aşağı sel gibi akan Türkler'in önünde çil yavrusu gibi dağılmış, kaçıyorlardı. Aldığı mesaj da çok kötüydü; Albay Koe ölmüş, panik başlamıştı. Donanmaya filika, taşıt gemileri yollamalarına dair çılgınca mesajlar yağıyordu. Donanma da tahliye emri verildiğini zannederek, askerleri sahilden almak için bütün imkânını seferber etmişti. Bu kaçışın arkasında büyük bir hücumun olduğu belliydi; bomba patlamalarının, tüfek seslerinin, "Allah! Allah!" sayhalarının sahile yaklaştıkları da anlaşılıyordu. Gözlerinin önünde cereyan edenler Hamilton'u şaşırttı; ne oluyordu, niçin çekiliyorlardı?... Savaş alanlarında böyle karışıklıklar da vuku bulabilirdi; duruma el koyması gerekirdi. Tahliyeyi durdurmaları için emir verecekti; fakat bir türlü irtibat kuramıyordu. Burnundan soluyan Hamilton bütün ümidini Albay Matthewei'ye bağladı; onun cesareti, askerlik bilgisi bozgunun önüne geçebilirdi; ama sağ taraflarının boşaltıldığını görünce o da çekilme emri vermişti. Kalenin eteğindeki istimbotlara, taşıma şileplerine hücum edenler gittikçe çoğalıyordu. Bazıları sadece canlarını kurtarmaya çalışıyor, bazıları da sırtında yaralı taşıyordu. Bir grup da sahilden Goliath'a filikalarla açılmıştı. Kıyıda dolu olan filikalara ve taşıt şileplerine atlamalar devam ediyordu. Deniz ve kara işaretçi askerleri bayırlardan aşağı akanları durdurmaya çalışıyorlarsa da, netice alamıyorlardı. Hamilton, kaçanları öfke, kin ve çaresizlikle merceğinden seyrediyor, bir taraftan da bir an önce irtibat kurulması için muhabere subaylarını haşlıyordu. Bir ara, yamaçtan aşağıya kaçanlardan kalabalık bir grup, yukarıya gelen birlikle birleşince, Türkler'e karşı koymaya başladılar. Bombalar patlıyor, yer yer askerler birbirlerini süngülüyor, kimisi vurulup, bayırdan aşağıya yuvarlanıyor, Hamilton büyük bir heyecanla direnişi takip ediyordu. Donanmanın aşırtma ateşi, Türkler'in saldırılarını etkilemiş olacak ki, hafif bir boşluk doğdu; bu boşluktan yararlanan Müttefik birlikleri yamacın güney eteklerinde saf tutabildiler; fakat Türk akını tamamen durmadı; parça parça devam ediyor, süngüler parlıyor, silâhlar ateşleniyor, patlayan bombaların alevleri toprakla yükseliyordu. Bu can pazarında, bir askerin sırtında bir askerle dolaşması Hamilton'un dikkatini çekti; alevlere girip çıkıyorlar, bir türlü devrilmiyorlardı. Tam saf tutulan yere yaklaştıklarında, taşıyan omuzundakini saflarına atıp, alevlerin arasında bayır yukarı sıçrayarak kaçmaya başladı. Atan kimdi? Kimi atmıştı?... Bu sıkıntılı anda Hamilton'un zihnine dert olmuştu. Yanındaki Komodor Keys'e döndü.

- Şu yamaçta bir asker, sırtında taşıdığı bir askeri, bizim saflara getirip, attı ve geriye, Türk tarafına doğru kaçtı. Neyin nesi olduğunu öğrenebilirseniz memnun olurum.

- Emredersiniz komutanım.

Türkler yeniden çok şiddetli bindiriyorlardı; yamacın eteğindeki saflar bozulup, tekrar kaçışma başladı. Atışlarını aşağıya kaydıran Saffire Zırhlısı'nın komutanı bombardımanla Türkler'in önünü keserek kaçışı önlemeye çalışıyordu. Ne çare ki Türkler'in bir kısmı kayalıkları siper edinmiş, bir kısmı da bombardımana rağmen, Müttefik askerlerini önüne katmış, saldırıyordu. Halbuki o yerleri ele geçirmek için ne kadar ölü vermişlerdi. Queen Elizabeth'in yaklaşması Saffire'nin komutanına umulmaz bir bağış gibi geldi. Hamilton'a hemen kayalıkların üzerinden, mümkünse aşırtma ateşi yapmalarına dair mesaj çekti. Durumun vehametini kahrolarak takip eden Hamilton, derhal Queen Elizabeth'e Alçıtepe civarını ve güney bölgesini bombalatmaya başladı.

Hamilton ve Kurmay Heyeti köprü üstünden, topların kuzey-doğu yönünü dövüşlerini rahatça seyredebiliyorlardı. Kayalık sahil ve birbuçuk kilometre kadar içeri uzanan arazi, ölü sarısı renge büründü; aynı anda yüzlerce mermi yağıyor, döne döne yükselen dumanların arasında küçük, beyaz şimşekler çakıyor; sağda solda varlıkları sezilen Türk askerlerinin üzerlerinde alevler yükseliyordu. Çok geçmeden birkaç zırhlı daha bombardımana katıldı; yamaçlarda alevler birbirinin üstüne düşüyor, ağaçlar kopuyor, kayalar parçalanıyordu.

Donanmanın gayretiyle Müttefik birliklerindeki çözülme durdu. Biraz sonra Hamilton, derlenip toparlandıklarına, makinelilerini kurduklarına dair değişik yerlerden mesajlar alınca, ateşi kestirdi. Zira pek çok yerde askerler iç içeydiler. İrtibat kurdurttuğu Cephe Komutanı General Hunter-Weston'dan da siperlere iyice yerleştikleri haberini alınca, rahatladı.

Fakat Hamilton'un aklı Arıburnu'ndaydı; orada da tedirginlik giderilmiş, cephe sağlamlaştırılmıştı; yeni çıkarmalar da devam ediyordu. Türkler'in yılmaması ise dikkat çekiciydi; darbeler onları sarsacağı yerde sanki sağlamlaştırıyordu. Buradan cepheyi yarabilseler, hem Seddülbahir bölgesindeki Türkleri arkadan kuşatacaklar, hem de Çanakkale şehrinin karşısındaki Kilitbahir'e inecekler, Boğaz'ı da ele geçirmiş olacaklardı... Diğer zırhlıları Seddülbahir'in önünde bırakıp, Queen Elizabeth'le Arıburnu'na hareket ettiler.

Arıburnu'na yaklaşırlarken, Hamilton köprü üstündeki yerinden, dürbünüyle gözetlemeye başladı. Tepelerde, yamaçlarda çok şiddetli bir savaş cereyan ediyordu. Dikkat edince, "Artık yaklaşamazlar" dedikleri yerlere Türkler'in merkezden yüklendiklerini anladı. Türkler'in ateşli inadını şaşarak, tepelerde, vadilerde dürbününü gezdirirken mırıldandı:

- Yedi canlı diye buna derler.

Türk topçularının mermileri yamaçların eteklerine, Körfez'in sularına düşüyordu. Parıldayan süngülerle saldıran Türk piyadelerini durdurmak için Prince Of Vales Kruvazörü koruyucu ateşlerine aralıksız devam ediyordu. Yaklaşan Queen Elizabeth zırhlısı ateşe katıldı. Suvla taraflarından gelen zırhlılar da toplarını aynı hedefe çevirdiler. Mermilerin cehenneme döndürdüğü tepeler kırmızı, sarı alevlerle yanıyordu.

Gözlerinden dürbününü eksik etmeyen Hamilton, Türkler'in direnişine hayret ediyordu. Dirençlerinin kırılması için daha ne yapabilirlerdi?... İşte süngüleri tüfeklerine takılmış, çimenlik bir arazi parçasından kasırga gibi geçiyorlardı; Queen Elizabeth ancak hedefinin bir kısmını yakalayabildi; Hamilton'un mumla tıkalı kulakları bile top seslerine dayanamıyordu.

"Rabbim, bir Halit'i aldın,
bu Halit'i koru"

Bombardıman bütün şiddetiyle devam ettiği bir sırada Yirmialtıncı Alay'ın Kumandanı Yarbay Kadri, siperden başını çıkarmış, çevreyi gözetleyen Binbaşı Mahmud Sabri'nin yanına geldi.

- Gazanız mübarek olsun.

Sesini tanıyan Mahmud Sabri geri dönüp, selâmladı.

- Sağolun Kumandanım.

Mahmud Sabri'nin rengi soluk, üstü başı çamur içindeydi; paçalarında da kan lekeleri vardı. Fakat alnındaki çelik iradeyi Yarbay Kadri canlı bir şekilde görüyordu.

- Binbaşı zorlu bir savaş verdiniz.

- Görevimiz onu icabettiyordu.

- Bana vereceğiniz bilgiler nelerdir?

- Esir bıraktığımız yaralıları kurtarmak için dün gece alayın öncü birliklerinin bir kısmını da yanımıza alarak baskın yaptık. Seddülbahir sargı yerini ele geçirdik. Biri kaçıp, gizlenebilmiş; diğerlerinin hepsini şehit etmişler. Donanmanın yoğun ateşine dayanmamız mümkün değildi; onu alıp, hattımıza döndük. Bu sabah, alaydan intikal eden birliklerle tekrar hücuma kalktık; Zığındere'ye yakın yerlerde tahkimat yapan düşmanın yerleşmemesini istedik; oralardan püskürttük; fakat uğursuz donanmanın ateşinden geri çekilmek mecburiyetinde kaldık. Şimdi de yoğun topçu ateşi altında bulunduğumuzu görüyorsunuz. Cephe yay gibi gerildi; son cephane sandıklarını da dağıttık. Askerlerin çoğu açıkta; siperler de fazla koruyucu değil.

- İkinci mevzilere çekilmeye ne dersiniz?

- Müttefikler'e yerleşmeleri için geniş bir alan bırakmaz mıyız? Gündüz çekilmeye kalkarsak, çok zayiat vereceğimizi de hesaba katmalıyız.

- İkinci mevzilere çekilme iznini alalım; elimizde bulunsun. Ani bir baskınla karşılaşırsak, müşkül durumda kalırız. Çekilmekle donanmanın toplarından biraz daha korunacak duruma geliriz.

Yağmurun şiddeti gittikçe artıyordu; çamurlarda patlayan şarapneller kocaman çukurlar açıyor, kısa bir süre sonra da bu çukurlara sular doluyordu. Çamur deryasında, göl haline gelmiş siperlerin içinde askerler dişleri kırılacakmışcasına titriyorlardı.

Yarbay Kadri, Tümen Kumandanı Albay Halil Sami'den, her ihtimale karşı, ikinci mevzilere çekilme iznini aldı; fakat akşam karanlığından önce çekilmeleri balonlardan veya uçaklardan tesbit edilirse, şarapnel yağmuruna, uçak bombardımanına tutulurlardı. Ne çare ki makineli tarrakaları hiç durmuyordu; donanmanın, zaman zaman uçakların katıldıkları bombardımanlar da çok yoğunlaşmıştı. Açıkta, iğreti siperlerde her an eriyorlardı; belki çekilirken verecekleri kayıp daha az olabilirdi. Birliklerin arasındaki irtibat da hemen hemen kopma noktasına gelmişti.

Yarbay Kadri saat ondört sularında alaya çekilme emrini verdi. Arkalarının güvenliğini ihmal etmeden çekilmeye başladılar. Yürümeleri güçtü, taşmış dereleri, bataklık düzlükleri geçerek, üç kilometre kadar gerideki Alçıtepe köyü civarındaki hatta yerlerini alacaklardı. Yaralıları da beraberlerinde götürüyorlardı; yürüyebilenler yürüyorlardı; yürüyemiyenleri de kuvveti yerinde olanlar sırtlarına almışlardı. Ağırlıkları götürmeleri ayrı bir dertti; ama subayıyla, eriyle büyük gayret sarfediyorlardı.

Bir ara Oğuz Amca ile Yahya Çavuş yanyana geldiler. Yahya Çavuş merakını gidermek için:

- Düşmana taarruz ederken, seni bir an önümde gördüm, dedi. Sonra kaybettim. Tekrar gördüğümde sırtında bir kişi vardı; bomba patlamalarının arasında yürüyordun. Kimdi o?

- Bir düşman subayı idi.

Yahya Çavuş hayretini ifade etmek için durdu.

- Onu mu taşıyordun?

Oğuz Amca yürümeye devam ederek cevap verdi:

- Zavallıda hayır kalmamıştı. Göğsüne birkaç kurşun isabet etmişti. Esir alıp da onu ne yapacaktık? Boşuna ekmek yiyecekti. Götürüp, siperlerine attım.

Sık sık sağ ve sollarına şarapneller düşüyordu. Hafif bir çukuru geçerken kalabalık birden karıştı; çamur kütlesinde bir grup kayboldu. Çoğunluğuna birşey olmamasına rağmen, birkaçı çamurlarda kalmıştı. Binbaşı Mahmud Sabri yanlarına geldi; kimisi sırtüstü düşmüş, kimisi kıvrılmıştı; sıcacık kanları çamura karışıyordu. Dolu gözlerle şehitlere bakarken yiğit Teğmen Halit'i tanıdı. Yağmur damlaları güzel yüzündeki çamurları yıkıyordu. Trablusgarb'da, Balkanlar'da savaşmış, kader onu burada yakalamıştı. Edirne'yi geri alırken, kardeşi Reşit şehit düşmüştü. Osmanlı ordusunun en yaşlı müşiri olan babası Deli Fuad Paşa, bu haberi alınca, o vakur halini gene koruyabilecek miydi?

Yeni intikaller de karışıklığı artırmıştı. Çavuşlar, subaylar ikinci siperlerde birlikleri düzene sokmaya çalışıyorlardı. Binbaşı Mahmud Sabri'nin nemli gözlerinin önünden efendi, yakışıklı, cesaret örnekleriyle kısacık hayatını süslemiş olan Teğmen Halit gitmiyordu. Hiç değilse cesedini sırtına vurup, getirmek istemişti; ayrıcalık olabileceği için bunu yapamaması da acısını artırıyordu; ama taburunun durumunu öğrenmeli, Alay Kumandanı'na bilgi vermeliydi; acıya dalmanın zamanı değildi.

Yüzbaşı Serdar'ın getirdiği rapor onu daha da derinden yaraladı. Onüçü subay, altıyüz otuz altı şehit vermişlerdi. Yüzbaşı Serdar, yaralı ve ağır yaralıların da çok olduğunu belirtmişti.

Akşam karanlığı basarken, Bursa Jandarma Taburu, sonra da Saroz'daki Yedinci Tümen'e ait askerî liseden beri candan dost olduğu Binbaşı Halit'in kumandasındaki Yirminci Alay'ın cepheye intikal ettiğini öğrenmekle biraz teselliye kavuşan Mahmud Sabri sessizce yakarışta bulundu:

- Rabbim, bir Halit'i aldın; bu Halit'i koru.

*

* *

Başkomutan Hamilton, General Hunter-Weston'dan gelen habere inanamıyordu. Nasıl, niçin çekilirlerdi? Açılıp, yayılacak araziyi onlara neden bırakırlardı? Bir pusuyla mı karşı karşıyaydılar?

Birliklerin başındaki komutanlar da aynı tedirginliği duyuyorlardı. İleri sürdükleri keşif kollarından Türkler'in çekildiklerine dair birbirlerini doğrulayan bilgiler geldikten sonra, akşama doğru kuşkuyla, yavaş yavaş ilerlemeye başladılar. Türklerin yeni savunma siperlerinin bir kilometre kadar önündeki ilk siperlere yaklaştıklarında, karşılaştıkları ateşin sönük olmasına rağmen ilerlemeyi göze alamadılar; hemen savunma hazırlıklarına geçtiler.

Bu kadar başarı bile General Birdwood'a, Başkomutan Hamilton'u tebrik için ziyaret mecburiyetini duyurdu. Hamilton, Queen Elizabeth Zırhlısı'na gelen Birdwood'u neşe ile karşılarken, beliren ümidi pekiştirmeyi de ihmal etmedi.

- Şifreli anahtarımızı Mehmetçik Burnu'nda yüzyıllardır paslı ve tozlu duran kilide soktuk; artık kolayca çevirebileceğiz.

- Bu kadar yayılma alanı ele geçirdikten sonra, Türkler'in direnebilmeleri sürprizden de öte birşey olur.

Komutanların neşeli, ümitli olmalarına rağmen, askerlerde tâkat kalmamıştı. Hiç kimse düşmana yaklaşma, tetik çekme veya bomba atma gücünü kendinde bulamıyordu. Yağmurlu gecenin zifiri karanlıklarıyla Seddülbahir cephesine ölüm sessizliği çökmüştü.

Askeri ateşlemek için ertesi sabah üst rütbeli subaylarla Hamilton, Seddülbahir'de Türk topraklarına ayak bastı. Bulanık, kasvetli hava Hamilton'un karaya adımını atarken hayatında hissetmediği duygularla kalbinin çarpmasını engellemiyordu: İşte bu adımlar onu tarihte ebedileştirecekti!...

Fakat ümitle beslenen sevinci uzun sürmedi; çünkü kolu, bacağı kopmuş, tanınmaz hale gelmiş cesetler fundalıkların diplerine kıvrılmışlardı. Siperlerin gerisinden askerlerin kimi sedyelerle yaralı taşıyor, kimi yol inşa ediyor, kimi de dalgakıran yapmak için kayaları denize yuvarlıyordu. Fundalıkların aralarındaki patika yollardan katırlar ön siperlere cephane sandıkları götürüyorlardı.

Hamilton ve diğer üst rütbeli subaylar savaşa alışıktılar; bugüne kadar neler görmüşlerdi! İlk andaki şoku üzerlerinden çabucak attılar; ellerini sıktıkları subaylardan bilgi alıyorlar, astsubay ve erlere moral vermeye çalışıyorlardı.

Bir ara Hamilton, Fransız Generali D'Amade ile yalnız kaldı; bu bir rastlantı değildi; D'Amade'nin huzursuzluğunu sezdiği için ona fırsat vermişti. Ağır ağır yürüyorlardı. D'Amade söyleyip söylememekte kuşkuluydu; ama söylemeden edemedi.

- Sayın Başkomutan, Müttefikimiz İngiliz Hükümetinin, İstanbul'u Ruslar'a vermesini fazla isabetli bulmuyorum.

Hamilton, İngiliz Hükümeti'nin gerçek niyetini biliyordu. İngiltere dünya ekonomisini ele geçirmenin peşindeydi. Bunun merkezi de İstanbul'du. Nasıl Ruslar'a kaptırırlardı? Fakat bunu D'Amade'ye söylemesi mümkün mü idi?

- Doğru söylüyorsunuz sayın General, burada Ruslar için çarpıştığımıza göre, Çar Nikola da Türkler'e karşı Kafkaslar'da bir cephe açmalı, o bölgede Türkler'i ezmeli ve kuvvetlerinin bir kısmını oraya çekmeliydi. Çanakkale'de de en azından bir kolordularını görmek isterdik. Fakat şimdi bunların üzerinde durmayalım; İstanbul'u ele geçirelim.

D'Amade biraz rahatladı. Ele geçiren kuvvetlerin arasında Fransızlar da bulunduğuna göre, elbette onlara da İstanbul'dan bir parça verilecekti.

Sıcak bir vedadan sonra, muhriple hastahane olarak kullanılan S.S. Arcadian gemisine geçtiler; Seddülbahir açıklarına demirlemiş gemi ağzına kadar yaralılarla doluydu. Aralarında çok ağırları vardı; tanınmaz hale gelmişlerdi. Pek çoğunun ölmek üzere olduğu anlaşılıyordu. Konuştukları ağır yaralılar durumlarından pek şikâyet etmiyor, mutlu görünmeye çalışıyorlardı. Ölümün eşiğinde bulunan insanın içinde ümit ışığı yanıyordu. Hamilton, hem hal hatır soruyor, hem de zihninde düğümlenen,

"Tanrı, insanlara bu dengeyi nasıl veriyor?" sorusuna cevap arıyordu.

Karargâha dönünce, Süveyş'ten getirip, savaşa sokmak istediği Yirmidokuzuncu Hint'li Tugayı'nın Komutanı General Cox'la karşılaşması Hamilton için sevindirici bir sürpriz oldu. Fakat Cox durgun görünüyordu. Hamilton ona dikkat ettiğini belirtmek istedi.

- Biraz üzgün görünüyorsunuz sayın General.

- Ben değil, bütün tugayım üzgün. Bizler de Türklerle göğüs göğüse çarpışmak isterdik.

Hamilton'un yüzünde bir gülümseme yayıldı.

- Merak etmeyin sayın General, siz de çarpışacaksınız.

General Cox kısa bir süre düşündükten sonra bakışlarını Hamilton'a çevirdi.

- Yalnız bir hususu belirtmek istiyorum.

- Buyurun.

- Pencap'lı müslümanlardan kurulu kıtaları deniz kenarında bırakacağım. Geri hizmetleri ifa etsinler. Müslüman Türkler'le savaşmak istemediklerini tahmin ediyorum.

- Tugayınızın durumunu en iyi siz bilirsiniz sayın General.

İçeriye Komodor Keyes girdi; selâm verdikten sonra:

- Albay Koe'nın emrindeki Üçüncü Tabur'un, İkinci Bölüğü'nün takım komutanlarından Teğmen Casey ağır yaralanmış, bir Türk askeri de onu sırtına alıp, bizim siperlere kadar getirmiş ve atmış, dedi. Galiba siz de onu görmüşsünüz.*

Hamilton'un dudakları incelirken, bakışları derinleşiyordu.

*

* *

Lord Casey Avustralya genel valisiyken 1940 yılında bir vesile ile bu olayı anlatıp, mehmedçiğin alicenaplığını övdüğü gazetelerde yer aldı.

Seddülbahir'deki sükûnete rağmen, Arıburnu'nda Anzak Kolordusu hücuma geçmişti. Başkomutan'ın cephede bulunması askeri etkileyeceğinden Hamilton, General Braitwaite ile o bölgeye gitmeye karar verdi.

Mosquito Muhribi'yle hareket ettikten biraz sonra güverteye çıktılar. Uzaktan top sesleri gelirken, masmavi denizde dalgacıkların üzerinde köpükler bırakarak Mosquito Muhribi zümrüt gibi tepelere doğru ilerliyordu. Gönüllere neşe dolduran bir gündü. Tek damla bulut bulunmayan gökyüzünü, yağmur sularıyla yıkanarak gür ışıklarına kavuşmuş bir güneş aydınlatıyordu. Bugüne kadar aldıkları sonuçtan da memnundular. Bu mevsimde İngiltere'nin genellikle sisli ve yağmurlu olduğunu hatırlayan Hamilton tabiatın etkisinde kalmıştı.

- Dünyada ne güzellikler varmış.

Bakışlarını çevreden alamayan Braitweite de kanaatini paylaştığını belirtti.

- Sanki cennetten bir köşe.

Ceplerinde yeteri kadar bisküit ve diğer kuru yiyeceklerin bulunabileceğini tahmin etmesine rağmen muhribin komutanı Amiral Johnson onlara nefis bir öğle yemeği hazırlattı. Lüks kamarada belli belirsiz bir müzik çalıyordu. Hamilton, yaradılıştan fazla iştahlı değildi; ama buraların temiz havası iştahını açmıştı; yiyemiyeceğini zannettiği pirzolanın son lokmasını keyifle midesine indirdi. Bardağındaki kırmızı şaraptan bir yudum alan Amiral Johnson, nazik bir üslûpla sordu:

- Sayın Başkomutan, Türkleri tahmininizden farklı buldunuz mu?

- Çıkarmanın bu kadar güç olacağını zannetmiyordum. -Moral bozukluğuna sebeb olmamak için ilave etti.- Daha güçlüklerle de karşılaşabiliriz; fakat bütün bunlar, bizi hedefimizden engelleyecekleri anlamına gelmez.

- Ona ne şüphe sayın Başkomutan.

Muhrip, sahile yaklaşırken, masalarından kalktılar. Yamaçlarda dumanlar yükseliyor, makineli tarrakaları, top gümbürtüleri birbirine karışıyordu. Yürürken bu bölgedeki zaferin onlara sağlıyacağı faydaların üzerinde duruyorlardı. Bir grup subay da sahilde onları bekliyordu. Muhrip ağır ağır yanaşıyor, kabaran dalgacıklar kıyıya çarpıyordu. Tam karaya adım attıkları sırada birkaç metre sağlarında bir şarapnel patladı. Hamilton, Braitweise ve onları bekleyenler kendilerini yere attılar. İçinde bulundukları savaşın dehşetini şu anda bir başka türlü yaşıyorlar, ölümle burun buruna geldiklerini hissediyorlardı. Birkaç saniye aradan sonra, yeni şarapneller düşmeye başladı. Çevrelerinde patlayan şarapneller ortalığı toz dumana boğarken, onlar da sürünerek biraz ilerdeki General Birdwood'un yer altındaki karargâhına geldiler. Esprilerle saklamaya çalışsalar da, hepsinin yüzünden bir felaketten çıktıkları belli oluyordu. Mermi sağanağı kısa bir süre sonra dindi.

Cepheyi boşaltmayı düşünen Anzaklar, donanmanın yardımıyla ilk günlerdeki tehlikeyi atlatmışlar, iyice yerleşmişler ve gene donanmanın yardımıyla taarruza geçmişlerdi.

*

* *

Türkler'in korkuyla bekledikleri donanma bombardımanı, yine alev bir çelik örtü gibi, mevzilerinin üzerine çökmüş, bu örtünün altında Anzak birliklerinin hücumu başlamıştı. Dağılan Yetmişikinci Alay'ın boşluğunu doldurmak için kuvvetlerini yaymak mecburiyetinde kalan iki Türk alayının direnci gittikçe zayıflıyordu. Müttefik donanması ve uçaklarına karşı da Türk askeri kendisini yalnız hissedebilir, morali bozulabilirdi. Çanakkale şehrinin önlerinde bulunan Barbaros, Turgut Reis savaş gemileri aşırtma ateşleriyle düşman kara birliklerini zaman zaman döverek, Arıburnu cephesinde elverişsiz şartlarda döğüşen Türk askerlerine maddî ve manevî destek vermeye çalışıyorlardı; ama bu destek düşman donanmasının yanında hiç kalıyordu. Bilhassa açık arazideki askerlerin üzerine uçakların pike yapmaları, bomba yağdırmaları ayrı bir felaket oluyordu.

Kocaçimen ve Conkbayırı'nı tutan Elliyedinci Alay' ın işi gerçekten zordu. Anzaklar önce sağ kanadına yüklendiler; sonra da hücumlarını bütün cepheye yaydılar. Anzaklar şarapnellerin altında nefes alamayan siperlere yaklaşınca, donanmanın topları ateşini birden kesti; el bombaları, makineli tarrakaları, süngülerle dalga dalga saldırmaya başladılar. Siperlerden fırlayan Elliyedinci Alay'ın direnci bu dalgaları birbirinden koparınca, dereli, tepeli, fundalıklarla dolu karışık arazide iki taraf birbirine girdi. Saflarda düzen bozulmuş, yer yer birlikler birbirine karışmış olmasına rağmen iki tarafta da herhangi bir panik alâmeti görünmüyordu. Askerler birbirlerini süngülüyor, infilâk eden bir bombayla birkaçı devriliyor, kimi aldığı bir kurşunla yuvarlanırken tüfeği bir yana savruluyor, ayakta kalanlar ise birbirlerine aç kurtlar gibi saldırıyorlardı. Molla Kâzım, Pütürgeli Bilâl ve diğer medreselilerin, tetik çekerken, süngü sallarken, getirdikleri tekbirler çevrelerindekilere heyecan kaynağı oluyordu.

Elliyedinci Alay'ın Kumandanı Yarbay Hüseyin Avni elinde kılıç, kurşun yağmuru altında oradan oraya koşuyordu. Dün Kocaçimen'i ve Conkbayırı'nı kurtaran Elliyedinci Alay'ın erleri ve subayları kumandanlarının korkusuz tavrıyla cesaretlenip, galeyana gelmişler, biçilenleri göre göre süngüleri takılmış tüfekleriyle Anzaklar'ın üzerlerine atlıyorlardı.

Kumandanları Hüseyin Avni'nin sesini bomba patlamalarının, makineli tarrakalarının arasında sık sık duyan askerler, her an bir veya birkaç kişinin kanlar içinde yuvarlanışını görmelerine rağmen ölümü unutmuşlar, bir kişiyi daha yere sermenin hummasıyla hücum ediyorlardı. Bir yanlarında, bir başka yerde gördükleri kumandanları fundalıkların arasında sağa doğru koşarken birden sarsıldı; sol göğsünden kan fışkırdı. Yanındaki Teğmen Şükür bağırdı.

- Kumandanım vuruldunuz!

Yarbay Hüseyin Avni'nin sol göğsünün üstündeki sol eli kana gömülmüştü; fakat o hiçbir şey olmamış gibi emir verdi.

- Sağ taraftakiler, karşıdaki gürgen fidesinin dibini bombalayın; hücuma kalkın!

Bütün birlikleri cesetler, feryatlar arasında karış karış ilerliyor, karış karış geri çekiliyorlardı. Yarbay Hüseyin Avni'nin bacakları titremeye başladı; kan sol tarafının tamamını kaplamış, çizmesine doluyordu. Ayakta duracak gücü kalmadı; kılıcı elinden düştü. Durumunu fark edip, hemen ona sarılan Teğmen Şükür sıhhiye erlerine bağırdı:

- Sedye getirin!

Yarbay Hüseyin Avni, sedyeye yatırılırken, olanca gücünü sanki sesinde toplamıştı.

- Vurun! Korkmayın! Biraz sonra yanınıza döneceğim!

Alay'ın kumandanlığını yaveri Binbaşı Yusuf Ziya üstlendi. Adım başına bir bomba düşüyor, makineliler fundalıkları biçiyor, bulundukları yerlerden gruplar halinde fırlayan Anzaklar'ın süngüleri parıldıyordu. Bütün gayesi kahraman kumandanının boşluğunu askere hissettirmemekti; zayıf, uzun boylu Yusuf Ziya ateş parçasıydı; nerede bir gerileme görürse, kana bulanmış pençesine kabzası yapışmış kılıcını savurarak oraya yetişiyor, bomba savuruyordu. Askerler birer otomat haline gelmişlerdi; aksi takdirde bitkin, iradesiz olmaları gerekirdi; çılgınca hücum ediyorlar; gözleri hiçbir şey görmüyor, üzerlerine yağan bombaların altında, öldürmek için saldırıyorlardı.

Cesetlerin üzerinden atladığı sırada Yusuf Ziya birden sendeledi; aldığı yaraya direnebileceğini zannetti;

ayaklarını açıp, yere sıkı basmaya çalışıyor, batmakta olan güneşin son ışıklarında terli yüzü kıvranıyordu. Birden yuvarlandı; yanında bulunan Alay İmamı Hasan Fehmi Efendi, kılıcını kaptı; onun sesi ölümü göğüsleyen askerin tek dayanağı idi.

- Allah ve Peygamber aşkı için vurun!

İşte bu anda Elliyedinci Alay'ın Altıncı Bölüğü ile, Anzak Kolordusu'nun Üçüncü Alayı'nın Dördüncü Bölüğü karşı karşıya geldiler. İki bölük, süngü ve dipçikle birbirlerine girdiler. Fundalıklarda kan gövdeyi götürürken, Bölük Kumandanı Kemah'lı Üsteğmen Mustafa Asım'la, Bölük Komutanı L. I. Woiters de tesadüfen birbirlerini gırtlakladılar. Kınından çekilmiş kılıç gibi haşin bir asker olan Mustafa Asım, Woiters'in boynundaki haçı; inatçı, cesur Woiters de Mustafa Asım'ın boynundaki muskayı ele geçirmiş, birbirlerini boğmaya çalışıyorlardı. Tüfek sesleri, bomba patlamaları, feryatlar arasında alt alta, üst üste boğuşurlarken, ikisi de ele geçirdiğini bırakmıyordu. Sağ ve sol taraftaki makinelilerin alev fışkırtan namluları onlara döndü. Üsteğmen Mustafa Asım'la Yüzbaşı Woiters, kan revan içinde birbirlerinin üstüne yığılırken, her ikisi de avuçlarındakini sıkıyordu.*

*
* *

Karşıda toplar ateşlenince, havanın yumruk gibi sarstığı pencere kafeslerinin arasından Boğaz'ı, Gelibolu Yarımadası'nın kuzeye uzanan tepelerini, Seddülbahir'i, Arıburnu'nun yüksek yerlerini ve önlerini, adalara kadar Ege Denizi'ni devamlı gözetliyorlardı. Ragıp Çavuş, zamanı gelince nöbetçileri değiştiriyor, nöbetten alınanlar

İngilizler ölülerini kendi mezarlıklarına taşımak için toplu mezarı açtıklarında, Üsteğmen Mustafa Asım'la Yüzbaşı Waiters'ın cesetlerini birbirine sarmaş dolaş buldular. Mustafa Asım'ın elinde Woiters'in haçı, Woiters'in elinde Mustafa Asım'ın muskası çıktı. Oraya bu hususu belirten tabelâ diktiler.

evin alt katında veya arkadaki odada istirahat ediyorlardı. Seddülbahir'in önü yeni kurulmuş iskeleler, savaş ve nakliye gemileriyle doluydu. Nakliye gemileri gelirken asker, savaş malzemeleri, yiyecek getirirler, adalara dönerken yaralı götürürlerdi.

Mıstık da dürbünle kafesin deliklerinden savaşı seyretmeye bayılırdı. Ama isteğini Teğmen Hüsameddin'e söyliyemezdi; bir bahane ile odaya girer, "Al, bak" demesini beklerdi. Bu kere de arzusunu fark eden Teğmen Hüsameddin onu çağırdı.

- Gel Mıstık.

Mıstık yanına geldi.

- Al dürbünü; düşmanı gözetle, fakat hiçbir şey kaçırmayacaksın.

- Kaçırmam kumandanım.

Mıstık kaparcasına dürbünü eline aldı; kafesin önüne diz çöktü, başını sağa sola çevirerek görebileceği her yeri, bir an önce görmek istiyordu. Yanında duran Teğmen Hüsameddin:

- Görebiliyor musun? diye sordu.

- Görüyorum kumandanım.

- Gökçeada'ya doğru giden gemilerin içinde ne var?

- Bilmiyorum kumandanım; herhalde yaralı askerler var.

- Aferin Mıstık, iyi tahmin ettin.

O anda Seddülbahir'den Gökçeada'ya doğru arka arkaya on taşıt gemisi gidiyordu. Teğmen Hüsameddin dışarıya çıktı. Mıstık kendi kendine söyleniyordu.

- Bunların hepsi yaralı doluysa, dünyada pek az asker kalmıştır.

Dürbünle bakmak isteyen sadece Mıstık değildi; diğerleri de can atıyorlardı; ama kumandanlarına ihsas ettiremiyorlardı. Mıstık Seddülbahir'e kurulmuş sıra sıra çadırlara öfke ile bakarken, Teğmen Hüsameddin'in dışarda olmasından yararlanmak isteyen Tavaslı Halil yanına geldi.

- Mıstık, sen her zaman bakıyorsun; ver biraz da ben bakayım.

Mıstık bakmak istiyordu; fakat asker arkadaşının kalbini nasıl kırardı? Dediği de doğruydu; o her zaman bakıyordu. Tavaslı Halil dürbünü eline aldı. Batı ufkuna düşen güneş Seddülbahir'in gerisindeki tepelerin enva-i çeşit güzelliklerini ortaya çıkarıyor, Müttefiklerin sıra sıra çadırlarını aydınlatıyordu. Müttefiklerin işgal ettikleri yerleri görüyor, daha ilerlerde büyüyüp, birbirine eklenen tepelerde savunma hatlarının bulunduğunu biliyordu. Fakat nerede idiler?... Daha ne kadar dayanacaklardı?... Seddülbahir Limanı'nda hareketlilik hiç azalmıyordu. Şimdi de büyük bir asker ve hayvan kümesi taşıt gemilerinden çıkmış, siperlere ilerliyordu. Ardı arkası kesilmeyen Müttefikler'e hangi güçle karşı koyacaklardı?...

Kuzeydeki İntepe'den birbirinin peşi sıra toplar gürlemeseydi, Tavaslı Halil'in karamsar düşünceleri uzayıp gidecekti. Bazı mermiler tam isabet etmiş olmalı ki küme karışmıştı.

İntepe sustu; belki de susmadı; Boğaz'ın ağzında nöbet tutan Agememnon Zırhlısı, İntepe'yi müthiş bir şekilde ateş altına aldığından atışları duyulmuyordu; Agememnon'dan yükselen top gürlemeleriyle İntepe'nin sırtlarında şimşekler çakıyor, toz toprak bulutu gökyüzüne tırmanıyordu.

Bir süre sonra Gökçeada'dan iki uçak havalandı; İntepe'nin üstünde dolaşmaya başladılar; belli ki topların yerlerini tesbit edip, Agamemnon'a bildireceklerdi. Onlar dolanırken Arıburnu'nun açıklarındaki zırhlıların namlularından da alevler fışkırıyordu. Misilleme olarak Çanakkale'ye, karşısındaki Eceabat'a mermiler yağdırıyorlardı.

Karanlıkla beraber Gelibolu Yarımadası'na sessizlik çökmüştü. Boğaz'daki gemilerin ışıklarından başka birşey görünmüyordu. Teğmen Hüsameddin günün raporunu Tabur Kumandanlığı'na bildirdikten sonra dışarıya çıktı. Nöbet yerlerini dolaştı; çevreyi kontrol etti.

Eve dönünce, petrol lâmbasının yakıldığı arka odada istirahat etmek için kaputunu serip yaslandı. Tabakasından sigara çıkarırken telefon çaldı. Yerinden kalkıp, ahizeyi eline aldı.

- Alo!

- Parola Yıldız! Parola Yıldız!

- İşaret ışık! burası Kumkale; ben Takım Kumandanı Teğmen Hüsameddin.

- Burası da Üçüncü Tümen Karargâhı; ben Kurmay Başkanı Kadri.

- Buyurunuz kumandanım.

- Saatinize bakınız.

Bakışlarını kolundaki fosforlu saatine indirdi.

- Dokuza on var.

- Saatiniz doğru; şimdi sözlerime dikkat ediniz.

- Ediyorum kumandanım.

- İki saat on dakika sonra, yani gecenin tam onbirinde, karargâhında sizi bekleyen alayınızın kumandanı Yarbay Nureddin Bey'i bulacaksınız.

- Evet efendim.

- "Evet efendim", ama alayınızın karargâhının nerede olduğunu biliyor musunuz?

- Kumkale'nin gerisindeki mezarlıkların içinde bizim Üçüncü Tabur'umuz var; Otuzdokuzuncu Alayı'mızın Birinci ve İkinci Taburları da o civarda olduğuna göre, alay karargâhı da oralardadır. Arar, sorar, mutlaka bulurum.

- En geç saat onbirde orada olacaksınız.

- Başüstüne kumandanım.

Göz gözü görmez, zifiri karanlık bir gece idi; gideceği yön fundalık ve dikenliklerle doluydu. Alay karargâhını bulmakta da güçlük çekebilirdi. Hemen hareket etmeyi uygun buldu. Nöbetçi Çavuşu çağırıp, gerekli talimatları verdi; Tavaslı Halil'i yanına aldı.

Mezarlığa daldılar; görebildikleri kadar mezarlara basmamaya çalışarak yürüyorlardı. Denizde nöbet bekleyen zırhlıların projektörlerine yakalanmamaya da dikkat edip, dikenlerin, fundalıkların arasında yol alıyorlardı. Seddulbahir, Arıburnu tarafları duygulu bir sessizliğe gömülüydü.

Üçüncü Tabur'u buldular; Kumandan'ından yerini öğrendikleri alay karargâhını bulmakta güçlük çekmediler. Mezarlığın beşyüz metre kadar sağ gerisinde, ufak bir derenin içinde, üzerleri çalı çırpılarla maskelenmiş, dört küçük çadırdan ibaretti. Alay Kumandanı Yarbay Nureddin çadırların önünde bir aşağı, bir yukarı geziniyordu. Selâm verdikten sonra:

- Teğmen Hüsameddin, dedi. Tümen'den emir aldım. Kumkale'den geliyorum.

- Ben de sizi bekliyorum. Günlerden beri Kumkale'de bulunduğunuz için buraları iyi bilmeniz lâzım. Bu gece düşmana baskın yapacağız. Yol, iz bulmakta yardımcı olabilir misiniz?

- Olabilirim kumandanım.

Aradan çok geçmeden kuzeye doğru sıklaşan fundalıklardan bir subay çıktı. Yarbay Nureddin'i selâmladı.

- Efendim, beni Üçüncü Tümen'in Topçu Taburu Kumandanı gönderdi. Kumkale'nin solundaki kumsallardan Seddülbahir'deki düşman ordugâhına ateş açacak oniki top, fundalıklar pek geçit vermediğinden biraz dolaşarak getiriliyor. Bize rehberlik edecek subay verecekmişsiniz.

Yarbay Nureddin, Teğmen Hüsameddin'i işaret ederek:

- Sizi bekliyor, dedi.

Biraz sonra çalılıkların arasından, seri ateşli yedibuçuk santimlik toplar çıkmaya başladı. Tekerleri bez ve paçavralarla sarılmıştı. Topları atlar değil, askerler çekiyordu. Hiç durmadan yürümeye devam ettiler. Önlerine düşen Teğmen Hüsameddin, Tavaslı Halil'e sessizce uyarıda bulundu.

- Sen de dikkat et; en kestirme yoldan sahile inmeliyiz!

O da aynı sessizlikte cevap verdi.

- Merak buyurmayın kumandanım.

Erinden subayına kadar hepsi gayret sarfediyorlar, sessizliğe de dikkat ediyorlardı. Arada bir çevreyi tarayan projektörlere yakalanmamak için fundalıkların arasında çömelmek zorunda kalıyorlardı. Sahile yaklaştıkça, yol almaları güçleşiyordu. Yakınlarından gelip geçen nöbetçi muhriplerinin varlıklarını sezmemeleri için duruyorlar, fundalıklar alçaksa, yere yatıyorlardı.

Sık sık durup, yere yatmalarına rağmen, kısa sürede sahile indiler. En öndeki topu, kumsalın kenarındaki fundalıkların arasına kurdular. Diğerlerini beşer, altışar metre aralıklarla dizdiler. Namluları Seddülbahir'e çevriliydi; hepsinin yanında onar mermi bulunuyordu.

Sessiz sedasız hazırlıklarını tamamladılar. Topçular, toplarının başında, emre hazır bekliyorlardı. Dalgaların kıyılara çarpmasından başka ses duyulmuyordu. İkiyüz metre kadar ilerlerinde, kırık direkli Agamemnon Zırhlısı Boğaz'ın ağzına demir atmış, nöbet tutuyor; bir torpillenme ihtimaline karşı çevresinde de torpidolar dolaşıyordu. Topçuların başındaki kumandan devamlı çevreyi kolluyor, tenhalaşmasını bekliyordu. Agamemnon uzun projektörünü yaktı; İntepe'den aşağıya doğru güzelce taradıktan sonra söndürdü. Yakın çevrelerinde dolaşan torpitolar da biraz uzaklaşınca, kumandan bütün topçuların duyabilecekleri sesle emir verdi.

- Dikkat! Ateş!

Oniki top birden sarsıldı; mermileri yerleştirip, kapağı kapatan erler şimşek gibiydiler; sessizliği yaran ilk gürlemeyi, anlık fasılalarla dokuz gürleme daha takip ettikten sonra, topları hemen çalılıkların derinliklerine çektiler. Zırhlıların projektörleri yandı; Kumkale ve civarını tarıyorlardı. Oldukları yerlere tam siper yattılar. Onlara yaklaşan projektörler İntepe'ye doğru uzaklaşınca, kalkıp yürümeye başladılar. Fundalıkların arasında, topları yokuş yukarı çok zor götürüyorlardı.

Yanıp sönen projektörleri kollayarak yol alırlarken, derinden derine top sesleri geliyor; Arıburnu'nun, Anafartalar'ın üstlerinin kızardığını görüyorlardı. Müttefik zırhlılarının aşırtma ateşle Çanakkale, Eceabat, Kilitbahir'i döverek misillemede bulunduklarını anlıyorlardı.

Teğmen Hüsameddin ile Tavaslı Halil, gözetleme evine geldikleri sırada Boğaz'ı abluka etmiş gemiler, kırmızı lambalarını açıp kapayarak birbirleriyle haberleşiyorlardı. Teğmen Hüsameddin kuşkuya kapıldı. Virane haline gelmiş kasabayı tekrar topa tutarlarsa, hangi güçle, nasıl karşı koyarlardı?...

Silâh başı yaptığı takımını kalenin iç kısmına götürdü. Burada açtırdığı siperlere yerleştirdi. Kasabanın değişik yerlerinde sadece nöbetçiler kalmıştı; aniden çıkarma da yapabilirlerdi. Takımının yanında fazla kalamadı; kaleden dışarıya çıktı; kapının kenarına gizlendi; bakıyordu.

Deniz aydınlanmış, projektörler İntepe ile Çanakkale şehrinin arasındaki tepeleri tarıyordu. Kısa bir süre sonra Seddülbahir'den, Gökçeada, Bozcaada yakınlarına kadar serpilmiş zırhlılar topluca ateşe başladılar. Dakikalar geçmesine rağmen Kumkale'ye bir mermi düşmüyordu; fakat yukarlarında bulunan İntepe'de kayalardan ateşler çıkıyor, ağaçlar devriliyor, toprak göğe savruluyor; buraya çöken kıyamet bir türlü durmak bilmiyordu.

Doğmakta olan güneşin neşeli ışığı gökkubeyi aydınlatmaya başlayınca, İntepe'yi döven toplar da sustu. Beyaz, boz, siyah renkli dumanlar denizin üstünde dağılırken, Teğmen Hüsameddin Seddülbahir'deki düşman ordugâhını seyrediyordu!.. Dünkü sıra sıra muhteşem çadırlar nerede idiler? Yerleri geniş bir yangın yerine dönmüştü.

Ama Müttefikler hınçlarını alamamışlardı. Dinlenip dinlenip, sivil halk, çoluk çocuk demeden yerleşme yerlerini dövüyorlardı. Çanakkale şehri, karşısındaki Eceabat, Kilitbahir en uzun günü yaşıyorlardı. Evlerin duvarları yıkılıyor, çatılar uçuyor, yangınlar alevleniyordu. Ölümü göze alabilen yaşlılar sığınaklardan çıkıyor, yangınları söndürmeye çalışıyorlardı.

Çoğu yeri moloz yığını haline gelmiş Çanakkale'nin bombardımanı ikindiye kadar sürdü; sonra kesildi; ama tekrar başlayacağı kuşkusu yüreklerde dolaşıyordu. Akşam karanlığı inmek üzere idi; nedense, bilhassa bu saatlerde herkes çok tedirgin olurdu!... Sanki halkın hissiyatını doğrulamak için Ulu Cami'nin önündeki çan acı acı çalınınca, çoluk çocuk, yaşlı genç sığınaklara koştular. Telâştan korkup, feryad eden çocukları anneleri susturmaya çalışırken Yenişehir üzerinden gelen dört uçak Çanakkale'yi bombalamaya başladı. Pike yapıp, bombalar yağdıran uçak havalanıyor, ara vermeden bir diğeri pike yapıyor, çarşının birçok yeri yanıyordu. Sığınaklardan çıkıp söndürmeleri mümkün değildi; zira uçaklar döne döne bombalıyorlardı. Bombalar patladıkça, çocukların çığlıkları ayyuka çıkıyor, halkın yüreği hopluyordu. Nasıl hoplamazdı; savaş herşeylerini alıp, götürmüştü; elde kalan da şu anda yanarsa, ne yaparlardı?... Yalnız ak sakallı Hacı Mahmud hiç aldırmıyor, mum ışığında Kur'an okuyordu.

*

* *

Temkinli davranan Türkler, Müttefikler'in çıkarma plânlarını iyice anladıktan sonra, kuvvetlerini toplamışlar, Arıburnu ve Seddülbahir cephelerinde hiç beklenmeyen ve bütün plânları alt-üst eden bir direniş göstermişlerdi. Müttefikler adalardan yeni kuvvetlerle beslendikleri halde bu direnişi kıramıyorlardı. Halbuki kısa zamanda Gelibolu Yarımadası'nın güney kısmını ele geçirmek, Çanakkale Boğazı'nı açmak için Seddülbahir ve Arıburnu'nda kıskaç harekâtını başlatmışlardı.

Kıskacın iki ucu, çıktıkları iki ayrı bölgede, birbirlerinden uzakta tıkanıp, kalmışlar; birleşme şöyle dursun, yardımlaşabilmek imkânından da mahrum duruma düşmüşlerdi; fakat yılmıyorlar, devamlı yükleniyorlardı.

Başkomutan Hamilton, Fransız Tümeni'nden beş taburu daha karaya çıkartmıştı. Her ne pahasına olursa olsun, Seddülbahir Cephesi'ni bu kere yaracaklardı. Kendisi de, karargâhı ile Queen Elizabeth Zırhlısı'ndan harekâtı takip edecek, karadaki savaşı General Hunter-Weston yönetecek; sayı ve silâh bakımından üstün olduklarını bildiğinden ilk saldırılarla Türkler'in zayıf yerini tesbit edip, oradan bildirecekti.

Sabah saatlerinde cephede ürkütücü bir sessizlik hüküm sürüyordu; ama bu sessizliğin her an kızılca kıyamete dönüşeceğini siperdekiler hissediyorlardı. Burun delikleri tehlike sezen bir at gibi açılmış olan Muzır Ruşen, Mendebur İdris'in yanına geldi. Önce çevreyi kolladıktan sonra, sessizce söze başladı:

- Ulan Mendebur, buradan sağ salim teskere alamayız. Nice yiğitler bu insan mezbahahanesinden canını kurtaramadılar; biz mi kurtaracağız? Kaçmaya ne dersin?

Bakışlarını ona çeviren Mendebur İdris cevap verdi:

- Muzır, hiç hayırlı birşey söylemez misin?

Fakat biraz düşününce onun da aklı yattı. Ne kadar arkadaşları toprağa karışmıştı; kimisinin parçasını bile bulamamışlardı!.. Bu top mermilerinden, kurşun yağmurundan sağ salim kurtulmaları mümkün mü idi? Başını çevirdi; uğursuz baykuş gözleriyle yüzüne baktı.

- Nasıl kaçacağız? Geriye giderken, bize "Nereye?" diye sormayacaklar mı? Yakalanırsak, Divan-ı Harp bizi kurşuna dizdirmez mi?

Birden sayısız gökgürültüsü birbirine karıştı; şarapnel fırtınası esiyordu. Arıburnu bölgesinde de donanma ateşe başlamıştı. İngiliz ve Fransız birlikleri Seddülbahir'de yarma taarruzuna geçeceklerinden, Anzak Kolordusu'nun Arıburnu Cehpesi'ndeki Türkleri baskı altına alması, buradan Seddülbahir'e kuvvet kaydırmalarını engellemek için plânlanmıştı.

Arıburnu'ndaki göstermelik ateşe karşılık, güneydeki Seddülbahir Cephesi'nde kıyametler kopuyordu. "Birinci Kirte Savaşı" adını alan bu çarpışma, yine her zamankine benzer şekilde, yeri göğü birbirine katan müthiş bir donanma bombardımanı ile başlamıştı. Türk mevzileri, daracık Gelibolu Yarımadası'nın ucunu üç taraftan kuşatan Müttefik savaş gemilerinin çelik yağmuru altında hamur gibi yoğruluyordu. Çevrelerine mermiler düşüp, toprak sallandıkça, Mendebur İdris'le Muzır Ruşen birbirine bakıyor, Hasan Şakir sıkı sıkı tüfeğine sarılıyordu. Oğuz Amca'nın bakışı ona kayıyor, böyle anlardaki düşünceleri gene zihninden geçiyordu. Kendisi de can taşıyordu; ama hiç değilse epeyce yaşamış, acı tatlı günler görmüştü; ölümün soğuk ürpertilerini iliklerinde hissettiği şu anda bile iki oğlunun acısıyla kavruluyordu. Üçüncü oğlu Mustafa da belki bu mermi fırtınasının altında idi? Belki de bir kahpe kurşuna kurban gitmişti?... Bundan sonra hayat ona ne verebilirdi!.. Fakat Hasan Şakir ömrünün baharındaydı...

Gelibolu Yarımadası'nın güneyini savunan Dokuzuncu Tümen'in Kumandanı Albay Halil Sami, Binbaşı Halit'in emrindeki Yirminci Alay'ın intikal etmesiyle biraz rahatlamasına rağmen cephedeki kuvvetin Müttefiklerin seviyesinde olmadığının da farkındaydı. Bombardıman başlayınca, arka sırtın sahaya hakim tepesinde yapılan sığınakta yerini aldı; dürbünüyle bakıyordu. Müttefiklerin saldırıları hakkında tahminlerde bulunmuş, Yirminci Alay'ı ona göre yerleştirmişti. Müttefiklerin top atışlarının yoğunlaşması üzerine Kolordu Kumandanı

Esat Paşa da Albay Halil Sami'nin sığınağına geldi; zira bu yoğun atışların ardından saldırı başlardı.

Mermilerin azalmasından, bombardımanın duracağını, hücumun başlayacağını sezmişlerdi. "Acaba ölümcül darbeyi nerden vuracaklar?" diye zihninden geçiren Halil Sami'nin yüreği göğüs kafesinden fırlayacaktı. Yirminci Alay'ı yanlış yerleştirmişse, halleri nice olurdu?... Esat Paşa:

- Görünüşe bakılırsa, hücum batı tarafından yapılacak, dedi.

- Ben de öyle tahmin ettim, Paşa hazretleri, bunun için batı tarafını taze kuvvetlerden oluşan Yirminci Alay tutmaktadır.

Binbaşı Halit de hazırlığını yapmıştı. Siperlerin arasındaki mesafe çok azdı; bombardımanın hemen ardından İngilizlerin birden çullanmalarını önlemek için birliğini ikiye ayırmıştı. Büyük kısmı İngilizleri siperlerin önünde karşılayacaktı; eğer onları durduramazlarsa, küçük kısmı siperleri savunmaya devam edecekti.

Bombardıman durur durmaz, batıdaki İngilizler hızla ileriye atıldılar. Siperden fırlayan Binbaşı Halit'in kılıcı elindeydi, diğer subayların kılıçları da güneş ışığında parlıyordu. Birlikler yıldırım gibi birbirine saldırdılar. Süngü süngüye, boğaz boğaza boğuşuyorlardı. Binbaşı Halit, kılıcını bir İngiliz yüzbaşısının sağ koluna indirdi; yüzbaşı sağa yamulunca, boğazının sol tarafına vurduğu kılıcı, kızıla boyandı. Çevresinde bir kaçışma olunca, bir nağra ile havada ıslık çalan kılıcını sallıyarak kalabalığa saldırdı. Askerinin moral kazanması, düşmanı pervasızca göğüslemesi için, bir kumandanın ne yapması lâzım ise, Binbaşı Halit onu yapıyordu... El bombaları patlıyor, toz toprağın içinde askerler yerlere seriliyor, arkadan gelip, yerlerini dolduranlar süngüleriyle hücum ediyorlardı.

Binbaşı Halit'in ve diğer kumandanların bütün gayretlerine rağmen Yirminci Alay sarsılmaya başladı; çukura gelen sol taraflarında panik olabileceği seziliyordu.

Esat Paşa'yı ve Albay Halil Sami'yi, telâş sardı; o bölgeye ihtiyat kuvvetlerinden sevk etmeleri gerekiyordu. Esat Paşa, Halil Sami'ye döndü; eliyle de işaret ederek:

- Şu bölgeyi mutlaka takviye etmeliyiz, dedi.

- Evet, Paşa hazretleri; ben de görüyorum. Elimizde azıcık ihtiyat kuvveti var; bir panik anı için kademe teşkil ediyorlar. Onları da cepheye sevk edersek, panik halinde ne yaparız?

Olayı yakından takip eden Binbaşı Mahmud Sabri'nin, emrindeki kuvvetlerin bir kısmını oraya kaydırmaya başladığını fark eden iki kumandanın da telâşı biraz azaldı; o noktayı merceğinden ayırmayan Esat Paşa:

- Aferin Mahmud Sabri Bey'e, dedi; kendinden bekleneni yaptı.

- O ve taburu gerçekten büyük işler başardılar.

Mahmud Sabri'nin taburu savaşta pişmişti. Yahya Çavuş'un, Oğuz Amca'nın, Akyazılı Mehmed'in, Yusuf'un, Hasan Şakir'in ve diğerlerinin ilk günkü ürkekliklerinden, telâşlarından eser kalmamıştı. Onların şuurlu hareket etmeleri, tabura yeni katılanları da etkiliyordu. Bilhassa Yahya Çavuş ile Oğuz Amca hem süngü sallıyorlar, hem de çevrelerindekilere moral vermek, onları gayrete getirmek için vadilere sığmayan nağralarını eksik etmiyorlardı. Birbirine çarpan süngülerden ateşle çıkan madenî seslere, "Allah! Allah!", "Hurra! Hurra!" sayhalarına dereler dar geliyordu.

General Hunter-Weston devamlı hücum emrini tazeliyor, zayiatın çok olduğuna dair uyarılara, "Bana ne zayiattan" diyordu. Fakat hücum dalgaları kırılınca, Türkler'in karşı taarruzları artarak onları geri çekilmeye zorluyordu.

İngilizler geri çekilmeye başladılar, General Hunter-Weston yedek kuvvetlerle burayı takviye ederek, Türkler'i durdurmaya çalıştıysa da, durmuyorlar, habire bindiriyorlardı; biraz daha kuvvet kaydırmazsa, buradan cephe yarılabilirdi. Ama bu sırada doğudaki Fransızlar, yüklendikleri Yarbay Kadri'nin kumandasındaki Yirmialtıncı Alay'a zor anlar yaşatıyorlardı. Günlerden beri Seddülbahir'i savunan gazi alay ağır kayıplar vererek iskelete dönmüştü. Üçüncü Tabur'u da Yirminci Alay'ın sol tarafının imdadına yetişmişti. Halbuki karşılarında tam mevcutlu, dinç bir tugay vardı. Orta boylu, sportmen yapılı Yarbay Kadri siperden sipere sıçrıyor, kılıçları alev alev yanan subaylar yanlarına düşenlere bakmadan, bomba patlamaları ve mermi sağanaklarının altında birliklerinin direnmeleri için ellerinden geleni yapıyorlardı. Ne çare ki insan azminin de bir sınırı vardı; siperler yer yer düşüyordu.

Esat Paşa'nın ve Albay Halil Sami'nin dürbünleri o tarafa dönmüştü. Tozu dumana katan Fransızlar siperden sipere atlayarak, makinelilerin taradıkları koridorların arasındaki boşluklardan sürünerek onlara yaklaşıyorlardı. Soğukkanlılığını yitirmemeye dikkat eden Esat Paşa sık sık geriye dönüp, bakıyor; "Nerede kaldılar?" diye söyleniyordu. Dün gece deniz yoluyla Saroz'dan getirilip, Kilitbahir Köyü'ne çıkarılan Ondokuzuncu Piyade Alayı'nın bu saatlerde cephede olması lâzımdı; Alay'ın görünmemesi Esat Paşa'yı ciddi şekilde telâşlandırıyordu.

Şiddetli donanma ateşine tutulan Ondokuzuncu Piyade Alayı ilerliyemiyordu. Kumandanları Yarbay Sabri'nin sesi dağı taşı yırtıyordu; fakat yağmur gibi yağan şarapneller ilerlemelerini engelliyordu; kimisi şarapnel misketlerinin doğradıkları fundalıklara yuvarlanıyor, kimisi de düşen arkadaşına basarak yol alıyordu. Boğaz damarları şişen Yarbay Sabri, subaylara birliklerini daha hızlı yürütmeleri için bağırıyor, şarapneller dağı taşı inletiyordu.

Durum çok tehlikeliydi; patlayacak bir panik bütün birliklere sirayet edebilirdi. Binbaşı Mahmud Sabri ihtiyatta tuttuğu takımın başına geçerek, çöküntü beliren yerleri takviye etmeye çalışıyordu. "Hurra!" çığlıklarıyla dalga dalga gelen Fransızlar'ın hücumları siperlere dağıtılmış bir avuç askerle durdurulacak cinsten değildi. Ön siperleri ele geçirmeye başladılar; tehlikenin vehametini idrak ettiklerinden hiçbir asker, irtibat yoluyla geri çekilmiyor; subayı, eri son nefeslerine kadar direniyorlardı.

Siperlerin düşmesi hızlanıyor, tehlike büyüyordu; pek çok şeyi riske etmenin lüzumuna kani olan Esat Paşa Anadolu Yakası'ndaki bazı birliklere ateş emri verdi. Çakılı toplar yerlerinin belli olmaması için o anlık suskun kaldılar; seyyar toplar Agamemnon ve diğer zırhlıların gündüz gözüyle yapacakları ateşleri göze alarak savaşa katıldılar. Fransızlar'ın doğu kanadı İntepe'den gelen mermilerle sarsılmaya başlayınca, Agamemnon ve diğer zırhlılar Anadolu Yakası'ndaki o tepeciği yerle bir etmek için ateşe tuttular.

Dağlar, taşlar inliyor; dallar kopuyor, ağaçlar devriliyor, İntepe'yi bir tufan boğuyordu; fakat seyyar topçular Gelibolu Yarımadası'nın Boğaz'a yakın kesimlerini dövmeye devam ediyor, Fransızları kan, kemik, et parçası halinde toprağa gömüyorlardı. Yalancı bataryaların şaşırttıkları zırhlılar, gene de birkaç bataryayı havaya uçurdular; bazı bataryalar da yerlerini değiştirmek için ateşe ara verince, Türk siperlerine yakın mesafede olanlar toparlanmaya başladılar; saflarını düzene sokuyorlar, boşalan yerleri yedek kuvvetlerle dolduruyorlardı. Donanma ile koordineli bir şekilde Türk siperlerine bindirecekler-di.

Kader günüydü; herkes elinden geleni yapmalıydı. Çanakkale'den kalkan iki savaş uçağı da Fransızları bombalamaya başladı. Donanma mermilerinin arasında, havada dönüp dönüp, pike yaparlarken, siperlerde erimekte olan Türk askerlerine moral da veriyorlardı. İlk defa savaşa katılan Türk uçakları Fransız siperlerini bombalamakla kalmadılar; Morto Limanı'ndaki çıkarma iskelelerini de darma dağın ettiler.

Türk uçakları kaybolunca, savaş semalarında Müttefik uçakları belirdi, Türk siperlerine dalışlar yaparak bazen bomba, bazen kâğıt atıyorlardı. Yer, gök birbirine karışmıştı. Oğuz Amca, tozun toprağın arasında hiç durmadan tetiğe asılıyordu. Her taraftan yağan mermilerden, siperlere düşen bombalardan düşmanın çok yaklaştığı hissediliyordu.

Şimşek gibi yerinden doğrulan Akyazılı Mehmed yanına düşen bombayı kapıp, fırlattı. Bu anda önlerinde bir bomba patladı. Oğuz Amca, toz ve dumanların arasında Akyazılı Mehmed'i görmeye çalışıyordu; ama görünürlerde yoktu; endişelendi; şiddetli şiddetli çağırdı.

- Mehmed! Mehmed!

Arkadan ses geldi.

- Buradayım Oğuz Amca!

Oğuz Amca aralarına toprak yığıldığını anladı. Sağ tarafında Muzır Ruşen devamlı ateş ediyordu. Oğuz Amca ona bağırdı.

- Mendebur nerde?

O, başını çevirmeden cevap verdi:

- Ne bileyim, hangi cehennemde?

- Sağ mı?

- Yaramaz adamdır; ona birşey olmaz!

Esat Paşa ve Albay Halil Sami dürbünlerini o bölgeden ayırmıyorlar, gittikçe yoğun ateş altında kalan siperlerden her an bir paniğin alevlenmesinden korkuyorlardı. Esat Paşa dürbününü gözlerinden uzaklaştırmadan:

- Cephe her an bozulabilir; bir daha askeri tutamayız, dedi. Düzenli şekilde çekilelim. Gelen Ondokuzuncu Piyade Alayı'yla buluştuğumuz yerde savunma hattını kurarız.

Dürbünüyle bakmaya devam eden Albay Halil Sami de düşüncesine iştirak ettiğini belirtti.

- Çekilme emrini veriyorum, Paşa hazretleri.

Bu anda Esat Paşa dürbününü geriye çevirmişti. Fundalıkların arasında gelenleri gördü.

- Dur! Galiba cepheye intikaller var.

Ondokuzuncu Piyade Alayı'ndan iki bölük cepheye

intikal ediyordu. Onları karşılayan Binbaşı Mahmud Sabri durumun vehametine göre siperlere dağıtmaya başladı. Günlerin yorgunluğu üzerlerinde bulunan askerler de yanlarında yeni kuvvetleri görünce, şevke geldiler; sanki vücutlarında yeni enerjiler peydahlanıyordu.

İkindiye doğru Ondokuzuncu Piyade Alayı'nın büyük bölümünün cepheye ulaşmasıyla, durum tamamen değişti. En önde gelenler iyi eğitilmiş, çoğu Balkan Savaşı'nda bulunmuş tecrübeli askerlerden oluşuyordu. Düzenli, yardımlaşmaya dayalı saldırıyla savaşa girdiler. Kurdukları makinelilerle devamlı tarıyorlar; boşluklarından düşmana hücum ediyorlardı. Her manganın bünyesi saat gibi işliyordu, bir tim, hedefindeki düşman siperlerini ateş altına alıyor, diğer tim sürünerek yaklaşıyordu. Münavebe ile sürünme ve ateşle aradaki boşluğu geçmeye çalışıyorlardı. Şehit olanların yerleri arkadan hemen dolduruluyordu.

Başlarının ucu devamlı taranan, siperlerine bombalar düşen, yer yer atlamalarla karşılaşan Fransız ve büyük satırlarla giriştikleri vahşi boğuşmalarda ün kazanmış Senegalli askerler ele geçirdikleri siperlerde tutunamıyacaklarını anlamışlardı; fakat buralardan çekilmeleri de çok zordu; kendi yönlerine irtibat yolları yoktu. Geri çekilmek için dışarıya çıkmaları lâzımdı; oysa her saniye yüzlerce kurşun vızıldıyordu; sağ kalmaları hemen hemen imkânsızdı.

Yüzbaşı Murel Fransız ve Senegalli askerlere farklı iki görev verdi; bir kısmıyla şiddetli bir şekilde Türk tarafını ateş altına aldı; diğer kısmı siperlerden çıkıp, sürünerek çekilmeye başladı. Siperlerden biraz uzaklaşanlar yattıkları yerde geri dönerek Türk tarafını ateş altına aldılar, diğerleri siperlerden çıktılar. Ne çare ki Türkler peşlerini bırakmıyor, onları takip ederek daldıkları ikinci siperlerde kan gövdeyi götürüyordu. Senegallilerin satırları kelleleri uçuruyor, süngüler gövdeleri savuruyordu.

Ondokuzuncu Piyade Alayı'nın erleri yılmıyor, arkadan gelenler boğazlaşmanın içine atlıyorlardı.

Burada da tutunamıyacaklarını anlayan Fransız ve Senegalli askerler bir sonraki siperlere çekilmeye çalışıyorlardı. Bir kaşı patlamış Yüzbaşı Murel, askerlerini batı tarafında toplayıp, irtibat yolundan birer ikişer arkadaki siperlere kaydırıyordu. Oraya kayabilenler ateşe başlıyor, önlerindeki siperlere Türklerin intikalini önlemeye gayret ediyorlardı. Ama siperlerden fırlayan Türkler, aradaki mesafeyi geçmek için var güçleriyle koşuyorlardı; bazıları sendeleyip, yuvarlansa da, çoğunluğu boğazlaşmanın cereyan ettiği siperlere dalıyordu. Bu da Yüzbaşı Murel'in komutasındaki birliğin felâketini artırıyordu.

Yarbay Sabri düşmanın içine sarktıklarını fark etti, çünkü doğuda boğuşma aynı hatta devam ediyor, iki taraf birbirini geriletemiyordu. Bu zorlu hücum bölgesinde bilgi, tecrübe, soğukkanlılıktan yoksun acemi erler sapır sapır dökülüyorlardı. Ne arazinin yapısını değerlendirebiliyorlar, ne de mermileri seslerinden tanıyabiliyorlardı. Yanlarına bir şarapnel düştü mü dağılacaklarına, koyunlar misali birbirlerine sokuluyorlardı. Kumandanlarının seslerini duydukça, kendilerinde beliren yürekler acısı cesaretle ileriye atılıyorlardı; sıçramaları, koşmaları, vurulup düşmeleri eski askerlerin gözlerine çok zavallıca görünüyordu. Fakat herşeye rağmen doğu kesiminde Fransızları oldukları yere mıhlamışlardı. Batıda biraz daha ilerleseler, çevrilme tehlikesiyle karşı karşıya gelebilirlerdi. Yarbay Sabri de alayın büyük kısmını sağa çevirdi; yanlamasına da olsa, iki ateş arasında kalan İngiliz tugayı fazla dayanamadı; tek çaresi geriye çekilmekti. Gerek Ondokuzuncu Piyade Alayı'nın ve gerekse Dokuzuncu Tümen'in askerleri onları süratle takip etmek istiyorlardı; içiçe olurlarsa, Müttefik donanması atışlara zor başlardı.

Yahya Çavuş, emrindekilerle ölümüne saldırıyordu. Yetiştikleri İngiliz erinin elinde tabanca vardı; ne yapmak istediğini düşünmeye vakit bulamadan Tekirdağlı Sadık süngüsünü saplayarak savurdu; canhıraş bir ses bomba patlamalarının arasına karıştı. Bunu gören bir diğeri kaçmaya çalışıyordu; Yahya Çavuş, süngüsünü fırlatıp, sırtına sapladı. Havaya zıplayan İngiliz askeri, kollarını açmış, sendeliyerek ileriye atılıyor, sırtında süngü sallanıyordu. Onu yere sermek için koşan Tekirdağlı Sadık'ın önünde bomba patlayınca, yere yattılar; sırtında süngü sallanan düşman askeri de kayboldu.

İngilizler'in süratli çekilmeleriyle, aradaki mesafe açılınca, donanmanın topları devreye girdi. Mermileriyle çelikten duvar örerek, Türk birliklerinin takip etmelerini önledi.

Dermanı kesilen Yusuf, siperde derin derin soluyordu. Artık kolunu oynatacak tâkati kalmamıştı. Makineli tüfek, mavzer seslerinin, bomba patlamalarının azaldığını, top mermilerinin de uzağına düştüklerini hissediyordu. Siperin bir kenarında, rengi atmış, mavi, uzun bir ceket, Müttefik subaylarında sık rastlanılan çizmeleri giymiş Mendebur İdris'le, Muzır Ruşen konuşuyorlardı. Elinde bir kâğıt bulunan Mendebur İdris, Muzır Ruşen'e soruyordu:

- Doğru mu söylüyorlar?

- Bilmem; elin gâvuruna ne kadar inanılır?

Yusuf başını çevirince, aynı kâğıttan iki tane önünde duruyordu. Birini eline alıp, okumaya başladı. "Osmanlı Hükümeti bilerek Almanlar'ın menfaatini gözetmekte ve Türk milletini felakete sürüklemektedir. Bu savaşı Türkler istemiyorlar; hatta İstanbul halkı isyana hazırlanıyor. Başkası için tehlikeye atılmayın; silâhlarınızı bırakın. Sizlere dost davranılacaktır." Yusuf, kâğıdı buruştururken Hasan Şakir seslendi.

- Nedir o?

- Keferenin uçaktan attığı kâğıt. Güya bizi kandıracak!

Halifenin canı alınıncaya kadar, kanı bu kaba akıtılacaktır

Queen Elizabeth Zırhlısı Mehmedcik Burnu'nun açıklarında demirlemişti. Akşam yemeğini camın önünde yiyen Hamilton şarabını yudumlarken, denize bakıyor, başka ne yapabileceklerini düşünüyordu. Zırhlı'nın projektörü dikkatini çekti; taradığı sahilde tek canlı görünmüyordu. Tepelere, vadilere sessizlik hakimdi. "Bunca boğuşmadan sonra iki taraf da hem dinleniyor, hem de ölülerini gömüyorlardır" diye zihninden geçirdi. Şarabını bitirdikten sonra purosunu söndürdü. Kamarasına geçti; birkaç kere okuduğu halde masasında duran, cephede ölmüş bir Türk kurmay subayının cebinde buldukları tamimin tercümesini bir daha okumaya başladı. "Emin olun ki çok yönlü bir kuvvetle veya ağır topçu ateşinin korumasında karaya çıkmaya kalkışmalarının önemi yoktur. Bir veya birkaç noktadan çıksalar bile, kuvvetlerini teşkilatlandırmalarına ve tutunmalarına imkân verilmeyecek ihtiyat birliklerimizin desteğiyle askerimiz devamlı hücumlar yapacak ve düşmanı denize dökecektir." Kâğıttan başını kaldırdı; ilk defa okumuş gibi, yüzünde hayret ifadesi vardı. Kendi kendine, "Evet, insan ruhunu yenmek mümkün olmuyor" dedi.

Yatağa girdi; başını yastığa koydu; derin bir sessizlik kulaklarında çağıldıyordu. Türklerin hiç de tahmin ettiği gibi çıkmadığını düşünüyor, uyuyamıyordu. Zorlamakla da uyuyamıyacağını biliyordu; halbuki yarın kendisini çok dinç hissetmeliydi.

Kalktı; birşeyler yazabilirim ümidiyle masasına oturdu; ama içinden yazmak gelmiyor, kendisini koskoca dünyada yapayalnız hissediyordu; aslında böyle duygulu anlar yazmaya çok elverişliydi; çıt yoktu; ne karşıki tepelerde bir dal kımıldıyor, ne de ufak bir dalgacık gemiyi okşuyordu. Yalnızlığını artıran bu sessizlik hayat çizgisini gözlerinin önüne serdi. Annesini hayal meyal hatırlıyordu. Askerî okullarda geçirdiği günlere, ilk süvarilik yıllarına daldı; Afrika'da, Asya'da nice savaşlara girip, çıkmıştı. İmparatorluğun güneş batmayan duruma gelmesinde nesillerinin katkısı büyüktü. Şimdi ise kaderleri bu tepelere, bu Boğaz'a düğümlenmişti; buradan yüz akıyla nasıl çıkabileceklerini düşünürken, birden yüzlerce gökgürültüsünü andıran uğultu koptu. Bu Türk topçusuydu; aksi takdirde haberi olurdu. Değişik yerlerden top sesleri geldiğine göre, Asya ve Gelibolu Yarımadası'ndan bombardımana başlamışlardı.

Telsiz odasına girdi, makinede hiçbir hareket yoktu; yürek çarpıntılarıyla bir süre başında bekledi. Sanki başında beklemezse, daha çabuk çalışacaktı. Odadan çıktı, huzursuz huzursuz dolaşırken, gök gürlemesi birden çoğalınca, mırıldandı. "Bizimkiler de karşılık veriyorlar."

Telsiz odasına girip, çıkıyor; bir haber alamıyordu. Kolundaki saatine baktı; üçtü. Bir haber almaması kötüye işaretti. Kalbi sıkılır gibi oldu; derin derin soludu; zayıf yüzünde ter taneleri belirdi. Cama yaklaştı; gök gürlemesini andıran top seslerinin arasında aydınlatma fişekleri yükseliyor, yarımadayı yıldız yağmuruna boğuyordu.

Birbuçuk saat süren top düellosundan sonra makineliler, piyade tüfekleri de devreye girdiler. Bir anda, hiç alışamadığı "Allah! Allah!" seslerini duymasıyla, damarlarında alevler yürümeye başladı. "Ah! Bu sesler dursa!" derken daha çok yaygınlaşıyor, gürbüzleşiyorlardı. "Hurra! Hurra!" sesleri de yükseliyor, ama bu sesler "Allah! Allah!" seslerinin yanında cılız kalıyordu. Askerinin yardımına koşmayı ne kadar istiyordu; maalesef bu anda imkânsızdı. Bir komutanın eli kolu bağlı bulunması, kendisini acz içinde hissetmesi ne kadar kötüydü!... Telsizin başına geçti; "tık" yoktu. Yüreği delik deşik oluyordu; çünkü "Allah! Allah!" nidaları biraz daha yakından geliyor, silâh sesleri de sıklaşıyordu. Kalp çarpıntıları onu götürürdü; kendisini oyalamalıydı; telsiz odasından çıktı.

Masasına oturdu; hatıra defterini açtı; yazmaya başladı. Düşünmüyor, içinden gelenleri samimiyetle kâğıda döküyordu. "Bir komutan için en büyük düşman etrafına korku salan kimsedir. Türkler, gerçekten cesur ve göründükleri yerlerde dehşetli korku salıyorlar. Masal kitaplarında değil; düşenleri umursamadan süngü takmış parıltılar içinde bir uzun insan hattı, "Allah! Allah!" nağralarıyla üzerimize koşuyor. Bu şartlarda ve daha kötülerine rağmen, canlı veya ölü bu topraklarda kalacağız."

Hamilton'un içi içine sığmıyordu. Kamaraya çıktı; savaşı daha yakından takip etmenin ihtirasını duyarak bakıyordu. Binlerce yıldızla cam bir fanus gibi ışıldayan gökyüzüne değişik yerlerden aydınlatma fişekleri yükselip, düşüyordu. Tepelerde, vadilerde durmadan alev soluyan topların çelik ağızları ateş böceklerini andırır şekilde yanıp sönüyordu. Queen Elizabeth Zırhlısı da projektörlerini yakmış, çevreyi tarıyordu. Denizde suların fışkırdığını görünce, Hamilton'un telaşı arttı. Birlikleri geri mi çekiliyordu?... İçeriye girdi; "Çıldıracağım Tanrım!" diye söylenirken, telsiz çalışmaya başladı. Başına koştu; endişe verici mesajlar geliyordu; yüreği durdu, duracaktı. Sağ kanattaki Fransız birlikleri ve Yirmidokuzuncu Hint Tugayı'ndan haber alınamadığı, şarapneller hatları parçaladığı için telefon irtibatı kurulamadığını bildiriyor, silâh seslerinden Fransız ve Hint birliklerinin bozguna uğradıklarının tahmin edildiği de belirtiliyordu. Hamilton'u ter bastı; telsizle General Hunter-Weston'u buldurttu; ihtiyattaki Kraliyet Tümeni'ni, Fransız ve Hint birliklerini desteklemek üzere sevk ettirdi. Daha rahat nefes almak gayesiyle güverteye çıktı; Yarımada'nın ucunda aydınlatma fişekleri atılıyor, toplar gökleri inletiyor, değişik yerlerden makineli tarrakaları geliyor, "Allah! Allah!", "Hurra! Hurra!" nağraları birbirine karışıyordu. Dünyanın parmak ucu misali denize sarkan bu kara parçasında cehennem kurulmuş, gencecik insanları yutuyordu!... Güvertede duramadı; tekrar telsizin başına döndü. Kulağı hep sağ kanatta idi; dakikalar bir türlü geçmiyordu.

Sık sık terlerini silen Hamilton gözlerini dikmiş, heyecanla bekliyordu!... Telsiz işlemeye başladı; keşke dakikalar hiç geçmese, telsiz çalışmasaydı. Kraliyet Tümeni'nin de bozguna uğradığı, çıkış yaptığı plajlara doğru çekildikleri bildiriliyordu. Ne yapabilirdi?... Aczi onu kahrediyordu. Devamlı dolaşıyor, Queen Elizabeth'in projektörlerine çevreyi taratıyor, Türk top mermilerinin denize düşüp düşmediğini anlamaya çalışıyordu. Zorlu dakikalar bir türlü geçmiyor, yüreği göğüs kafesini devamlı dövüyordu!..

Şafak sökmek üzereyken General Hunter-Weston' un bölgesinden Türk birliklerinin cepheyi iki noktadan yarmak üzere oldukları haberi gelince, telâşı artan Hamilton, bütün ihtiyat birliklerinin cepheye sürülmesi, genel taarruz edilmesi emrini verdi.

Gün ışırken saldırıyı daha yakından takip edebiliyor, bazı yerlerde ilerledikleri haberleri de geliyordu. Ama biraz sonra, Türkler'in makineli tüfek ateşlerinin ileri hareketlerini durdurduğu, gene eski mevzilere çekilmek mecburiyetinde kaldıkları bildirildi.

Askerlerinin yanında olmalı, onlara moral vermeliydi. Sabahın ilk ışıkları yeşille kucaklaşırken General Braitwaite ve Kurmay Heyeti'yle hareket etti.

Muhrip kırık dökük iskeleye yaklaşırken, bunca yıllık asker olmasına rağmen, ruhunun derinliklerinde, bugüne kadar hiç duymadığı, bir korku fırtınası başladı; nedense buralara düşen mermilerden birinin ona rastlıyacağı endişesine kapıldı. Korkusunu yanındakilerin sezmemesi için karşısındaki tepecikleri kontrol ediyormuş gibi devamlı dürbününü gezdiriyordu. Ertuğrul Plajı'ndaki rıhtımda yaralılarla dolmuş birkaç layterin hastahane gemisine hareket etmek üzere olduğu dikkatini çekti; sedyelerle de devamlı tepelerden yaralı indiriliyordu; bazı askerler de cepheye yakın değillermişcesine sahilde, yamaçlarda rahat rahat dolaşıyorlardı.

Onları karşılayan Hunter-Weston'un yanına adımını

atarken korktuğu başına gelmedi, ona bir mermi isabet etmedi. Çöl ortasında kurulmuş, geniş bir kampı andıran çadırlarda, derme çatma kulübelerde kısa bir süre gözlerini gezdirdi. Sahile yakın yerlerde generallerin barınakları, telsiz istasyonu, telefon santralı, ışıldaklar, bomba yapan bir atölye ve ufak tefek onarımlar için demirci tamirhanesi yanyana bulunuyordu. Geceleri cepheye yiyecek ve savaş malzemeleri taşıyan katırlar da derenin içindeydiler. İskelenin yanındaki çöp yakma yerinden de dumanlar tütüyordu.

Sanki bütün ömürlerini burada, bu şartlar altında geçirmişcesine rahat hareket eden askerlerin hali, davranışları Hamilton'u ve yanındakilerini etkiledi; onlarda karaya ayak basarken duydukları endişelerden eser kalmadı. Tepeye doğru yürürken General Hunter-Wes- ton bilgi veriyordu. Birden arkalarında sanki bir yanardağ püskürdü; geriye döndüler; yanan çöplerin arasına bir mermi düşmüştü. Hunter-Weston, herhangi bir olağanüstülük vuku bulmamış gibi tekrar tepeye yönelip, sözlerine devam etti. Ama anlattıklarını Hamilton tam dinleyemiyordu; çünkü ilerledikçe çalı diplerine kıvrılmış, yüzü gözü parçalanmış cesetler sıklaşıyor, değişik yerlerden feryatlar yükseliyordu. Sıhhiyeler yaralıların imdadına yetişemiyorlardı. Gördükleri Hamilton'u şoke etmişti; Boğaz'ı geçebilecek güçleri kalmış mıydı? Zihnini toparlamak için durdu ve Hunter-Weston'a döndü; o anlatmaya devam ediyordu.

- Türkler süngü hücumu ile iki zayıf noktamızdan saldırdılar. Tüfek ateşiyle karşı koyunca, kısa bir ara vermek zorunda kaldılar. Ardından amansız saldırıyla saflarımızda gedik açmaya başladılar. Yirmidokuzuncu Hint Tümeni, bilhassa Kraliyet Tümeni'nin İskoç Taburu büyük kayıplara uğradılar. Bereket versin ki komutanları Dövüşçü Auld Reckie, ele geçirdiği perakende birlikleri de yanına alarak bir duvar meydana getirip, gecenin çöküntüsünü atlattı.

Birbirini boğazlamaya hazır binlerce askerin, binlerce silâhın, milyonlarca merminin bulunduğu yarımada ölüm sessizliğine gömülmüştü. Hamilton bakışlarını çevrede gezdiriyordu. Çiçeklerle süslenmiş, yemyeşil kırlar üzerinde sedyelerde ölü ve yaralı taşınması yüreklere zehirli bir kıymık gibi işliyordu. Bombardımandan yeterince nasibini almamış tepelerde, yamaçlarda papatyalar, peygamber çiçekleri, leylâklar, gelincikler gök kuşağını andırır şekilde rengârenk bir armoni meydana getiriyorlardı. Sahilleri hafif hafif okşayan deniz zengin bir mavilikle gözleri dolduruyordu. Boğaz'ın biraz açıklarında demirlemiş savaş gemilerinden çıkan dumanlar ışıl ışıl gökyüzünde eriyordu. Hiç durmayan hafif rüzgâr gönüllere hüzün taşıyordu.

Sahile döndüklerinde yaralıları yeni layterlere yerleştiriyorlardı. Yaralıların ardı arkası yoktu; devamlı sedyelerle akıyorlardı. Sahildeki ağılda yirmi kadar da Türk esiri vardı; karayağız delikanlıların üzgün oldukları hallerinden belliydi. Birkaçının elbiseleri kanlıydı; birkaçı da yerde yatıyordu. Bazıları onlara eğilip, birşeyler söylüyorlar, birisi de içgömleğinden yırttığı bir parça ile inleyen bir askerin kanını durdurmaya çalışıyordu. Hamilton uzaktan onları süzüyordu; bakımlıydılar, giyimleri de fena değildi.

Hamilton maiyetiyle Yarımada'dan ayrılınca, Yüzbaşı John Weistock büyücek bir baraka yaptırdı: Hıncı ruhunu tutuşturan Weistock hem gecenin intikamını almak, hem de tepelerden, Anadolu Yakası'ndan gözetleyen Türkler'in gözünü yıldırmak istiyordu. Her hücumda mutlaka esir düşülürdü; esirlerin başına nelerin geldiğini göstermek için barakaya Türk askerlerini doldurttu.* Çevresini geniş bir daire şeklinde Müttefik askerleri kuşattılar. Çatısına, yan tahtalarına benzin döktürdü. Bir paçavrayı yaktırıp, barakaya savurttu. Baraka tutuştu; içindeki askerler sağa sola kaçışmaya başladılar. Baraka

* Askerlerin ikisi Alman'dı.

sağlam yapılmıştı; çıkmaları mümkün değildi; çıksalar bile elleri tetikte Müttefik askerlerinden canlarını kurtaramazlardı. İçerdeki askerler alev dalgalarından korunmak için bir kenara, üst üste sığınmaya çalışıyorlardı. Alev onları yakaladı; acı feryatları alevlerin çatırdılarına karışıyordu. Kabaran alevler, iki ağaç boyu kadar yükselirken barakanın çatısı çöktü; bir-iki çığlık parçasından sonra feryatlar kesildi; Müttefik askerleri uzaklaşmak zorunda kaldılar; kötü bir yanık kokusu o civarı durulmaz hale getirmişti.

Hamilton karargâha döndüğünde bazı birliklerin kayıplarına dair rapor masanın üstünde onu bekliyordu; rapora göz atınca ürktü; ne çare ki rakamlar daha büyüyecekti. Fecaati unutmak istediğinden, oyalanmak için gene hatıra defterine sığındı. Savaşın lüzumuna kendini inandırmak mecburiyetini duyuyordu; aksi takdirde bu zayiata tahammül etmesi güçtü. "Üç türlü savaş vardır; askerî, ekonomik, sosyal savaş. Çağımızın ekonomik zaferinin birinci şartı, İstanbul'u Türkler'den almaktır. Her ne pahasına olursa olsun, İstanbul'u Türkler'den alacağız." Kısa bir süre düşündükten sonra yazmaya devam etti. "Ümit ediyor ve inanıyorum ki, geleceğin harp okulu öğrencileri büyük bir imparatorluğu harakiri yapmaya mecbur bırakmak için, neden bu kıraç, beş para etmez kayaların eteklerinde sıkıştığımızı değerlendireceklerdir. Bu kayalıklar Osmanlı Sultanı'nın kara kalbine hançerin saplanacağı en ideal yerdir." Durdu, elini şakağına dayadı; işler arzu ettiği gibi gitmiyordu; fakat moral bozukluğuna gerek yoktu. "Yalnız hançer henüz elini deldi ve yarasından yeni yeni kan akmaya başladı. Her gün ölümden kurtulmak için debeleniyor. Bir metre daha ilerliyemezsek dahi, halifenin canı alınıncaya kadar, kanı bu kaba akıtılacaktır."

Dokuzuncu Tümen'in bütün birlikleri gibi, Üçüncü Tabur'u da ağır kayıplar vermişti. Keşan'da, Tekirdağ'da eğitimi tamamlayan askerler güneye iniyor, birliklerin eksikliklerini tamamlıyorlardı. Bu yeni askerler, savaşta pişmişlerin yanında çabuk tecrübe kazanıyorlardı.

Dinlenmesi için Üçüncü Tabur geriye alınmıştı. Dağı taşı kavuran güneş bugün daha zorluydu; herşeyi yapışkan hale getirmişti. Ağaçların altında oturan askerler hayallere dalmışlardı; kimisinin gözü önünde evi, anası, babası, kimisinin de şehit olan arkadaşları vardı. Oğuz Amca, oğulları Hasan ve Akif'in acılarına alışmıştı; yüreğinin bir köşesinde köz gibi duruyorlardı. Cenab-ı Mevlâ, oğlu Mustafa'yı, kızı Nadiye'yi, karısını ona bağışlasaydı... Bir acıya daha dayanabilir miydi?... Her an Mustafa'nın kara haberini alacağından korkuyordu. Dünya gözüyle onu görebilecek miydi?... Keşan'da, belki Tekirdağ'da kayıtlarını bulabilirdi; ama izin istemeye yüzü tutmuyordu; çünkü sık sık hücum ediyorlar, baskınlara uğruyorlardı... Yanında oturan Yusuf'a sezdirmeden, gözlerini kuruladı.

Yusuf da ne onunla, ne de karşısındaki karaağacın altında, sağ yanına yatmış, dirseğini kırıp, başını avucuna bırakmış Hasan Şakir'le göz göze gelmek istiyordu. Nur yüzlü anası, beli ikiye katlanmış babası, kardeşleri gözlerinin önündeydi. Rüştiyenin ilk sınıfından beri onlardan ayrıydı; yokluğuna alışmışlardı; fakat şehitlik haberi onları nasıl sarsardı!... Bakışları, hayal dünyasına dalmış olan Hasan Şakir'e kaydı; mahzunluğu yürekler acısıydı. Müderris Rasih Efendi'yi, Dilara'yı hatırladı... Kendi ailesi hiç değilse kalabalıktı; acılar paylaşılınca azalırdı... Rasih Efendi ve Dilâra, Hasan Şakir'in acısını kiminle paylaşacaklardı!... Eski Kale'deki savaşta şehit düşen Osman, Ali, Sami de bakışlarında canlandı... Ne dost delikanlıydılar!...

Tümen Karargâhı'ndan dönen Binbaşı Mahmud Sabri yanlarına yaklaşınca, gölgeliklere yayılmış askerler ayağa kalktılar. Dinlenme anlarında askerin hal ve hatırını sormayı alışkanlık haline getiren Mahmud Sabri durdu. Esas duruşta dikilen askerlerin önünde Oğuz Amca ile Yusuf bulunuyordu. Mahmud Sabri:

- Nasılsın Oğuz Onbaşı? diye sordu.

- Sağlığına duacıyız kumandanım.

Mahmud Sabri'nin yüzünde tatlı bir ışık belirdi.

- Tıbbiyeli Yusuf'tan memnun musun?

Oğuz Amca, Yusuf'a bakıp, gülümsedi; cevap vermedi; bakışları ise çok şey söylüyordu. Yanı başlarında da birliğe yeni intikal etmiş, onsekiz yaşlarında bir delikanlı dikiliyordu. Binbaşı Mahmud Sabri, bakışlarını ona çevirdi.

- Adın ne?

- Murat kumandanım.

- Nerelisin?

- Yozgat'ın Sorgun ilçesinin Karayakup köyündenim.

- Saçlarına niye kına yaktın?

Murad kıpkırmızı kesildi; söyleyecek birşey bulamadı; dili tutulmuştu sanki; fakat kumandan ona bakıyordu. Sadece;

- Anam, diyebildi.

Gülümseyen Mahmud Sabri, onu rahatlatmak istedi.

- Her yöremizin kendine has âdetleri var; mutlaka altlarında da makul sebebler yatmaktadır. Oturun.

Binbaşı Mahmud Sabri sığınağa doğru yürürken, Mendebur İdris manalı manalı sordu.

- Murad, anan niye saçlarına kına yaktı?

Murad, kumandanına zaten mahcup olmuştu. Mendebur İdris'in sözündeki alaycılığa iyice sinirlendi.

- Ne bileyim? Yaktı işte?

Muzır Ruşen de fikrini söylemeden duramadı.

- Herhalde erkek olduğunu unuttu.

Oğuz Amca, cevap vermek mecburiyetini hissetti.

- Ne bilsin çocuk! Anası yakmış. Böyle gereksiz şeyleri kesin!

Oğuz Amca'nın ses tonundaki uyarı, yeni sataşmaların önüne geçti; ama delikanlının adı "Kınalı Murad" kaldı.

*

* *

Taarruz, hem donanmanın ateşinden korunmak, hem de düşmanı gafil avlamak için baskın şeklinde yapılacaktı. Siperden başını çıkaran Yahya Çavuş, sıkılmış bir yumruk kadar sert bakışlarla çevreyi tarıyordu. Tek bir çalı dahi kımıldamıyordu; biraz ilerdeki düşman siperleri sessizliğe gömülüydü. Gökten bir yıldız kaydı; ona denizin ortasına düşüyormuş gibi geldi. "Sana sığındım Rabbim" diye içinden geçirirken, dört yaşındaki oğlu Muharrem gözlerinin önündeydi.

Siperlerde süngülerini takmış, hazır bekleyen askerlerden, bilenleri içlerinden "Selaten tuncina"yı okuyor, bilmeyenler devamlı, "Allah! Allah!" diyorlardı. "Geri dönebilecek miyim?" kuşkusuyla da hepsinin yürek çarpıntıları doruk noktasındaydı. Hücum emri verilir verilmez, hep birden sessiz bir ok gibi siperlerden fırladılar ve olanca güçleriyle düşman siperlerine koşmaya başladılar.

Birkaç tüfek patlamasıyla ateş bütün cepheye yayıldı. Makinelilerin namluları alev püskürüyor, projektörlerini yakan zırhlıların bütün topları Türk siperlerini, hücum halinde bulunan askerlerini dövüyordu. Baskın bir anda gece savaşına döndü. Türk askerleri kurşun sağanakları, patlayan şarapneller altında durmadan düşman siperlerine hücum ediyorlardı. Uğultu halini alan tüfek sesleri arasında, bir makineli tarrakası, bazen bir manganın tamamını yere seriyordu. Fakat Türkler'in saldırıları durmuyor, yer yer siperlerine atlıyorlar, arkadan askerlerin akışı devam ediyordu.

Yahya Çavuş'la Hasan Şakir yanyanaydılar. Düşman siperlerine peş peşe daldılar. Sağ taraftan saldıran izbandut gibi bir zenci, Hasan Şakir'in başını gövdesinden ayırmak için satırını indirirken Yahya Çavuş bir tokatta Hasan Şakir'i yere devirdi; satırı boşa giden zencinin koskoca gövdesini süngüyle arkaya savurdu.

Siperlerde kanlar fışkırıyor, süngüler parıldıyor, satırlar gövdelere iniyor, alevle patlayan el bombaları parça parça ettikleri gövdeleri sağa sola saçıyorlardı. Türk akınını önlemek için elverişli yerlere kurulmuş makineliler tarıyor, şarapneller patlıyor, binlerce misket fundalıkları biçiyor, taşlardan ateş çıkıyordu.

Basılan her yerde, ya bir yaralı, ya da bir ceset vardı. Cephe yer yer ileri geri dalgalanıyor, gün ağardıkça donanmanın atışlarındaki isabet de artıyordu. Türkler hücumu durdurup, siperlere çekilmek zorunda kaldılar.

Birlikler birbirine girmişlerdi; perakende askerler birliklerini ararken, yaralılar da arkadaki sargı yerine taşınıyordu.

Başkomutan Hamilton, daha önce, bu cephede taarruza karar vermiş, emirlerini yaymıştı. Türkler'in beklenmedik baskını hazırlıklarını bozmuştu; fakat Hamilton kararını değiştirmedi. Hatta bunu fırsat bilerek, Türk askerleri siperlerine tamamen yerleşmeden, savunma hazırlığına vakit bulamadan bindirmek istiyordu. Sabahın erken saatlerinde bütün cephede Müttefiklerin karşı taarruzu başladı; gerçekten de Türkleri hazırlıksız ve düzensiz yakalamışlardı.

Güneş doğarken yedi kruvazör Boğaz'dan içeriye girdi, diğerleri de yarımadayı güney ve batıdan kuşattılar. Atışlar başladı; kruvazörler sarsıldıkça Boğaz'ın suları sahillere çarpıyordu. Bitmeyen cephaneleriyle tek taraflı dövmelerini Anadolu ve Rumeli yakasındaki Türk merkez tahkimatının ağır topçuları uzaktan kahırla seyrediyorlardı; çünkü kruvazörler menzillerinin dışında kalıyordu. Çakılı ağır topları, savaşın hercümercinde ileriye taşımak ve mevzilendirmek mümkün olmadığı gibi, donanma Boğaz'ı geçmek için tekrar hücum edebilirdi. Tepelerde, vadilerde mermiler patladıkça, Seyit bir oralara, bir de bataryasındaki ağır toplara bakıyordu.

Siperler doluyor, toprağın altında kalanları kazma ve kürekle kurtarmaya çalışıyorlardı. Ne olursa olsun, en âcil şekilde yardım etmeleri gerektiği anlarda bile, gözetleme yerlerindekiler, siperlerde elleri tetiklerde bulunanlar katiyen yerlerini terk etmiyecekler, kurtarma çalışmalarına katılmıyacaklardı. Oğuz Amca, Yusuf da diğerleri gibi siperlerde kazma kürekle dolaşıyorlardı. Güneş ortalığı kavuruyor, sık sık yenleriyle silseler de akan terleri gözlerini yakıyordu.

Donanma, ateşi durdurur durdurmaz, Müttefik askerleri siperlerden fırladılar. Türk makineli tüfekleri, mavzerleri ateşe başlamışlarsa da aradaki mesafe yer yer çok dar olduğundan Türk siperlerinin bazılarına daldılar. Oğuz Amca, elindeki küreği bırakıp, tüfeğini alamamıştı. Sipere atlayan düşman askerlerine kürekle vuruyordu:

- Hınzırlar!

Yahya Çavuş birkaç askerle yetişti; ellerindeki süngüleri parlıyordu. Yahya Çavuş bir Senegalli'nin sırtına süngüsünü saplayınca, acı bir çığlık silâh seslerini deldi. Oğuz Amca küreğin keskin tarafını kafalarına indirirken, bir başka Senegalli satırını savurdu; Oğuz Amca'nın omuzunu sıyırıp, toprağa saplandı. Oğuz Amca ona dönünce, Senegalli siperden fırladı; bu diğerleri için de panik oldu. Onlar geriye kaçarlarken makineliler de tarıyordu. Birkaçı kalkmamak üzere yere yuvarlandı.

Sabahın erken saatlerinde şiddetlenen boğuşma kızgın güneşin altında devam ediyor, gün bir türlü bitmiyordu. Toza toprağa karışmış askerlerin susuzluktan dudakları parça parça olmuştu. Her an bir mermi yanındakini alıp götürürken, su bulmayı kim düşünecekti?...

Akşam karanlığıyla beraber İntepe'den topçular ateşe başladılar. Hangisi çakılı, hangisi obüs topu olduğunu kestirmeleri mümkün değildi. Müttefik kruvazörleri de tepeleri dövüyordu. Hiç ummadıkları yerden ateşle karşılaşmaları onları şaşırtıyor, yer değiştiren bir obüs bataryası, avının peşindeki kruvazörü gafil avlıyordu.

Bazı kruvazörler yara aldığından çekilmek mecburiyetinde kaldılar. Denizden destekleri azalınca, karadaki hücumlarını da durdurdular.

İki tarafın da kayıpları ağırdı; ortalık yaralı ve ölülerle doluydu. Yıkılmış siperler tamir edilmeli, yeni birliklerle cephelerini kuvvetlendirmeliydiler.

*

* *

Esat Paşa, petrol lambasının aydınlattığı toprak altındaki karargâhında tümen kumandanlarıyla bir toplantı yaptı. Toplantıya Dokuzuncu Tümen'in Kumandanı Albay Halil Sami, cepheye intikal etmek üzere bulunan Yedinci Tümen'in Kumandanı Albay Remzi, İstanbul'dan gelmekte olan Onbeşinci Tümen'in Kumandanı Albay Mehmed Şükrü katılmıştı. Esat Paşa'yı en çok Onbeşinci Tümen'in durumu düşündürüyordu. Karaya ayak bastıktan sonra dokuz saat yürümesi gereken tümenin son yirmibeş kilometresi de çalılık ve fundalıktı. O yolları ağırlıklarıyla aşan askerde hücum tâkati kalır mıydı? Esat Paşa hücum etmenin gerekli olduğuna inanıyordu; çünkü Müttefikler de yorulmuş, büyük kayıplar vermişlerdi. Yeni takviyeler almadan, saldırılarının başarı ihtimalinin yüksek olacağını düşünüyordu. Ama kendi başına karar vermesi doğru değildi; askerlerin halini en iyi başlarındaki kumandanları bilirdi. O bölgedeki siperlere, mevzilere ait krokiler, ağarmış bıyıkları yüzüne tatlı ve olgun bir ifade katmış olan Esat Paşa'nın önündeydi. Nasıl hücum yapılacağına geçmeden önce tümenlerin durumunu öğrenmek istedi. Albay Remzi'ye döndü:

- Tümeninizin vaziyeti nedir? Hücuma iştiraklerine engel bir husus var mıdır?

Albay Remzi kolundaki saate baktıktan sonra cevap verdi:

- Cepheye tamamen intikal etmiş olmalıdır, Paşa hazretleri; herhalde görevinin icabı olarak da Dokuzuncu Tümen'in sol tarafını takviye etmiştir. Eğitimi, disiplini yerindedir; yorgun da değildir.

Esat Paşa, Onbeşinci Tümen Kumandanı Albay Mehmed Şükrü'ye başını çevirdi:

- Siz uzaktan geliyorsunuz. Tümeninizin tamamı cepheye ne zaman intikal eder?

- En geç bir saat zarfında intikal etmesi gerekir, Paşa hazretleri.

- Yorgunluğu taarruza iştirak etmesine mani midir?

- Çok zor şartlarda dokuz saatlik yolu yürüyerek geliyorlar; fakat Müttefikler iyice yerleşmeden saldırmalıyız.

Esat Paşa çelik iradesini aksettiren bakışlarını Albay Halil Sami'ye çevirdi:

- Ne diyorsunuz? Tümeninizde takat kaldı mı?

- Kaldığı kadar Paşa hazretleri; onlar da yorgun, biz de yorgunuz. Gücünü devam ettiren kazanır.

Tekrar Albay Mehmed Şükrü'ye döndü:

- Siz Dokuzuncu Tümen'in sağ kanadında yer alıyorsunuz değil mi?

- Evet Paşam.

- Kararlaştırdığımız üzere, bu geceki saldırımızı hem baskın, hem de hücum şeklinde yapacağız. -Önündeki krokileri işaret ederek- Burada görülen siperlerin bir kısmı yıkılmıştır; fakat çoğu duruyor. Duranlar kırmızı kalemle işaret edilmiştir. Oralardan saldırımız başlayacaktır. İlerde askerlerimizin birbirine girmemesi için bölük ve takım kumandanlarına büyük işler düşüyor. -Saatine baktı- Şafağın sökmesine beş saat var. Yani biz en geç, üç saat sonra hücuma kalkmalıyız; şafak sökünce, donanmanın mermileriyle karşılaşacağımızdan, o vakte kadar, ne yapacaksak, yapmalıyız.

Krokilerin bir kısmını Albay Mehmed Şükrü'ye uzattı.

- Bunlar sağ cenahın krokileridir; alınız.

Sonra Albay Remzi'ye döndü.

- Bunlar da sol cenaha aittir. -Önemini belirtmek için tekrar etti- Birer taburunuzla Dokuzuncu Tümen'i takviye ediyorsunuz; birer alayınızı da ihtiyat siperlerine yerleştiriyorsunuz. Saat ikiye on kala, herşey hazırsa, bana haber veriniz; aksi takdirde erteleyelim.

Tümen kumandanları birliklerine gitmek üzere karargâhtan ayrıldılar. Yarımadanın ucunda sanki hayaletler dolaşıyordu; varlıkları biliniyor, ama ne görünüyorlar, ne de sesleri duyuluyordu. Yıldızlı bir gece idi; fakat siperlerin içinde göz gözü görmüyordu. Işıklarının dışarıya taşmamasına dikkat ederek cep fenerleriyle yollarını buluyorlardı.

Yedinci Tümen siperlere gelmişti. Albay Remzi, Binbaşı Ruhi'nin kumandasındaki taburu, Dokuzuncu Tümen'in emrine verdi. Yarbay Sadık'a da, alayının ihtiyat siperlerine yerleşeceğini bildirdi. Diğerleri cephenin sol kanadında yerlerini aldılar. Oradaki birlikler, nöbetçiler merkeze kaydılar. Ses çıkarmadan makineliler kuruluyor, sağa sola obüsler yerleştiriliyordu.

Bu sırada Onbeşinci Tümen'in öncüleri de irtibat yollarından cepheye intikal ediyorlardı. Birliklerin kumandanları, Tümen Kumandanı Albay Mehmed Şükrü'yü buluyor, tekmil veriyorlardı. Mehmed Şükrü bir taburu Dokuzuncu Tümen'in emrine gönderdi; bir alayı da ihtiyata ayırdıktan sonra, kumanda kademesiyle ellerindeki krokilere göre birlikleri yerleştirmeye başladı.

İkmal merkezinden ekmek ve su geldi; bir taraftan da onlar dağıtılıyordu. Genç subaylar, kendilerine düşen mıntıkada, düşman nöbetçilerinin nerelerde bulunabileceklerini tahmin etmeye çalışıyorlar; siperlerden fırlayacak çavuşlara, erlere hücum edecekleri istikameti ve yerleri gösteriyorlardı.

İntikal gittikçe hızlanıyordu; çalıların arasından nereye geldiklerini kestiremiyen birlikler sağ ve sollarında kimlerin bulunduğunu, nasıl yardımlaşacaklarını bilmemenin şaşkınlığı ile hareket ediyorlardı. Kumandanlar şaşkınlığı gidermeye, birlikleri düzene sokmaya çaba harcıyorlardı. Ne kadar gayret etseler de, tam sessizlik sağlanamıyor, bunun getireceği tehlike onları kuşkulandırıyordu.

Dokuzuncu Tümen Kumandanı Albay Halil Sami, emrine verilen yeni birliklerin ihtiyat siperlerinde görevlendirilmelerini, o siperlerdeki birliklerin öne alınmalarını emretti; çünkü savaşta pişmiş askerlerin daha faydalı olacağına inanıyordu.

İhtiyat siperlerinde Yusuf, Hasan Şakir'i uyandırmak için:

- Kalk! Kalk! diyerek dürttükçe, kucağındaki tüfeğine sarılarak öte tarafa dönüyor; Yusuf da devam ediyordu:

- Kalk! Kalk! Göreve!

Mangasını hazırlamış olan Yahya Çavuş, hareket etmeden önce, her zamanki gibi, Yusuf'u, Hasan Şakir'i, Oğuz Amca'yı görmek, helalleşip, vedalaşmak istedi; belki bir daha görüşemezlerdi. Yanlarına geldiğinde, Yusuf elindeki cep fenerini Hasan Şakir'in yüzüne tutuyor, onu uyandırmaya çalışıyordu. Yahya Çavuş, iç çekercesine duygularını açığa vurdu.

- Ah yavrum! Nasıl da yorulmuş!

Hasan Şakir yerinden fırladı.

- Ne var? Ne oldu?

Gözlerine kan oturmuştu; uyku sersemi olduğu belliydi. Yusuf sessizce:

- Kendine gel, dedi. Birşey yok, göreve gideceğiz.

Hemen tüfeğini kaptı; elleriyle fişekliklerini yokladı; hepsi doluydu; ayağa kalktı. Oğuz Amca da oraya geldi; çabucak helalleşip ayrıldılar. Manga kumandanı oldukları için Oğuz Amca ile Yahya Çavuş acele ettiler.

Yusuf ve Hasan Şakir nerede görev yapacaklarını biliyorlardı. Hemen önlerinde Kınalı Murad yürüyordu. Ön siperlere yaklaştıkları anda kızılca kıyamet koptu. Dikkatleri aksi taraflara çekmek, baskını kolaylaştırmak için değişik yerlerden ateşlenen obüs ve makinelilerin alevleri karanlıklarda birbirine dolanırken hücum bütün şiddetiyle başlamıştı. Üçüncü Tabur da baskın yapanların arasındaydı. Top ve tüfek atışları karşıdaki tepelerden başlayınca, çıkış yerinde mangasıyla bekleyen Oğuz Amca fırladı. Yusuf ve Hasan Şakir de onları takip ettiler. Düşman siperlerine doğru süratle sürünüyorlardı.

Değişik yerlerden makineliler tarıyordu. Müttefik donanması, kara topçusu da Türk siperlerine mermi yağdırarak akının önünü kesmek istiyorlar; fakat göremiyorlardı; durumun vehameti onlara ulaştırılınca, dünkü ölçülere göre ateşe başladılar.

Değişik yerdeki makinelilerin namluları, şarapneller, rastlantıyla aynı noktalarda buluşunca, batı kesimindeki akını durdurdular; fakat Üçüncü Tabur'un da bulunduğu doğu tarafında akın devam ediyordu. Türk makinelileri tararlarken bıraktıkları boşluklardan mangalar sürünüyordu. Fransız ve Senegalliler'in savundukları siperlere atladıklarında, süngüsü fırlamış, tüfeğinin namlusundan tutmuş, Oğuz Amca dipçiğiyle önüne gelene vuruyordu. Bir Senegalli satırıyla arkadan Oğuz Amca'ya saldırırken Yusuf tam üzerine düşmüştü. Birbirlerine girdiler; siperlerin çeşitli yerlerinde şiddetli boğuşmalar cereyan ediyordu. Karanlıkta Senegalli'yi ayırt edebilen Hasan Şakir sırtından süngüsünü saplayınca, canhıraş bir çığlıkla yere yuvarlandı.

Bu siperlerde mücadele savaş olmaktan çıkmış, döğüşe dönmüştü. Arkadan Türkler'in akını sürdüğü için Fransız ve Senegalliler siperleri terketmek zorunda kaldılar. Türkler de onları kovalıyorlardı; yetiştikleri yerlerde ya süngülüyorlar, yahut da kafalarına dipçiklerini indiriyorlardı. Fransız ve Senegalliler gerideki siperlere atlayınca, o siperlerden yoğun ateş başladı.

Gün ağarıyor, topçuların atışlarındaki isabet artıyordu. Birkaçı ara bölgede yığılıp kalırken Türkler doğu bölgesinde aldıkları ilk siperlere döndüler. Aslında bunların siper denecek halleri kalmamıştı. Tek tük siper artıkları, geçitlerle birbirine bağlı oyuklar, mermi çukurlarından ibaretti. Gene de toprak askerin biricik dostuydu; bu oyuklarda, çukurlarda kendilerini korumaya çalışıyorlardı.

Oğuz Amca'nın kanayan kaşından uzamış tıraşlı yüzünün sağ tarafının kızıla boyandığını gören Hasan Şakir, yanına yaklaştı.

- Oğuz Amca, yaran derin mi?

O zamana kadar farkında olmayan Oğuz Amca kaşındaki sızıyı hissetti. Elini atınca, avucu kanlandı; tekrar avucunu bastırarak sıvazladı.

- Birşey yok; ufak bir sıyrık.

*

* *

Gün sessiz geçiyor, iki taraf da burnundan soluyordu. İki taraf da, en büyük komutanından erine kadar, savaşı kendi lehine çevirmenin şuurunu taşıyor, bir saldırıda görevini eksiksiz yerine getirmek için hazırlığını yapıyordu.

Yaz gelmiş, Gelibolu Yarımadası, Anadolu yakası güzelliklerine kavuşmuştu. Tepelerin yeşili, denizin mavisi burada bambaşka idi; bu iki renk sahillerde birbirinin içinde eriyor; denize doğru mavilik, karaya doğru yeşillik ağır basıyordu. Tabiatın neşesini paylaşan kuşlar cıvıl cıvıl ötüyor, bir tüfek patlayınca sürü halinde havalanıyordu. Hele o martıların yürek paralayan bağırtıları başladı mı durmak bilmiyordu.

Bugün cephede çıt yoktu; ferman güneş'indi; vadiler alev solurken, Yusuf gürgen ağacının dibinde tüfeğini sökmüş, temizliyordu. Bir yanda da şehit olan arkadaşları hayalinde canlanıyordu. Bir ara durdu; bakışları bir noktada sabitleşirken, zihninde, "Onlar şehit oldu, ben niçin yaşıyorum?" sorusu düğümlendi. Aynı şartlarda savaşıyorlardı; bir mermi gelip, birisini götürüyordu. Bu pekâlâ kendisi de olabilirdi. Ne kadar kurşun kulağının dibinden vızıldıyarak geçmişti... Pek çok boğuşmadan yara almadan çıkmıştı; halbuki nice civan gibi gençler cepheye intikal ettikleri gün ruhlarını teslim etmişlerdi. Muhakkak ki en silâhşörleri değildi; korunmayı da en iyi o bilmiyordu; ama yaşıyordu; çünkü hayatta son söz kadere aitti...

Ölümden artık pek korkmuyordu; fakat her ne kadar dedesi için Hasan Şakir'e, "Bağrına taş basar" demişse de, annesinin çekeceği acılar onu düşündürüyordu. Balkan Savaşı'nda oğlunun ölüm haberi geldiğinde komşuları Rahime Teyze yıkılmıştı. Her tenha yerde, hatıralarını sesli sesli dile getirip, ağlardı.

Yanına gelen Kınalı Murad, her zamankinden daha sıkılgandı. Elinde zarf, kâğıt vardı. Yusuf anlamıştı; okşayan bir sesle sordu.

- Ne o Murad, mektup mu yazdırmak istiyorsun?

- Evet, Yusuf Ağabey.

Yusuf, tüfeğinin kundağını dizine oturttu. Murad'dan aldığı kâğıdı kundağın üzerine serdi. Cebinden kalemini çıkardı.

- Söyle, Murad.

Pembeleşen Kınalı Murad'ı hafif bir ter bastı.

- Ne söyliyeyim, Yusuf Ağabey; selâm, kelâm yazıver.

Yusuf gülümsedi.

- Ne yazacağını, ben ne bileyim? Sen söyliyeceksin, ben de yazacağım. Baban sağ mı?

- Sağ, Yusuf Ağabey.

"*Muhterem Babacığım*" diye başlık yapan Yusuf, Kınalı Murad'a baktı. Kınalı Murad al al oldu. Yusuf yazmaya başladı; yazdıklarını da seslice söylüyordu. "*Önce üzerimize farz olan Allah'ın selâmlarıyla söze başlar, hürmetle ellerinizden öperim. Nasılsınız, iyi misiniz? Rabbimden daima iyi olmanızı dilerim.*"

Kınalı Murad'a döndü.
- Anan da sağ değil mi?
- Evet, sağ.
Yusuf devam etti.

"*Anama da çok çok selâm eder; ellerinden öperim. Beş vakit namazında dualarını beklerim.*"

Kınalı Murad:
- Yusuf Ağabey, dedi ve sustu.
Yusuf ona "Birşey mi söylemek istiyorsun?" dercesine bakıyordu. Bu kere Kınalı Murad, burnunun ucuna kadar kızardı. Sesi de değişti.
- Kumandan, anamın saçlarıma niçin kına yaktığını sorunca, cevap veremedim. Kardeşlerim askere giderken, saçlarını kınalamamasını yazalım.
Yusuf'un yüzünde tatlı bir gülümseme belirdi.
- Yazalım mı?
- Yazalım Yusuf Ağabey.
Yusuf yazmaya başladı.

"*Geçen gün Binbaşı, saçlarıma niçin kına yakıldığını sordu; cevap veremedim. Kardeşlerim askere giderlerken anam saçlarını kınalamasın; onlar da aynı soruyla karşılaşmasınlar.*
Ben oğlunuzdan sual ederseniz, Allah'a şükür iyiyim; hasretinizden başka hiçbir kederim yok.

Yusuf bakışlarını ona çevirdi.

- Yemeğinin iyi, bakımının yerinde olduğunu yazalım da, seni düşünmesinler.

- Yazalım.

"*Yemeklerimiz iyi çıkıyor; bize fazla fazla yetiyor. Yatıp kalktığımız koğuşlar da muhafazalı. Hiçbir güçlüğümüz yok.*"

Yusuf:

- Harçlık istiyor musun? diye sordu.

- İstemiyorum.

"*Harçlığım var; param biterse, size yazarım. Şimdilik göndermeyin.*"

Yusuf başını kaldırdı.

- Başka yazmamı istediğin birşey var mı?

- Yok.

- Kardeşlerine selâm yazalım mı?

- Yazalım, Yusuf Ağabey.

- En büyükleri sen misin?

- Benim.

- Adlarını söyle.

- Ramazan, Ali, Safinaz, Cavit.

Yusuf, kundağın üzerinde kâğıdı kaydırıp, yazmaya devam etti.

"*Kardeşlerim Ramazan'a, Ali'ye, Safinaz'a, Cavit'e ayrı ayrı selâm eder, hepsinin gözlerinden öperim. Ayrıca konu komşulara, bu mektubu okuyana, dinleyene de selâm ederim.*

Cenabı Mevlâm hepimizi hayırlı günlere kavuşturur inşallah. Tekrar tekrar ellerinizden öper, hayır dualarınızı bekler, bizi yoktan var eden Allah'ın koruyuculuğunun üzerinizde olmasını dilerim.

Oğlunuz Murad
9. Tümen, III. Tabur, I. Bölük
Seddülbahir-Çanakkale."

*

* *

Gökçeada'daki karargâhında gece yalnız kalan Başkomutan Hamilton, "Ne yapabiliriz?" diye düşünüyordu. Bütün imkânları kullanmasına rağmen, arzu ettiği sonucu alamamıştı. Ama karamsarlığa gerek yoktu; madem ki karaya adım atmışlardı; üzerlerine aldıkları görevi mutlaka başaracaklardı!... Başarmak zorundaydılar da; aksi takdirde doğacak felâketi, ne kendisi, ne de milleti göğüsleyebilirdi. Bunları düşünürken çoktan beri eline almadığı hatıra defterini açtı; en son yazdıklarını okurken, "Yazılanın faydalı olması, doğru olmasına bağlıdır" düşüncesini zihninden geçirdi. Elini şakağına dayadı; savaş alanlarında gördükleri gözlerinin önünde canlanıyordu. Dürbününün merceğinden neler neler görmüştü. Yazmaya başladı. "Mevzilenme ve siper savunma işlerinde Türkler, kelimenin tam manasıyla mükemmel. Tamamiyle cahil olan bu askerler verilen görevleri aynen yerine getirmek konusunda pek mert hareket ediyorlar, üzerlerine gelen her hedefi vuruyorlar. Siper savaşlarında Türk askeri çok üstün."

Türkler hakkındaki bu kanaatine rağmen, bir an önce Boğaz'ı yarıp geçmenin gereğine inanıyordu; zira savaşın uzaması Türkler'in direncini artırıyordu. Hergün yeni birlikler Asya Yakası'ndan, Keşan'dan, İstanbul'dan Gelibolu Yarımadası'na akıyordu. En kısa zamanda, özellikle Alçı Tepe'yi ele geçirmeleri şarttı; çünkü o tepe ele geçirilince, Seddülbahir Cephesi'ndeki Türk savunmasının omurgası kırılacaktı. Bunun için gereken hazırlıkları da tamamlamıştı. Gizlice Arıburnu Cephesi'nden beş topçu bataryasını Seddülbahir'e kaydırmıştı. Yoldaki iki Fransız Tümeninin öncüsü olarak cepheye intikal eden iki taburu da ateş hattına sürmüştü. Adalardan getirilen askerlerle de bütün birliklerin eksiklikleri tamamlanmıştı. İngiliz ve Fransızlar'ın seçme askerlerinden oluşan Seksen Sekizinci Tugay ile Seksen Yedinci Yeni Zelanda Tugayı saldırıyı başlatacaktı. Çok güvendiği bu iki tugayın bütün birlikleri kelimenin tam anlamıyla olağanüstü hazırlanmıştı; en küçük biriminin komutanına bile nokta görevi verilmişti; kim nereyi ele geçireceğini gayet iyi biliyordu. Panikten de endişelenmesine gerek yoktu; bir tugay da arkalarından destek verecekti. Tekrar yazmaya koyuldu. "Biz de en yetenekli askerlere sahibiz. Teknik üstünlüğümüz de var. Türkler'in cesaretini her hâlükârda ezeceğiz."

Her sükûtla bir kader arkadaşlarının daha hayata veda ettiğini anlıyorlardı

Sabahın erken saatlerinde kara ve deniz topçuları Türk siperlerini dövmeye başladılar. Müttefiklerin topçuları her zamankinden daha fazla gayret sarfediyorlar, aldıkları yeni takviyelerle bu kere Alçı Tepe'yi ele geçireceklerine inanıyorlardı. Alçı Tepe'yi ele geçirdikten sonra Kilitbahir'e uzanmaları mesele değildi. Yüksek olan Rumeli Yakası'na hakimiyetle, donanma da Boğaz'dan rahat rahat geçecekti.

İyice öne yaklaştırılan obüslerin tahrip gücü yüksek mermileriyle dümdüz ettikleri siperlerin çoğunu Türkler boşaltmak mecburiyetinde kaldılar. Duman ve ateş bulutu altındaki Türk siperlerine, "Hurra! Hurra!" nağralarıyla süngü takmış piyadeler saldırdılar... Yanlardan da makineli tüfekler siperlerden Türkler'in kafa çıkarmalarını önlemek için devamlı tarıyordu. Türkler pek az askerle ilk siperlerin bazılarını inatla savunmaya çalışıyorlardı. Siperlere atlayanlara ne kadar çabuk süngü sallasalar da akını durdurmaları mümkün değildi. Bir sonraki siperlerden takviye kuvvet kaydırmak istediler, ama başarılı olamadılar; irtibat hendeklerini şarapnellerin yığdığı topraklar doldurduğundan, ileriye yürüyenler açığa çıkıyor, şiddetli ateşle yere seriliyorlardı. Fakat sağ taraf ateş dışında kalmıştı; buradan ön siperlere yardım için birdenbire hücum başlatıldı. Bunu gören Müttefikler, ateş püsküren namlularının ancak bazılarını o tarafa çevirebildiler; biçilmelerine rağmen Türkler durmuyor, cesetlerin üzerinden yeni dalgalar halinde saldırıları devam ediyor, her mangadan birkaç kişi ön siperlere atlıyordu. Türk akınını önlemek için Müttefikler de saldırıya geçince, isabetli mevziler seçen Türk makineli timleri hücuma kalkan Müttefik birliklerini doğruyorlardı. Siperler, siper araları cesetlerle dolmuş, oluk oluk kan akıyor, makinelilerin alevli namluları yeni kurbanlarını arıyordu.

Sahile nakledilen yaralıların miktarı arttıkça, Queen Elizabeth'teki çelik muhafazalı yerinden dürbünüyle bakan Hamilton'un yüreği sıkılıyordu. Yanındaki De Robeck'e döndü:

- Cehennem gibi değil mi?

- Haklısınız sayın Başkomutan.

- Mutlaka Alçıtepe'yi ele geçirmeliyiz. Aksi takdirde bu kıyımı nasıl sineye çekeriz!

Hamilton, dürbününün merceğine aldığı Alçıtepe'ye bakıyordu. Tepe şuracıkta, bir-iki kilometre mesafede duruyordu; ama İstanbul kadar uzaktaydı sanki; bunca çaba, bunca kayıba rağmen yaklaşamamışlardı. İkiyüz metre kadar yüksek olan bu tepenin etekleri Ege denizine doğru zeytinlikler, selvi ağaçlarıyla kaplı, tatlı bir meyille iniyordu. Bu tepeye bir erişebilseler, topları Çanakkale'ye kadar bütün Boğaz'ı ateş altına alacak, güneydeki Türk hatlarını da ağır mermilerle perişan edeceklerdi... Bu anda cepheden başarı haberleri gelmeye başladı. Fransızlar sağdan, İngilizler soldan Alçıtepe köyü yolunun iki tarafından Türk mevzilerine girmiş, ilerliyorlardı.

Gerçekten Fransız ve İngiliz birlikleri çok cesurca saldırıyorlardı; çünkü günlerden beri ilk defa ellerine böyle bir fırsat geçmişti; biraz daha çabayla Türkleri siperlerinden söküp atacaklarını ümid ediyorlardı. Ellerinde kılıç bulunan subaylar irtibat yollarında ilerliyen askerlerin en önlerinde saldırıyorlardı.

Binbaşı Mahmud Sabri'nin korkusu, her an kopma ihtimali beliren panikti; panik öyle bir salgındı ki, bir göründü mü, bir anda yayılıyor, birlikleri kapıp içine alıyor, artık önüne geçmenin mümkün olmadığını eski savaşlardan biliyordu. Taburunun büyük kısmını süratle geri çekti. Önde Yahya Çavuş, Oğuz Amca'nın mangaları gibi tecrübelileri bıraktı. Az arkada dikleşen arazinin üstünde geri aldığı birliği, sağda solda perakende bulduğu askerlerle takviye ederek bir hat meydana getirdi. Yusuf, Hasan Şakir, Kınalı Murad bu hattaydılar.

Tepedeki siperden bakan Esat Paşa ve Albay Halil Sami şarapnellerin patladığı, mermilerin dolaştığı, tozun, toprağın içinde korkunç olayların cereyan ettiğini görüyorlardı. El bombaları patlıyor, piyade, makineli tüfekleri ateşleniyor, feryat ve figanlar birbirine karışıyordu. İkisi de cephenin yarılmasından endişe ediyordu. Anadolu Yakası'ndan salla geçmekte olan birlikler Müttefiklerin aşırtma ateşlerinden isabet almış, sulara gömülmüşlerdi. Şu anda kurtarma çalışmaları sürüyordu. Yeni birlikler, Çanakkale şehrine kadar yürütülüyor, oradan Gelibolu Yarımadasına geçiriliyor, cepheye intikalleri çok zaman alıyordu; yoldakiler ise henüz görünürlerde yoktu.

Oğuz Amca ve Yahya Çavuş'un siperlerine Müttefik kuvvetleri çok yaklaşmışlardı. Oğuz Amca'nın siperinde patlayan bombalar iki erin cesedini parça parça etti. Oğuz Amca siperin boşaltılması için bağırıyordu.

- Sağ tarafa! Fundalıklara!

Yoğun toz duman içinde emrindeki sekiz er fundalıklara atladı. Müttefik askerleri onları siperde zannederek, bomba yağdırıyorlardı. Onlar da ateş ettiklerinden, Müttefikler siperin boşaltıldığının farkına varamıyor, bombaları peşpeşe atıyorlardı.

Yahya Çavuş'un bulunduğu yerde de patlamalar sıklaşmış, siperleri görünmez duruma gelmişti. Uzaktan bakan Esat Paşa ve Albay Halil Sami'nin ümidleri o toz duman yığınındaydı. Dağılmaya yüztutunca, oradaki siperler sukût etmiş demekti. İşte o zaman asıl felaket başlayacaktı.

Donanma topçusu da Boğaz'ın içinden arkalarını dövüyordu. Topçu atışları sıklaşınca Esat Paşa:

- Yoldaki birlikler herhalde yaklaşıyorlar, dedi.

- Top atışlarından öyle anlaşılıyor, Paşa hazretleri.

- Allah vere de, az kayıpla cepheye intikal edebilseler.

Biraz sonra fundalıkların arasında öncü birlikleri göründü. Onları hemen tuttuğu bölgeye kaydıran Mahmud Sabri, bazı eski birliklere önde bıraktığı Oğuz Amca ve Yahya Çavuş'un mangalarına yardıma gitmeleri için emir verdi. Yusuf ve Hasan Şakir'in mangası da sürünerek toz, toprak bulutunun içine girdi. Bombalar onbeş-yirmi metre önlerinde patlıyor, başlarının üstünden kurşunlar vızıldıyor, onlar sürünüyorlardı.

Mahmud Sabri yeni mangaların takip etmesini istedi. Ciddi bir hat oluşturduğuna kani oluncaya kadar, toz toprak bulutunun içine asker sevkettikten sonra, bulundukları siperleri sağlamlaştırmaya başladı. Cepheye intikaller de devam ediyordu.

Akşam karanlığı çökerken, silâh sesleri azalıyor; seyrek de olsa, atışlar devam ettiğinden, kimse yattığı yerden başını kaldıramıyordu. Biraz sonra onlar da sustu. Sükûnet gerçekleşince çevredeki iniltiler netleşmeye başladı. "Su! Su!" iniltileri, bitkin askerler için silâh patlamalarından daha ürkütücüydü. Yusuf, duyduğu seslerden birini tanıdık bir sese benzetti. Yattığı yerden, "Oğuz Amca! Yahya Çavuş." diye çağırdıysa da cevap alamadı. Yeri belirlenebilir kuşkusuyla sesini fazla yükseltemedi.

Hemen yakınlarında bir inilti peydahlandı; şuuru tam yerinde olanın iniltisi değildi. Bayılmış bir asker herhalde kendine geliyordu. Hasan Şakir, Yusuf'u dürttü ve fısıldadı:

- Oğuz Amca!

Yusuf da kulak kesildi; gerçekten Oğuz Amca'nın sesine benziyordu. Hafifçe doğrularak Yusuf şiddetli şiddetli bağırdı.

- Oğuz Amca! Nerdesin?

Tüfekler patladı; Yusuf yere uzandı. Tüfek sesleri uzunca bir süre devam ettikten sonra, tekrar sustu. Bir merminin kabalağını sıyırıp, geçtiğini zanneden Yusuf huzursuzdu; kulakları devamlı Oğuz Amca'nın sesini arıyordu. Silâhlar her an başlayabilirdi; el yordamıyla hücum da yapılabilirdi; bunların hiçbirisinin gerçekleşmiyeceğini anlayan Oğuz Amca'nın sesi sağ taraftaki fundalıkların arasından geldi.

- Yusuf, buradayım.

Tekrar tüfekler patladı; ama bu kere çok kısa sürdü. "Su! Su!" iniltileri yürekleri delik deşik ediyordu; ne çâre ki yerlerinden kıpırdayamıyorlardı. Saatler ilerledikçe, değişik yerlerden gelen iniltiler azalıyordu. Her sükûtla bir kader arkadaşlarının daha hayata veda ettiğini anlıyorlardı.

Bütün gece Mahmud Sabri ve diğer subaylar cephenin kuvvetlendirilmesi için siper kazdırdılar; yeni gelen birlikleri yerleştirdiler; makineli tüfeklerin yer seçimini yaptılar.

İyice bitkinleşen Hasan Şakir, tüfeğinin kundağına sağ yanağını koydu; Ege'nin maviliklerinde oynaşan yıldızları seyrederken, dedesini ve Dilâra'yı hayal ediyordu. Onları bir daha görmek kısmet olacak mıydı? Ne ümidleri vardı; her hayal edişi bile mutlu olmasına yetiyordu. Dilâra'ya söylememişti; ama evlendikten sonra dedesini yalnız bırakmak niyetinde değildi. Elbette Dilâra da yalnız kalmasını istemezdi. Öyle iyi kalpli bir kızın gönlü, bir ihtiyarın yalnız kalmasına nasıl razı olurdu?... Daldı.

Silah sesleriyle uyandı. Yıldızlar seyrekleşmiş, gün ağarıyordu. Silah sesleri Müttefiklerin cephesine yayılırken, donanma da atışlara başladı. Yusuf, Hasan Şakir'e döndü.

- Şu kocakarılar da hiç durmuyorlar.

"Kocakarılar" dediği Goliath ve Cornwallis zırhlılarıydı. Bu lakabı onlara askerler takmıştı; çünkü ateşe başladılar mı toplarının alevleri durmak bilmiyordu.

Gece kazılan siperlerden Müttefiklerin haberi olmadığından, donanmanın topları durur durmaz askerler birden ayaklandılar; ellerinde kılıçlar bulunan subaylar en önde saldırıyorlardı. Türk tarafında makineliler taramaya, mavzerlerin mekanizmaları işlemeye başladı. Yine gencecik insanlar bir daha kalkmamak üzere toprağa düşüyorlardı. Hücum tazeliyen Müttefik kuvvetleri de biçilince, Türk birlikleri saldırıya geçtiler. Oğuz Amca'nın, Yahya Çavuş'un mangaları, öndeki siperlere dalar dalmaz, Yusuf ve Hasan Şakir'in bulunduğu hat, "Allah! Allah!" sesleriyle fırladı; aynı ses arkadan sel gibi geliyordu. Siperlerini boşaltıp, çekilmek zorunda kalan birliklerini Türkler'in süratli takiplerinden kurtarmak isteyen Müttefikler, Goliath ve Cornwallis ile yetinmemişler, başka zırhlıları da yanlarına getirmişlerdi. Devamlı gürleyen yüzlerce topun ördüğü çelik duvarla, ancak ilk iki siperden sonra Türkleri durdurabildiler.

*

* *

Türk askerine, düşman süngüsünden, makineli tüfeklerden daha fazla, donanma zarar veriyordu. Çelik devler mermi yağdırmaya başladılar mı, durmak bilmiyorlardı. Hele Morto Koyu'nda, sahilden biraz açıkta demirlemiş Goliath ve Cornwallis zırhlıları Seddülbahir Cephesini devamlı dövüyor, siperlerdeki askerlere göz açtırmıyorlardı.

Bu gemiler Esat Paşa'nın da uykularını nice geceler kaçırmıştı. Ana baba kuzularını canlı canlı toprağa gömen bunlara birşey yapılamaz mıydı? Onlara Türk zırhlılarının yaklaşmaları mümkün değildi; ama bunlardan kurtulmanın bir yolu olmalıydı!.. Belki bir çare bulunur ümidiyle Boğaz'ın müstahkem mevki kumandanı Cevat Paşa ile temasa geçmişti. Karpit lambasının ışığında, önündeki haritayı inceleyen Esat Paşa, gelecek olan Yüzbaşı Ahmed Saffet'e ne diyeceğini de tasarlıyordu. Cevat Paşa, Ahmed Saffet'e güvendiği için Esat Paşa'ya gönderiyordu. Çok değişik görevlerde gözünün pekliğine, maharetine şahit olmuştu. Bu görevi başarabilir miydi?

Cepheden tek tük atılan uzun menzilli topların sesleri geliyordu. Gözleri, önündeki haritada dolaşan Esat Paşa, bir ara sükût eden topların ne zaman gürlemeye başlayacaklarını merak ederken, orta boylu, vakur görünüşlü, yanakları dolgun, bıyıkları dudaklarını aşmayan Ahmed Saffet içeriye girdi; Esat Paşa'yı selâmladı. Yorgun görünen Esat Paşa, gözlerini haritadan alarak ona döndü:

- Hoş geldiniz; oturunuz.

Saygılı bir şekilde karşısındaki sandalyeye oturdu. Söze başlayan Esat Paşa'nın sesi de yorgunluğunu aksettiriyordu.

- Zor günler yaşıyoruz, Yüzbaşı Ahmed Saffet Bey. Zor günlerin görevleri de çetin oluyor. Milletçe ölümle hayatın kavşak noktasındayız. Milletimizin yaşaması, biraz da bizim ölümü tercih etmemize bağlıdır.

- Haklısınız paşa hazretleri.

- Cevat Paşa'nın sitayişle bahsettiği sizi, bir emir vermekten ziyade, fikir alış verişinde bulunmak için buraya çağırttım. Bildiğiniz üzere Morto Koyu'na demirlemiş Goliath ve Cornwallis zırhlıları işi kıyıma dönüştürdüler. Elimizdeki savaş gemileriyle bunlara yaklaşmanın imkânsızlığını da biliyorum. Size "Şunu yapacaksınız" diye emretmiyorum; çünkü bir kumandan yapılabilecek görevleri emredebilir; fakat birşeyler yapmalıyız.

Solgun, yüz çizgileri derinleşmiş Esat Paşa'nın üzgün olduğu her halinden belliydi. Bakışlarını önüne indirdi;

biraz durdu, tekrar bakışlarını Yüzbaşı Ahmed Saffet'e çevirdi.

- Birşeyler yapmalıyız Yüzbaşı Ahmed Saffet Bey.

İnsanda güven uyandıran bir sesle cevap verdi.

- Yapmalıyız Paşa hazretleri, yapamasak da yapmak yolunda ölmeliyiz.

*

* *

Altıyüzyirmi tonluk küçük bir torpito olan "Muavenet-i Milliye" gemisinin kumandanı Yüzbaşı Ahmed Saffet, çevrelerinde nöbetçi kruvazörlerin vızır vızır dolaştığı, devâsâ zırhlılar Goliath veya Cornwallis'e nasıl yaklaşacaklarını düşünüyordu. Bu intihar değil miydi? Ama vatan hizmet bekliyordu. Böyle günler için yetiştirilmemiş miydi?... Gece yatağında uyuyamıyordu; bir sineğin bir kartala hücumu gibi olacaktı. Asgari mürettebatla baskına karar vermesi ve buna göre hazırlanması onu biraz rahatlatıyordu; hiç değilse az kayıp vereceklerdi. Fakat annesi gözlerinin önünden gitmiyordu; bu fâni dünyada başka kimseleri yoktu. Beyaz başörtüsünün çevrelediği nurânî yüzü mahzun, bakışları nemliydi; "Beni kimlere bırakıyorsun?" diyordu sanki; gözkapaklarının altına sıcak bir ıslaklık yayılırken daldı.

Barbaros'un "Korkma Ahmed Saffet başaracaksın" sözü kulaklarında yankılanırken, o Muavenet-i Milliye gemisiyle açılıyordu. Gemi açıldıkça, denizin üzerinde yürüyen Barbaros onları takip ediyor, "Korkma!" diyordu. Yüzbaşı Ahmed Saffet gözlerini Barbaros'tan ayırmamasına rağmen bir süre sonra kayboldu; Muavenet-i Milliye gemisi ağır ağır yol alıyordu. Boğaz'daki mayınların arasından dikkatlice geçerken, Morto Koyu'nun üst tepesinde gözkamaştırıcı haşmetiyle dikilen Barbaros gür sesiyle bağırıyordu. "Düşmanı şaşırtacaksın! Gazan mübarek olsun!" Sahilin üç-beş metre açığında sular gerilerinde ufacık girdapsı oyultularla uzaklaşıyor, güneye akıyorlardı.

Goliath'a yaklaşırken ateşe tutuldular. Bunlar da ateş ettiler. Değişik yerlerinden yara alan Muavenet-i Milliye gemisi ne batıyor, ne de içine su doluyordu. Morto Koyu'nun tepesinde bütün haşmetiyle dikilen Barbaros, "Başaracaksın demedim mi?" diye gülümsüyor; uzun, beyaz sakalı nurdan ışıklar saçıyordu. Geriye baktığında Goliath hem çatırdıyor, hem de batıyordu. Fakat çevrelerinde kruvazörler belirdi; yüzlerce top onları hedef aldı. Komutanları "Ateş" emrini verirken Yüzbaşı Ahmed Saffet irkildi. Yatağında oturdu; kalbi çekiç gibi göğüs kafesine dövüyordu. Bu anda sabah ezanı okunuyordu; uzaktan gelen ses hüzün doluydu. Kalktı; abdest aldıktan sonra, camın önüne gelip durdu. Zihninde sorular eksik olmuyordu. O dev zırhlılara nasıl yaklaşırdı? Herşeyin rüyadaki gibi kolay olması mümkün mü idi?...

Camdan bakıyordu. Çanakkale'nin eski şenliğinden eser kalmamış, viraneye dönmüştü. Yanmış, yıkılmış caddelerinde kimsecikler yoktu. Şehrin tenhalığı ele geçirdiği duygularına ağıt dolduruyordu!... Önce bir kapı gıcırdadı; sonra karşısındaki evden Hacı Mahmud çıktı; bastonuna dayanarak camiye doğru yürüyordu. Uzun ak sakalı, başındaki sarığı ona uhrevî bir görünüş veriyordu. Çanakkale'nin güneyindeki tepelerde peş peşe üç mermi patladı; evler zangırdadı. Hacı Mahmud bastonuna dayanıp dikildi. Gözyaşları ak sakallarından süzülüyordu.

- Ey İlah-i Âlemîn! Milletimiz kadar dinin uğruna evlâdını kurban etmiş bir başka millet var mı? Zalim düşmanlarımızın silâhları nereden nereyi, çoluk çocuk demeden vuruyor. Evlatlarımız hangi silâhlarla onlara karşı koyuyorlar. Onları düşman mermilerinden koru! Yüreklerine metanet ver! Ey Rabbim, senden başka kime sığınalım? Bu kara günümüzde bize imdat eyle!

Onun yakarışına Yüzbaşı Ahmed Saffet de sessizce "Âmin" diyordu.

Goliath batırılıyor

Yüzbaşı Ahmed Saffet mürettebatını, gemisini baskına hazırlıyor, "Sisli bir gece yarabbim" duasını da dilinden düşürmüyordu. Yardımcısı Yüzbaşı Firle'nin hatırlatmalarını da mutlaka değerlendiriyordu. Büyük zırhlılar Anadolu ve Rumeli yakalarında dolaşan ikişer muhriple korunuyor; bir muhrip de Boğaz'ın giriş kısmında devamlı karakol yapıyordu. Bunların arasından nasıl geçip, o iki ejderhadan, en azından birini sulara gömeceklerdi!...

Seyir kıyı boyunca sığ sularda gerçekleşeceğinden geminin dibe değmemesi için kömür ve yağın çoğunu dışarıya çıkarttı; baskına yetecek kadarını gemide bıraktırdı. Doksan kilo şarjlı üç schwarzkopf torpitosunu kovanlara sürdürttü; bir tane de güverteye yedek aldırttı. Türklerin yaklaşabileceklerine ihtimal vermediklerinden Müttefik zırhlılarının torpito ağı kullanmadıkları tesbit edilmişti; bunun için ağ makası takılmasına ihtiyaç duymadığı torpitoları binikiyüz metre mesafe, otuzdört mil sürat ve iki metre derinliğine ayar ettirdi.

Boğaz'ın iki yakasındaki bataryalar ile ışıldaklar ve diğer bütün ilgili birlik kumandanlarına yapılacak baskın bildirildi. Hareket anından itibaren Muavenet-i Milliye'nin aydınlatılmaması için dikkat edilmesine dair kesin emir verildi; ama ışıldaklar, herhangi bir şüphenin uyanmaması amacıyla, Muavenet-i Milliye'nin bulunduğu yere yaklaşmadan, yine belirli saatlerde Boğaz'ı tarayacaklardı. Dönüşte Muavenet-i Milliye seyir fenerlerini yakacaktı; kovalanıyorsa, baş tarafından beyaz işaret fişekleri atacaktı. Müttefik muhriplere ateş etmek üzere bataryalar da hazır bulunacaktı.

Bir akşam üstü hafif çiselemeyle birlikte sis bastırdı. Akşam karanlığı kendini hissettirdikçe sis de artıyordu. Çanakkale şehrinin açıklarından "Besmele" ile demir aldılar; arkalarında küçücük su oyukları arasında oynaşan köpükler bırakarak güneye yöneldiler. Görevin tehlikesi bütün mürettebatın yüzünden okunuyor; fakat hepsi dudaklarından eksik etmedikleri "Selâten Tüncina"nın zırhına bürünerek soğukkanlı olmaya çalışıyordu. Çünkü görevin önemini kavramışlardı; başarmaları da soğukkanlılıklarına bağlıydı. En büyük yük, megafonla konuşacak tıbbiye öğrencisi Cemil'in omuzlarındaydı; neleri, nasıl söyliyeceğini günlerden beri talim etmişti. İngilizce konuşacaktı; ama söylediklerinden hiçbir şey anlaşılmayacaktı. Rengi kefen gibiydi; dua okuyup, metin olmanın lüzumunu kendine telkin ederken gemi ağır ağır yol alıyordu.

Mayınlı bölgeye girdiklerinde tepelere, vadilere sükût demir atmış, günlerden beri top ve tüfek sesleriyle inleyen Gelibolu Yarımadası da derin bir uykuya dalmıştı. Işıksız yol alan geminin teknik elemanları son derece dikkatliydiler; ancak birkaç metre önlerini seçebildikleri halde kıyıyı takip ediyorlardı. Çarklar hafif hafif dönüyor, yarılan sular karaya vuruyordu.

Soğanlı Dere önündeki son mayın hattının hemen arkasında demirleyerek, baskın saatini beklemeye başladılar. Her zamanki gibi Morto-Soğanlı Dere arasını ışıldaklar tarıyor; rüzgârın sağa sola savurduğu sislerin arasında ışık hüzmeleri birbirine dolaşıyor; ama Muavenet-i Milliye'nin karanlıkta kalmasına dikkat ediliyordu. Saat onbirbuçukta aydınlatma yine sona erdi; Boğaz'a zifiri bir karanlık çöktü.

Hareket saatini beklemek de zordu. Karanlıkta buluşan gözler birbirlerine çok şeyler söylüyordu. Yüzbaşı Ahmed Saffet ve Yüzbaşı Firle hiç durmuyorlar, bir eksiklik olup olmadığını tekrar tekrar gözden geçiriyorlar, ölümü soluyan askerlere moral vermeyi de ihmal etmiyorlardı.

Tam saat yarımda Muavenet-i Milliye demir aldı; Rumeli sahiline sürünürcesine, sekiz mil hızla seyre başladı. Yüreklere kan değil, alev pompalanıyordu.

Son mayın hattını geçer geçmez Bolayırlı Namık irkilerek:

- Kumandanım! dedi.

Sesi bir felâket taşıyordu. Yüzbaşı Ahmed Saffet ona döndü ve karanlıkta Namık'ın telaşlı işaretini fark etti. Elinin uzandığı yöne bakınca, sık sık projektörleriyle çevreyi tarayan bir Müttefik muhribinin Anadolu Yakası'na yakın bir yerde güneye doğru seyrettiğini gördü. Yüzbaşı Ahmed Saffet'in heyecanı arttı; ama kendine hakim olmalıydı.

- Telâşa gerek yok. O bizi göremedi; göremiyecek de!

Sisler arasında Müttefik muhribi kaybolduktan sonra, Yüzbaşı Ahmed Saffet bakışlarını deve hörgücünü andıran tepeciklere çevirdi; Barbaros'u aramaya başladı. Sis her yeri kat kat örtmüştü; rüyada duyduğu sesi kulaklarında yankılanır gibi oldu; "Korkma Ahmed Saffet! Başaracaksın" diyordu. Yüreğinin göğüs kafesini delercesine dövmesine rağmen Yüzbaşı Ahmed Saffet soğukkanlı olmaya çalışıyor, duaları sessizce sıralıyordu. Zaman zaman sis dalgaları arasında çevreyi tarayan Müttefik projektörleri belli oluyordu. Arkalarında hafif bir hışırtı bırakarak devamlı yol alıyorlardı.

Yüzbaşı Ahmed Saffet Tıbbiyeli Cemil'in yanına geldi. Kaslarını koparırcasına yüreği dövünen Cemil de soğukkanlı olmaya kendini zorluyordu.

- Nasılsın Cemil?

- Sağlığınıza duacıyım kumandanım.

- İnşallah başaracağız.

Yüzbaşı Ahmed Saffet, Cemil'in yüzünü tam seçemiyordu; ama sarardığının farkındaydı. Ahmed Saffet sağ elini yumruk yapıp sallarken:

- Başaracağız, dedi.

- İnşallah kumandanım.

Tıbbıyeli Cemil'in sararmış yüzünde bir gülümseme belirip, silindi.

Goliath zırhlısı önde, Cornwallis arkada idi, bordalarını Eski Hisarlık Burnu'na vermiş, yatıyorlardı. Torpito kovanları sancağa çevrilmiş, Muavenet-i Milliye ağır ağır yol alıyordu. Yüzbaşı Ahmed Saffet aşağıya indi; herşey hazırdı ve pür dikkat olan herkes görevinin başındaydı.

Rüzgârın sürüklediği sisler arasında yanıp, sönen projektörlerden iyice yaklaştıkları belli oluyordu. Goliath pırıldakla işaret verdi; Muavenet-i Milliye'de de bir projektör yandı; uyanabilecek şüphenin önüne geçmek için çevreyi taramaya başladı; aralarındaki mesafe daralıyordu.

Megafonla konuşan Goliath'ın kule nöbetçisinin sesi Yüzbaşı Ahmed Saffet'in yüreğine dağlanmış bir ok gibi saplandı; sol elini göğsüne getirdi; damarlarına yeni bir alev dalgası yürürken, "Cevap verebilecek mi?" sorusu zihninden geçti. Güverteye çıkan Tıbbiyeli Cemil'in sesini duyunca daha da heyecanlandı; aynı anda birkaç torpilin şiddetli sarsıntısıyla dibe çökeceklerini zannediyordu. Beklediği sarsıntının yerine kule nöbetçisinin sesini duyuyor, Tıbbiyeli Cemil de bazı kelimelerle karşılık veriyordu. Sisler arasındaki Muavenet-i Milliye'nin çarkları dönüyor, kulenin nöbetçisi sorularını, Tıbbiyeli Cemil de anlaşılmaz cevaplarını tekrarlıyordu. Yüzbaşı Ahmed Saffet'in gözleri kolundaki fosforlu saate kaydı; biri onbeş geçiyordu... Ateş menziline girmişlerdi; "Ateş" emrini, el işaretiyle kuvvetlendirmek alışkanlığıyla, elini kaldırdı. Soluk soluğa idi.

- Ateş!

Emriyle elini de indirdi. Bir anda Muavenet-i Milliye'den peş peşe üç torpil fırlatıldı. Üç torpil de tam isabet edince, Goliath önce şiddetli zelzeleye tutulmuş gibi sarsıldı; koskoca zırhlı dalgaların arasında fır dönerken, ışıkları söndürülen Muavenet-i Milliye'nin çarklarına hız verildi. Üç dakika içinde gömüldüğü sular fokur fokur kaynıyordu. Çevredeki nöbetçi kruvazörler, kurtarma gemileri hareketlendi, göz gözü görmeyen karanlıkta ortalık birbirine girdi. Ne gemi komutanından, ne de beşyüzyetmiş personelinden bir sinyal dahi alamadılar.

Projektörleriyle etrafı tarayan kruvazörler torpilleri atan gemiyi arıyorlardı. Bir damla ışığı bile görünmeyen Muavenet-i Milliye, Gelibolu Yarımadası'nın kıyılarına iyice sokulmuş, kuzeye doğru yol alıyor, çarkları en süratli şekilde dönüyordu. Yüzbaşı Ahmed Saffet'in, Yüzbaşı Firle'nin, diğer subayların gözleri arkadaydı. Kıyılara sürünerek kendini gizlemeye çalışan Muavenet-i Milliye'nin durumu, tazıların önünde kaçmak gayretini güden tavşanın halini andırıyordu.

Bir türlü arzu ettikleri hızla yol alamıyorlardı; gözler güneye dönüktü; herkes görevinin başındaydı. Zaman bir türlü geçmiyor, çarklar arzu edilen seviyede dönmüyordu.

Mayın hatlarına çok az mesafe kalınca, yanlışlığa kurban gitmemek için Yüzbaşı Ahmed Saffet seyir fenerlerini yaktırdı. Sis devam ediyordu; bataryalardaki topların yanında hazır vaziyette dikilenler, kendilerine iyice yaklaşınca seyir fenerlerini görebiliyorlardı. Baş tarafından beyaz işaret fişekleri atılmıyor, demek ki kovalanmıyordu. Gene de atışa hazır vaziyette topların yanında bekliyorlardı.

Mayınlı bölgeye girince yavaşladılar; bütün mürettebat derin bir oh çekmesine rağmen pür dikkat görevlerinin başındaydılar.

Mayınlı bölgeden çıkınca, Yüzbaşı Ahmed Saffet, "Şükür namazına" durdu; Yüzbaşı Firle neşeli bir kahkaha attıktan sonra bir sigara yaktı. Tıbbiyeli Cemil ve diğer mürettebat sevinç çığlıklarıyla birbirlerine sarılıyorlardı.

*

* *

Başkomutan Hamilton'un canı sıkılıyor, vakit geç olmasına rağmen, kamarasına çekilip, uyumak istemiyordu. Nasıl uyuyabilirdi? Canla başla gayretleri Yüksek Savunma Konseyi'ni bir türlü tatmin etmiyor, bir an önce Çanakkale'yi geçip, İstanbul'u işgal etmelerini istiyor; mesaj üstüne mesaj gönderiyordu. Kulağına bir gürültü gelir gibi oldu; dikkat kesildi. Yeni birşey duymadı; Seddülbahir taraflarında bir top atıldığını tahmin ederek üzerinde fazla durmadı. İhtimalleri düşünüyor, imkânları gözönüne getiriyor, bugüne kadar yapılanları değerlendiriyor, salonda geziniyordu. Nihayet camın kenarındaki masaya oturdu; ender içtiği purosunu yaktı. Camın boşluğunda kendini görebiliyordu. Oldukça yorgun görünmesini önemsemedi. Purosundan çektiği derin nefesi bırakırken, genç bir subay heyecanla salona girdi.

- Goliath torpillendi ve battı komutanım!

Hamilton yerinden fırladı.

- Nerden biliyorsunuz?

- Telsizle haber aldık.

Hamilton şaşkındı; ne söylediğini bilmiyordu.

- Düşman madalyayı haketti!.. Kahrolsunlar!..

Purosundan derin bir nefes çekerken biraz önceki gürültüyü anlıyordu.

*

* *

Gelibolu Yarımadası'nın uç kısmına yığılan birlikler çoğalmış, bir merkezden yönetilmeleri güçleşmişti. Cephe ikiye bölündü; Arıburnu cephesi Kuzey Grup Kumandanlığı, Seddülbahir cephesi de Güney Grup Kumandanlığı tarafından yönetilecekti. Kuzey Grup Kumandanlığı'na Esat Paşa tayin edildi; iki grup kumandanlıklarının gerektiğinde yardımlaşmaları ümidiyle de kardeşi Vehip Paşa Güney Grup Kumandanlığı'na getirildi. Bu iki kardeş, Balkan Savaşı'nda, Yanya'da örnek bir dayanışma sergilemişlerdi.

Başkumandan vekili ve Millî Savunma Bakanı Enver Paşa cepheye geldi. Libya ve Balkanlar'daki başarılarından dolayı ünü bütün ülkeyi kaplamıştı; genç, orta boylu, bıyıklı olan Paşa'nın ağırbaşlı bir hali vardı. Yanında Liman Von Sanders, Esat Paşa, Vehip Paşa, Cevat Paşa, General Weber, General Trommer ve daha pek çok yüksek rütbeli subay bulunuyordu. Oğuz Amca, Yahya Çavuş, Yusuf, Hasan Şakir ve diğer askerler siperlerden onlara bakıyorlardı. Bazen duruyorlardı; birşeyler sorduğu, cevaplar aldığı anlaşılıyordu. Tepeyi aşıncaya kadar onları takip ettiler. Sonra Yahya Çavuş başını Yusuf'a çevirdi.

- Enver Paşa'yı iki metre boyunda, heybetli bir adam zannediyordum.

- Ünü heybetli, kendisi gördüğünüz gibi.

Oğuz Amca zihnini kurcalayan hususu sordu.

- Bu savaşı kahraman olmak için Enver Paşa'nın çıkardığı söyleniyor. Doğru mu?

Yusuf gülümsedi.

- İnsanların ağzı torba değil ki, dikesin. Herkes birşey söylüyor. Bir de işin içine iktidar hırsı karıştı mı, iş iyice çığırından çıkıyor. Lisedeki tarih öğretmenimiz, Avrupa'nın ileriye gitmesini açıklarken, pek çok unsur sıralardı; ama Batı'da demir ve kömürün çok çıktığının mutlaka altını çizerdi. Devrimizin değerli hammaddesinin petrol olduğunu, onun bizim topraklarımızda çok bulunduğunu, başımıza işler açabileceğini de ilave ederdi. İktidarda kim olursa olsun, Avrupalılar bizim petrollerimize el atmak isteyeceklerdir.

Yahya Çavuş:

- Almanya ile niçin müttefikiz? diye sordu. Ona petrol lâzım değil mi? Neden Müttefiklerin yanında yer almadı?

- Bağdat Demiryolu'nun imtiyazını Abdülhamid Han Almanlar'a verdi. Bu hattın geçtiği yerlerin belli miktar sağında ve solunda da imtiyaz hakkı almışlar. Nerede petrol bulunabilecekse, hattı oradan geçirdikleri bu işi bilenlerin arasında fısıldanıyor. Tabii birşey daha fısıldanıyor, büyük siyasetçi Abdülhamid Han böylece Almanya'nın Müttefiklerin safına geçmesini önlemiş, "Petroller senin değil, benim olacak" diye Batı'lıların birbirleriyle savaşmaları için de bilerek zemin hazırlamış.

Hasan Şakir, bakışlarını Yusuf'a çevirdi.

- Abdülhamid'in tahttan indirilmesinde bu rol oynamasın? Zira onun hallinde İngiliz parmağı olabileceğini dedem sık sık söylerdi.

- Bilmiyorum; fakat süper güçlerin herşeye karıştıklarını, menfaatlerini devamlı kolladıklarını tahmin ediyorum.

Oğulları Hasan ve Akif'in sızısı yüreğinde hiç dinmeyen Oğuz Amca kahırla söylendi.

- Başkalarının kanı ve gözyaşı üzerine saltanat kurmaktan daha alçakça bir iş olabilir mi?

Yusuf'un dudaklarında beliren acı gülümseme de Oğuz Amca'yı doğruluyordu.

*

* *

Enver Paşa, Ordu Kumandanı Liman Von Sanders, kolordu, tümen kumandanları akşam Esat Paşa'nın karargâhında toplandılar. Gündüz göremediği kumandanların hal hatırını soran Enver Paşa düşmanın denize dökülmesinin şart olduğunu, gerekçesiyle anlatmaya başladı.

- İtalya, Müttefiklerin yanında yer alınca, mütereddit olan Bulgaristan, Yunanistan, Romanya'nın da o tarafa kayma ihtimali çoğaldı. Müttefikler burada tutunmalarını abartılı şekilde reklâm ediyorlar; Boğaz'ı geçtik, geçeceğiz havasını veriyorlar. Balkan devletleri buna inanıp, Müttefiklerin yanında yer alırlarsa, yeni cephelerle karşı karşıya gelebiliriz. Son günlerini yaşayan Rusya'daki çarlığın taraftarları da kararsız insanları saflarına çekmek için, "Müttefiklerimiz Çanakkale Boğazı'nı geçmek üzereler; yakında yardıma kavuşacağız; komünistlerin kökünü kazıyacağız" diyorlar; inandırıcı da oluyorlar. Denize dökülürlerse, ne Balkan devletleri Müttefiklerin yanında yer alırlar; ne de çarlık, boynuna geçirilen kementten kendini kurtarabilir. Komünistler iktidara gelirse, Rusya savaştan çekilecek. Doğumuzu güven altına alınca, bütün kuvvetlerimizi batıya kaydıracağız. Böylece de ülkemiz, evlatlarının bedeli olarak hakettiği zafere kavuşacaktır. Evet, düşman siperlerine tam yerleşmiş; hücum bize pahalıya mal olacak. Ne yazık ki ölmesini bilmeyen milletlerin vatanı yoktur.

Tavrından ve ses tonundan konuşmasını bitirdiği anlaşılıyordu. Esat Paşa saygılı bir tavırla sordu:

- "Komünistler iktidara gelirse, Rusya savaştan çekilecek" dediniz. Bu gizli andlaşma olsa gerek. Ruslar'ın andlaşmaya uyacaklarından şüphe etmiyor musunuz?

Enver Paşa'nın yüzünde sanki tatlı bir gülümseme donup kalmıştı.

- Etmiyorum, Paşa hazretleri; çünkü ordusunun büyük kısmı Çar'a bağlıdır. Komünistler iktidarı ele geçirince, Rusya'ya hemen sükûnet gelmez; iç savaş başlar. Dolayısıyla ister istemez çekilecekler.

Bu zekice açıklamadan etkilenen Esat Paşa gülümseyerek:

- Haklısınız, dedi.

Enver Paşa:

- Başka sorusu olan var mı? diye sordu.

Bakışlarını gezdirdi; sormak veya herhangi bir fikir ileri sürmek isteyen yoktu.

- Lüzumunda fikir birliğine vardığımıza göre, yarma hareketini konuşmalıyız.

Çok kısa süren görüş alışverişiyle, Arıburnu Cephesi'nde hücum kararı alındı. Kumandanların hepsi işin güçlüğünün farkındaydılar; ama dünya şartlarının böyle çetin görevi karşılarına çıkardığında birleşmişlerdi. Yarma harekâtını cepheye yeni intikal etmiş bulunan, Yarbay Hasan Askerî'nin kumandasındaki İkinci Tümen yapacak, diğer birlikler ona destek vereceklerdi.

*
* *

Taarruzun başarısı düşmanın baskına uğratılmasına bağlıydı. İkinci Tümen'in bütün tabur ve bölük kumandanları gündüz en ön siperlere geldiler. Sessizce düşmanı gözetliyor, hangi birliğin nereye hücum edeceğini kararlaştırıyorlardı.

Binbaşı Kasım eline iki büyücek taş aldı; siperde boyuna uygun bir yer buldu; kendini göstermemeye dikkat ederek siperin önüne taşları koydu. İki taşın arasına dürbününü yerleştirip, güneşin sessizce döküldüğü vadileri gözetlemeye başladı. Sağı solu iyi görebilmek için taşların arasındaki dürbününü hafifçe oynatıyordu. Üç kilometre genişliğinde, bir kilometre derinliğindeki küçücük araziyi tahkimat ve engellerle dantel gibi işlediklerini, mevzi ve tel örgülerle geçilmez hale getirdiklerini görüyordu. Siperler bazı yerlerde birbirlerine çok yakındı; etraf çalılık ve fundalıktı. Hiçbir top, makineli görünmüyordu; çok güzel gizlenmişlerdi. Yerlerini tahmin etmek, işlerini biraz kolaylaştırırdı. Nerelerde mevzilendiklerini keşfetmek için iki taşın arasındaki dürbününü biraz fazla çevirince, bir silâh patlamasıyla, önündeki taştan ateş çıkması bir oldu. Binbaşı Kasım eğildi; yanındaki Yüzbaşı Hamdi'ye:

- Gördün mü mendeburu! dedi.

İrkilmesini gülümseyerek örtmek isteyen Yüzbaşı Hamdi cevap verdi.

- Keskin nişancıymış.

İki taşı orada bırakıp, gözetlemek için elverişli bir yer aramaya başladılar. Beş adımda bir dikilen, karşıyı gözetleyen nöbetçilerin yanlarından geçerek, bir tepeciğin üstüne geldiler. Burası hücum edecekleri bölgeye tam hakimdi. Önündeki fundalıkları siper edinerek bakıyorlardı. Binbaşı Kasım, Bölük Kumandanı Yüzbaşı Hamdi'ye:

- Bak, şu çam fidesinin bulunduğu yeri siz ele geçireceksiniz, dedi. Bölüğün aşağı tarafı ateş altına alınca, Birinci ve Üçüncü Bölükler sağ ve solunuzdan saldıracaklar. O bölükler sizi onbeş yirmi metre kadar geçer geçmez, tam siper yapıp, önlerini ateş altına alacaklar; sizin bölük hücuma kalkacak; siz de onları biraz geçince, tam siper yapacaksınız, onlar ilerliyecek. Buradaki başarı bölüklerin yardımlaşmasına, her bölüğün kendi içindeki birlikleri iyi organize etmesine, tabii süratli hareketlerine bağlıdır. Diğer bölük kumandanlarına gösteriniz. Ne siz, ne de diğer bölük kumandanları takım kumandanlarını, hatta manga kumandanlarını bilgilendirmeyi ihmal etmeyiniz.

- Baş üstüne kumandanım.

Bu anda birkaç mermi peş peşe patladı; Binbaşı Kasım ve Yüzbaşı Hamdi başlarını siperin içine çektiler. Sessizlik hakim olduktan biraz sonra tekrar başlarını uzatıp, fundalıkların arasından bakmaya başladılar; niçin, nereden atıldıklarını anlıyamadılar. Cephede böyle olaylar sık sık olurdu; bir tarla faresinin hışırdattığı dikenliğe nöbetçiler mermi yağdırırlardı.

İkinci Tümen'in subayları ön siperlerde dolaşıp, hangi birliğin nereye, nasıl hücum edeceğini kararlaştırırken, Molla Kâzım ve medreseli arkadaşları imam olarak dağıtıldıkları İkinci Tümen'in birliklerini geride hücuma hazırlıyorlardı. Kapalı hava rutubetli ve sıkıcıydı; terlerini silen Pütürgeli Bilâl etrafında diz çöküp, dinleyen askerlere anlatıyordu.

- Kardeşlerim, kaderden kaçılamaz. Vadesi gelen bir insan, düz yolda yürürken düşer, paslı çivi bir tarafına batar, tetanoz olur ve ölür. Birçok arkadaşımızla ilk günden beri buradayız. Sayısız kereler hücum ettik; sayısız kereler hücuma uğradık; mertebemize bir türlü eremedik. Ama cepheye intikal edip de, ilk kurşunla mertebesine eren kardeşlerimiz olmuştur. Az yaşasak, çok yaşasak ne olur? En uzun ömür için bile, "Göz açıp, kapayıncaya kadar geçti" denmiyor mu? Hayatı frenliyemiyor, her gün ölüme doğru bir adım atmıyor muyuz? Ezelden, ebede akan zaman içinde on yılın, yüz yılın ne önemi var? Bu korkunç zaman diliminde, en uzun insan ömrü, dört saat içinde doğup, büyüyen ve ölen su sineklerinin ömrü gibidir. Allah ve peygamber uğruna ölmek ne güzel şeydir. Rabbim bunu ancak sevgili kullarına bahşeder...

*

* *

Cepheye yeni kuvvetleri gece getirmelerine rağmen, Müttefikler uçak ve balonlarla Türkler'in Arıburnu'nda olağanüstü hazırlıkları olduğunu tesbit etmişlerdi. Bu bölgedeki Anzak Kolordusu devamlı alârm halindeydi. Türkler'in cüretinden korkar hale gelen Başkomutan Hamilton cephenin kuvvetlendirilmesi lüzumunu duymuş, adalardaki son ihtiyatları karaya çıkarmakla yetinmeyerek, Seddülbahir'deki bazı kuvvetleri de gizlice Arıburnu'na kaydırmıştı. Zaten Anzaklar karaya çıktıklarından beri siperler, irtibat hendekleri, makineli tüfek mevzileri, kum torbalarıyla keskin nişancıları yerleştirdikleri mazgallar yapmışlar, getirdikleri kalaslarla da ihtiyaç duyduklarını sağlamlaştırmışlardı. Elverişli olan her yere de ağır obüs bataryaları kurmuşlardı.

Son hazırlıklarla birlikte askeri kuşkulu bir heyecan sarmıştı. Yılgınlık, ümidsizlik gün geçtikçe ruhlara yerleşiyordu. Sarıklı, müslüman Türkler hiç de onlara anlattıkları gibi değillerdi. Siperdeki Charles'ın gözünün önünden babası gitmiyordu. Öğütlerini niçin dinlememişti? İstanbul rüya şehriydi; orada maceralar yaşamayı hayal etmişti. Sidney'de macera yok muydu? Arkadaşlarının pek çoğu ölmüştü. O bu kayalıklardan kurtulabilecek miydi?..

*

* *

Akşam karanlığı ile cepheye iyice yaklaşan İkinci Tümen'in birlikleri, engebeli araziye serpilmiş fundalıkların arasına öbek öbek oturdular. İkmal merkezinden getirilen tahta sandıklardaki bulgur pilavı sessizce dağıtıldı. Her öbeğin ortasına bir sandık kondu; yemeğe başladılar. İmamlar ne kadar doğruyu anlatmış olsalar bile, yürekleri avuç içinde tutulmuş kuş gibi çırpınıyordu. Duygularında yıldırımların yağacağı bir ortama girmenin ürküntüsü vardı. Kimi "Geri dönebilecek miyim?" diye endişeleniyor, kimi "Rabbim sana sığındım" diyordu.

Ön siperlerde yerlerini almaları emri gelince, bütün subaylar birliklerinin başına geçtiler. Takımlar, bölükler, taburlar fundalıkların arasında yol alıyorlardı. Binbaşı Kasım taburunun en önündeydi; arada bir geri dönüyor; elini kaldırarak "sessiz" işareti yapıyordu. Kumandanların bu dikkatine rağmen, birlikleri ön siperlere yaklaşırlarken gürültülerinin önüne geçemediler. Cephenin genişliği yayılmak için müsait değildi; askerler daracık yere sığmakta güçlük çekiyorlardı. Siperlerde de karışıklıklar meydana geldi; göz gözü görmeyen bir ortamda yerlerini onlara terkeden Beşinci ve Onaltıncı Tümenlere ait bir kısım askerlerin gürültüleri de bunlara eklenince, kertenkele sürünmesinden dahi ürken Anzaklar'ın artık hücum edileceğinden şüpheleri kalmadı. Elleri tetikte beklemeye başladılar.

Subaylar birliklerinin başında, imamlar da yanlarındaydı. Dudaklarında "Selaten Tüncina" eksik olmayan askerlerin yüreklerine göğüs kafesleri dar geliyordu. Bu kadar tümenden, yarma görevinin onlara verilmesini kimisi talihsizlik olarak görüyor, sessizce homurdanıyor, kimisi de sabır etmenin lüzumuna kendini inandırmaya çalışıyordu.

Binbaşı Kasım, sabahki yeri buldu; bakmaya başladı; fundalıklar sessizliğe gömülmüştü. Yaprakların arasından hışırtıyla sıyrılan bir kuş yürekleri hoplatmaya yetti. Yıldızsız bir gece idi; nerede ne olduğunu göremiyordu; ama binlerce namlunun kendilerine çevrildiğini biliyordu. Birden ortalık cehenneme dönecekti! Canını kurtarabilecek miydi? Ne yapabilirdi?... Yanına ilk önce Birinci Bölüğün Kumandanı Yüzbaşı Hamdi'yi çağırdı; ona tekrar hücum edecekleri yeri gösterdi. Sonra diğer bölük kumandanlarına gerekli emirleri verdi.

Siperlerin çıkış yerlerinde askerler kümelenmişlerdi. Molla Kâzım, tüfeğinin süngüsünü takmıştı. Çevresindeki askerlerin gözleri ondaydı; o sessizce dua okuyor, heyecanını gizleyip, sakin görünmeye çalışıyordu.

Binbaşı Kasım'ın bakışları sık sık kolundaki fosforlu saatine kayıyordu. Artık dakikalar kalmıştı; kalbi sıkışır gibi oldu; derin derin soluk alırken gözlerini saatinden ayırmıyor, alnında boncuklaşan terleri arada bir sağ eliyle siliyordu. Bölük ve takım kumandanları, erler ona bakıyorlardı. Eli havadaydı; elini indirmesi "Hücum" emri demek olacaktı... Saat tam üçü otuz geçe, elini indirdi; çıkış yerlerinden fırladılar.

Hücum bütün Arıburnu Cephesi'nde aynı anda başladı. Ne silâh patladı, ne hücum borusu çaldı; ne de yüzyıllardır düşmanın yüreğine korku salan, "Allah! Allah!" sedaları duyuldu. Sadece subaylar önde, mehmedcikler arkada, süngüleri takılı tüfekleri elde, sırttan aşağı dalgalar halinde akmaya başladılar. Karanlıkta koyu gölgeler ve süngülerin parıltıları görünüyordu.

Nefeslerini tutmuş, ölümü soluyarak Türkleri bekleyen takviye edilmiş Anzaklar aynı anda, her türlü silâhlarıyla ateşe başladılar. Bir anda sessizlik yerini tüfek, makineli tüfek, bomba, obüs seslerine bıraktı. Cephe boyunca Türkler siperlerinden fırlamışlar; engebeli, fundalık arazide karanlık bir bulut gibi saldırıyorlardı. Bazı yerlerde Türkler, Anzak siperlerine ulaşmak için iki-üç yüz metrelik mesafeyi aşmak zorundaydılar; bu mesafe de arızalı, fundalık, dikenlikti; yarım dakika veya daha uzunca bir zaman savunmasız kalıyorlardı. Makineli tüfeklerin namluları ateş püskürüyor, mekanizmalar boş kovan fırlatıyordu... El bombalarıyla obüs şarapnelleri aynı anda patlıyor; alev, alev içinde boy veriyordu. İkinci Bölüğün yarısı siperden çıkıp, daha birkaç adım atmadan şehit düştü; düşman siperlerine yaklaşabilen Yüzbaşı Hamdi makineli taramasının önüne gelmişti. Kendini yere attı; ona basanların biçildiğini fark ediyordu.

Baskın kaybolmuştu; böyle bir ihtimale karşı ileri hatlara yaklaştırılmış İkinci Tümenin bandosu "Vatan Marşı"nı çalmaya ve "Allah! Allah!" sesleri de yankılanmaya başladı. Bu heyecan unsurları da fazla yararlı olamıyordu; çünkü daha ilk anda öndeki hücum dalgaları yere serilmiş, cesetlerin üzerinden atlıyarak ileri koşan ikinci hücum dalgası namluların ağzına geliyor, düşman siperlerine akın sağlanamıyordu. Yalnız en sol cenahta, siperler arasında mesafenin dar olduğu yerde, Pütürgeli Bilal'in inıamlık yaptığı bölükten küçük bir grup, siperlere atlayabilmişti. Bölük Kumandanı Arnavutköylü Üsteğmen Fehim, Bilâl'le beraber koşarken şehit düşmüştü. Fakat Bilâl, onun kumandanlığının eksikliğini hissettirmiyor, piyade tüfeğinin dipçiğiyle vuruyordu. Karanlıkların kümelendiği siperlerde kimin kime vurduğu anlaşılmıyordu; sadece süngü ışıltıları gözlere çarpıyordu. Sık sık duydukları Bilal'ın sesi boğuşan askerlere can yoldaşı gibi geliyordu.

- Vurun gaziler! Şehitler aşkı için vurun!

Sesinin geldiği yöne bombalar savruluyordu; fakat sesi kesilmiyor, aynı sözleri tekrarlayıp, önüne gelene dipçiği indiriyordu. Çevresinde dolanan iki askerden birine dipçiği vurunca, "Hocam" feryadını duydu. Yaptığı yanlışlığı anlamıştı; ama dönüp, bakacak duruma değildi. Onların daldıkları yerlerden kurşun gelmeyince, akın sağlandı; siperlerine atlayan Türk askerleri çoğaldı; devamlı da atlıyorlardı.

Cephenin geri kalan diğer kısımlarında, öndekilerinin tamamı yere serilmelerine rağmen, arkadakiler dalga dalga saldırıyorlardı; fakat sık sık yerleştirilmiş makinelilerin ateşiyle karşılaşıyorlardı. Öndeki sıra gibi, hücumu devam ettiren arkadaki sıra da biçiliyordu.

Hücum dalgaları birbirinin üstüne yığılıp, yere serildikçe, geriden gelenler düşüyor, kalkıyor, ortalığı ana-baba gününe çeviren ateşler arasında ne tarafa gideceklerini şaşırıyorlardı; ama dalgalar devam ediyor, şans eseri ayakta kalmışları da, arkadan gelenler çiğniyorlardı. Durmadan biçen makineliler, patlayan bombalar, şarapneller Şehittepe'yi, Sivritepe'yi, Merkeztepe'yi, Yüksektepe'yi, Cesarettepe'yi ceset yığınlarıyla dolduruyor ve kan seline boğuyorlardı.

Bu kan selinin üzerine nur topu gibi bir güneş doğuyor, üst üste yığılan, kolu bacağı kopmuş, kanlı cesetleri ışığa çıkarıyordu. Fakat insanı çıldırtacak bu fecaati kimse görmüyor, kimisi onları siper edinmeye, kimisi üzerinden atlayıp, düşman siperlerine ulaşmaya çalışıyordu.

Esat Paşa, göz göre göre ölüme giden askerlerin hücuma devam etmelerini emretti. Bunca vatan evlâdı hayatını kaybetmişti; belki gündüz gözüyle birşeyler yapılabilir, teselli bulabilirdi. Ama artık Müttefikler gelişi güzel tetik çekmiyorlar, üzerlerine gelenleri hedefliyorlardı. Cesetlerin, fundalıkların aralarından fırlayanlar ileri atıldılar. Müttefik ağır makinelileri siperlere akan Türk askerlerini, orakla biçilen ekinler misali yere sererken, donanma da akını durdurmak için obüs'lerin yanısıra yoğun bir şekilde şarapnel yağdırıyordu. İki ağaç boyu kadar yükselen güneş de sanki bugün bir başka türlü alevlenmiş, olanca hışmıyla oklarını savaş alanına çevirmişti.

Küçücük bir tepedeki siperden hücumu yöneten Tümen Kumandanı Yarbay Hasan Askerî dürbününü gözlerinden alarak yaverine döndü.

- Artık bu bir cinayettir; hücumu durdurmalıyız. Hemen Esat Paşa hazretlerine şöyle bildirin. "İçinde bulunduğumuz şartlar, taarruzumuzu sonuçsuz bırakmaya mahkûmdur; kayıplarımız da dayanılacak gibi değildir; her an da askerimiz kızgın bir mengenenin ağzında doğranmaktadır. Durdurulmasına dair emir buyurulmasını saygılarımla arz ederim."

Uzaktan hücumu takip eden Esat Paşa da sonuçsuz kıyımı görüyordu. Hücum eden tümenin kumandanı da durdurulmasını istiyordu. Hemen emrini verdi ve bütün cephede bu çılgın taarruz durdu. Müttefikler de ateşi kestiler.

Ağır ağır dumanlar kalkıyor, bulunduğu tepeden Yarbay Hasan Askerî önündeki tepecikleri, vadileri daha iyi görebiliyordu. Fundalıkların arası cesetlerle dolmuştu; bazı yerlerde üst üste yığılmışlardı. Ara bölgede kalmış yaralıların durumuna yürek dayanması mümkün değildi. Bütün bunlara karşı sol tarafta bazı siperler ele geçirilebilmişti.

*
* *

İki cephe arasındaki boş arazide binlerce ölü ve yaralı serilmiş, yatıyor; iki taraf da bunlara yaklaşamıyordu. Fundalıklar tarumar olmuş, ağaçlar parçalanmış, her yere yığın yığın şarapnel parçaları dağılmıştı. Alev yüklü temmuz güneşinin altında cesetler kokuyor, inleyen yaralıların pek çoğu "Su! Su!" çığlıklarıyla kıvranıyor; her an kan kaybından birkaçı ruhunu teslim ediyordu. Bazen niçin patladığı belli olmayan bir silâhla başlayan ateş dakikalarca sürdüğünden kimse siperden başını çıkaramıyordu. Ölüleri gömmek, yaralıları toplamak için Esat Paşa'nın Kızılhaç aracılığıyla yaptığı teklifi Anzak Kolordu Komutanı General Birdwood reddetmişti; çünkü yaralıların ezici çoğunluğu Türkler'e aitti; onlar kızgın güneşin altında can veriyorlardı.

Önündeki fundalığı siper edinen Molla Kâzım, aşağıdaki siperlere, arada kalmış ölülere, yaralılara bakıyordu. Gözü gördüğünü kabul etmiyor, yüreği gözünün gördüğünü içine almıyordu. Medresedeki günlerini, ümidlerini, meyus yüzleri güldürme hayallerini hatırlayan Molla Kâzım'ın gözleri nemliydi. O kadar arkadaştan bir avuç kalmıştı; bunlardan birisi de hiçbir ard niyeti olmayan, samimiyeti bir zırh gibi kuşanmış, dost, Pütürgeli Bilâl'di. Birliğiyle Bilâl'in yanından hücum ettiğinin farkına varmıştı. Gözü kara Bilâl, mutlaka en önde saldırmış, kimbilir nereye kıvrılmıştı?... İki hemşehri olan Musa ile Bilâl'i aynı zamanda tanımıştı; ikiz kardeştiler sanki; karakterleri farklı olmalarına rağmen birbirlerinden hiç ayrılmazlardı; Musa atak, Bilâl ise dengeli ve sakindi. Musa çıldırmış, hastahanede yatıyordu. Nice arkadaşlar Hakkın rahmetine kavuşmuştu. Milletin, ümmetin yüzünü güldürecek irfan ordusu yok olmuştu...

İki taraf da soluyordu; kimsede tetik çekecek güç kalmamıştı. Her an bir silâh patlamasından, bir emre muhatap olmaktan herkes endişe ediyordu. Bereket versin ki, daracık bölgede iniltilerden başka çıt çıkmıyordu. Ferman güneşindi; masmavi gökyüzünden sessizliğe gömülmüş denize kovalarca alev boşaltıyor; dağı taşı, canlı cansız herşeyi kasıp kavuruyordu.

Bakışlarını çevrede gezdiren Molla Kâzım tüfeğinin kundağına başını koydu; her inilti sanki yüreğinden bir parça alıp götürüyordu. Gözlerinin önünde gene Bilâl vardı... Sırtına bir el dokununca başını çevirdi; Pütürgeli Bilâl yanındaydı. Şaşırıp yerinden doğruldu; "Bilâl! Bilâl!" diyerek kollarını açtı; silâhlar patladı. Fundalığın arasına yattılar. Silâh sesleri hemen susmadı; tepelerde, vadilerde bir süre dolaştı.

Yattığı yerde Bilâl'e dönen Molla Kâzım sol elinin sarılı olduğunu gördü.

- Ne oldu eline?

- İşaret parmağımın uç kısmı, birinci eklem yerinden koptu.

- Sancısı çok mu?

- Tabii olacak.

- Seni merak ediyordum; karşılaşmamız bana umulmaz bir bağış gibi geldi.

- Siperlerimize gitmek için sağa sola sürünürken, tesadüfen senin yanına geldim. Benim de içim meraktan kemiriliyordu. Şimdi rahat ettim. Haydi, hakkını helal et.

Pütürgeli Bilâl sağ tarafa doğru sürünmeye başladı. Fundalıkların arasında kayboluncaya kadar Molla Kâzım arkasından baktı.

Akşam karanlığı Arıburnu'nda herşeyi örtüyordu. Bu örtüyü delen iniltiler, "Su! su!" feryatları alev olup, eli tetikteki askerlerin yüreklerine sarılıyordu. Elinden birşey gelmeyen Molla Kâzım bu feryatlardan kurtulmak istiyordu. Bakışlarını alabildiğine derinleşmiş gökyüzüne avuç avuç serpilmiş yıldızlara çevirdi. Samanyolu neyin nesiydi? Binlerce yıldan beri devam eden bu nizama akıl, sır erer miydi? Belirsizliklerle dolu bu âlemde Rabbimiz'e sığınmaktan başka çare var mıydı?... Biraz aşağısındaki fundalık kıpırdamaya başladı. Molla Kâzım hemen namlusunu doğrulttu; gözlerini de dikti; kıpırdama devam ediyordu. Bakışlarını çevrede gezdiriyor, sadece oradaki fundalıklar sallanıyordu. Bir hücum olmadığını anladı; ama elini tetikten çekmedi; gözlerini de oradan ayırmıyordu. Sürünerek geliyor; Molla Kâzım onu gözünden kaybetmiyordu. İki fundalığın arasında boşluk vardı; hafifçe başını çıkarıp, sağa sola bakıyordu. Bir yaralı olduğundan şüphesi kalmadı. Molla Kâzım eline aldığı ufacık taşı fırlattı. Fundalığın içine çekildi. Kısa bir süre sonra tekrar göründü. Bir taş daha atan Molla Kâzım duyabileceği ölçüde seslendi:

- Buraya gel!

Yaralı ona doğru sürünürken, Molla Kâzım çevresindekilere:

- Dikkat edin, dedi. Bir yaralı bize doğru sürünüyor.

Askerin sağ bacağını güçlükle çektiği anlaşılıyordu. Fundalıkların arasından ona bakıyorlardı. Aralarındaki mesafe bir metre kalınca, Molla Kâzım fısıldadı.

- Kimsin?

O da aynı dikkati göstererek cevap verdi.

- İkinci Tümen'in Üçüncü Alayı'ndanım; yaralandım.

Konuşmakta güçlük çektiği belliydi. Molla Kâzım başını solundaki Bigalı Hamza'ya çevirdi.

- Bu kardeşimizi gerideki siperlere götür; ama oyalanmadan derhal buraya dön.

Bigalı Hamza yanaşıp, sağ koluna girdi; arkadaki siperlere doğru sürünmeye başladılar.

Sabaha karşı doğudaki tepeden birkaç silâh patladı. Bunları değişik yerlerden silâh sesleri takip etti. Siperdekilerin elleri tetiklere uzandı; fakat silâhlar sustu; ürkütücü sessizlikle gözler çevreyi tarıyordu; fakat bir daha silâh patlamadı.

Doğu ufkundaki kızıllıktan biraz sonra gürbüz bir güneşin sökün edeceği anlaşılıyordu. Göz alabildiğine uzanan denizde tek bir kırışıklık görünmüyor; lekesiz, masmavi gökyüzü derinleşiyordu. Güneşin görünmesiyle, kavurmaya başlaması bir oldu. Mataraları bomboştu; geriden ancak eski siperlere ikmal yapılabiliyordu. Siperlerin önlerinde, fundalıkların arasında bulunan Molla Kâzım, Pütürgeli Bilâl gibileri ne yapacaklardı? Yakınlarındaki cesetler de kokuyordu; onların verdiği rahatsızlık susuzluktan beterdi. Saatler ilerledikçe güneşin hıncı artıyor, kurumuş dudaklar parça parça oluyor, cesetlerin kokusu ağırlaşıyordu.

Öğleden sonra rüzgâr kuzeyden güneye esmeye başladı. Koku Anzak siperlerine doluyor, oraları durulmaz hale getiriyor, öğürtüler gittikçe sıklaşıyordu. Saat dört sularında Kızılhaç bayrağının düşman siperlerinde dalgalandığını Tabur Kumandanı Binbaşı Kasım'a haber verdiler. O, hemen Alay Kumandanı'na, o da Tümen Kumandanı'na, Tümen Kumandanı da Kuzey Grup Kumandanı Esat Paşa'ya bildirdi. Esat Paşa, "Tarafımızdan da bir Kızılay bayrağı çıkarın; hatlarımızın arasında birleşmelerine izin verin ve ne istediklerini sorun" emrini verdi.

Teğmen Ali'nin taşıdığı Kızılay bayrağı da Türk siperlerinde görününce, Kızılhaç bayrağı ile bir İngiliz binbaşısı Türk siperlerine doğru yürümeye başladı. Teğmen Ali de ona doğru yürüdü. Siperlerin orta yerinde buluştuklarında, birbirlerini selâmladılar. Binbaşı Majör:

- Ekselans ölüler kokuyorlar, yaralılar kan kaybından ölüyorlar, dedi. Ölülere son görevimizi, yaralılara insanî hizmetlerimizi yapabilmemiz için yarın saat ondan, saat dörde kadar silâh bırakılmasını teklif ediyoruz.

- Bu insanî görev ve hizmetlerin yerine getirilmelerine dair teklifte bulunduğumuzu herhalde siz ekselansları da biliyorlardır. Ben bir teğmenim; teklifinize "Evet" demem mümkün değildir. Komutanıma sormamın gerektiğini takdir edersiniz. Sorduktan sonra tekrar burada buluşalım.

Siperlere dönen Teğmen Ali durumu Bölük Kumandanı'na bildirdi. O da üst kumandanlara iletti. Esat Paşa'dan yarın saat onla dört arasında silâh bırakılabileceğine dair cevap gelince, Teğmen Ali ön siperlerde yerini aldı. Kızılay bayrağını kaldırdı. Çok geçmeden Müttefik siperlerinde de Kızılhaç bayrağı göründü. İki taraf da aynı anda yürüdü. Tekrar tam orta yerde buluştular. Bu kere Teğmen Ali söze başladı.

- Teklifinizi kumandanım olumlu buldu. Eğer kararınızda bir değişiklik yoksa, yarın saat on ile dört arasında, insanî görevlerin ifası için silâh bırakılacaktır.

- Teklifimizde herhangi bir değişiklik yok. Kabul ettiğiniz için komutanım ve şahsım adına size ve komutanlarınıza teşekkür ederim.

*

* *

Saat tam onda Müttefiklerin tarafında Kızılhaç, Türkler'in tarafında Kızılay bayrağı göründü. İki bayrağı taşıyan subaylar gene ortada buluştular. Verdikleri işaretle siperlerden sedyelerle sıhhiyeler ve doktorlar çıktılar. İlk önce yaralıları toplamaya başladılar; kimisi bayılmış, kimisi can çekişiyordu.

Temmuz güneşi dağı taşı yakıyor, cesetleri kötü kötü kokutuyordu. Teğmen Ali ve Binbaşı Majör, bayraklarının saplarını yere dayamışlar, sedyelerle sağa sola koşanlara, cesetleri yoklayan doktorlara bakıyorlardı.

İki tarafın siperlerinde askerlerin elleri tetikteydi. Her an karşı tarafın anlaşmaya ihanet edeceğini sanıyorlardı. Yakıcı güneş, gittikçe cesetleri daha feci kokutuyor, yaralıları iyice bitiriyordu. Havalanan sinek sürüleri arasında sıhhiyeler ellerinden gelen gayreti gösteriyorlardı.

Nasılsa bir silâh patladı; aynı anda iki taraftan da korkunç bir ateş başladı. Kızılhaç ve Kızılay bayrakları yanyana düştüler. Kendilerini yere atan Binbaşı Majör ve Teğmen Ali cesetlerin arasından siperlerine sürünmeye çalışıyorlardı. Sıhhiye erlerinden bazıları ölülerin, yaralıların yanlarına serildiler. Sağ kalanlar da siperlere daldılar. Silâh atışları her iki tarafın cephesine yayıldı. Ortalıkta kimse görünmüyor; fakat silâh sesleri devam ediyordu.

Bir süre sonra silâh sesleri dindi. Güneye esen hafif rüzgâra rağmen güneş canlı olan herşeyi kasıp kavuruyordu. Cesetlerin kokusu, bilhassa Müttefikler için dayanılacak gibi değildi. İmdat isteyen seslerin arasına yenileri katılmıştı; bağırmaları yürek eritiyordu.

Kum torbalarının arasından Keşanlı Salim bakıyordu. Bir kişinin ağır ağır kendilerine doğru süründüğünü gördü. Belli ki bu, az önce yaralanıp, düşen sağlık ekibinden birisiydi. Art arda birkaç tüfek patladı; sürünen asker tozlara karıştı. Keşanlı Salim dikkat ediyordu; toz bulutu azalıyor; fakat asker kıpırdamıyordu. Gittikçe askeri daha iyi görebiliyor; canlılık belirtisi göstermiyor; serilmiş, yatıyordu. Kan beynine sıçradı; tüfeğinin namlusunu kum torbalarının arasından soktu; tetiği çekti. Sanki bu bekleniyordu. Piyade tüfeklerinin yanısıra, makineli tarrakaları başladı; orta yerde patlayan bombalar cesetleri parça parça ediyordu.

İki taraf da yanlışlıkla bir silâhın patladığı, diğer silâhların onu takip ettiği kanaatindeydi. Kimin başlattığını tahmin etmek mümkün değildi; kasta dayanmadığı için de üzerinde durmanın gereği yoktu.

Ertesi gün, sabah saat dokuz sularında Kızılhaç bayrağı tekrar Müttefiklerin siperlerinde göründü. Binbaşı Kasım'ın emriyle Kızılay bayrağını da Teğmen Ali eline alıp yürüdü. Kızılhaç bayrağını taşıyan gene Binbaşı Majör'dü. Birbirlerini selâmladıktan sonra, Binbaşı Majör:

- Dünkü olaydan büyük üzüntü duyduk, dedi.

- Evet, feci bir olaydı.

- Ancak kötü bir niyete dayanmamasında teselli bulunabilir.

- Haklısınız.

- Kolordu Komutanımız General Birdwood'un Esat Paşa cenablarına yazdığı mektubu takdim etmek istiyorum.

- Mektubu Kolordu Kumandanımıza ulaştırmak görevimizdir.

Teğmen Ali mektubu aldıktan sonra birbirlerini selâmladılar ve siperlerine döndüler. Tercüme edilip, Esat Paşa'ya sunulan mektubunda General Birdwood şöyle diyordu.

"*Ekselans,*

Kim başlatmış olursa olsun, dünkü üzücü olayın kaste dayanmadığı mutlaka sizce de tahmin edilmektedir. Kaste dayanmamakla beraber, bizim tarafımızdan başlatılmışsa, gene de özür diliyorum.

Bugüne kadarki tutumunuzdan, iki düşman tarafın ölülerini gömmesi, yaralılarını kurtarmasıyla ilgili ateşkes andlaşmasına taraftar olacağınızın inancını taşıyorum. Eğer yanılmıyorsam, gerekli andlaşmanın yapılması için yarın sabah saat onda, en az binbaşı seviyesinde bir yetkilinin Kızılay bayrağı ile Kabatepe'deki siperlerinizden çıkıp, bize doğru gelmelerini, bizim yetkililerimizin de onları Kızılhaç bayrağıyla karşılayacaklarını saygılarımla bildiririm.

General Birdwood
Anzak Kolordu Komutanı"

Esat Paşa Fransızca ve İngilizce'yi iyi bilen Ohrili Kemâl'i görevlendirdi. Tam saat onda Teğmen Ali'nin elinde Kızılay bayrağı, yanında Kurmay Binbaşı Ohrili Kemâl hazır durumdaydılar. Karşıdan Kızılhaç bayrağı görününce, yürüdüler. Kızılhaç bayrağını taşıyan Binbaşı Majör'ün yanında, Binbaşı Çarli vardı. Karşı karşıya gelince durdular. Binbaşı Ohrili Kemâl ile Binbaşı Çarli birbirini selâmlayıp, el sıkıştılar. Kum torbalarının arasından bakan Molla Kâzım, Ohrili Kemâl ile iftihar etti. Zayıf, uzun boylu, çakı gibi bir askerdi. Binbaşı Majör, Teğmen Ali'ye:

- Binbaşı Çarli nezdinizde rehin bulunacak, dedi.

Kendisi varken Teğmen Ali'nin birşey söylemiyeceğini bilen Ohrili Kemâl gülümseyerek kanaatini belirtti.

- Buna gerek yoktu.

Binbaşı Çarli de nazikçe gülümsedi.

- Herşeyin bir karşılığı olması gerekir.

Kızılhaç bayrağını taşıyan Binbaşı Majör ile Ohrili Kemâl, Müttefik siperlerine, Teğmen Ali ile Binbaşı

Çarli Türk siperlerine doğru yürüdüler. Binbaşı Çarli'yi siperlere inerken Tabur Kumandanı Binbaşı Kasım karşıladı. İrtibat yollarından geçerek sığınağa geldiler. Karpit lâmbası portatif masayı ve sandalyeleri aydınlatıyordu. Binbaşı Kasım, masanın önündeki sandalyeyi işaret ederek:

- Buyurun, dedi ve hizmet erine seslendi: Bize çay demleyiver.

Siperde daha üst rütbeli subaylar Ohrili Kemâl'i karşıladılar; nazikçe elini sıktılar. Renginin değişmesinden Albay'ın güçlükle söylediği anlaşılıyordu.

- Kusura bakmayınız; Kolordu Komutanımız'ın emridir; gözlerinizi bağlamak zorundayız.

Ohrili Kemâl gülümsedi.

- Buyurun, bağlayın.

Bir tülbentle Ohrili Kemâl'in gözlerini bağladıktan sonra, bir yüzbaşı:

- Buyurun, gidelim, dedi.

Yüzbaşı, Ohrili Kemâl'in elini tuttu, ilk anda yürümekte güçlük çekiyor, bir boşluğa basıyormuş gibi hissediyordu; ama kısa bir süre sonra alıştı.

Siperlerden çıktıklarını güneşten anladı. Bayır aşağı iniyorlardı; ne tarafa gittiklerini bir türlü kestiremiyordu. Epeyce yürüdükten sonra, serinliğinden bir dehlize girdiklerini hissetti.

Bir sandalyeye oturttular ve gözlerini açtılar. Burası Anzak Kolordu Komutanı'nın karargâhı idi, karşısında da Kolordu Komutanı General Birdwood vardı. Onu gazetelerdeki resimlerinden tanıdı. Sandalyesini öyle ayarlı koymuşlardı ki, dışarısını göremiyordu. Birdwood yerinden kalktı; büyük bir nezaketle Ohrili Kemâl'in elini sıktı; o da aynı nezaketle davrandı. Birdwood gülümseyerek sordu.

- Nasılsınız ekselans?

- Teşekkür ederim; sizler nasılsınız sayın General?

- Ben de teşekkür ederim. Gözlerinizi bağladığımız

için de özür dilerim. Fakat takdir edersiniz ki askeriz; askerliğin kurallarına uymak zorundayız.

- Gayet tabii sayın General.

- Geçici bir barışla ölülerimize ve yaralılarımıza görevlerimizi yapma fırsatı verecek andlaşmaya zemin hazırladıkları için, Türk Komuta Heyeti'ne, bilhassa Ekselans Esat Paşa'ya teşekkürlerimi iletirseniz, memnun olurum.

- Ben de teşekkürlerinizi iletmekle şeref duyacağım sayın General.

General Birdwood yanında dikilen Kurmay Binbaşı'yı işaret ederek:

- Binbaşı sayın Grattan ile yarınki geçici andlaşmanın metnini hazırlayıp, imzalayacaksınız, dedi. Ben sizi başbaşa bırakacağım. Bunun için de özür dilerim.

- Estağfurullah efendim.

Ohrili Kemâl ile, Binbaşı Grattan kısa zamanda metinde ne yazacaklarını kararlaştırdılar. Zaten karar altına alınacak hususlar ikisi için de biliniyordu. Arıburnu Cephesi'nde, yarın saat onla dört arasında, yaralıları toplamak, ölüleri gömmek için andlaşma yapıldığını, bu saatler zarfında ne suretle olursa olsun, iki tarafın da silâh kullanmıyacağını belirtir bir metin hazırlayıp, imzaladılar.

Ohrili Kemâl yerinden kalkmadı; Binbaşı Grattan dışarıya çıktı; biraz sonra General Birdwood ile beraber içeriye girdi. General Birdwood'un elinde bir mektup vardı.

- Bu, Başkomutanımız Ekselans Hamilton'un Esat Paşa cenaplarına mektubudur. Ulaştırırsanız, memnun oluruz.

Ohrili Kemâl mektubu aldı.

- Memnuniyetle Efendim.

- Kusura bakmayınız; tekrar gözlerinizi bağlayacaklar.

Ohrili Kemâl gülümsedi.

- Ne münasebet efendim.

Ohrili Kemâl'in gözleri bağlanırken Birdwood:

- Değişik sebeplerden dolayı bunca insan hayatını kaybediyor; siz de biraz yorulacaksınız, dedi.

Ohrili Kemâl ayağa kalktı; uzattığı elini General Birdwood hafifçe eğilerek sıktı.

- Güle güle sayın Binbaşı.

- Teşekkür ederim.

Dışarıda bekleyen yüzbaşı içeriye girdi ve elini tuttu. Birkaç adımda güneşe çıktıklarını farketti. Bu kere yukarıya doğru yürüyorlardı.

Ön siperlerde gözlerini açtıklarında Binbaşı Majör Kızılhaç bayrağı ile hazır bekliyordu. Kızılhaç bayrağı görününce, Türk siperlerinde de Kızılay bayrağı dalgalandı. İki taraf da aynı anda siperlerden çıktılar. Teğmen Ali'nin yanında Binbaşı Çarli, Binbaşı Majör'ün yanında Ohrili Kemâl vardı. Orta yerde buluşunca, iki binbaşı birbirini selâmlıyarak yer değiştirdiler. Gruba yaklaşan güneşin ışıkları arasında Ohrili Kemâl'le Teğmen Ali Kızılay, Binbaşı Majör'le Binbaşı Çarli Kızılhaç bayrağının altında siperlerine doğru yürüdüler.

Hamilton'un mektubunu ve andlaşma metnini tercüme eden Ohrili Kemâl, hemen Esat Paşa'nın karargâhına hareket etti. İçeriye girdiğinde, lambanın cılız ışığında birliklerden gelen raporları inceleyen Esat Paşa son derece yorgun ve üzgün görünüyordu. Yüz çizgileri derinleşmiş, rengi kâğıt gibi olmuştu. Ohrili Kemâl onu selâmladıktan sonra andlaşma metninin, Hamilton'un gönderdiği mektubun asıllarını ve tercümelerini uzattı.

- Buyurun Paşa hazretleri.

Mektubu eline alan Esat Paşa önce tercümesini okumaya başladı.

"*Ekselans;*

İki siper arasındaki ölüleri gömmek, yaralılara karşı insanî görevimizi yapmak üzere geçici ateşkes andlaşması sağlanması için bir Kurmay Binbaşı göndermeniz her türlü takdire ve teşekküre lâyıktır. Ordumuz adına görevlendirilen Kurmay Binbaşı Grattan ile yaptıkları andlaşmanın eksiksiz uygulanacağına dair inancımı belirtir, hürmetlerimi sunarım."

Andlaşma metnini de okuduktan sonra, insanın içine işleyen bakışlarını Ohrili Kemâl'e çevirdi.

- Teşekkür ederim. Bu geçici ateşkeste inşallah birşey olmaz da şehitlerimize ve yaralılarımıza insanî görevlerimizi yaparız. Sizi nasıl karşıladılar?

- İlk siperlerde bağladıkları gözlerimi herhalde Birdwood'un karargâhında açtılar. Birdwood'un karargâhı diyorum; zira gözümü açtıklarında karşımdaki masada o oturuyordu. Diğer subaylar gibi o da bana nazik davrandı; andlaşmadan dolayı size teşekkürlerini iletmemi istedi.

*

* *

Ertesi gün tam saat onda Müttefik siperlerinden Kızılhaç bayrağı göründü; kuzeyden de Kızılay bayrağı yükseldi. İki taraftan da ellerinde sedyelerle sıhhiyeler ve doktorlar çıkmaya başladılar.

Sanki kurt sürüsü, koyun sürüsüne dalmıştı; kurtlar bütün vahşilikleriyle, koyunların kimisini parçalamışlar, kimisini boğmuşlar, kimisinin de bir veya birden çok uzuvlarını koparmışlardı. Gökkubbenin altında belki de böyle elîm bir tablo sergilenmemişti!... Müttefiklerin elemanları ağız ve burunlarını bezle sarmışlardı. Yaklaştıkça sinek bulutu yükseliyor, koku fecâat halini alıyordu. İki taraf da önce yaralıları toplamaya başladı. Bazıları can çekişiyor, bazıları boğazına sarılan hırıltıyla nefes alıp verebiliyor, bazıları da yaralarına konan sinekleri bile kovamıyordu. Ağzı burnu dağılanlar, kolu bacağı kopanlar birbirlerinden daha feci görünüyorlardı. Değişik yerlerde cesetler üst üste yığılmış, altlarında da yaralılar kalmıştı. Sıhhiye erlerinin kimileri ellerine kovaları almışlar, "Su" diye inleyenlerin yanlarına koşuyorlardı.

Çoğu kan kaybından ölmüştü; sağ kalanların ekserisi kendinde değildi; bunun için doktorlar sık sık, "Şüphelendiğiniz cesetleri bırakın; biz kontrol ettikten sonra kaldırırsınız" uyarısında bulunuyorlardı. Sanki dünyanın bütün sineği buraya toplanmıştı; cesedi kaldırıp, sedyeye koyarken kara bir bulut havalanıyordu. Arkalarda hazırlanmış toplu mezarlara götürüp, gömerlerken, Türk mezarlarının başında bir hoca, Müttefik mezarlarının başında bir papaz devamlı okuyordu.

Sıcak ve sıkıcı bir gündü; siperler boğucu olduğundan Müttefik askerlerinden bazıları dışarıya çıkmış, silâhsız dolaşıyorlardı. Kimisi Türk sıhhiyelerinden düğme gibi, maddî değeri pek az olan hediye istiyor, buna karşı kendileri de birşeyler teklif ediyorlardı. Zaman zaman birbirlerini yanlış anladıklarını farkederek gülüşüyorlardı. Ama Türk tarafındaki siperlerde kimse görünmüyordu.

Saat dörde yaklaşırken bütün askerler gözlerden silindi. Eller tetiklere uzandı; kuşkulu bakışlar çevreyi kollamaya, yeni avlarını aramaya başladılar.

*

* *

Hamilton'un, Mondros'taki karargâhında tugay, tümen, kolordu komutanlarıyla yaptığı toplantının amacı, cepheye intikal eden ve etmekte olan yeni kuvvetleri en iyi şekilde değerlendirmekti. İçinde bulundukları savaşın önemini bir daha belirterek söze başlayan Hamilton moralsiz görünmemeye dikkat ediyordu.

- İtalya'nın yanımızda yer alması, Akdeniz'deki kuvvet dengesini, lehimize çevirdi; fakat hâlâ Yunanistan, Bulgaristan, Romanya tarafsızlıklarını koruyorlar. Bunların yanımızda yer almaları, Türkler'e yeni cepheler açmaları, burada elde edeceğimiz sonuca bağlıdır. İçinde bulunduğumuz savaşın sadece bu sonucu doğurmıyacağını, önümüzde duran Gelibolu Yarımadası'ndaki şu on kilometrelik engeli aşamazsak, İngiltere'yi, Fransa'yı, müttefikimiz Çarlık Rusya'sını hangi felaketlerin beklediğini hepimiz biliyoruz. Bu sonuçları çok iyi gören Bahriye Eski Bakanı Churchill'in Yüksek Savunma Konseyi'ne yazdığı mektubun bazı pasajları gazetelere de intikal etmiş. -Önünde duran gazeteyi eline aldı.- Bakınız ne diyor. "Savaşı başarıyla bitirebilmemiz, Çanakkale Boğaz'ını geçmemize bağlıdır. Bunun için hiçbir masraf, hiçbir fedakârlıktan kaçınmamalıyız. Hamilton'un istediği asker ve techizat fazlasıyla verilmelidir." Bildiğiniz üzere ben üç tümen taze kuvvet istemiştim; Yüksek Savunma Konseyimiz dört tümen göndermiş. Huzurlarınızda teşekkür ediyorum. Yeni kuvvetleri en faydalı şekilde değerlendirmeliyiz. Yapılacak plânlama hakkında görüşlerinizi öğrenmek istiyorum.

"İstiyorum" demesine rağmen bakışlarında bir buyurganlık gizliydi. Karşısında oturan Anzak Kolordu Komutanı General Birdwood ilk sözü aldı.

- Bildiğiniz üzere Türkler Arıburnu Cephesi'nde büyük kayıplar verdiler. Bize ulaşan bilgilere göre, bu bölgedeki asker sayıları yirmidört bin civarına düştü. Bizim ise, burada elliüçbinin biraz üstünde askerimiz var. Sayı üstünlüğü bizde; silâh, donanma ve uçak üstünlüğümüzü de hesaba katarsak, en elverişli anda bulunduğumuzu idrak ederiz. Türkler cepheye yeni birlikler intikal ettirmeden, taze kuvvetlerimizin takviyesiyle Arıburnu'ndan bindirmemizin gereğine inanıyorum.

Birdwood'dan sonra General Gouraud konuşmaya başladı. D'Amade'nin yerine Fransız birliklerinin başına ve Hamilton'un yardımcılığına getirilen Gouraud kendini göstermek istiyordu; çünkü o sıradan bir asker değildi; "Norbonne Aslanı" olarak da ünlüydü.

- Bizim için Alçıtepe'yi almamızın önemini anlatmaya lüzum yok. O tepeyi aldık mı, Boğaz'a tamamen hakimiz. Bir yandan Alçıtepe'den kara toplarıyla Boğaz'daki Türk merkez istihkâmlarını döverken, diğer yandan donanmamız hücum eder, iki ateş arasında kalacak tabyalar fazla direnemezler. Karadaki birliklerimiz de Kilitbahir ve Eceabat'a kadar Türkleri iniş aşağı sürme imkânına kavuşurlar. Bu itibarla intikal eden kuvvetleri, mevcut imkânlarımızla da takviye ederek, Seddülbahir cephesini yarma, Alçıtepe'yi ele geçirmede kullanmalıyız.

Uzun tartışmalar sırasında diğer generaller de Gouraud'un görüşünü desteklediler; çünkü Arıburnu Cephesi hem dardı; hem de çok dikti; bu kadar birliğin aynı anda hücum etmesine imkân yoktu.

Konunun yeteri kadar aydınlandığına kanaat getiren Hamilton da Gouraud'un görüşünü benimsediğini belirtti.

- Arıburnu Cephesi'ndeki birliklerimizi yerlerinden oynatmıyacağız; hatta Türkler'in Seddülbahir'e kuvvet kaydırmalarını önlemek gayesiyle gösteri hücumlarında da bulunacağız. Ayrıntılarına kadar plânlanacak taarruzumuzu şimdilik kabaca şöyle düşünüyorum. Taarruzdan önce, dört saat veya daha uzun süren bombardıman yapılacak. Bombardıman sırasında Türkleri kandırıp, siperlerinden çıkarmak için, kısa bir ara verilecek; aniden bütün toplar birden başlayacak; siperlerden çıkan Türkler'in hepsi yok edilecek. Bu hareket defalarca tekrarlanacak. Piyade hücumumuz başlamadan kısa bir süre önce, kara ve donanma toplarımızın menzilleri geriye kaydırılacak; ateşimiz aralıksız devam ederek, Türklerin takviye birliklerini intikal ettirmeleri önlenecek. Piyadelerimiz belirlenen dakikada iki dalga halinde hücum edecekler; birinci dalga Türkler'in ön mevzilerini ele geçirecek; ikinci dalga ise onların üzerinden atlayarak ikinci ve üçüncü siperlerin önlerinde mevzilenecekler. Onlar Türkler'i ateş altına alınca, birinci dalga tekrar hücuma kalkacak. Ele geçirilen siperleri pekiştirmek için özel gruplar oluşturulacak. İlerlemeler şarapnellerimizin şemsiyesi altında yapılacağından harekâtı topçularımızın yakından izlemeleri gerekir; bunun için öncü birliklerimiz kırmızı flâmalar taşıyacaklar ve bunları ele geçirilen siperlerin üzerine dikecekler. -Gülümseyerek ilâve etti- Hücum gününün tesbitini bana bırakın; hepinizin beğeneceği bir gün seçeceğim.

Hamilton'un kafasında güneş batmayan İngiliz İmparatorluğu'nun haşmetli Kralı'nın doğum günü vardı. Zaferi ona armağan edecekti; herhalde unutamıyacağı bir armağan olacaktı.

Neylersin ki tarih Kabil'den beri kanla besleniyor

Tabur Kumandanı Binbaşı Şevki, gece yarısına doğru Teğmen Hüsameddin'e gönderdiği yazılı emirde şöyle diyordu. "İleri karakol kumandanı olarak bulunduğunuz Kumkale'nin dört kilometre kadar sağında, deremsi bir yerin kıyısına onbir kişilik bir düşman müfrezesinin çıktığı İntepe'den görülmüştür. Müfrezenin, Boğaz'ın Anadolu yakasındaki top mevzilerimizin yerlerinin tesbiti peşinde olduklarından şüphe yoktur. İntepe mıntıkasında gerekli tertibat alınmıştır. Bu müfreze ya geri dönmüş, yahut dönecektir. Dönmemişse, yok edilmesi görevi bizim tabura verilmiştir. Bu gece düşmanın çıktığı kıyıyı bulunuz. Ya esir alınız; yahut da hepsini öldürünüz."

Teğmen Hüsameddin yanına seçme yirmi er, üç çavuş aldı. Yumak yumak bulutlar durmadan hareket ediyorlardı; yıldızların silindiği gökyüzünde ay bazen bulutlarla örtülüyor, bazen de vahadaki gölde çiçek açan bir nilüfer gibi ışıldıyordu. Moloz yığınına dönüşmüş Kumkale'nin arka sokaklarından sessizce çıktılar.

Deniz kenarından biraz içerde, fundalıkların arasında, kuzeye doğru yol alırlarken sol taraflarındaki Boğaz'ın hafif hışırtılı sesini duyuyorlardı. Karşılarındaki Seddülbahir derin bir sessizliğe gömülmüştü. Boğaz'da gece nöbetini tutan Triumpf zırhlısı, ışıklarını söndürmüş, bir dağ gibi duruyordu. Güvertesinde gezinen nöbetçilerin ayak seslerini de işitiyorlardı. Torpitolar Triumpf'un etrafında durmadan dolaşıyorlardı. Bir projektör Boğaz'ı, İntepe sırtlarını, Kumkale'nin arkalarını devamlı tarıyordu. Projektörün ışığı onlara yönelince, fundalıkların arasına uzanıyorlardı. Doğudan batıya doğru dalga dalga akın eden bulutların arasından ay sıyrılınca da yürümeleri güçleşiyordu.

Tüfeklerini boyunlarına asmış, ellerinin üzerinde, fundalıkların arasında tek sıra halinde yol alırlarken Seddülbahir sırtlarından, mısır kavrulur gibi, birden bire tüfek sesleri yükseldi. Çevrelerini dinlemek için durdular; bu anda Gelibolu Yarımadası'nı kuşatan zırhlılardan da büyük gürültülerle alevler fışkırdı; top mermilerinin akisleri kurşun seslerini boğuyordu. Ama çok uzun sürmedi; önce donanmanın topları, sonra da piyade tüfekleri sustu. Sessizlik canlı bir yaratık gibi Gelibolu Yarımadası'na yerleşirken, onlar tekrar ellerinin üzerinde yürümeye başladılar. Kimisinin eli, kimisinin yüzü kanıyordu.

Nihayet kuru bir dereye geldiler. Ona bildirilen kuru dere burası olmalıydı. Çevreyi dinliyorlardı; çıt yoktu. Teğmen Hüsameddin kolundaki fosforlu saate baktı; güneşin doğmasına üç saat vardı. Bir istimbotla geldikleri belirtilen düşman müfrezesi nereden karaya çıkmış olabilirdi? Pusu kurmak için önce buranın tesbiti gerekiyordu. Teğmen Hüsameddin sessizce:

- Ömer Çavuş, dedi; sen manganla burada kalacaksın. Bedri Çavuş, sen manganla elli metre kadar ileri gidip, yirmi metre kadar doğuya kaydıktan sonra, tam siper yapacaksınız. Yüzleriniz tepelere dönük olacak. Yukardan gelen olursa, mermi atmadan yakalamaya çalışacaksınız. Böyle bir imkân yoksa, ateş edeceksiniz. Diri veya ölü hepsini yakalamalı; buradan kimseyi kaçırmamalıyız. Hasan Çavuş'la, kuru derenin denize ulaştığı yere gideceğiz. Belki pusularımız bu şekilde devam edecek, belki de yer değiştireceğiz.

Teğmen Hüsameddin'le Hasan Çavuş denizin kenarına doğru sürünmeye başladılar. Ne kadar dikkat etseler de fundalıkların hışırdamalarına engel olamıyorlardı. Triumpf'un çevresinde nöbet tutan torpitolar yanlarına yaklaşıp, uzaklaşıyorlardı. Yaklaştıkları anlarda sürünmüyorlar, bir çalı bile kıpırdatmadan duruyorlardı.

Kuru derenin denize kavuştuğu yere geldiler. Önlerindeki ufak düzlük çıplaktı; fundalıkların içinde kaldılar. Yakınlarından geçen torpitoların suları yarmalarını duyuyorlardı. Gökçeada ile Bozcaada arasındaki büyük zırhlıların birinden yakılan bir projektörün gür ışığı, karşı sahildeki Morto Koyu'nu aydınlattı. Belli ki onları torpillemek için fırsat kollayan bir Türk gemisi olup olmadığını araştırıyordu. Üç dakika kadar Morto Koyu'na, Boğaz'a çakılıp kalan projektör kuzeylerindeki İntepe taraflarına kaydı; oradan aşağıya doğru tarayarak geliyordu. Kıyıyı yalayan bir torpito kuzeye yol alıyordu. Fundalıkların içine iyice yattılar; önüne geçemedikleri öksürükleri dahi onları ele verebilirdi. Teğmen Hüsameddin'in boynunda dürbün, elinde stayer tabanca; Hasan Çavuş'un elinde piyade tüfeği vardı; birkaç metre önlerinden ağır ağır geçen torpitonun güvertesindeki nöbetçilere bakıyorlardı; yürek atışları hızlanmıştı.

Gecenin kurşun rengine torpito dalarken, Teğmen Hüsameddin Hasan Çavuş'un yanına yaklaştı ve fısıldadı:

- Sürünerek kuru dereyi geç ve ilerlere bak; belki birşeyler görebilirsin.

Hasan Çavuş, dereye indiği sırada, Teğmen Hüsameddin yattığı yerden Seddülbahir taraflarına bakıyordu. Ne amansızca dövülen vadilerde, sırtlarda kahramanca direnişle karşılaştıkları Müttefiklerin çıkışlarından da anlaşılmıştı. "Kimbilir ne ana-baba kuzularına mezar olmuştur!... Neylersin ki tarih Kabil'den beri kanla besleniyor" düşüncesiyle iç çekti.

Biraz sonra çalıların arasında birisi ona yaklaşıyordu. Büyük bir ihtimalle Hasan Çavuş'tu; gene de temkinli olmalıydı; tabancasını o yöne çevirdi. Aralarındaki mesafe azalmıştı; gelenin yerini fark edebiliyordu. İyice yaklaşınca, sesine dikkat ederek sordu.

- Parola?

- "Yılmaz"

Hasan Çavuş'tu; birkaç metre daha yaklaştıktan sonra belli belirsiz bir sesle:

- Şu ilerdeki bir yerden karaya çıkmışlar, dedi. Orada bir mavna duruyor.

İkisi beraber sürünmeye başladılar. Kuru dereyi geçip, devam ettiler. Denizin kenarında iyice boy atmış otlukların arasına geldiklerinde Hasan Çavuş, o yeri eliyle gösterdi. Ay gökte, tek başına soluk bir leke gibi, hüzünlü bir suskunluk içinde bulunduğundan Teğmen Hüsameddin göremiyordu. Kısa bir süre dikkat edince, seçebildi; büyücek bir mavna sazlığın içine çekilmiş, duruyordu. Üstü tahtalarla örtülüydü. Triumpf'un çevresinde dolanan kruvazörlerdeki nöbetçiler, her an orayı kontrolleri altında bulundurabilirlerdi. O bölgeyi ablukaya almalıydılar.

Ay batmıştı; ama ortalık zifiri karanlık değildi; gözleri de alışmıştı; on-onbeş metre çevrelerini seçebiliyorlardı. Ömer Çavuş'un mangasına yaklaştıkları sırada bir silâh patladı; oldukları yerde kaldılar; ardından iki el daha ateş edildi. Aylardan beri gece gündüz top, makineli tüfek, bomba gürültülerinin eksik olmadığı buralarda, ne gariptir ki, bir saat önceki müsademeden başka, derin bir sükûnet hakimdi; patlayan mermiler, bu sükûneti bozmuş, tedirgin bir hava estirmişti. Triumpf yaktığı projektörünü yukarlarındaki İntepe'ye tuttu; oraları tarıyordu. Fundalıkların arasında birden yaylım ateş başladı. İntepe'nin değişik yerlerinden de silâh sesleri geliyordu. Tepedeki atışların donanmanın dikkatini oralara çekmek için yapıldığını düşünen Teğmen Hüsameddin ile Hasan Çavuş birbirine baktılar; Teğmen Hüsameddin, "Dur!" anlamında işaret etti. Bu anda Ömer Çavuş'un "Sağa doğru! Sağa doğru!" dediğini duydular. Ömer Çavuş'un sesinden sonra silâh patlamaları daha da sıklaştı. Ömer Çavuş'un emrindeki manganın ateş ettiğinden şüpheleri kalmamıştı. Önlerindeki kalın gövdeli ağacı işaret eden Teğmen Hüsameddin:

- Şu ağacı siper al, dedi. Ben de mavnanın yanına doğru kayayım.

Hasan Çavuş, ağacın yanına fırladı; dibine yattı. Teğmen Hüsameddin mavnanın göründüğü yere kadar süründü; yüzünü İntepe'ye döndü; tabancası elinde, parmağı tetikteydi; yürek çarpıntılarının toprağın derinliklerine yayıldığını hissediyordu.

Az sonra Hasan Çavuş'un siper aldığı kalın gövdeli ağacın yukarısındaki sazlıklar sallanmaya başladı; sallanmalar denize doğru iniyordu. Ağacın dibinden patlayan iki el silâhı, iki düşman feryadı takip etti. Artık düşman feryatlarını iyice ayırabiliyorlardı. Sazların arasından fırlayan bir kişi de koşuyordu; Hasan Çavuş'un ateşiyle o da sendeleyip, düştü.

Bekliyorlardı; sazlıkta herhangi bir kıpırdama görünmüyordu. Bulundukları yerlere sinmiş de olabilirlerdi. Beklemeye devam ederlerken İntepe'nin çeşitli yerlerinden silâh sesleri geliyor, Ömer Çavuş'un mangası da zaman zaman ateş ediyordu. Ateş birden sıklaştı; silâh patırtıları arasında "Ay!" diye bir sesi de Teğmen Hüsameddin işitir gibi oldu. "Kimdi 'Ay' diyen? Yaralandı mı, öldü mü?" düşüncesiyle askerleri bir bir gözünün önünden gelip, geçtiler. Hiçbirisi için "Budur" diyemedi; zaten sesi belli belirsiz duymuştu; ama içine kuşku düşmüştü.

Teğmen Hüsameddin saatine baktı; sabah yakındı; hava aydınlandıktan sonra yerinden kıpırdaması çok zordu. Hasan Çavuş'a gerekli emri verip, Ömer Çavuş'un kumandasındaki manganın yanına gitmeliydi. Bedri Çavuş'un mangasıyla irtibat sağlanmalı, günü nasıl geçireceklerine karar vermeliydi; hem de "Ay!" sesinin kime ait olduğunu anlamalıydı... Sürüne sürüne Hasan Çavuş'un yanına geldi.

- Sen burada kal. Ağaca çıksan, mavnayı daha iyi kontrol altına alabilirsin. Ben Ömer Çavuş'un mangasının yanına gidiyorum. Gün ışıdıktan sonra bir yere kıpırdıyamayız; tertibat almamız gerekiyor.

Teğmen Hüsameddin fundalıkların arasında oldukça güç yol alıyordu. Sağ elinin avuç içi kanıyordu; yüzü de birkaç yerden sıyrılmıştı. Kan-ter içinde ilerlerken bir ses duydu.

- Kim o? Parola?

- Ben Teğmen Hüsameddin; parola "Yılmaz"

Yanlarına yaklaşınca Ömer Çavuş'a sordu.

- Ne var, ne yok?

- Mardinli Hurşit boğazından yaralandı. Düşmandan ikisini yere serdik. Diğerleri kaçtılar.

- Bedri Çavuş'un mangasıyla irtibat sağladınız mı?

- Sağladık kumandanım. Onlarda bir yaramazlık yok.

Mardinli Hurşit derin derin soluyordu. Görebildiği kadarıyla yüzü de acılıydı.

- Nasılsın Hurşit?

- Sağ olun, iyiyim kumandanım.

Önlerindeki büyük incir ağacının altında günü geçirebilirlerdi; uçaklarla yapılacak gözetlemelerden ağacın geniş dalları onları gizleyebilirdi. Fakat Hasan Çavuş gün boyunca o ağaçta kalabilir miydi? Herşeyi mükemmel organize etmek istiyordu. Ömer Çavuş'a:

- Bedri Çavuş'a haber gönder, dedi. Bulundukları yerde günü geçirecekler. Sessizce siper kazsınlar. Havadan yapılacak gözetlemelere karşı da çalı çırpı ile maskelesinler. Bizim de incir ağacının altında olduğumuzu bilsinler. Buradaki askerlerin bir kısmı siper kazsın, bir kısmı da çevreyi ve bilhassa tepeleri gözetlesin. Ben Hasan Çavuş'un yanına gidip, geleceğim.

Askerlerin birkaçı sırtlarındaki kazmaları çıkardılar, eşmeye başladılar. Yumuşak toprak kolayca kazılıyordu.

Teğmen Hüsameddin sürüne sürüne Hasan Çavuş'un çıktığı ağacın dibine yaklaştığı sırada bir ses duydu.

- Parola?

- "Yılmaz"; ben Teğmen Hüsameddin.

Biraz daha yaklaştıktan sonra, duyabileceği ölçüde seslendi.

- Hasan Çavuş, gün boyunca orada kalabilir misin?

- Kalırım kumandanım.

- Boğaz'da neler oluyor?

- Torpitolar Seddülbahir taraflarına çekiliyorlar.

- Triumpf ne yapıyor?

- Olduğu yerde duruyor.

- Biz, gün boyunca şu incir ağacının altında kazılan siperlerde olacağız. Bu saatten sonra kimseyi yakalamaya çalışamayız. Mavnaya yaklaşan olursa, ateş edersin.

- Baş üstüne kumandanım.

Manganın yanına geldiğinde siperler kazılmış, yukardan görünmemesi için de dikenlerle maskelenmişti; incir ağacının dalları da zaten örtüyordu.

Güneşin öncüsü sabah yıldızı epeyce yükselmişti. Tan yerinde kızıllık belirince, fundalıkta iki nöbetçi bırakıp, sipere girdiler. Çantalarında ekmek, çökelek vardı; mataraları da su doluydu; akşama kadar sıkıntıları olmazdı. Yalnız Mardinli Hurşit'in durumu onları üzüyordu. Rengi kül gibiydi; devamlı da kan kaybediyordu. Ömer Çavuş, tütün basmış, sarmıştı. Kanama sanki biraz azalmıştı; ama tamamen durmamıştı. Siperin duvarına yaslanmış, ayaklarının arasına tüfeğini uzatmıştı. Her halinden acı çektiği, tâkatinin tükendiği belliydi. Teğmen Hüsameddin sık sık, "Nasılsın Hurşit?" diye soruyor; aynı cevabı alıyordu. "İyiyim kumandanım."

Seddülbahir'de kıyametin kopması için günün ışıması bekleniyordu. Seddülbahir'in beş kilometreyi bulan kara cephesinden ve Gelibolu'nun güney ucunu çevreleyen üç taraftaki denizden sanki bir volkan aniden püskürmeye başladı. Siperden çıkıp, fundalıkların arasında kendisine elverişli bir yer bulan Teğmen Hüsameddin, dürbününün merceğinden Müttefik kara topçusunun ve batıda Zığındere'ye, güneyde Seddülbahir'e yaklaşmış, doğuda Boğaz'ın iki kilometre kadar içine girmiş düşman savaş gemilerinin üç taraftan ateş ettiklerini görüyordu.

Bombardıman diğer zamanlara göre daha şiddetli ve sürekli idi. Türk ilk hat siperleri, aradaki irtibat hendekleri, gerideki gizli yollar, derinlikteki tahkimat, dur durak bilmeden dövülüyordu. Özellikle savaş gemileri durup durup vuruyorlar, istedikleri şekilde yer değiştirerek hedef belirliyorlardı. Toprak çukurlara gömülmüş askerler, onlara sonsuzluk kadar uzun gelen bu fırtınanın bir an önce dinmesini bekliyorlardı; ne çare ki dinmek bilmiyordu... Siperlerdeki patlamalarla yanındakiler kanlı et ve kemik parçalarına dönüşürlerken, sağ kalanlar "Selaten Tüncina"yı okuyarak, bilmeyenler "Tekbir" getirerek, Yaradan'larından korunmalarını diliyorlardı. Bu çelik kasırgaya karşı, toprak çukurların onları korumaları hemen hemen mümkün değildi... Fakat çaresizdiler; dayanacaklardı... Aralıksız dört saat süren, ölüp ölüp dirildikleri bu kasırgada Müttefik askerleri süngüleri takılmış tüfeklerini siperlerden havaya kaldırıp, "Hurra! Hurra!" diye bağırarak Türk askerlerinin moralini bozmaya çalışıyorlardı. Onlar " Hurra! Hurra!" nağralarıyla tüfeklerini kaldırıp, indirdikçe, avının üzerine atlamaya hazırlanan pars gibi Oğuz Amca bakıyordu.

Bombardıman birden durunca, hücum başlıyor zannıyla Türkler siperlerinden fırladılar. Ardından yağan şarapneller büyük kayıplarına sebep oldu; ama bu oyuna ikinci kere gelmediler; bombardıman kesilince, dışarıya gözetleme yerlerinden bakıyorlar, elleri tetikte bekliyorlardı. Şarapnelleri sadece fundalıkları biçiyor, taşlardan ateş çıkarıyorlardı.

Bu kadar dövmeden sonra, Müttefiklerin komutanları, haklı olarak Türk ileri siperlerinden direnç beklemiyorlardı. Top atışlarını gerideki siperlere kaydırdıkları sırada, bütün birliklere moral verebileceklerinden, parlak üniformaları güneşin altında yıldır yıldır yanan deniz kuvvetlerine mensup, Colling Wood kıtaları boru sesleri, trampet vuruşları, denize yakın vadilerde birbirine karışan beygir kişnemeleriyle, geniş bir hat üzerinde geçit resmini andırır şekilde ihtişamlı bir yürüyüşe geçtiler. İlk günden beri cephede boğuşanlar, bu yeni güç ve muhteşem manzara ile gerçekten büyük moral kazandılar. Bunlar Türk siperlerine yaklaştıkları sırada, sağ taraftan ateşe tutulmalarına rağmen tam siper yere yatıp, sürünerek ileriye devam ettiler. Türkler'in ilk mevzileri feci şekilde hırpalanmıştı; pek çok yerden cılız ateş geliyordu. Colling Wood kıtaları bir yandan Türkleri ateş altına alıp, diğer yandan ilerliyorlardı. Sportmen yapılı, enerjik olan bu askerler, ünlerini haklı çıkaracak kadar cesurdular; verdikleri kayıpları önemsemeden hedeflerine yaklaşıyorlardı. Kısa zamanda bir taburları tamamen mahvolmasına rağmen, Türkler'in sol cenahtaki ileri mevzilerini ele geçirdiler. Fakat böyle ihtimaller de Türk Kumanda Heyeti tarafından düşünülmüş, bazı birlikler, bu siperleri görecek tarzda yanlara yerleştirilmişti. Yanlardan gelen ateş ileri mevzileri ele geçirenleri perişan etti; ağır kayıplarla geri çekildiler.

Emsaline zor rastlanabilecek kadar gözkamaştırıcı taarruzun istenilen ölçüde başarıya ulaşmamasına, Queen Elizabeth'ten izleyen Başkomutan Hamilton ve Danışma Heyeti'nin akılları ermiyordu. Nasıl olurdu?... Etten ve kemikten yaratılanların saatlerce süren çelik kasırgaya dayanmaları mümkün müydü?.. Türkler mutlaka sarsılmış olmalıydılar. Hemen hücum tazelenmesi için emir verdi. Gerideki birlikler de cepheye sevkedildiler.

Ama boğaz boğaza olan çarpışmalar bir çizgi üzerinde sürüp gidiyordu. Hücumu daha etkili hale getirmek için adalardaki bütün ihtiyatları karaya çıkarıyorlardı.

Gouroud da bütün askerler için büyük moral kaynağı idi. Fransızlar'ın Norbone Arslanı olarak ün salmış bu kahramanlarının, ününe uygun heybeti de vardı. Çalıyı andıran kaşları altında uzakları süzen ateş gibi gözlerinden zalim bir gurur, soğuk bir küçümseme hiç eksik olmazdı. Emirlerini hep kılıcı andıran keskin bir sesle verirdi. Aldığı madalyalar nerdeyse göğsüne sığmıyordu. Bugünkü taarruzu o yönetiyordu. Bilhassa Fransız birlikleri şahlanmışlardı; Gouroud'un ününe gölge düşürmek istemiyorlardı.

Rüzgârlı olmasına rağmen, hava boğucu ve sıcaktı. Ölüm, dirim savaşına giren ordusuna moral verebileceği için Hamilton, Kurmay Heyeti'yle karaya çıkıyordu. Karaya yaklaşınca, göz gözü görmiyecek kadar yoğun bir toz bulutu içine girdiler. Patlamaların savurduğu toz toprağın karadan denize doğru uçuşması mesajların gelmesine mani değildi. General Hunter-Weston'un bölgesindeki sol kanat birlikleri Türkleri geri püskürtüyordu. Manchester Tugayı ise merkezde, Alçıtepe'nin alt yamaçlarındaki siperlerden Türkleri atmayı başarmıştı.

Fransız Kolordusu da doğudaki bazı mevzileri ele geçirmişti; kalanları ele geçirmek üzere iken, sanki balyoz Kolordu'nun beynine indi. Yarbay Selâhaddin Adil'in kumandasındaki Onikinci Tümen fırtına gibi cepheye intikal etmiş; olanca gücüyle Fransızlar'a bindirmişti. Fransızlar ele geçirdikleri mevzileri terketmek zorunda kaldılar.

Ne çare ki Türkler'in batıdaki durumu gittikçe vahim bir hal alıyordu. Bu bölgede İngiliz birlikleri, Alçıtepe köyü istikametinde sekizyüz metre kadar ilerlemişlerdi. Bunlara karşı koyan Albay Halil Sami'nin kumandasındaki Dokuzuncu Tümen artık tâkatsizdi; taburları hayalete dönmüştü. Binbaşı Mahmud Sabri, Binbaşı Lütfi'nin yalın kılıç direnmeleri de pek fazla netice vermiyordu; ama bir türlü de bozguna uğramıyorlardı. Her karış toprağı düşmana pahalıya mal ederek adım adım çekiliyorlardı. Türkler'in kırılmakta olan direncini sezen İngiliz birlikleri de olanca güçleriyle yükleniyorlardı; artık önlerinde durmaları çok zordu.

Her geçen dakika Türkler için ümidlerin tükendiğini gösteriyordu. Topçu Grup Kumandanı Alman Binbaşı Binhold, tepeden bakıyordu; cephe değişik yerlerden yarılmak üzereydi; vehamet engellenemez durumdaydı; düşmanın eline topların sağlam geçmesini istemediğinden Beşinci Topçu Alayı, İkinci Batarya Kumandanı Teğmen Arif'e şu emri vermek zorunda kaldı: "Düşman birinci hat siperlerimizi işgal etti; ilerlemeye devam ediyor. Görevimiz bitmiştir. Topları tahrip ederek geri çekiliniz."

Alçıtepe'nin önemini bilen Teğmen Arif geri çekilmek istemiyordu. Düşmanı bir başka yerde durdurmaları nasıl mümkün olurdu?... Siperden fırladı; elinde kılıç, şarapnellerin savurduğu toz toprak bulutunun arasında bağırmaya başladı:

- Sesime gelin! Korkmayın! Düşmanı durdurduk!

Göğe savrulan taş toprak ortalığı göz gözü görmez hale getiriyor, şarapneller yağıyor, sağa sola koşan Teğmen Arif'e bir misket isabet etmiyordu. Dağılmış, perakende haline gelmiş, askerleri topluyor ve hemen siperlere yerleştiriyor; devamlı aynı şeyleri söylüyordu.

- Sesime gelin! Korkmayın! Düşmanı durdurduk!

Siperlere yerleştirdiklerinin arasında Oğuz Amca, Akyazılı Mehmed de vardı. Oğuz Amca'nın kaşı yarılmış, sol gözü kapanmıştı. Akyazılı Mehmed de tanınmaz haldeydi; saçı sakalı birbirine karışmış, sağ omuzu kanlar içindeydi. Patlayan şarapnellerle kaynayan toz toprağın arasında küçük şimşekler birbirine çarparken Oğuz Amca Yusuf'un sesini işitti.

- Çekiliyoruz! Tepeye doğru!

Oğuz Amca da ona bağırdı.

- Düşmanı durdurduk! Buraya gelin!

Yusuf'un yanında Hasan Şakir ve daha birkaç er vardı. Onlar da sürünerek Oğuz Amca'nın sesine geldiler. O hengâmede bir ara sağ tarafında bulunan gencecik, yakışıklı Hasan Şakir Oğuz Amca'nın gözüne çarptı. Bir yar gibi toprağa sarılmış, ecel terleri dökerek başını, kollarını, vücudunu sığınabildiği çukurun içine çekmeye çalışıyordu. Gelişi güzel güneye doğru ateş etmeye başladılar. Acı feryatların arasında Oğuz Amca zaman zaman Yahya Çavuş'un sesini duyuyordu.

- Gün bu gündür!... Analarımız bizi bugün için doğurdu!..

Teğmen Arif toplayabildiği yüzelli kadar askeri o kargaşada bataryanın aşağısındaki sırtlara yerleştirdi. Bazısı hafif yaralıydı; kimisinin eli, kimisinin yüzü veya ayağı kanıyordu. Vadiden yukarıya İngiliz birlikleri dalga dalga çıkıyorlardı. Teğmen Arif sık sık emrini tekrarlıyordu.

- Ateş!

Oğuz Amca, Yahya Çavuş, Akyazılı Mehmed, Yusuf, Hasan Şakir ve diğerlerinin namluları ısınmalarına rağmen devamlı tetik çekiyor, boş kovanları fırlatıyorlardı. İngilizlerin dalga dalga yaklaşmaları durur gibi oldu. Ateşin sönüklüğünü anlamamaları için Teğmen Arif top bataryasına da devamlı ateş ettiriyordu. Ateşle sarsılan İngilizler böyle bir mukavemet beklemiyorlardı; onlara cephenin kesin dağılmak üzere olduğunu zannetmeleri güç vermişti. Halbuki şimdi Türkler'in piyadesi, topçusu karşılarındaydı. Araziye yayılıp, ateşe başladılar; arkalarındaki topçulara aşırtma ateşle önlerini dövmelerini bildirdiler. Yüzlerce topla, bir bataryanın düellosu başladı. Yanlarına düşen top mermilerinin fışkırttığı toz duman içinde piyadeler de birbirlerine ateş ediyor, bomba savuruyorlardı.

Bir mermi, Türk toplarından birinin tam namlusuna

isabet etti. Namlu parça parça oldu. Çevresindeki erlerden ikisi cansız yere düştü; Teğmen Arif'in sol yanağı patladı, boğazından aşağıya kan akıyordu. Elazığlı Hasan bağırdı:

- Yaralandınız kumandanım!

Top sarsıntılarının arasında Teğmen Arif'in sesi yükseldi.

- Yaralanmanın sırası değil! Ateş!

Kan revan içinde olmasına rağmen, sağ elindeki kılıcını sallayarak sık sık piyade erlerinin yanına koşan, tekrar başlarına dönen kumandanları Teğmen Arif topçulara büyük moral veriyordu. Zemini göçürürcesine bir sarsıntıyla ateşlenen topu hemen dolduruyorlardı.

Ama asıl boğuşma top düellosunun altında cereyan ediyor, acı feryatlar yeri göğü sarsan yankılanmaların arasında kayboluyordu. El bombası patlamaları, makineli taramaları, mavzer sesleri Alçıtepe'nin eteklerini toz dumana boğuyordu. Oğuz Amca bu toz dumanın arasında Kınalı Murad'ı gördü; çukurdan çukura sincap gibi atlıyor, tetik çekiyordu.

Arıburnu'ndaki hücuma rağmen, oradaki bazı kuvvetleri Seddülbahir'e sevketmek mecburiyetinde kalan Esat Paşa karargâhında duramıyor, her an Alçıtepe'nin düştüğü haberini alacağından korkuyordu. Bu tepeyi ele geçiren Müttefikler, uzun menzilli toplarıyla Çanakkale Boğazı'na, hatta Gelibolu Yarımadası'nın güney kesimine, Kilitbahir-Çanakkale hattı da dahil olmak üzere, bütün bölgeye hakim olabilirlerdi. Fakat bir türlü Alçıtepe'nin düştüğü haberi gelmiyordu. Belki de orada olağanüstü hadiseler cereyan ediyordu? Ama ne olup bittiğini bilmiyorlardı. Sadece düşmanın bütün ağırlıklarıyla yüklendiği Alçıtepe'nin düşmediğini biliyorlardı. Arıburnu'ndan yola çıkan birliklerin kumandanlarına Esat Paşa sık sık yeni haberler göndererek daha çabuk olmalarına dair emrini tekrarlıyordu. Eriyle, subayıyla, onlar da kızgın güneşin altında insanüstü gayretle yürüyorlardı.

Yardıma gelişleri balonlarla tesbit edilince, donanmanın aşırtma ateşi başladı. Çevrelerine düşen koca koca mermilerden ürkmeleri, ilk önce karışıklıklara sebeb olduysa da, kısa zamanda korkularını yenip, yola devam ettiler. Bu ateşte kayıp vermemek için vadileri takip etmeleri yollarını uzatıyordu. Subaylar durmadan "Haydi evlatlarım! Biraz daha gayret" diyorlar, zaman zaman Alçıtepe'nin önündeki dişe diş boğuşmayı duyar gibi oluyorlardı. Gelenlerin arasında bulunan Molla Kâzım hem yürüyor, hem devamlı okuyor, o yöne üflüyordu.

Yerleri belli olup, zırhlıların bombardımanına tutulmalarını göze alarak Esat Paşa İntepe'deki topları da gündüz düelloya iştirak ettirmek mecburiyetini duydu; çünkü önlerinde cereyan eden savaşla Alçıtepe düştü düşecekti; bu andaki sessizlik herşeyi anlamsız hale getirebilirdi. Seyyar toplarla fundalıkların arasından ateşe başladılar; Boğaz'daki zırhlılar yerlerini tesbit edip, onları ateş altına alınca, yer değiştiriyorlardı. Çakılı topların başındaki subaylar ise durumu kolluyorlardı; o hengâmede kaybolup gideceklerini anladıkları anda ağır toplarla da ateş ediyorlardı.

Fransızların eline geçirdikleri siperlerden püskürtüldüklerini haber alan Norbonne Aslanı General Gouroud o tarafa doğru yürüdü; âcizliği ne kendisine, ne de askerlerine yakıştırabiliyordu. Elinde kılıç cephenin her yerine yetişiyor, subaylara emirler yağdırıyordu. Tekrar hücum emri verdi; çünkü tecrübelerinden devamlı hücum edenin kazanacağını biliyordu; elbette bir an gelecek, direnenin direnci kırılacaktı!... Çözülme başlayınca da sonuç elde edilirdi. Bunun için hücumu sıklaştırıyor, yerinde duramıyordu. En öndeki siperlerde başlayan tıkanıklığı çözmek için oraya giderken, birden sarsıldı; kendini yerde buldu. Sol tarafı kanlar içindeydi; bir top mermisiyle kolu kopmuştu.

Hatlar birbirine karışmıştı; düşmanı avlamak için başını siperden çıkaranlar, sağa sola sürünenler kurşunu yiyorlardı. Buradaki siperlere de artık siper denemezdi; hepsi dümdüz edilmişti; sadece mermi oyukları, çukurlar kalmıştı. Oğuz Amca derince bir çukur bulmuştu; ordan oraya sincap gibi atlayan, sık sık tetik çeken Kınalı Murad, Oğuz Amca'nın bulunduğu çukura düştü. Ağız burunları tıkayan toz bulutunun arasında Oğuz Amca bakışlarını ona çevirdi; mekanizma kolunu çekerek boş kovanı fırlatan Kınalı Murad, ateş edebilecek bir yer arıyordu. Pek çok silâhın arasında, kulakların dibinden patlayan tüfeği ikisi de fark ediyordu. Kınalı Murad yakınlarında patlayan tüfeğin yerini tam belirlemek için, başını kaldırınca Oğuz Amca bağırdı:

- Kınalı!

Oğuz Amca'nın bağırmasıyla Kınalı Murad'ın toprağa kapanması bir oldu. Onlara göz açtırmayan düşmanın tahmininden de çok yakınında bulunduğunu anlayan Oğuz Amca, yattığı yerde hiç kımıldamıyor, bakışlarıyla çevreyi tarıyordu; nasıl olsa ateş edecekti. Toz bulutunun içinde dikkat kesilmişti. Biricik koruyucusu toprağa, ana gibi, sadık bir dost gibi sarılmış, bekliyordu. Birkaç metre sağ taraftaki tümseğin arkasında bir kasket görünmeye başladı. Oğuz Amca namlusunu doğrulttu; düşman askerinin gözü görünmeden tetiğe dokundu. Onlara aman vermeyenden kurtulduğunu anlayınca, bakışlarını Kınalı Murad'a çevirdi; sol şakağından akan kanın boyadığı yüzü, utangaçlığını koruyordu.

Bataryanın önündeki hattın arasına düşman kama gibi girmişti. Oğuz Amca, Akyazılı Mehmed, Tekirdağlı Kerim sol cenahta; Ezineli Yahya Çavuş, Yusuf, Hasan Şakir sağ cenahta kalmışlardı. Her iki tarafta kalanlar da, aralarına bir hançer gibi saplanan düşmanın oluşturduğu tehlikenin şuurundaydı. Daha fazla ilerleme ve yayılmalarına engel olmak için emrinde yarım manga kadar asker kalan Ezineli Yahya Çavuş olağanüstü gayret sarfediyordu. Fakat toz dumandan, şarapnel alevlerinden fazla ilerlerini göremiyor, sık sık siperde dikleniyor, düşmanın ilerleyip, ilerlemediğini anlamaya çalışıyor, iki bomba savurduktan sonra sipere yatıyordu. Onun bu hareketi; kendilerinden kat be kat üstün düşmanın karşısındaki askerlere moral veriyor, dirençlerini artırıyordu.

Oğuz Amca tüfeğine yeni birşeyler sürerken yanına birisi uzandı.

- Kimsin?

Soluk soluğa cevap verdi.

- Arıburnu'ndan geldik.

O, er tüfeğini doğrulturken, daha yenileri de cepheye intikal ediyorlardı. Aradan çok geçmeden ellerinde kılıçlarla subaylar göründüler; "ileri" nağralarıyla toz bulutuna daldılar. Arıburnu'ndan yetişen askerler fırtına gibi esiyorlardı. Toz bulutu geriye, deniz tarafına doğru kayıyordu.

Oğuz Amca'nın kıpırdayacak hali kalmamıştı. Toza bulanmış kanı yüzünün sol tarafında kurumuş, bir gözünü tamamen kapatmıştı. Sağ gözüyle önündeki cesetlere bakıyordu. Birden Yahya Çavuş'u gördü; yerinden fırladı. Bütün göğsü kalbura dönmüş, Ezine'nin kahraman evlâdı sırt üstü yatıyordu. Eğildi; yakasından tutup:

- Çavuş! Çavuş! diye sarstı.

Ruhunu teslim edeli epeyce olduğu belliydi. Yüzü, tıpkı uyuyan bir insanın yüzü gibi sakindi. Oğuz Amca cesetten aldığını nemli gözünü Alçıtepe'ye çevirdi; Seddülbahir'deki Türk savunmasının sembolü olan o tepe akşam güneşinde ışıldıyordu.

*

* *

Alçıtepe'nin eteklerindeki mücadeleyi takip için dürbününden gözlerini ayırmayan Teğmen Hüsameddin boğuşmanın denize doğru kaydığını müşahede ettikçe ferahlıyordu. Fakat bu ferahlaması uzun sürmedi. Adalardan havalanan uçaklar Kumkale ile İntepe'nin üzerinde dolaşmaya başlayınca, endişelenerek sipere girdi. Uçaklar sık sık pike yapıyorlar, mümkün olduğu kadar alçaktan uçuyorlardı. Buradaki mangayı aradıklarından şüphesi yoktu. Siperdekiler sessizce oturuyorlar, nöbetçiler fundalıkların arasına tam siper yatmışlardı. Ağaçtaki Hasan Çavuş kımıldamıyor; dalların gövdeden sıkıca ayrıldığı yere oturmuş, devamlı çevreyi gözetliyordu. Mardinli Hurşit'in rengi kefen gibi olmuştu; her halinden çok acı çektiği anlaşılıyordu.

Güneş gurupta kaybolunca, uçaklar adalara döndüler. Diri bir varlık gibi çöken akşam silâhları susturuyor, herşeyi örtüyor, ama acıları daha da artırıyordu. Gelibolu'nun mosmor tepelerine bakan gözler, bu sabah yaşayan arkadaşlarının hasretiyle nemleniyordu.

Küçük bir istimbot kıyıya yaklaşıyordu. Otların içinden birkaç kişi birden fırlayınca, fundalıkların arasında yatan nöbetçiler ateşe başladılar. İncir ağacının altındaki siperde bulunanlar da dipçiklerini omuzlarına dayayıp, namlularını toprağa yerleştirdiler. Bu anda istimbottan bir kişi kıyıya çıktı. Ağaçtaki Hasan Çavuş, bir mermiyle onu suya devirdi. Silâhlar patlamaya devam ediyordu. Bedri Çavuş'un mangası da kıpırdayan her çalıyı tarıyordu. İntepe'deki Türk topları da gürleyince, istimbot uzaklaşmak zorunda kaldı. Boğaz'daki Triumpf projektörlerini yaktı; İntepe'yi taramaya başlayınca, oradan ateş kesildi; ama bu kere alt tepelerden mavzer sesleri yükseldi. Önlerinden de ateş geldiğinden sazlığın ortasında beyaz bir mendil sallandı. Ateşi kestiren Teğmen Hüsameddin İngilizce bağırdı.

- Buraya gelin!

İki kişi sazlıkta ayağa kalktı; onlara doğru yürümeye başladılar. Elleri havada idi; birisi topallıyordu. Aralarındaki mesafe azalınca, Teğmen Hüsameddin:

- Orada kalın, silâhlarınızı yere atın, dedi.

Durdular ve tabancalarını yere attılar; tekrar ellerini

havaya kaldırdılar. Teğmen Hüsameddin Bedri Çavuş'un mangasına da duyurmak için emrini yüksek sesle verdi.

- Ömer Çavuş, iki erle git, teslim al. Buradakiler ateşe hazır vaziyette bulunun.

Diğerlerinin elleri tetikte, gözleri çevredeydi. Ömer Çavuş iki erle siperden çıktı. Aralarındaki mesafe birkaç adımdı. Önce üstlerini aradılar; bellerindeki el bombalarını ve yerden tabancalarını aldılar. Bellerinden palaskalarını çözüp, ellerini bağlarken, İntepe'den iki manga askerle bir teğmen aşağıya indi. Triumpf Gelibolu'nun ucuna yakın bir yere demir atmıştı; çevresinde nöbet tutan torpitolar da oldukça uzaktaydılar. Fundalıkların arasında gene de temkinli dolaşıyorlardı. Fransız Üsteğmen:

- Başka yok; dokuz kişi de öldü, dedi.

Fransız Üsteğmenin sözüne güvenmeyip, her yeri didik didik etmelerine rağmen, sadece dokuzunun cesetini buldular. İntepe'den inen birliğe esirleri teslim edip, Kumkale'ye dönerlerken, kıyıya iki kruvazör yaklaşıyordu. Tepeden bir seyyar obüs bataryası ateş açınca, onlar da toplarını ateş edilen yere çevirdiler. Teğmen Hüsameddin:

- Çabuk, dedi; bize zarar vermemeleri için torpitoları oyalıyorlar.

Fundalıkların arasından süratle Kumkale'ye döndüler. Mardinli Hurşit'in durumu iyi değildi; devamlı kan kaybediyor, artık ayakta duramıyordu. Hemen bir sedyeye yatırdılar; yarım manga asker, onu Çıplak Köy'deki hastahaneye götürdü.

*

* *

Seddülbahir açıklarındaki hastahane gemisinde yatan General Gouroud'un kolunun kopması Başkomutan Hamilton'u şoke etmişti. Ordu üzerindeki etkisi de onu düşündürüyordu. Hemen ziyaretine gitti. Doktorlar Gouroud'un çok kan kaybettiğini, aşırı yorgun olduğunu, yanında uzun süre kalmamasını, hatta mümkünse konuşturmamasını söylediler.

Hamilton odasına girdi. Norbonne Arslanı Gouroud'un rengi kefen gibiydi; yüzü derin bir matemi aksettirmesine rağmen metin görünmeye çalışıyordu. Ama devamlı burgular gibi delici bakan gözlerinde sertlikten eser kalmamıştı; sadece sönmek üzere olan bir donukluk vardı. İlk bakışta bile yorganın altında sağ kolunun olmadığı anlaşılıyordu. Yatağından doğrulmak isteyince Hamilton:

- Aman rica ederim, olduğunuz gibi kalınız, dedi ve ilâve etti: Sizi iyi gördüm.

Gouroud hafifçe gülümsedi; çatık kaşlarının gölgelediği gözlerinde iki soluk ışık derinleşti. Zor duyulabilecek bir sesle cevap verdi.

- İyiyim.

Ne söylemesi gerektiğini bilemeyen Hamilton biraz durdu; hemen dışarıya çıkması da Gouroud'un moralini bozabilirdi. Aşırı üzüntüsünden zihnini toparlıyamıyordu; ama birşeyler söylemeliydi.

- Savaş çetin geçiyor; fakat zafer bizim olacak.

Gouroud'un sararmış yüzünde bir gülümseme belirip, silindi. Dudakları da kıpırdadı; eğilmesine rağmen ne dediğini Hamilton anlıyamadı. Hamilton anlam veremediği şekilde kendisini suçlu hissediyor, Gouroud'la göz göze gelmekte güçlük çekiyordu.

- Sizi fazla rahatsız etmiyeyim. Yakında görüşmek ümidiyle, hoşçakalınız.

*

* *

Hamilton "zafer bizim olacak" derken de artık zorluğunu iyice idrak ediyordu. Fakat başarmaya mecbur olduklarından, hem kendini, hem de çevresini zafere inandırmaya çalışıyordu. İki tarafın da gücü azalmış, elde kalan askerleri de yorulmuştu. Dinlenmeye, güç toplamaya ihtiyaç duyuyorlardı. Ne çare ki her an bir baskınla karşılaşabilirlerdi; devamlı teyakkuzda bulunmaları da onları yıpratıyordu. Bulundukları yerleri sağlama almak için iki taraf da tahkimatlarını kuvvetlendirmek istiyordu. Ama Türkler düşündükleri sahra tahkimatı için malzeme bulamıyorlardı.

Birinci Tabur'un kumandanı Binbaşı Lütfi, kum torbalarının arasından bakarken, Müttefiklerin cepheye küme küme demir ve çimento yığdıklarını gördü. Hem dürbünüyle bakıyor, hem de zihninden "Olabilir mi?" diye geçiriyordu.

Alay Kumandanı Yarbay Kadri'nin karargâhına giderken tasarısının gerçekleşmesinden zerrece şüphesi kalmadı. İçeriye girip, Yarbay Kadri'yi selâmladıktan sonra söze başladı:

- Kumandanım, birşey düşünüyorum; bilmem münasip bulur musunuz?

Yarbay Kadri karşısındaki sandalyeyi işaret ederek!

- Lütfi Bey, buyurun, oturun, dedi.

Karşısında oturan Binbaşı Lütfi'yi, diğer kumandanlar gibi, Yarbay Kadri de çok severdi; çünkü o iddiasız, alçakgönüllü, yüksek ahlâklı bir insandı; ibadetlerinde eksik bırakmayan ameli salih bir müslümandı. Hakka riayet eder, disiplini zedelemeden emrindeki askerlere şefkatle davranır, verilen görevleri eksiksiz yerine getirirdi.

-Kumandanım, üç numaralı makineli mevziinden bakınca, Müttefiklerin demir ve çimento yığdıkları görünüyor. Bizim de bunlara çok ihtiyacımız var. Bir baskın yapsak, nasıl olur acaba?

Yarbay Kadri, sol elini çenesinin altına getirdi; başını avucuna bıraktı; bakışlarını Binbaşı Lütfi'ye çevirdi.

- Nasıl bir baskın düşünüyorsunuz?

- İlk aklıma gelen şu oldu. Takviye birliklerle Üçüncü Tabur, batıdan yarma hareketine girişmiş gösterisinde bulunacak. Olanca kuvvetimizle oradan bindirdiğimizin intibaını vereceğiz. Düşmanın dikkatleri oradayken, doğudan baskını gerçekleştireceğiz. Tabii, düşmanı şaşırtmak için bunların yanına başka hususlar da eklenebilir.

Yarbay Kadri'nin gözlerinde bir ışık belirip, duruldu.

- Başarılı olabilir miyiz?

- Denemekte fayda var.

- Siz isterseniz, Mahmud Sabri Bey'le bu konuyu görüşün. Ben de Tümen Kumandanımıza arz edeyim. Münasip bulurlarsa, bir araya gelir, plânlarız.

Seni biz Allah yoluna kurban gönderdik

Mektupları dağıtan Yusuf'un elinde Kınalı Murad'ın mektubu kaldı. Karşısındakinin gözüne bakarken kızaran esmer yüzü bakışlarında canlandı. Yüreğinde derinleşen sızıyla Oğuz Amca'nın yanına geldi; elindeki mektubu göstererek:

- Kınalı Murad'ın, dedi. Anası, babası kara haberine nasıl dayanacaklar!

Oğuz Amca, derin bir göğüs çekti. Akif ve Hasan gözlerinin önüne geldi.

- İlk anda insan dayanamıyacağını zannediyor; ama Cenab-ı Mevlâm sabır veriyor. Ne yazıyor? Aç da okuyalım.

- Okuyalım mı?

Sorusundan Yusuf'un okumak istemediği anlaşılıyordu. Oğuz Amca ısrar etti.

- Zaten açılıp, okunmuş. Aile sırrı yazacak değiller ya; yazmışlarsa kimseye söylemeyiz. Belki cevap yazacağımız bir husus olur.

Zarfın ağzı açıktı; Yusuf mektubu çıkardı; okumaya başladı.

"Evlâdım Murad;

Bizleri yoktan var eden Rabbimizin farz kıldığı selâmlar üzerine olsun. Mektubunu aldık; çok memnun olduk. Allah da seni memnun etsin. Hepimiz iyiyiz; senin hasretinden başka bir kederimiz yok. Komşularımızda, köyde de Allah'a şükür herhangi bir yaramazlık olmadı.

Bu yıl havalar yağmurlu gitti. Mevlâmız bereketini esirgemedi. Ürünümüz çok iyi. Paraya ihtiyacın olursa, bize yaz; hamdolsun, halimiz vaktimiz yerinde.

Kumandanı'na cevap verememene üzülen anan şöyle diyor. 'Zabit Efendiye söyle gözümün nuru Murad'ım; sen bizim İsmail'imizsin. Seni biz Allah yoluna kurban gönderdik. Nasıl ki kurbanlık koçlar kınalanıyorsa, ben de saçlarına kına yaktım."

Yusuf'un sesi bulandı; Oğuz Amca'nın gözünden bir damla yaş fırladı. Yusuf devam etmek için kendini zorladı.

"Kardeşlerin Ramazan, Ali, Safinaz, Cavit, hepsi iyiler. Ayrı ayrı selâm ederler, ellerinden öperler.

Her duada, her zaman seni unutmayan ananın da selâmları var; düşman kurşunundan, soğuk rüzgârlardan, yerdeki karıncadan, görünen ve görünmeyen belâlardan seni koruması, Hızır'a yoldaş etmesi için gece gündüz Rabbimize dua ediyor.

Tez günde bizleri kavuşturması dileğiyle seni Mevlâm'a emanet eder, gözlerinden öperim.

Baban Halimoğlu Mustafa
Hacı Yakup Köyü
Sorgun-Yozgat"

*
* *

Berrak gökyüzünde kusursuz bir inci gibi görünen ay batmak üzere idi. Binbaşı Lütfi siperden başını çıkardı.

Çevreyi dinledikten sonra yanındaki bölük kumandanlarına, nerelere hücum edeceklerini, siperleri ele geçirir geçirmez, karşı taarruzu kırmak için makinelileri mevzilendirecekleri yerleri gösterdi.

Batıda Binbaşı Mahmud Sabri de hazırlıklarını tamamlıyordu. Onun bakımından önemli olan dehşet saçmak, cepheyi o bölgeden yarma taarruzuna geçtikleri hissini uyandırmaktı. Birkaç siper de ele geçirirlerse, o da kârdı. Topçular hazırdı; makineli tüfek timleri görevlerinin başındaydı. Onlar ateşe başlar başlamaz, piyadeler fırlayacak, bir kısmı bomba savururken, diğer kısmı düşman siperlerine dalacaktı. Ayın son ışıklarında takımların, mangaların görevlerini sessizce bildiriyor, ön siperlere gönderiyordu.

Oğuz Amca, Akyazılı Mehmed'in yanına yaklaştı.

- Aramızda çok acemi var. Heyecandan inşallah birbirimizi kırmayız.

- İnşallah Oğuz Amca. -Sesini biraz daha alçaltarak devam etti- Nedense hep böyle hücum anlarında can taşıdığım aklıma geliyor.

- Can pazarına dalmak kolay mı Mehmed?

Oğuz Amca'nın mangası, siperleri ateş altına alacak makinelilerden doğacak boşlukları dolduracak, düşmanın siperden başını çıkarmasına fırsat vermiyecekti. Bu anda da bomba mangası, siperlere el bombaları yağdıracak, bomba patlamaları sona ererken, siperlere dalacaklardı.

Ay gümüş gibi suda erirken, siperlerin çıkış yerlerinde bekliyorlardı. Aylardan beri çatışmaların içinde bulunmalarına, pek çok kere baskın yapmalarına rağmen, heyecanları doruk noktasındaydı. Nasıl heyecanlanmazlardı?.. Her baskından sonra eksiliyorlardı, şimdi sıra kimlerde idi?...

Toplar, makineliler aynı anda ateşe başladı; Oğuz Amca ve mangası siperden fırlayıp, beş-on metre sonra yattılar. Şimşek hızıyla önlerindeki siperleri ateş altına aldılar. Aradan otuz saniye kadar zaman geçer geçmez, bomba mangası yanlarında bitiverdi; siperlere yağdırdıkları bombaların alevleri arasında, yaptıkları ikinci hamle ile Oğuz Amca ve mangası düşman mevzilerine daldılar. Seddülbahir Cephesi'nin doğu kısmında korkunç bir boğuşma başladı. Başka yerde bir hareket yoktu; ama buradan Türkler ölümüne yükleniyorlardı.

Müttefikler gerçekten bir yarma hareketiyle karşı karşıya olduklarını zannettiler. İrtibat yollarıyla geriden takviye alırlarken, sağdan ve soldan da bu bölgeye kuvvet kaydırmaya başladılar.

Kısa bir süre sonra, Boğaz'a yakın kesimde de kızılca kıyamet koptu. Müttefiklerin buradaki tahkimatları zayıftı; çünkü arkalarındaki donanmanın toplarına güveniyorlardı. Fakat Türkler'in çok ani bir hareketle siperlerine dalması, aydınlık olmaması, donanmanın toplarını hareketsiz bıraktı. Bu bölgedeki Fransız birliklerinde panik baş göstermemesi için çevreden hemen kuvvet kaydırmaya başladılar. Desteklenmelerine rağmen, Fransızlar uğradıkları şaşkınlıktan bir türlü kurtulamıyorlar, gereken direnci gösteremiyorlardı. Bir felâketle karşılaşmamak amacıyla bu bölgeye kuvvet kaydırmaları hızlanıyordu.

Doğuda ve batıdaki hareketleri dakikası dakikasına takip eden Binbaşı Lütfi gözünü kolundaki fosforlu saatinden ayırmıyordu. Tam kararlaştırılan zamanda siperlerden fırladılar. Makineli mevzilerinden, top bataryalarından ateş de başlamıştı; düşman siperlerine yaklaşırlarken havaya aydınlatma fişekleri attılar; makineli tüfekler ateşlerini kestiler; top bataryaları menzillerini geriye kaydırdılar.

Gerçekten de baskın tahmin ettikleri gibi gerçekleşti; Binbaşı Lütfi'nin taburu fazla güçlük çekmeden, çimento ve demir yığınlarının bulunduğu bölgeyi ele geçirdi; buradaki ihtiyat kuvvetlerini İngiliz subayları doğu ve batıya kaydırdıklarından derlenip toparlanmaları, karşı hücuma kalkmaları için zamana ihtiyaçları vardı. Bu zamanı iyi değerlendirmenin şuurunda olan Türkler de takviye birliklerle ön siperleri sağlamlaştırırken, makineli tüfekleri ileriye aldılar; top bataryalarını da bu bölgeyi koruyacak konuma getirdiler.

Az bir kayıpla Müttefiklerin buradaki ön siperlerini ve malzeme yığınlarını ele geçiren Türkler gün ağarırken hareketi durdurdular.

*

* *

Hamilton'un yeni kuvvetler istemesi Londra'daki Savunma Konseyi'nde ciddi tartışmalara sebeb oldu. Bunca insan, silâh, malzeme kaybına rağmen Seddülbahir ve Arıburnu'nda, birbirinden uzakta, ancak avuç içi kadar iki arazi parçası ele geçirilebilmişti. Daha fazla asker, silâh ve malzeme sevkiyatı, imparatorluğun gücünü tüketir, diğer cephelerde vahim sonuçların doğmasına yol açabilirdi. Fakat uzun tartışmalardan sonra cephenin önemi gözönünde bulundurularak sevkiyata karar verildi.

Haberi alan Hamilton'un morali düzeldi; ama ona tanınan son şanslar olduğunu da biliyordu. Yeni kuvvetler gelinceye kadar birşeyler yapmalıydılar; tam sonuç alınmasa bile, Türkleri hırpalar, taze kuvvetlerle öldürücü darbeyi vururlardı. Küçük bir bölgeye aşırı kuvvet yığarak, donanmanın da desteğiyle, dar bir cephede, uzun ve yoğun bombardımanlardan sonra saldırıp, Türk siperlerini parça parça ele geçirmek akıllıca bir taktik değil miydi?

Türkler de boş durmuyorlardı; Müttefikler gibi sahra tahkimatları yapmak için gece gündüz çalışıyorlardı. Malzemeleri daha çok taş ve topraktı. Ele geçirdikleri demir ve çimentoyu en stratejik noktalarda kullanmaya dikkat ediyorlardı.

Yazın şu günlerinde iyice kuruyan Kerevizdere'nin kuzey kesimleri Türkler'in, güney kesimleri Müttefiklerin elindeydi. Bu bölgedeki İngiliz ve Fransız birlikleri ihtiyat kuvvetleriyle takviye edildi. Her birliğe nokta görevi verildi. Kerevizdere'nin kuzeyindeki tepeyi Fransızlar ele geçirerek, çevredeki Türk birliklerini de İngilizler temizleyecekti.

Karanlıkta birlikler kaydırılarak, eldeki mevcut güçler, aniden balyoz darbesi indirecek şekilde düzenlendi. Kavurucu sıcakların sürüp gittiği günlerden birinin sabahında kara topçusu ve donanmanın bombardımanı başladı. Kırmızı, sarı, kül renkli dumanlarla kaplanmış gökte taş, toprak, kemik, et parçaları birbirine karışıyordu.

Bu bombardıman eskilerden farklıydı; onlar birkaç saat sürer, ardlarından birlikler hücuma geçerlerdi. Şimdi ise devamlı dövüyorlar, herhangi bir saldırıda bulunmuyorlardı. Her gün şiddetlenerek devam ediyordu. Topçular dinlenirken, adalardan kalkan uçaklar bombalamaya başlıyorlardı. Dinlenen, ikmalini yapan topçular bombardımana başlayacakları sırada uçaklar kayboluyorlardı.

İnsanda saatler sürecek hissini uyandıran bombardıman tekrar başlamıştı. Mağmanın kükreyişi gibi sallanan, toz ve dumanın boğduğu siperde Oğuz Amca, birkaç adım sağında bulunan, iç âlemine dalmış Hasan Şakir'e bakıyor, oğlu Mustafa'yı hatırlıyordu. O birkaç yaş daha küçüktü; o da böyle cankurtaran simidi gibi tüfeğine sarılıyor muydu? Onu bu dünya gözüyle görebilecek miydi? Nerede idi? Birliğinin güneye hareket ettiğini yazmışlardı. Ama başka haber alamamıştı. Niçin kendisine mektup yazmıyordu? Bugün, yarın izin alırım diye düşünüyor, günler mi geçiyordu? Üstlerinde şarapneller patlarken, tüfeğine sımsıkı sarılmış Hasan Şakir'e bakıyor, aynı şeyleri düşünüyordu.

Topçular ateşi kestikten biraz sonra uçaklar bombalamaya başladılar. Uçaklar daha tehlikeli oluyordu. Tepelerin ardına, vadilere gizlenen Türk askerlerini buluyor, bomba yağdırıyorlardı. Müttefik uçakları kaybolunca, bazen Çanakkale'den bir Türk uçağı havalanıyor, düşmana kayıp verdirmekten çok, Türk askerlerine moral vermek için karşı siperleri bombalıyordu. Askerler de buna "Tek Kuyruk" adını takmışlardı. Türk mevzilerinin üzerinde uçarken siperlerden, "Haydi Tek Kuyruk" diye bağırırlardı.

Müttefik uçakları kaybolmuş, Tek Kuyruk görünmemiş, topçu bombardımanı da başlamamıştı. Ama siperdeki askerler bombardımanın başlıyacağını hissediyorlardı. Oğuz Amca, çıkış yerine yığılmış, kum torbalarının arasından düşmanı gözetliyordu. Biraz güneş ışığı alan yerde bulunan Hasan Şakir, göğüs cebinden Dilâra'nın mektubunu çıkardı; resmine bakıyordu. Onun bu dalgınlığı ilerde dikilen Yusuf'un dikkatini çekti. Sessizce yanına yaklaştı; öne doğru eğilince, Dilâra'nın resmine baktığını gördü. Yusuf'un gülümseyen gözleri ay ışığı vurmuş dere içindeki taşlar gibi parladı. Onu utandırmamak için gene aynı sessizlikle uzaklaştı.

Tekrar topçu bombardımanı başladı; başının üstünde şarapneller patlarken, "Seninle bir elin parmaklarıydık sanki; ayrılamazdık. Ne çare ki son günlerde içimde beliren kuşku bana ayrılacağımızı söylüyor" diye zihninden geçirdikten sonra resmi özenle zarfa koyup, göğüs cebine soktu ve tekrar tüfeğine sarıldı.

*

* *

Günlerden beri süren, daha ne kadar süreceği de belli olmayan bu bombardımanın ardından korkunç bir saldırı başlıyacağına kanaat getiren Esat Paşa ve Kurmay Heyeti Anadolu Yakası'ndaki kuvvetlerin bir kısmının Rumeli'ye geçirilmesine karar verdiler.

Teğmen Hüsameddin'in gözetleme görevi yapan takımının dahil olduğu Üçüncü Tümen de Gelibolu'ya geçme emrini aldı. Kumkale'den Çanakkale'ye gece yürüyüşle geldiklerinde, onları karşıdaki Akbaş Köyü'ne geçirecek Şirket-i Hayriye vapurları bekliyordu. Katı bir disiplinle bindikleri vapur dolunca hemen hareket ediyordu.

Teğmen Hüsameddin oldukça heyecanlıydı. Dürbünüyle kafesin arkasından ne süngüleşmeler, boğazlaşmalar seyretmişti. Şimdi onları yaşamak sırası kendilerine gelmişti. Bindikleri vapur Akbaş Köyü'ne yaklaşırken, Anadolu yaylası ağarıyor, şafağın rahminden sökün eden ilk ışıklarla yeni bir gün doğuyordu. Birliğinde gözlerini gezdiren Teğmen Hüsameddin'in, Ömer Çavuş'la konuşan Mıstık'ın sevimli, çocuksu hali dikkatini çekti.

- Mıstık, hiç vapura bindin mi?
- Binmedim.
- Bu deniz ne kadar derindir?
- Bilmem; ama koskocaman gemileri yuttuğuna göre çok derindir.
- Yüzme biliyor musun?
- Bilmiyorum.
- Gemi batarsa, ne yaparsın?
- Kelime-i şahadet getiririm.

Vapurlardan çıkan birlikler, yeni doğmuş güneşin neşeli ışığından gizlenmek için vadilerin aralarına dalıyorlardı. Denizden, havadan yapılan gözetlemelere yakalanmadan bildirilen yerlere ulaşmaları gerekiyordu. Kendi ellerinde bulunan bazı bölgelerin dahi güvenliği kalmamıştı. Karanlık Liman'a dökülen derenin ağzında bile düşman torpitoları vardı; geri ile bağlantı kurulabilecek yerleri dövüyorlardı. Seddülbahir Cephesi'ndeki siperlerin bazılarına ancak dolambaçlı, gizli yollardan gidilebilirdi. Bazen bu gizli yollar da tesadüfen düşman makineli timleri, topçuları tarafından ateş altına alınır; o zaman ancak geceleri intikaller yapılırdı. Yaralıları da geceleri geriye sevk edebilmeleri pek çok askerin kan kaybından ölmelerine sebeb olurdu.

*
* *

Günlerce süren bombardımanla siperler, ateş mevzileri, irtibat hendekleri, tel örgüler ve diğer engeller nerdeyse silinmiş, dere tepe birbirine karışmıştı. Telefon telleri kopmuş, irtibatlar kesilmişti. Yıkılan yerleri onarmak için geceleri büyük gayretle çalışıyorlarsa da, ne hepsini onarabiliyorlar, ne de gerekli malzemeyi bulabiliyorlardı.

Tan yeri kızıllaşırken, "Hurra! Hurra!" nağralarıyla Fransızlar Kerevizdere, İngilizler Zığındere bölgesinden hücum ettiler. Türk ileri mevzileri hemen hemen kalmamıştı; ilk siperlerde tutunmaları imkânsızdı; adeta açıkta idiler. İrtibat yollarından ikinci siperlere geçerlerken epeyce zayiat verdiler. Yusuf'un da sol kolunu bir mermi sıyırdı. Ondaki kanı gören Hasan Şakir telaşlandı.

- Yusuf vuruldun!

- Önemli değil, hafif bir sıyrık.

Makineli tüfek tarrakaları, "Hurra! Hurra!" nağraları, bomba patlamaları, intikalleri önlemek için arkaları döven topların gümbürtüleri kulaklara kurşun döküyordu. İlk siperlerden ikinci siperlere geçerlerken, aynı siperlere ihtiyat birliklerinin kaydırılmasıyla da, Türkler sağlam bir hat meydana getirdiler. Yeni takviye birlikleri de intikal edince, Türkler karşı hücuma geçecek seviyede güçlendiler. Öndeki sıra namlularını siperin önüne yerleştirip, büyük gürültülerle, yakıp yıkarak gelen düşmana ateş ederken, arkada subaylar birliklerini süngü hücumuna hazırlıyorlardı. Yusuf'un yanındaki Hasan Şakir, "Allah" çığlığıyla olduğu yere kıvrıldı. Yusuf onu tutup, "Şakir! Şakir!" diye sarsarken Oğuz Amca yanına geldi; kurşun sol gözünden girmiş, kafasının arkasında kocaman bir delik açarak çıkmıştı. Subaylar "ileri" emrini verdiler.

Gerek Yusuf'un, gerekse Oğuz Amca'nın gözlerinin önünden, ruhunu teslim eden Hasan Şakir'in kıvrılışı gitmiyordu. Onun intikamını almak hırsıyla, kuvveti birkaç misline çıkaran o korkunç öfkeye kapıldılar; yürekleri kederli ve zalim bir hınçla dolmuştu; ne yaptıklarını bilmez halde birinci siperlere daldılar. Zaten çok kanlı bir boğazlaşma başlamıştı; satırlar atılıyor, süngüler saplanıyor; çığlıklar, nağralar birbirine karışıyordu. Bu boğazlaşma sırasında Oğuz Amca elden geldiği kadar Yusuf'u gözden kaybetmemeye çalışıyordu.

İrtibat yollarından devamlı yeni kuvvetler intikal ettiğinden, tutunamıyacaklarını anlayan Fransızlar, çekilmeye başladılar. Top atışlarına hedef olmamak için Türkler de onları süratle takip ediyorlardı.

Saflar birbirine karışmıştı; el bombaları fırlatılıyor, süngüler parlıyor, Senegalli'nin havada uçan satırı bir erin göğsüne saplanıyordu. Kimsenin dermanı kalmamıştı; ama bir anlık durgunluk insanın gövdesinden başının ayrılmasına sebeb olurdu.

Nasılsa iki tarafın kuvvetleri birbirinden açılır gibi oldu. İki tarafın topları, makinelileri devreye girdi; bu ateş selinin önünde durmak mümkün değildi; yakınlarında bulunan siperlere dalmaya başladılar. Gözü dönmüş Yusuf, kanlı süngüsüyle üzerine çullanacağı bir düşman askeri ararken, Oğuz Amca destekli bir tokatla karışık itince, o da sipere düştü. Kaçamayan yaralıların feryatları silâh seslerinde boğuluyordu. Fundalıklar gibi yaralılar da bu kurşun yağmurunda doğranıyorlardı.

Gecenin siyah örtüleri tedirgin bir sükûnet getirdi. Oğuz Amca ile Yusuf aynı siperdeydiler. Oğuz Amca Yusuf'a bakıyor, sık sık gözlerini kuruladığını anlıyordu. O da Hasan Şakir'e çok acımıştı; fakat Yusuf kadar acıyamıyacağını biliyordu. Aynı ahlâkı paylaşan ikiz kardeş gibiydiler. Yusuf yerinden kalktı; Oğuz Amca anlamıştı; o da Yusuf'u takip etti.

Siperin çıkış yerinde, ayaklar altında kalan Hasan

Şakir'in cesedine gelip geçen basmıştı. Yusuf başucuna çömeldi; dolu gözlerle Hasan Şakir'e bakıyordu. Karanlıktı; yüzünü seçemiyordu. Kendini tutamadı; göğsünden kabuk gibi sert ve yırtıcı bir hıçkırık fırladı; üzerine kapanıp:

- Kardeşim, diyerek hıçkırmaya başladı.

Oğuz Amca'nın da yaşları ip gibi uzanmasına rağmen kendine hakim olmanın, Yusuf'u teskin etmenin lüzumunu duyuyordu. Hiçbir gözyaşı, hiçbir çılgınlık Hasan Şakir'i geri getirmezdi. Sabırdan başkası anlamsızdı. Kendini zorladı; yanına çömeldi; göğsü dalgalı bir deniz gibi sarsılan Yusuf'un sırtını yumuşakça okşarken boğuk bir sesle:

- Yusuf kalk, diyordu.

Ne yazık ki Yusuf kalkacak durumda değildi; Oğuz Amca, omuzlarından tutup, ayağa kaldırdı.

- Yapabileceğimiz birşey yok; takdir böyleymiş. Hz. Peygamber, "Şehitler bu dünyaya bir daha gelseler, gene şehit olmak isterler" diye buyurmuyor mu? Allah'ın sevgili kuluymuş.

Gözyaşlarını silen Yusuf, hıçkırıklar arasında yakarışta bulundu:

- Rabbim! Bizi ahirette ayırma! Bu acıya nasıl dayanacağım.

Oğuz Amca'nın bulanık sesi sanki ruhanî bir iklimden geliyordu.

- Rabbimiz'e teslim olup, üzüntüyü bırakalım. Hazır fırsat varken defnedelim; hiç değilse, mezarının nerede olduğunu biliriz. Ceplerini ara; belki ailesine göndereceğin birşey bulabilirsin.

Yusuf, ceplerini ararken hıçkırıktan boğulacaktı. Parasına dokununca, yılan sokmuş gibi titredi; alamadı. Kalbinin üstündeki cebini yoklayınca, eline Dilâra'nın resmi geldi; onu gene usulca yerine koydu. İç cebinden çıkardığı kâğıtları buruşturmadan cebine soktu.

Oğuz Amca, Hasan Şakir'in baş tarafına geçip, iki omuzundan tuttu.

- Hadi, sen de ayaklarından kaldır; götürelim.

Hıçkırıkları dinmeyen Yusuf, ayaklarından tutup, kaldırdı. Kanlı başı arkaya düşen Hasan Şakir'i siperden geriye götürdüler.

Seyrek de olsa ışıldayan yıldızların altındaki yarımadaya derin bir sessizlik hakimdi. Bir tepeciğin üzerinde, küçük bir gürgen fidesi vardı. Kaybolmaması için o gürgen fidesinin dibinde mezarını eşmeye başladılar. Yusuf kazmasını sallarken, gözyaşları yağmur gibi boşanıyordu. Vefa Lisesi'nden beri paylaştıkları günler bir bir gözlerinin önünden gelip geçiyordu. Dedesi Müderris Rasih Efendi'nin sınıfta gözyaşlarıyla yaptığı konuşmayı hatırladı. O ihtiyar nasıl da heyecanlanmış, vatan ve millet endişesi bütün acılarının üstüne çıkmıştı. Bu yalan dünyada bir tek torunuyla kalmıştı. "Şimdi de onu gömüyoruz" diye zihninden geçirirken boğazında hıçkırıklar düğümleniyor, nefes alması güçleşiyordu. Yüreğinde sır gibi sakladığı sevgilisi Dilâra da gözlerinin önündeydi. O, ne yapacaktı?...

Oğuz Amca da Yusuf'a belli etmeden sık sık gözlerini kuruluyordu. Okumuş çocuktu; terbiyeli, saygılıydı. Nasıl da içten, "Oğuz Amca" deyişi vardı. Aynı anda kendisini teselli etmenin zaruretini de duyuyordu. Hiç değilse Hasan Şakir'in mezarı olacaktı. Ya Allahuekber Dağları'nda şehit düşen iki oğlunun cesetlerini aç kurtlar kimbilir nasıl parçalamışlardı!.. Oğlu Mustafa nerede idi? Sağ mıydı? Onu bu dünya gözüyle görebilecek miydi? Karısı, küçücük kızı Nadiye'nin halleri niceydi?...

*

* *

Hatice, sabah erken kalktı; Nadiye mışıl mışıl uyuyordu. Usulca musluğa yürüdü; abdestini aldı. Sofada namazını kıldı; yüreğinden hiç çıkmayan Akif'le Hasan'ına da dua etti. Bakışları duruldu; kara kaşlı, buğday renkli, yakışıklı, güzel sesli Mustafa'sı da gözlerinin önündeydi. Kocası Oğuz da torbasını eline almış, kapıda dikilmiş, "Hakkınızı helâl edin" sözünü şimdi söylüyor gibiydi. Gözyaşlarını tutan zarı sanki bir tığ deldi; secdeye kapandı; "Rabbim bizi koru" diyerek sessiz sessiz ağlamaya başladı.

Ne kadar ağlasa, içindeki şiş inmezdi; halbuki buğdayın biçilmesi lâzımdı. Hem geçimleri buna bağlıydı, hem de belki biraz satar, askerlerine harçlık gönderirdi. Kalktı; başörtüsünün uçlarıyla gözlerini kuruladı; akşamdan beze sardığı ekmeği ve çökeleği koltuğunun altına aldı.

Tarlaya geldi; "Besmele" ile orağını sallamaya başladı. Unutmak, kendini işine vermek istiyordu. Fakat ne mümkündü; nice yıllar kocası, oğullarıyla bu tarlayı biçmişlerdi. Şimdi ikisinin mezarını bile bilmiyordu; diğer ikisi de ne olacaktı?.. Gözyaşları fışkırıyordu... "Akif'im! Hasan'ım!" feryatlarıyla tarlaları inletse, ancak onu boğacak ilmikten kurtulabilirdi.

İnekleri önüne katan Nadiye eline bir parça ekmek almış, geliyordu. Hatice, onun ağlamasına da dayanamıyordu. Bir ara gözleri kararır gibi oldu; "Rabbim, bana sabır ver" derken orağın üstüne düştü. Bereket versin ki, orağın sırt tarafı göğsüne gelmişti.

Sağa sola bakan Nadiye onu göremeyince, çağırmaya başladı.

- Anne nerdesin? Seni göremiyorum.

Hatice ayağa kalkmak mecburiyetini hissetti; sırtı Nadiye'ye dönüktü. Başörtüsüyle yüzünü, gözünü kuruladı. Böyle durması da Nadiye'yi şüphelendirdi. Onun tarafına döndü; güneş de gözlerini kamaştırıyordu.

- Hava sıcak; cevizin gölgesinde otur.

Cevizin gölgesine oturan Nadiye, elindeki ekmeği

yemeğe devam etti. Hatice orağını eline aldı; terine karışan gözyaşları kuru buğdayların diplerini ıslıyordu.

Öğle sıcağı kavurmaya başlayınca, buğday başakları kırılıp, dökülüyordu. Kendisi de bunalmıştı. Geldi, cevizin gölgesindeki Nadiye'nin yanına oturdu. Yakınlarda erkek yoktu; rahatlamak için başörtüsünü omuzlarına düşürdü.

Nadiye:

- Anne, babam ne zaman gelecek? diye sordu.
- Kışa kalmadan gelecek kızım.
- Mustafa ağabeyim de gelecek değil mi?
- O da gelecek kızım.

Akif ve Hasan ağabeylerini soramadı; ağlamaya başladı. Hatice de kendini tutamadı; gözyaşları gene sökün etti. Nadiye dönüp, Hatice'ye sarıldı:

- Anneciğim!...

*
* *

Her geçen gün acısı azalacağına, bir uçurum gibi derinleşen Yusuf, Hasan Şakir'i gömdükleri gürgenin dibine oturdu. Mezarının yanına oturunca, kendisini ona yakın hissederdi. Can dostunun şahadetiyle insanın içini burkan kederin eksik olmadığı gözleri nemlendi; Hasan Şakir'in cebinden aldığı mektubu çıkardı; zarfa koymadan önce bir daha okumadan edemedi.

"Muhterem Dedeciğim;

Pek çok savaşa girip, çıktık; baskınlara uğradık; baskınlar yaptık. Hiçbir zaman şimdikine benzer bir his duymuyordum. Belki bu duyguya, dün gece siperde uyuklarken, rüyamda gördüğüm babamın, bana 'Artık hasretine dayanamıyorum. Ne zaman geleceksin?' demesi temel teşkil ediyor.

Şehit olmaktan katiyen korkmuyorum; sadece sizin

yalnızlığınız beni düşündürüyor ve üzüyor. Dedeler aile fertleriyle birarada yaşayınca mutlu olurlar. Hayatını milletimize adamış olan zatıalinize, kaderin bu mutluluğu niçin çok gördüğünü anlıyamıyorum. Fakat şehit babası ve belki de şehit dedesi olmak, Allah'ın çok az kuluna nasip olur, diye düşünüyor, bunun size vereceği manevî mertebe ile teselli buluyorum.

Sık sık, 'ikiyüz yıl önce, ilmi ve tekniği batıya kaptırdık, felaketlerimiz başladı' der ve ilave ederdiniz 'Dünya tarihinde, bu kadar güçlü düşmanlara karşı, böyle uzun süre dayanıldığı görülmemiştir.' Aradaki silâh farkını gördükçe, ana-baba kuzularının niçin cömertçe harcandığını gayet iyi anlıyor, 'İlim! ilim!' sözüyle çırpınan zatıaliniz gibi bir dedeye sahip olduğumdan iftihar ediyorum.

Düşmanın güçlü silâhlarının çelik sağanaklarına karşı askerimiz gözünü kırpmadan göğsünü siper ediyor. Ecdat yadigârı topraklarımızı düşman çizmesinden korumak için mehmedciklerimiz şevkle, ibadet aşkıyla etten kale oluşturuyorlar. Kumandanlarımız olan Alman subaylar, insanımızın şecaat ve metanetlerini çeşitli vesilelerle dile getirmenin mecburiyetini hissediyorlar. Onlara bu yiğitliği veren iman ve ecdada bağlılık şuuru olduğundan şüphe etmiyorum. İnşallah kültürümüzün direği olan bu iki unsur, sonsuza kadar devam eder de, eli öpülesi milletimiz hiçbir zaman boynu bükük kalmaz. Yenilgilerimiz bile şereflerle dolu olur.

Kelimelerle ifade edemiyeceğim hürmet ve sevgilerimi sunar, mübarek ellerinizden öper, Kadir-i Mutlak'a emanet ederim, benim güzel dedeciğim.

Torununuz Hasan Şakir
26. Alay 3. Tabur
Seddülbahir/Çanakkale"

Yusuf okuduğu mektubu zarfa koydu; üzerine Müderris Rasih Efendi'nin adresini yazdı. İçinde çağlayan halini alan acıdan kurtulmak amacıyla gözlerini güneşin süzüldüğü vadilere, Anadolu Yakası'ndaki tepelere çevirdi.

Yaz zorlu geçiyordu. Arazinin rengi değişmiş, zeytinliklerin göz alan gümüşî pırıltıları, çiçekler kaybolmuştu. Yeşil başakların, rengârenk çiçeklerin kapladıkları alanlara, şimdi açık mor yabani kekikler, kurumuş çirişotu sapları, yer yer pembe zakkumlar hakimdi. Yağan mermiler, top tekerleri, asker postalları o güzelim çimenleri çöle çevirmişti. Rüzgâr hızlanınca ortalığı toz duman kaplıyordu. Olağan havalarda tek tük serpilmiş gürgenler, vadilerdeki koca dallı incirler, çok seyrek de olsa alev renkli çiçekleriyle nar ağaçları göze çarpıyordu.

*
* *

Savaş sanki cehennemi Çanakkale'ye taşımıştı. Siperler fırın gibiydi. Hergün bombardımana maruz kalan askerler şimdi sıcakla da boğuşuyorlar, mataralarını iki dikişte boşaltmaları, Teğmen Hüsameddin'in birliğe saka yaptığı Mıstık'ın işini güçleştiriyordu. Tümenden temin edilen siyah, yaşlı katırın iki yanına fıçılar yüklüyor, durmadan su taşıyordu. "Karaoğlan" adını taktığı katırıyla su yolunda konuşurdu. Kerevizdere, Zığındere mevkilerindeki siperler Müttefik topçu ve donanması tarafından dövülürken, o "Korkma Karaoğlan, korkma, Allah'ın verdiği ömrü gâvur alamaz" derdi. Onları genellikle ya suya giderken, yahut sudan gelirken görürlerdi. Yine elbisesi bol, yine kabalağı düzgün durmuyordu. Ama çok çalışkan olduğu için subaylar; asker arkadaşları onu severlerdi. "Mıstık su!" diye bağırdılar mı, ateş parçası gibi yanlarında biterdi.

Mıstık devamlı güneşin altında olduğundan iyice esmerleşmişti. Yarı çöle dönmüş tepelerde, vadilerde yürürken, dinlenirken Yunus Emre'nin ilahilerini dilinden düşürmezdi. Dinlendirici, hoşa giden sesiyle en çok, "Şol cennetin ırmakları" ile "Sordum sarı çiçeğe"yi okurdu. İbadet aşkı ve vecdiyle okuduğu bu şiirleri bir insanın yazmış olabileceği aklına gelmezdi.

Karaoğlan'ını kaynağın yanındaki fideye bağlamış, soğuk suda güzelce abdest almış, namaza durmuştu. Birden top sesleri başladı. "Gene nereyi bombalıyorlar?" düşüncesiyle meşgul olmak istemiyordu; çünkü köydeki hoca vaazlarında, "Namaz kılarken birşey düşünmemek lâzım" derdi; fakat düşünmeden edemiyordu.

Selâm verince, Karaoğlan'ın kulaklarını diktiğini gördü. Kalktı; fıçıları doldururken, karşıki tepeye art arda iki şarapnel düştü; Karaoğlan tedirgin oldu; hem onu okşuyor, hem de söyleniyordu.

- Gâvurcuklar! Rahat durun gâvurcuklar!

*
* *

Müderris Rasih Efendi, torunu Hasan Şakir'in şehit düştüğünü haber alınca, sanki yıldırımla çarpıldı. Bu çarpılma bir anlık da değildi; ebedî âleme göçünceye kadar kurtulamıyacağını da biliyordu. Her an korkusunu duymuştu; ama böyle perişan olacağı aklına gelmemişti. Konsolun üzerindeki resimlere uzun uzun bakıyor, yüz kırışıklıklarından yaşlar süzülüyordu. Karşıki duvarda da oğlunun pala bıyıklı, askerî üniformalı resmi asılıydı. Karısının ve gelininin başörtülü resimleri de sağ duvarda yanyana duruyordu. Ölülerle beraber yaşıyor, onlarla bir arada bulunarak avunmaya çalışıyor, evden dışarıya çıkınca, kendini gurbette hissediyordu. Fakat devamlı evde bulunmaktan da kuşkulanıyordu; ahir ömründe bir de aklını yitirirse, hali nice olurdu?..

Kalabalıkların arasında kendisini yapayalnız hisseden Rasih Efendi, bastonuna dayanarak yürüyor, hem de düşünüyordu. Ne acılı günler yaşamıştı; mutlulukları hep kısa sürmüştü... Babasını hatırlamıyordu; onaltı yaşındayken annesi ölmüş, karlı bir günde onu defnetmişlerdi. Darülfünun'u bitirince evlenmiş, çocuk sahibi olmuştu; ardından gelin, toruna kavuşmuştu; kader hepsini bir bir elinden almıştı!.. Artık ona ne sevinç verebilirdi?... Ölümü beklemekten başka bu yalan dünyada ne yapabilirdi?... Delikanlı çağına gelmek üzere bulunan gençler yanından şakalaşarak geçtiler. Bastonuna dayanıp, durdu. "Yetişen bu fidanlar haysiyetli yaşamalılar" diye zihninden geçirirken çevresine bakınıyordu. Uzaklaşan gençlerden başka herkes kaygılıydı. Çınarın dibindeki banka oturmuş iki kocakarı nemli gözlerle guruba süzülen güneşe dalmışlardı. Yırtık elbiseli, soluk benizli bir ihtiyar dalgın dalgın yanından geçti. Caminin kenarında mendil açmış bir kadın sık sık gözlerini kuruluyordu. Kendisini teselli edecek birşey görebilmek için bakışlarını gezdirdi. Çanakkale'den şanlı direniş haberleri gelmesine rağmen mutlu bir yüz göremedi. Her evden ya bir şehit, ya bir gazi; yahut da bir asker vardı. Daha çok vatan evlâdını alıp götüreceğe benzeyen Çanakkale'de zaferin kazanılabileceğine ihtimal verenler çoğalmıştı. Amerika Birleşik Devletleri'nin ne yapacağı ise aklı başında olanları düşündürüyordu. Müttefiklerin yanında yer alırsa, bunca şehitten sonra yenilmek daha acı değil mi?... Bekledikleri donanmayı Haliç'te göremeyen azınlıklar da mutsuzdular. İstanbul'un müslüman halkının galeyanından da tedirginlik duyuyorlar, eskisi gibi taşkınlık yapmamaya dikkat ediyorlar; akşam karanlığı ile evlerine çekiliyorlardı. Oturdukları semtler derin ve kuşkulu bir sessizliğe gömülüyordu.

Çevresinde koşuşma başlayınca, Müderris Rasih Efendi şaşırıp durdu. Polislerin baskın yaptığı dükkânın önünde kalabalık toplandı. Dışarda insanlar homurdanıyor, içerde polisler zabıt tutuyorlardı. Kalabalığın arasından ak sakallı bir ihtiyar dükkâna daldı ve söylenmeye başladı.

- İnsan adından utanır. Sana annen mübarek Hasan adını takmış. Müslüman evlâdısın. Bu kara günü fırsat bilip, fakir fukara halkı soymak sana yakışır mı? Karun kadar zenginsin. Mezara sadece kefen götürmeyecek misin?

Masaya oturan Hasan Efendi, kızarmış yüzünü önüne eğmiş; gözucuyla yazılanları okumaya çalışırken, dışardaki kalabalıktan sesler yükseliyordu.

- Daha ne zaptı! Götürün asın!

- Ölü soyucu!

Kendi dünyasına dalmış Müderris Rasih Efendi galeyan halindeki kalabalığın arasından geçip, yoluna devam etti. Akşam sessizliğinin hakim olduğu caddelerde hayallere dalıp çıkıyor, ağır ağır yürüyordu. Pencerelerinden ışıklar sızan evler gamlı bir hüzne gömülmüşlerdi. Kimisinden yaslı fısıltılar, göğüs çekmeler, bin yıllık ağıt kadar etkileyici kelimeler geliyor; Rasih Efendi'nin bastonu kaldırım taşlarında tıkırdıyordu.

Mahalle bakkalından sönük bir ışık sokağa vuruyordu. Rasih Efendi ekmek almak için dükkâna girdiğinde elinde ufak bir teneke bulunan çocuk bakkal Mekki Efendiye derdini anlatmaya çalışıyor, çocuğun her halinden de sıkıldığı anlaşılıyordu.

- Annem, Mekki Efendi Amcan, bu tenekeye un koysun, dedi. Çanakkale'den dönünce babamın vereceğini söyledi.

Mekki Efendi düşünceli düşünceli çocuğa bakıyordu. Anneleri babalarının şehit olduğunu çocuklarından gizliyordu. Şehit olmasa bile, nasıl ödeyecekti? Merhameti onu iflasın eşiğine getirmişti. Vermezse, bu çocuklar ne yiyeceklerdi?... Müderris Rasih Efendi, Bakkal Mekki Efendi'nin düşüncesini okurken, yüreği dilim dilim doğranıyordu. Söze karıştı:

- Mekki Efendi, tenekeyi dolduruver.

Mekki Efendi tenekeyi doldurdu. Müderris Rasih Efendi çocuğa döndü:

-Evlâdım, kaldır bakayım.

Çocuk sıska görünüyordu; ama tenekeyi rahatça kaldırdı. Rasih Efendi:

- Bu afacan kuvvetliymiş, dedi. Şekerin var mı?

- Biraz geldi efendim.

- İki kilo bulgur, yarım kilo şeker tartar mısın?

Mekki Efendi'nin tarttıklarını, Rasih Efendi unun üzerine koydu. Cebinden biraz para çıkarıp, çocuğun cebine soktu.

- Bunları annene verirsin; baban gelince ödeyecek oğlum. Annene selâm söyle; ne lâzımsa, seni gönderip, Mekki Efendi Amcan'dan aldırsın. Şimdi evine git.

Çocuk tenekeyi kaptığı gibi dükkândan çıktı. Kısa bir süre arkasından bakan Müderris Rasih Efendi, başını Mekki Efendi'ye çevirdi.

- Bir ekmek de ben rica edeyim. Bu çocuk ne isterse verin, parasını benden alın. Borcumuz ne tuttu?

Mekki Efendi hesabını yaparken hayrının önemini Rasih Efendi'ye anlatmanın lüzumunu duydu.

- Gerçekten anlatılamıyacak kadar mağdur bir aile. Üç çocuk anası, gencecik bir kadın. Bir kuruş gelirleri yok. Her zaman çamaşırlarını yıkayacağı kimse de bulamıyor. Hayrınız çok makbule geçer.

Hesabı ödeyip, dükkândan çıkan Müderris Rasih Efendi, sanki hayatına bir gaye bulmuştu. Bu çocuğun torunundan farkı ne idi? Kendine göre ümitleri, acıları yok muydu? Onun vatana, millete hayırlı evlât yetişmesine yardımcı olmak küçümsenecek hizmet miydi?.. Bunları düşünürken bile torunu Hasan Şakir gözlerinin önünden gitmiyor, yüreği kan ağlıyordu.

*

* *

Esat Paşa, gözetleme yerinden dürbünüyle düşman cephesini incelerken, siperlerin bazılarında flamaya benzer birtakım sırıkların sağa sola sallandığını gördü. Yanındaki Kurmay Başkanı Fahreddin'e, Topçu Kumandanı Hasan Rıza'ya gösterdi.

- Bunlar nedir?

Önce Binbaşı Fahreddin cevap verdi:

- Bilmiyorum paşam.

Hasan Rıza da tavrıyla bilmediğini belirtti.

- Bir tane ele geçirebilirsek, neye yaradığını araştıralım.

Siperleri gezmeye başladılar; askerlerin moralinin yüksek olduğunu müşahede ettikçe Esat Paşa'nın memnuniyeti artıyordu. Nöbetteki bir askerin yanına yaklaştı; esas duruştaki asker gözlerini düşman siperlerinden ayırmıyordu.

- Kimsin evlâdım?

- İzmit'in Köseköyü'nden, Hacıfettahoğulları'ndan Hüseyin Oğlu Celal; 27. Alay'ın, III. Taburu'nun, I. Bölüğü'nün, I. Takımı'nın, II. Avcı eriyim.

- Aferin evlâdım. Yemeğiniz yetiyor mu?

- Yetiyor Kumandanım.

Esat Paşa, Binbaşı Fahreddin'e döndü.

- Günde bir kere sıcak yemek verebiliyoruz, değil mi?

- Verilmeye çalışılıyor Paşa Hazretleri.

Topçu bataryasına geldiler. Esat Paşa, etrafı gözetlemek için makaslı dürbüne gözünü dayadığı sırada, karşısındaki sırtın ortasından bir mazgal açıldı; bir top namlusu dışarıya sürüldü ve cephenin arkasında istirahat eden Türk askerlerine ateş edildi. Sağ taraflarında mermi patlayınca, askerler sığınaklara koştular. Topçu Kumandanı Hasan Rıza da, mesafenin belirlenmesini beklemeden, göz kararına güvenerek, Merkez Bataryası'yla sırtı ateş altına aldı. Birkaç mermi ile Türk topçusu mazgaldan sürülen topu tahrip etti.

Sükûnet hakim olunca, Esat Paşa çevresindeki subaylara:

- Her an uyanık olmak lâzım, dedi. Toprak köstebek gibi eşildi; nerede, ne ile karşılaşacağımız belli değil.

Esat Paşa, subaylarla, erlerle konuşarak cepheyi gezmeye devam etti. Güneş grupta eririken karargâhına döndü.

Üç tarafı denizle çevrili yarımadada akşam başka olurdu. Her tepeden yanık bir ses gelir, sık sık bir "Ah!" savrulurdu. Zümrüt gibi bir ay denizden sıyrılmaya başlayınca, yerleri belirlenir endişesiyle, sesler kesilir, muhayyileler bir başka türlü işlerdi. Gümüş pırıltılar saçan bu ay, yıldızlarla bezenmiş gökyüzü, hülyalı deniz, her karış toprağını bir arkadaş kanının suladığı tepeler, vadiler dile gelirdi. Neler düşündürür, neler hayal ettirirdi!...

Yıldızların oynaştığı masmavi gökyüzünde nurdan bir top gibi ışıldayan ay, kıyıları hafif hafif okşayan denize, tepelere, sükût kesilmiş vadilere gümüş pırıltılarını sessizce döküyordu. Bu muhteşem tabiatın esrarlı dili nöbetteki Oğuz Amca'yı da yüreğinden yakalamıştı. Gözlerini düşman siperlerinden ayırmıyordu; ama bakışlarında karısı Hatice, küçücük kızı Nadiye, oğulları Akif, Hasan, Mustafa vardı. Hasan ve Akif'in acıları ilk anda yüreğine yıldırım gibi düşmüştü; yangını zamanla azalmamış, büyümüş, kendinden parça haline gelmişti. Köylerinde az da olsa Ermeniler bulunuyordu; onların ne yapacakları belli olmazdı. Ama konu komşunun, bilhassa Ömer Hoca'nın karısına ve kızına sahip çıkacağına inanıyordu. Onu en çok, buğday renkli, uzunca boylu, kara kaşlı, sütun gibi bir delikanlı olan Mustafa endişelendiriyordu. Ecel onu da alırsa, ne yaparlardı?... Sesinin güzelliği, söylediği türküler herkesin dilindeydi. Kendisi de, haberi olmadan, uzaktan birkaç kere dinlemişti. Gerçekten dedikleri, dillerden düşürmedikleri kadar güzeldi. Onu dünya gözüyle görebilecek miydi? "Bu insan kıyımında sağ kalmış mıydı?" sorusu zihninden şimşek gibi gelip geçiyordu; ama ölümü ona yakıştıramıyordu.

Beş-altı metre sağ tarafında bulunan Muzır Ruşen

yuvarlandı. Başına bir satırın isabet ettiğini zannederek Oğuz Amca ona doğru koştu; Muzır Ruşen yerinden doğrulurken:

- Beni kim itti? Beni kim itti? diye tekrarlıyordu.

- Seni iten yok; uyudun be adam.

Oğuz Amca, Muzır Ruşen'i değil, kendini suçlu buldu. Daha geçen gün nöbet saatinde ateş edilen basamakta uyurken onu yüzbaşı Serdar yakalamış, fena pataklamıştı. Yanında nöbet tuttuğunu bilmeli, ona gözkulak olmalıydı.

Siperde yaklaşan ayak seslerini duymaya başladı. Sola döndü; namlusunu da doğrulttu; karanlıkta birisi geliyordu. Duyabileceği ölçüde sesini yükseltti.

- Parola!

- "Yıldız" Oğuz Onbaşı.

Gelen nöbetçi subayı Teğmen Ahmed Halit'ti. Oğuz Amca'ya, diğer tıbbiyeliler, medreseliler gibi, "Oğuz Amca" demek onun da içinden geliyordu. Rütbesi, disiplini zedeleme endişesi, ona "Oğuz Onbaşı" dedirtiyor; ama davranışı, tavrıyla yakınlık duyduğunu her fırsatta belli ediyordu. Yanında durdu ve sessizce sordu.

- Nasılsın?

- Sağ olun kumandanım.

Karşıdaki siperlerden birisi fırladı. Teğmen Ahmed Halit'in yüzü o tarafa dönüktü. Hemen tabancasını çıkarıp, tetiğe asıldı. Değişik yerlerde silâhlar patlamaya başladı. Vurulmadı; yere yatıyor, tekrar fırlıyor, onlara yaklaşıyordu. Silâh patırdıları arasında Teğmen Ahmed Halit de tetiği çekiyordu. Çevik bir askerdi; yere yatmasıyla, çekirge gibi sıçraması bir oluyordu. Oğuz Amca'nın da eli tetikteydi; bir baskın mı diye bakışlarıyla çevreyi tarıyor; bir başkasını göremiyordu. Oğuz Amca'nın üç-beş metre önünde yere yattı; bir daha kalkmadı. Silâhlar sustu; Teğmen Ahmed Halit, namlusunu ona doğrultmuş durumda bir süre bekledi. Kalkmadı; ay ışığında kıpırdamadığını da görebiliyordu; her ihtimale karşı birkaç kere daha ateş etti. Öldüğüne kanaat getirdi. Bir süre çevreyi kolladıktan sonra:

- Aman Oğuz Onbaşı, dikkatli olun, her an bir baskına uğrayabiliriz, dedi.

- Emredersiniz kumandanım.

Teğmen Ahmed Halit siperlerin arasında kaybolurken, Akyazılı Mehmed Oğuz Amca'nın yanına geldi.

- Bunda birşey var.

- Ne olabilir?

- Bilmiyorum; ama niçin tek başına siperden fırlasın? Baskın olsaydı, başkaları da fırlardı. Cinnet mi getirdi dersin?

- Bilmem

Akyazılı Mehmed, Mıstık'ın fıçıları Karaoğlan'ın sırtına bağladığı urganları birbirine düğümledi. Kement haline getirdiği bu urganları siperden fırlatıyor, çekiyor; bir türlü ayağından, kolundan yakalayamıyordu. Fakat azmetmişti bir kere; usanmadan urganı savurup, çekiyordu. Nihayet urgan cesede takıldı; kendine doğru çekti. Siperin yanına kadar getirince, omuzuna alıp, irtibat yolunda birkaç metre ilerledikten sonra yere bıraktı. Karpit lambasını yaktı. Tıraşları uzamış, karayağız bir delikanlıydı. Değişik yerlerinden vurulmuştu. Kanlı elbisesinin ceplerini aramaya başladı. Dış cepleri boştu; iç cebinde zarf, kalem, kâğıt, bir de muşambaya sarılmış bir kitapçık buldu. Muşambayı çözdü; küçücük bir Kur'an-ı Kerim çıktı. Akyazılı Mehmed'in yüreğinden sanki birşey koptu ve bu sesini de etkiledi.

- Cebinden Kur'an çıktı. Müslümanmış.

Oğuz Amca'nın sesi de değişti.

- Nereden bilebilirdik?

- Tabii bilemezdik; inşallah şehittir.

- Allah rahmet eylesin.

- Nöbetten sonra arkada defnedelim.

Acının ne olduğunu bilen Oğuz Amca düşüncelere daldı. Bu delikanlının anası, babası, kardeşleri ölüm haberini alınca, nasıl yanacaklardı! Belki arkasında gencecik bir dul, kundakta da bir bebek bırakmıştı. Bir de ikiyüz yıldan beri doğuyu kasıp kavuran yoksullukta kıvranıyorlarsa!... O kadının hali ne olacak, o çocuk hangi acılarla büyüyecekti!.. Dalgın, duygulu bakışlarında bir yıldız kaydı; ardında bıraktığı fosforlu iz de silindi; o ışıl ışıl varlıktan hiçbir eser kalmadı.

*

* *

Yeni siperlere geçtiler mi, gelip gidenlerin, dolaşanların üzerine basmıyacağı bir yeri Yusuf uyumak için seçerdi. Hep aynı yerde uyuma alışkanlığı Oğuz Amca'nın işini kolaylaştırırdı. Ağaç dallarıyla yaptığı yatağının bitişiğinden hafifçe yükselttiği toprağa yastık niyetiyle başını koyan Yusuf, hemen dalardı. Mevsim yaz olmasına rağmen, sabaha karşı hava serinlerdi. Oğuz Amca da üstüne eski kaputunu atardı.

Hasan Şakir, baş ucunda dikilmiş, hafifçe sarsarak, yumuşak bir tarzda onu çağırıyordu. "Yusuf kalk! Göreve!", o anda da bir düşman eri, ayaklarının ucuna basa basa sessizce sokulmuş, Hasan Şakir'i sırtından süngülüyordu. Yusuf, "Şakir! Şakir!" diyerek yerinden fırladı. Birkaç metre ilerde dikilen Oğuz Amca ona döndü; rüya gördüğünü anladı; böyle şeylere çok sık şahit olurdu. Okşayıcı bir sesle sordu:

- Hayır ola Yusuf?

Kendine gelen Yusuf bakışlarını ona çevirdi.

- Rüyamda Şakir'i gördüm. Beni "Kalk! Göreve!" diye çağırırken sırtından süngüleniyordu.

- Allah hayırlara tebdil etsin.

Yusuf yerinden kalktı; üstündeki kaputu katlayıp, yastık olarak kullandığı yere koydu. Siperden çıktı; yüreği burkularak onu takip eden Oğuz Amca ne yapacağını biliyordu.

Gitti; her zamanki gibi, Hasan Şakir'in başucundaki gürgen fidesinin dibinde oturdu. Toprağını avuçladı; hasretini çok derinden duyuyor, iri bir yaş tanesi sağ yanağından süzülüyordu. Yürekler acısı yalnızlığıyla Müderris Rasih Efendi'yi, ebedî hüznüyle de Dilâra'yı görüyordu. Hasan Şakir'le paylaştığı günleri tekrar tekrar yaşarken, onları da gözden kaybetmiyordu.

Dalların arasında dolaşan ay, sabaha doğru dibinde oturduğu fidenin uzunca dalının ucunda asılmış bir baş gibi sallandı; akisleri kısa süre denizin maviliklerinde ışıldadı; eriyip, silindi. Aradan çok geçmeden doğu ufku içi kan dolu sıcacık damarı andırırcasına atmaya başladı. Yavaş yavaş gün ağarıyor; tepeler, sararmış otlar, yapraklar tabii rengine kavuşuyor; mavi dalgacıkların arasından alev, kızıl bayrağı hatırlatarak yükseliyordu. Dilara, Müderris Rasih Efendi, Hasan Şakir'le gözgöze olan Yusuf, avucundaki toprağı hasretle, acıyla sıkıyordu.

*

* *

Savaşın ilk gününden beri Seddülbahir Cephesi'nin ağır yükünü taşıyan Albay Halil Sami'nin kumandasındaki Dokuzuncu Tümen geriye alınmış, cephenin sorumluluğu Albay Refet'in kumandasındaki Onbirinci Tümen'e verilmişti. Geriye alınan Tümen'in bütün askerleri gibi Oğuz Amca'nın, Yusuf'un, Akyazılı Mehmed'in istirahate çok ihtiyaçları vardı. Tayınını yiyen Oğuz Amca, başını tüfeğinin kundağına koyar, sönmeye başlamış bir mum gibi cılız ışıklı hafızasında beliren hayallerine dalmaya fırsat bulamadan uyurdu. Yusuf'un ise hayalinden Hasan Şakir, Osman ve diğer arkadaşları hiç çıkmazdı. Dilâra'yı, Müderris Rasih Efendi'yi düşündükçe, gözleri dolardı. Kimbilir yürekleri hangi acılarla doğranıyordu!... Arada bir bakışlarını, kendi dünyasına dalmış veya başını bir tümseğe bırakmış Oğuz Amca'ya çevirirdi; Anadolu'nun yoksul bir köyünde doğup, büyümesine rağmen, görgülü, onurlu bir insandı; bir ana gibi, bir öğretmen gibi sabretmeyi, sabırla olgunlaşmayı bu yoksulluktan öğrenmişti... Yoksulluk dayanılması güçtür; ama çoğu kere faziletli insanın çelik şahsiyeti suyunu ondan alır... Akyazılı Mehmed duygularıyla başbaşa kalmak istemezdi; bazen göğüs çeker, "Ne çileli hayat, Rabbim" derdi. Birinci Balkan Savaşı'ndan sonra, ağabeyi Süleyman'ı karşılamak için istasyona giden annesinin dönüşünü hatırlıyordu. Askerler trenden inmiş, orada boynu bükük kalan annesinin gözyaşları dinmemişti... Kendisi askere alınmış, İkinci Balkan Savaşı'nda ne günler geçirmişti. Şimdi de burada idi... Gözlerinin nemli görünmesini istemezdi; devamlı kendisini meşgul etmenin yollarını arardı.

Yaz bunaltıcı geçiyordu. Karaoğlanıyla yollarda olan Mıstık ve diğer sakalar su yetiştiremiyorlardı. İstirahat ettikleri vadide su bulunabilirdi; az da olsa yeşilliklerini koruyabilen otların durumuna bakarak Akyazılı Mehmed kendine göre tahminler yaptı; suyun bulunabileceği yere kazmayı vurdu. Daha yarım metre eşmeden, gök gürlemesini andıran yankılamalarla top bombardımanı başladı. Hemen sığınaklara girdiler.

Bombardıman bir türlü sona ermiyor, bazen azalıyor, tekrar birden hızlanıyordu. Gece gündüz demeden günlerce sürdükten sonra, bir Hint Tugayının takviye ettiği İngilizlerin Yirmidokuzuncu Tümeni sabaha karşı hücuma geçti. Onbirinci Tümen'in subay ve erleri, Dokuzuncu Tümen'in yokluğunu aratmamak istiyorlardı. Ne çare ki günlerce süren ağır bombardıman altında çok kayıp vermişlerdi; tahkimata benzer birşey kalmamış, ön siperlerin artıkları da ilk hamlede İngilizler'in eline geçmişti. Onbirinci Tümen'in gayretleri düşmanı durduramıyacak gibi olunca, ihtiyata alınan Dokuzuncu Tümen de tekrar savaşa sokuldu. Fakat Müttefikler çok ağır bindiriyorlardı; yeni takviyeler de güçlerine güç katıyordu.

Savaş hergün biraz daha kızışarak devam ediyordu. Sık sık topçu düellosu başlıyor, siper savaşlarına dönüşüyordu. Her gece ön siperler el değiştiriyor, baskın, baskını takip ediyordu. Türk Kumanda Heyeti, bunun bir hırpalama, zayıf yeri tesbit etme savaşı olduğunu anlamıştı. Zayıf yeri tesbit ettikten sonra, olanca güçleriyle yarma hareketine gireceklerini biliyorlar, ona göre tedbir alıyorlardı.

Aylardan beri süren boğuşmanın askeri ne hale getirdiğini iyi bilen Albay Halil Sami, moral vermek için her fırsatta siperleri dolaşır, subaylarla el sıkışır, askerlerin hal hatırını sorardı.

Bir sabah gene siperleri dolaşırken yer yer savaşın devam ettiğini silâh seslerinden anlıyordu. Albay Halil Sami yürürken, birkaç metre önlerinde bir erin siperden fırlayıp çıktığını, tekrar sipere döndüğünü gördü. Güpe gündüz bunu nasıl ve niçin yapardı? Er, yaklaştıklarının farkında değildi; bir daha siperden fırladı; geri dönerken bir elbombası patladı. Albay Halil Sami yanına yaklaştı:

- Ne yapıyorsun evlâdım?

Yanyalı Hulusi esas duruşa geçti, terli yüzü de kızardı.

- Bomba atıyorum, kumandanım.

- Niçin siperden çıkıp, tekrar dönüyorsun?

- Tahminen atmak, bombayı yazık etmektir. Attığım yeri görmek için dışarı çıkıyor, tekrar sipere dönüyorum.

Albay Halil Sami, Emir Subayı'na:

- Adını, künyesini alınız, dedi. Vehip Paşa hazretlerine bildirelim, mükâfatı gerektiren bir olaydır.

Sonra Yanyalı Hulusi'ye döndü.

- Aferin evlâdım; ama dikkatli ol. Asker düşmanı yok etmeli; kendini de korumalıdır.

Karargâha döndüklerinde Emir Subayı, durumu hemen Güney Grup Kumandanlığı'na bildirdi. Kumandanlıktan mükâfatlandırılmasına dair emir geldiğinde, Emir

Subayı telefonla Bölük Kumandanı Yüzbaşı Necdet'i aradı.

- Alo Necdet Bey, Bölüğünüz'ün İkinci Takımı'nın bombacı erlerinden Yanyalı Hulusi'nin maddî ve manevî taltife layık bulunduğuna dair yazı Güney Grup Kumandanlığı'ndan geldi. Yarın sabahki teftişte Tümen Kumandanı ona verecek. Bilginiz olsun.

- Sizin de takdir buyurduğunuz gibi, gerçekten taltife layık olan Yanyalı Hulusi maalesef iki saat önce şehit düştü.

Telefonu kapayan Emir Subayı Albay Halil Sami'nin yanına gitti:

- Taltife layık görülen Yanyalı Hulusi iki saat önce şehit olmuş.

Bakışları durulan Albay Halil Sami kendini toparlamakta fazla güçlük çekmedi.

- Demek ki, Cenab-ı Allah, bizzat taltif etti.

"Yetiş ya Muhammed! kitabın gidiyor!"

Müttefikler adalardaki bütün ihtiyat kuvvetlerini Seddülbahir'e getirmişlerdi. Türkler de değişik yerlerdeki bazı birliklerini buraya kaydırmışlardı. Mehmed Ali Paşa da iki tümeniyle bu bölgeye intikal edince, bir haftadan beri gece gündüz siper savaşları veren Türk askerleri iyice derlenip, toparlandılar. Türkler, şiddetli bir topçu bombardımanından sonra, hücuma kalktılarsa da, İngiliz ve Hint askerlerini tamamen eski mevzilerine atamadılar; ancak bazı siperleri ele geçirebildiler.

Kanlı boğuşmalar sürüp giderken, iki taraf da Seddülbahir Cephesine asker yığmaya devam ediyordu. Başkomutan Hamilton, Türk direncinin kırılmak üzere olduğu kanaatini taşıyor, her gün biraz daha taarruzlarını artırmanın yollarını arıyordu. Fransız ihtiyatlarını da buraya kaydırdı. Arıburnu'ndan bazı kuvvetleri de gemilerle bu bölgeye çıkardı. Türkler de Keşan, Gelibolu'dan birlikler getiriyorlardı.

Saldırıları bir türlü sona ermeyen Müttefikler, ölümcül darbeyi indirmek için tan yerinde güneşin ilk ışıkları mayalanırken, donanma ve kara topçusu bütün şiddetiyle bindirdi. Mermi sağanağı bir türlü sona ermiyor, hatta giderek hızlanıyordu. Toz, toprağın hortum gibi göğe yükseldiği yerlerde Türk siperleri zangır zangır sallanıyor; bazı yerler dümdüz oluyor, askerler toprak altında kalıyorlardı. Onları kurtarmak isterken de bir yığın kayıp veriyorlardı. Zaman zaman topçu ateşi kesilince, adalardan yükselen ondört Müttefik uçağı Türk siperlerini bombalıyordu. Onların bombalamaları tam bir kıyımdı; siperlere pike yapıyorlardı; tepelerinden indikleri için de Türk askerleri sığınacak yer bulamıyorlardı. Onlar ikmal amacıyla adalara döndüklerinde topçunun bombardımanı devreye giriyordu. Tepeye doğru yükselen siperlerinden Oğuz Amca ve Yusuf cephenin sol cenahına bakıyorlardı; orada ateş yoğunlaşmamış, silindire dönmüştü. Her tarafı yakıp, yıkıyor; irtibat yollarından siperlere girenler üç dakikadan fazla sağ kalamıyorlardı. Ama mehmedcikler ölüm mengenesine girmekte tereddüt etmiyorlar, irtibat hendeklerine dizilmiş, sıralarını bekliyorlardı. Kimisinin dudaklarında "Selâten Tüncina" vardı; kimisi de devamlı tekbir getiriyordu. Siperlerde gövdeler parça parça oldukça, boşlukları doldurmak için irtibat yollarındaki erler bir adım daha atıyorlardı.

En arkadaki siperlerin bir bölümünü sargı yeri olarak kullanıyorlardı. Diğer doktorlar gibi Mehmed Selim'in de bıçağı hiç durmuyordu. Üstü başı kana gömülmüş; başını, yüzünü yutan sargının arasında sadece iki gözü görünen Doktor Mehmed Selim emrindeki sıhhiyelerin yardımıyla, ilk müdahalede bulunuyor; kesiyor, biçiyor, sarıyor, Eceabat'taki hastahaneye sevk ediyordu. O kadar çok yaralı getiriliyordu ki, ne diğer doktorlar, ne de Mehmed Selim başını kaldırabiliyordu. Hatta hepsine ayrı ayrı yetişemiyorlar; biraz hafif tahmin ettiklerinin ilk müdahalelerini sıhhıyelere yaptırıp, gönderiyorlardı.

İşine kendini vermiş, çalışan Doktor Mehmed Selim, bir ara üzerlerinden geriye atlandığını farketti. Son siperlerde bulunuyorlardı; "Bozgun mu başladı?" kuşkusuyla başını kaldırdı. Atlayanlar gittikçe sıklaşıyordu. Yüzünü, gözünü şarapnel dağıtmış er, önünde can havliyle kıvranıyordu. Kan kaybından ölebilirdi, ona yardım etmeliydi. Fakat üzerlerinden gruplar halinde atlamalar devam ediyordu. Şahsı adına fazla korkmuyordu; doktordu; esir olsa bile, Müttefikler onu çalıştırırlardı. Düşman askerlerine hizmet etmeyi içine sindiremiyordu; ama Hipokrat yemini ettiklerini de hatırlıyor, meslekleri insana hizmet gerektiriyordu. Erin yüzünü, gözünü pamukla temizlerken, kalabalık bir grup üzerlerinden atladı; onları toz toprağa boğdu. Ne olup bittiğini anlamak için başını yukarıya çevirdiğinde, simsiyah yüzünde terleri boncuklaşmış, güneşin karşısında bronz bir heykeli andıran bir Senegalli tepesinde dikiliyordu; elinde de kanlı bir satır vardı. Artık şüphesi kalmamıştı; cephe bozulmuş, esir düşmüşlerdi. Düşman birlikleri onları geride bırakmış, Kerevizdere'ye iniyorlardı!... Donanmanın da İstanbul yolu açılıyordu!... Doktor Mehmed Selim'in süzülen terlerine gözyaşları karışıyor, zihninden de karamsar düşünceler geçiyordu. "Devlet-i ebed müddet sona eriyor, İslâm âleminden doğup, yüzyıllarca insanlığı aydınlatan güneş batıyordu; milletin, ümmetin hali ne olacaktı?... Ah bu güneş batmasa..." Bu anda davudî bir ses kulaklarına çarptı; bir insan değil, sanki ciğeri sökülen bir arslan kükrüyor, Gelibolu Yarımadası'nın dağı taşı bu sese dar geliyordu.

- Yetiş ya Muhammed! Kitabın gidiyor!

Yürek atışları arasında dikkat etti; ölümden daha korkunç birşey vardı bu seste!... Bu ses Birinci Tabur'un

Kumandanı Binbaşı Lütfi'nin sesiydi. Dindar, mütevazi hali gözünün önüne geldi; gittikçe sesi gürbüzleşiyordu.

- Yetiş ya Muhammed! Kitabın gidiyor!

Doktor Mehmed Selim'in yüreği göğüs kafesini delip, çıkacaktı; kulak kesilmiş, elindeki bıçağı sımsıkı tutuyordu. Binbaşı Lütfi'nin davudî sesi ümit kaynağı idi. Atlayanlar gittikçe sıklaşıyor, toprak dökülüyordu. Sıhhıyeler yaralıların üzerlerine kanlı elbiselerini örttüler. Doktor Mehmed Selim'in can kulağıyla beklediği Binbaşı Lütfi'nin davudî sesi de daha canhıraş yankılanıyordu.

- Yetiş ya Muhammed! Kitabın gidiyor!

Sağdan soldan "Allah! Allah!" sesleri de yükseliyordu. Binbaşı Lütfi bu kere askerlerine hitap ediyordu.

- Vurun evlâtlarım! Allah için, peygamber için vurun!

Doktor Mehmed Selim merakının önüne geçemedi; tehlike üstünde Azrail tırpanı gibi savrulmasına rağmen siperden başını çıkardı. Arkalarındaki düzlükte Müttefik askerleriyle, Türk askerleri birbirine girmiş, dipçik dipçiğe, süngü süngüye kıyasıya boğuşuyorlardı. Birbirine çarpan süngülerden ateşler çıkıyor, büyük bir demir uğultusu tunç göklere yükseliyordu. Orta boylu, tıknaz, üstü başı kan içinde, kalpağı düşmüş, olanca gücüyle savurduğu pala yıldır yıldır yanan Binbaşı Lütfi, fırıldak gibi dönüyor, süngülerden sıyrılıyor, önüne gelen düşman askerini biçiyordu. Bu anda Karaoğlanı'yla tepeyi aşan Mıstık da göründü. Palayı savururken Binbaşı Lütfi'nin sesi dağı taşı yırtıyordu.

- Allah için, Peygamber için vurun!

Karaoğlan'ın yularını bırakan Mıstık'ın sanki ayakları yere değmiyor, uçuyordu. Birden durdu; eğilip kalktı; süngüsü takılı bir tüfekle koşmaya başladı. Doktor Mehmed Selim, "Kimbilir hangi şehidin tüfeği" diye zihninden geçirirken, sıska bir Anadolu çocuğu, koskoca bir Senegalli'ye süngüsünü saplayıp, fırlatıyordu. Gördüklerinden dehşete kapıldı; bir mermi de başını parçalayabilirdi. Önündeki yaralının inleyişleri yürek dayanacak cinsten olmamasına rağmen, vahşet sahnesinden kendini güçlükle koparabildi. Elinin tersiyle yaşlarını silerek yaraları temizlemeye koyuldu; ama bulanık gözlerinin önünden ne Mıstık'ın rüzgâr gibi koşması, ne de sıska askerin koskoca Senegalli'yi fırlatması gidiyordu.

Üzerinden ters istikamete başlayan atlamalar, gittikçe çoğalıyor, Türkler de kovalıyordu. Acı çığlıklarla cesetler toprağa düşüyordu. Doktor Mehmed Selim bıçağını sımsıkı tutup, bakışlarını tepesindeki ölüm kasırgasına çevirdi; kovalayan ve kaçanlar birbirlerine dipçikle, süngüyle hamle yaparlarken, kan içinde bir Türk askeriyle, bir İngiliz askeri önüne düştü. Ayağa fırlar fırlamaz, aynı anda canhıraş çığlıklarla birbirlerini süngülediler. Üst üste yığılırlarken, hiç bu kadar ölümü yakınında hissetmemiş olan Doktor Mehmed Selim titredi. Bütün ümidini bağladığı Binbaşı Lütfi'nin kükreyişleri yaklaşıyordu.

Biraz sonra Binbaşı Lütfi'nin nağraları, askerlerin "Allah! Allah!" haykırışları düşman siperlerine doğru kayıyor, gözyaşları, terleri birbirine karışan Doktor Mehmed Selim'in bıçağı hiç durmadan işliyordu.

Gelibolu Yarımadası'na akşam karanlığı tül tül inerken Türk kuvvetleri, sabahleyin Müttefiklerin elinde bulunan ön siperlere yerleştiler. Karanlıklar koyulaşıyor, çeşitli yerlerden "su! su!" feryatları geliyordu.

Yaralılar "su" istiyorlardı; ama Mıstık Karaoğlan'ını bir türlü bulamıyordu. Nereye giderdi? Fundalıkların, dikenliklerin arasında, vadilerde dolanıyor, endişeleniyor, kendi kendine söyleniyordu.

- Karaoğlan! Nerdesin Karaoğlan! Kardeşlerimiz susuzluktan kırılıyor Karaoğlan!

Sağa sola koşuyor, fundalıkları katırına benzetiyor, soluk soluğa yanlarına geliyor, katırı bulamıyor, telaşlanıyordu.

- Karaoğlan! Kumandan beni öldürür Karaoğlan!

Gittikçe telaşı artan Mıstık vadilerdeki her koyuluğu Karaoğlan zannedip, koşuyordu. Ter topuğundan sökmüş, göğsü kalkıp iniyordu; ama durmuyor, her koyuluğa ümitle koşuyordu.

Dizlerinde derman kalmadı; olduğu yere yığılacaktı; nefesi de daralmıştı. Bir fundalığın dibine oturdu. Derin derin soluyordu. Sanki sinekler de oturmasını beklemişlerdi; yüzüne, ellerine üşüşüyorlardı. Bir yandan onları kovuyor, bir yandan da, Kumandanı'na ne diyebileceğini düşünüyor, tutarlı bir cevap bulamıyordu...

Kulağına bir hayvan otlamasının sesi geldi; doğruldu; kulak kesildi; bir hayvan otluyordu.

- Karaoğlan! Karaoğlan!

Fundalığın arkasındaki katır, sesini duyunca başını kaldırdı. Mıstık sağa sola koştu, durdu; kalbi hızlı hızlı çarpıyordu. Sesi duyamıyor, kulaklarında derin bir sessizlik çağıldıyordu.

- Nerdesin Karaoğlan!

Diyerek fundalığı dönünce, katırla burun buruna geldi. Yüreği kuş gibi çırpınırken iki adımda yularını yakaladı. Başını okşamaya başladı.

- Karaoğlan'ım!

*

* *

Türk cephesinin dağılmak üzere olduğuna dair Hamilton'un kanaati kuvvetlenmişti. Uçaklardan, gözetleme balonlarından yarıldığını gösteren resimler de çekilmişti; fakat son anda kurtarmışlardı. Türkler'in tâkatleri sıfıra inmesine rağmen, yarma hareketini ciddiye almalı, bütün imkânları kullanmalıydı.

Adalardaki son ihtiyatları da gece Seddülbahir'e çıkarttı. Tehlikeye sokmadan Arıburnu'ndan bir miktar birlik daha kaydırdı. Gerek İngiliz, gerek Fransız ve gerekse sömürge askerlerinden en seçmelerini nereye, nasıl hücum edeceklerini gündüz gözüyle görmeleri için ön siperlere yerleştirtti. Aralarında başlayacak rekabetin de başarılarının motoru olacağını düşünüyordu. Uzun süre devam eden bombardımandan sonra hücum edilecekti.

Gece çok sık nöbetçi yerleştirilerek, ilk hücum hattında bulunacak bütün birlikler dinlenmeye alındı. Cephelerde az görülebilecek mükemmellikte yemek verildi. Türkler'in tükendiğini ayrıntılarıyla anlatıp, askeri fazla motive etmeye gerek yoktu. Bir miktar asker Türk siperlerinin arkasına sarkmıştı; biraz daha yüklenebilseydiler, cephenin çökeceği dilden dile dolaşıyordu.

Arıburnu'ndan buraya kaydırılmış birliklerin içinde bulunan Charles sarkanların arasında değildi; ama sarkanları çok dinlemişti. Arkadan biraz daha kuvvet gelebilseydi, yarma harekâtının tamamlanacağına o da inanıyordu. Yemeğini yedikten sonra, siperin bir kıyısına çekilen Charles gözünü kapayınca, büyüleyici İstanbul'un havasını teneffüs etmeye başladı. "Binbir Gece", "Alaaddin'in Lâmbası" gibi masallardan bildiği doğunun tantanalı hayatını o da yaşayacak, İstanbul'da geçerli olmak kaydıyla basılmış paralardan cebinde demet demet bulunacaktı... Oryantal dans yapan bir dilber, bütün işvesiyle oynarken, bir el onu sarsıyordu.

- Charles, ön siperlere geçiyoruz.

Charles haç çıkararak yerinden kalktı.

Bu bölgenin zayıflığını anlayan Türkler'in yeni kuvvetlerle takviye edeceklerini düşünen Hamilton hücum için elini çabuk tutmuştu. Donanma ve kara topçusu hedeflerini birleştirmiş, ateşlerini yoğunlaştırmışlardı. Queen Elizabeth Zırhlısı'ndaki Hamilton dürbününün merceğinden topların çelik ağızlarından fışkıran alevlerin sabahın kızıllığına karıştığını, Türk siperlerinin göklere savrulduğunu, simsiyah toprak bulutunun içinde şimşeklerin birbirine dolandığını görüyordu.

Nihayet sol taraftakilerin hücuma geçmek üzere olduklarına dair işaret geldi. İlk hücumun etkisini merak eden Hamilton dürbününü o tarafa çevirdi. Sol kanattaki birlikler hücuma geçtiler, plân uygulanıyordu. Sağ taraftaki birlikler denize yakındılar; nasıl olsa donanmanın yardımıyla Türkler'in buradaki dirençleri daha kolay kırılır, birliklerin önü açılırdı. Deniz ve kara topçularının tamamı namlularını sahile yakın siperlere çevirdiler; mermiler üst üste düşüyordu. Ama önemli olan Alçıtepe yönü idi; yani sol taraftı.

Bunca bombardımanla Türk cephesinin Alçıtepe bölümü iyice sarsılmış olmalıydı, belki de yarılmak üzereydi. İşte görünüyordu; birlikleri süngü hücumuna kalkmışlardı. Ender zamanlarda duyduğu heyecanlardan biri onu sarıyordu. Fırtına sağanaklarıyla yükselen bir ırmak gibi, önüne çıkan engelleri yıkacaktı. Saatine baktı; yediyi onbeş dakika geçiyordu. Gerçekten muhteşem bir manzara karşısındaydı; bir kumandan için birliklerin hücumu kadar gurur verici ne olabilirdi? "Hurra! Hurra!" sesleri yüreğini hoplatıyordu.

Dürbününün merceğine gelen genişçe ovada canlılar belirmeye başladılar. Süngü parıltıları bir anda ufku baştan başa kapladı. Türkler de süngü hücumuna kalkıyorlardı; "Hurra! Hurra!" sesleri, "Allah! Allah!" nidalarına karışıyordu. Askerler yuvarlanıyor, düşüyor, kalkıp saldırıyor veya kaçıyorlardı... Fakat dakikalar geçtikçe hatlar iyice belirginleşiyor, dalgalanan iki ayrı asker seli birbirinin üzerine akıyordu. Birden hatlar çözülüyor, tekrar birleşiyor, parçalanıyor, dağılıyor ve gözden kayboluyordu!...

Sol kanatlarında, Alçıtepe'nin batısına düşen kesimde biraz ilerlediklerini seçebiliyor, sağ kanatta ise ciddi bir gelişme göremiyordu. "Bu kadar bombardımana, bu süngü hücumuna karşı, epeyce yer ele geçirmeliydik" diye hayıflanırken, Kerevizdere vadisinin kuzey yamaçları kabaran dalgalar halinde açık renk elbiseli, düzensiz görünen birliklerle kaplandı. Ve haki renk elbiseler giymiş diğer birlikler onların sol kanadından ileriye atıldılar. Bir anda aktıkları savaş alanı sel felaketine uğramış gibiydi. Yıkıp geçen, ortalığı kana bulayan bir çığı andırıyordu; Sonra yön değiştirdi; henüz kimsenin sahip olamadığı topraklar insan cesetleriyle doluydu... Dürbününü gözlerinden ayırmayan Hamilton, ne olup bittiğini fazla seçemiyor, ama bir an önce durumun kendi lehlerine dönüşmesi ve sakinleşmesi için dua ediyordu.

Bir an geldi ki, sanki gözlerinin önünde olağanüstü bir durum cereyan ediyordu. Kerevizdere'ye doğru yön değiştiren Türkler geri çekiliyorlardı. Yürek atışları hızlanırken zafer sevinci yüz çizgilerini yumuşatıyordu. Gözlerinin önündeki dünya birden değişti. Ege'nin mavi sularına karışan birliklerin "Hurra! Hurra!" nağraları Türkler'in altı inçlik top seslerinde boğuldu. Simsiyah dumanlar, sarı şimşekli alevler yükseliyor, seri toplar bütün güçlerini göstererek volkanı andırırcasına patlıyordu. Büyük çaplı obüs topları da cehennemî orkestranın âhengine katılmıştı.

Dumanlar dağılınca gözlerinin önünde feci bir manzara belirdi. Senegalli birlikler çılgınca kaçıyorlardı; tutmak, durdurmak mümkün değildi; Türkler "Allah! Allah!" sayhalarıyla hücum ediyorlardı.

Akşam dumanlı ufka çökerken, Fransızlar en son ihtiyatlarını ileri sürerek paniği durdurmaya çalışıyorlardı. Fakat bu akan sele karşı durmak ne mümkündü!... Donanmanın bütün toplarından alevler fışkırmaya başladı; civan delikanlılar kemik ve et parçası olarak havaya savruluyorlardı. Birlikler birbirlerine karıştıkları için savrulanların sadece Türk olmadıklarının farkındaydılar; ama çaresizdiler; çünkü bu sel, önünde ne varsa sürüp, denize ulaşabilirdi.

Pek çok siperin el değiştirdiği kesindi; fakat şu anda durumu anlamak Hamilton için imkânsızdı; gelecek raporlara bağlıydı.

Akşam karanlığı iyice yerleşince raporlar gelmeye başladı. Gelen her rapor Hamilton'u canevinden vuruyordu. Kayıpları korkunçtu. Seyrettiği savaş sahneleri gözünün önündeydi. Başını avuçlarının içine aldı; ne yapabilirdi?... Kederin esiri olmakla bir yere varamazdı. Hayat imkânsızlıklarda imkân bulanlara gülerdi. Bunun için moral gerekliydi. Şu anda kendini oyalamalıydı. Masada duran hatıra defterini önüne aldı. Yazarken o sahneleri de görüyordu. "... Cahil olan Türk askerleri kendilerine verilen görevleri yerine getirmek hususunda pek mert hareket ediyorlar... Gerçekten ben hayatımda bu derece cesur asker görmedim. Bazıları ideal vasıftalar. Hücuma kalkıp, ilerlemeye başladık mı üzerlerine yağdırdığımız mermi sağanağına aldırmadan, soğukkanlılıkla ayağa kalkıyor, siperlerden fırlıyor ve ateş etmeye, elbombası atmaya başlıyorlar..."

Charles de tufan yaşamanın paniği içindeydi; ölümüne yorgun bir halde sığındığı siperin kıyısında, gözleri kapanır kapanmaz, üzerlerine alevler yağıyor, yerinden fırlıyordu.

*

* *

Günlerce devam eden, insan tâkatini aşan kanlı çarpışmalar sona erdiğinde Seddülbahir cephesinde iki tarafta da kıpırdayacak güç kalmamıştı. Bunca gayret ve fedakârlıklara rağmen arzu ettiği sonucu elde edemeyen Hamilton yeni gelecek kuvvetlerden ümitliydi. Başka çaresi de yoktu; sık sık "Ümidin tükendiği yerde, askerlik de biter" derdi.

Yazın bu sıcak günlerinde savaş durgunlaşmıştı; ama iki taraf da bu durumun fırtınadan önceki sessizlik olduğunu biliyor, hazırlığını yapıyordu. Hastahanelerde yoğun faaliyet vardı. Bir an önce cepheye sevketmek için hafif yaralıların tedavilerine önem veriliyordu. Siperdeki askerler gece gündüz teyakkuz halindeydiler. Cephe gerisinde ise sıkı talimler yapılıyordu.

Cepheden ayrılmayan Esat Paşa da eksikleri gidermenin yollarını arıyordu. Düşman siperlerinden flamaya benzer sırıklardan bir tane ele geçirilmiş, siperden baş çıkarmadan çevreyi gözetlemeye yaradığı anlaşılmıştı. Esat Paşa, hemen bütün ordunun ikmal işlerine bakan İstanbul'daki İsmail Hakkı Paşa'ya göndermişti. O da elli tane yaptırıp, cepheye yollamıştı.

Birini eline alan Esat Paşa sipere girdi. Gözünü merceğine dayadı. Karşısındaki yerleri görebiliyordu. Sağa sola oynatıp, baktıktan sonra yanındaki Kurmay Başkanı Fahreddin Bey'e döndü.

- İşte teknik; bu aletler elimizde bulunsaydı; belki yüzlerce vatan evlâdını düşman mermilerinden kurtarırdık.

Esat Paşa siperleri, makineli mevzilerini, top bataryalarını dolaştıktan sonra karargâhına döndü. İyice yorulmuştu; şezlonguna uzandı. Tatlı bir uykuya dalarken yanıbaşındaki telefon çaldı. Ahize'yi eline alınca, karşısında ordunun Kurmay Başkanı Albay Kazım Bey'i buldu.

- Hürmetlerimi sunarım Paşa Hazretleri, nasılsınız?

- Teşekkür ederim; sizler nasılsınız?

- İyiyiz Paşa hazretleri.

- Siz yabancı gazeteleri okursunuz; dünyada neler olup, bitiyor?

- Londra'da işler karışık. İngiliz Savunma Bakanı Lord Kitchener hükümeti, tabii bilhassa kendini kurtarmak için Çanakkale'de zaferi şart görüyormuş.

- Hükümeti ve Lord Cenaplarını başka birşey kurtaramaz.

- Aldığımız istihbaratları doğrulayan bilgiler de var. Büyük bir hücum için yeni İngiliz, Fransız ve Hint birlikleri adalarda toplanıyormuş.

- Toplansınlar bakalım.

- İkinci Ordu'ya mensup birlikler cepheye intikal ettiler mi?

- Bu sabah Albay Feyzi kumandasındaki tümen ve General Trommer'in kumandasındaki Ondördüncü Kolordu Seddülbahir Cephesine intikal ettiler ve karargâhlarıyla yerlerini aldılar.

- Bizden başka istekleriniz var mı?

- Cephedekilerin istekleri tükenmez; fakat Arıburnu için imkânlarınızı zorlarsanız, iyi olur.

- Kumandanlara ve Genel Kurmay'a intikal ettiririm Paşa hazretleri.

- Memnun olurum.

*

* *

Vehip Paşa da Seddülbahir Cephesi'nde hummalı bir hazırlık içindeydi. Dilinden düşürmediği "Bir kürek toprak, bir damla kan kazandırır" sözünü bütün subayların hafızasına çakmıştı. İstihkâm subaylarının gözetiminde gece gündüz tahkimat yaptırıyordu.

Baskınla Müttefiklerden alınan demir ve çimentonun çoğunu Alçıtepe'nin önünde inşa edilen çift katlı siperlerde kullandılar. Müttefiklerin büyük hücumlar gerçekleştireceklerine dair haber almışlardı; zaten adalardaki faaliyetin artması da niyetlerini gösteriyordu. Seddülbahir bölgesindeki ilk hedefleri Alçıtepe idi. Önünü donanma ve kara topçusu saatlerce, belki de günlerce dövecekti. Büyük dehlizler, iki kat siperler; siperlerin altında hazır kuvvetlerin bulunabileceği sığınaklar yaptılar.

Öğle istirahatında Vehip Paşa düşünceli düşünceli dolaşıyordu. Alınan istihbaratlar çok korkunçtu; Müttefikler Limni ve Bozcaada'ya getirdikleri birlikleri peyderpey Arıburnu ve Seddülbahir'e çıkarıyorlar; adalara da gerek anavatanlarından, gerekse sömürgelerinden yeni birlikler intikal ettiriyorlardı. Karadan ve denizden öldürücü bombardımanlar yine başlayacaktı. Yaptıkları tahkimatlara fazla güvenmiyordu; çünkü gerekli malzemeyi bulamıyorlardı; ama gene de yapmalıydılar; hiç yoktan iyiydiler...

Güneşin şiddetini esen rüzgârda da hissederek Vehip Paşa yürüyordu. Bir fundalığı dönerken, bir küme asker birden ayağa kalktı; ona göstermek istemedikleri birşey yaptıkları belli oluyor, yerde de büyük bir bıçak dikili duruyordu. Vehip Paşa, bıçak oynadıklarını anladı. Eğilip, bıçağı yerden çıkardı. Evirip, çevirdi; ağırlığını yokladı. Askerlere:

- Beni takip edin, dedi.

Siperlerde kullanılan kütüklerin yanına geldiler. Vehip Paşa askerlere döndü; hazırol vaziyetinde dikilen askerlerden kendisine en yakın olanından başladı.

- Şu kütüğe saplamak için at.

Uzattığı bıçağı alan er, hiç tereddüd etmeden savurdu ve kütüğe sapladı. Bir er koşarak bıçağı getirdi. Vehip Paşa ikincisine verdi; fakat onun attığı bıçak kütüğe çarpıp, düştü.

Hepsine ayrı ayrı attırdı; çoğu bıçağı kütüğe sapladı. Vehip Paşa bıçağı eline aldı.

- Bu bıçak kimin?

Yüzü al al olmuş bir er öne çıktı.

- Benim Kumandan Paşa hazretleri.

- Şimdi bu bıçağın bana zimmetli, bir süre sonra benden alacaksın.

Tüfek yetersizliğinden zaman zaman pek çok asker bir kenarda bekletilirdi. Ne kadar ayrıntılı plânlanırsa plânlansın, gırtlak gırtlağa cereyan eden savaşlarda sık sık sürprizler olurdu. Küçücük birliklerin büyük sonuçlar doğuran işler yaptıklarına az mı şahit olmuştu.

O gün Vehip Paşa bıçağı bir mektupla ordunun levazım kumandanı İsmail Hakkı Paşa'ya gönderdi.

*

* *

Başkomutan Hamilton'u Gökçeada'daki karargâhında İngiliz gazeteciler ziyaret ettiler. İçini kemiren tereddütlere rağmen yüksek moralli görünmeye çalışıyordu. Savaş muhabirleri resim çekip, Hamiton'dan görüş aldıkları sırada, Aksmead Bakletti adında bir gazeteci şu görüşü ileri sürdü.

- Çanakkale cephesi bizim için hayatî önemdedir. Hiçbir fedakârlıktan kaçınmamalı, yeni tümenler getirmeliyiz. Bir bildiri hazırlayıp, Türk siperlerine atılırsa, sonuç alınabileceğine de inanıyorum. Bildiriye adam başına on şiling bahşiş verileceği, af edilerek, güzel bir akşam yemeği de yedirileceği kaydedilmelidir. Bu bildiriyi okuyan aç ve perişan Türk askerleri silâh ve teçhizatıyla gelip, teslim olur ve ateş hattında döğüşecek kimse kalmaz.

Çalışma masasında oturan ağır başlı Hamilton hafifçe gülümsedi.

- Cepheyi yeni birliklerle takviye imkân meselesidir. Hükümetimiz ve devletimiz, Müttefikimiz Fransa da bugüne kadar herşeyi yapmışlar ve yapacaklardır. Bunda hiç kuşkunuz olmasın. Bildiriye gelince, sayın Bakletti; siz Türkleri tanımıyorsunuz. Dünyada Osmanlı Türk' ünden başka dini uğruna canını fedaya tartışmasız hazır bir millet ve asker yoktur. Asker başına on şiling yerine elli İngiliz lirası teklif etsek, yine de yüzümüze çarparlar, dünyaya rezil oluruz.

Hamilton basın mensuplarını uğurladıktan sonra Lord Kitchener'den aldığı telsiz haberine çok sevindi. Milli Savunma Bakanı istediği bütün kuvvetlerin gönderildiğini bildiriyor, ayrıca Lawland Tümeninin de hareket ettiğini ilave ediyordu. Bu ümit edilemiyecek kadar güzel haberin, bütün subayların, hatta erlerin morallerini etkileyeceğini de düşünüyordu. Karaya çıkmalı, ağır kayıplar veren birliklerini ziyaret etmeli, onları yeni taarruzlar için hazırlamalıydı.

Öğleden sonra Hamilton Kurmay Heyeti'yle Seddülbahir'e hareket etti. Çevresinde oturan Kurmay Heyeti'yle konuşan Hamilton'un bakışları zaman zaman camdan dışarıya kayıyordu. Yaz günlerinde, buralarda az rastlanılan, insanın içine kasvet dolduracak bir hava vardı. Sabahtan beri yağan yağmur durmuştu; ama her an başlayabilirdi. Gökyüzünde durmadan yer değiştiren bulutlardan bazı parçalar kopmuş, Gelibolu Yarımadası'nın yüksek tepeciklerine tünemişti. Bu kasvetli havanın pençesinden kendini kurtarmaya çalışan Hamilton, görüş ve düşüncelerini değerlendirmeleri için Kurmay Heyeti'ne anlatıyordu.

- Türkler çok hırpalandılar. Edindiğimiz bilgilere göre mermi sıkıntıları had safhaya ulaşmış. Asker sıkıntısı çektiklerini de zaten biliyoruz. Yeni birliklerimiz intikal edinceye kadar, elimizdeki bütün ihtiyatları cepheye sürmeli, yarma hareketini denemeliyiz. Yarabilirsek, mesele yoktur; yaramazsak, intikal edecek birliklerimizin yarmalarına zemin hazırlamış oluruz...

Bataklığa dönmüş karaya adım atarlarken, General Hunter-Weston komuta heyetiyle onları karşıladı. Seksenaltıncı Tugay'ın siperleri boyunca yürüdüler. Essex, Hunts, Loncoshine ve Beşinci Kraliyet Ordusu'na mensup birlikleri ziyaret ettiler. Hal hatırlarını sordukları subay ve erler teşekkür edip, iyi olduklarını söylüyorlardı. Fakat onların hiç de iyi olmadıklarını Hamilton ve Kurmay heyeti görüyordu. Bilhassa Hamilton onlara moral vermek istiyordu. Ne çare ki uykusuzluktan bitkin ve ölü gibi solgun çehreli, kimisi hafif yaralı, başları ve elleri sargılanmış, gözleri kan çanağına dönmüş bu insanlara hangi söz moral verebilirdi? Bu subay ve erlerin birkaç hafta önce, son derece canlı insanlar olduklarına inanmak güçtü. Pek çoğu başını bir taşa veya ağacın köküne koymuş, çamur deryasında uyumaya çalışıyordu. Hayatlarından bezmiş bu insanlar, yarı gömülmüş cesetler haline gelmişler, sadece bedenen değil, manen de tükenmişlerdi.

Aslında Hamilton da manen tükenmişti; ama bunu

ne kimseye belli, ne de kendisine itiraf ediyordu. Kimseye açılamamak da ızdırabını artırıyordu. Bugün aldığı habere önce çok sevinmiş, biraz düşününce tekrar tedirginliğin pençesine düşmüştü. İmparatorluğun gücünü zorlayacak ölçüde asker, silâh, cephane, araç ve gereç istemişti. Verilmeseydi; "Ne yapalım; devletimiz gerekenleri yerine getirmedi!.." derdi; şimdi ne diyecekti?... İstediklerinin tamamı gönderildiği gibi ünlü Lawland Tümeni de yola çıkarılmıştı. Bir başarısızlık olursa, altından nasıl kalkardı?.. Dönüşte hep bu ihtimalin üzerinde duruyor, içinde kıyametler kopmasına rağmen renk vermemeye çalışıyordu.

Çok dindar olan Hamilton, fırsat buldukça Gökçeada'daki kiliseye gider, dua ederdi. Ancak böylece sıkıntılarından biraz kurtulurdu. Karargâhından çıktığında derin bir sessizlik hakimdi; ona yıldızların donattığı gökyüzünün altında tek bir canlı solumuyor gibi geldi. Gelibolu Yarımadası'na, karşısındaki Anadolu Yakası'na baktı; siyaha çalan morluktan başka birşey göremedi; Gecenin sırlarına ve derin uykularına dalmış denizin kıyısından kiliseye doğru yürümeye başladı. Kulakları hep sükûta gömülmüş cephedeydi; erimiş camı andıran deniz de sükûtu ufuksuzlaştırıyordu.

İçindeki duyguları sezen, onun muazzam orduların başkomutanı olduğuna inanmazdı. Kendisini çok yalnız hissediyor, gecenin karanlığında ona sadece topuk seslerinin eşlik etmesi de yalnızlığını artırıyordu.

Kiliseye girerken içi ürperdi; Meryem Ana ile Hz. İsa'nın tasvirleri önünde iki idare lâmbası titrek titrek yanıyordu. İçeriye buhur kokusu hakimdi. Hafifçe diz çöküp, doğrulurken haç çıkardı. Çarmıha gerilmiş siluetin karşısında ihtiraslardan, arzulardan arınmış bir ruh haline gelmenin iştiyakini duyarak yakarışa başladı.

- Yardımına sığındığımız Tanrım; senden çok ender dilekte bulunuyorum. Milletçe bir dönemeçteyiz. Geleceğimiz, ordularımızın buradaki zaferine bağlı, yardımını esirgeme Tanrım...

Karargâha döndüğünde Fransız Generali Bailaud ve Kurmay Başkanı Albay Plepope bir çanta dolusu evrakla onu bekliyorlardı. Taarruz için plânlar yapılmıştı; ikisinin de morallerinin çok yüksek olduğunu görüyordu; belli etmemeye çalışıyordu; ama kendisi yarınki hücumdan onlar kadar ümitli değildi. Zira Türkler'in gerek Anadolu Yakası'ndan, gerekse Keşan'dan cepheye taze kuvvetler intikal ettirdiklerini biliyordu.

Bilhassa General Bailaud çok neşeliydi; hiç gereği yokken:

- Sayın Başkomutan Hamilton, bize gösterilen hedefleri en geç onbeş gün içinde ele geçiremezsek, bütün kuvvetlerimi imha edeceğim, dedi.

Hamilton'un durgun yüzünde bir gülümseme dolaştıran bu güven dolu sözden salondaki genç subaylar çok neşelendiler. Bailaud ciddi bir tavır takınarak devam etti.

- Arıburnu Cephesi'nde yapılacak göstermelik hücumla Türkler'in güneye, Seddülbahir'e kuvvet kaydırmaları önlenecektir. Asıl hücumu Seddülbahir'de gerçekleştirecek olan Fransızlar, Senegalliler ve İngilizler'den bakalım hangisi bize daha fazla toprak kazandıracak?

Hamilton'un bakışlarına belli belirsiz bir pırıltı düştü.

- Rekabet güzel de; bu saydığınız kuvvetlerimizin başarıları herşeyden çok düşmanın durumuna bağlıdır. Ama ne olursa olsun, bir parçacık arazi bile kârdır. Büyük kuvvetlerimiz intikal edince, vuracağımız nakavt yumruğu kolaylaşmış olur.

- Onlar vuracak ne yüz, ne de gövde bulabilecekler. Belki de sadece İstanbul'daki merasimin mutantan olmasını sağlayacaklar.

Hamilton, Fransız subaylarının, bilhassa General Bailaud'un neşesini paylaşmak istiyor; ne çare ki başarılı olamıyordu; duyguları sanki kilitlenmişti. Ondaki durgunluğu farkeden General Bailaud veda etmek için elini sıkarken:

- İstanbul'da sizi olağanüstü lüks bir restoranda akşam yemeğine davet ediyorum, dedi.

Hamilton'un gözlerinde iki soluk ışık derinleşti.

- Bundan iyi davet mi olur?

"- Haydin kardeşlerim!
Hazreti Hamza'ya komşu olacağız."

Sabah karanlığında denizden ve karadan bombardımana başladılar. Türkler bu bombardımanları kanıksamışlardı. Siperleri zelzeleye tutulmuşçasına sallandıkça, tüfeklerine sımsıkı sarılıp, hücum anını bekliyorlardı. Böyle anlarda dudakları devamlı kımıldayan Oğuz Amca, Yusuf'a bakardı; fidan gibi Darülfunun öğrencilerinden bir tek o kalmıştı. Güneşten yanmış yüzü, kahverengini almıştı; gülen gözlerine, Hasan Şakir'in şehit olmasıyla ebedî bir matem çökmüştü; sanki göğsü daralmış, kelimeleri hançeresinden hüzünle çıkıyordu.

Üzerinde mermiler patlayıp, toprak sallandıkça, Yusuf, Hasan Şakir'le göz göze geliyordu. Artık Yusuf ölümden korkmuyordu; Hasan Şakir'in daldığı âlemden niçin endişe edecekti?... Akyazılı Mehmed de gözlerini Oğuz Amca'dan ayırmıyor; ondaki tevekkülle korkularını, heyecanlarını yatıştırmaya çalışıyordu. Mendebur İdris'le, Muzır Ruşen, "Kaçamadık" dercesine bakışıyorlardı.

Bilhassa İngilizlerin hedefine gelen batı tarafı dayanılmaz bir şekilde dövülüyordu. Oğuz Amca, Yusuf, Akyazılı Mehmed, Mendebur İdris, Muzır Ruşen de buradaydılar. Bu bölgede çok zayiat verilmişti; daha da verileceğe benziyordu!... Kum torbalarıyla tahkim edilmiş buralara hakim tepecikten savaşı izleyen Vehip Paşa, o siperlerde sadece dört manga bıraktırdı; diğerlerini irtibat yollarından gerideki siperlere kaydırttı. Aralıksız bombardıman devam ediyor, bilhassa Türkler'in ön siperlerine koca koca mermiler sağanak halinde yağıyordu. Siperler sarsıldıkça Yusuf, Hasan Şakir'i daha yakından görüyor, Oğuz Amca Yusuf'a, Akyazılı Mehmed de Oğuz Amca'ya bakıyordu. Mendebur İdrisle, Muzır Ruşen de birbirlerini suçlarcasına göz göze geliyorlardı.

Altı saat süren yoğun bombardımandan sonra, ortalığı saran toz duman dağılmaya başlamadan doğu kesiminden Senegalliler, onların yanından Fransızlar, batıdan da İngilizler saldırdılar. Senegalliler satırlarını siperlere fırlatırlarken, İsmail Hakkı Paşa'nın Bursa'da binlerce yaptırıp, gönderdiği bıçaklar da harekete geçti!... Savaşı büyük bir dikkatle takip eden Vehip Paşa, bıçak talimlerinin işe yaradığını görüyordu.

Müttefik kuvvetleri çok esaslı koordine edilmişlerdi. Fransız makinelileri siperlerden kafa çıkarttırmıyor, boşluklardan sürünerek yaklaşanlar da siperlere bomba atıyorlardı. Fransızların karşısındaki Türk siperleri cehenneme dönmüştü. İki sıra kuvvetle tahkim ettikleri bu siperleri savunmaları mümkün değildi. Zaten yarısından çoğu parça parça olmuştu. Kalanlar irtibat hendeklerinden geri çekiliyorlardı.

Savaşı izleyen Vehip Paşa, gelişmelere göre ihtiyat kuvvetlerini sevkedecekti. Deniz kenarına yakın olan bölgede bıçak ve satır savaşı sürüyor, kurulan denge devam ediyordu. Bu bölgede bir çözülme başgösterirse, arkalarında ihtiyat kuvvetleri hazırdı. Fransızlar'ın ele geçirmek üzere oldukları siperlerin arkaları da kuvvetliydi; makineliler kurulmuş, çözülme anını bekliyorlardı. Asıl endişesi İngilizler'in saldırdığı bölgeydi; burayı takviye etmeyi düşündüğü taze kuvvetlerin cepheye intikallerine mutlak nazarıyla bakıyordu; öyle bir yoğun bombardımana yakalandılar ki yetişemediler. İhtiyat kuvvetlerinin bulunmadığı bir bölgeden Alçıtepe'ye doğru hücuma kalkabilirlerdi. Buradaki ön siperlerde canlı kaldığına Vehip Paşa ihtimal vermiyordu; arkadaki siperlerin önden kaydırılanlarla biraz kuvvetlendirilmeleri, ona bir tedbir olarak görünüyordu; fakat fazla ümitli değildi. Vehip Paşa'nın otuz metre kadar önündeki Binbaşı Mahmud Sabri'nin de gözü bu bölgedeydi. İngilizler, birden hücuma kalkan birliklerini, iki taraflarına yerleştirdikleri makinelilerle Türk siperlerini tarıyarak koruyorlardı. Mahmud Sabri de ön siperlerden yeterli bir direnç beklemiyor, oralara gitmiş gözüyle bakıyordu. İrtibat yolları da dümdüz olmuştu; aşırı kaybı göze alan Vehip Paşa orta ve doğu bölgelerindeki ihtiyatları azaltıp, buradaki ikinci hatların takviyesini emrederken, ön siperlerden gerek Vehip Paşa'yı, gerekse Binbaşı Mahmud Sabri'yi şaşırtan süngüler göründü. İlk fırlayan Oğuz Amca bağırıyordu:

- Haydin kardeşlerim! Hazreti Hamza'ya komşu olacağız!

Makineli tarrakaları arasında yankılanan bu sesle Muzır Ruşen hariç diğerleri siperlerden fırladılar. Bir İngiliz bölüğüyle, yirmiye yakın Türk askerinin birbirine girdiğini Vehip Paşa dürbününün merceğinden takip ediyor, Mahmud Sabri yakından görüyordu. İngilizler Türkleri çeviriyorlardı. Sırt sırta veren Türkler, birbirlerini koruyarak süngülerini sallıyorlardı. Bilhassa Oğuz Amca topaç gibi döne döne döğüşüyordu. Makineliler gerileri tarıyor, yardımın intikalini önlüyorlardı. Saldırdıkları yerin doğusuna birkaç şarapnel düştü; iki askerin toz toprağın içinde savrulduğu Binbaşı Mahmud Sabri'nin gözüne çarptı. Dikkat etti; o bölgedeki mitralyöz yuvaları susmuşlardı. İngilizleri batıdan koruyan makineliler o bölgeye ateş edemezlerdi; Türkleri kuşatmak üzere olan kendi birliklerini de biçerlerdi. Binbaşı Mahmud Sabri, orta bölgeden buraya birbuçuk takım kadar kuvvetle kayan Yüzbaşı Serdar'a bağırdı:

- Doğudan saldırıya geç!

Siperden fırladılar. Elli-altmış metre önlerinde boğuşma cereyan ediyordu. Çarpmalarıyla, ablukaya alma gayretlerinin kırılması bir oldu. Oğuz Amca, Yusuf sırt sırta vermişler, kan-revan içinde süngü sallıyorlardı. Yüzbaşı Serdar'ın elindeki çelik kılıç toz bulutunun içinde şimşek gibi çakıyordu. Ayaklar altında cesetler eziliyor, çığlıklar yükseliyor; herkes kendini koruyup, bir düşmanı yok etmenin gayretini sürdürüyordu. Türk siperlerinden akının devam ettiğini gören İngilizler geri çekilmeye başladılar. O hengâmede İngiliz makineli mangalarının, kendi askerlerinin biraz ayrılmalarını beklediklerini anlayan Yüzbaşı Serdar kılıcını sallarken var gücüyle bağırıyordu.

- Yere yat! İlk siperlere sürün! Yere yat! İlk siperlere sürün!...

İngilizler'le aralarında belirli bir açılma olur olmaz, Yüzbaşı Serdar da kendini yere attı; süratle ön siperlere doğru sürünmeye başladı. Biraz önündeki Oğuz Amca, toz duman arasında çevresine bakınıyor, Yusuf'u arıyordu. Makineli tarrakalarını duyar duymaz, kendini sipere attı; Yusuf'un yanına düştü. Ayağa kalkarken göz göze geldiler; bir anlık bakışla iyi olduklarını birbirine söylediler.

Batı bölgesine de takviye kuvvetlerin intikal etmesi üzerine, akşam karanlığı basmasına rağmen, Türkler bütün cephede hücuma geçtiler. Yarma hareketi; cephe savaşına dönüştü; Müttefikler ön siperlerde zor anlar yaşıyorlardı.

Sabaha karşı, saat tam dörtte, Asya yakasındakilerle, Alçıtepe'deki topçu bataryaları müşterek hareketle, plaj sahalarından Alçıtepe'ye yakın mevkilerdeki Müttefiklerin bütün mevzilerini ateş altına aldılar. İki ateş arasında kalan Müttefik kuvvetlerini donanma kurtaramıyordu. Tepelerde yüzlerce ateş belirip, kayboluyordu; hangisi yalancı batarya, hangisi gerçek idi?...

Gün ışırken, Türk kuvvetleri Mehmet Ali Paşa, Faik Paşa, General Trommer ve Albay Feyzi'nin kumandasında vadiden hücuma kalktılar. Bindirdikleri Müttefiklerin sol kanadı sarsıldı. Çalıların arasından binlerce Türk askeri fırlıyor, makineli tüfeklerin ateşiyle pek çoğu doğransa da, hayatta kalanlar Müttefik siperlerine dalıyorlardı.

Oğuz Amca, Akyazılı Mehmed de siperlere atlamışlardı. Sol taraflarında, bir manga kadar Müttefik askeri bir yere yığılmış, ateş ediyorlardı. Aynı manga sağ tarafından da kuşatılmıştı. İki taraftan ateş edilince, manga kayboldu. Geriye irtibat yolu olduğunu anlamışlardı; oraya yığılan üçünün ikisi subaydı; biri alnından, diğeri gırtlağından vurulmuştu. Elbisesinin değişik yerleri kızıla boyanmış erin de tüfeği yanına düşmüştü.

Türkler'in taarruzları kırılmıyor, gittikçe tehlikeli hal alıyordu. Donanma ateş edemiyordu; bazı yerlerde iki tarafın askerleri birbirine girmişlerdi; iç içe süren boğuşma devamlı denize doğru yürüyordu. Bu yürüyüş, son ihtiyatlara yaklaşınca, kendi askerlerinin kıyımını da göze alarak donanma ateşe başlayacaktı. Fakat çok az yerde arada mesafe vardı; genellikle iç içeydiler; kayıpları ağır olacaktı?

Savaşın gırtlak gırtlağa sürdürüldüğü yerlerde Türk siperlerini bombalamak için adalardan uçaklar havalandı. Bu uçaklardan Türk askerleri fazlasıyla bizardılar. Pike yaparak istedikleri gibi bombalıyorlardı. Piyade tüfeğiyle ettikleri ateşle onları yere indiremiyorlardı. Bunlar kaybolduktan sonra Çanakkale'den havalanan Türk uçağı Tekkuyruk düşman siperlerine misilleme olarak bomba atardı. Düşmana zarar vermekten çok, moral gayesi güderdi.

Sık sık gördükleri, "Kara Kedi" adını taktıkları Fransızlar'ın siyah uçağı Türk siperlerine yaklaştı; bomba ve çelik çiviler yağdırmaya başladı. Dolaşıyor; burnunu doğrultup, inerken bıraktığı bombalar, siperleri cehenneme çeviriyordu. Ömer Çavuş kendini tutamadı; bir hamlede siperden çıktı; diz çöktü; Kara Kedi'ye ateşe başladı.

Bomba bittiğinden o da Ömer Çavuş'a çelik çiviler yağdırıyordu. Siperden Teğmen Hüsameddin, diğer erler bakıyorlardı. Ne Ömer Çavuş vızır vızır dönen uçağı vurabiliyor, ne de o Ömer Çavuş'a isabet ettirebiliyordu. Arka siperlere Karaoğlanı'yla su getiren Mıstık da seyrediyordu. Ömer Çavuş'un üstünde birkaç tur attıktan sonra uzaklaştı. Daha o kaybolmadan iki İngiliz uçağı ufuktan çıktı. Ok gibi sivri başlarıyla ve motorlarının gürültüleriyle sanki gökyüzünü yarıyorlardı. Çanakkale taraflarından da Tekkuyruk yükseldi; siperdeki askerler Tekkuyruk'u kullanan pilotun İngiliz uçaklarını farketmediğini tahmin ediyorlar; fark edince de geri döneceğini zannediyorlardı. Ama Tekkuyruk onların üzerine gitti. Havada kartal döğüşü başladı. Askerler siperlerden heyecanla seyrediyorlardı. Karaoğlan'ın yularını sıkı tutan Mıstık devamlı, "Selâten Tüncina"yı okuyup, üflüyordu. Birbirlerinin altından geçip, üstüne çıkıyorlar; arılar gibi vızıldayarak dolaşıyorlardı... Birden bir uçak ters döndü; hartama parçası gibi döne döne düşüyordu. Siperdeki askerlerin, Mıstık'ın soluğu kesildi; fakat havada kalan iki uçak birbirine saldırınca, düşen uçağın Tekkuyruk olmadığını anladılar. Siperlerden alkış, "Yaşa! Varol!" sesleri yükseldi. Uçaklar sanki biraz daha hareketlenmişlerdi. Birbirlerine gagalar gibi yaklaşıyorlar; biri birden pike yapıp, geriye dönüyor, yükselirken ötekine doğru gidiyor, çarpacağı anda gökyüzüne dikiliyordu... Aradan çok geçmeden uçaklardan biri alevlendi, düşmeye başladı. Siperlere gene aynı heyecan hakim oldu; Mıstık'ın kalbi durdu duracaktı; bütün gözler düşmekte olan uçaktaydı. O, rüzgâra kapılmışçasına güneye doğru sürükleniyor, alevi de gittikçe büyüyordu. Havada dolanan uçak, pike yapıp alçaldığında, gövdesindeki ay-yıldız göründü ve siperlerden dehşetli alkışlar başladı. "Arslan Tekkuyruk! Yaşa!" sesleri ortalığı çınlatırken, ardında gürültüler bırakan uçak Marmara'nın üzerinde süzülüyordu. Tekkuyruk'un başarısı da bu bölgede doping etkisi yaptı; daha bir korkusuzca, hatta daha bir şevkle, "Allah! Allah!" nidalarıyla düşman siperlerine dalmaya başladılar.

Bütün donanma Gelibolu Yarımadası'nın ucunu üç taraftan kuşattı; artık kendi kayıplarını da göze alarak, yüzlerce top birden ateşlendi. Önlerine çelikten bir duvar örerek, Türkler'i durdurmaya çalışıyorlardı.

Akşam karanlığı feryad figanlarla kanlı cesetlerin üzerine iniyordu. Kimisi tanınmaz hale gelmişti; pek çoğunun kolu bacağı kopmuş, başı gövdesinden ayrılmıştı. Sıhhiyeler bir an önce yaralıları toplamaya gayret ediyorlardı.

Seddülbahir'e vahşi bir sessizlik hakim olmuştu. Kimseler görünmüyordu. Tepeler, vadiler yıldızların ışığında yumuşak çizgiler halinde belli oluyordu; ama siperlere yıldızların ışıkları pek inmiyordu. Oğuz Amca ile Yusuf dağıtılan tayınları yiyorlardı. Yanlarında da gencecik bir Türk askeri kıvrılmış, yatıyordu. Birlikler birbirine karışmıştı; kimbilir hangisindendi?... Oğuz Amca gözünü ondan ayırmıyordu. Mustafa'sı da bir yere böyle kıvrılmış mıydı?... Bu insan mezbahanesinde bugüne kadar canını koruyabilmiş miydi?...

*
* *

Son günlerdeki gelişmeleri yürek çarpıntılarıyla telsizin başında takip eden Hamilton, Fransızlar'ın yüz metre kadar ilerlediklerini haber alınca, ümitlenmiş, hatta Fransız Generali Bailaud'un "Olağanüstü lüks restoranda" davetini dudaklarında tatlı bir gülümsemeyle hatırlamıştı. Batıdaki Türkler İngilizleri durdurmuşlar, adeta burun buruna solurlarken, Fransız ve Senegallilere karşı orta ve doğu bölgelerinde hücuma geçmişlerdi. Eski siperlerine dönen Fransız ve Senegallilerin buraları da koruyamıyacakları haberi gelince, yüzü değişmiş, yürek çarpıntıları tahammül edilmez bir hal almıştı. Zaman geçtikçe de gelen haberler kötüleşiyordu. Boğaz'a girmiş bir Türk kruvazörünün aşırtma ateşiyle ağır çaplı mermilerden yirmisinin siperlerine isabet ettiği, feci kayıplara sebeb olduğu kötü haberler arasındaydı.

Seddülbahir cephesi çok hırpalanmış, güvendikleri bazı siperler de Türklerin eline geçmişti. Askere moral vermek, durumu yakından görmek, alınan tedbirlerde bir eksiklik olup olmadığını müşahede etmek için Başkomutan Hamilton karaya çıktı. Sararıp solmuş çimenler düşen top mermileriyle berhava olmuştu. Hiç durmayan rüzgârın önüne kattığı toz bulutunun arasında kendisini karşılayan yüksek rütbeli subayların ellerini sıkarken ruhlarını okumaya çalışıyordu. Onlardaki yılgınlığı sezdikçe, "Ne yapmalıyım? Ne yapmam gerekti de yapmadım?" sorularını zihninde değerlendiriyordu.

Ön siperleri dolaşmaya başladılar; belli etmemeye çalışıyordu; ama askerlerin durumu yürekler acısıydı. Nerede o Mısır'da, adalarda zaptedilmeleri güç askerler?.. Tükenmek üzere olan bu ruhlara da diriltici bir aşı yapabileceği için "Ah yola çıkan tümenler bir an önce cepheye intikal etseler" diye sık sık içinden geçiriyordu.

Doğu ufkundan sıyrılan güneş, batışına kadar ortalığı kasıp kavuruyor; siperleri, zeminlikleri, korunakları fırın haline getiriyordu. Öyle sıcak oluyordu ki konserve tenekelerindeki sığır etlerinin yağları eriyor, madenî tabaklara el değemiyordu. İğrenç bir âfet halini alan sinekler ise siperlerin arasında yatan cesetlere konuyorlar; abdesthaneleri, iki ordunun süprüntülerini, çöplüklerini dolaşıyorlardı. İnsan kanıyla beslenmiş bu yaratıklar, pis kurtlar yiyeceklere karışıyor, suyla içiliyordu. Dizanteri iki tarafın ordusunda da yayılmıştı. Askerlerin bazıları kendilerini helâya götüremiyecek kadar zayıf düşmüşlerdi. Hastahaneler tıklım tıklım dolmuş, hastalık savaştan daha yıkıcı hale gelmişti. "Meraklanma, ölmezsin" sözü doktorların ağzından eksik olmuyordu; ama hastalar bir bir ölüyordu. Cesetlerini çarşafına sarıp, en yakın mezarlığa gömmeleri de hastalarda moral bırakmıyordu. Atlarla çekilen arabalarda dizanterili hastalar toplanıyor, sahile taşınıyordu; oradan hastahaneye sevkedilinceye dek mavnanın içinde, güneşin altında kalıyor, pek çoğu ruhunu teslim ediyordu. Bu elîm manzarayı seyreden Hamilton, "Türkler de aynıdır" diyerek kendini teselli etmeye çalışıyor, gözlerini tezkerelerle dolaşan sıhhiyelerden ayıramıyordu. Onlar toz toprağın içinde kıvrılmış, fundalıkların dibine uzanmış cesetlere bakmıyorlardı; onları ne zaman olsa kaldırırlardı; yaralıları, dizanterinin pençesinde can çekişenleri topluyorlardı.

Sargı yerini ziyaret ederken de tahammülü güç sahnelerle karşılaştı; doktorların başa çıkmaları mümkün değildi. Vadilerde, fundalıklarda yenileri bulunup, getirildiği için yaralıların oluşturduğu kuyruklar devamlı uzuyordu. Sırası gelenlere gerekli müdahale yapıldıktan sonra, sedyelerle aşağıya indiriliyor; gemilerle adalardaki hastahanelere sevkediliyorlardı. Başkomutan Hamilton hissiyatını belli etmemeye çalışıyordu; fakat dikkatli bir bakış neler hissettiğini hemen yakalardı.

Döneceği işaretle bildirilince, onu almak için Savage Muhribi'nden iki erin kürek çektiği ve bir astsubayın dümencilik yaptığı küçük bir bot gönderdiler. Uğurlayanların elini ayrı ayrı sıktıktan sonra hepsinin duyabileceği tonla şunu söyledi:

- Merak etmeyin; bütün olumsuzluklara rağmen zafere pek yakında ulaşacağız.

Tam denize açıldıkları sırada, bir Türk top bataryası Savage Muhribi'ne mermi yağdırmaya başladı. Telaşa kapılan muhribin komutanı onların gelişini beklemeyip, ateş menzilinin dışına çıkma lüzumunu duydu. Başkomutan Hamilton denizin ortasında iki kürekli bir botla savunmasız kaldı. Türk topçuları atışlarını onlara çevirdiler. Mermiler gittikçe yanlarına düşüyordu. Bot kibrit kutusu gibi sallandıkça, Hamilton'un yüreği hopluyor, ama korkusunu belli etmemeye çalışıyordu. Çevrede bulunan muhripler mermi gelen yerleri ateş altına aldılar; fakat Türk toplarını susturamadılar. Can derdindeki erler, var güçleriyle küreklere asılıyorlar, sahildeki kayaların altında tehlikeden masun askerler de Başkomutanlarının kaçışını heyecanla seyrediyorlardı.

Savage'ye yaklaşan Hamilton sıçramaya hazırlanırken muhribe bir mermi isabet etti ve kömürlüklerin birinde yangın alevlendi. Heyecanlanan gemi komutanı, "Tam yol ileri" emrini verince, sahilden yarım mil kadar uzakta, Hamilton tekrar küçük botun içinde kaldı. Savage, Mehmedcik Burnu'nun açıklarına kaçtı. Yakınlarına düşen mermilerin sıçrattıkları sularla ıslanan Hamilton korkusunu gizlemek için gülmeye başladı; kısa bir anda sinirleri bozulmuşçasına anlamsız bir gülüşe kendini kaptırdı; gözlerinden yaşlar boşanıyordu. Erler korku ve heyecanla kürek çekiyorlardı.

Erlerin yarım saat kadar çabasından sonra, Savage'ye yaklaştılar. Muhribin komutanı biraz suçlu, biraz da utangaç bir tavırla Hamilton'u karşıladı. Hamilton sinirlerine hakimdi; komutanı suçlamak için de fazla bir sebeb görmüyordu. Muhribe atlayınca, nazik bir şekilde Komutan'ın elini sıktı.

*
* *

Bekledikleri kuvvetler ve Lawland Tümeni cepheye intikal edince, Müttefik orduları, Başkomutan'ından erine kadar sanki gömlek değiştirir gibi ruh değiştirdiler; büyük bir şevkle saldırdılar. Ağır kayıplar veren Türkler de taze kuvvetlere ihtiyaç duyuyorlardı.

Çelik mavisi gökyüzünde bulutlar, yeryüzünde birlikler güneye akıyorlardı. Yağmura hazırlık yapan sıkıntılı sıcağa rağmen askerler hızla yürüyorlardı. Dikenliklerin dipleri, toprak yollar donanmanın, uçakların attığı patlamamış mermilerle doluydu.

Onuncu, Onüçüncü, Ondördüncü Alaylar Eceabat'ı geçip, Çamburnu'na yaklaştıklarında uzaktan bakınca karga sürüsünü andıran uçak filosunun hücumuna uğradılar. Uçaklar dönüp dönüp bomba atıyor, uzaklaşıyor gibi yaptıktan sonra tekrar saldırıyorlardı. Kendilerini koruyacak bir yer bulamayan birlikler, hem uçaklara bakıyor, hem de güneye yürümeye devam ediyorlardı. Üzerlerine gelen uçağın bıraktığı bombalardan kurtulmak için sık sık sağa sola kaçışıyorlardı.

Uçaklar kayboldu; sadece bir uçak kaldı; o da Ege Denizi'nin üzerine kaydı. Korkunç bir zelzeleye benzer şekilde yer sarsılmaya, taş toprak göğe fışkırmaya başladı. Subaylar durmadan bağırıyorlardı.

- Dağılın! Toplu yürümeyin!

Havada dolanan uçak, Saroz Körfezi'ne girmiş, Müttefik donanmasına işaretle bildiriyor, mermiler yağıyordu.

Yollar, fundalıkların arası mahşer yeri gibiydi; yeni kıtalar cepheye giderken, bazı kıtalar da eksikleri tamamlanmak, tekrar düzenlenmek üzere cephe gerisine alınıyorlardı. Cephane kolları mühimmat taşıyor, sıhhiye arabaları geriye yaralı getiriyorlardı. Yürüyenler, atını mahmuzlıyanlar parçalanmış insan organlarının, malzeme yığınlarının yanından geçip, gidiyorlardı.

En önde doru atıyla giden Ondördüncü Alay'ın Kumandanı Yarbay Rıza'yı, atlarıyla tabur kumandanları Binbaşı Kâzım ile, Binbaşı Abdülkadir takip ediyorlardı. Binbaşı Kâzım, Binbaşı Abdülkadir'e arabadaki yaralıları göstererek:

- Şu fecaati görüyorsun, dedi; hangimiz geriye böyle yaralı dönersek veya hiç dönmezsek, diğerimiz onun çocuklarını, ailesini ihmal etmesin. Olur mu?

Binbaşı Abdülkadir başını ona çevirdi:

- Asker sözü!

- Evet, asker sözü!

Çamburnu'nun arkasındaki tepeyi aşarken, ufukların denizle birleştiği yerdeki lacivert şerit güneşin artığı kızıllığı boğmak üzereydi. Saroz Körfezi'ndeki donanmanın ışıkları göründü. Sağ taraflarına düşen Arıburnu Cephesi'nde top sesleri, bomba patlamaları durmuyor, makineli tarrakaları sonu gelmez bir zincir gibi uzuyordu. Arada bir aydınlatma tabancalarından fırlayan mermiler, cepheyi baştan başa ışıldatarak geçiyordu. Önlerindeki Seddülbahir Cephesi'nde de amansız bir top düellosu devam ediyor, her adımları onları ateş cehennemine sokuyordu.

Bir tepeciğin üzerinde patlayan topun alevinin, ilerde yükselen alevlere doğru uzandığını bakışlarıyla takip eden Yarbay Rıza alaya "Dur" emrini verdi ve atını topçu mevziine sürdü.

Sahra Batarya Kumandanı Binbaşı Mürsel, birbirine dolanan alevlerin arasında bir atlının kendilerine yaklaştığını fark etti. "Ateş" derken, gözlerini atlıdan ayırmıyordu. Yarbay Rıza önüne gelen Çavuş'a sordu.

- Oğlum, burası neresi?

- Yirmialtıncı Alay'ın sahra bataryası mevzii.

- Ben Ondördüncü Alay'ın Kumandanı Yarbay Rıza; kumandanını çağır bakayım.

Çavuş ateş eden topların yanına varır varmaz, Binbaşı Mürsel, Yarbay Rıza'ya doğru koşmaya başladı. Selâm vererek önünde durdu.

- Binbaşı Mürsel, buyur kumandanım.

- Alayımız, Yirmialtıncı Alay'ın savunduğu bölgeyi teslim alacak. En kolay şekilde, Yirmialtıncı Alay'ın karargâhını nasıl bulurum?

- İlerlemeye devam edin; önünüze çıkacak dehlize giriniz; sağa dönünce göreceksiniz.

Alçıtepe'nin solundaki fundalıkları aşınca, koyu karanlıklarda yer yer ateşlerin yandığını gördüler. Yaklaştıkça şaşkınlıkları artıyordu. Tahkimatı duymuşlardı; ama bu kadar olabileceğini düşünmeleri mümkün değildi; tabii her yeri böyle tahkim etmelerine imkân yoktu.

Burası Alçıtepe'nin korunmasında çok önemli stratejik nokta idi. Yarbay Rıza Birinci Tabur Kumandanı Binbaşı Kâzım'a döndü.

- Birliklerini durdurmalarını Tabur Kumandanlarına bildir. İhtiyat mevzilerine girmek üzereyiz. Bölük kumandanları, takım kumandanlarına kontrolleri yaptırsınlar. Hareket için emir beklesinler.

Birliklerin yanyana durmamasına dikkat ediliyordu. Takım kumandanları kontrol etmeye başladılar. Ceketlerinin ikinci düğmesine kırmızı kurdele ile bağlanmış deri parçası duruyor muydu? Zira bu deri parçasının üzerinde adları ve adresleri yazılıydı; şehit oldukları takdirde ailelerine bildirilecekti. Bir de ceketlerinin sol aşağı ucunun iç taraflarına yaralanırlarsa, kullanacakları savaş paketleri dikilmişti. Bunların içinde gazlı bez, pamuk, band gibi sargı malzemeleri, tentürdiyod vardı. Bu ikisini takım kumandanları bir bir kontrol ediyorlardı.

Geç saatlere doğru geceyi burada geçireceklerine dair emir verilince, her kumandan birliğine daha muhafazalı bir yer bulmanın gayretiyle çevreyi değerlendirmeye başladı. Bilhassa sol taraflarına sık sık mermi düşüyordu. Önlerindeki tepeye birliklerini iyice yaklaştırdıktan sonra istirahat verdiler.

Ağırlıklarla beraber saatlerce yürüdükleri için ölümüne yorulmuşlardı. Kimisi tüfeğinin dipçiğine, kimisi bir taşın üzerine koyduğu kabalağına başını bırakmış, uyumuştu.

Gün ışırken kaldırıldılar. Sağda solda acele yapılmış mezarları, şarapnellerin parçaladığı, uçaklardan atılan tirbuşon şeklindeki çivi demetlerinden ölen insan ve hayvan cesetlerini görüyorlar, kendilerini bekleyen kaderi tahmin ediyorlardı. Hareket ettiler.

Dehlize giren şaşırıyordu. Arabalarla toprak taşınıyor, değişik yönlere askerler gidiyorlardı. Toprağın altı köstebek yuvası gibi delik deşik edilmiş, binlerce mevcutlu kıtalara hiç görünmeden yaşama ve savaşma imkânı sağlanmıştı. Genişçe bir yerde birlikler durduruldu. İlk saftakiler biraz dikkat edince, sağa sola yönelen gizli ve daracık yolları seçebiliyorlardı. İniltiler de kulaklarına çarpıyordu. Kısa bir süre sonra kollarında beyaz zemin üzerinde kırmızı aylı pazıbent bulunan sıhhiyelerin taşıdıkları sedyelere yatırılmış yaralılar görünmeye başladı. Yeni gelen askerlerin gözü, kan sızan sedyelerde yatan yaralılardaydı; diğer taraftan da ön hatta sandıklarla cephane, kazma, kürek, istihkâm malzemeleri taşınıyordu.

Yirmialtıncı Alay'ın subayları Yarbay Rıza'yı ve diğer subayları karşılayıp, ellerini sıkarak "Hoş geldiniz" dediler. Yarbay Rıza ve diğer subaylar gündüz gözüyle cepheyi görmek istiyorlardı. Ama önce, savaş hattı gerisinde, zeminlik denilen ve toprak altında vücuda getirilen yerlere, geride bırakılan hayvanların, ağırlıkların başına dikilen nöbetçilerin dışındaki askerlerin yerleştirilmesi gerekiyordu. Yirmialtıncı Alay'a mensup subaylar yardım edince, bu iş fazla uzun sürmedi.

Yarbay Rıza ve diğer birlik kumandanları Binbaşı Lütfi ile Alçıtepe'nin tam önündeki gözetleme yerine üstü örtülü yoldan geldiler. Alev saçan güneş dağı taşı kasıp kavururken, Yarbay Rıza dürbünüyle çevreyi gözetliyordu. Yarımadayı üç taraftan zırhlılar kuşatmıştı. Taşıma şilepleri, dumanlarını savurup, adalara doğru yol alıyorlardı. Gezdirdiği dürbününün merceğine, önlerindeki Seddülbahir Koyu'nda, iskele olarak kullanılmak üzere batırılmış gemi geldi. Bu sırada Binbaşı Lütfi, dikkatle dinleyen diğer subaylara savunma hattını gösteriyor, bilgi veriyordu.

Toprak sanki ateş soluyordu; zeminlikler fırın gibiydi; askerler bunalıyorlardı. Bazen şarapnel patlamaları sıklaşıyor, bazen de ortalığı derin bir sükût kaplıyordu. Makineliler takırdadı mı, tek düze tarrakalara sağdan soldan başkaları da katılıyordu.

Akşam tayınlarını ihtiyat mevzilerinde yediler. Gece yarısı, tam saat onikide cepheyi teslim alacaklardı. Bilhassa subaylarda kuşkulu bir bekleyiş vardı; ama mademki Yirmialtıncı Alay, cepheyi tutmak başarısını göstermişti; kendileri niçin aynı başarıyı gösteremiyeceklerdi?... Heyecanlarını yatıştırmaya çalışmalarına rağmen, onları bekleyen meçhul, devamlı kuşkularını alevlendiriyordu... Nihayet hareket saati geldi. Alay Kumandanı Yarbay Rıza, İkinci Tabur Kumandanı Binbaşı Abdülkadir'e emir verdi.

- Birinci Savunma hattının sağ tarafını teslim almak için derhal hareket ediniz!

Yanlarına yeteri kadar cephane ve sıhhiye malzemesi alarak hareket ettiler. Adımlarını sessizce atıyorlardı. Yürekler bir başka âleme girmenin heyecanıyla çarpıyordu. En önde Binbaşı Abdülkadir ve bölük kumandanları yürüyorlardı. Biraz sonra onları, Yirmialtıncı Alay'a ait bölük kumandanlarıyla, Tabur Kumandanı Binbaşı Lütfi karşıladı. Binbaşı Abdülkadir taburuna "Dur" emrini verdikten sonra, Binbaşı Lütfi'nin davetine icabet etti; zeminliğin sağ tarafında tabur karargâhı olarak kullanılan yere geldiler. Bir portatif masa ve birkaç sandalyenin bulunduğu karargâh, telefon hatlarıyla çeşitli yerlere bağlanmıştı. Etraflıca bilgi veren Binbaşı Lütfi sözlerini şöyle bitirdi:

- Siperlerde nöbet tutmayanlar, şurada hazır kuvvet olarak bekliyorlar. Ani bir hücumla karşılaşınca, her takımın askerleri, kendi savunma yerlerine hemen fırlıyorlar.

Ses çıkarmamaya özen göstermelerine rağmen, siperlerde birşeyler cereyan ettiğini sezen Müttefikler ateşe başladılar. Üstlerinde şarapneller patlarken, takım kumandanları ilk siperlere girecek askerleri ayırdılar. Ateşin ardından hücum olabileceğinden görev başındaki kumandanlar bombardıman devam ettiği sürece ön siperlerden ayrılmadılar. Ateş durunca, bir süre daha çevreyi gözetledikten sonra, geri gelip, yeni taburun takımlarına kılavuzluk yaptılar. Sessizce Yirmialtıncı Alay'ın Birinci

Taburu'nun yerine Ondördüncü Alay'ın İkinci Taburu yerleşti. Gece boyunca subaylar devamlı vadileri, aşağıdaki tepecikleri gözetlediler.

Hava ışırken Binbaşı Abdülkadir, bölük kumandanları ve Binbaşı Lütfi'nin yaveri Üsteğmen Uğur, gözetleme yerine geldiler. Üsteğmen Uğur bilgi verirken, delikten bakan Binbaşı Abdülkadir, Boğaz'ın giriş kısmında, Seddülbahir'in önünde, Kabatepe'nin açıklarındaki zırhlıları merceğine alıp, uzun uzun inceliyordu. Dürbününü sağa sola kaydırınca korkunç bir manzara ile karşılaştı. Evvelki günkü çatışmalarda ölenler iki hattın arasında yatıyorlardı. Görebildiği bir kilometre uzunluğundaki arazi parçası insan cesetleriyle doluydu. Değişik yerlerinden akan kanlar elbiselerini, toprağı kırmızıya boyamıştı. Ortada bulut halinde bir sinek ordusu kaynaşıyor, ceset ve asit fenik kokuları birbirine karışıyor, Üsteğmen Uğur bilgi vermeye devam ediyordu:

- Müttefikler Alçıtepe'ye iyice yaklaşmışlardı. Onbirinci Kolordu'nun Kumandanı Weber Paşa, Şükrü Bey'in kumandasındaki Onbeşinci, Celal Bey'in kumandasındaki Dördüncü Tümenleri ileriye sürdü. Günlerce çok çetin savaşlar oldu. Tiryandafil çiftliğine kadar ilerleyen Müttefikler geri çekilmek mecburiyetinde kaldılar. Biz de çok kayıp verdik; bilhassa Şükrü Bey'in kumandasındaki Yirmidördüncü Alay'ın hemen hemen tamamı şehit oldu.

*
* *

Tabur Kumandanı Binbaşı Abdülkadir de gece gündüz elbise ve postalla yatıp, kalkıyordu. Binbaşı Lütfi'nin cephane ve bomba sandıklarından yapılmış karyolasını, yatak olarak da aynı koyun postunu kullanıyor, üzerine kaputunu çekiyordu.

Üçüncü günün sabahı, Binbaşı Abdülkadir topçu

ateşiyle uyandı. Üstü örtülü yoldan gözetleme yerine hızla koştu. Telâşla dürbününü gözlerine getirdi. Yarımadayı kuşatan zırhlıların, kruvazörlerin topları ateş püskürüyordu. Güneş doğarken, siperlerinin önünde mevzi alan, düşman sahra ve cebel topları da ateşe iştirak ettiler. Savunma hattını saran simsiyah toprak bulutu devamlı kaynaşıyordu. Telefon çaldı; karşısında Tümen Kumandanı Yarbay Rıza'yı buldu.

- Siperler nasıl? Size intikal eden zayiat var mı?

Bu anda telefonda başka sesler de duyuyordu.

- Cephane isteriz! Bomba gönderin!.. Yetmişaltı numaralı siper berhava oldu!... Sağımızla irtibat kesildi!...

Binbaşı Abdülkadir Kumandanı Yarbay Rıza'ya sesini duyurmak için bağırıyordu.

- Henüz bir zayiat yok; fakat şu anda şiddetli bir topçu ateşinin altındayız.

- Aman dikkatli olun! Beni her an arayabilirsiniz!

- Başüstüne kumandanım.

Ahizeyi yerine koyarken gözüne ışık yansımaları çarptı. Dikkat etti; İngiliz siperlerindeki süngülerden kırılan güneş ışıkları gözüne geliyordu. Bölük kumandanlarını uyarmak için tekrar ahizeyi eline aldı; bu kere çok daha fazla ses birbirine karışıyordu.

- Düşman hücuma kalkıyor!... Otuzuncu Alay!... Hazırlıklı olun, düşman tam karşınızdaki siperlerden çıkıyor!.. -Kalın bir ses sert sert emir veriyordu.- Birinci Bölük!... Kanlı siperleri takviye edin!... İkinci Savunma hattındaki ihtiyat bölükleri birinci hatta geçin!.. -Bir başkası imdat çığlığı atıyordu- merkeze bir takım daha gönderin! Makineli tüfek işliyor mu, kontrol et!. -İmdat çığlığı uyarıcı mahiyet aldı.- Otuzuncu Alay, düşman hücumu tam cephenize çarpacak!... Size takviye kıtası geliyor!..

Topçu Batarya Kumandanı Binbaşı Eşber'in sesi heyecan yatıştırıcı idi.

- Bölük kumandanları, takım kumandanları, askerler metin olun! Düşmanı şarapnellerle siperlerin önünde yere sereceğiz! Piyadelerimizi ezdirmiyeceğiz! Ateşe hazırız!

Binbaşı Abdülkadir telefonu bırakmadan, Onuncu Alay'ın ne yaptığını görmek istiyordu. Dürbününü o tarafa çevirdiğinde, güneşin süngülerdeki akisleri gözlerine doldu. Bu anda süngülü İngilizler'in ilk hattı, kum torbalarını çekerek siperlerden dışarıya çıkıyorlardı. İngilizlerin ilk hücum hattı, toprak üstünde görününce, Türk topçusunun şarapnelleri tam tepelerinde patladı. Alayın bütün cephesinde kasırgayı andıran piyade ateşi de başlamıştı. Makineli tüfekler devamlı tarıyordu.

Fakat İngilizler durmuyorlardı; süngülü, bombalı iki hücum hattı art arda dışarıya fırladı; şimşek gibiydiler; bazıları Türk siperlerine bomba yağdırırken, pek çokları da süngüleri takılmış tüfeklerini iki eliyle kavramış; ileriye doğru hamle yapmış bir halde koşarak Türk siperlerine daldılar. Değişik yerlerden sesler geliyordu.

- Onuncu Alay! Onuncu Alay!...

Kimisi düşmanın hücum ettiğini bildiriyor, kimisi siperleri soruyor, kimisi de uğradıkları facianın çığlığını atıyordu. Yeni yeni İngiliz hatları fırlarken, telefondaki bağırmalar da sıklaşıyordu.

- Kanlı siper sükût etti! İrtibat yok! Birinci Takım'ın kumandanı şehit!... Üçüncü takım imha oldu!... İhtiyat bölükleri geç kalmasın!.. Sol cenahta düşman tutunamıyor!...

Telefondaki sesler kayboldu; Binbaşı Abdülkadir bağırıyordu.

- Alo! Alo!

Bir yandan da gözetleme deliğinden bakmaya çalışıyordu. Taburunun tam karşısından fırlamalar başladı. "Hurra! Hurra!" çığlıklarıyla süngüler parıldıyor, havada bombalar uçuşuyor, öne doğru eğilmiş askerler olanca hızlarıyla aradaki mesafeyi geçiyorlar, Türk siperlerine atlıyorlardı. Binbaşı Abdülkadir karargâhına koşmaya başladı. İlk savunma hattına yaklaştığı sırada, ihtiyat birlikleri de öne koşuyorlardı. İlk siperlerde kana boyanmış askerler ellerindeki süngüleri sallıyorlardı. Bağırmaların, feryadların arasında Binbaşı Abdülkadir, Binbaşı Lütfi'nin sesini duydu.

- Yüzbaşı Şemsi! Birinci Takım'la makineli yuvasının tarafını tut!

Kilometrelerce uzunluğundaki toprak çukurlarda akıllara durgunluk verecek boğazlaşmalar sürüp gidiyordu. Üstü başı kana boyanmış binlerce asker kavradıkları tüfeklerine takılmış süngüleriyle hasmı yok etmek için saldırıyordu. Herşeye şuurları kapanmış, sadece kim daha önce süngüsünü saplarsa, yaşama şansını elde edeceğini biliyordu.

Türk makinelileri çeşitli yerlerden taradıklarından, İngilizler yeni hücum yapamıyorlardı. İki siper arasındaki alan cesetlerle dolmuştu. Siperlerde kanlı boğuşma devam ediyordu. Türkler askerlerinin tükendiği siperlere irtibat yollarından yeni kuvvetler sevk ediyorlardı. Akışı durdurulan İngilizler siperlerde eridikçe boğuşma azalıyordu.

Binbaşı Abdülkadir siperlerin tamamının ellerinde olup olmadığını merak ediyordu. Siperleri kanları akan, vücutları daha soğumamış ölüler, yaralılarla doluydu. Altta kalan yaralıları bir an önce kurtarmak için sıhhiyeler ve diğer askerler büyük gayret sarfediyorlardı. Sessiz cesetleri bir kenara itip, feryat edenleri sırtlarına vuruyor, arkadaki sargı yerine götürüyorlardı.

Bu feryat figan arasında, siperlerden küçük bir bölümünün İngilizler'in eline geçtiği anlaşıldı. O bölgeye hakim makineliler takviye edildi. Müttefik siperlerinden oraya hücuma dair küçük bir işaret belirince, değişik yerlerdeki makinelilerin namlularından aralıksız ateş başlıyor, Müttefik siperlerinin farklı yerlerinden toprak fışkırıyordu. Kurşunlar toprağa çarpıp çarpıp sekiyor, bilhassa sol kanatta kümelenmiş makineliler incecikten bir dolu sağanağı kusuyorlardı.

Akşam karanlığı çökünce, ihtiyat kuvvetleriyle takviye edilmiş taburun iki bölüğü ateşli bir hücuma kalktı. Aradaki bölgeye hakim makineliler devamlı tarıyorlardı. Arkadan yardım alamayan Müttefik birliklerinin imdat çığlıkları topları harekete geçirdi. Şarapnellerin tozu toprağı arasında bomba alevleri yükseliyor, tetikler çekiliyor, süngüler parlıyordu. Gecenin geç saatlerine doğru süngü hücumuna kalkan Türkler siperleri ele geçirdiler. İngilizlerin ortalığı yakıp tutuşturan çığlıkları kısa bir süre daha devam ettikten sonra yerini elem dolu bir sessizliğe bıraktı; düşen top mermileri de giderek seyrekleşti.

Gün ağarırken toplar gene gazaba geldi. Toprakta çukurlar açıyor; kalaslar, kum torbaları, iri çelik parçaları havada uçuşuyor... Tüfek ve makineli tüfek mermileri toprağı aralıksız fışkırtıyor, kurşunlar kulaklarının dibinden vızıldayarak geçiyor, taşlara çarpıp sekiyor... Duman bulutları bu korkunç hengâmeyi ancak kesik kesik gösteriyordu. Kanlı organların saçıldığı, cesetlerin yığıldığı siperlerde Türkler elleri tetikte düşman saldırısını bekliyorlardı.

Anadolu yaylasında koyulaşan kızıllık az görünen bir temmuz güneşinin yolda olduğunun işaretini veriyordu. Çok geçmeden kor halini almış bir tepsiyi andıran güneş tepelerin ardından sıyrıldı. Daha erken saatlerde mosmor olan cesetler iyice şişti. Her basılan yerde, ya kurumuş kan gölü, yahut da insandan bir parça vardı.

Türkler ve Müttefikler arka taraflarında dört köşe büyük çukurlar eştiler. Hakim oldukları yerlerdeki cesetleri oralara taşırlarken, alev dilli güneş ve koku ortalığı cehenneme çevirmişti. Cesetler birbirine karışmıştı; iki taraf da kendi ve düşman ölülerini beraber gömüyorlardı.

İki İngiliz eri, yerde yatan bir Türk askerini çukura atmak için biri omuzlarından, diğeri ayaklarından tutup kaldırdı. Ayaklarından tutan ağzı burnu dağılmış, karnına birkaç kurşun isabet etmiş, her yerinde kanlar kurumuş Türk askerinin bakışıyla karşılaştı. Kanlı et parçalarının arasından gelen bakışı öyle etkileyiciydi ki İngiliz askerinin yüreğine işledi. Omuzlarından tutana seslenmek mecburiyetini hissetti:

- Thomas, bu daha ölmemiş.

- Salla gitsin, Çanakkale'de bu kadar ölünür.

Ölülerin arasına onu da attılar; biraz sonra üzerlerini toprakla örttüler.

Binbaşı Lütfi tabur karargâhına geldiğinde, Binbaşı Abdülkadir taburun eksikliklerini inceliyordu. Binbaşı Lütfi de kayıplarının miktarını öğrenmek istedi.

- Zayiat çok mu?

- Oldukça fazla; diğer taburların da bizden az değil. Depo taburlarımızdan tamamlayabilecek miyiz, bilmiyorum.

Bu anda dışarda koşuşma başladı; eski askerler "Saya geldi! Saya geldi!" diye birbirlerine bağırıyorlardı. Karargâhtan dışarıya çıkarlarken Binbaşı Abdülkadir şaşırmıştı; Binbaşı Lütfi'nin yüzünde ise tatlı bir gülümseme belirdi. Askerlerin ortasında sakallı, abanî sarıklı, beli kuşaklı, küçük şalvarlı, omuzunda heybe bulunan orta boylu bir sivil dikiliyordu. Buraya nasıl geldiğini anlayamayan Binbaşı Abdülkadir, meraklı bakışlarını Binbaşı Lütfi'ye çevirince, o da bilgi vermek mecburiyetini hissetti.

- Sai gelmiş. İzmir'in köylerinde dolaşır; askerlere gönderilecek mektupları, küçük emanetleri toplar, getirir; sahiplerine verir. Sırdaş olduğu için de sevgililer selâmlarını ona emanet ederler. Bu da onun gelişini çok değerli yapar.

Askerler etrafına toplanınca, Sai sağ elini heybenin bir gözüne soktu; bir mektup çıkardı ve bağırdı.

- Mehmed oğlu Kara Ali?

Değişik yerlerden sesler yükseldi.

- Cennet-i Alâ'da!

- Mertebesine erdi.

Mektubu heybenin diğer gözüne attı; tekrar bir mektup çıkardı.

- Alsancak'tan Hayati oğlu Salim.

Kalabalığın arasından birisi elini uzatarak bağırdı.

- Ver! Buradayım.

Yanındaki asker, Salim'in sırtına hafif bir yumruk vurdu.

- Kimden geliyor!

- Dur, hele zarfın arkasını okuyayım.

Eline yeni bir mektup alan Sai yüksek sesle bağırdı.

- Kadir oğlu Hüseyin!

Değişik yerlerden cevap geldi.

- Şehit!

- Şehit!

Onu da diğer göze attı; bu kere işlenmiş bir mendil çıkardı.

- Hasan oğlu Rafet!

Hiç ses çıkmayınca, Sai tekrarladı.

- Hasan oğlu Rafet!

Tanıyanı kalmamıştı. Sai'nin yüz hatları değişti. Gözleri dalan Binbaşı Abdülkadir karargâha girdi; onu takip eden Binbaşı Lütfi kapıyı örttü; ama az da olsa Sai'nin sesini duyuyorlardı.

- Musa oğlu Muharrem!...

*
* *

Yaz zorlu geçiyordu. Hiç durmayan hafif rüzgâr yüzlere alev gibi sarılıyordu. İkindi geçmesine rağmen serinleme belirtisi hissedilmiyor, kızıla çalan çalılıktan titriyormuş hissini vererek yükselen bunaltıcı sıcağa Karaoğlan'ın ayak sesleri karışıyordu. Sudan dönen Mıstık dalmış, Karaoğlan'ın yularını eline almış, yürüyordu. Güneş yakıcı, bunaltıcı, nefes almayı güçleştiriciydi. Fıçılardaki suların lıkır lıkır sesleri sanki hayallere sürüklenmesine sebeb oluyor, onu çocukluğuna götürüyordu. Buğday anızlarında hayvan otlattığı arkadaşları şimdi neredeydiler?...

Burnunun direğine çarpan koku onu kendine getirdi. Durdu; birkaç adım önünde kuşlar çığlık çığlığa dolanıyordu. Şarapnelin parçaladığı atın leşine biri inip, biri kalkıyordu. Kokusuna midesinin dayanamıyacağını düşünerek aşağıdan dolaşmak istedi.

Oruç onu etkilemiş, ilahi okuyacak tâkat da bırakmamıştı. Annesi, köyü gözlerinin önündeydi; şimdi orada da oruç tutuluyordu. Yaz günlerinde teravihlerle oruç ne güzeldi. Sofrada iftarın beklenişi de ramazana ayrı bir lezzet katardı. Burada da orucunu tutuyordu; ama ne teravih, ne de iftar vardı. Akşam olunca, diğer oruç tutanlar gibi, siperin bir kenarında kuru tayınını yiyor, üstüne de bir tas su içiyordu.

Birden kulaklarının dibinde üç mermi patladı. Katır ürküp, fundalıkların arasına daldı. Mıstık, "Karaoğlan! Karaoğlan!" diyerek peşinden koşuyor, ama katırı tutamıyordu. Art arda birkaç top daha patlayınca, katır fundalıkların tepelerinden sıçrıyor, Mıstık, "Kumandan! Kumandan! Beni gebertecek!" çığlıklarıyla koşuyordu. Karaoğlan'ı yakalayamazsa, kumandanına ne derdi? Askerlere nasıl su taşırdı?... Bunları düşündükçe daha da hızlanıyor; yüzünün, ellerinin çizilmelerine aldırmadan fundalıklarda "Kumandan! Kumandan! Beni öldürecek" diye bağırarak koşuyordu.

Çalıların arasından fırlayan beş kişi onu çevirdi. Birisi namlusunun ucunu göğsüne dayadı. Korkudan tir tir titreyen, gözleri irileşen Mıstık ellerini kaldırdı; ne dediğinin farkında değildi; boncuk boncuk terliyor, göğsü kalkıp iniyor, şuursuzca "Kumandan" kelimesini tekrarlıyor, bir taraftan da bakışlarıyla Karaoğlan'ı arıyordu. Göğsüne namluyu dayıyan itince, dikenliklere yuvarlandı. Biri Mıstık'ın ensesinden tutup kaldırdı. Yürek çarpıntıları arasında o gene, "Kumandan! Kumandan!" derken, bir diğeri üstünü aradı. Katırı da yakaladılar.

Mıstık'ı, Bölük Kumandanı'na götürdüler; o gene hiç durmadan, "Kumandan! Kumandan!" diyordu. Ufak tefek yapısı, başındaki kabalağı, kılık kıyafeti, sol ayağındaki postalı bezle ayak bileğine sarması yüzbaşının yüzünde gülümseme uyandırdı. Getirdikleri Rum Tercüman'a yüzbaşı:

- "Kumandan! Kumandan!"la ne demek istediğini sor bakalım.

Tercüman Mıstık'a döndü.

- "Kumandan! Kumandan"la ne demek istiyorsun?

Mıstık kızardı; nasıl yalan söylerdi? Ama köydeki hocadan savaş sırasında düşmana yalan söylenebileceğini duymuştu. Bunu hatırlamasına rağmen kulaklarının ucuna kadar kızardı. Karşısındakinin yalanını hemen anlıyacağını sanıyordu; sesi de titrekti.

- Kumandan gönderdi.

- Neyi gönderdi?

- Suyu.

- Niçin gönderdi?

- "Havalar sıcak gidiyor. Düşmanımız susuz kalmıştır. Susuzluktan kırılmaları iyi değildir." dedi ve suyu gönderdi; ama "Fıçıları geri getir" diye de emretti.

Tercüman, Mıstık'ın söylediklerini yüzbaşıya tercüme etti. Yüzbaşı onu esir alan askerlere döndü.

- Bunun silâhı nerde?

Mıstık'ın yanında dikilen cevap verdi.

- Silâhsızdı komutanım.

Yüzbaşı'nın kaşları çatıldı.

- Silâhsız mıydı?

- Evet komutanım.

Yüzbaşı'nın yüzü değişti; bakışları yumuşadı.

- Niçin silâhsız geldin?

Tercüman tercüme edince, bir kat daha kızaran Mıstık cevap verdi.

- Kumandan, "Hediye götürüyorsun; hediye silâhla götürülmez" dedi.

Yüzbaşı gülümseyerek dudak büktü; silâhsız olması şüphesini azalttı; ama gene de Mıstık'a pek inanmıyor, ona bakıyordu. Ya doğruysa, onu esir alması centilmenlikle bağdaşır mıydı? Niye esir alacaktı? Değer miydi? Bu küçücük gövdenin tamamı dinamit olsa, ne yapabilirdi?... Fakat sorumluluk isteyen bir işti. Yanındaki telefona uzandı. Komutanı aradı; Mıstık'ın halini anlatırken yüreği merhamet duygularıyla çarpıyordu. Rol yapamıyacak kadar saf göründüğünü, esir alıp, ekmek yedirmeye değmiyeceğini tekrarladı... Ahizeyi yerine koyarken yüzüne bir ışıltı düştü. Levazım Teğmeni'ni çağırttı; karşısında nohut taneleri gibi ter döken Mıstık'ı işaret ederek:

- Bu Türk hediye olarak bize su getirdi, dedi. Bizim ona verebileceğimiz birşeyimiz yok mu?

- Emir buyurursanız; çikolata, şekerleme verebiliriz.

- Bir torbaya birkaç kilo doldurun; verin gitsin.

Onlar dışarı çıkarken yüzbaşının aklına gelince irkildi.

- Durun! Bu sular zehirli olabilir? Önce her iki fıçıdan da buna içirin.

Katırın sırtından fıçıları indirdiler. Bir er, bir maşraba getirdi. Doldurup, Mıstık'a uzattı. Mıstık bakışlarını guruba kaydırdı; az önce kan deryasına dönen denizde tek damla kızıllık kalmamıştı. Orucunu açması için verdiğini zannederek lıkır lıkır içti. Maşrabayı alan er, diğer fıçıdan doldurdu. Bir maşraba, diğer fıçıdan doldurduğunu fark etmeyen Mıstık'a gerçekten yetmemişti. Onu da bir dikişte içti. Maşrabayı uzatırken kendi kendine söylendi.

- Ne iyi insanlar. Oruçlu olduğumu, susadığımı bile düşünüyorlar.

Bu sözleri Tercüman'ı gülümsetti. Mıstık, ona su veren erle fıçıları tenekelere boşaltırken, bir başka er de torbayı getirdi. Boş fıçıları Karaoğlan'a beraber yüklediler. Fıçıların arasına torbayı koydu. Yuları eline aldığında kabalağı gene yana yatmıştı. Karanlık yoğunlaşırken, kuzeye doğru, fundalıkların arasına daldı.

*
* *

Başkomutan Hamilton Seddülbahir cephesinde ölümcül darbe vurmanın zamanı geldiğine inanıyordu. Cepheye intikal eden Lawland Tümenini, adalardaki ihtiyat birliklerini bu bölgeye çıkarttı; gizlice Arıburnu'ndan da iki tabur getirtti. Sabaha karşı ani bir baskın yapılacaktı. İyi satır atan Senegalli askerler seçildi; bunlar silâh patlatmadan Türk nöbetçilerini uzaktan attıkları satırlarla öldürecekler, siperlere dalarlarken diğer birliklerde onları takip edeceklerdi. Başarısız olma ihtimalini düşünerek de gün doğumuna yakın bir saati seçti; zira düşmanı durdurmak için donanma topçuları devreye girerdi.

Türkler de böyle bir baskını bekliyorlardı; çünkü düşmanın büyük kayıplar verdiğini biliyorlardı. Adalarda, cephelerdeki hareketlilik de dikkatlerini çekiyordu. Keskin nişancıları siperlerdeki nöbet yerlerinden eksik etmiyorlardı. Oğuz Amca, Akyazı'lı Mehmed gibi savaşta pişmiş askerleri, geceleri devamlı nöbette tutmaya dikkat ederlerdi. Gece baskınları, nerelerde nöbetçi olabileceğini tahminle başlardı. Bunun için Oğuz Amca üç metre sağına bir sırık dikmiş, kabalağını üzerine güzelce yerleştirmişti. Uzaktan bakan orada kafa olduğunu zannedebilirdi.

Ramazanın son günleriydi. İmsaka az bir zaman kaldığını tahmin ederek koynundaki tayini çıkardı. Kuru ekmeği kütürdetmemeye dikkat ederek yiyor, sık sık maşrabasından da yudum alıyordu. "Bu zor günlerde, çok kolay oruç tuttuk. Rabbimize binlerce şükürler olsun" duasını zihninden geçirirken, son yudum suyunu da içti.

Derin sessizliği hiçbir canlı yaratık bozmuyordu. Oğuz Amca, her yalnızlık anında olduğu gibi, gene oğlu Mustafa'yı düşünüyordu. Evden gelen mektupta, Arıburnu'ndaki yirmiyedinci Alay'ın İkinci Taburu'na verildiği bildirilmişti. Ne o gelebilmiş, ne de Oğuz Amca gitmek için fırsat bulabilmişti. "Bugün, yarın mutlaka izin alırım" diye ümidlendiğinden mektup da yazmamıştı... İzin almaya niyet ettiği günler ya hücum emri gelmiş yahut da bir baskına uğramışlardı. Ne zaman ne olacağı belli olmayan böyle bir ortamda kumandanlarına nasıl söyliyebilirdi. Ama güvenli günlerin uzak olmadığına inanıyordu.

Gün ağarmak üzereydi; kabalağına bir satır çarptı; Oğuz Amca kendine geldi. Siperin önünü oyduğundan kafası görünmeden çevreyi gözetliyebiliyordu. Siperler arasındaki mesafe çok dardı. Oğuz Amca satırın geldiği yeri kestirmeye çalışıyordu. Sağa sola bakarken nöbetçilerin bulunabileceği tahmin edilen yerlere satırlar yağmaya başladı. Oğuz Amca'nın tetiğe dokunmasıyla, diğer nöbetçilerin tüfeklerinin patlaması bir oldu. Önde bulunan Senegalliler, siperlerden çıkan diğerleri aniden patlayan sel misali saldırıya geçtiler. Türk siperlerinden edilen ateşler saldırıyı yere sermeye yetmiyordu. Tüfeklerin sesleriyle uyanan askerler fırlayıp, siperlere koşmuşlardı; ne çare ki üzerlerine çılgınca bir sel geliyordu. Değişik yerlerden hücum eden müttefik askerleri aynı siperlere atlıyorlardı. Bir anda kan gölüne dönen siperlerde satır ve bıçak savaşı sürüyor, karşısındakini deviren yeni avını arıyordu.

Tüfeğini sıkı sıkıya kavramış Oğuz Amca hem süngü sallıyor, hem de bağırıyordu.

- İrtibat yollarını açık tutun!

Karnı yırtılanların, kolu-bacağı kopanların vahşi çığlıkları arasında, kana boyanmış Oğuz Amca durmadan süngü sallıyor ve bağırıyordu.

- İrtibat yollarından geriye! İrtibat yollarından geriye!

Bir baskın halinde bu ilk siperlerin terkedilebileceğini nöbetçiler de bildiklerinden irtibat yollarını açık tutup, geriye çekilme imkânını elde bulundururlardı.

Müttefik kuvvetlerinin siperlere atladıkları bölgenin biraz kuzeyine yağan bombaların ardı arkası kesilmeyince, o taraftan Türkler'e gelen yardım durdu. Türklerin değişik yerlere gizledikleri makineli tüfekler harekete geçmişler, düşmanın akınını kesmeye çalışıyorlardı; ama müttefiklerin saldırısı devam ediyordu.

Birinci siperlerden geriye intikal eden Türkler taburun diğer askerleriyle ikinci siperleri sıkı sıkıya tutmuşlardı. Birinci siperleri ele geçiren müttefik kuvvetleri, ikinci siperlere hücum denemeleri yapıyorlardı. Askerlerinin başında bulunan Binbaşı Mahmud Sabri sağa sola bağırıyordu.

- Korkmayın evlatlarım! Evliyalar bizimledir.

Bomba patlamalarıyla tüfek sesleri birbirine karışıyor, gün ağarırken savaş gittikçe kızışıyordu. Çeşitli yerlerden saldıran müttefik kuvvetleri, siperlerden sıçrayan Türklerin ateşleriyle, attıkları bombalalarıyla karşılaşıyor, yer yer geri çekiliyor, tekrar saldırıyorlardı. Siperlerin bazı bölgelerini Müttefik makinelilerin taramalarına rağmen, bu bölgede de ölümü göze alabilen Türkler sıçrayıp, tetik çekiyor veya bomba savuruyorlardı.

Tan yerinde hafif bir kızıllık peydahlandığı sırada, müttefik kuvvetleri bazı yerlerde ikinci siperlere iyice yaklaşmışlardı. Karayağız Binbaşı Mahmud Sabri'nin sarardığı Teğmen Hamid'in gözüne çarptı. Bakışlarını ona çevirdi; sol kolunun haki kumaşı yavaş yavaş kızıllaşıyor, parmaklarının ucuna doğru kan damlaları akıyordu.

- Kumandanım vuruldunuz!

Binbaşı Mahmud Sabri eliyle işaret etti.

- Ses çıkarma! Duyulmasın! Yeni değil!

Sağ eliyle bir bomba savurduktan sonra gür bir sesle bağırdı.

- Korkmayın evlatlarım! Evliyalar bizimledir.

İlk siperlerden çıkıp, onlara saldırmaya çalışan müttefik askerlerinin çoğu yere seriliyordu. Arkadan Türkler'in akışını sağlayan irtibat hendeklerinin bazıları da ceset dolmuştu. Üzerlerinden atlamak isteyenlerin gövdeleri açığa çıktığından, ekserisi ceset yığınına katılıyordu. Sağa doğru açılan irtibat hendeği, iki siperin arasının bir kısmını görüyordu. Bu hendek fazla derin değildi; tüfeklerin namlusunu toprağa dayayıp, buradan ateş eden askerler makineli taramalarının onlara yaklaştığını hissettikçe, hemen eğiliyorlardı. Mermi sağanağı onlardan uzaklaşınca, namlularını tekrar toprağa yerleştirip, dönüşüne kadar elleri şimşek gibi işliyor, mekanizmaları çekip, boş kovanı fırlatıyor, yenisini sürerek tetiğe asılıyorlardı.

Gittikçe rengi sararan Binbaşı Mahmud Sabri'nin emirleri de canlılığını kaybetmişti; ağrısına da artık dayanamıyordu!... Gözlerinin önünde karanlıklar uçuşmaya başlayınca, sargı yerine götürülmesinin zaruretine inandı ve taburu kumanda edecek olan Yüzbaşı Serdar'a şu emri verdi.

- Size mümkün olduğu kadar süratle takviye kuvvet göndermeye çalışacağım. Fakat hiçbir takviye almazsanız da, bulunduğunuz yerlerden katiyen geri çekilmiyeceksiniz. Geriye ancak haberci gönderebilirsiniz; onu da hepinizin burada şerefle savaşarak şehit olduğunuzu bildirmek için.

Binbaşı Mahmud Sabri'yi sedyeye yatırıp, götürürlerken birkaç metre önlerine peş peşe üç şarapnel düştü. Sedyeyi yere bırakan sıhhiyeler tam siper yattılar. Mahmud Sabri'nin şakağını yeni bir alev deliyordu. Bu alev diğer bütün ağrılarını unutturuyor, onu alıp götürüyordu. Bayıldı; başından kan fışkırıyordu. Sıhhiyeler hemen sedyeyi kavrayıp, sargı yerine getirdiler.

Doktor Mehmed Selim derhal yaralarını temizleyip, sarmaya başladı. Kan kaybını mutlaka durdurmalıydı. Binbaşı Mahmud Sabri kendinde değildi; göğsü kalkıp, iniyordu. Yüzüne su serpilince, bir rüyadan uyanırcasına kendine gelirken, "Şerefle savaşarak şehit olduğunuzu..." diye mırıldanıyor, tekrar dalıyordu. Vakit kaybetmeden Ağıldere'deki hastahaneye sevk etti.

Saatler ilerliyor, yeni bir kuvvet gelmiyor, avcı hatlarına da eriyordu; fakat Yüzbaşı Serdar canını dişine takıp, Tabur Kumandanı Binbaşı Mahmud Sabri'nin emrini yerine getirmeye çalışıyordu. Aralarındaki yerler Türk ve müttefik askerlerinin kızıla boyanmış cesetleriyle doluydu; İniltiler de hiç eksik olmuyordu. Yeni bir mermi isabet edenlerin canhıraş bir bağırışla iniltisi kesiliyordu.

Müttefikler Türk tarafına taze kuvvetlerin intikal ettiğini tüfek seslerinin, bomba atışlarının sıklaşmasından anlamışlardı. Ele geçirdikleri ilk siperleri Türkler'e geri vermemek için direniyorlardı; fakat siperleri güvenilir olmaktan çıkmıştı; bombalarla tarumar olmuş, bir kısmı da cesetlerle dolmuştu. Geriden takviye almaları da mümkün değildi; değişik yerlerdeki Türk makinelilerinin biri susunca, diğeri başlıyordu. Yeni bir hücuma geçmek için Türklerin akşam karanlığını beklediklerini yüzbaşı Herter anlamış, ama ne yapacağını şaşırmıştı. Geri kaçsalar, makineli ateşine tutulacaklardı; hücum için gerekli güçleri yoktu; geriden akış sağlanamıyordu. Gece siperlerini korumaları da mümkün değildi!.. Ne yapabilirlerdi!... Yüzbaşı Herter bir çözüm düşünürken, Boğaz'ın içine doğru ilerlemiş müttefik zırhlılarından mermi yağmaya başladı. Mermiler bulundukları siperleri dövüyor, üzerlerine toprak yığıyor, onları canlı canlı gömüyordu!... Bu kapandan kurtulmalarına imkân yoktu. Yüzbaşı Herter yanındaki erin elindeki tüfeği aldı. Mendilini namlunun ucuna taktı, havaya kaldırdı. Türkler'in ateşi durdu. Yüzbaşı Herter ere tüfeğini verdi.

- Tüfeğini namlu ve kundağından tut; havaya kaldır.

Siperden çık; tüfeğini yere bırak, ellerini havaya kaldır.

Söylediklerini er yaptı; Türkler ateş etmeyince yüzbaşı Herter siperdekilere yüksek sesle:

- Bu kıskaçtan kurtulamayız, dedi. Herkes siperden çıksın, tüfeğini yanına bırakıp, ellerini kaldırsın.

Çevrelerine top mermileri yağarken siperlerden çıkmaya başladılar. Çıkan, tüfeğini yanına bırakıyor, ellerini havaya kaldırıyordu. Birisi de sırtına yaralı arkadaşını almıştı. Siperden en son Herter çıktı. İkinci siperdeki Türkler'in karşısına epeyce kalabalık birikti.

Siperden biraz başını çıkaran Teğmen Hamid bağırırken eliyle de işaret ediyordu.

- Buraya gelin.

Tüfekleri bıraktıkları yerde kaldı; koşarak Türkler'in bulundukları siperlere girdiler. Biri ağır, birkaçı da hafif yaralı idi. Yaralıları hemen sargı yerine gönderdiler. Diğerlerini de esir kampına sevkettiler. Tüfekleri toplamak için akşam karanlığını bekleyeceklerdi.

*

* *

Binbaşı Mahmud Sabri'yi üzeri boşaltılan bir masaya yatırdılar. Çevresinde olup bitenleri pek farkedemiyor, duyduğu feryatlar, beynindeki şiddetli sancı dikkatini felce uğratıyordu.

Dört asker, yanındaki masada üstüne bindikleri yaralıyı kıpırdatmamaya gayret ediyorlardı. Gözlüklü bir cerrah boğazının altındaki şarapnel parçalarını çıkarmaya çalışıyor, diğer bir cerrah da devamlı titreyen bacağıyla uğraşıyordu.

Gözlüklü cerrah, işini bitirince, Binbaşı Mahmud Sabri'ye döndü. Vücudunu kaplayan kan başından, sağ bacağından, göğsünün değişik yerlerinden geliyordu. Cerrah, masadan bir metre kadar uzakta dikilen askerlere bağırdı:

- Ne duruyorsunuz! Soysanıza!

Askerler, Mahmud Sabri'nin ceketini, pantalonunu çıkarırlarken, tekrar bir karanlığa daldı. Cerrah yaktığı sigarayı iki nefes çektikten sonra kapının arkasına attı. Eline pamuk aldı; hem kanlarını siliyor, hem de yaralarını muayene ediyordu. Şakağından girmiş şarapnel parçaları epeyce derindeydi. Bu anda bir asker attığı sigaranın başını sol ayağıyla ezerek aldı ve cebine soktu; diğer asker, "Ben alacaktım" dercesine ona baktı. Ne yapacağına karar veren Cerrah askerlere:

- Sıkı tutun, dedi.

Bütün güçleriyle Mahmud Sabri'nin üzerine yüklendiler. Cerrah bıçağını şakağına soktu. Mahmud Sabri çırpındıkça, askerlerin ağırlığı altında eziliyordu. Dikkatini gözlerinde toplayan Cerrah, burnunun ucunda biriken ter damlalarını sık sık siliyordu.

Binbaşı Mahmud Sabri kendine geldiğinde diğer masadaki yaralı hıçkırıklar arasında bağırıyordu.

- Bacağımı bana gösterin! Bacağımı bana gösterin!

Yırtık potinlerin yanında duran kanlı bacağı bir asker alıp, gösterdi. Hıçkırıklarla boğulacak gibi olan er, acı bir feryatla bayıldı.

Oğlunu görüp, sevinse, elemli yüzü
tabii haline kavuşsa, ne kadar iyi olurdu!...

Ramazan bayramı geldi; münavebe ile bayram namazını kılacaklardı. Müttefiklerin de bu anı değerlendirmek isteyeceklerini düşünerek, siperdeki nöbetçileri de takviye edeceklerdi.

Arıburnu'ndaki askerlerin Kabatepe ve Eceabat yolundaki büyük düzlükte namaz kılmak isteklerine Esat Paşa'nın ani bir hava veya donanma hücumuna uğrayabilecekleri gerekçesiyle, izin vermediği şayiası dolaşmasına rağmen, küçük gruplar halinde kılınacağı da kulaktan kulağa fısıldandığından Yusuf ve Oğuz Amca izin alıp, önce oraya, bulamazlarsa Arıburnu'na gitmek istiyorlardı.

Yusuf, tabur kumandalığına vekâlet eden Yüzbaşı Serdar'ın sığınağına girdi.

- Kumandanım, Oğuz Amca'nın oğlu, bildiğiniz gibi, yirmiyedinci Alay'da bulunuyor. Bugüne kadar ne o Arıburnu'ndan buraya gelebildi; ne de Oğuz Amca oraya gidebildi. İki oğlu şehit olmuş bir babaya evlât hasretinin ağır geleceğini takdir edersiniz. Yarın sabah Eceabat istikametindeki düzlükte bayram namazı kılacaklarmış. Beraber oraya gitmek, oğlu Mustafa'yı aramak istiyoruz.

- Bir hücum olabileceği ihtimalinden dolayı Esat Paşa hazretleri izin vermemiş.

- Bütün askerin bir arada kılmasına izin vermemiş. Fakat o bölgede, yıllardan beri kılındığı için, töreyi devam ettirmek gayesiyle, küçük gruplarla da olsa gene namaz kılınacakmış. Belki rastlarız. Orada bulamazsak, Arıburnu'na gitmek istiyoruz.

- Peki Yusuf.

Yüzbaşı Serdar imzaladığı izin kâğıtlarını verirken:

- Sabah saat dörtten, akşam altıya kadar izinlisiniz, dedi.

Sabah saat dörtte yola çıktıklarında gökyüzünde tek yıldız görünmüyordu. Oğuz Amca heyecanlıydı; acaba bulabilecekler miydi? Orada bulamazlarsa, Arıburnu'ndaki yirmiyedinci Alay'a gidip saat altıya kadar dönebilecekler miydi? Yusuf da Oğuz Amca kadar heyecanlıydı; oğlunu görüp, sevinse, elemli yüzü biraz tabii haline kavuşsa, ne kadar iyi olurdu!...

Hava aydınlanacağı yerde gittikçe kararıyor, görüş mesafesinin daralması ikisini de telâşlandırıyordu. Yusuf:

- İnşallah doğru gidiyoruz, Oğuz Amca, dedi.

- İnşallah doğrudur.

Sis çökmüştü; yönlerinden sapmamaya dikkat ederek yürüyorlardı. Epeyce yol aldıktan sonra, bir tepeciğin üstüne çıktıklarını fark ettiler. Durdular; bulundukları yeri kestirmeye çalışıyorlardı.

- Oğuz Amca, neredeyiz?

Terli yüzünde hafif bir gülümseme yayıldı.

- Bilmiyorum ki.

Sis ortalığı iyice kilitlemişti. Yusuf iki elini ağzına getirdi; olanca gücüyle bağırdı.

- Askerler!.. Bayram namazını nerde kılacağız?

Sesi sisler arasında eridi; ne yankılandı, ne de bir karşılık verildi. Oğuz Amca'ya döndü.

- Yürüyelim; herhalde daha çok uzaktayız.

Kısa süre sonra, bir vadideki fundalıkların içine düştüler. Bir türlü çıkamıyorlardı. Gittikçe de fundalıklar geçit vermez hal alıyordu. Yusuf:

- Geri dönüp, deminki tepeye çıkalım, dedi.

Fundalıklarla boğuşan Oğuz Amca cevap verdi.

- Doğru söylüyorsun; fakat ne taraf geri, bilebilsem.

Üç-beş dakika mücadele ettikten sonra, fundalıklardan kurtuldular. Fakat geldikleri yönü bir türlü kestiremiyorlardı. Güneşin doğduğunu hissetmelerine rağmen sisten hiçbir yeri göremiyorlardı. Yusuf yorulmuştu; ama belli etmek istemiyordu. Derin derin soluyan Oğuz Amca da tâkatini tüketmişti.

- Biraz oturalım, dinlenir, belki yönümüzü de tayin edebiliriz.

- Oturalım, ama vakti de geçirmeyelim.

- Doğru da, nereye gittiğimizi biliyor muyuz?

Otururken Oğuz Amca'nın yüzünde hafif bir gülümseme belirip, silindi. Yanına bağdaş kuran Yusuf, onu teselli etmek ihtiyacını duydu.

- Kısmetse görüşürüz Oğuz Amca.

- Tabii, herşey kısmet meselesidir. Kısmet değilse, burnumuzun dibinden geçer, göremeyiz. "Kısmet ise gelir Hint'ten Yemen'den, kısmet değilse ne gelir elden" sözünü boşuna söylememişler.

Oğuz Amca'nın alnında boncuklaşan terler yüz çizgilerinden süzülüyordu. Yusuf ne de olsa gençti; yorgunluğunu sezerse Oğuz Amca'nın üzüleceğini de düşünüyordu. Oğuz Amca'yı oyalamayı da sanki görev biliyordu.

- Buradan sağ salim tezkere alabilirsek, Rabbim sık sık görüşmeyi nasip eder inşallah.

- İnşallah.

Bir ses duyar gibi oldu.

- Civardan birileri geçiyor galiba, diyerek ayağa kalktı.

Birşey duymayan Oğuz Amca nefesini tuttu. Yusuf bağırdı.

- Hey askerler! Namaza gitmek istiyoruz. Yolumuzu kaybettik.

- Biz de namaza gidiyoruz.

Ses biraz ilerlerinden geldi. Oğuz Amca da ayağa kalktı.

- Bekleyin, yanınıza gelelim.

- Bekliyoruz.

Sesin geldiği tarafa koşmaya başladılar; beliren ümid yorgunluklarını unutturmuştu. Yeteri kadar koştuklarına kanaat getiren Yusuf durdu; kısa bir an etrafa bakındı; kimseyi göremeyince seslendi.

- Nerdesiniz?

Birkaç adım önlerinden sakin bir ses duydular.

- Gelin, buradayız.

- Soluk soluğa yanlarına gelen Yusuf, selâm verince, aynı anda değişik sesler karşılık verdi.

-Aleyküm selâm.

Merakının önüne geçemeyen Yusuf, rahat soluk almasını bekliyemedi.

- Hangi birliktensiniz

Hemen yanındaki cevap verdi.

- İkinci Tümen'in, Üçüncü Alayı'nın, Dördüncü Taburu'ndanız.

- Arıburnu'nda değil mi?

- Evet.

Yürürken konuşuyorlardı. Yusuf:

- Biz de Seddülbahir'deyiz, Arıburnu'ndaki Yirmiyedinci Alay'ın Üçüncü Taburu'nun İkinci Bölüğü'nde görev yapan Oğuz oğlu Mustafa'yı görmeğe gidiyoruz. Acaba içinizde Erzincanlı veya Kemahlı var mı?

- Yok hemşehrim; bizde Yozgatlı ve Çankırılı var.

Yusuf, belki bir ipucu yakalarım ümidiyle soruyordu.

- Şimdi aranızda bulunmayabilir; fakat taburunuzda veya bir başka birlikte tanıdığınız olabilir; bize yardım eder misin?

- Niye etmiyelim hemşehrim! Ama benim tanıdığım yok.

Yanındaki söze karıştı.

- Erzincanlı birisini tanıyorum; yalnız nöbette mi kaldığını, namaza mı geldiğini bilmiyorum. Eğer görürsem, sizinle görüştürürüm.

Oğuz Amca'nın yüreğine sanki bir bıçağın ucu dokundu. Yusuf:

- O tanıdığınız Erzincan'ın neresinden? diye sordu.

- Galiba Tercan'dan

Vadiden düzlüğe çıktıkları halde siste bir çözülme yoktu; ama seslerden değişik yönlerden askerlerin aktığı belli oluyordu. Yanındakilere "Allah'a ısmarladık" diyen Yusuf hem koşuyor, hem de bağırıyordu.

- Erzincanlı yok mu? Erzincanlı yok mu?

Değişik yerlerden cevap geliyordu.

- Muğlalı var.

- Aydınlı var.

Oğuz Amca'nın kaybetmemeye çalıştığı Yusuf, durmadan sağa sola koşuyor ve bağırıyordu.

- Erzincanlı! Erzincanlı yok mu?

Kalabalık gittikçe artıyor, Yusuf bağırıp, koşuyor; Oğuz Amca onu kaybetmemek için büyük gayret sarfediyordu. Geniş düzlüğe yayılmış kümelerin arasında mekik dokuyorlardı.

Sağ taraftan uyarı sesleri yükselmeye başladı.

- Vakit tamam. Herkes sağındakinin omuzuna baksın. Safları düzgün ve sık yapın.

Yusuf durdu; Oğuz Amca da yanına geldi. İkisinin de göğüs kafesleri kalkıp iniyordu. Oğuz Amca:

- Yusuf, safa girelim, dedi.

Bir safa girdiler. Arkalarında sıralar uzuyor, sağ taraflarından sesler geliyordu.

- Namaza başlıyoruz. Saf dışında kimse kalmasın!

Arkadan koşanların ayak sesleri hızlandı; yerlerini almalarını bekliyorlardı. Giderek ayak sesleri silindi. En öndeki imam tekbir aldı.

- Allahu Ekber.

"Allahu Ekber" sesi, değişik yerlerde bulunan müezzinlerle sağa sola, gerilere dalga dalga yayıldı.

Namazdan sonra dua ederlerken sis de biraz aralanır gibi oldu. İmamın ne dediğini duyamıyorlardı; ama herkes ellerini açmış, huşû ile "Âmîn" diyordu. Yusuf göz ucuyla, sağ gözünün kirpiklerinde tomurcuklanan yaşı yüz kırışıklığından aşağıya kayan Oğuz Amca'ya bakıyordu.

Güneş sisler arasında bir yıldız gibi belirdi. Değişik yerlerden gelen sesler birbirine karışıyordu.

- İzmit'li var mı?

- Tekirdağlı var mı?

- İstanbul'lu?

Yusuf ve Oğuz Amca da bağırıyorlardı.

- Erzincanlı? Kemahlı var mı?

Birisi Oğuz Amca'nın yanına yaklaştı.

- Ben Erzincanlıyım.

Oğuz Amca heyecanla sordu.

- Neresindensin? Kemahlı mısın?

- Refahiye'denim.

- Kemahlı kimseyi tanımıyor musun?

- Tanımıyorum hemşehrim.

- Senden başka Erzincanlı yok mu?

- Belki vardır; ama ben bilmiyorum.

Birbirleriyle bayramlaşan askerlerin kimileri dağılıyor, kimileri de bir araya geliyorlardı. Sis dağılıyor, güneş biraz daha canlı görünüyor, Oğuz Amca ve Yusuf:

- Erzincanlı, Kemahlı var mı? diye bağırıyorlardı.

Öbek öbek bir araya gelen askerler konuşuyorlardı. Oğuz Amca ile Yusuf, o öbekten öbür öbeğe koşuyorlar, aynı soruyu tekrarlıyorlardı. Her geçen dakika ümitleri eriyordu; ama bağırmaktan, sağa sola koşmaktan geri durmuyorlardı. Değişik yönlere kalabalıklar yürüyor, peşlerine koşarken dudaklarından aynı çığlıklar eksik olmuyordu.

- Erzincanlı? Kemahlı var mı?

Herkes dağıldı; düzlükte ikisi kaldı. Ümitlerini yitirmek ikisini de etkilemişti; sisler arasındaki düzlükte kendilerini yalnız hissediyorlardı. Yusuf hatırladı; bugün bayramdı; Oğuz Amca'nın elini öpmeliydi. Yorgunluğuna, üzüntüsüne rağmen sesindeki tatlılık kaybolmamıştı.

- Bayramlaşalım Oğuz Amca.

Hüznün katılaştığı yorgun yüzünde zoraki bir gülümseme görünürken Oğuz Amca elini uzattı. Yusuf onun elini, o da Yusuf'un yanaklarını öptü.

- Oğuz Amca, Arıburnu'na gidip, birliğini bulalım; Mustafa'yı gördükten sonra da Seddülbahir'e geçelim. Bunun için yeterli vaktimiz var.

Sislerin içinde cılız bir mumu andıran güneşe bakan Oğuz Amca:

- Sis biraz hafifledi; ama bu havada bile yolumuzu zor buluruz, dedi. Sis tekrar bindirirse, perişan oluruz. Seddülbahir'e dönelim. İznimizi geçirmezsek, başka bir zaman da izin isteyebiliriz. İnşallah bir fırsat daha zuhur eder.

Bunları söyleyen Oğuz Amca, öğreneceği bir kara haberden de korkuyordu. Tamamiyle yıkılırdı; şimdi hiç değilse ümidi vardı; onu da kaybederse, hali nice olurdu?...

- Nasıl istersen öyle yapalım.

Yusuf üzülebilir endişesiyle yol boyunca duygularını belli etmemeye çalışan Oğuz Amca'nın yüreğinde Mustafa'nın kuşkusu, gözlerinin önünde kızı Nadiye, karısı Hatice eksik olmuyor, "Bu bayram gününde acıları kimbilir nasıl derinleşiyor!" sorusunu sık sık zihninden geçiriyordu.

*
* *

Nadiye'nin aklı herşeye eriyordu. Annesi entarisini söküp, ona diktiğini bilse, giymezdi; ama annesinin yıllarca önce diktiği, sandikta sakladığı güllü entarisini hiç görmemişti. Hatice, Nadiye evde yokken onu güzelce söktü; göz kararıyla ona göre dikti. Babasız, ağabeysiz kızı hiç değilse, bu bayramda yeni bir entari giymeli, arkadaşlarıyla oynamalıydı.

Camdan bakan Hatice, köyün erkeklerinin camiden dağıldığını görüyordu. Gözyaşları yuvarlanmaya başladı. Nice bayramlar böyle bakmış kocası, oğullarının eve doğru geldiklerini görmüştü. İkisi şehit olmuş, diğer ikisinin de her an şehadet haberini alacağından korkuyordu!.. Gözyaşları gittikçe hızlanıyordu... Nadiye'nin ayak seslerini duydu. Hemen musluğa yürüdü; abdest almaya başladı. Doya doya ağlıyamaması da içindeki uru büyütüyordu.

- Anne!

Yüzü, gözü ıslak Hatice ona döndü. Nadiye birşey söylemeden koşup annesine sarıldı. Saçlarını okşayan Hatice!

- Elimi öp, bayramlaşalım, dedi.

Elini öpen Nadiye'nin, o da yanaklarından öptü.

Namaz kıldıktan sonra, sofrayı kurdu. Tarhana çorbasını içtiler. Dolaptaki tabakların birini almak için kalkan Hatice:

- Bugün bayram, dedi. Muhallebi de yaptım. Sen de çok seviyorsun.

Nadiye ona öyle bir baktı ki, gözleri çocuk yüreğinde derinleşen bütün acıları aksettirdi. Hiçbir şey söylemedi; gözyaşlarını annesine göstermemek amacıyla başını önüne eğdi; gözlerini kuruladı. Hatice feryat etmemek için kendini zor tutuyordu. Bir tabak muhallebiyi ikisi bitiremedi.

Hatice yemekten sonra, diktiği entariyi Nadiye'ye giydirdi.

- Bak, benim kızım ne güzel oldu. Şimdi Ömer Hoca'lara git; O, köyümüzün büyüğü; onun, Selime Teyze'nin elini öp. Oradan da İsmail Dayınlara geçersin. Ben de inekleri sağdım mı geleceğim.

Evlerinin önündeki tepeciği aşıncaya kadar Nadiye'nin arkasından baktı; sonra odaya girip, kocasının ve oğullarının eski gömleklerine sarıldı. Kana kana ağlamak istiyordu. Sel gibi akan yaşları sanki hıçkırıklarını körüklüyordu. Başını gömdüğü gömleklerin arasında söylenmeye başladı.

- Anacığım! Güzel anacığım! Beni doğuracağına, kara taş doğursaydın. Bu acıları çekmeseydim, ne olurdu!...

Kapı vuruluyordu. Açmasa olmazdı; gömleklerde gözlerini, yüzünü kuruladı. Yaşları dinmedi; gözpınarlarından damla damla dökülüyordu. Kapıyı açınca, karşısında Ömer Hoca dikiliyordu.

- Kusura bakma Hocam, diyerek elini öptü.

- Çok yaşayasın, çok bayramlar göresin, kızım. Nadiye gelince, evde yalnız kalmak istediğini tahmin ettim. Yüreğime bir hançer sokuldu. Rabbimizin lütfettiği bu bayramda beraber olmalıyız, düşüncesiyle seni almaya geldim.

Hatice'nin yaşları tekrar hızlandı. Ömer Hoca kendini tutmakta güçlük çekiyordu; fakat birşeyler söylemeliydi; sesi merhamet denizinden geliyordu.

- Kızım, bu yalan dünyada ne acılar çektiğinin farkındayım. Bizler aciz kullarız. Kader defterimize ne yazılmışsa, onu yaşayacağız. Rabbimiz bize sabır tavsiye ediyor. O'nun sabırlı kullarından olmalıyız. Haydi kızım; beni ve Selime teyzeni kırma; bize gidelim.

Ömer Hoca'yı nasıl kırardı! Müsaade isteyip, içeri girdi. Muslukta yüzünü yıkadı; elini, yüzünü kurularken Allah'tan sabır diledi. Kapının önüne gelince, Ömer Hoca:

- Allah razı olsun kızım, bizi kırmadın, dedi.

*

* *

İnsanda coşku uyandıracak lekesiz bir günde, top düellosu bütün hışmıyla devam ediyor, iki taraf da piyade hücumunun nereden ve nasıl başlıyacağını elleri tetikte bekliyordu. Arıburnu ile Kabatepe arasındaki Triumpf Zırhlısı da müttefik kara topçularına destek veriyor, çelik namlularından aralıksız ateş fışkırıyordu. Işık seline boğulmuş denize siperden bakan Kandıra'lı Sadri, "Bana ne oluyor?" diye başını salladı. Başı değil, karşısındaki zırhlı dönüyordu. Yanında, alnını tüfeğinin kundağına koymuş, elleriyle kulaklarını tıkamış, Pütürgeli Bilâl'in gözlerinin önünde hemşehrisi Musa ile Arapkir'li Davut vardı. O uğursuz top atışlarında, korkunç gürültülerden beyinleri sarsıldığından biri çıldırmış, diğeri hafızasını kaybetmişti. Kandıra'lı Sadri dürtünce, Pütürgeli Bilâl irkildi.

- Saldırı mı başladı?

- Bak Bilâl, gemi batıyor galiba?

Hafifçe doğrulan Bilâl gözlerini dikti; koskoca Triumpf zırhlısı yana yatıyor, sulara gömülüyordu. İrade dışı bağırdı.

- Zırhlı batıyor!

Bu haber dilden dile, gözetleme yerinden bakan Topçu Teğmen'i Hüseyin'e ulaştı; o hemen dürbününü

Triumpf'a çevirdi; yana yatmış kayboluyordu. Topçu Grup Kumandanı Hasan Rıza'ya bildirdi. Triumpf'dan çok çekmişlerdi; ateş menzillerinin dışında kalıyor, istediği yeri, istediği şekilde dövüyordu. Binbaşı Hasan Rıza derhal gözetleme yerine geldi. Makaslı dürbünden bakınca, otuz derece yana yatmış zırhlıdan atlıyanları, çevresine yanaşan torpitoları, kurtarma araçlarını ve sandalları yakınındaymış gibi görüyordu. Askerlerin pek çokları sularda feryat figanla çırpınıyorlar, iki asker de uzunca bir direğe tutunmuş, kendilerini akıntıya bırakmışlardı. Triumpf'un çevresinde büyük bir telaş sürerken, taşıt gemileri ve zırhlılar süratle açılarak Gökçeada'ya doğru ilerliyorlardı.

Teğmen Hüseyin, Grup Kumandanı Hasan Rıza'ya baktı; o da ne demek istediğini anladı.

- Bize yakışır mı?

- Onların eline böyle bir fırsat geçse, şu torpitoları, kurtarma araçlarını sulara gömmezler mi?

- Onların ne yapacaklarını bilmem; ama biz yapmamalıyız.

Bu sırada Triumpf ters dönerek tamamen denize gömülüyordu. Zırhlının çevresinde sular fışkırıyor, kurtarma araçları yanaşamıyordu. Hasan Rıza, Teğmen Hüseyin'e:

- Denizaltı işidir, dedi.

- Bizim denizaltımız yok.

- Evet yok; fakat günlük güneşlik günde ona nasıl yaklaşılır, nasıl baskın yapılır?

- Alman denizaltısı nereden gelebilir? Süveyş, Cebelitarık İngilizlerin kontrolünde değil mi?

- Bir yolunu bulmuşlardır. Tekniğin hududu yoktur. Belki ticaret metaı olarak parçalarını Akdeniz'e sokmuşlar, belki de kara yoluyla güneye indirip, Adriyatik'de monte etmişlerdir.

Billûr gibi sularda can derdiyle boğuşulması, kara topçusunun düellosunu önlememişti. Şarapnaller patlıyor, parça parça dağılan kayalardan ateşler çıkıyor, topraklar savruluyor, siperler dümdüz oluyordu.

Akşama doğru iki taraf da atışlarını azaltmaya başladı. İki tarafın piyadeleri tetikteydi; nerede, hangi siperlerde boğazlaşma başlayacaktı?... Fakat piyade hücumu olmadı. Seyrekleşen topçu atışları, gün batarken, sona erdi. Gurubun kan gölüne dönüştürdüğü deniz koyuluğa bürünüyor, hafif bir rüzgâr Ege'nin sularını kıyılara çarpıyordu.

Ertesi sabah nar gibi bir güneş tepelerin ardından yükseldi; tertemiz maviliklerin üzerinde gümüş renkli pırıltılar oynaşıyordu. Alabildiğine derinleşen gökkubbe yumuşak maviliklerde kaybolmuştu. Birbirini öldürmek için hazır vaziyette bekleyen binlerce askerden bir tane görünmüyordu; şarapnellerin yakıp yıktığı yerleri seçemiyecek kadar uzaktan bakan bir göz, Ege'ye dil misali uzanan yarımadaya ayak basılmamış zannedebilirdi.

Oğuz Amca, bir bileği taşı almış, siperde sessizce süngüsünü biliyordu. Gerideki ağaçların altına yatıp, istirahat edebilirdi; ama boğazına saplanmış bir kemik gibi her an Hasan Şakir'in yokluğunu hisseden Yusuf nöbetteydi; ona yakın olmak için ön siperlerde bulunuyordu. Bunca tıbbıyeli gençten bir tek Yusuf kalmıştı; öğrenci olmakla da, kendisini diğer erlerden farklı görmüyor, "Oğuz Amca" deyişi sanki yüreğinden geliyordu. Oğuz Amca da ona evlât sevgisiyle bağlıydı.

Yusuf, siperden Seddülbahir'in kuzeyinde, Boğaz'ın içinde demirlemiş, Majeste Zırhlısı'nı görebiliyordu. Askerlerin "Kocakarı" dedikleri zırhlılardan pek çoğu sulara gömülmüştü; dün de Triumpf'dan kurtulmuşlardı; fakat bu majeste zırhlısı kimbilir daha nice memleket evlâtlarını doğrayacaktı. Denizdeki heybeti bile ürkütücüydü!.. Majeste zırhlısı birden alabora oldu, kurtarma ekipleri sağdan, soldan hücum etmişlerse de, onlar daha yaklaşmadan kaynaşan sularda kayboldu. Yusuf, arkada süngüsünü bileyen Oğuz Amca'ya seslendi.

- Majeste battı!

Yanına gelen Oğuz Amca köpüren suların üzerinde kurtarma ekiplerinin telaşından başka birşey göremedi.

Zırhlılar, kruvazörler, büyük taşıt gemilerinde panik başladı; hepsi süratle adalara doğru çekiliyordu. Siperlere fısıltı düştü; sanki muhayyileler konuşuyordu; herkes birşey söylüyor, sonra tahminine kendisi de inanıyordu. Ama denizde bir tane zırhlı, kruvazör kalmamasından duyulan sevinci hepsi paylaşıyordu.

Yusuf nöbetini devretmişti. Gurupta kaybolan güneş ardında tatlı bir serinlik bırakmıştı. İkinci siperlerin arkasındaki çimende Yusuf'la, Oğuz Amca oturmuş, dertleşiyorlardı.

Yusuf, eline konan sineğe bir şamar indirdi.

- Bu lânetler de düşman kadar beter.

- Gece bulabildiğim şeylerle ellerimi, yüzümü örtüyorum. Para kadar açık bir yerim kalsa, gelip orayı buluyorlar.

Bu anda ikinci siperin irtibat yolunun girişinde karşılaşan Teğmen Hamid ile Teğmen Hüsameddin ayaküstü konuşuyorlar, Oğuz Amca ile Yusuf da duyuyorlardı. Teğmen Hamid, Ağıldere'deki hastahanede yatan Binbaşı Mahmud Sabriyi ziyarete gitmişti. Oradaki subayların konuşmalarını naklediyordu.

- Amiral De Robeck, bütün zırhlıları, kruvazörleri adalardaki üslerine çekmiş. Kumandanlar, artık barış şartlarındaki poligon atışları gibi, atış yapamıyacaklarından neşeyle sözediyorlar. Triumpf ve Majeste'yi batıran Alman Binbaşı Otto Hersing'in kumandasındaki U 21 denizaltısı Boğaz'dan girmiş, Çanakkale'ye çıkmış. Halk büyük bir coşkunlukla karşılamış.

*

* *

Güneş canlı bulduğu herşeyi kasıp kavuruyor, çatlak

topraklardan devamlı buğu çıkarıyordu. Pınarın başındaki köknar fidesine Mıstık Karaoğlan'ı bağladı. Abdestini aldı, namazını kıldı. Âmîn ederken, şehitlik mertebesine eren pek çok arkadaşını hatırladı. Gözleri nemlendi; ellerini yüzüne sürdükten sonra ruhlarına fatiha okudu.

Fıçıları doldurup, yükledi. Yularını çözerken katırla konuşuyordu.

- Benim Karaoğlan'ım; sen olmasan gazilerimiz susuzluktan kırılır. Sancağımız yere düşer. Hadi, sularımızı götürelim...

Yular elinde, ağır ağır yürüyordu. Yalnız anlarını kollayan hayalleri gene onu sardı. Tam harman zamanıydı; dul anası buğdayları dövebiliyor muydu?... Kaç gece harmanda yatmış, tane ile samanı ayırmak için sabah rüzgârında savurmuştu. Şimdi anası yapabiliyor muydu?... Büyük tarladaki erik ağacı bu yıl vermiş miydi?

Tepeyi aştığında, dikenliğin dibinde birisi yatıyordu. Karaoğlan kulaklarını dikip, durdu. Mıstık da kuşkulandı.

- Kimsin? Ben saka Mıstık?

Ses yoktu; bir adım attı ve durdu. Karaoğlan da ön ayaklarını kazık gibi dayamış, gitmek istemiyordu. Yatanın elbiseleri de farklıydı. Mıstık'ın heyecanı göğüs boşluğuna sığmıyordu; gene mi esir düşmüştü? Bir kere daha, "Kumandan gönderdi" dese inanırlar mıydı? Bakışlarıyla fundalıkları tarıyordu; çıt yoktu; sadece yürek çarpıntılarını duyuyordu. Tekrar bağırdı.

- Kimsin? Ben saka Mıstık!

Gördüğü kıpırdamıyor, ölü gibi yatıyordu. Fakat biraz daha ilerdeki çalıların arasından bir asker kalktı; Mıstık'ın yüreği göğüskafesini delip, çıkacaktı!.. Ama asker iki adım attı ve yığıldı; tüfeği de yanına düştü. Şuurunun yerinde olmadığını Mıstık anlamıştı. İlk gördüğü ise hiç kıpırdamıyordu. Kısa bir süre daha çevreyi gözetleyen Mıstık, eliyle Karaoğlan'ın başını okşadıktan sonra yularından asıldı. Karaoğlan'ın inadı tutmamıştı; yürüdü.

Düşen İngiliz askerinin yanından tüfeğini aldı; namlusuna mermi sürdü. İlk gördüğü de kendinde değildi; ama tüfeğinin üzerinde yatması Mıstık'ı endişelendiriyordu. Mıstık tüfeğini aldığı ere, namlusuyla dürttü.

- Gâvurcuk! Susuzluktan mı bayıldın gâvurcuk!

Asker döndü; bakışları bulanıktı; herşeyiyle tükenmişti. Bir şeyler mırıldandı; fakat Mıstık anlıyamadı; sadece dilinin keçe gibi olduğu dikkatini çekti.

- Ne diyorsun gâvurcuk? Neyin var?

İngiliz er eliyle fıçıları işaret etti. Mıstık anlamıştı; su istiyordu. İlk gördüğü askerin üzerine yattığı tüfeği eliyle göstererek:

- Gavurcuk, şu tüfeği bana getir, dedi.

İngiliz er birşey anlamadı; ışığı sönmüş gözlerle korku dolu bir şekilde Mıstık'a, ona doğrulttuğu namluya bakıyordu. Kıpırdayacak hali kalmadığını anlayan Mıstık rahatladı; kendinden geçmiş askerin yanına geldi; altındaki tüfeği çekip, çıkardı ve sağdaki fıçıyı sardığı urganların arasına soktu. Bir eliyle tüfeği sıkı sıkı tutuyor, diğer eliyle soldaki fıçıdan susağa dökmek isterken, Karaoğlan huysuzlaşıyordu.

- Dur Karaoğlan! Bu gâvurcuklar ölsün mü?

Karaoğlan'ı biraz uzağa çektikten sonra, tüfeğin dipçiğini ayaklarının arasına yerleştirdi; namlusunu göbeğine dayayınca, iki eliyle susağı kolayca doldurdu. Tekrar tüfeğini eline aldı, dipçiğini omuzuna dayadı ve namlusunu İngiliz askerine çevirdi; yanına yaklaştı. Bir eliyle susağı uzatırken diğer eli de dipçiğini omuzuna dayadığı tüfeğin tetiğindeydi. İngiliz askeri ellerini havaya kaldırarak esir olduğunu anlatmaya çalışıyordu. Susağı eline aldı; lıkır lıkır içmeye başlayınca, Mıstık söyleniyordu.

- Yavaş yavaş iç gâvurcuk, sonra fena olursun.

Çok susuz kalanın, birden su içince fena olduğunu duymuştu. İngiliz askeri yarısından biraz fazlasını içip, soluk alırken gözlerini Mıstık'a çevirdi. Hem bakışıyla, hem de sözle teşekkür ediyordu.

- Hah işte böyle, yavaş yavaş iç gâvurcuk!

İngiliz askeri susaktaki suyu bitirdi; bir daha versene, diye işaret etti. Mıstık susağı eline aldı; doldurup getirirken, bakışlarını ondan, elini de tetikten hiç ayırmıyordu. Suyu dinlene dinlene içerken, yatan askeri de işaret etti. Mıstık, "Ona da ver" dediğini anlamıştı.

- Sen iç gâvurcuk, ona da vereceğim.

İngiliz askeri suyu bitirince, Mıstık susağı aldı. Doldurdu ve ona uzattı; ondan hiç gözünü ayırmıyor, her an tetiği çekebileceğini ihsas ediyordu. İngiliz askeri susağı aldı; yanına gittiği arkadaşını sarstıkça boğuk boğuk inliyordu. Ters çevirdi; ağzına su dökmeye başladı. Baygın askerin gözleri kırpıştı; çatlak dudakları oynadı. Azar azar dökmeye devam ediyordu.

Bir süre sonra tamamen ayıldı; doğrulup, oturdu; derin derin soluyordu. Susakta su bitmişti; uzattı. Susağı eline alan Mıstık, ikisine de dikkatli bakıyor, tüfeğin dipçiğini omuzundan, sağ elini tetikten ayırmıyordu. Doldurduğu susağı ayılana verdi. Ağır ağır içiyordu. Karaoğlan'ın da tedirginliği kalmamıştı.

İki asker de kendine gelmişti. Mıstık tüfeğin namlusuyla yolu işaret etti. Askerler kalktılar; yürümeye başladılar. Mıstık'ın bir elinde yular, diğer elinde tüfek vardı. Gökten sanki alev yağıyordu.

Siperlere yaklaşırlarken, Ömer Çavuş, diğer takım arkadaşları bunlara bakıyorlardı. Gelen Karaoğlan'ıyla Mıstık'dı; ama öndekiler kimlerdi?... Az bir uzaklık kalınca, giyimlerinden müttefik askerleri olduklarını anladılar. Tuhaf bir durumdu; iki müttefik askerini önüne katmış, eline de tüfek almış, Mıstık geliyordu. Gözetleme postaları zaman zaman yolu şaşırırlar; düşmanın hakim olduğu yerlere geçerler, ya öldürülür, yahut esir alınırlardı. Ama Mıstık bunu nasıl yapardı?... Ömer Çavuş dayanamadı.

- Mıstık bunları nerden buldun?

- Susuzluktan bayılmışlardı. Tüfeklerini alıp, onlara su verdim. Ayılınca da buraya getirdim

Böyle bir işi Mıstık'tan beklemeyen askerler alkışlamaya başladılar. Ömer Çavuş da savurduğu kahkahadan sonra:

- Aferin Mıstık, dedi.

Mıstık'ın gözlerinde zafer kazanmış bir insanın meydan okuyan coşkunluğu yerine, boyun eğen garip bir hüzün vardı.

*

* *

Seddülbahir Cephesi'nde kan gövdeyi götürürken, kuzeydeki Arıburnu'nda nerdeyse barış havası esmekteydi. Bütün imkânlarıyla günlerce hücum ettikten sonra, Türk ve Anzak askerleri burun buruna mevzilere gömülmüşlerdi. İki tarafın da yeni bir hücuma gücü kalmamıştı.

Yaz böcekleri ve diğer hayvanları uzun bir zamandan beri ortalıkta dolaşıyorlardı. Askerlerin çoğu, çevrelerindeki birkaç metre kare toprağa bağlı yaşıyor, ömürlerinde ilk defa kocaman kocaman örümcekler, kırkayaklar, akrepler, kertenkeleler görüyorlardı. Ağaçlardaki cırcır böceklerinin zırıltıları da gece gündüz durmuyordu. Siperlerde bir sürü söylenti de dolaşıyordu. Söylentiler ya sahilde işitilmiş bir hikâyeye dayandırılır; ya bir komutanın seyisinden, aşçısından, tabur yahut alay karargâhı işaretçisinden işitilmiş olurdu. Çoğunlukla barışa dairdi; güya taraflar Cenevre'de gizlice masaya oturmuşlar, ufak tefek pürüzler kalmışmış...

İlk zamanlar uzaktan birbirlerini görünce bir tüfek patlardı; bazan bu tüfeği bir başka tüfeğin patlayışı takip eder, bazan etmezdi. Gittikçe birbirine alışır gibi oldular; günler geçtikten sonra, birbirlerini görünce, çoğunlukla tüfek patlamaz; hatta karşılıklı el sallarlardı. Birbirlerini birkaç defa görenlerin arasında sanki dostluk da peydahlanırdı. Anzaklar "Coni Türk" diye bağırırlar, Türkler de "Hey Mıster"le cevap verirlerdi. Bazılarının arasında haberleşme bile başlamıştı. Şefik, Recai ve diğer tıbbiyeli öğrenciler, ele geçirdikleri kâğıtlara, "İstanbul dünyanın en güzel şehri; savaştan sonra misafirimiz olun" gibi cümleler yazarlar, bir taşa sarıp, fırlatırlardı. Charles ve arkadaşları da cevap verirlerdi. "İstanbul'un güzelliğini duyduk; fakat Sidney de güzel; siz buyurun."

Şefik, Recai kesekâğıdına koydukları lokumu, kuru üzümü karşılarındaki siperlere atarlardı. Yanlarına da kâğıda sarılı konserve kutuları, çikolata paketleri düşerdi. Kâğıda da, "Coni Türk lokumun güzeldi; ümid ederim ki sen de konservemizi beğenirsin" yazarlardı. Şefik ve Recai, Anzaklar'ın konservelerini sevmezlerdi; her ne kadar dışlarında sığır resmi varsa da, domuzla aynı kapta pişmiş olabilirlerdi. Şefik bir kâğıda, "Et değil, süt atın" cümlesini yazıp, bir taşa sararak fırlattıktan kısa bir süre sonra, sipere art arda içlerinde süt bulunan teneke kutular düştü.

Zühtü ise tehlikeli oyunları severdi; Molla Kâzım'ın uyarılarına aldırmadan siperden yukarıya fırlar, eliyle onları kızdıracak işaretler yapardı. Onlar da küfrederek tüfeklerini ateşlerlerdi. Muzipliğe doymayan Zühtü kahkaha savurur, "Bir daha ki sefere Coni" derdi veya eline geçirdiği küreği, süngüsü takılmış tüfeği sallıyarak atışlarının karavana olduğunu bildirirdi. Zühtü'nün muziplikle-rinin sınırı yoktu; bazan bir kaplumbağa yakalar, galiz küfürler yazdığı kâğıdı çamlardan elde ettiği ziftle onun sırtına yapıştırır; Anzak siperlerine doğru salardı. Tabii bu da küfürler yazılı kâğıtların taşa sarılıp, siperlerine düşmesine sebeb olurdu.

Savaşın durgunluğu Anzak birliklerinde disiplini zedelemişti. Büyük kuvvetlerin gelişlerine kadar, uzun zaman sürdürülen katı disiplin bıkkınlık verir, iç açıcı olmayan olaylar husule getirebilir, düşüncesiyle komutanlar göz yumuyorlardı. Siperlerde nöbet beklemeyen askerlerin kimisi denize giriyor, kimisi sarı toprakta oyulmuş çukurlarda iskambil oynuyordu. Bazıları da elbiselerini çıkarmış, şortla dolaşıyorlardı. Küçük rütbeli subaylar da havaya uymuşlardı. Midesine düşkün olan John sık sık sahile iner; denize ekmek ufalardı. Tertemiz suda kâfi miktarda balık toplandığını görünce, bir el bombası atardı. Balıklar patlamayla sersemler; bir-iki arkadaşının yardımıyla ağlarla onları toplar, ağzı sulanarak kızartırdı.

Güneşin kavurduğu bir günde Arıburnu'na küçük bir motorla Başkomutan Hamilton'un askerî sekreteri Yarbay Pollen geldi; hiç kimse onun gelişini önemsemedi. Başlarında subay, er şapkaları bulunan, şortlu askerlerin birkaçı dolaşıyor, çoğunluğu ağaçların gölgelerinde oturuyordu. Dört er de bir gölgelikte yemek pişiriyordu. Adaleli, sakallı bir delikanlı da gitar çalıyordu. Yarbay Pollen'i görmelerine rağmen, kimse umursamadı. Son derece yumuşak bir insan olan Yarbay Pollen askerliklerini hatırlatmak istedi. Gitar çalanın yanına yaklaştı.

- Nedir bu haliniz?

Ne ayağa kalktı, ne de gitarı elinden bıraktı.

- Hangi halimiz?

- Bu haliniz?

- İstirahat halindeyiz; istediğimiz şekilde dinlenemez miyiz?

- Cephedesiniz.

- Ne nöbetteyiz, ne de görev başındayız. Dinlenirken gitar çalınmaz mı?

Onları duyabilen gölgelikteki askerlerin kimisi birbiriyle şaka yapıyor, kimisi de çıplak vücuduna konan sinekleri kovuyordu. Konuşmanın faydasızlığını anlayan Yarbay Pollen yürümeye başladı. Çevresindeki disiplinsizlikleri dalgınlıkla görmezlikten gelerek komutanların kuzeydeki karargâhlarına gidiyordu. Ama içi rahat değildi; askerliği sevdirmenin, disiplini sağlamanın gereğine inanıyordu. Tam yolunun üstünde, Charles ve arkadaşları toprağı oymuşlar, iskambil oynuyorlardı. Askerliğin önemini, milletin ve devlet erkânının hizmetleri unutmadıklarını anlatmak, aynı zamanda da sevindirici haberi vermek isteyen Yarbay Pollen yanlarında durdu. Şurup kadar tatlı bir sesle:

- İşittiniz mi çocuklar, dedi. General Bridges'e ölümünden sonra Kraliyet Nişanı verilmiş.

Charles'ın karşısında üst kısmı çıplak olarak oturan John istifini bozmadan, kâğıtları karmaya devam ederken sordu.

- Charles, Kraliyet Nişanı bulunduğu yerde işine yarar mı?

Charles'in yüzünde anlamsız bir ifade belirdi.

- Bilemem, büyük bir ihtimalle yaramaz.

John, kardığı kâğıtları Yarbay Pollen'i önemsemeden dağıtmaya koyulunca, o da yoluna devam etti. Yanından gelip geçen, kırmızı apoletlerini fark edip de selam vermiyenleri görmezlikten gelerek yokuşa çıkıyordu.

Şortlu, çizmeli, üstleri çıplak, başlarında şapkaları bulunan üç asker yukardan geliyordu. Yarbay Pollen muaheze olmamak için başını önüne eğdi; fakat üçü de ona ciddi şekilde selam verdi. Başını zamanında kaldıramadığından geç fark etti; karşılık veremedi. Askerlerden biri diğerlerine dönerek:

- Mutlaka asil kanlıdır, dedi. Selâmımıza tenezzül etmedi.

Duymamış gibi davranan Yarbay Pollen kendi kendine, "Disiplin! Disiplin!" diyerek yürüyordu.

*

* *

Emdikleri yerleri şişiren, koca koca sivrisineklerle akşam olunca savaş başlardı. Nöbette olmayanlar, ya çadırında uyur, yahut da öbek öbek çayırların üzerinde bir araya gelirlerdi. Yıldızların altında bazen geç saatlere kadar konuşurlar, bazen hülyalara dalarlardı. Kara bal gibi yoğun, yapışkan gece bir başka olurdu Gelibolu Yarımadası'nda. Şiir yüklü denizin sessizliğinden rüzgâr devamlı bir şeyler getirirdi; ama ne rüzgâr diner, ne de engin sessizliğin esrarı biterdi. Böyle yıldızlı geceler gurbeti daha derinden duyururdu.

Gece durgun ve berraktı; rüzgârın nefesi belli belirsiz hissediliyor, martıların çocuk ağlamasını andıran boğuk çığlıkları da duyulmuyordu. Charles'ın dalgın bakışları arasında denizin koynundan ay sessizce sıyrıldı. Tepeler gecenin karanlık kuşağından çıkıp, ay ışığında kendilerini göstermeye, ağır ağır kımıldamaya, büyümeye başladılar. Yıldızlar yeryüzüne iyice yaklaşmış, hatta yere inmişçesine daha çok parlıyorlardı. Charles savaşın bu kadar çetin olacağını bilmiyordu; bilse katiyen gönüllü iştirak etmezdi. Babası, gönüllü müracaat etmemesi için çok ısrar etmiş, fakat dinletememişti. Mektubunda da şunları yazıyordu. "Bilmiyorum, bu mektup seni nerede ve hangi şartlarda bulacak. Belki sen her an ölmekten, ben ise evlât acısının haberini almaktan korkuyorum. Bu korkunun ne demek olduğunu evlâdın olursa, anlarsın." Bu son cümle Charles'in yüreğine işlemişti. Niçin gönüllü yazılmıştı? Sidney'de bu kış ılık da geçiyormuş!... Dalmış, düşünürken yanına John geldi.

- Deniz çok güzel; öyle hafifledim ki.

Ona sadece bakmakla yetinen Charles'in üzüntülü olduğunu anladı. Kimsenin hayatına girip, dertlerini deşmek istemezdi.

- Çay yapayım mı?
- İyi olur.

John, çalı çırpıyı bir araya getirip, ateş yaktı. Ateşe büyücek üç taş yerleştirdi; çaydanlığı üzerine koydu. Yanına gelince, sigara çıkardı; Charles'e uzattı.

- Almaz mısın?

Charles sigarayı yakarken konuşmaya başladı. Sesinden de üzüntülü olduğu anlaşılıyordu.

- Biz tecrübeden yararlanmasını bilmiyoruz. Reşit olduk mu, bağımsız hayatın lezzetini çıkarmak istiyoruz; fakat faturasını hiç düşünmüyoruz.

- Haklısın; ama şimdi bunların üzerinde düşünüp, üzülmeğe gerek yok. Tamir edilemiyecek hataları görmemek daha iyi. Bak, Maria resmini göndermiş. "Ne zaman geleceksin?" diye de soruyor. Bana, bu sorunun altında gizli bir tehdit var gibi geldi.

Charles derin bir göğüs çekti.

- Haksız da sayılmaz; gençlik bir kere yaşanır.

Ayaklarına çuvallar bağlanmış katırlar aşağıdan çıktılar; ön cepheye top, tüfek, malzeme götürüyorlardı. Yanlarından geçerlerken Charles onlara bakarak:

- Savaşıp, başkasının elinden neyi var, neyi yoksa almaya kafa yorduğumuz kadar, ilme önem versek, herhalde insanlık olarak daha kolay refaha kavuşuruz, dedi.

*
* *

Ne Charles, ne de John dinleme nöbetini sevmezlerdi; subaylar herhalde onları soğukkanlı bulur, sık sık görevlendirirlerdi. Seddülbahir taraflarından gelen tek tük silâh sesleri, sanki Arıburnu'ndaki sessizliği daha da derinleştiriyordu. Bıçaklarını bellerine soktular; iplerini ellerine aldılar; karşı tarafta neler olup bittiğini anlamak için bir hendekten sürünerek çıktılar. Türk siperlerine yaklaşınca durdular. Sessizce yatıyorlar; biri sol, diğeri sağ kulağını toprağa dayamış, karşılıklı bakışıyorlar; ellerindeki ipi de sımsıkı tutuyorlardı; çünkü bu ip onların herşeyiydi; bir tehlike sezince onu çekeceklerdi; nöbetlerin bitişi de ipler siperden çekilerek haber verilirdi; onlar da geri geri sürünerek siperlerine dönerlerdi; bu kere başka nöbetçiler Türk siperlerine doğru sürünmeye başlarlardı.

Bu gece nöbet onlara olağanüstü uzun gelmişti; aslında Türk tarafına doğru bakmaları gerekirken, ipin çekilmesine az bir zaman kala, bir an önce siperlerine ulaşmak, selâmete ermek düşüncesiyle, yönlerini kendi siperlerine çevirmişlerdi. Bulutlu bir gece idi; siperlerinden bakan yönlerini tayin edemezdi.

Paçalarını kestiği pantolonunu şort gibi giyen John bir ara sol ayağına bir elin uzandığını hissetti. Bütün vücudunu bir alev sardı. Yanındaki Charles'i hafifçe dürttü. Susması için Charles işaret parmağını ağzına getirdi. Türkler bazen siperlerinden çıkıp, ölülerin ayaklarından potinlerini alıyorlardı. Böyle bir durumla karşılaşınca ölü taklidi yapacaklardı. Charles ve John ölü taklidi yapıyorlardı; ama John'un sağ bacağını tutan el, bir türlü ayağından potinini çıkarıp almıyordu. John sezdirmeden, belli olmayacak tarzda hafifçe başını sağa çeviriyor, ama birşey göremiyordu. O anda bir işaret fişeği atıldı ve ortalık aydınlandı. Heyecanlanıp, ayağını oynatınca, bir tarla faresinin sıçrayıp gittiğini gördü. Ürkmüştü bir kere; kendisini tutamıyor, siperlere doğru sürünüyordu. Charles de ipin çekilmesini bekliyemedi; o da John'u takip etti.

*

* *

Sükûnetin böyle devam etmiyeceği belliydi. Belki bir daha fırsat ele geçmezdi. Molla Kâzım izin aldı.

Ağıldere'deki hastahanede yatan Pütürgeli Musa ile, Arapkirli Davut'u ziyarete gidiyordu. Patika yollar engebeli ve fundalıktı; güneş de bugünlerde kışa hazırlanmak için sanki bütün lâvlarını döküyordu. Molla Kâzım realiteden kopmuş, hayallerinde yaşıyordu. Medresede ne güzel şeyler düşünürlerdi. Hurafe ve imansızlık, onlar için insanlığı kemiren iki canavardı. Bütün ömürlerini bu millete ve ümmete vereceklerine, imanla çağın ilimlerini meczetmek gayesiyle gece gündüz çalışacaklarına dair nice kereler yemin etmişlerdi. Ah ne yazık ki o idealist gençlerin pek çoğu şehit olmuştu!... İşte gidiyordu; ele avuca sığmaz Musa'yı, yüzünde gülümseme eksik olmayan Davut'u nasıl bulacaktı?...

Hastahaneye geldi; ağzına kadar doluydu. Dışardaki çadırlarda da yer yoktu. "Başhekim" yazılı odanın kapısını tıklatıp, içeriye girdi. Beyaz gömlekli, kır saçlı, etine dolgun Başhekim bakışlarını gözlüğünün üzerinden ona çevirdi.

- Kumandanım, Arıburnu'ndan geliyorum. Müsaade ederseniz, yirmiyedinci Alay'ın İkinci Taburu'ndan Hasanoğlu Musa ile, Reşit oğlu Davut'u ziyaret etmek istiyorum.

Ses tonu, üslûbu, tavrı sıradan bir asker olmadığını gösteriyordu. Başhekim:

- Asker arkadaşlarınız mı? diye sordu.

- Hem asker, hem de medreseden arkadaşlarım.

Başhekim masasındaki zile bastı; içeriye bir er girdi.

- Asker Efendi'yi ziyaret etmek istediği hastalara götürüver.

Teşekkür ederek çıkan Molla Kâzım'a er sordu.

- Hastalarınızın nerede yattıklarını biliyor musunuz?

- Bilmiyorum.

- Adları ne idi?

- Birisi Hasan oğlu Musa Pütürge'den, diğeri Reşit oğlu Davut Arapkir'den; vatanî görevlerini Arıburnu'ndaki Yirmiyedinci Alay'ın İkinci Taburu'nda yapıyorlardı.

- Burada beni bekleyiniz.

Er, sağdaki koridora doğru yürürken, Molla Kâzım çevresine bakıyordu. İnleyen, kolu bacağı kesilmiş, başı gözü sarılmış, yerde yatan askerler yürekler acısıydı... Koğuşlardan da bazen öfke, ızdırap çığlıkları, bazen acı feryatlar, iniltiler geliyordu. Tam karşısındaki kapı açıldı; üstü başı kanlı bir doktor dışarıya çıktı; sıhhiyelere içeriye getirilecek yaralıları gösterdi. Kapı, pencereler açık olmasına, devamlı hafif bir rüzgâr esmesine rağmen, içeriye asit fenik, irin ve ter karışımı bayıltıcı bir koku hakimdi. Biraz sonra er geri geldi.

- Buyurun.

Birbirine eklenmiş somyalar koridoru iyice daraltmış, iki insanı yanyana geçemez hale getirmişti. Koğuşlardan yükselen iniltiler, ahlar, feryatlar Molla Kâzım'ın yüreğine saplanıyordu. Bir kapının önüne geldiklerinde er ona döndü.

- Burası.

Büyük bir koğuşa girdiler. Kanlı çarşaflarda yatan, başı, gözü sarılı askerlerin feci durumları Molla Kâzım'ı şoke etti. Er, metin olmaya kendini zorlayan Molla Kâzım'a fısıldadı.

- Doktor, Arapkir'li Davut'un yanındakini muayene ediyor. Belki bilgi de alabilirsin.

Molla Kâzım, Doktor Üsteğmene sürünerek geçebildi; Arapkir'li Davut'un yanına geldi. Zayıflamış, rengi solgun kâğıda dönmüş, kaşları daha da siyahlaşmış, elmacık kemikleri çıkmıştı. Onu getiren er, "Yanındakini muayene ediyor" demeseydi, tanımakta güçlük çekebilirdi. Çevredekileri rahatsız etmemek niyetiyle hafifçe eğildi.

- Nasılsın Davut?

Herhangi bir reaksiyonda bulunmayan Davut'un çukurlara kaçmış siyah gözleri, kaşlarının altından dimdik, biraz vahşice bakıyordu. Sesini azıcık yükseltti.

- Davut nasılsın? Ben, Molla Kâzım, tanımadın mı?

Yanına gelen Doktor Üsteğmen "Tanımadın mı?" sözünü işitmişti.

- Duymaz ve tanımaz; hafızasını kaybetmiş.

Molla Kâzım ona döndü; sesinde merak ve merhamet gizliydi.

- Tedavi olabilecek mi kumandanım?

- Belki olabilir; fakat ihtisas konusudur. Tedavi etmeye ne bilgimiz, ne de imkânımız müsait. Zaten beyin hakkında çok az şey bilinmektedir. İstanbul'a göndereceğiz; belki çaresini bulurlar.

Yıldırımla çarpılmışçasına bir duyguya kapılan Molla Kâzım metanetini elden bırakmamaya çalışıyordu.

- Bir de Pütürge'den Hasan oğlu Musa'mız vardı.

İki somya ilerdekini işaret ederek Doktor Üsteğmen yürüdü.

- O da bu.

Molla Kâzım, Musa'yı daha zayıflamış buldu. Beti benzi iyice solmuş, iki kolu kayışlarla bağlanmış uyuyordu.

- Musa'nın durumu nedir efendim?

- Onu uyku ve serum hayatta tutuyor. Ne birşey yedirmek, ne de birşey anlatmak mümkün. Şiddetli sarsıntıdan çıldırmış ve sağırlaşmış. Bunlardan farklı olarak, uyandığı zaman nefesi kesilip, baygın düşünceye kadar "Molla Kâzım!" Molla Kâzım!" diye bağırıyor.

Molla Kâzım'ın gözünden alev gibi bir damla yaş fırladı; kendini zor tutuyordu.

- Molla Kâzım benim; uyandıralım mı?

- Uyandırmazsanız iyi olur. Burada ve çevre koğuşlarda uykuya ihtiyacı olanlar var. Musa'nın nefesi kesilip, baygın düşünceye kadar uyuyamıyorlar. Seni de tanımaz; hatırlamaz da.

- Bunun için yapabileceğim birşey var mı?

Doktor Üsteğmen'in teselli edici sesi, bir felaket haberi verirmişçesine Molla Kâzım'ı sarsıyordu.

- Ne sen, ne de biz, birşey yapabiliriz. Bunu da İstanbul'a göndereceğiz. Belki tedavi edilebilir.

Molla Kâzım'ın boğazına bir ilmik atılmıştı; büyüyen yüreği göğsüne sığmıyordu. Hastahaneden nasıl çıktığını hatırlamıyor, ama süratle uzaklaşmaya çalışıyordu. Tepeyi döner dönmez yere yığıldı; gözyaşları tükenmez bir kaynaktan gelirken kesik kesik hıçkırıyordu.

*
* *

Hamilton'un Gökçeada'daki karargâhında, Londra ve Paris'te büyük bir hayal kırıklığı hakimdi. Bunca gayret, bunca fedakârlıkla, bu kadar zamanda Gelibolu Yarımadası'nın iki ucunda, iki küçük parçayı ele geçirebilmişlerdi. Yeni gelen kuvveti çok iyi değerlendirmeliydiler; bir kuvvet daha ne isteyebilir, ne de gönderebilirlerdi. Karargâhında hummalı bir faaliyet sürüyordu.

Diğer subaylar gitmişlerdi. Bir tek Hamilton'un kader arkadaşı Birdwood kalmıştı. Bunalan Hamilton, Birdwood'a kalmasını rica etmiş, o da kalmıştı. Başbaşa konuşurlarsa, ferahlıyacağını zannediyordu.

Batı ufkunda tutuşan yangın, alev bir sütunu andırırcasına, denizin maviliklerinde derinleşiyor, belki dünyanın en güzel gurubu yaşanıyordu. Ama bunu ne Hamilton, ne de kader dostu Birdwood görüyordu. Hamilton hafifçe aksayarak karargâhta dolaşıyor, Birdwood sandalyede oturuyordu. Hamilton, Birdwood'un önünde durdu; elindeki purosunun dumanları da azar azar dudaklarının arasından çıkıyordu.

- İmparatorluğumuzun, Fransa'nın, tabii bizim de kaderimiz bu kayalıklara sıkıştı. Eğer Osmanlı'yı dize getiremezsek, sömürgelerimizde bulunan yüz milyonlarca müslümanı tutamayız. Fransa da sömürgelerini kaybeder. Çok endişeliyim.

- Sayın Başkomutan, sömürgelerdeki ayaklanmalardan önce, içinde bulunduğumuz savaşı düşünmeliyiz. Kalabalık ordusuna güvenip, ittifak yaptığımız Çarlık Rusyası can çekişiyor. Yardımına yetişmezsek, komünistler işbaşına gelecekler ve savaştan çekilecekler. Gerek Almanya, gerek Osmanlı, doğudaki ordularını batıya kaydırma imkânına kavuşacaklar. Şimdi bile net bir üstünlük sağlıyamıyoruz; o zaman ne yaparız?

Hamilton masasına yürüdü; alt gözündeki viski şişesini çıkardı. Zile bastı; içeriye giren hizmet erine!

- İki bardak getirin, dedi.

Şişenin kapağını açarken söze devam etti.

- Zaten bütün bunlar için Yüksek Savunma Konseyi, Fransa Genel Kurmayı, batı cephesinin ihtiyaçlarını bir kenara itip, bu beş tümeni gönderdiler. -Hizmet erinin getirdiği bardaklara viski dökerken- Cepheye intikal edecek Dokuzuncu Kolordu'yu Suvla'dan karaya çıkarmaktan daha akıllıca değerlendiremez miyiz?

Uzattığı bardağı eline alan Birdwood, tavrıyla Hamilton'un şerefine içtiğini belli ederek bir yudum aldıktan sonra cevap verdi.

- Bence değerlendiremeyiz. Bu kolorduyu mutlaka yarma ve kıskaç hareketinde kullanmalıyız. Seddülbahir Cephesi'nde böyle bir şansımız yok. Arıburnu Cephesi'nde Türkler'le kafa kafaya savaşıyoruz. Türkler'in imkânlarının çok daraldığı zaten her hallerinden anlaşılıyor. Suvla'dan çıkarma yaparken, Seddülbahir ve Arıburnu'ndan da taarruza geçeceğimiz için buralardan kuvvet kaydıramazlar. Bir tek kuzeyden kaydırma imkânları kalıyor. Saroz'da gösteri çıkarması yaparak, orada bulunan kuvvetlerini de oyalıyacağız. Suvla'dan çıkan Dokuzuncu Kolordu, ciddi bir kuvvetle karşılaşmadan, şimşek hızıyla Teketepe, Kocaçimen, Conkbayırı'nı ele geçirir, diğer cepheleri arkadan çevireceği için de önümüz açılır.

Onu dikkatle dinleyen Hamilton:

- Evet, bana da planımız alternatifsiz görünüyor, dedi. Fakat şu anda düşünce sporu yapıyoruz; belki daha iyisini bulabiliriz.

- Sayın Başkomutan; aylardan beri burada boğuşuyoruz. Küçücük arazi parçasını nerdeyse avucumuzun içi gibi biliyoruz. Bu kadar kıymetli kurmay subaya sahibiz; birinin görmediğini, diğeri mutlaka görür.

Hamilton'un düşünceli, zayıf yüzünü gülümseme yalayıp geçerken kadehini kaldırdı.

- Şerefe Birdwood.

- Şerefe Başkomutan'ım.

Viskiyi yudumlayan Hamilton'un bakışları duruldu; yine plân üzerinde durduğu belliydi. Bir süre sonra gözlerini Birdwood'a çevirdi; dalgınlığından tam sıyrılamadığı anlaşılıyordu.

- Bu bölgelerde daha önceden hücumların başlaması, suvla çıkarmasının gizlenmesine de yardımcı olacaktır.

*

* *

Gürbüz bir güneş doğu ufkunu kan rengiyle donatırken adalardan gelip, Seddülbahir'i kuşatan donanma, kara topçusuyla bombardımana başladı. Siperlerdeki Türk askerleri, bir an önce bombardımanın durmasına dua ediyorlardı; ama duracağa benzemiyordu.

Oğuz Amca gözucuyla Yusuf'a bakıyordu. Hasan Şakir şehit olduktan sonra meyusluk onu zırh gibi kuşatmıştı; hiçbir şey onu eski günlerine döndüremiyordu. Akyazı'lı Mehmed de solundaydı. Ona başını çevirdi; toz dumandan pek görünmüyordu. Koca koca çukurlar açan mermiler, yarımadayı denizin dibine gömercesine sarsıyordu. Devamlı, "Selaten Tüncina"yı okuyan Akyazı'lı Mehmed, gece rüyasında, düşman kelleleri biçen annesini görmüştü. Bu rüyayı sık sık görürdü; her görüşünde büyük bir bombardımana tutulurlar, sonra da sağ salim kurtulurlardı. İçindeki ümid, ona gene kurtulacaklarını söylüyordu. Oğuz Amca seslendi.

- Ne oluyor Mehmed?

- Ne olacak? Hınzır gene azdı!

Mendebur İdris, beş-altı metre sağında bulunan Muzır Ruşen'in düşen her mermiyle yoğunlaşan toz toprak bulutunun arasında başını toprağa bıraktığını fark edince:

- Hışt, Muzır sağ mısın? diye sordu.

Başını hafifçe kaldırıp, bakışlarını ona çevirdi.

- Sağım; ölmüş olsaydım, ceplerimi arayacaktın, değil mi?

- Bırak Muzırlığı! Mataranda su var mı?

- Var, ama vermem.

- Seni gidi Tophane kaçkını seni!

- Senden peksimet istedim, verdin mi? Açlıktan başım dönüyor.

- Su verirsen, bir parça peksimet veririm.

- Mataramda on yudum su ya var, ya yok. Beş yudumunu veririm; içerken sayarım; ama önce peksimeti vereceksin.

- Peki, razıyım.

Mendebur İdris, Muzır Ruşen'e doğru sürünürken, tam üzerlerinde bir şarapnel patladı; Oğuz Amca, Yusuf ve Akyazı'lı Mehmed havaya savrulan vücudlarının boşlukta birbirine karıştıklarını görür gibi oldular. Şarapneller yağmaya devam ettiğinden toz, toprağın arasında nereye düştüklerini anlayamadılar.

İçgüdüsü, o ilâhi sezgi,
ona yaşayacağını fısıldıyordu.

Müttefiklerin asıl azgınlığı Arıburnu Cephesi'ndeydi. Albay Rüştü'nün kumandasındaki Onaltıncı Tümen' in savunduğu Kanlısırt'a Anzaklar taarruza geçmek için iyi hazırlanmışlardı. Şüphe uyandırmaması amacıyla bu bölgede esen barış havasına da dikkat ederek, gece gündüz çalışıp, Türk siperlerinin yakınlarına kadar tüneller kazmışlar, siperlerin hemen önlerinde dışarıya fırlamak için toprağı çok inceltmişlerdi. Şafakla donanma ve kara topçusu Türk siperlerini koordineli bir şekilde dövmeye başlamıştı.

Birliği ihtiyata alınan Molla Kâzım, Kur'an okuyordu. Bombardıman alt yamaçlarda iyice yoğunlaşınca,

Kur'an okumayı bırakmış, küçücük bir tepeyi siper edinmiş, aşağılara bakıyor; taş, toprak, ağaç dallarının birbirine karışarak ortalığı görünmez hale getirdiği yerlerde âfet yaşanıyordu.

Bombardıman durur durmaz Türk siperlerinin önünden fırlayan Anzak askerlerinin arkası bir türlü kesilmiyordu. Yukardaki tepelerden başlayan piyade ateşiyle ilk hatların geriye kaçmaya yeltendiklerini, fakat aşağıdan kılıçları ellerinde gelen subayların onları geri çevirdiklerini Molla Kâzım görüyordu. Bu arada volkanik patlamaların ardından da değişik yerlerden Anzak askerleri toprak üstünde mantar gibi bitiyorlardı. Kalın çam kalaslarıyla örtülü siperlerden Türk askerleri çıkmaya fırsat bulamadan etraflarını çeviriyorlar ve yukarlardan akacak yardımı önlemek maksadıyla da yere yatıp, tepeleri ateş altına alan hatlar oluşturuyorlardı. Bir kısmı da siperlere üstten mermi yağdırıyor, Türkler de kalasların arasından ateş etmeye, bomba fırlatmaya çalışıyorlardı.

Tehlikeyi kavrayan Albay Rüştü, bütün ihtiyatları ileri sürdü. Ama Türkler Anzaklar'la göğüs göğüse gelemiyorlardı; çünkü donanma ve kara topçusu, oluşturdukları hatların önünde mermilerle duvar örmüşlerdi. O duvarı geçmek bir yana, yaklaşan yere seriliyordu. Buna rağmen saldırmaya devam ediyorlardı; zira o siperler savunmada son derece önemliydi; oradaki askerleri de kurtarmalıydılar. Albay Rüştü'nün çok sevdiği Antalya'lı Tevfik de o siperlerdeydi. Albay Rüştü, Yarbay Tevfik'i ve o siperlerde kurbanlık koyunlar misali doğranacak askerleri kurtarmak için devamlı hücum tazeliyordu. Hücum edenlerin çoğu ya parça parça oluyor, yahut diri diri toprağa gömülüyordu. Birlikleri savaş hattına sürülen Molla Kâzım sürünürken hem ateş ediyor, hem de bağırıyordu.

- Haydin kardeşlerim! Allah, peygamber, şehitler aşkına vurun!

Birden yer gök karıştı; Molla Kâzım neye uğradığını anlayamadı. Kendine geldiğinde zifiri karanlık içindeydi; üzerine bir ağırlık çökmüştü; ama sağdı; gördüğü rüya da değildi. Diri diri toprağa gömüldüğünü anladı. Toprak altından nice cesetler çıkarmışlardı; kendisi sağ kaldığına göre bunda farklı bir durum vardı. İç güdüsü, o ilahi sezgi, ona yaşayacağını fısıldıyordu. Belden yukarısında fazla bir sıkıntısı yoktu; hafifçe de oynatabiliyordu; fakat kurumuş ağaç gibi kaskatı olan ayaklarını kımıldatamıyordu. Kendini zorladı; ayaklarını kurtarmaya çalışırken, kafasını sert bir cisme vurdu; bu taş değildi. Başını kaldırmak istedi; kaldıramadı. Var gücüyle bir hamle yaptı; doğruldu; ne çare ki mengenede sıkılan ayaklarını oynatamıyordu. Bir gürgen ağacının dibindeydi; başı ağacın köküne dayanmış, kalın bir toprak tabakasının altında kalmasını yerlere kadar eğilen dalları önlemişti. Dallar koruyamadığı için ayaklarının üzerine toprak daha çok yığılmıştı. Belinden kasaturasını çıkardı; yan taraflarından toprağı ufak ufak eşerek kendini kurtardı. Ayağa kalkmadı; nerede olduğunu anlamak istiyordu. Bulutlu bir gece idi; yönünü tayin edemiyor, çevreye bakıyor, nerede bulunduğunu kestiremiyordu. El yordamıyla tüfeğini ararken yakınında bir silâh patladı; bunu makineli tarakaları takip etti. Art arda infilâk eden bombaların alevleri de yükseliyordu. Bir ses duydu; bu ses ne taraftan gelmişti? Hangi dilden idi? Anlıyamadı. Dalların arasını güvenli buluyor, ayağa kalkmıyordu. Tekrar sessizlik hakim oldu. Çevreyi dinliyor, yürek çarpıntılarından başka bir ses duyamıyordu. Ne yapabilirdi? Birden fırlasa, hangi tarafa koşacaktı? Bir türlü kestiremiyordu. Siperleri neredeydi? Nasıl buraya düşmüştü? Tüfeği nerede kalmıştı?.. Bir ses daha işitti; kulak kesildi; kesinlikle Türkçe değildi. Sabaha kaç saat vardı? Anzaklar'ın tarafında kalmışsa, gün doğunca esir düşecekti! Ses çıkarmamaya dikkat ederek tekrar kasatura ile eşmeye başladı. Toprak yumuşacıktı; kolayca eşebiliyordu.

Gün ışırken eşmeyi bıraktı; zaten eştiği yere rahatça girebilmişti. Dallar da onu örtüyordu. Bulanık, sıkıcı bir hava vardı. Ne yapabileceğini düşünürken dalların arasından gözetliyordu. Birkaç metre önündeki dikenliklerin arasından çıkan iki asker sağa doğru sürünüyordu. Dikkat etti; elbiseleri değişikti. Bulunduğu yerin düşman eline geçtiğinden şüphesi kalmadı. Ne yapabilirdi? Kadere razı olmaktan başka çaresi var mıydı? Kendini teskin etmek için devamlı okurken, olayları hatırlamaya çalışıyordu. Birden büyük bir zelzele olduğunu zannetmiş, bulunduğu tepe uçtuktan sonra, toprak altında kendine gelmişti. Toprağın yere yapıştırdığı dalların arasından bakıyordu; herhalde kilometrelerce uzağa fırlatılmamıştı. Bulunduğu yeri tanımaya çalışıyordu. Şu çam fidesi, herzaman gördüğü fideydi; sanki yeri biraz değişmişti. Düşmana saldırdıkları yerde lağımın patlaması, ardından gelen çöküntü, herşeyi allak bullak etmişti. Olup biteni yavaş yavaş hatırlıyordu. Birden sağanak halinde top atışı başladı. Ağacın dibine iyice yapıştı. Çevresinde şarapneller patlıyordu. Bir başka yerden de top sesleri yükseldi. Gittikçe sıklaşan top düellosunun gürültüleri gök kubbeye sığmıyordu. Hangisi kendilerinin, hangisi düşmanın olduğuna karar veremiyor, çevresine düşen şarapnellerden titriyor, havanın bunaltıcılığı artıyor, devamlı terliyordu.

Susuzluktan dili, damağının kemik gibi kuruması, midesinin kazınmasını unutturmuştu. "Ah bir yağmur yağsa" diye zihninden geçirdi. Karşılıklı devam eden top atışı gittikçe hızlanıyordu; sarsıntılardan, çevresindeki patlamalardan ürktükçe, çukura iyice giriyor, dibinde bulunduğu gürgenin dallarına vuran serpintilerden korunuyordu. Ne "Allah! Allah!", ne de "Hurra! Hurra!" sesleri duyuyordu. Çevresine düşen mermiler sıklaşıyor, şarapnellerden fırlayan misketler yere yatmış ağaç dallarını biçiyor, çukurda büzülmüş Molla Kâzım susuzluktan kavruluyordu.

Bitkin bir halde yürüyorlardı. "Suyum soğuktur" diyerek ak saçlı bir ihtiyar alayın önüne çıktı; elindeki büyücek testi ile askerlerin matarasını dolduruyordu. Matarasını doldurtan gidiyordu. Molla Kâzım da matarasını doldurttu; ama hemen yanından ayrılmadı; bir dikişte boşalttı; tekrar doldurtup, tekrar içti... Ne kendisi doyuyor, ne de ihtiyarın testisinde su bitiyordu. Diğer askerler de onu itip, su almak istiyorlardı. Molla Kâzım bir matara daha içmek için direniyordu. Aralarında itişme başladı. O hengâmede ihtiyara, "Baba nerelisin" diye sordu. İhtiyar, "Bu köydenim evladım; bana Derviş İbrahim derler" dedi. Molla Kâzım'ı askerler zorla uzaklaştırdılar.

Yazın öldürücü sıcaklarında savaş sürüp gidiyordu. Molla Kâzım, mermilerin arasında o pınardan, bu pınara koşuyordu; sanki denizsuyu içiyor, susuzluğu bir türlü dinmiyor, gittikçe artıyordu. Yolu Derviş İbrahim'in köyüne düştü. Onu bularak aynı sudan içmek istiyordu; ancak böylece susuzluğunu giderebilirdi!... Beyaz bir evin önündeki ağacın gölgesinde oturan yaşlı adama Derviş İbrahim'i sordu. Yaşlı adam biraz düşündükten sonra cevap verdi; "Burada Derviş İbrahim adında kimse yok." Susuzluktan yanan Molla Kâzım Derviş İbrahim'i bulmalı, suyundan içmeliydi. Koşarken camiden imamın çıktığını gördü; soluk soluğa yanına yaklaştı. "Derviş İbrahim'i arıyorum; evi nerde?" İmam durdu; "Anlıyamadım" dedi. Göğsü kalkıp inen Molla Kâzım sorusunu biraz daha anlaşılır duruma getirmek istedi. "Derviş İbrahim'i arıyorum. Bize su vermişti. Ak sakallı bir ihtiyardı. Bu köyde oturduğunu söylemişti." İmam biraz düşündükten sonra bakışlarını ona çevirdi. "Bunda bir yanlışlık olacak. Eceabat'tan berideki köyleri avucumun içi gibi bilirim. Buradaki köylerin hiçbirinde ak sakallı Derviş İbrahim yok. Yalnız bu köyde üçyüz yıl önce Derviş İbrahim adında saygı değer bir kişi yaşamış. Bak türbesi şu karşıdaki mezarlıkta. "Molla Kâzım onu bulmalıydı; diğer sulardan içe içe bir hal olmuştu; susuzluğu azalmamış, artmıştı...

Mezarlıktaki türbeye doğru koşuyordu; ama aradaki mesafe aynı kalıyor, ne kadar yol alsa, bir türlü azalmıyordu...

Gök gürlüyor, şimşekler çakıyor, yağmur yağıyordu. Yüzüne vuran damlalarla Molla Kâzım kendine geldi. Susuzluktan kavruluyordu. Gökyüzüne doğru açtığı ağzına düşen damlalar kızgın saça çarpan su gibi eriyordu. Gök gürlüyor, şimşeğin biri sönmeden biri çakıyor, yağmur hızlanıyordu. Yukardaki tepeden bir çatırtı koptu; dağ taş iniltiye karıştı. Molla Kâzım dalları aralıyarak bakıyor, şimşeklerin aydınlığında görmeye çalışıyordu. Bulunduğu yer hafif tümsekteydi; tepeden kopan sel, biraz ilerden kıvrılıp, aşağıya akıyor, fakat yağmurun gittikçe hızlanması, sele kapılma kuşkusuna sebeb oluyordu.

Gök gürültülerinin arasında makineli tüfek tarakaları da başladı. Molla Kâzım'ın dibinde bulunduğu ağacın yaprakları sık sık doğranıyordu. Makineliler susunca, Molla Kâzım başını kaldırdı. Süngülü askerlerin koştuğunu çakan şimşeklerin ışığında görüyordu; ne çare ki onların kim olduklarını seçemiyordu. Ellerinde kılıçlarla saldıranların Türk subayları olduklarını tahmin ettiyse de, tam emin değildi. Birisi koşarken ayakları kayıp, "Anam!" çığlığıyla yere kapaklanınca, artık şüphesi kalmadı. Ama bir türlü yerinden doğrulamıyordu; her yanı, bilhassa ayakları tutulmuştu. Biraz zorlamakla ayağa kalkabileceğinden şüphesi yoktu; bir taramaya uğrayabileceğinden de endişe ediyordu. Bulunduğu yerden bağırdı:

- Ben Molla Kâzım!

Gök gürültülerinin, sel çatırdılarının, yağmur şakırtılarının arasında sesini kimse duymadı. Sağ taraftan ateş başladı. Türkler çamurlara yattılar; ateşin geldiği yeri hedef aldılar. Çoğalan tüfek seslerine makineli tarakaları da katıldı. Molla Kâzım hafif hafif sürünebiliyordu; şehit düşen bir erin silâhını da eline almıştı.

Molla Kâzım'ın aralarına karıştığı askerler, Yarbay Hasan Basri'nin kumandasındaki Beşinci Tümen'e aittiler. Kısa olmakla beraber, çok kanlı bir çarpışma sonucu "Lone pine" adını verdikleri, "Kanlısırt"ı Anzaklar ele geçirmişlerdi. Uzun süre durgunluk yaşanan bu bölgede, göz açıp kapayıncaya kadar kısa bir zamanda bu sırtın kaybedilmesi Türk Kumanda Heyeti'nde büyük kaygı uyandırmış, Esat Paşa da Kanlısırt'ı ele geçirmek için ihtiyattaki Beşinci Tümen'i öne sürmüştü.

Beşinci Tümen'in intikaliyle güçlenen buradaki birlikler Kanlısırt'ı ele geçirmek için devamlı taarruzlarını tazeliyorlardı. "Allah! Allah!" nidalarıyla Türk askerleri gerçekten yaman saldırıyorlardı. Sülün gibi delikanlı subaylar, ellerindeki kılıçlarla makineli tarakalarına karşı hücum ediyorlardı. Öndekiler biçiliyor, ama arkadakiler durmuyor, adeta biçilmek için saldırıyorlardı. Anzaklar da çok zorlu direniyorlardı. Binlerce ölü vererek ele geçirdikleri bu tepeye zift gibi sarılmışlardı. Aşırtma mermilerle onları koruyan donanma ateşi Türk askerlerinin saldırılarını durduramıyor, parça parça olanın yanındaki hücuma devam ediyordu.

*

* *

Kısa bir anda Kanlısırt'ı ele geçirmeleri, adalara yeni bir kolordunun intikali Anzaklar'ın moralini kuvvetlendirdi. Türkler'in dikkatlerinin Kanlısırt'ta olması General Godley komutasındaki takviye edilmiş İkinci Anzak Tümeni'nin kuzeyden başlayacak hareketini kolaylaştıracaktı. Arıburnu cephesindeki Türk kuvvetlerinin kuzey kısmından, kıyı boyunca, yıldırım hızıyla sızacak ve sonra doğuya dönerek kuşatıcı bir hareketle Conkbayırı ve Kocaçimen'in yüksekliklerini ele geçirecek birliğin komutanı General Godley başarılı olmak için gerekli bütün tedbirleri almayı ihmal etmiyordu. Çünkü General Stopford'un komutasındaki kolordunun öldürücü yumruğu vurması da biraz onun başarısına bağlıydı. Baskınla kat edeceği bölge dereli tepeli, kayalık, fundalıktı; bu araziyi denizden ve havadan çok yakından inceletmişti. Gece herhangi bir karışıklık çıkmaması içinde, buraları çok iyi bilen yerli Rumlar'dan Aleksandro ve Galiti de birliklerine yol göstereceklerdi.

General Godley, bu bölgedeki Türkler'in askerî durumunu da yakından öğrenmek için Aleksandro ve Galiti'yi karargâhına çağırtmış; ne yapacaklarını bir bir anlatmıştı.

İyice tatmin olmak amacıyla tekrar sordu.

- Ne yapacağınızı biliyorsunuz değil mi Galiti?

- Evet Generalim.

Bakışlarını sağa çevirip, gözlerine dikti.

- Siz Aleksandro?

- Tabii Generalim

*

* *

Küçük Anafartalar Köyü'ndeki evlerini boşaltmış Gökçeada'ya taşınmış bulunan Galiti ve Aleksandro sabaha karşı Gelibolu Yarımadası'nın batı kesiminde karaya çıktılar. Kayıklarını kolay kolay görülemiyecek kayalıkların arasına çekip, bir köke bağladılar. Fundalıklara dalarak bayır yukarı yürümeye başladılar. Kuşkuları hiç azalmıyor, hafif bir çıtırtı ikisinin de tüylerinin diken diken olmasına yetiyordu.

Buralarda Türkler'in karakolları ve geçici postaları bulunduğunu biliyorlardı. Ama sonradan Türkler'in bu bölgeye birlikler kaydırıp, kaydırmadıklarını; kaydırmışlarsa nerelere mevzilendiklerini tesbit edeceklerdi. Tepeye çıkıp, fundalıkların arasından çevreyi gözetlerken Aleksandro Galiti'ye döndü.

- Arka odaya yerleştirdiğimiz balıkçı malzemelerini, annemin ilâçlık otlarını almaya gidiyoruz. Yakalanırsak, ikimiz de aynı şeyi söyliyeceğiz.

- Biliyorum; kaç kere tekrarlayacaksın?

Gün ağarırken onların korkuları da artıyordu. Tepelerdeki nöbetçilere görünmeyecek yerleri seçerek yol alıyorlardı. Burada doğup, büyüdükleri için her yeri, sarp kayalıkların arasındaki patika yolları gayet iyi biliyorlardı.

Kuru dereden geçerlerken beş-on kuş birden havalandı. Onların çıkardığı sesle heyecanlanan Aleksandro!

- Kalbim duracak, dedi.

- Ses çıkarma; yürü.

Çevreye hakim bir sırta çıktılar. Çalılıkların içinde boy atmış gürgen ağacının dibinden, iki kilometre kadar doğularına düşen Kireçtepe'ye bakıyorlardı. Denizden dik çıkan Gelibolu plâtosuna kavuştuğu yerde deve hörgücünü andıran Kireçtepe oluşmuştu. Kireçtepe'nin içe doğru kavisinde donanmadan hiçbir şekilde görülmeyecek şekilde karakol oturtulmuştu. Sabah güneşinin aydınlığında dikkat ediyorlardı; karakolun çevresinde yeni birşey yoktu. Mutlaka önünde, civarında nöbetçiler vardı; fakat göremiyorlardı. Yanlarına dürbün almışlardı; çünkü yakalanırlarsa, şüphelenirlerdi.

Ormanla kaplı vadinin üstündeki kayanın dibine geldiler. Aşağıdaki tarlalarda çırçır böcekleri ötüyor, sustukları zaman çevrelerini büyük bir sessizlik sarıyordu. Dibinde bulundukları kayadan bir doğan havalandı; gökte sessizce kocaman daireler çizmeye başladı. Galiti, doğanı seyretmeye dalan Aleksandro'nun koluna dokundu; "Haydi" diye işaret etti.

Küçük Anafartalar Köyü'ne yaklaşırken, korkuları daha da arttı; önlerindeki her çalılıktan kuşkulanmalarına rağmen durmuyorlar, devamlı yol alıyorlardı.

Köye az bir mesafe kalınca, durdular; çalılıkların arasından bakmaya başladılar. Evlerin kapıları örtüktü ve hiçbir canlılık emaresi yoktu. Güneş, çocukluklarının geçtiği yollara, bahçelere gönlünce dökülüyordu.

Köyü, batısından dolaşırlarken, yukarıdaki tepeden üç jandarmanın indiğini gördüler. Fundalığın içine sindiler; oradan bakıyorlardı; yürek atışları hızlandı; bilhassa Aleksandro bu yürek çarpıntısının pençesinde can vereceğini zannediyordu. Jandarmalar köyün baş tarafındaki evin bahçesine girdiler. İkisi çimenlere oturdu; ceplerinden tabakalarını çıkardılar; sigara sardılar. Diğeri erik ağacına çıktı. Renkten renge giren Galiti ve Aleksandro sık sık göz göze geliyorlardı. Askerlerin sigarası bir türlü bitmiyordu. Aleksandro fısıldadı.

- Kalbim duracak!

Galiti işaret parmağını ağzına getirerek susmasını işaret etti.

Ağaçtaki aşağıya indi; oturanlar kalktılar; Kireçtepe'ye doğru yürüdüler. Rahat nefes alan Aleksandro ile Galiti onları kayboluncaya kadar izledikten sonra, Kocaçimen'e uzanan tepelere doğru yürümeye başladılar. Bunaltıcı ağustos sıcağının işlediği kayalara tırmanırlarken avuçları yanıyordu. Önde giden Galiti birden irkildi.

- Aman Tanrım!

Aleksandro sessiz, ama telâşlı bir şekilde:

- Ne var Galiti, ne oldu? diye sordu.

- Baksana!

Siyah, büyük bir yılanın kayaların arasına girdiğini gören Aleksandro küçük dilini yutacaktı

- Hiç böylesini görmedim. Ne yapacağız?

- Bırak artık; geçti gitti.

Kabatepe taraflarına yaklaşınca, batıya döndüler. Ağaçlar, fundalıklar daha sıktı. Taş yuvarlamamaya, kuş sürülerini ürkütüp, birden havalandırmamaya dikkat ederek yürüyorlardı. Bu bölgedeki karakolların yerlerini biliyorlardı. Karakollara yaklaşınca, deniz tarafından dolaşıyorlar, adımlarını daha sessiz atmaya çalışıyorlardı. Ne yeni yapılmış bir karakola, ne de askeri bir birliğe rastladılar.

Sabah çıktıkları yere döndüklerinde güneş guruba

kavuşuyordu. Sahilden açılınca tepelerdeki nöbetçiler tarafından görülebilecekleri için fundalıkların içinde kalarak karanlığı bekliyorlardı. Batı ufkundaki yangın kolay kolay sönmüyordu. Aleksandro ile Galiti sabırsızlanıyorlardı. İkisinin de gözü batıdaydı. Yangın gittikçe denizde derinleşiyor, karanlıklar vadilere usul usul yerleşiyordu. Son alev damlacığı da denizde eriyince, yerlerinden kalktılar. Çözdükleri kayığı hafifçe denizde yüzdürüp, bindiler. Aleksandro'nun sorusunda gururlanması da gizliydi.

- Galiti, görevimizi başardık değil mi?

- Bırak zevzekliği, kürek çek. Şu tepelerden her an bir mermi gelebilir.

Galiti'nin sözünden ürken Aleksandro küreklere asıldıkça, pazuları şişiyordu.

*

* *

Yanağında düellodan kalma kılıç izi bulunan Yarbay Wilmer, atına binmiş, Lalababa Tepesi'ne doğru gidiyordu. Genel Kurmay'dan Türk kumandanlarına gönderilen ihbarı o da almıştı. Zaten ağustos ayının müttefikler için önemini biliyor, çetin geçen kış gelmeden, genel bir hücum yapacaklarını tahmin ediyordu. Emrindeki üç taburu Tuz Gölü kuruduktan sonra kıyıda tutması anlamsızdı. Hatta burada asker bulundurmak, onları kurban olarak sunmaktı; güçlü toplar denizin kıyıcığındaki bu tepeciğin altını üstüne getirirlerdi. "Bir yanlış yapıyor muyum?" sorusunu zihninden geçirirken, adalardan bir uçağın havalandığını fark etti. Atının dizginlerini çekti; uçak Gelibolu Yarımadası'na doğru geliyordu. Atını büyük bir köknar ağacının altına sürdü. Dalların arasından takip ettiği uçak, yarımadanın uç kısmında dolanarak Tuz Gölü taraflarına yaklaşıyor, Yarbay Wilmer gözlerini ondan ayırmıyordu. Hafifçe alçalarak, ağustos güneşiyle Tuz Gölü'nün parıldayan yüzüne bir bomba attıktan sonra, hızla denizin üzerine kaçtı. "Vay uyanık, vay!" deyip gülümsedi; o bölgede askerî birlik varsa, ateş edeceği düşünülerek, bombanın atıldığını anladı.

Denizin üzerinde birkaç kere daire çizen uçak tekrar yaklaşmaya başladı. Yeniden Tuz Gölü ile denizin arasındaki Lalababa Tepesi'nin üzerinde ve çevresinde dolaşıyordu. Lalababa Tepesi'nde gizlenmiş siperlerde ileri karakolluk görevi yapan bir manga asker vardı. Onlara bir uçak görürlerse, ateş etmemelerini, nereleri dolaştığına dikkat etmelerini emretmişti. Bakışlarını Tuz Gölü'nün kuzeyindeki Onuncu Tepe'ye kaydırdı; oradaki mangadan da ateş edilmedi.

Uçak bulunduğu Çikolata Tepesi'ne doğru gelirken, Yarbay Wilmer indi; atını çekerek köknarın altına iyice sokuldu. Yüzbaşı Hikmet'in ateş açtırmayacağını bildiği halde kulakları gene siperlerdeydi. Uçak, özenle maskelenmiş siperlerin üzerinde birkaç kere dolandıktan sonra, üçyüz metre kadar ilerdeki Yeşiltepe'nin üzerine geçti. Defalarca alçalıp, yükselen uçak Anafartalar'a doğru uzanan tepeleri, vadileri taramaya başladı.

Masmavi boşluğa asılı kalmış, kül renkli, kıvırcık yünü andıran bulut parçasının altında turlar atan uçak ufukta kaybolunca, Yarbay Wilmer atını mahmuzladı. Yaklaştığında onu gören Hüsrev çavuş siperden çıktı; selâm vererek karşıladı. Yarbay Wilmer yarım türkçesiyle hemen sordu.

- Uçak sizi gördü mü?

- Görmedi kumandanım.

- Aman Husrev çavuş, çok dikkatli olun! Emirlere mutlak itaat edin.

- Emredersiniz kumandanım.

Yarbay Wilmer, uzunca bir süre dürbünüyle baktığı adalarda bir hareket göremedi. Ama Arıburnu'ndaki Anzak Cephesi'nden, birkaç saatten beri şiddetli top atışları duyuluyordu. Yanına Tıbbiyeli Hayri geldi.

- Ordu Kumandanı, Arıburnu'ndaki Anzak Cephesi'nin çok kritik olduğunu, bir taburumuzu oraya göndermemizi emrediyor.

- Hemen bildir; Üçüncü Tabur hareket etsin.

Bomboş denizde güneş kayboluncaya kadar dürbününü gözlerinden indirmedi. Karanlık iyice basınca, Hüsrev Çavuş'a ve bütün erlere dikkatli olmalarını bir daha tenbih ederek atına bindi.

*

* *

Başkomutan Hamilton'un karargâhı olağanüstü hareketli günler yaşıyordu. Gerek Hamilton, gerekse bütün üst rütbeli subaylar, bunun son imkân olduğunu biliyorlar, en iyi şekilde değerlendirmek için gereken hiçbir şeyi ihmal etmemeye olağanüstü özen gösteriyorlardı. Uçakla keşif yapan Binbaşı Samson'un raporu da plânlanan yönde Türkler'in çıkarma beklemediklerini göstermesi de ümidlerini artırıyordu. Suvla çıkarmasının mutlaka başarılı olması için de, gemiler sahile yanaşırken karanlık, asker karaya çıktıktan sonra da mehtap gerekliydi. Bu şartlar bir daha eylül ayına kadar tekrarlanmıyacağından taarruz için altı ağustos gecesinde karar kılındı.

Plânı uygulayacak generaller, Hamilton'un karargâhında toplanmışlardı. Masanın üstünde çok büyük bir harita seriliydi. Bütün ince ayrıntılarına kadar tepecikler, kuru dereler görünüyordu. Masasında oturan Hamilton haritadan başını kaldırdı.

- General Godley, takviye birliklerle yirmibin kişiyi bulan tümenini iki kola ayırıyorsun.

Hamilton, Godley'in gözlerine bakıyordu.

- Evet Komutanım.

- Bir kola General Johston, bir kola General Cox komuta edecek.

- Evet Komutanım.

Hamilton bakışlarını General Johston ile General Cox'a kaydırdı. Onlar da "Görevimizi biliyoruz" anlamında bakıyorlardı. Başını önüne eğen Hamilton gözlerini bir süre haritada gezdirdikten sonra, General Johston'a çevirdi.

- Sizin komuta edeceğiniz sağ kol önce Şahintepe'ye, sonra Conkbayırı'na saldıracak.

- Evet Başkomutanım.

- Siz General Cox -bakışlarını haritaya indirdi. Yönünü takip ettikten sonra- sizin komuta edeceğiniz sol kol Sazlıdere boyunca ilerliyecek, Çaylakdere'yi geçecek, Yaylatepe'ye varacak. Bu tepeler hattının sağında bulunan mevzilerin sessizce ve süratle zaptedilmeleri plânın köşe taşlarından biridir. İlerlemeye devam eden birlikleriniz Ağıldere'de ikiye ayrılacak. Ayrılan kolun komutanı Tuğgeneral Russel değil mi?

- Evet Başkomutanım.

Bakışlarını Tuğgeneral Russel'e kaydırdı.

- Sizin işinizi kolaylaştırmak için burada bir muhribimiz her akşam saat dokuzdan sonra, ışıldaklarıyla tepeleri tarıyor ve toplarıyla dövüyor. Tabii Türkler siperlerine çekiliyorlar. Yine oradaki muhribimiz ışıldaklarını yakacak, tepeleri bombalıyacak; saat dokuzbucukta, top atışını seyrekleştirip, kuzeyleri dövecek, ışıldakları da Masatepe'yi tarıyacak. Türkler mutad bombardımandan sakınmak maksadıyla siperlerde gizlenmiş olacaklarından, baskınınız kolaylaşacaktır.

- Taktikten haberdarım Başkomutanım.

Hamilton bakışlarını tekrar General Cox'a çevirdi.

- Sonradan bu iki koldan biri Besimtepe'yi, diğeri Kocaçimentepe'yi zaptedecektir. Tamam mı, anlaşıldı mı sayın General?

- Anlaşıldı sayın Başkomutanım.

Tekrar Tümen Komutanı General Godley'e döndü.

- Bu iki kolun önünde görev yapacak, yolları açacak, karakolları basacak küçük birlikleri tesbit ettiniz mi?

- Ettik, sayın Başkomutanım.

- Yolları şaşırmamanız için yerli rumlardan kılavuzlarınız da hazır mı?

- Hazır Başkomutanım.

Hamilton, Suvla'dan çıkıp, öldürücü darbeyi vuracak, ellibin kişilik Dokuzuncu Kolordu'nun izleyeceği yönü gözden geçirdikten sonra, bakışlarını Kolordu Komutanı General Stopford'a ve yardımcısı General Hammersley'e çevirdi. Stopford kendisinden daha yaşlıydı; ona emir verirken sıkılıyordu.

- Sayın generaller; sizler tecrübeli komutanlarımızsınız. Size görevinizi defalarca tekrar etmeyi kendime yakıştıramıyorum; fakat rahatlamak istiyorum. Savaşı Kolordumuzla sizler kazanacaksınız. Gerek Seddülbahir, gerek Arıburnu'ndaki bütün hücumlarınız aslında sizin hücumunuzu perdelemek içindir. Sizler sayın Godley'in çıkarma yapacağı yerden, beş kilometre daha kuzeyde bulunan Suvla'dan çıkacak, düşmanı arkadan kuşatacaksınız. Elimizdeki istihbaratlara göre buralarda düşmanın üç taburu bulunmaktadır. Arıburnu'ndan, Seddülbahir'den bu bölgeye kuvvet kaydıramazlar; diğer yerlerden buraya intikal ise, en az bir gün alır. Onlar intikal etmeden, Türklerin Arıburnu'nda bulunan kuvvetlerini yıldırım hızıyla arkadan çevireceksiniz. Bütün ordumuzun, içinde bulunduğumuz savaşın, hatta imparatorluğumuzun kaderi sizin görevinizi eksiksiz yerine getirmenize bağlıdır. Size fazla birşey söylemek istemiyorum; çünkü siz yılların komutanısınız.

Orta boylu, şişmanca, tombul yanaklı General Stopford'un yüzünde hafif bir gülümseme belirdi.

- Gerekmez, sayın Başkomutan.

- Çıkarmanız başlamadan önce General Birdwood komutasındaki birlikler taarruzlarını Conkbayırı'nın güneyinde yoğunlaştıracaklardır. Bütün güçleriyle Cesarettepe'ye, Korkudereye hakim olan Kılıçbayır'a yüklenecekler. Türkler burada can derdine düşeceğinden, General Godley'in emrindeki takviyeli tümen de taze bir güç olarak saldırıp, Türkler'in ihtiyattaki kuvvetlerini üzerine çekeceğinden çıkacağınız bölgeye kuvvet kaydırma imkânını bulamıyacaklar.

- Biliyorum, sayın Başkomutan.

*
* *

Gecenin koyuluğu denizin maviliğini değiştirirken, filikalar sessizliği zedelemeden Kireçtepe'nin sarp eteklerine yanaşıyorlardı. Mangalar kıyıya ayak basar basmaz, iki yanı kayalık yardan tırmanmaya başladılar. Yarın düzlüğe ulaştığı yerde, denizden bakınca, tepenin gizlediği bir karakol olduğunu uçakla çekilen resimlerden ve Aleksandro ile Galiti'den biliyorlardı.

Bu karakolda bulunan manga, hem yarın güvenliğini sağlar, hem de gözetleme postalarının irtibat noktalığını yapardı. Yarın iki yanındaki siperlerde iki nöbetçi devamlı elleri tetikte beklerdi. Konya'lı Osman'la, Yozgat'lı Hasan nöbeti yeni teslim almışlardı. Sağına ve soluna çam, gürgen fidelerinin serpildiği vadi zifiri karanlıktı. İkisinin de gözü çıkılabilecek olan yara çakılıydı.

Konya'lı Osman bir ses duyduğunu zannetti; kulak kesildi; olanca dikkatini bakışlarında topladı. Ses, seda yoktu; çok hafif bir rüzgâr yaprakları okşuyordu. Biraz sonra ayak sesine benzer birşey işitti.

- Parola?

Karşıdaki siperde bulunan Yozgat'lı Hasan da telâşlandı.

- Ne var Osman?

- Kulağıma sesler geldi.

- Ben birşey duymadım.

Yarın karanlığı müttefik askerlerini iyice örtüyordu; hiç ses çıkarmadan da yürümeye dikkat ediyorlardı. Fakat biraz daha yürürlerse, hafif alacalığa çıkacaklardı.

Teğmen Clington, seslerini duyduğu Türk askerlerinin yerini tam tesbit etmek istiyordu. Sağındaki çavuşa sessizce:

- Atıyoruz hazırlan, dedi.

Kendisi de bombanın pimini çekti. Yanındaki ere fısıldadı.

- Şu taşı ileriye savur.

Er taşı alıp, savurunca, Konya'lı Osman, Yozgat'lı Hasan'a seslendi.

- Duydun mu Hasan!

- Duydum.

Demesiyle ikisinin önünde bombaların patlaması bir oldu. Aynı anda Yozgat'lı Hasan ve Konya'lı Osman tetiği çektiler. Karakolda uyuyanlar fırladılar. Ne olduğunu anlamadan yarın önünde görünen yere seriliyordu. Çevredeki postalar da buraya koşuyorlardı. Müttefik kuvvetleri buradan çıkmak niyetinde değildi; hem şişenin ağzından çıkar gibi çok doğranırlardı; hem de ağırlıklarını çıkarmalarına hemen hemen imkân yoktu. Yarın değişik yerlerini siper edinmişler, önlerinde görünen Türk askerlerini deviriyorlardı. Konya'lı Osman siperden, ateş görünen yerleri nişanlayıp, tetik çekiyordu. Fişeği tükenince, siperden çıktı; şaşırmış, tehlikeyi unutmuştu. Şehit olan arkadaşlarının yerdeki tüfeklerinden birini almak aklına gelmiyor, alaca karanlıkta taş bulup savuruyordu. Geri çekilen müttefik askerlerinin kurşunları bacaklarının arasından, başının üstünden geçiyordu.

Küçücük kuvvetle Kireçtepe'ye göstermelik çıkarma yapan müttefiklerin amacı, çevredeki postaları buraya toplamaktı. Nitekim tüfek seslerini duyan değişik postalar buraya koşuyorlardı. Diğer taraftan çıkarma yapan General Godley'in komutasındaki takviyeli tümeni iki bin kişilik öncü birlikleri fundalıkların arasında, kuru derelere inip çıkarak, Aleksandro ve Galiti'nin rehberliğinde yol alıyorlardı.

Binbaşı Hart'ın emrindeki birliğin yaklaştığı karakol sükûta gömülmüştü. Binbaşı Hart'ın işaretiyle mangalar durdu. Ne bir hışırtı duyuluyor, ne de bir tutam çayır eziliyordu. Karakolun çevresi ağaçlıktı; dallar birbirine geçmişti. Binbaşı Hart silâh patlatmadan buradaki Türk kuvvetlerini bertaraf etmek istiyordu. İkinci bir emre kadar herkesin olduğu yerde kalacağı dilden dile fısıldanıyordu. Önceden hazırladığı, becerikliliğine güvendiği üç mangayı yanına aldı. Ayaklarını yumuşak basarak, karakola yaklaştılar. Bir ağacı siper edinerek, karakola bakan binbaşı Hart çevresini görebiliyordu. Sessizliğin yumak yumak sarıldığı dal altlarına yer yer yıldızların ışığı sızabiliyordu. Üç manganın komutanı da yanındaydı. Süngüleri takılı tüfekleri ellerinde bulunan diğer askerler, fundalıkların arkasına sinmişler, Binbaşı Hart'ın emrini bekliyorlardı. "Mutlaka kapının önünde bir nöbetçi vardır. Başka nerde olabilir?" diye düşünen Hart, karakola biraz daha yaklaşmanın zaruretini duydu. Eliyle işaret etti. Ses çıkarmadan otların, dikenliklerin arasından sürünmeye başladılar.

Büyücek bir odadan ibaret olan karakola iyice yaklaştıklarında Binbaşı Hart, "Dur" işaretini verdi. Karakolun önünde koyu bir karanlık görmüştü; insan mıydı, bir ağacın kökü müydü? Dikkatle bakıyordu. Az sonra karanlık hareketlendi, sağa doğru birkaç adım atıp, geri döndü. Yanındaki Birinci Manga'nın çavuşuna dirseğiyle dokundu ve kulağına fısıldadı. "Hedefini görüyorsun, değil mi? Ama mutlaka bir tane daha vardır. O nerede olabilir?" Ağır ağır yürüyen avlarını kollarken dikkatli, tedirgin bir halde de çevreyi tarıyorlardı. Çok geçmeden Binbaşı Hart karşılarındaki büyük ağacın altında bir başka karanlığın gezindiğini fark etti. İkinci Manga'nın Komutanı'na da eliyle onu gösterdi. Bu sarp ve sapa yerde bir başka nöbetçinin olacağına ihtimal vermiyordu; ama temkinde fayda vardı. Her iki karanlığı gözden kaybetmeden bir başka karanlık arıyordu. Bir süre izledikten sonra el işaretiyle hareket emrini verdi. Her iki manga, avını canlı yakalamak için, hışırtıya sebeb olmadan sürünüyordu. İşin zor tarafı, ikisini de aynı anda yakalamalarıydı.

Binbaşı Hart sessizce yaklaşan iki mangayı da takip ediyordu. Ağacın altındaki memleketinin havalarından birini mırıldanmaya başladı. Öteki sessizce dikiliyordu. Mangalar soluk almadan yaklaşıyorlardı. Ağacın altındaki nöbetçi durdu; çevresine bakınıyordu; sanki birşey duymuştu. Mangalar da oldukları yerlerde hareketsiz kaldılar. Çınarın dallarında hafif bir hışırtı dolaşıyordu. Tekrar yürüdü; aynı memleket havasını mırıldanmaya devam etti.

İkisine birden çullandılar. Memleket havasını mırıldanan debelendiyse de ne ellerinden kurtulabildi; ne de ses çıkarabildi. Diğeri, üzerine atlayanlarla "Basıldık" feryadı ile yerde yuvarlanıyordu. Binbaşı Hart Üçüncü Manga'ya karakola hücum işaretini verdi.

Fakat karakolun hemen solundaki siperin içinde bir nöbetçi daha vardı. O, önündeki boğuşmayı görür görmez tetiği çekti; boş kovanı fırlatıp, yeni bir mermiyi namluya sürdükten sonra tekrar asıldı. Tüfek sesleri yankılanırken, uyuyanlar karakoldan dışarıya fırladılar. O anda Üçüncü Manga karakola saldırıyordu; birbirine girdiler. Telâşlanan siperdeki nöbetçi, kim olduğuna bakmaksızın boğuşanlara ateş ediyordu. Çevrede gezen postalar da ellerine aldıkları tüfeklerinin namlularından ateşi eksik etmiyorlardı. Tüfek sesleri tepelerde yankılanıyor, karakolun önünde boğuşma devam ediyordu. Köyünün pehlivanı olan Kargı'lı Cemil eline geçirdiği Anzak askerini boğarken, bir başka Anzak askeri onu sırtından süngüledi. Beyinlere çakılacak, "Ah"la ruhunu teslim ettiği sırada, gezici postaların havaya ateşleri sıklaşıyordu.

Hareketleri artık baskın olmaktan çıkmıştı. Arkadan gelen birliğin yardımıyla karakoldaki manganın tamamını öldürdükten sonra, tepeye doğru yürüdüler.

Düşmanın yaklaştığını fark eden üç kişilik gözetleme postası, tepenin üzerinde pusu kurdu. Üçünün de kalbi sanki yüzüstü yattıkları yerin derinliklerinde yankılanırken, fundalıklara dikkatle bakıyorlardı. Aşağılardan hışırtıların yaklaştığını duyunca ateş edeceklerdi; üçünün de eli tetikteydi. Uzun süre beklemeden, ayak seslerini duymaya başladılar; tetikleri çektiler. Müttefik askerleri yere yattılar; karşılarındaki ateşin sönük olduğunu hemen farkettiler. Tepeyi çembere aldılar; değişik yerlerden fırlattıkları bombalarla üçünü de öldürdüler. Fakat üç erin ateşleri, bombaların patlamaları çevredeki bütün birlikleri ayağa kaldırmaya yetmişti.

*

* *

Kuzeydeki Suvla'da ise daha karaya ayak basar basmaz görünmüşlerdi. Bu bölgenin kumandanı Yarbay Wilmer, Suvla'nın çıkarmaya çok elverişli olduğunu, ağustos ayının müttefikler için önemini biliyordu. Sonbahar yağmurlarıyla kumsal toprak bataklığa döner, hareket kabiliyetini önlerdi. Her an büyük bir çıkarma ile karşılaşacakmış gibi, emrindeki iki tabur devamlı teyakkuz halindeydi. Küçük bir grupla düşmanı deniz kenarında karşılayacaktı, daha büyücek birliklerle tepeleri tutmuştu. Saros'dan veya diğer bölgelerdeki ihtiyat kuvvetlerinden Suvla'ya birlik kaydırılması en az bir gün alırdı. Düşman ne kadar güçlü olursa olsun, onu en az bir gün oyalamalıydı.

Kireçtepe eteklerine çıktıkları saatte, çok büyük bir donanmayla kıyıya yaklaşan, General Stopford'un komutasındaki kolordu da Suvla'ya çıkarma yapıyordu. İlk bölümde taşıma gemilerinden inen yedibin civarında asker postalları dahi ıslanmadan, kumsala rampa yapan filikalardan karaya adımlarını atanlar, Yarbay Wilmer'in Lababa Tepesi'ndeki ön siperlere yerleştirdiği mangaların ateşiyle karşılaştılar. Gücünden ateşin bir gözetleme postasına ait olmadığını General Stopford anlamıştı. Çıkarmanın nasıl olsa üst birliklere ulaştığına kanaat getirdiğinden donanmanın toplarına ateş emrini verdi. Gecenin karanlığını yırtan alevlerle, bir anda ateşin geldiği yerlerin tozu göğe savrulurken, top seslerini karargâhında Yarbay Wilmer de duyuyordu. Yanındaki telefon çaldı; ahizeyi eline alıp, "Alo! Alo!" dediyse de karşısında kimseyi bulamadı. Ön siperlerden geldiğini tahmin etti; top mermilerinin isabeti ora ile irtibatını koparmış olabilirdi. Kendisi orayı aradı; telefonda ses yoktu. Lalababa ve Sofra Tepelerine yerleştirdiği mangalar çıkarmayı yakından izlemek, anında haber almak içindi. "İnşallah geri çekilmekte kusur etmezler" diye zihninden geçirirken, Çikolata Tepesi'ndeki birliğin başında bulunan Yüzbaşı Hikmet'i aradı.

- Alo Yüzbaşı Hikmet! Bu top sesleri nedir?

- Suvla Körfezi'ne büyük bir donanmanın yaklaştığı anlaşılıyor. Oradan gelen mermilerle herhalde ön siperlerimiz dövülüyor. Telefon irtibatımız koptuğu için çıkarma olup olmadığını henüz anlayabilmiş değilim. Durumu tesbit edip, sizi aramak istiyordum.

- Gelişmelerden beni anında haberdar et.

- Başüstüne.

İçeriye Tıbbiyeli Hayri girdi. Alman Lisesi'nden mezun olan Hayri, kendisini ne kadar zorladıysa da, bir türlü istediği seviyede Türkçe'yi öğrenme fırsatı bulamayan Yarbay Wilmer'in tercümanlığını yapıyordu. Çok disiplinli bir kumandan olan Wilmer, laubaliliğe meydan vermeden astlarıyla yakınlık kurmasını bilirdi. Hayri'nin rengi uçuktu; moralini kuvvetlendirme gereğini duydu.

- "Düğün olmuyor, canım sıkılıyor" diyordun Hayri Efendi; işte düğün başladı; oynama sırası bizde.

Hayri'nin yüzünde ürpertili bir gülümseme belirdi.

- Oynarız kumandanım.

- Elbette oynayacağız; müttefikler de böyle bir oyun pek görmemiş olacaklar.

Yarbay Wilmer hemen Saroz'daki ordu karargâhını aradı, Karşısında Liman Von Sanders vardı.

- Sayın Mareşal, güvenliğinden sorumlu bulunduğum bölge şu anda ağır top atışları altındadır. Kuvvetli bir ihtimalle, büyük bir çıkarmaya muhatap olacağız. Arıburnu'ndaki Anzak Cephesi'ne gönderdiğimiz taburu, emir buyurursanız, geri getirtmek istiyorum.

- Çıkarma başladı mı?

- Sahildeki manga ile irtibatımız koptu; ama top atışlarından çıkarmanın başladığını tahmin ediyorum.

- Anzak Cephesi'nin durumu çok tehlikeli! Şimdilik emrindeki iki taburla görevini yerine getirmeye çalış.

- Emredersiniz sayın Mareşal.

Yarbay Wilmer tahmininde yanılmamıştı. Ön siperlere yerleştirdiği mangalar yüzelli metre kadar gerideki çikolata tepesine çekilmişlerdi. Onların çekilmesinden haberi olmayan müttefik donanması boş siperleri dövüyordu. Telefon çaldı; ahizeyi eline alan Yarbay Wilmer, Yüzbaşı Hikmet'in sesini duydu; ne dediğini anlayabilirdi; fakat emin olmak istiyordu.

- Bir dakika.

Uzattığı ahizeyi Hayri eline aldı.

- Buyurun, ben Hayri.

- Ben de Yüzbaşı Hikmet; ön siperlerdeki mangalar bizim bulunduğumuz siperlere intikal ettiler.

- Şehit veya yaralı var mı?

- Şehit yok; iki er çok hafif şekilde yaralanmış. Düşman ön siperleri dövmeye devam ediyor. Attıkları aydınlatma fişeklerinden de çok kalabalık birliklerin, topların, atların çektiği dağ tekerli arabaların karaya çıktıklarını görüyoruz.

Hayri, Yüzbaşı Hikmet'in söylediklerini tercüme edince, Yarbay Wilmer:

- Siperleri sağlam tutsunlar, gelişmelerden bizi sık sık haberdar etsinler, dedi. Telefon koparsa, ulakla irtibat kursunlar.

Bunları Hayri'nin tercümesinden sonra Yüzbaşı Hikmet:

- Başüstüne, dedi ve telefonu kapattı.

Top sesleri gittikçe sıklaşıyordu. Yarbay Wilmer Hayri'ye döndü.

- Alayı ara ve çıkarma başladığını, düşmanın ilerlememesi için herşeyin yapılacağını, bir an önce yardım gelmesi gerektiğini bildir.

*

* *

Seddülbahir'de, Arıburnu'nun güneyindeki Kanlısırt'ta şiddetli çarpışmalar sürerken, Arıburnu'nun kuzeyinde, Suvla'da ve Saros'da çıkarma başlamıştı. Liman Von Sanders, Saros'daki çıkarmayı haber alınca, renk vermemeye dikkat ederek, "Korktuğum başıma geldi" diye zihninden geçirdi. Ama Saros bölgesinin çok güçlü tahkim edildiğinin müttefikler de farkındaydı; Trakya'dan, İstanbul'dan nakiller kolay olduğu için Türkler asker bakımından da sıkıntı çekmezlerdi. Değişik yerlerden yapılan çıkarmalardan hangisinin gerçek, hangilerinin gösteri mahiyetinde olduğu tesbit edebilmek için Liman Von Sanders ile Esat Paşa devamlı telefonla konuşuyorlardı.

Suvla'dan gelen haberler Esat Paşa'yı ürkütüyordu. Yarbay Wilmer'i yakından tanıyor, metin bir asker olduğunu biliyordu. Uzaktan uzağa yankılanan top sesleri de onu doğruluyordu. Fakat temkini elden bırakmamaya kararlıydı, bir yanlış adım bugüne kadarki bütün fedakârlıkları alıp götürürdü. Seddülbahir'de, Arıburnu'nda şiddetli çarpışmalar sürüyordu; bunların yanına hangi cephe veya cepheler ilave olunacaktı?... Yüzünü kaygı bulutları kaplamış Esat Paşa ve Kurmay Heyeti en uzun geceyi yaşıyorlar; cephelerle devamlı irtibat halinde bulunuyorlar; müttefiklerin asıl yarma hareketinin hangisi olduğunu anlamaya çalışıyorlardı.

*
* *

Karakol baskınını gerçekleştiren, üç erin kurduğu pusuyu bertaraf eden, takviyeli Anzak Tümeni'nin öncülerine karşı koyan Binbaşı Erdem'in kumandasındaki Türk taburu da ağır kayıplara uğradı; ama imha olmadı. Arta kalan askerlerin bir kısmı batıya, bir kısmı kuzeydeki sırtlara çekilirken de, bu taburun subay ve erleri, "Büyük kayıplar verdik; zayıf gücümüzle karşı koyamayız" demiyorlar, değişik yerlere küçük gruplarla pusu kuruyorlar; o pusudaki askerler çevrilmeye başlayınca, onları geri çekiyorlar, biraz arkalarındaki pusuyu devreye sokuyorlardı. Kuru derelerin içinde, fundalıkların arasında, küçücük sırtlarda kurulan bu pusular müttefik askerlerine yollarını şaşırttı.

Ağacı siper edinen Aleksandro bulundukları yeri bir türlü kestiremiyor; namlulara hedef olduğunu, çalılıkların arasındaki gözlerin kendisine dikildiğini zannediyor, uzaklarda patlayan mermilerden ürküyordu. Yanıbaşındaki Yüzbaşı Hüges, Galiti'ye sordu.

- Şahintepe'ye ve Conkbayırı'na nasıl gideceğiz?

- Komutanım benim de başım döndü.

Yüzbaşı Hüges'in kan beynine sıçradı.

- Tanrı sizin cezanızı versin; hani bulurum, diyordun.

- Şaşırdım komutanım; sen hiç şaşırmaz mısın?

Yüzbaşı Hüges'in sesi yılan ıslığı gibi tehditkâr bir hal aldı.

- Tam şaşıracak zamanı buldun, rezil herif!

Ağacın arkasından çıkmadan Aleksandro!

- Haydi Galiti, sen gayret edersen, bulursun, dedi.

İyice sinirlenen Galiti hırsını ancak Aleksandro'ya karşı gösterebiliyordu.

- Sen bulsana, tavşan suratlı!

Bir türlü yollarını bulamıyorlar, karanlıkta pusulara düşüyorlar, karşılaştıkları ateşin cesametini de kestiremiyorlardı.

*

* *

Yarbay Wilmer'in Çikolata Tepesi'nde hazırlattığı siperler at nalı şeklindeydi. Yuvarlak kısmı denize doğru olan siperin iki tarafı geriye, tepelere açılıyordu. Müttefiklerin saldıracağını tahmin eden Yarbay Wilmer, askerlerin kendilerini yalnız hissetmemeleri için, siperlere geldi; Tıbbıyeli Hayri de yanındaydı.

Lalatepe'yi ele geçiren müttefik kuvvetlerinden bazı birlikler Çikolata Tepesi'ne saldırdılar. At nalının yuvarlak kısmı içlerine girmişti; müttefiklere mümkün olduğu kadar fazla kayıp verdirdikten sonra, Yarbay Wilmer, sezdirmeden buradaki askerleri aniden kıyılara çekti. At nalının yuvarlak kesimini kuşatan müttefik askerleri, Türkler'in çekildiklerinden haberleri olmadığından, karanlıkta birbirine ateşe başladılar. Bir süre bombalarla birbirinin cesetlerini havaya savurduktan sonra, boş siperleri ele geçirdiler. Fakat bu siperleri sağ ve soldaki tepeciklerden gören Türkler'in makineli tüfekleri ateş püskürmekte gecikmediler. Zırhlılardan iyi takip edilebilmeleri için sırtlarına bisküvi tenekelerinin kapaklarını bağlamış müttefik askerlerinin büyük çoğunluğunu doğradılar. Siperin dışında kalanları ve siperden fırlayıp çıkanları da yukardan ateş altına aldılar.

Yeni bir hücum dalgası bekleyen Yarbay Wilmer yanılmıştı. Tedirgin bir şekilde çevreyi kolluyor, sık sık da emrindeki diğer birliklerden haber alıyordu. Nihayet ufuktan sıyrılan güneşin ilk ışıkları Suvla Koyu'nda dizilmiş zırhlıları, taşıt gemilerini, filikaları aydınlattıkça, Yarbay Wilmer'in şaşkınlığı artıyor, dürbününün merceğini, sahilde karınca gibi dolaşan askerlerden ayırmıyordu.

Teneke kapakları göründüğü için donanmadan bakan subaylar Çikolata Tepesi'ndeki siperlerin ellerinde bulunduğunu zannediyorlardı. Fakat ne bu siperlere yeni kuvvet gönderiyorlar, ne de herhangi bir yöne hücum için hazırlıkta bulunuyorlardı. Yeşil Tepe'den dürbünüyle bakan Yarbay Wilmer müttefiklerin ne yapmak istediklerini bir türlü kestiremiyordu. Kıyıya asker çıkarıyorlar, ama yayılmanın yollarını aramıyorlardı. Askerlerin kimileri yüzüyor, kimileri gölgelikde yatıyor, kimileri de ateş yakmış, birşeyler pişiriyordu.

Ya Güneş Batmayan İmparatorluk
Ortadoğu'da da iyice yerleşecek,
yahut da gün dönümü başlayacaktı!...

Karargâhta bulunan Başkomutan Hamilton ve kurmayları huzursuzdu; O sakin, soğukkanlı adam yerinde duramıyordu; ne çare ki bir haber alamıyordu. Halbuki kablo gemisi Levant donanmayla birlikte kablo döşeyerek gitmişti; öyle ayarlanmıştı ki birlikler karaya ayak basar basmaz ilk mesajlar genel karargâha ulaşacaktı. Kablonun ucu Gökçeada'daki genel karargâh'ın muhabere çadırında saat kadranlı bir göstergeye bağlıydı. Gece saat yirmiikiden itibaren o gösterge gergin bir heyecanla izlenmeye başlandı. İbrenin ilk kıpırtısı askerin karaya çıktığını gösterecekti. Mesaj bir türlü gelmiyor; Hamilton sık sık muhabere çadırına girip çıkıyor, kendisine sadece mesaj gelmediği söyleniyordu. Çadırdaki subaylar yürek paralayan heyecanlarla kadranı izliyorlar, sık sık terlerini siliyorlardı. Nihayet saat iki sularında ibre oynamaya başladı; atılan sevinç çığlıklarıyla çevredeki askerler de çadırın önünde toplandılar. Telgrafçı Başkomutan Hamilton'a verilmek üzere Levant'tan gelen ilk mesajı yazdı. "A'daki hafif ateş şimdi kesildi. B'de sessizlik var." Bu kadarcık bir haber bile Hamilton'un ve subayların gerilimini azaltmaya yetmişti.

Zaman ilerliyor, Hamilton, Arıburnu ve Seddülbahir'den devamlı haberler alıyor, ne çare ki Suvla'dan tek kelime gelmiyordu. Hamilton tekrar heyecanlanmaya başladı. General Stopford ve yardımcısı General Hammersley'in komutalarında Suvla'ya çıkan kolordu iki saat zarfında Teketepe ve Anafartalar'ın yüksek kesimlerini ele geçirmiş olacaktı!... Kararlaştırdıkları saat çoktan gelmişti. Savaşın kaderi orada düğümlenmişti; ne yapmışlardı?...

Hamilton'un bu haberleşme kopukluğuna daha fazla dayanması mümkün değildi. Merakı kanını tutuşturmuştu; kalp çarpıntıları onu her an alıp götürebilirdi. Çağırttığı Albay Aspinall'in de huzursuzluğu yüzünden belliydi.

- Sayın Albay Aspinall, hemen muhribe atlayınız, Suvla'ya gidiniz. Ne General Stopford, ne de General Hammersley'den haber var. Sadece karaya çıktıklarına dair bir sinyal aldık. Başka ne yaptıklarını bilmiyoruz. Birlikler neredeler? Tekepete ve Anafartalar'ın yüksek kısımlarını ele geçirdiler mi, geçirmediler mi? Ne yaptıklarını öğreniniz. Mümkünse oradan bildiriniz. Oraya gitmem gerekiyorsa, hemen dönünüz; zira burada başka muhrip yok.

- Emredersiniz sayın Başkomutanım.

Hamilton'u selâmlayıp, karargâhtan çıkan Albay Aspinall hiç vakit kaybetmeden limana koştu; fakat bindiği muhrip bir türlü hareket etmiyor, kazanda çıkan sorun çözülemiyordu. Bir balıkçı teknesiyle hareket etmek mecburiyetinde kaldı.

Güzel bir ağustos günüydü, deniz ve gökyüzü maviliklerle donanmıştı, tek damla leke görünmüyordu. Arkasında köpükler bırakan tekne kendine göre son süratle suları yarıyor; ama yerinde duramayan Aspinall daha hızlı gitmesini istiyordu. Bu çıkarma imparatorluk için hayati önemdeydi; ya güneş batmayan imparatorluk Ortadoğu'da da iyice yerleşecek, yahut da gün dönümü başlayacaktı!...

Suvla'ya yaklaştığında donanmanın açıklarda demir attığını gördü. Boynuna asılan dürbününü gözlerine getirdi; yanlış mı görüyordu? Tatlı yaz havasını hiçbir şey bozmuyor, körfezdeki hafif dalgaların üzerinde bir sürü filika inip çıkıyordu. Askerler denizde yüzüyorlar, gölgeliklerde oturuyorlardı; bazıları da ateş yakmış, yemek pişiriyorlardı. Elliye yakın katır da bir arada duruyordu. Tepelerde herhangi bir hareket fark edilmiyor, top sesleri gelmiyor, gördüklerine anlam veremiyordu.

Karaya ayak basarken ciddi taarruz yapılmadığını, askerin daracık bir alanda sıkışıp kaldığını anladı. Hemen Stopford'u görmek için arazinin içlerine doğru koşar adımlarla yürümeye başladı; fakat asker tahmininden de dar alana yayılmıştı. Biraz yürümüştü ki, bir topçu yüzbaşısı ardından koşarak ona yetişti.

- Sayın Albayım, dikkat etmezseniz, kendinizi cephe hattının ilerisinde bulursunuz.

Albay Aspinall durdu.

- Türkler nerde?

- Herhalde şu tepelerdedir.

- Nereye hücum ettiniz?

- Şu tepeciğin önündeki siperleri Türkler'den aldık.

- Başka?

- Hepsi o kadar.

Albay Aspinall'in yüzüne sanki bir anda kızıllık vurmuştu.

- Teketepe, Anafartalar ne oldu?

- Birşey olmadı sayın Albayım; karaya çıkarken, şu ilerdeki mevzilerden ateş edildi. Onları donanma toplarıyla susturunca, biraz daha ilerdeki şu tepenin önünde ateşe maruz kaldık. O siperlere hücum edip, ele geçirdik. Buraya rahat rahat çıkarma yaptık.

- Kolordu Komutanı Stopford nerede?

- Onun nerede olduğunu bilmiyorum; ama yardımcısı ve onbirinci tümenin komutanı General Hammersley şu ilerde.

- Beni yanına götürünüz.

Hızlı hızlı yürümeye başladılar. Kum tepeciğini aşınca, çevresindeki subaylara birşeyler anlatan General Hammersley'i buldular. Yanlarına yaklaşan Albay Aspinall askerliğin üst-ast ilişkisini zedelememek için kendini zor tutuyordu.

- Sayın General, Başkomutan sayın Hamilton bu saatlerde sizlere ilk hedef olarak verilen Teketepe'ye, Anafartalar'a ulaştığınızı tahmin ediyor. Fakat görüyorum ki, siz halâ ciddi bir hücumda bulunmuyorsunuz. Sayın Başkomutanımıza ne bilgi vermemi emredersiniz.

Elleri arkasında bulunan General Hammersley gayet rahattı.

- Henüz yeteri kadar asker ve top karaya çıkmadı. Ayrıca askerimiz yorgun da. Şu andaki hücum, felâketimize sebeb olur. Belki yarın hücum edebiliriz.

- Fakat sayın General, buradan baskın şeklinde hücum yapıp, diğer cephelerde meşgul ettiğimiz Türkleri gafil avlayarak, bu tepeleri ele geçirecektik. Şimdi ise burada olduğumuzu Türkler biliyor ve biz ne hikmetse halâ hücum etmiyoruz. Hiç değilse, Türklerin bu bölgede az birlikleri bulunmasından yararlanmayı düşünmeliyiz. Tutumunuzu plânımızın mantığıyla bağdaştırmakta güçlük çekiyorum.

- Sayın Albay, istek başka, imkân başkadır.

- Sayın General Stopford'u nasıl bulurum?

- Çarpıp dizini yaraladı. Jonguil Zırhlısı'nda olması lâzım.

Telâşla sahile koşan Albay Aspinall, bir kayığın yanında oturan erlere bağırdı.

- Çabuk beni Jonguil Zırhlısı'na götürün.

Kürek çeken erlerin, kızgınlığını farkettikleri Albay Aspinall bir puro yaktı; sık sık nefes çekip, bırakıyor, sinirlerine hakim olmanın gereğini kendine telkin ediyordu. Zırhlıya adımını atarken orada dikilen Teğmen'e sordu.

- Kolordu Komutanı nerde?

- Güvertede istirahat ediyor, sayın Albayım.

Merdivenden süratle çıkan Albay Aspinall, güvertede bir şezlongda yaslanmış General Stopford'u buldu. Güneşte kalmış kilden bir maske gibi binbir çizgi hasıl olmuş yüzü gülümsüyor, şişmiş dizini oğuşturuyordu. Albay Aspinall daha selâmlarken, Stopford başarısını ifade etmek için duyduğu ihtirasın önüne geçemedi.

- Albay Aspinall, ne dersin? Askerlerim olağanüstüydüler değil mi? Başarılarını tarih kitapları önemli hadiselerin arasında zikredecektir!

Albay Aspinall şaşırdı.

- Nasıl olağanüstüydüler? Hangi başarıdan söz ediyorsunuz? Teketepe'yi mi, Anafartaları mı ele geçirdiler?

- Karaya çıktılar ya!

- İzninizle tartışmaya girmek istemiyor, gelişimin sebebini arzetmek istiyorum. Başkomutanımız sayın Hamilton, sizinle temas kuramayınca, beni gönderdi. İlk hedef olarak tesbit edilen Teketepe ve Anafartalar'ın yüksek kesimlerini bu saatlere kadar ele geçirmeleri lâzımdı, diyor. Ne söyliyeyim?

- Ben de Başkomutan ile irtibat kurmak istiyorum. Yalnız asker yorgun; yeteri kadar topçumuz da henüz karaya çıkmadı. Hazırlıklar tamamlandıktan sonra, verilen hedefler ele geçirilmek için hücum edilecektir. Alınan sonuca göre de sayın Başkomutan'a bilgi verilecektir.

- Türk birliklerinin Bolayır'dan Anadolu Yakası'ndan yetişip, karşımıza çıkmadan hemen ilerleme emri vermeniz harekâtımızın mantığına daha uygun değil mi?

Albay Aspinall'ın telâşından etkilenen Stopford düşünceli bir tarzda cevap verdi.

- Zaman kaybetmenin önemini takdir ediyorum; fakat askerler dinlenmeden, biraz daha topçu kuvveti karaya çıkmadan ilerlemeye kalkışmak, felaketlere sebeb olabilir. Doğuracağı sorumluluğun altından da hiç kimse kalkamaz.

Albay Aspinall'ın durumu nazikti; kendisinden çok üstün rütbeli bir komutana daha fazla ısrar edemezdi. Hemen donanmanın sancak gemisine geçerek, Hamilton'a rüyaların sona erdiğini bildiren şu telgrafı çekti. "Burada herşey çok sakin. Göründüğü kadarıyla Türkler de yok. Kolordumuz dinleniyor. General Stopford henüz hücuma niyetli değil. Bir daha ele geçmesine imkân bulunmayan fırsatların kaçırıldığına eminim ve durumu çok ciddi görüyorum."

Habersizlik cenderesine daha fazla dayanamayan Hamilton, Aspinall'ın telgrafını almadan, kazanı tamir edilen muhriple yola çıkmıştı. Oturduğu yerde duramıyor, devamlı geziniyor, sık sık gidip geldiği Gelibolu Yarımadası da bu kere ona çok uzak geliyor, yol bir türlü bitmiyordu. Zihni de devamlı meşguldü; balonlar ve uçaklarla değişik cephelerden Türkler'in bu bölgeye asker yığdıklarını tesbit etmişlerdi; ya tesbit edemedikleri kimbilir ne kadardı?... Bu paha biçilmez saatleri bir daha nasıl ele geçirirlerdi?... Gerek Stopford'a, gerekse Hamersley'e baskının başarılı olması için süratle hareket etmelerinin lüzumunu sıkı sıkıya nasıl da tembih etmişti. Hatta süratle hareket etmelerini defalarca söylerken kabalık yaptığının da farkındaydı. General rütbesine yükselmiş bir asker, plândaki baskının ne olduğunu, hangi şartları gerektirdiğini nasıl bilmezdi?...

Gazibaba mevkiinde karaya çıkan Hamilton, Çorakçeşme semtine yaklaşırken, İrlanda İstihkâm Alayı'na mensup askerlerin bir kuyudan ayak dolaklarına bağladıkları mataralarını doldurmak için itişip, kakıştıklarını görünce, hepten çılgına döndü. Çevredeki askerler de o tarafa koşuyorlardı. Hemen ilerleyeceklerinden çıkarmada içme suyu gerekeceğini düşünmemişlerdi; çünkü az ilerde pek çok kuyunun bulunduğunu biliyorlardı. Dilleri simsiyah olmuş askerler birbirlerini iterlerken Hamilton yaşından beklenmeyen çeviklikle yürüyor, yanındakiler ona yetişmekte güçlük çekiyorlardı.

Albay Aspinalle görüşmesinden sonra, dizindeki ağrıya rağmen, bazı hazırlıkları yerinde görmek için karaya çıkan Stopford'u, Başkomutan Hamilton Kireçtepe'nin batısında buldu. Tavır ve davranışlarından hiçbir endişe duymadığı anlaşılıyor; mühendislere kendisi ve Kurmay Heyeti için mermi saçıntılarından hasar görmeyecek karargâh yaptırıyordu. Başkomutan Hamilton öfkesini güç zaptediyordu.

- Nedir bu hal sayın General?

- Öyle zannediyorum ki, bu bölgede epeyce kalacağız. Hasar görmeyecek karargâh inşa ettiriyorum.

Eli ayağı titreyen Hamilton yaktığı purosundan bir nefes çektikten sonra;

- Bir-iki gün sabretseydiniz, ele geçireceğimiz Anafartalar'daki en güzel evi, size tahsis ederdik, dedi. - Sesindeki hiddet iyice belirginleşti.- Sayın General Stopford, baskının durumu nedir?

Hamilton'un öfkesini pek kavrayamayan Stopford sakince cevap verdi.

- Şu anda askerler dinleniyorlar. Topçular da karaya çıkıyorlar. Hazırlıklar tamamlanınca, taarruza geçilecek; verilen görevler ifa edilecek.

Öfke gözlerinde çakmak çakmak yanmasına rağmen Hamilton kelimeleri seçmeye dikkat ediyordu; çünkü karşısındaki kendisinden daha kıdemli asker idi; emekli olmuş, ihtiyaç gerektirdiğinden görev verilmiş bir subaydı.

- Sayın General, biz baskın yapıyor, Türkleri avlıyoruz. Bunun için gece bu çıkarmayı yaptık. Size görevinizi, defalarca yüzüm kızararak tekrar ettim. Başımıza bu mu gelmeliydi? Şu anda Türkler değişik bölgelerden buralara kuvvet kaydırıyorlar.

Stopford'un tombul yanakları kıpkırmızı kesildi. Hamilton Başkomutan olarak İsmailoğlu ile Teketepelerine derhal taarruz emrini verdi. Kumsalda güneşlenenler gölgeliklerde oturanlar koşmaya başladılar...

*

* *

Yukardaki tepeden gözetleyen Yarbay Wilmer, karışıklığı görüyor, dürbününü onlardan ayırmıyordu. Kısa bir sürede hücum hazırlığında bulunduklarını anladı; emrindeki subayları uyardı.

Çikolata Tepesi'nde siperlere yaklaşanlar, cesetlerin üst üste yığıldıklarını hayretle gördüler. Değişik tepelerden de ateşle karşılaştılar. Sağa sola kaçışıp, yerlere yattılar, ateşin geldiği noktalara namluları doğrultup, tetik çekmeye başladılar. İki-üç dakika sonra da donanmanın topları gürlüyor, tepelerde şimşekler çakıyordu.

Sürünerek siperlere girenler, cenahlardan doğranıyorlardı. Donanmanın topçularına Türk makinelilerinin ve askerlerinin mevzilendikleri tepeler, yamaçlar bildirildi. Mermiler oralara düşmeye başlayınca, hiçbir kayıp vermeden Yarbay Wilmer, birlikleri asıl ön sipere çekti.

Yarbay Wilmer kaybı göze alamıyordu; zira elindeki asker çok azdı. Değişik yerlerden birliklerin hareket ettikleri bildirilmişti; fakat ne zaman intikal edecekleri belli değildi. Burada düşmanı oyalayamazlarsa, en batıdan Arıburnu cephesi yarılıp, çembere alınacak, düşmanın önü de açılacaktı. Karanlık tabiatı sırra boğmuştu; ama donanmanın topları hedef aldıkları yerleri dövüyordu.

Yarbay Wilmer, gece hiç uyumadı; birlikleri dolaştı, ihtiyata ayırdıklarını azalttı; zayıf bölgeleri kuvvetlendirdi. Sabahleyin hücumun Mestan Tepe'ye yoğunlaşacağını tahmin ediyordu. Bizzat askerlerin başında durarak yeni siperler kazdırdı; eskilerin bazılarını derinleştirdi. İhtiyata ayırabildiklerinin büyük bir bölümünü de bu bölgeye kaydırdı; makinelilerin çoğunu burada mevzilendirdi.

*

* *

Esat Paşa ve Kurmay Heyeti'nin gelen raporlardan Arıburnu'nun biraz kuzeyindeki Kireçtepe yakınlarından ve Suvla'dan müttefiklerin baskın şeklinde çıkarma yapıp, Türk birliklerini arkadan kuşatmaya çalıştıklarında şüpheleri kalmadı. Müttefikler hedefledikleri tepeleri bir an önce ele geçirmenin, Türkler de buralardaki kuvvetleri takviye etmenin yollarını arıyorlardı. İki taraf arasında soluk soluğa, ölümle yarış başlamıştı.

Saros'a çıkarma yapan, çoğunluğunu Rum gönüllülerin oluşturduğu üçbin kişilik kuvvet kolayca püskürtülünce, gösteri çıkarması olduğunda Liman Von Sanders'in de şüphesi kalmadı. Hemen bu bölgeden, Albay Ahmed Feyzi'nin kumandasında iki tümeni yola çıkardı.

Albay Ahmed Feyzi'nin kumandasındaki iki tümen yoldaydı; cepheye ne zaman intikal ederlerdi? Müttefiklerin cepheye çok büyük kuvvetler getirdiğini bilen Esat Paşa ve Kurmay Heyeti, zamanında intikal etseler bile, kâfi gelmeyeceği kanaatindeydiler. Telefonla Mareşal Liman Von Sanders'le istişare edip, iznini aldıktan sonra, Anadolu Yakası'ndan da asker sevkıyatını başlattılar.

Ama bütün bu gayretlerin sonucu etkilemesi, Albay Wilmer'in ve emrindeki iki taburun gayretine, maharetine, fedakârlığına bağlıydı; dirençlerinin kırılması herşeyi anlamsız hale getirirdi...

Boğaz'da geçişleri balon ve uçaklarla tesbit eden müttefikler, aşırtma ateşiyle engellemeye çalışıyorlardı. Türkler de salların isabet alıp, batmasını göze alarak, sevkiyata devam ediyorlardı. Çanakkale'ye yürüdükten sonra, geçenler için fazla bir tehlike yoktu; fakat çok vakit kaybına sebeb oluyordu; cephe her an yarılabilirdi!...

Kuzeyden hareket edenler ve Anadolu Yakası'ndan Gelibolu'ya geçenler durmadan, dinlenmeden bu yeni cepheye koşuyorlardı. Yollar patika ve fundalıktı; güneş bütün hıncıyla dövüyor; çok zor şartlarda yürüyorlardı; ağırlıklarını götürmeleri de mesafe kat etmelerini güçleştiriyordu. Albay Ahmed Feyzi her an cephenin yarıldığına dair haber alacağından endişe ediyor, sabredemiyor, atını devamlı sağa sola sürüyordu.

Ne kadar gayret etse de, kendini oyalayamayacağını anlayınca, Tümen Kumandanı Yarbay Selâhaddin Adil Bey'e:

- Atımı mahmuzluyorum, dedi. Yarbay Wilmer'in karargâhında buluşuruz. Eğer karargâh kalmamışsa, Suvla'nın neresinde bulunduğumu Dokuzuncu Tümen'in Karargâhına bildiririm. Sizin de nerede olduğunuzu oradan öğrenirim.

Albay Ahmed Feyzi atını mahmuzladı; altından toprak kayarken gözleri Suvla istikametindeydi. Yaveri de onu takip ediyordu.

"- Ne mutlu bizlere ki, son nefesimizde bile Resulullah'ın bayrağı altındayız."

Şafak sanki donanma toplarının alevleriyle söküyordu. Mermilerin dövüşünü izleyen Yarbay Wilmer'in, hücum ağırlığının Mestan Tepe'ye olacağına dair kanaatinin doğruluğuna inancı daha da kuvvetlendi. Aradan çok geçmeden müttefikler kalabalık bir şekilde piyade hücumuna kalktılar; o ana kadar yerlerinin belli olmaması için tetikleri çekilmeyen tümseklerin arkasındaki makineli tüfeklerinin namlularından alevler fışkırmaya başladı. Ağır kayıplar veren müttefikler piyade hücumunu durdurdular. Kara ve deniz topçuları birleştirdikleri ateşleriyle, bildirilen hedefleri şarapnel yağmuruna tuttular. Öyle amansız dövüyorlardı ki, askerler önünde durulamayacağı kuşkusuna kapılırlardı. Bu anlar, en tehlikeli anlardı; panik alev misali bütün askerleri sarabilir, bir daha önüne geçilemezdi. Yarbay Wilmer, düşmanın ele geçirdiği siperleri dövmelerine dair Türk topçularına emir verince, topçu düellosu da başladı. Aralarındaki dengesizliğe rağmen, siperdeki askerler için gene de moral olurdu. İki çakılı top, iki de obüsleri vardı. Ateş yakılıp, duman çıkarılan birkaç yalancı mevziye de sahiptiler. Obüslerin yerini sık sık değiştiriyor, düşmana kalabalık bir topçu gücü havası vermeye çalışıyorlardı.

Çakılı topların birine bir mermi çarptı. Gözleri kamaştıran alevle çevresindeki iki asker kanlı cesetler halinde yere düştüler; diğerleri hafif yaralandılar. O toptan doğan boşluğu doldurmak amacıyla obüslerin yerlerini daha sık değiştirmeye başladılar.

Öğleye doğru müttefiklerin ateşleri Mestantepe'de iyice yoğunlaştı. Yükselen toz toprakla güneş kaybolmuş gibiydi. Küçücük bir tepeyi siper edinip, savaşı takip eden Yarbay Wilmer çekilmenin mecburiyetini görüyordu; ama daha yukardaki Teketepe'ye, Anafartalar'ın üst kesimlerine sırayı mümkün olduğu kadar geç getirmenin hesabını yapıyordu.

Güneş batı ufkuna indiğinde, düşman Mestan Tepe'nin eteklerine tırmanmıştı; attıkları bombaların çoğu siperlere düşüyordu. Savaş bütün hışmıyla devam ederken Yarbay Wilmer, askerlerin çoğunu irtibat yollarından geriye kaydırdı. Başlarına gönderdiği Yüzbaşı Hikmet'e tercümanı Hayri'nin aracılığıyla şunları söyledi.

- Savaşın can damarı bölgemizde atıyor. Büyük birlikler intikal edinceye kadar düşmanı tutamazsak, savaş bitmiştir. Ben burada kalıyorum; mümkün olan son ana kadar siperlerimizi savunacağız; hepimiz ölebiliriz de. Sizler de orada son nefesinize kadar direneceksiniz.

Siperlere üçer kişilik gruplar halinde dağıttığı askerlerin arasında Yarbay Wilmer mekik dokuyor, yalnız olmadıklarını onlara duyuruyor, daha gayretle ateş etmelerini sağlıyor, arada bir bomba savuruyor, tabancasının şarjörünü değiştiriyordu.

Her ağacın dibinden makineliler tarıyor, mekanizmalar boş kovanları fırlatıyor, bombalar patlıyor, alevler birbirine karışıyordu. Müttefikler iyice yaklaşmışlardı; ani bir hücumla siperlere dalabilirlerdi.

Akşam karanlığı basmıştı. Yarbay Wilmer, sezdirmeden bazı siperleri boşalttı; askerleri topladığı siperin onbeş metre kadar sol gerisindeki makineliyi kullananlar kalın bir meşe kökünü siper edinmişlerdi. Namlusundan alevler hiç eksik olmuyordu. Yarbay Wilmer Hayri'nin kulağına eğildi; fokur fokur kaynayan silâh seslerine rağmen sesini duyurmaya çalışıyordu.

- Biz düşmanı burada ne kadar oyalarsak, o kadar hizmet etmiş oluruz. Hüsrev çavuş ve dört eri bu siperde kalacaklar, ölümle burun buruna gelinceye kadar terk etmeyecekler. Çekildikleri halde, düşman onları burda zannetmeli, tepeyi ele geçirmek için mermi ve zaman kaybetmeli. Bunları Hüsrev çavuşa söyle, yanıma gel.

Hayri, Hüsrev Çavuş'un yanına giderken, Yarbay Wilmer, azıcık kalan askerine moral vermek için, belinden çıkardığı bombaları, siperden sıçrayarak, yaklaşan müttefik kuvvetlerine savuruyor, gecenin koyuluğunda alevler ağaç boyunca yükseliyordu. Biraz sonra yanına dönen Hayri'nin kulağına eğildi.

- Şimdi makinelinin olduğu yere çık. Makineliyi gerideki siperlere götürün. Yüzbaşı Hikmet nereye kurulacağını biliyor.

Siperden fırlayıp çıkan Hayri bir solukta makineliyi kullanan askerlerin yanına geldi. Silâh sesleri arasında sesini duyurması zordu; hem bağırıyor, hem de eliyle işaret ediyordu.

- Geriye! Geriye!

Erlerin biri makineli tüfeğini kaldırdı; namlusu alev gibiydi; diğeri sehpasını kavrayıp omuzuna, bir diğeri de kurşun torbasını eline aldı.

Yarbay Wilmer ve kalan askerler ellerinden gelen çabuklukla ateş ediyorlardı; çok kısa süreli ara vermeleri dahi sonları olabilirdi. Çünkü müttefikler iyice yaklaşmışlardı; yerleri de tam belirlenmişti; her an üzerlerine bombalar yağabilir veya ani bir hücuma uğrayabilirlerdi. Birden yer değiştirdiler; ateşe devam ettiler.

Yarbay Wilmer, Hüsrev Çavuş'un yanına yaklaştı; sırtına vurdu; o da başını çevirip, Yarbay Wilmer'e "Biliyorum" işaretini yaptı. Yarbay Wilmer, Hüsrev Çavuş'un yanındaki dört er hariç, diğerlerinin omuzuna dokunarak irtibat yolunu gösterdi. Onlar ön siperleri terkederken, Hüsrev Çavuş, emrindeki askerlerle ateş ediyordu.

Yarbay Wilmer Teketepe'deki siperlere çıktığında Mestantepe'deki mücadele devam ediyordu. Oradaki mücadelenin sona ermediğini gördükçe, kendi kendine, "Aferin Hüsrev çavuş" diyordu.

Üç metre kadar sağ taraflarına bir bomba düştü; ikisi şehit oldu. Hüsrev çavuş alnından yaralandı; akan kanla, kapanan sağ gözünü silerken yanındaki Ordu'lu Salim'e seslendi.

- Ne mutlu bizlere ki son nefesimizde bile Resulullah'ın bayrağı altındayız.

Sözlerini duymayan Ordu'lu Salim, boş şarjörü fırlatıp, yenisini taktı ve tetiği çekti. Çevrelerine bomba yağmaya başlayınca, sipere sindiler, bu bomba sağanağından sonra, ne yapabileceklerini sormak için Husrev çavuş başını Salim'e çevirdi; korkunç bir görünüşü vardı; patlamış kaşından akan kan yüzünü, elbiselerini kızıla boyamıştı. Ordu'lu Salim çömelmiş, dirseklerini dizlerine koymuş, tüfeğini omuzuna bırakmış, yüzünü avuçlarının içine almış, işaret parmaklarıyla kulaklarını tıkamış; önüne bakıyordu. Üzerlerinde bir anda iki bomba patladı: alevlerin içinde parça parça oldular. Bombalar peş peşe düşmeye devam ediyordu.

Vadilere yığılan, tepeleri yutan karanlığı gökyüzündeki bulutlar katran rengine dönüştürüyordu. Silâhlar sustu; bu şartlarda şuurlu bir hareket gerçekleştirilemezdi. Yüzbaşı Hikmet'e neler yapması gerektiğini sıkı sıkı tembih ettikten sonra, diğer bölüklerin durumlarını, intikali bildirilen büyük birliklerin nerelerde olduğunu anlamak için Yarbay Wilmer karargâhına gitti.

*

* *

Albay Ahmed Feyzi atını Yarbay Wilmer'in Çamlıktepe'deki karargâhına durmadan mahmuzluyordu. Çok büyük kuvvetlerle Suvla'ya çıkarma yapan müttefiklerin Teketepe'yi, Anafartalar'ın yüksek kısımlarını ele geçirdiklerini düşünüyor, kendilerini nasıl bir felaketin beklediğini tahayyül edemiyordu. Burun deliklerinden kalın soluklar salıveren atı sudan çıkmışcasına terlemişti; ama o bir an önce Yarbay Wilmer'in Çamlıktepe'deki karargâhına ulaşmalıydı; atını devamlı mahmuzluyor, yaveri de ondan geri kalmıyordu.

Karargâhına girdiğinde, Yarbay Wilmer karpit lâmbasının ışığında boş kâğıda birşeyler çiziyor, birliklerini nereden nereye çekmekle, düşmanın büyük güçlerini nasıl oyalayabileceğinin plânını yapıyordu. Albay Ahmed Feyziyi karşısında görünce, Yarbay Wilmer'in sert ve kuru yüzünü belli belirsiz bir gülümseme yalayıp, geçti. Merakını zaptedemeyen Albay Ahmed Feyzi'nin ilk cümlesi düşmanın durumuna ait oldu. Ne Ahmed Feyzi Almanca'yı, ne de Wilmer Türkçeyi tam konuşabiliyordu. Tıbbıyeli Hayri içeriye girdi. Konuşmayı takip eden Hayri yanlış anlama olunca, müdahale edecekti; fakat gayet güzel anlaşıyorlardı.

- Düşman nereleri ele geçirdi sayın Yarbay?

- Bu akşam Mestantepe'nin kuzeyine çekilmek zorunda kaldık.

- Teketepe, Anafartalar'ın üst kısımları ne oldu?

- Bizim elimizde.

Kaşları çatıldı; bakışları daha da ciddileşti.

- Nasıl olur, sayın Yarbay?

- Evet, elimizde.

Albay Ahmed Feyzi bir kahkaha attı.

- Dün geceden beri bu düşman ne yapıyor?

- Ne yaptıklarını anlayamadım. Karaya çıkar çıkmaz taarruza geçtiler; biz karşı koyduk; sonra durdular. Dün akşama birkaç saat kala yeniden taarruza başladılar.

Konuşurlarken Bolayır'dan yola çıkan onikinci, Gelibolu'dan gelen yirminci tümenlerin kolbaşılarının Büyük Anafartalar Köyü'ne ulaşmak üzere oldukları haberini aldılar. Yarbay Wilmer, hemen bölük kumandanlarıyla temasa geçti; irtibat sağlanmasını ve derhal bilgi verilmesini emretti.

Gelen iki tümeni en stratejik noktalara yerleştirmeliydiler. İkisinin bakışları masanın üzerindeki haritaya yöneldi. Tümenlerin çok yetenekli kumandanlarının bulunması da avantajdı. Onikinci Tümen'in kumandanı, savaşlarda pişmiş değerli bir kurmay olan Yarbay Selâhaddin Adil, diğerinin ise Kurmay Albay Halil'di; iki kumandanın arasındaki koordineyi de kıdemli kurmay Albay Ahmed Feyzi sağlayacaktı.

Yarbay Wilmer'in yanındaki telefon çaldı. Ahizeyi eline alan Yarbay Wilmer'in karşısında Ordu Kumandanı Mareşal Liman Von Sanders vardı. Almanca konuşmaya başladılar.

- Durum nedir sayın Yarbay?

- Daha önce bildirdiğim üzere, sayın Komutanım, maalesef Mestantepe düştü. Fakat düşmanı birbuçuk, iki kilometre çerçevede oyalıyoruz. Asıl korkumuz, bu bölgenin stratejik yerleri olan Teketepe ve Anafartalar'ın yüksek kısımları elimizde.

- Cepheye intikaller oluyor mu? olmuyorsa, en geç ne zaman haber aldınız; birlikler neredediler?

- Grup Komutanı Albay Ahmed Feyzi Bey yanımda sayın Mareşalım. Biraz önce de Onikinci ve Yirminci Tümenlerin kolbaşılarının Büyük Anafartalar köyüne ulaşmakta oldukları haberi geldi. Bölük komutanlarıma temasa geçmeleri ve bilgi vermelerine dair emir verdim.

- Ben ahizeyi Kurmay Başkanı Albay Kâzım Bey'e veriyorum. Siz de Ahmed Feyzi Bey'e verin; lisan bakımından daha iyi anlaşırlar.

- Emredersiniz sayın Mareşalım.

Yarbay Wilmer, ahizeyi Albay Ahmed Feyzi'ye uzatırken:

- Sizinle Kurmay Başkanı konuşacakmış, dedi.

Neşesi üzerinde olan Ahmed Feyzi, ahizeyi eline alıp, kendini takdim etti.

- Buyurun, ben Albay Ahmed Feyzi.

Kısa bir sessizlikten sonra Kurmay Başkanı Albay Kâzım'ın sesini duyuyordu.

- Yarbay Wilmer'den öğrendiğimize göre, intikal etmekte olan tümenlerin öncü birlikleri Büyük Anafartalar Köyü'ne ulaşıyorlarmış. Ordu Kumandanımız sayın Mareşal, bu gece hücum etmenizi emrediyor.

- Kâzım Bey, sayın Kurmay Başkan'ım; Bolayır'dan gelen tümen elli, Gelibolu'dan gelen kırk kilometre yol katetmiş olacaklar. Şu anda daha kolbaşıları intikal etmiş durumda. Asıl ağırlıkların ne zaman intikal edeceklerini henüz bilemiyoruz. Daha kumandanları Selâhaddin Adil ve Halil beylerle temas kurabilmiş de değiliz. Sonra bugüne kadar tecrübeler göstermiştir ki, yorgun askerin hücumu sadece zayiatı çoğaltmaktadır. Anadolu Yakası'ndan hareket edenler de mutlaka bu gece intikal edeceklerdir. Perakende hücumların sonucunu da tahmin etmek güç değil. Onun için hücumu şartlara göre yapacağız.

- Ben, söylediklerinizi sayın Mareşal'a arz edeceğim.

- Makbule geçer Kurmay Başkan'ım.

Tekrar haritaya yöneldiler. Anafartalar'ın üst kesimlerine hakim tepelerdeki siperler sıkı tutulmalı, boşluklarından hücum edilmeliydi. Hücum kırılıp, çekilme mecburiyeti hasıl olursa, siperdeki kuvvetler saldıran düşmanı durdurabilmeliydiler. İkisinin kanaati de aynı idi.

Çalan telefonun ahizesini Yarbay Wilmer eline alınca, karşısında Kurmay Başkanı Albay Kâzım Bey' i buldu.

- Albay Ahmed Feyzi Bey'le konuşmak istiyorum.

Yarbay Wilmer:

- Emredersiniz.

Diyerek uzattığı ahizeyi Albay Ahmed Feyzi eline aldı.

- Buyurun.

Albay Kâzım saygılı bir dille konuşuyordu.

- Değerli Albayım; sayın Mareşal, düşmanın yerleşmesinden endişelendiği için, bu gece hücum etmenizde ısrar ediyor.

- Kurmay Başkan'ım, aynı endişeyi biz de duyuyoruz; fakat ısrarı anlamıyorum. Daha kuvvetler toplanmadı; yorgun, aç, susuz, perakende yapılan hücumların maliyetine dair acı tecrübelerimiz de var. Stratejik mevkiler elimizde; intikal eden kuvvetleri önce yerleştirelim; durum değerlendirmesi yaptıktan sonra karar verelim.

Kurmay Başkanı Albay Kâzım ile Grup Kumandanı Albay Ahmed Feyzi çok iyi dosttular.

- Seni anlıyor ve hak veriyorum; fakat sayın Mareşal'ı da biliyorsun.

Albay Ahmed Feyzi öfkelenmişti; ama öfkesini sezdirmemeye çalışıyordu.

- Biliyorum; ana-baba kuzusu olan bu askerlerin can taşıdıklarını da biliyorum! Kumandanız diye vatan evlâtlarını göz göre göre ölüme sevk etmeye de hakkımız yok.

- Seni tekrar arayabilirim.

- Bekliyorum efendim.

Her telefon çalışında, Albay Ahmed Feyzi'nin bakışları ahizeye kayıyor, ama çevredeki bölük ve takım kumandanları cepheye intikallerin devam ettiğini bildiriyorlardı. İrtibat subaylarının biri gelip, biri gidiyordu. Bulundukları cephede "tık" yoktu; fakat Anzaklar Conkbayırı'nı ve Kocaçimen'i dövmeye devam ettiklerinden biraz güneylerinde yer gök inliyor, zifiri karanlıkta alevler dolaşıyor, mermiler tepeleri sarsıyordu. Albay Ahmed Feyzi, yaveri, Yarbay Wilmer cepheye intikal edenlerin nasıl yerleştireceklerine karar veriyor, birlik kumandanlarına bildiriyorlardı.

Geç saatlere doğru intikal eden birlikleri yerleştirmişler, yolda bulunanların nerelerde görev yapacaklarını tesbit etmişlerdi. Albay Ahmed Feyzi iki gündür uyumamıştı; yarın da onu zorlu bir mücadele bekliyordu. Biraz kestirmek için Yarbay Wilmer'in arkadaki şezlonguna uzandı.

Yaveriyle, Yarbay Wilmer haritanın başında çalışmalarını sürdürüyorlardı. Muhabere subayının telefonla aldığı şifre ikisini de şaşırttı.

"Grup Kumandanlığı'na tayin edilen Albay Mustafa Kemal Bey'in vasıl olmasıyla emir ve kumandayı ona tevdi ile İstanbul'a hareketiniz rica olunur.

5. Ordu Kumandanı
Mareşal Liman Von Sanders"

Şifreyi eline alan Yaver, "Ne yapmalıyım?" tarzında baktığı Yarbay Wilmer de çaresiz bir tavır takındı. Endişe ile yerinden kalkan Yaver, Albay Ahmed Feyzi'nin yanına gitti. Henüz dalmak üzere olan Albay Ahmed Feyzi, Yaveri'nin yanıbaşında dikildiğini farketti.

- Birşey mi var?

Ezik bir sesle cevap verdi.

- Şifre Kumandanım.

- Kimden geliyor? Ne diyor?

- Ordu Kumandanımızdan geliyor. Grup Kumandanlığına Albay Mustafa Kemal Bey'in tayin edildiğini, vasıl olmasıyla emir ve kumandayı ona tevdi edip, İstanbul'a hareket etmenizi bildiriyor.

Emri soğukkanlılıkla karşılayan Albay Ahmed Feyzi yerinden doğruldu.

- Mustafa Kemal Bey gelince, kendisine yardımcı olunuz; ben de Anafartalar Karargâhı'ndayım. Bana ihtiyaç duyarsa, söylersiniz. Orada istirahat ettikten sonra, sabahleyin İstanbul'a dönerim.

Yarbay Wilmer'in yanına geldi ve elini uzattı.

- Burada görevim bitti sayın Yarbay; size başarılar dilerim.

Ayağa kalkan Yarbay Wilmer üzüntüyle elini sıktı.

- Teşekkür ederim Kumandanım; yeni görevlerinizde sizlere de başarılar dilerim.

Albay Ahmed Feyzi Anafartalar Karargâhı'na giderken, Arıburnu Cephesi'nde ceset ceset üstüne düşüyordu.

*

* *

Molla Kâzım'la, Pütürgeli Bilâl de ön siperlerdeydiler. Bulundukları yerler gündüz tesbit edildiğinden yoğun bir şekilde donanma topçusu tarafından dövülüyordu. Ölmek, ikisi için de "Mertebeye ermek"ti; fakat çok yakınlarında patlayan büyük şarapnellerin gürültüleri beyni sarstığından ikisi de elleriyle kulaklarını tıkamıştı. Pütürgeli Bilâl oturuyordu. Yanında yüzükoyun yatan Molla Kâzım'ın gözünün önünde Pütürgeli Musa, Arapkir'li Davut vardı. Hastahanedeki durumlarını keşke görmeseydi; deli fişek gibi Pütürgeli Musa, efendi, ağırbaşlı Arapkir'li Davut ne hale gelmişlerdi!... Nice idealist arkadaşları ya şehadete ermişler, yahut da en azından kolunu bacağını kaybederek çileli bir hayata mahkûm olmuşlardı; bir tek sağ salim Pütürgeli Bilâl kalmıştı. Musa, Davut, diğerleri kolay yetişecek insanlar mıydı?... Üzerlerinde şarapneller patlarken, tüfeğinin kundağına başını koymuş, kulaklarını elleriyle tıkamış Molla Kâzım'ın gözünün önünden medreseli arkadaşları gitmiyordu. Yatakhanede gece sabahlara kadar ne hayaller kurarlardı!... Hayatlarından kendilerine hiçbir şey ayırmayacak; alev olup, ümmetlerinin kara bahtını aydınlığa çıkaracaklardı!...

Pütürgeli Bilâl onu, "Molla Kâzım! Molla Kâzım!" diyerek sarstı. Molla Kâzım kendine geldiğinde, siperlerde "Ateş vaziyeti al! Ateş vaziyeti al!" emri dolaşıyordu. Zaman zaman beliren makineli tarakaları, sık sık bomba patlamaları, mavzer sesleri sürüp gittiğinden donanma topçusunun saatlerden beri devam eden atışlarını durdurduğunu Molla Kâzım fark etmemişti. Subaylar bu bombardımanın ardından hücum olacağını bildiklerinden, askerleri siperin ayak kesimine çıkararak taarruzu karşılamak için hazırlandılar. Molla Kâzım'ın, Pütürgeli Bilâl'in ve diğer askerlerin elleri tetikte, gözleri karanlıkta belirecek gölgeleri arıyordu.

Müttefik kuvvetlerinin ilk dalgasının başında bulunan Yüzbaşı White'nin, kolundaki fosforlu saat dörtbuçuğa üç dakika olduğunu gösteriyordu. Üç dakika önce bombardıman kesilmişti. Türkler bu zaman zarfında hazırlanmış olamazlar mıydı, diye telâşlanmasına rağmen, plânı uygulamanın gereğini duydu. Cephe dar olduğu için General Birdwood'un buradaki kuvvetlerinin hücumları dört dalga halinde plânlanmıştı. Birinci dalga Cesaret Tepe'yi zaptedecek, ikinci dalga Kılıçbayır üzerindeki siperlerle sıçan yollarını alacak, üçüncü ve dördüncü dalgalar da tepeyi tamamen zaptedecek, Onüçüncü Tümen'in Sekizinci Cheshire Alayı geriden gelecek, mevzilerin takviye ve tahkimine yardımcı olacaktı. Siperlerin arası, elli ellibeş metre kadardı. Saat tam dört otuzda Yüzbaşı White hücum işaretini verdi. Olanca güçleriyle bayır yukarı koşarlarken, şiddetli ateşe tutuldular. Yüzbaşı White iki adım sonra cansız yere düştü; ilk dalgadaki diğer subay ve erler ya öldü yahut yaralı olarak yere serildiler. Aradan iki dakika geçince, ikinci dalga ileri atıldı; bunlardan da hiç kimse ayakta kalmadı; yalnız bir siperin önünde kırmızı, sarı filâmalardan bir tanesi çok kısa bir an dalgalandı.

Yerden yükselen aydınlatma fişeklerinden, donanmanın tepeleri tarayan projektörlerinden, hareketi takip eden Binbaşı Tood, iki dalganın tamamen imha edildiğini, diğer dalgaların çılgınlık olacağını komutanı Yarbay Brezir'e bildirdi. Dolaşan projektörlerden de durumu gören Brezier, Binbaşı Tood'un teklifini haklı buldu; derhal bitişik siperdeki Tugay Karargâhı'na koştu. Sert bir selâmla Tugay Komutanı'na:

- İki dalgadan bir kişi dahi ayakta kalmadı komutanım, dedi. Devam etmek çılgınlık olur.

- Hayır, tepeye flamanın dikildiği görülmüştür. Oranın takviye edilmesi için taarruzun devamı gerekir.

Yarbay Brezier koşarak geldi. Hücum işareti verdiği üçüncü dalga da diğerleri gibi yere serildi. Yarbay Brezier ne yapacağını şaşırdı; tugay karargâhına koşuyor, sipere girmeden geri dönüyor, tekrar işaret yerine koşuyor, işaretini vermeden geri dönüyor... Nihayet işaretini verdi; plânlandığı şekilde, dördüncü dalga da birden siperlerden fırladı. Yoğun bir ateş karşısındaydılar; önceki dalgaların başlarına neler geldiklerini de ışıldaklardan az-buçuk görmüşlerdi. Onbeş metre kadar mesafe kat edip, yere yattılar. Türklerin öldürücü ateşleri devam ediyordu; geri geri sürünüp, tekrar siperlerine döndüler.

Bu anda, yirmiyedinci alayın diğer siperlerine Binbaşı Glasgow'un komutasında saldıran birinci grup hafif atlıların başına da aynı hâl geldi. Onlar da dalga dalga saldırıyor, dalga dalga eriyorlardı. Süvarisi düşmüş, yaralı atların fundalıkların tepelerinden sıçrarlarken acı acı kişnemeleri savaşa ayrı bir dehşet katıyordu.

*

* *

Güneydeki bütün cephelerde müttefik saldırıları olanca hızıyla sürüyordu; ama en ağır şekilde Suvla'dan yüklenecekleri ulaşan bilgilerden anlaşılmıştı. Israrlarına rağmen orada düşmana saldırılmaması da Ordu Kumandanı Liman Von Sanders'i ürkütüyordu. Kuvvetler arasındaki dengesizlikten mi çekiniliyordu?... Saros'daki karargâhında kalamadı; Kurmay Başkanı Albay Kâzım ile gece Suvla cephesine geldi. Onları Eceabat'tan daha erken gelen yeni Grup Kumandanı Albay Mustafa Kemâl karşıladı; alınan tedbirler hakkında bilgi verdi. En azından şimdilik büyük bir tehlike olmadığını anlayan Liman Von Sanders'ın yüreği biraz huzura kavuştu. Ama bugün kesin bir hesaplaşma olacağı açıktı; bunun da ne getireceği belli değildi!...

Tan yeri ağarırken Suvla bölgesinde gerek müttefikler ve gerekse Türkler yoğun bir şekilde hücuma hazırlanıyorlardı. Kolordu Komutanı General Stopford, iki gün önce alınması gereken Teketepe, Anafartalar'ın yüksek kesimleri ve İsmailoğlu Tepe için birliklerini düzenlemişti. Onbirinci Tümen General Hammersley'in komutasında Küçük Anafartalar Köyü'ne, General Mohan'ın komutasındaki Onuncu Tümen Büyük Anafartalar Köyü'ne, sekiz taburlu İngiliz Tugayı da İsmailoğlu Tepe'ye hücum edecekti. Teketepe de Hammersley ile Mohan'ın hedefleri arasındaydı.

Türkler de Yarbay Selâhaddin Adil'in kumandasındaki Onikinci Tümen'le kuzey, Albay Halil'in kumandasındaki Yirminci Tümenle güney kesiminden taarruz etmeye hazırlanıyorlardı. Bu birliklerdeki askerler heyecanlıydılar; epeyce bir süreden beri uzaktan top, tüfek sesleri duydukları savaşın tamamen içine giriyorlardı. Birliklerin başında bulunan subaylar, heyecanı üzerlerinden atmalarının ne kadar önemli olduğunu bildiklerinden rahat hareket etmeye dikkat ediyorlardı. Yarbay Wilmer de, iki taburdan arta kalan kuvvetiyle İsmailoğlu Tepe'yi tutuyordu.

Mareşal Liman Von Sanders, Albay Mustafa Kemâl, Albay Kâzım, bu bölgeye hakim, az gerideki tepecikte yerlerini aldılar. Nerede bir bozulma belirtisi görürlerse veya düşmanı süratle takip etmeleri gereken bir an olursa, kumandanları uyaracaklardı.

Kumandanlar çok dikkatliydiler; çünkü içinde bulundukları şartlar onları çok riskli bir savaşa zorluyordu. Anadolu Yakası'ndan gelen birliklerin yönünü Kocaçimen ve Conkbayırı'na çevirmişlerdi; zira oradaki cephe yay gibi gerilmişti; ihtiyat birliklerinin başında da Albay Kannengieser bulunuyordu. Fakat Suvla bölgesinde ihtiyat yoktu; ufacık bir panik ümidleri yok edebilirdi. Gerek Selâhaddin Adil, gerekse Albay Halil'in kulakları liman Von Sanders'in de yer aldığı tepecikteydi; onlar savaş içinde bulunduklarından bozgun belirtilerini zamanında göremeyebilirlerdi.

Yarbay Selâhaddin Adil, düşmanla karşılaşılacak en hassas yerde üçüncü bölüğü görevlendirmişti; çünkü bu bölüğe, bilhassa kumandanı Yüzbaşı İbrahim'e çok güveniyordu. İlk vuruş savaşın gidişatını etkileyebilirdi; Yüzbaşı İbrahim bunun şuurundaydı; ne pahasına olursa olsun, düşmanı ilk vuruşta sarsacaktı.

Annesinin ölümünden sonra yalnız kalmış, yuva kurmak için iki kere teşebbüs ettiyse de başarılı olamamıştı. O günler üzülmesine rağmen, şimdi kaderine şükrediyordu. Belinde yeteri kadar bomba bulunan Yüzbaşı İbrahim'in kılıcı elindeydi; tabancasının mermisi de boldu. İçinde gazlı bez, tentürdiyot ve benzeri ilk yardım malzemelerinin bulunduğu harp paketi omuzundan asılıyordu. Bütün askerler gibi ceplerinde de iki-üç gün yetecek kadar peksimet vardı.

Karanlık henüz çözülmeye başlamamıştı. Yüzbaşı İbrahim bölüğüne savaş düzeni veriyordu. Takım ve manga kumandanlarını tanıyor, kimin ne yapabileceğini gayet iyi biliyordu. Kendilerine ayrılan bölgede düşmana doğru ilerliyeceklerdi. Askerlerin kütüklerinin tamamı doluydu; mermi ikmali de devamlı yapılacaktı.

Bir tüfek patladı; bütün bölük yere yattı; sağ taraftan bir ses geldi.

- Ah! Vuruldum!

Ne bir ayak, ne de bir başka silâh sesi duyuluyordu. Birinci Takım'ın Kumandanı Teğmen Kayıhan'ın bağırışı hiddetliydi.

- Eşekoğlu eşek! Kendini vurdun!

Yüzbaşı İbrahim, o tarafa hızla yürürken, erin acılı sesi geliyordu.

- Vallahi kaza oldu kumandanım!

- Sus! Şerefsiz! Korkak!

- Tüfeğim elimden düşünce patladı.

Yüzbaşı İbrahim meseleyi anladı; birkaç metre yukarlarında durdu.

- Gel bakalım buraya! Teğmen Kayıhan sen de gel!

İkinci Bölüğün savaş düzenine nezaret eden Binbaşı Harun da duymuş, telâşla yüzbaşı İbrahim'in yanına gelmişti. Fundalıkların arasından çıkan erin sol eli kanıyor, sağ eliyle de tüfeğini tutuyordu. Rengi sararmıştı. İki adım arkasından da Teğmen Kayıhan geliyordu. Yüzbaşı İbrahim yanlarına yaklaşmalarını bekleyemedi.

- Teğmen Kayıhan nasıl oldu?

- Her mangaya görevini bildiriyordum. Arkamda bir tüfek patladı. "Oy elim" çığlığıyla yere yuvarlandı.

Onlara doğru yürüyen Tabur Kumandanı Harun söylenmeye başladı.

- Alçak! Korkak! Başkaları ölecek, sen yaşayacaksın ha! Parazit! Çık şu tepeye, seni kurşuna dizeceğim!

- Vallahi kumandanım kazayla oldu.

Tümen Kumandanı Selâhaddin Adil'in paniğe sebep olabilecek olayların üzerine acımasızca gitmelerine dair emri kesindi.

- Çık şu tepeye! Vatan hainlerinin aramızda yeri yok! Künyene öyle yazacağım! Çoluk çocuğunun başı ebediyyen eğik kalacak!

Gözleri fırlamış, rengi sararıp solmuştu.

- Kumandanım!... Vallahi!...

- Sus ulan! Çık tepeye!...

Selâmi tüfeğini atıp, kaçmaya başladı. Binbaşı Harun tabancasını çıkardı; iki kere namlusunda ateş göründü; iki kere mermi sesi yankılandı. Selâmi yere yığıldı.

- Düşman mermisiyle ölseydin; cennetteydin; şimdi cehennem zebanisinin avucundasın.

Tabancasını beline soktu; hiçbir şey olmamış gibi döndü.

- Yüzbaşı İbrahim; bölüğün hücuma hazır mı?

- Hazır kumandanım!

Kuzey kesimdeki fundalıkların, dikenliklerin arasında sabahın ilk ışıklarıyla Türk ve müttefik birlikleri birbirlerinden habersiz ilerlemeye başladılar. Selâhaddin Adil'in kumandasındaki tümene dahil Otuzbeşinci Alay'ın, İkinci Taburu'nun, Yüzbaşı İbrahim'in kumandasındaki Üçüncü Bölüğü, Hammersley'in komutasındaki Onbirinci Tümen'e ait olan Otuzikinci Tugay'ın öncüleriyle fundalıkların arasında ansızın karşılaştı. Birbirine çarpan süngülerden ateşlerle çıkan çelik sesleri bir anda ortalığı sardı. En önde bulunan, uzunca boylu, şahin bakışlı, bir mızrak kadar dimdik duran Yüzbaşı İbrahim yay gibi yerinden fırlıyor, nağrayla kılıcını sallıyordu. Kana bulaşan pençesi kılıcının kabzasına yapışıverdi. Bir şimşek çakması kadar kısa bir zamanda birkaç İngiliz askerini biçmesi, bölüğü için büyük moral kaynağı oldu. Dağ taş sanki "Allah! Allah!" nidalarıyla dile geldi. Belleri hafifçe bükük, süngüleri takılmış tüfeklerini ileri doğru tutan askerler, müttefik birliklerinin üzerine atlıyor, süngülerini sallıyorlardı. Müttefik askerleri de büyük bir kararlılıkla karşı koyuyor, "Hurra! Hurra!"larla hamlelerini yapıyorlardı. Ufukta kocaman bir benek gibi beliren güneşin ışıklarıyla parıldayan binlerce süngü, fundalıkların arasında ışıldayıp, kayboluyordu. Müttefiklerin buradaki sarsılmaları gerideki tepecikten savaşı izleyen kumandanların dikkatini çekti. Albay Mustafa Kemâl:

- Selâhaddin Adil Bey, düşmanı göğüsleyip, denize doğru sürecek, dedi.

Albay Kâzım da gözlerini cepheden ayırmadan kanaatini belirtti.

- Ondan şüphe etmiyorum; İsmailoğlu Tepe'den endişe ediyorum. Yarbay Wilmer'in emrindeki iki taburun, iki günden beri kayıpları büyük olmuş; topları da yok!..

Dürbününü gözlerinden hiç ayırmayan Mareşal Liman Von Sanders'in memnuniyeti yüzünden belli oluyordu. Bir süre sonra yanındakilere döndü.

- Buradaki birliklerimizin görevlerini yapacaklarından şüphem kalmadı; fakat Kocaçimen, Conkbayırı'ndan endişeliyim. Ben oraya gidiyorum; durumu sık sık oradaki karargâha bildirin; sürpriz bir gelişme olursa, karargâhtan beni hemen bulun.

Albay Mustafa Kemâl cevap verdi.

- Başüstüne Kumandanım.

Mareşal Liman Von Sanders, tepenin arkasına geçti; oradaki atına binip, mahmuzladı.

Yüzbaşı İbrahim'in kumandasındaki bölüğün, İngilizlerin Otuzikinci Tugayı'nın öncülerini püskürtmesi birliklerin tamamına sirayet etti. Selâhaddin Adil'in kumandasındaki Onikinci Tümen'in bütün birlikleri, General Hammersley'in komutasındaki Onbirinci Tümen'in birliklerini önlerine katmışlar, fundalıkların, dikenliklerin aralarında korkunç bir boğazlaşma ile bayır aşağı sürüyorlardı; fakat bu anda da sekiz İngiliz taburu Yarbay Wilmer'in savunduğu İsmailoğlu Tepe'ye hücum ediyordu.

Albay Kâzım İsmailoğlu Tepe'yi dürbününün merceğinden ayırmıyor, orada müttefiklerin ilerlediklerini görüyordu. Yarbay Wilmer, mümkün olanların yapıldığına, emrindeki taburların daha fazla direnmelerinin kayıpları artırmaktan başka işe yaramayacağına inandığı için kademeli bir şekilde çekilirken, İsmailoğlu Tepe'yi müttefikler ele geçiriyor, Küçük Anafartalar Köyü'nün sırtlarına yayılıyorlardı. Durumu farkeden Albay Kâzım telâşlandı.

- Bakınız, Mustafa Kemâl Bey, İsmailoğlu Tepe'yi ele geçiren düşman, Küçük Anafartalar'ın sırtlarına yayılıyor. Selâhaddin Adil Bey'e bildirelim; orayı takviye etsin.

Dürbününü o tarafa çeviren Albay Mustafa Kemâl de görür görmez tehlikeyi anladı. Yanındaki emir subayına bağırdı.

- Yetiş, Selâhaddin Adil Beyi bul; İsmailoğlu Tepe'yi takviye etsin.

Selâhaddin Adil de devamlı orayı kolluyordu. Emir subayı yanına gelmeden önce, Otuzdördüncü Alay'ın iki taburunu o tarafa sevketti. Albay Mustafa Kemâl ve Kâzım, Küçük Anafartalara doğru hareket eden birlikleri izliyorlardı. Fundalıkların arasında koşarlarken, birden müttefik askerleriyle karşılaştılar. Ölümüne bir süngü savaşı başladı. İki tarafın subaylarının ellerindeki kılıçların güneşte parıldadığını, askerlerin düşüp kalktığını, süngü ile karşısındakine hamle yaptığını Albay Mustafa Kemâl ve Albay Kâzım heyecanla takip ediyorlardı.

Kıyasıya dövüşüyorlardı. İki tarafa sendeleyen cephe, zaman zaman müttefiklerin tarafına doğru kayıyordu. Bir süre sonra Türkler olanca güçleriyle yüklenince, müttefikler çekilmeye başladılar. Bu çekilişi fırsat bilen Yarbay Wilmer iki taburunu derleyip, toparladı; hafif yaralıları da cepheye sürdü. Otuzdördüncü Alay'a ait birliklerin yanında o da taarruza kalktı. Müttefikler pek çok kayıpla, ele geçirdikleri İsmailoğlu Tepe'yi bırakmamak gayretiyle direniyorlardı; ama Türkler amansızca saldırıyorlardı.

Esat Paşa'nın altındaki kır atın ıslak ve sıcak derisinden buharlar yükseliyor, burun delikleri yırtılırcasına soluyordu; fakat Esat Paşa devamlı mahmuzluyor; vadileri, tepeleri yel gibi aşıyordu. Bulundukları tepeciğe yaklaşırken, Albay Mustafa Kemâl ve Albay Kâzım ayağa kalkıp, Esat Paşa'yı selâmladılar. Selâmlarını alan Esat Paşa, atının başını İsmailoğlu Tepe'ye çevirdi; parlak güneşin eğrilemesine vuran ışıkları bir kartal bakışıyla savaşı izleyen Esat Paşa'nın yüzünü aydınlatıyordu. Dürbününü gözlerine getirdi, boğuşmayı seyrederken Mustafa Kemâl bilgi veriyordu.

- İsmailoğlu Tepe'yi ele geçiren düşman, küçük Anafartalar Köyü'ne doğru yayılırken, Selâhaddin Adil Bey Otuzdördüncü Alay'ın bazı birliklerini o tarafa sevk etti. Şimdilik durumda bir tehlike yok.

Gözünü İsmailoğlu Tepe'den ayırmadan Esat Paşa:

- Aman dikkatli olun, dedi. Bu bölgede ihtiyatımız yok; cephenin bozulması, önüne geçemeyeceğimiz felaketi getirir.

Top sesleri, makineli tarakaları, bomba infilaklarından güneyde de kıyametlerin koptuğunu anlıyorlardı. Esat Paşa sözüne devam etti:

- Albay Halit Bey'in işi çok zor. Tümenine ait bir alayı Saros'da bırakmak mecburiyetinde kaldığından, iki alayıyla düşmana üstünlük sağlayamıyor; sağ tarafının kara ve deniz bombardımanın altında olması da işini güçleştiriyor. Ben oradayım; aksi bir gelişme olursa, karargâhı ve beni derhal haberdar edin.

Aynı anda:

- Emredersiniz, Paşa hazretleri, dediler.

Atını mahmuzlamadan önce Esat Paşa tekrar dürbününü gözlerine getirdi. İsmailoğlu Tepe'yi ele geçiren birlikler, taarruzlarına devam ediyorlardı. Bozgunu önlemek için müttefikler ihtiyattaki kuvvetlerin önemli bir kısmını ileri sürdüler. Fakat Türkler'in saldırısı durmuyor, Anafartalar'dan aşağıya sel gibi akıyorlar, müttefikler de iki gün önce zaptettikleri Mestantepe'yi elde tutmak uğruna ne mümkünse, yapıyorlardı.

Albay Halit'in kumanda ettiği Yedinci Tümen ile general Mahon'un komutasındaki Onuncu Tümen'in boğuşmaları çok zorlu geçiyordu. Yaşından beklenmeyecek kadar cevval olan Albay Halit'in elindeki kılıçta hiç kan kurumuyor, devamlı mahmuzladığı atıyla oradan oraya yetişiyor, emir kumanda zinciri mükemmel işliyordu. Albay Halit, emrindeki subaylar olağanüstü gayret ve fedakârlıklarla bir alaylarının eksikliğini kapatmaya çalışıyorlardı. Ne çare ki kara ve deniz bombardımanı altında bulunan sağ kanatlarının durumu çok vahimdi. Burasının iyice hırpalandığını müttefikler de görüyorlardı. Bombardıman durur durmaz müttefik kuvvetleri sağ kanatlarına bindirdiler. Orada bir bozulma olabileceğini sezen Albay Halit, atını o tarafa sürdü. Kumandanlarını başlarında gören Yirmi ve Yirmibirinci Alaylar'ın birlikleri galeyana geldiler; ilerleyen müttefik güçlerine karşı süngü hücumuna geçtiler. Müttefikler önce direndiler; ama Türkler'in önlerinde durmak imkânsızdı; sanki bir baraj yıkılmış, sel çağıldayıp, geliyordu. Çekilmeye başladılar.

Albay Halit'in bulunduğu yerde art arda birkaç şarapnel patladı; atı vahşi kişneyişlerle toz toprağa karıştı; kendisi de bir fundalığın dibine düştü. Tümen kumandanlarının şehadeti bozguna sebeb olacağına, askeri şevke getirdi; fundalıkların arasındaki kanlı boğazlaşma hepten çılgınlaştı.

Bu kader gününde bütün birlikler görevlerini yapmaya gayret ediyorlardı; fakat en zorlu savaşı Yirmibirinci Alay veriyordu. Deniz ile kara topçusunun şarapnelleri altında hücumlarını tazelerken pek çoğu parça parça oluyordu. Top mermilerinin isabetli atışlarından kurtulabilmek için akşamı iple çekiyorlardı.

Akşam karanlığı basarken Türkler topyekün hücuma kalktılar. Yüzbaşı İbrahim bölüğünün arta kalanlarıyla, irili ufaklı çok sayıda topun şiddetli ateşi ile cehennem gibi yanan bölgeye hakim sırta geldi. Yere yatmışlar, gözlerini ateş cehenneminden ayırmıyorlardı. Kurumuş fundalıklar tutuşuyor, yer yer savaş sahası ışıldıyordu. Türk topları da olanca kuvvetleriyle mermilerini boşaltıyor, açık hedef teşkil eden İngiliz filikalarını sulara gömüyorlardı!.. Kısa bir süre nefes aldılar. Yüzbaşı İbrahim önlerine, birkaç metre aralıkla düşecek şekilde bombalarını fırlattı; alevler arasında taş, toprak havaya fışkırıp, yere düşerken bağırdı.

- İleri!

Kendisi de fırladı; dağınık nizam halinde ateş cehennemine daldılar. Koşarlarken aydınlatma fişeklerinin, top mermilerinin patlamasıyla hasıl olan ışıkların altında, birçok insan gölgelerinin garip şekillerle yere yuvarlandıklarını görüyorlardı. Islık çalarak fundalıklardaki dalları parçalayan piyade kurşunlarının bazıları gövdelerine, başlarına isabet edip, onları yere seriyor ve ayakta kalanlar yanlarına düşen top mermilerinin kulak zarlarını yırtıcı patlamalarını takip eden toprak ve taş yağmuru altında ilerledikçe sayıları azalıyordu. Sağ kalanlar çevrelerini bombalayarak, tarayarak ilerliyorlardı.

Fundalıkların arasında göz gözü görmüyordu; ama yönleri bayır aşağı idi; ilerliyorlardı. Bombaları bitmiş, mermileri de azalmıştı; fakat Yüzbaşı İbrahim'in gözü hiçbir şey görmüyor, hiçbirşey düşünmüyordu; kendisini şartlandırmış, ilerliyordu. Ilgaz'lı Rıfkı da onu gölge gibi takip ediyordu.

Denizden tepelere doğru yükselen aydınlatma fişeğinin şavkında Yüzbaşı İbrahim, tüfeğinin üzerine kıvrılıp, kalmış bir şehit gördü; hemen fişekliklerini çözdü ve kuşandı; tüfeğini eline aldı. Ilgaz'lı Rıfkı onu uyardı.

- Yalnız kaldık kumandanım!

Derin derin soluyan Yüzbaşı İbrahim durdu; çevresine bakındı; her taraf simsiyahtı. Bir aydınlatma fişeğinin atılmasını bekliyordu; ama artık o da görünmüyordu. Fokur fokur kaynayan silâh seslerinin arasında, "Allah! Allah!" nidaları da duyulmuyordu. Nereye gelmişlerdi? Birlikleri nerede idi? Etrafına bakınırken yanıbaşında bir ses duydu.

- Ahmed biz nerdeyiz?

- Kumandan "ileri" emrini verdi; ilerliyoruz.

- Biz kaybolduk; yanımızda kimse yok.

- Ben Yüzbaşı İbrahim; buraya gelin.

Biraz sonra kulağının dibinden bir ses yükseldi.

- Yüzbaşım, neredesin?

- Önünüzdeki dikenin arkasındayım.

Yanlarına gelen iki ere Yüzbaşı İbrahim sordu.

- Hangi birliktensiniz?

Sağdaki cevap verdi.

- Yirminci Alay'ın İkinci Taburu'nun Birinci Bölüğündeniz.

- Birliğiniz nerede?

- Bilmiyorum kumandanım; hücuma kalktık; ikimiz kaldık.

İyice yorulan Yüzbaşı İbrahim'in baldırlarını sızılar kaplamış, diz kapaklarının arasına sanki et parçaları girmişti.

- Biraz oturalım.

Yüzbaşı İbrahim sol bileğindeki fosforlu saatine baktı; şafak sökmek üzereydi. Nerede idiler? Yönünü tayin edemiyor, sadece bayır aşağı indiklerini biliyordu;

ama nereye gideceklerdi?... Vücudu da soğumuştu; adım atacak gücü kendinde bulamıyordu.

Yıldızlar silinmiş, doğu ufkunda aydınlık belirmişti. Binlerce askerin aralarında soluduğu fundalıklar sessizliğe gömülmüştü. Zırhlılar da karşılarındaydı; "Ortalığı cehenneme çeviren topları ne zaman başlayacak?" diye zihninden geçirirken Ilgaz'lı Rıfkı sessizce:

- Kumandanım, sağa bakın, dedi.

Yüzbaşı İbrahim başını çevirdi. Vadinin karşısında bir düşman birliği top başındaydı. Önlerinde dikilen bir subay da dürbünüyle çevreyi tarıyordu. Yüzbaşı İbrahim sağ eliyle iyice toprağa yapışmalarını emretti. Nefes almadan duruyorlardı. Biraz sonra, fundalıkların arasından gelen seslerden soldaki düşman birliğini de farkettiler. Tam içlerine sokulmuşlardı. Dört kişi onlara ne yapabilirdi? Yüzbaşı İbrahim:

- Sessizce sürünün, dedi.

Yukarıya sürünürlerken taş yuvarlamamaya, fundalıkları kıpırdatmamaya dikkat ediyorlardı.

*
* *

Ağır kayıplar vermelerine rağmen Türkler'in Yirmi ve Yirmibirinci Alayları'nın direnmelerini Triat yatından seyreden Başkomutan Hamilton, bu hücumlarında da istenilen sonuca ulaşacaklarından endişe etmeye başladı. Bir taraftan da General Stopford ile General Hammersley'e sinirleniyor, sık sık, "Altın saatleri mahvettiler" diye homurdanıyordu. Gene de ümidini tamamen yitirmiyor; çünkü Türkler'in son imkânlarıyla direndiklerinin büyük bir ihtimal dahilinde olabileceğini düşünüyordu. Uçak ve balon gözetlemelerinden Türk tarafına yeni kuvvetlerin intikalleri tesbit edilememesi onun böyle düşünmesine sebeb oluyordu. Belki de General Birdwood'un hücum ettiği Kocaçimen, Conkbayır'ı cephesini Türkler zayıflatmışlar, bazı birlikleri Suvla'ya kaydırmışlardı. Türkler bunu yapmışlarsa, yıllarca çetin savaşlarda omuz omuza çarpıştığı General Birdwood durumu değerlendirir, cepheyi yarardı.

Ümidi ve ümidsizliği Hamilton'u telsizin başında tutuyor, bir türlü ayrılamıyor, kalp atışlarını her hücresinde duyuyor; daha ne yapabileceğini de devamlı zihninden geçiriyordu. Herşeyi denemişti; başka bir imkân kalmış mıydı?.. Son derece huzursuz bir anında, General Stopford'dan gelen mesajı önüne koydular. Satırları bir kasvet gibi boynuna dolanıyor, nefesini daraltıyordu. "... Askerler hücum, hatta savunma ruhuna bile sahip değiller. Ağır bombardıman veya tüfek ateşi karşısında, komutanları tarafından ne kadar zorlansalar da ilerliyemiyorlar. Hücum için atılganlık göstermedikleri gibi, en basit düşman saldırısında ters yüz dönüp, uzun süre ricat ediyorlar. Hatta askerlerin bir kısmı da sağda solda gizleniyorlar." Bu satırlar sadece askerlerin durumunu değil, aynı zamanda General Stopford'un ve komuta kademesinin moralsizliğini de gösteriyordu. Hemen ona şu mesajı çekti.

"*Sayın General Stopford;*

Komutan cephede plânın verdiği görevi yapar. Askerlerin emirlerine aynen riayetleri neyi gerektiriyorsa, o tedbirleri süratle ve acımasızca alır. Savaş anında askerlerinin üzerinde demir gibi disiplin sağlayamayan komutan, zaferi rüyasında görür. Senden dert yanmanı değil, cepheyi yarmanı bekliyorum. Bu görevi benim için değil; milletimiz, imparatorluğumuz için yerine getirmelisin.

Başkomutan Hamilton."

Bu mesaja rağmen içi rahat etmedi; Suvla'ya gitmeli, savaşı bizzat yerinde izlemeliydi; belki onlara moral verirdi; hatta gerekirse, komutayı ele almalıydı. Hareket etmek üzereyken General Birdwood'dan sevindirici bir mesaj geldi. "Aylardan beri eteklerinde bulunduğumuz Kocaçimen ve Conkbayırı'nı bugün ele geçireceğimize dair büyük bir ümid taşıyorum; zira bugüne kadar hırpalanan Türk siperlerini şu anda devam eden bombardımanın perişan ettiğini görebiliyoruz." Birdwood'un yazdıklarını okuyan Hamilton, iki saate yakın zamandan beri Kabatepe taraflarından gelen top seslerini şimdi daha iyi anlıyordu. "Haydi, eski dost! Bütün ümidler sende!" diye zihninden geçirirken, terli yüzünde bir bahar esintisi dolaştı. Bu muhteşem anı görmek için Triat Yatı'nın komutanına Kabatepe açıklarına hemen hareket etmesini emretti.

Oraya yaklaştığında donanma ve kara bombardımanı yukarlara kaydırılmış, iki Anzak ve bir Hint Tugayının hücumu başlamıştı. Ateş menzilinin dışında kalan Triat Zırhlısı'ndan Hamilton karşıda dik tepelerde gerçekleştirilen hücumu dürbününün merceğinden izliyordu. Süngüler parlıyor; top, tüfek, makineli, bomba sesleri tozu dumana katıyor, "Allah! Allah!" ile "Hurra! Hurra!" nağraları birbirine karışıyordu. Kanlısırt'ı ele geçirmek üzereydiler; Conkbayırı ve Kocaçimen'deki Türk birliklerinin gene azimle direndiklerini Hamilton görebiliyordu. Fakat Hint Tugayı Besimtepe'ye doğru tırmanıyor, ona karşı koyan ateş gittikçe sönüyordu. Değişik yerlerdeki top ve makineli tüfek atışları Türk birliklerine göz açtırmazken, mükemmel bir yardımlaşma ile Conkbayırı ve Kocaçimen'e hücumlarını tazeliyorlar, Hint Tugayı ise Besimtepe'ye tırmanmaya devam ediyordu. Triat Zırhlısı'ndan mücadeleyi seyreden Hamilton'un yürek kasları kopacaktı. Bu çarpıntıya nasıl dayandığına şaşıyor, ama olduğu yere bir türlü yığılmıyordu.

Nihayet Besimtepe'yi ele geçirdiklerine dair işaretler verildiğinde dünyalar Hamilton'un oldu; sevincini gizleyemeyip, o durgun, o ağırbaşlı adamın ellerini yumruk yapıp sallaması görülmeye değerdi. Kocaçimen ve Conkbayırı da avuçlarına düşmek üzereydi.

*
* *

Türkler için ölüm çanları çalıyordu. Besimtepe'yi düşmanın ele geçirmesi tehlikeyi büyütmüştü. Kocaçimen ve Conkbayırı da elden çıktı, çıkacaktı. İhtiyatların başında bulunan Albay Kannengieser'e Kurtgeçidi-Conkbayırı hattında yer alacağı bildirildi. Albay Kannengieser savaşa nasıl ve nereden gireceklerini öğrenmek, emri yazdırmak için Onaltıncı Tümen'in karargâhının bulunduğu yere atını sürdü. Bu tepelerdeki siperleri birbirine bağlayan gizli yol sistemini müttefikler iyi biliyor, oraları devamlı denizden ve karadan dövüyorlardı. Kannengieser'in çevresine şarapneller düştükçe, cesetlerin üzerinde giden atı göklere sıçrıyordu. Gizli yol yamacın arkasına dolanırken, atı birden ürktü; Kannengieser dizginini var kuvvetiyle çekerek ancak hakim olabildi. Bir at cansız yatıyordu; yerdeki eğerin üzerinde kıvrılmış er de, sağ elindeki sefer tasının kulpunu tutuyordu. Herhalde kumandanına yemek götürüyordu.

Emri yazdıran, savaşa nasıl ve nereden gireceğini öğrenen Kannengieser, derhal birliğinin başına döndü. Hareket emrini verdiği yirmibeş ve altmışdördüncü alayların erleri savaşın ne kadar korkunç cereyan ettiğini görüyor, birbirine çarpan süngülerin tunç seslerinin göğe yükseldiğini duyuyorlardı. Feryat, figan arasında Türkler tepenin kuzey yamaçlarına doğru geri geri sürüklenirken, sağ tarafta toplanmaya, yaklaşan iki alayın önünü açmaya gayret ediyorlardı. Yaklaşan her iki alayın subaylarının bir elinde kılıç, bir elinde tabanca bulunuyordu. Yirmibeşinci Alay'ın en önünde, kumandanı Yarbay Kısıklı'lı Nail, Altmışdördüncü Alay'ın önünde de kumandanı Yarbay Servet yer almıştı. Diğer kumandanlar da birliklerinin önlerinde gidiyorlardı. Kannengieser de atını sürüyordu.

Mermi kasırgasının, alev alev yanan süngülerin üzerlerine giderken, gül fidanları misali biçiliyorlar; ama aynı yanaşık düzenle üzerlerine gidiyorlardı. Makineli tüfekleri tarıyor, kendisine bir yeri siper edinen piyade eri devamlı şarjör değiştiriyor, adım başına el bombası, şarapnel düşüyor; fakat Yirmibeşinci ve Altmışdördüncü Alaylar'ın subay ve erleri devamlı ilerliyorlardı.

Bir el bombasının alevleri arasında Yarbay Kısıklılı Nail yere yığıldı. Tabur Kumandanı Vidinli Mehmed Ali de yanına cansız düştü. Başsız kalan Yirmibeşinci Alay'da bir sarsıntı olmadı; girdiği savaş alanında ilerliyordu. Çok geçmeden Binbaşı Hulusi, Yüzbaşı Filibeli Tahsin de ağır yara aldılar. Kannengieser de yaralıların arasındaydı; ama yarası diğerleri gibi ağır değildi; tahammül edebiliyor, birliğinin başından ayrılmıyordu.

Kumandanları şehit olmuş alayın askerleri saldırıyorlardı; önlerinde koşarken yere düşen, bacaklarına sarılıp, haykıranları "Kader" diyerek önemsemeden düşmanın üzerine yürüyorlardı. Altmışdördüncü Alay'ın erleri onlardan biraz daha şanslıydı; hiç değilse kumandanları önlerindeydi; yere yatıyor, fırlıyor, kılıcını sallıyordu. Şuurlarını yitirmiş, içgüdülerine teslim olmuş bu insanlar sadece öldürmeyi, bir karış daha öne gitmeyi düşünebiliyorlardı.

Aynı şiddetli mücadele Besimtepe'ye de sıçradı. Fundalıklarda, ağaç altlarında mermiler vızıldıyor, süngüler yanıp sönüyor, Besimtepe'yi ele geçirmek gayretiyle Türkler toprağın her zerresini kanlarıyla suluyorlardı. Sanki esrarlı bir el, Besimtepe'yi ele geçirmeleri için, burada çarpışan Türkleri aynı anda galeyana getiren düğmeye bastı; kan revan içinde, topyekün çılgınca bir saldırıyla Hint Tugayı'nı tepenin eteklerine attılar.

Besimtepe'yi tekrar geri almak amacıyla General Godley ihtiyatlarını da öne sürdü. Süratle makinelilerini kuran, kan gölü halindeki çukurları siper edinen Türkler ateşe başladılar. General Godley de kararlıydı; avucuna düşen fırsatı nasıl kaçırırdı; devamlı hücum emrini tazeliyordu. Ama Türkler o tepeye bütün varlıklarıyla sarılmışlardı; koparılıp, atılacağa benzemiyorlardı. Sel gibi akan kana rağmen hücumlar birbiri ardından yenileniyor; fakat Türk direnci kırılamıyordu.

Gün batmış; o büyük kurtarıcı karanlık yarımadaya çökerken, topçu mermileriyle siperleri yıkılmış, her yer alt-üst olmuş, Besimtepe, Kocaçimen, Conkbayırı'nın vadi ve yamaçları ölülerle dolmuştu. Bir kolunu, bir ayağını kaybetmiş, değişik yerlerinden yara almış, can çekişen insanların feryatları, bomba patlamaları, makineli tarakalarına karışıyordu.

Gecenin siyah örtülerinin ardından iniltiler geliyordu. Dağılmış birlikler birbirlerine girdiklerinden kimin sağ kaldığı, kimin öldüğü bilinmiyordu. Herkes duyduğu iniltiye, feryada asker arkadaşının akibetini merak ederek kulak veriyordu.

Dağ taş denizden bombardımanla uyandı. Gurka Taburu Kumandanı Binbaşı Ceciel Allanson'un gözleri kolundaki fosforlu saatte idi. Tam beşi onbeş geçe, bombardıman kesilecek, taarruza geçeceklerdi. Sık sık gözleri tepelere kayıyor, isabetli atışlar yapılıyor, Türk siperleri göklere savruluyor, ama bombardıman durmuyordu. Nihayet beşi yirmi geçe bombardıman durdu; tekrar başlamayacağından emin olmak için kısa bir an daha bekleyip, yıldırım hızıyla taarruza kalktılar. Zaten siperler arasında çok az mesafe vardı; Türk askerleri kendilerini toparlayamadan bindirdiler. Conkbayırı'nda eşine az rastlanan vahşi bir boğuşma başladı. Sırım gibi yapısı olan Altmışdördüncü Alay'ın Kumandanı Yarbay Servet siperden sipere atlıyor, sabahın ilk ışıklarında yanıp sönen kanlı kılıcı, askerlerin dermanı oluyordu. El bombaları patlıyor, kurşunlar ıslık çalıyor, birbirine çarpan süngülerden ateş çıkıyor, Yarbay Servet'in sesi imdada yetişiyordu.

- Vurun! Korkmayın vurun!

Tepeyi ele geçirmek üzere olmalarının verdiği ümid müttefik kuvvetlerinin enerjilerini ateşliyordu. Yiğit bir delikanlı olan Yüzbaşı Le Marchand'ın bir elinde tabanca, bir elinde kılıç vardı. Yaklaşan Türk askerine kılıcını sallıyor, biraz daha uzaktan üzerine geleni tabancasıyla deviriyordu. Yüzbaşı Le Morchand, bir Türk askerinin sol omuzuna kılıcını indireceği anda, Pütürgeli Bilâl, süngüsünü öne doğru tutup, "Allah" çığlığıyla ok gibi üzerine atladı; Süngüsü Le Morchand'ın sol göğsüne girdi; yerde yuvarlanırlarken bir müttefik askeri Pütürgeli Bilâl'e bir süngü salladı; ama tutturamadı; süngüsü yanına saplandı. Süngüsünü çıkarıp, yerde yuvarlanan Pütürgeli Bilâl'e tekrar hamle yaparken, yan tarafından Molla Kâzım süngüsünü saplayarak, onu savurdu.

Aldığı derin yara ile sağ kolunun kürek kemiğinin kırılması Binbaşı Ceciel Allonson'u savaştan koparmadı; aylardan beri hayalini kurdukları Conkbayırı'na tırmanıyorlar, Türkler de geri çekiliyorlardı. Canını dişine takan Binbaşı Ceciel Allonson, bazen sürünerek, bazen sıçrayarak tepeye ilerliyordu. Kanlı bir şekilde onun ilerlemesi, müttefik askerlerine de ayrı bir heyecan veriyordu. Bomba yağdırdıkları önlerindeki siperi de ele geçirince, tepeye tırmandılar. Elbisesinden kan sızan Binbaşı Ceciel Allonson, nağra ile sol elindeki kılıcını sallayarak, etrafında döndü; Boğaz, Alçıtepe'ye giden yollar ayağının altında, rahatça yürüyebilecekleri Eceabat önlerindeydi. Artık bayır aşağı saldıracaklardı; Türkler önlerinde duramazlardı. Tepeye müttefik askerleri yayılırken, şiddetli bir topçu ateşinin altında kaldılar. Şimşekler çakıyor, şarapnellerin parça parça ettiği askerler göklere savruluyorlardı. Binbaşı Ceciel Allanson, ateşin donanmadan geldiğini zannediyor, tepeleri sarsan patlamaların arasında, askerlere bağırıyordu.

- Filâmaları sallayın! Filâmaları sallayın!

Askerler sarı-kırmızı filâmaları sallıyorlardı; ama şarapnellerin yağışı devam ediyordu.

Binbaşı Ceciel Allonson'un donanmalarından zannettiği ateş, Türkler'in Dördüncü Tümeninin topçularından geliyordu. Bu topçuların oluşturdukları perdenin altında Türk piyadeleri derlenip, toparlandılar; tekrar taarruza kalktılar. Gurka Taburu'na bindirirlerken top ateşini durdurdular. Türkler yanaşık düzende, art arda dört piyade hücum hattıyla saldırıyorlardı. Ellerinde süngüleri takılmış tüfekleri bulunan iki büklüm askerlerden, bazıları vurulup, hattan kopuyordu. En sağ taraflarına bir mermi düştü; duman dağılırken bir er geriye doğru kaçtı; tekrar ileri dönüp, hatta yetişmek için olanca gücüyle koştu.

Feryat; figan arasında birbirine çarpan kılıçlardan, süngülerden çelik sesleriyle ateşler çıkıyor, düşenlerden kimisi kalkıyor, kimisi kalkamıyor; tozun toprağın içinde kana bulanmış birlikler gırtlak gırtlağa boğuşan şuursuz bir kalabalığı andırıyordu. Türkler arkadan devamlı takviye aldıklarından tazyikleri artıyor, tekrar deniz tarafına doğru yuvarlanıyorlardı.

Geriden gelen Türk birlikleri, hemen tepelere makinelilerini kurup, taramaya başladılar. Mermi fırtınasından kurtulmak için Binbaşı Ceciel Allonson ve birliğinden arta kalanlar siperlerine döndüler. Çok kan kaybeden Allanson'da zaten güç kalmamıştı; vakit kayıp etmeden onu bir sedyeye yatırıp, sargı yerine götürdüler.

*

* *

İki taraf da takattan düşmüştü; fakat savaşın duracağı yoktu. Ellerinde cepheye sürecek birlik de kalmamıştı. İç sıkıntısına tahammülde güçlük çeken Esat Paşa sandalyesinden kalktı; karargâhın içinde gezinmeye başladı. Ordunun Kurmay Başkanı Albay Kâzım ise, üzerine harita serili masada oturuyordu. Esat Paşa ve Kurmay Heyeti, müttefiklerin plânlarını gayet iyi anlamışlardı. Her taraftan yüklenen düşman asıl ölümcül darbeyi Teketepe, Anafartalar ve Arıburnu'nun kuzey kesiminden vurmaya çalışacaktı. Gelen raporlardan birliklerin durumlarını değerlendirmişler, Kocaçimen ve Conkbayırı mıntıkalarının takviye edilmesinde karar kılmışlardı; ama hangi birlikleri oralara sevkedeceklerdi?... Kısa zamanda intikal edebilecek birlikler de yoktu. Bunca şehidin kanı, bunca emek boşa mı gidecekti?... Ya savaşın, Devlet-i Aliye'nin kaderi?... Albay Kâzım'ın esmer yüzü maske geçirilmiş gibi durgundu. Hafif kırlaşmış bıyıkları solgun rengine uyum sağlayan Esat Paşa, masanın önünde durdu; karamsar bir tonla sordu.

- Ne yapabiliriz Kâzım Bey?

Ümidsiz bir sesle cevap verdi.

- Bilemiyorum paşam.

- Vehip Paşa'dan yardım istemeye ne dersin?

- Onun kumandanlığını yaptığı Seddülbahir Cephesinin de durumu iyi değil.

- Başka çaremiz var mı?

Gözleri doldu; guruba kavuşan güneş dünyaya değil, sanki ona veda ediyordu

Düşmanın nereden, nasıl saldıracağı bilinmediğinden her kumandan sorumluluğunda olan bölgenin savunmasını sağlama almak için bütün birliklerini elinin altında bulundurmak isterdi. Vehip Paşa ise ağabeyi Esat Paşa'yı çok sever ve sayar, uğrayacağı felaketi, kendi uğramış gibi kabul ederdi. Ağabeyinin istediği yardımı gönderecekti; hatta göndermeden önce, müttefiklerin Seddülbahir'den Arıburnu Cephesi'ne yardım kaydırmalarını önlemek amacıyla da hücum edecekti.

Teğmen Hüsameddin'in emrindeki takımın da dahil bulunduğu Üçüncü Tümen Trandafil çiftliği ve çevresindeki müttefik siperlerine gece saat üçte süngü hücumu yapacaktı. Vehip Paşa'nın emri bir gün öncesinden, en küçük birlik kumandanlarına kadar ulaştı.

Mıstık'ın işi çoğalmıştı. Karaoğlan'ını devamlı zorluyor, fıçılarla su taşıyordu. Askerlerin pek çokları kendilerine sıra gelmeyeceği için, gerideki köylerin su kaynaklarına gitmişlerdi. Süngü hücumuna kalkanların pek azı geri dönerdi. Allahın huzuruna temiz çıkmak istiyorlardı. Çoğunun bir iç çamaşırı vardı; yıkayıp, çimenlere seriyorlardı.

İkindiye yakın Mıstık su taşımayı bıraktı; iç çamaşırlarını çıkardı; kum torbalarının parçalarıyla yamadığı pantolonunu, ceketini giydi ve yıkayıp dikenliklere serdiği çamaşırının yanına oturdu. Annesi, toprak yollarında oynadığı köyü, arkadaşları, komşuları bir bir bakışlarında canlandı. Gözleri doldu; guruba kavuşan güneş dünyaya değil, sanki ona veda ediyordu. Yüzünde her zamankinden daha dokunaklı bir saflık vardı. Kalktı; nemli gözlerle namazını kıldı. İki yana sallanarak, kendi duyabileceği bir sesle, "Sordum sarı çiçeğe, sizde ölüm var mıdır"ı okumaya başladı.

Ömer Çavuş, sıraya girmiş, herkes gibi olanca parasını Tabur Kâtibi'ne teslim etmişti. Yürürken dikenliğin dibindeki Mıstık'ın farkına varınca durdu.

- Herkes parasını, yüzük ve benzeri kıymetli eşyalarını Tabur Kâtibi'ne teslim ediyor. Sen etmiyor musun?

Duygu yüklü bakışlarını ona çevirdi.

- Teslim edecek neyim var ki?

- Karaoğlan'ını ne yaptın?

- Fıçılara sardığım urganla köknar ağacına bağladım. Dönersem, gene su taşırım; dönmezsem, Allah bilir, ne olur?

Erimiş gümüşü andıran denizi güneşin son ışıkları yaldızlarken, tam kurumamış iç çamaşırlarını giydi. Pek çok asker gibi o da parçalanan potinlerinin yerine yenisini alamamıştı; lime lime olmuş çuha parçalarını ayaklarına sardı.

Karanlık, vadilere yerleşirken tahta sandıklarla bulgur pilavı geldi. Çimenlerin üzerine mangalar öbek öbek oturdular. Her öbeğin ortasına bir sandık koydular. Hiç konuşmadan yiyorlardı; sessiz, fakat yaklaştığı hissedilen bir felâket öncesine benzer ürkütücü bir hava vardı. Bu havayı dağıtmak için Ömer Çavuş:

- Pilâva nasıl kaşık çalıyorsanız, gâvura da öyle süngü sallayacaksınız, dedi. Suruç'lu, biraz nefes al, be adam.

Suruç'lu Hasan gülüyordu; ona takılmayı seven Ömer Çavuş ilâve etti.

- Suruç'lu gözlerim üzerinde olacak; bakalım pilâva saldırdığına benzer şekilde saldıracak mısın?

Yemeğini bitirenler, helâllaşıyorlar, birbirleriyle kucaklaşıp, vedalaşıyorlardı. Biraz sonra ön cepheye geçeceklerdi; oranın bir fısıltıya tahammülü yoktu. Karanlıkta en çok Mıstık'ın adı dolaşıyor, saka olduğundan helâllık dilemek için herkes onu arıyordu. Mıstık da önüne gelenin boynuna sarılıyordu.

Verilen emir üzerine Üçüncü Tümen ön siperlere geçti; alaylar, taburlar, bölükler yerlerini aldılar. Koskoca tümenin dağılışı derin bir sessizlik içinde cereyan ediyordu. Askerler gölge gibi hareket ediyorlar, en ufak bir sese meydan vermiyorlardı. Baskın hazırlığını tam gizlemek maksadıyla zaman zaman Türk siperlerinden ateş ediliyor, müttefikler de karşılık veriyorlardı. Bir ara İngilizce bağrılmaya başlanınca Mıstık telâşlandı; sesin kendi siperlerinden geldiğini anlamış, "Gavur içimizde! Gavur içimizde!" diye bağırmaya başlamıştı. Yanındaki Ömer Çavuş dirseğiyle ona vurduktan sonra, "Sus be! Bizim kumandanlardan biri düşmanı şaşırtmak istiyor." dedi.

Birbirlerine tek tük ateş ederlerken Üçüncü Tümen'in erleri süngülerini taktılar. Subaylar birliklerinin başındaydılar. Sessiz dudaklarla ya "Selâten Tüncina"yı okuyorlar, yahut "Tekbir" getiriyorlardı.

Siperler arasında ateş kesilince, tam sessizlik hakim oldu. Teğmen Hüsameddin birliğiyle görev verilen yerde idi. Beş metre kadar önünde, kesilmiş bir ağacın kökünden süren ışkınları sarmış küçük bir dikenlik vardı. Başını sağa sola çevirerek bakıyor, birliğiyle hücum edeceği yeri yakından görmek istiyordu. Aysız, fakat bol yıldızlı bir geceydi; çevreyi dinliyordu; ne bir tarla faresi, ne de bir kertenkele sessizliği bozuyor, bir düşman nefesi gibi esen hafif rüzgârdan başka herşey susuyordu.

Teğmen Hüsameddin de heyecanlıydı; ama heyecanını gizlemeye çalışıyor, siperde dolaşırken bakışlarını askerlerinde gezdiriyordu. Siperin karanlığında yüzlerini pek seçememesine rağmen, duygularını kavrıyordu. Çıkış yerlerine yakın, siperlerin kenarlarına dizilen askerler heyecanın doruğunu yaşıyorlar; birden yukarıya fırlamak, süngüleriyle düşmanın üstüne atılmak için "Hücum" emrini bekliyorlardı. "Bu kaçıncı saldırı? Saldıranların kaçı döndü?" sorularıyla düşünen askerler tepeden tırnağa kadar alev dalgalarıyla kavruluyorlardı. Teğmen Hüsameddin gözlerini kolundaki fosforlu saate kaydırdı; beş dakika vardı. Kendisiyle mücadele içindeydi; korkmaması gerektiğini kendisine telkin ediyordu. Vatanın en karanlık günüydü; ondan esirgenecek neyi olabilirdi? Ömrü belirleyen Allah değil miydi? Onun verdiği ömrü hangi güç kısaltabilirdi?... Yanındaki askerlere sezdirmeden elini sık sık otomatik bir makineyi andırırcasına çarpan kalbinin üstüne götürüyordu...

Tam saat dörtte bütün siperlerde "Hücum" diye bir fısıltı dolaştı. Askerler manga manga, takım takım bir anda siperlerin çıkış yerlerinden fırlayıp, yere yattılar. Müttefik siperlerinden nöbetçi atışları başlamıştı. Askerlerin pek çoğu yattıkları yerde bir nefes dahi almadan kendilerine verilen emre göre, yer yer sıçramalar yaparak, karşılarındaki siperlere yaklaşıyorlardı. Müttefiklerin ateşi sıklaşıyor, bazı makinelileri de devreye giriyordu.

Teğmen Hüsameddin'in biraz önünde makineli takırdısı başladı; bir anda kırmızı alevden bir çizgi tutuştu. Makinelinin mermileri vücutlarını yalayıp, geçiyordu. Teğmen Hüsameddin'e göre önce onu susturmalıydılar; aksi takdirde birliği düşman siperlerine varmadan pırasa gibi doğranırdı. Ortalığı silâh sesleri boğmuştu; Teğmen Hüsameddin emrini birliğine duyurabilmek için bağırdı.

- Hedef mitralyöz! Ateş!

Açtırdığı ateşin makinelinin etrafını sardığı belliydi; ama makineli hiç durmadan, aralıksız mermi yağdırıyordu. Başını fazla kaldırmadan makinelinin nasıl bir yerde bulunduğunu anlamaya çalışıyordu. Onu kullanan düşman askerleri, siperlerinin sağ tarafında, on metre kadar gerisindeki bir tümseğin arkasına gizlenmişler, görünmüyorlardı. Makinelinin namlusu sağa sola çevriliyor, devamlı tarıyordu. Bu anda Ömer Çavuş'un gür sesi patırtıların arasında yankılandı.

- Ateş ederken dikkatli olun. Mıstık mitralyöze doğru sürünüyor.

Teğmen Hüsameddin bakışlarını sağ tarafa çevirdi. O zavallı, saf Mıstık avının üzerine atlayacak panter gibi sürünüyordu. Ortalık seçilebilecek kadar ağarmıştı. Teğmen Hüsameddin'in gözleri ateş püskürten makinelinin namlusu ile ona doğru sürünen Mıstık'ın arasında mekik dokuyordu. Sadece alevli namluyla Mıstık'ı görüyordu. Mıstık alevli namluya doğru ilerliyordu!... Tümseğin önüne ulaştı. Bir hamlede bütün vücudunu biraz daha öne çektikten sonra, makinelinin namlusu ondan uzaklaşırken, birden fırlayıp, makineli yuvasına atladı. Elleriyle ön iki ayağını havaya kaldırdı; gökyüzüne dikilen namlu yıldızlara ateş ediyordu. Bu fırsat Teğmen Hüsameddin için çok önemliydi.

- Sıçra!

Parıldayan süngüleriyle yerlerinden fırlayan askerler, "Allah! Allah!" nidalarıyla düşman siperlerine dalıyorlardı. Teğmen Hüsameddin siperlere yaklaştığında fitilinden dumanlar çıkan bir bomba yuvarlanarak kendisine doğru geliyordu.

- Kaçın! Yere yatın!

Bomba patladı; taş, toprakla karışık toz bulutu göğe savruldu. Gözleri kapalı Teğmen Hüsameddin yattığı yerde kendini dinliyordu; yara almamıştı. Gözlerini açtı; azalan toz bulutu arasında Ömer Çavuş'u gördü. Bir İngiliz'i yere serdikten sonra, bir yenisine saldırmak için köpürmüş aslan gibi çevresine bakıyordu.

İlk siperleri ele geçirmekle kalmadılar; hücumları devam ediyordu. Kurşun sesleri, makineli patırtıları, bomba gürültüleri arasında yer yer süngüler yanıp sönüyordu. Bir manga kadar asker ele geçirdikleri siperin geniş yerinden ileri atılıp, yere yattı. Bu siperin sağ tarafındaki ikinci çıkışından öne atılmak isteyenler, ansızın karşılarındaki düşman askerlerinin yoğun ve sürekli ateşine hedef olduklarından duraladılar. Az sonra, bu ateşleri açanların bulundukları siperde arka arkaya üç el bombası patladı. Ömer Çavuş'un sesi duyuldu.

- Bombaları atan benim; kaçan düşman askerleri! Kovalayalım!

"Allah! Allah!" sesleri tepeleri, vadileri tutmuştu. Müttefikler geriden kaydırdıkları kuvvetlerle bir sonraki siperleri iyice sağlamlaştırmışlardı. Hücum edenlere yoğun ateş açtılar. Gelibolu Yarımadası'nın üç çevresinde yerini alan donanma da ateşe iştirak etti. Değişik yerlerden gelip, aynı yerde buluşan mermilerle kendileri için her zaman kurtarıcı olan ateş duvarını tekrar ördüler; Türkler'in üstüne gitmesinin anlamı yoktu. Alınan siperlere yerleşip, yeni baskınlarla düşmanı geri atmalıydılar. Bir emirle taarruz durduruldu.

Teğmen Hüsameddin girdiği siperde çevreyi kolluyordu. Yanına yaklaşan Ömer Çavuş'un sesi acılıydı. Teğmen Hüsameddin daha "Neyin var?" diye sormadan, Ömer Çavuş bileğinin dört-beş parmak kadar yukarısından parçalanmış, kanlar içindeki sol kolunu uzattı. Elinin yere düşmesini zayıf bir bağlantı önlüyordu. Ömer Çavuş dudaklarını ısırarak acısına dayanmaya çalışıyordu.

- Şunu kesiver kumandanım!

Teğmen Hüsameddin bir tuhaf oldu; ne yapacağını şaşırdı. Ömer Çavuş, aynı cümleyi tekrarladı.

- Şunu kesiver kumandanım!

Teğmen Hüsameddin yanındaki erin süngüsünü aldı. Bir vuruşta kolunu kopardı. Onu teselli etmenin lüzumunu da duydu.

- Çavuş, Allah vücuduna sağlık versin.

Topuzlaşmış kolundan kan fışkıran Ömer Çavuş soğukkanlıydı.

- Sağolun kumandanım.

Teğmen Hüsameddin'in aklı başına gelmişti. Ne yapmıştı! Belki tedavi edilebilirdi; bir insanı ebediyen kolsuz bırakmıştı; kan kaybından da ölebilirdi.

- Çavuş, derhal sargı yerine git!.

İşin dehşetinden kendini kurtarmaya çalışan Teğmen Hüsameddin yerdeki kesik ele bakarken, Mıstık'ı hatırladı. Ne olmuştu?... Geriye yürüdü.

Onları ateş sağanağına tutan yuvaya geldi. Makineli yere devrilmişti; üç İngiliz askeriyle beraber Mıstık da yatıyordu. Boğazından akan kan elbisesini kızıla boyamış; sanki ölmemiş, ebedi bir gülümsemeye kendini bırakmıştı. Teğmen Hüsameddin'in gözleri doldu; aylardan beri yanında bulunan Mıstık'ı ne kadar sevdiğini şimdi anlıyordu.

*
* *

Askerlerin adım atacak takâtları kalmamıştı; ama duracak zaman değildi. Akşam karanlığından sonra Vehip Paşa'nın Arıburnu'na gönderdiği birliklerin içinde Oğuz Amca, Akyazı'lı Mehmed, Yusuf da bulunuyordu. Aylardan beri devam eden savaş, üç gündür gece gündüz hiç durmadan boğaz boğaza sürüyordu. Böyle bir mücadeleye uzun süre dayanmak mümkün değildi. Kanaatlerine göre bugün veya yarın iki taraftan birisi tamamen çökecekti; iki taraf da çökenin karşısındaki olması için enerjisini son damlasına kadar ortaya koyuyor, her çareye başvuruyordu.

Tan yeri kızıllaşırken, Türk hücumu, hiç ateş etmeden, baskın şeklinde, aniden patladı. Conkbayırı'nın sırtlarına kadar ulaşmış, orada siper kazmış İngiliz birliklerinin üzerine, üst taraflarındaki siperlerde bulunan mehmedcikler ok gibi fırladılar. İngiliz siperlerindeki vahşi boğuşma kısa sürdü; akışları devam eden Türkler'in karşısında tutunamayacaklarını anladıklarından düzensiz çekilmeye başladılar. Sağ kanattan yıldırım hızıyla bindiren Yirmiüçüncü Alay'la, kuzeyden akan Yirmidördüncü Alay onları takibe koyuldu. Donanmadan bakan İngiliz subayları, her an bozgun başlayabileceğine kanaat getirdiklerinden, verecekleri kayıpları da göze alıp, yoğun topçu ateşiyle Conkbayırı'nı cehenneme çevirdiler. Büyük çaplı donanma toplarının tam isabet kaydeden mermileri yere girdikten sonra patlıyor, büyük çukurlar açıyordu. Dumanlar ve ateşler içinde kalan Conkbayırı'nda gencecik kurmayların kılıçları parıldıyor, mermi sağanağına rağmen mehmedcikler korkunç bir gözü karalıkla düşmanı takip ediyorlardı.

Ağıl kesiminde de savaş çok şiddetlenmişti. Türkler burada da amansız şekilde bastırıyorlardı. Tugay Komutanı General Boldwin, bozguna önlemek, askerlerini cesaretlendirmek için yalın kılıç en öne fırladı. Kurmay Başkanı da onu yalnız bırakmadı. Çağlayan misali akan Türk süngüsü onları da silip süpürdü; ölülerin arasına kattı.

Conkbayırı'nın batı yamacındaki Ağıl kesimini Türkler kanlı mücadelelerle ele geçirirlerken, soldaki Yirmisekizinci Alay da Şahinsırtı'nın yamaçlarına saldırıyordu. Kıraç topraklar kızıla boyanıyor, kuru dereciklerden insan kanı akıyordu. Dehşetli saldırılardan sonra, Şahinsırtı'nın kuzey yamacını almakla yetindiler; çünkü bu yamacı aşınca deniz ve kara topçusunun hedefine geliyorlardı.

Seddülbahir Cephesi'nden kaydırılan Dokuzuncu Tümen'e ait birlikler de Çamçakpınar sırtlarına taarruz ediyorlardı. Son derece yorgun olmalarına rağmen canla başla saldırıyorlardı. Oğuz Amca'ya söylemiyordu; ama Yusuf gücüne, enerjisine hayret ediyordu. Aralarında bomba emniyetli sığınak da bulunan, müttefik askerlerinin yerleştikleri ön siperleri ele geçirdiler.

Müttefik askerleri arkadan gelen kuvvetlerle taarruza kalktılar; bir saat kadar süren kanlı saldırı sonunda tekrar ön siperleri geri aldılar; bomba emniyetli sığınağı da kuşattılar. İçerdeki durumu anlayabilmek için sığınağa sokulan ere Oğuz Amca ateş etti. Omuz başından yara alan er, geri geri sürünerek uzaklaştı. İçinde insan olduğu anlaşılınca, kuşatan birliğin başındaki Teğmen Little saldırarak kayıp vermektense, teslim olmaları için el bombalarıyla zorlamaya karar verdi. İki el bombası istedi; birinin pimini çekip, sığınağın kapısına fırlattı; bir alevle taş toprak havaya savruldu. Ardından atmak istediği ikinci bomba ise, elinden yere düşüp, patlayınca, Teğmen Little'nin kolu koptu; değişik yerlerinden de yaralandı; iki er de kanlar içinde yere yuvarlandı. Yaralıları hemen sargı yerine götürdüler.

Bomba sığınağının önünde kalanlar sık sık başlarını uzatıp, kontrol ediyorlardı. Küçücük bir delikten bakan Oğuz Amca buradan kurtulmanın zor olduğunu görüyor, ama bir şans denemek istiyordu. Kolundan ve sol omuzundan yaralı olan Çorlulu Hüsnü'ye sordu.

- Fırlayabilir misin?

- Fırlarım.

- Hepiniz hazır olun.

Gözünü dayadığı yere tüfeğinin namlusunu getirdi; bir baş görünür görünmez tetiği çekti. Boğazından yaralanan müttefik askerinin yere yuvarlanmasından doğan telâştan yararlanmak isteyen Oğuz Amca kapıyı tekmeyle açarken bağırdı.

- Fırlayın!

Dipçiğini göğsüne dayadığı tüfeğini ateşleyerek yıldırım hızıyla kayboldu. Akyazılı Mehmed de aynı süratle onu takip etti. Diğerleri sığınaktan çıkamadan silâhlar patlamaya başladı.

Müttefik askerleri yaralı arkadaşlarını sargı yerine gönderdiler. Orada kalanlar bir köşeyi siper edinerek, namlularını sığınağa çevirmiş, elleri tetikte bekliyorlardı. Sinoplu Ramiz, Oğuz Amca'nın ateş ettiği yerden baktı; askerleri göremiyordu; fakat namluları kendilerine dönüktü. Hafif kapıya yüklenince, silâhlar patladı. Ne yapabilirdi? Aklına bir çözüm gelmiyordu. Oğuz Amca'nın çabukluğu ancak bir defa işe yarardı; ikinci kere tekrarlamak mümkün değildi!... Buradan kurtulabileceklerine ihtimal vermiyordu!... Çok uzun süre de kalamazlardı; devamlı kan kaybeden Hüsnü her solukla sanki biraz daha tâkatten düşüyordu... İç gömleğinden bir parça çekip, yırttı; namlunun ucuna bağladı; sığınağın hafifçe kapısını aralayıp, dışarıya uzattı. Anlayamadığı birşeyler duydu; ama tahmin etti. Tüfeğini bırakıp, dışarıya çıktı; elleri havadaydı. Diğerleri de onu takip ettiler; elbiseleri kanlı Çorlu'lu Hüsnü'nün benzi kireç gibiydi.

Bu anda "Allah! Allah!" nidalarıyla tepelerden inen hücum dalgası esir düşen Türk ve müttefik askerlerini içine aldı.

O, içgüdü şuurdan daha çabuk, daha emin bir şekilde insana hakim olurdu

Her iki tarafın askerleri aç, susuz durmadan çarpışıyorlardı. Siperlerin bazıları ölülerle, yaralılarla dolup, taşmıştı. Aşırı yorgunluktan dolayı kollarına, bacaklarına tam hakim olmakta güçlük çekmelerine rağmen son tâkatlarıyla süngü sallıyor, tetik çekiyor, şarapneller patlarken kaçıp, siperlere giriyorlardı. Dudaklar parça parça, diller simsiyah olmuştu; bir damla suyun hasretini duyuyorlardı. Gerideki askerler saka katırları yanlarından geçerken ıslak branda tulumlarını emiyorlardı.

Anzaklar ele geçirdikleri Conkbayırı ve Besimtepe'den geriye atılıyorlardı. Askerler birbirlerine karışmışlardı; feryat ve nağraların arasında dipçikler, süngüler savruluyor, denize doğru kayıyorlardı. Molla Kâzım'la, Pütürgeli Bilâl yanyanaydılar. Verecekleri kayıpları göze alarak donanma topçusu ateşe başladı. Mermi kasırgalarıyla şimşekler çakıyordu. Birbirini boğazlayanlar can derdine düştüler; sağa sola kaçışıyorlardı. Onları çekip çeviren, kaçtıkları yerleri belirleyen içgüdüleriydi; şuurdan daha çabuk, daha şaşmaz birşeydi bu; düşünmeleri, korunacak yerleri arayıp, bulmaları ne mümkündü!... Bulabilenler sipere girdiler; bulamayanlar bir tümseği, kalınca bir ağacı siper edindiler. Yağan şarapneller akan selin önüne geçti; ama durmadı; akşam karanlığına rağmen mermiler düşmeye devam ediyordu. Birçok obüs parçaları Molla Kâzım'ın yanından vın vın ıslık çalarak geçiyordu; biri yardaki taşa çarpıp parlak kıvılcımlar saçtı. Girdiği siperde, başını tüfeğinin kundağına koydu; elleriyle kulaklarını tıkadı; gözlerinin önüne Pütürgeli Musa ile Arapkirli Davud geldi!..

Geç saatlerde donanmanın alev kusan topları sustu. Sadece yaralıların inlemeleri duyuluyordu. Molla Kâzım, Pütürgeli Bilâl'i merak ediyordu. O da bu siperlere sığınabilmiş miydi?.. Birkaç metre çevresindekilerin duyabileceği bir sesle:

- Bilâl! Bilâl! Nerdesin? dedi.

Cevap alamayınca telâşlandı; daha yüksek sesle bağırdı:

- Bilâl! Bilâl!

Beş-on metre önünde bir bomba patladı; piyade tüfekleri ateşlendi; ama karanlıkta hiçbir hareket sezilmiyordu. Biraz sonra silâhlar tekrar sustu. Arkadan bir ses geldi.

- Dikkatli olun; düşmanla burun burunayız!

Vadileri, tepeleri sımsıkı sarmış karanlık, iniltiler ve "su! su!" feryatlarıyla her an pek çok kere deliniyordu; fakat kimse yerinden kıpırdamıyordu. Bir yer bulan girmiş, ardından karanlık çökmüştü. Düşman neredeydi, kendileri neredeydi?... Bilmiyorlardı. Molla Kâzım'ın gözlerinin önünde ve aklında Pütürgeli Bilâl vardı. Duyduğu her iniltide, "su! su!" feryatlarında Bilâl'in sesini arıyor; bazen buluyor, bazen şüpheye düşüyordu. Zaman zaman da kirpiklerinde yaşlar tomurcuklaşıyordu. Ne talihsiz nesildiler; yıkımlar, savaşlar içinde doğmuşlar, güzel bir gün görmemişlerdi. Hangi ideallerle yurdun çeşitli bölgelerinden gelmişler, medreseleri doldurmuşlardı. O idealist, o levent delikanlılardan bir tek Bilâl kalmıştı! Şimdi nerede idi?...

- Düşman geliyor!

Gün ışıması belirtileri arasında yankılanan bu ses gerçekten Pütürgeli Bilâl'in sesiydi. Molla Kâzım yerinden fırlayınca, siperdekiler de fırladılar. Aşağıdan müttefik kuvvetleri süngülerle hücum ediyorlardı. Bayırda süngü, dipçik vuruşları birbirine girdi. İki taraftan da akın devam ediyor, müttefik kuvvetleri aşağıdan, "Hurra! Hurra!" nağralarıyla, Türk kuvvetleri yukarıdan, "Allah! Allah!" nidalarıyla ölümüne saldırıyorlardı. Can havliyle, şuursuzca bir saldırıydı; yer yer kör dövüşüne dönüyor; süngüler saplanıyor, kılıçlar savruluyor; bıçaklar, satırlar uçuşuyor; kanlar fışkırıyor, gövdeler ayaklar altına düşüyordu. Molla Kâzım arada bir Pütürgeli Bilâl'in sesini duyuyordu.

- Vurun kardeşlerim! Allah, peygamber, şehitler aşkına vurun!

Düşmana hamle yapan Molla Kâzım, Pütürgeli Bilal'i görmüyor, sesini duyuyordu.

- Allah, peygamber, şehitler aşkına vurun!

Türk tarafı yukardan kabaran dalgalar misali akıyor, müttefik kuvvetlerini denize sürüyordu. Müttefiklerin attığı bombalar art arda patlıyordu.

- Allah, peygamber, Ah!...

Bu ses arkadan gelmişti; Molla Kâzım geri döndü; koşarken sağa sola bakıyor, Bilâl'i göremiyordu.

- Bilâl! Bilâl!

- Buradayım.

Molla Kâzım, sesin geldiği fundalıkların arasına daldı. Pütürgeli Bilâl kanlar içinde yatıyordu; bir ayağı kopmuştu. Şimdi de başından yeni yaralar almıştı. Ana kucağına sığınırcasına sarıldığı toprak ne akşam, ne de şimdi onu koruyabilmişti. Şoku andıran bir şaşkınlıkla sordu.

- Ayağın ne zaman koptu?

- Akşam.

- Akşam mı?

Göğsü kalkıp inen, kanlar arasında gözkapakları açılıp kapanan Pütürgeli Bilal'in sesi tâkatsiz geliyordu. Molla Kâzım'ın gözyaşları hıçkırıklarla sökün etti.

- Ağlıyor musun Molla Kâzım! Rabbimize, Peygamberimize, Sahabelerimize kavuşuyorum. Ağlama! Beni dışarıya çıkar, başımı kıbleye çevir.

Molla Kâzım ona sarılırken:

- Bilâl! Bilâl! diyordu.

Dal ve yaprakların arasında iyice göremediği Pütürgeli Bilâl'in sesi güçsüzleşiyordu.

- Üzme kendini Molla Kâzım; Rabbimiz, "Her nefis ölümü tadacak" diye buyurmuyor mu?

Molla Kâzım, Pütürgeli Bilâl'i kucağına alıp, fundalıktan çıkardı. Başı kıbleye gelecek şekilde yere yatırırken gözyaşları ip gibi sarkıyordu. Bilâl'in sesi hırıltıyla alıp verdiği nefesinden güçlükle ayırdediliyordu.

- Yaşarsan, Pütürge'nin Çermik Köyü'ne gidiver. Anama söyle, sütünü helal etsin; benim için gözyaşı dökmesin. Fırsat bulursan, beni buraya gömersin.

Gözlerinde hayattan kopup, ayrılma hali belirmişti. Yaşayanların farkedemeyecekleri o meçhul alemi bu dünyadakilerden gizlemekte olan perdenin bir ucu kalkıvermiş, oraya usulca girmeye başlamıştı. Derin derin inledikten sonra gözlerini açtı; bakışlarındaki esrar çözülmüyor, koyulaşıyordu. Zor anlaşılır şekilde dudaklarının arasından şu cümle sıyrıldı.

- Hakkını helâl et!

Kanlı başı sağa doğru düştü.

- Bilâl!

Çığlığıyla Molla Kâzım geri döndüğünde, yüzelli metre kadar aşağıda, göklere çıkan toz dumanın altında boğazlaşma sürüyordu. Süngüleri takılmış tüfeklerle mehmedcikler, ellerinde kılıçlar bulunan gencecik subaylar, "Allah! Allah!" nidalarıyla tepelerden akıyorlardı. Molla Kâzım da aralarına "Bilâl! Bilâl!" feryatlarıyla karıştı.

Ölüm, dirim savaşının en zorlu günlerinden biriydi; müttefikler bütün gayretlerine rağmen bu bölgede bir türlü tutunamıyorlar, devamlı denize doğru sürükleniyorlardı. Panik işaretleri belirince, donanmanın topları dağa taşa ölüm saçan mermilerini yağdırmaya başladı. Birbirlerine girdikleri için Türk ve Müttefik askerlerinin parça parça olan gövdeleri beraberce göklere savruluyordu.

Ana-baba günü yaşanıyor, herkes bir yer bulup, gizlenmeye çalışıyordu. Meydan donanmanın onbin misketlik mermilerine kalmıştı. Molla Kâzım da bir çukura girmişti. Gövdesi açıkta olan insana hayat hakkı tanımayan mermilerin alevleri arka arkaya çakıyordu. Molla Kâzım, yüzükoyun yatmış, kulaklarını elleriyle tıkamış, "Bilâl! Bilâl!" diye hıçkırıyordu.

Karşı tepelerdeki boğuşmalar da müttefiklerin aleyhine gelişiyordu. Tepelerden aşağıya bir dalga Türk askeri daha akınca, denize doğru kaymalar hızlandı. Donanma toplarını o tarafa çevirdi. Molla Kâzım ellerini kulaklarından çekmeden hafifçe başını kaldırdı; alev yüklü bir afet yamaçlara çökmüştü.

İki tarafın askerleri olanca güçleriyle kaçışıyorlardı. Kaçışlarının şuurla değil, içgüdüyle olduğunu Molla Kâzım tecrübesiyle bilirdi. O içgüdü şuurdan daha çabuk, daha emin bir şekilde insana hakim olurdu. Düşünmeden, hatta görmeden insan bir toprak oyuğuna sokulurdu. Nasıl olduğunu, burayı nasıl bulduğunu bilmezdi!... Karşıki tepelerde şimşekler birbirine dolanıyor, mermi mermi üstüne düşüyordu. Sanki zincirlerini koparan magma tabakası fışkırıyor, yerde ne varsa, göğe savuruyordu. Bu cehennemî hengâmede bir insanın değil, bir kertenkelenin canlı kalması mümkün değildi. Ama Allah'ın koruyuculuğuna akıl sır ermezdi. Tekrar başını indirdi.

Bir süre sonra atışlarını durduran donanma batıya, Suvla taraflarına hareket etti. O taraftan da top sesleri, makineli tarakaları geliyordu. "Oralarda da bizimkiler düşmanı denize sürüyorlar ki donanma gidiyor" düşüncesini zihninden geçiren Molla Kâzım, başını hafifçe kaldırıp, Pütürgeli Bilâl'in yattığı yöne baktı. Kolu bacağı kopmuş Türk ve müttefik askerlerinin cesetleri yanyana yatıyordu. Bu anda çok yakınından iki el silâh patladı; içgüdüsüyle kendisine atıldığını hissederek, yüzüstü kapandı. Yanında duran tüfeğini önüne getirip, ateş vaziyeti aldı.

Akşam karanlığı Gelibolu Yarımadası'nı yutmaya hazırlandığı sırada, Molla Kâzım'ın on metre kadar önündeki çukurdan bir miğfer görünmeye başladı; ağır ağır yükseliyordu. Miğferin altında bir çift göz, sivri bir sakal, uzunca bir yüz ortaya çıktı. İkisinin de eli tetiğe uzandı; daha çekmeden müttefik askerinin üzerinde bir bomba patladı; başındaki miğfer yuvarlandı.

Suvla taraflarında gökyüzüne tırmanan alevler akşam karanlığında daha canlı görünüyor, büyük topların gümbürtüleri gök kubbeyi sarsıyordu. Karanlık arttıkça, sanki topların gazabı da artıyordu. Ama Arıburnu'nun denize bakan yamaçlarında sessiz bir gece yaşanıyordu.

Kimsede tâkat kalmamıştı; kimse bulunduğu yerden kımıldamıyordu. Yalnız Molla Kâzım geriye doğru sürünüyordu. Belki bir fırsat daha ele geçmezdi; can yoldaşı Pütürgeli Bilâl'in isteğini yerine getirmeliydi.

Pütürgeli Bilâl'in yanına gelince, düşmandan oldukça uzaklaşmıştı. Başucunda dikilmiş, bakıyor, soluk alıp verirken, hava değil de ateşi ciğerlerine çekip bırakıyordu. O karayağız, idealist, dost insan kanlı bir et parçasına dönmüştü. Tazelenen gözyaşlarıyla beraber boğazından acı bir hıçkırık fırladı. Üç-beş metre yukardan bir ses duydu.

- Hemşehrim, defnetmek mi istiyorsun?

Bir türlü önüne geçemediği hıçkırıkların arasından cevap verdi.

- Evet.

Yanına iki asker geldi, sağdaki sordu.

- Nereye götüreceğiz?

Kesik kesik cevap verdi.

- Bir yere götürmeyeceğiz, buraya defnedeceğiz.

Sırt kazmalarını çıkarıp, eşmeye başladılar. Molla Kâzım da, "Nereye götüreceğiz?" diye soranın küreğiyle atarken, hıçkırıkları seyrekleşiyor, ama gözyaşları hiç azalmıyordu. Diğerinin sesinde içli bir derinlik vardı.

- Akraban mıydı?

- Hayır.

- Arkadaşındı demek ki.

- Evet.

- Kardeşle aramızdaki yakınlığı kader kuruyor. Arkadaşlığa ise kafa, gönül, ideal, irade de karışıyor. Bunun için kimi arkadaşlara insan daha yürekten acıyor.

Söyledikleri Molla Kâzım'ın dikkatini çekti.

- Kimsiniz? Nereden geldiniz?

- Adapazarı'nın Akyazı bucağının Dokurcun köyünde, Abdullah Efendi'nin Medresesi'nde okuyorduk. Savaş çıkınca, gönüllü iştirak ettik. Arkadaşlarımız şehit oldu. İkimiz kaldık. Rabbim, hayırlısı ne ise, onu nasip eylesin.

- Amin.

Pütürge'li Bilâl'i elbisesiyle mezara koydular; üzerini toprakla örttüler. Başına bir nişan dikmek lüzumunu Molla Kâzım hissetmedi, çünkü nerede olduğu yüreğine kazınmıştı. Nasıl olsa bulur, elverişli bir zamanda kalıcı birşey dikerdi.

*

* *

Başkomutan Hamilton aşırı derecede yorgun olmasına rağmen bir türlü uyuyamıyordu. Riski göze alarak Seddülbahir'deki Yirmidokuzuncu İngiliz Tümeni'ni gece gizlice gemilerle Suvla'ya çıkarmıştı. Mısır'dan gelen Tümeni de Suvla'ya sevkedince, Anafartalar bölgesindeki Dokuzuncu Kolordu'nun emrinde altı tümen toplanmış oldu. Artık başlarında da ihtiyar General Stopford yoktu; ihmalinden dolayı alınmış, yerine genç, dinamik General Lisle tayin edilmişti. Conkbayırı ve Besimtepe'nin eteklerinde bulunan General Birdwood'un emrindeki Anzak Kolordusu bugüne kadar her türlü fedakârlığı yapmış, bundan sonra da yapacaktı. Müşterek hareket eden iki kolordunun komutanları Türkler'in zayıf bir yerini ve anını elbette bulacaklardı.

"Elbette bulacaklar" diyordu, ama kendisi de pek inanmıyordu. Nasıl inanabilirdi; nice kereler yüklenmişler, her sefer de duvara çarpmışlardı!... Fakat en azından yarınki taarruzdan ümidliydi; emrindeki birliklerin büyük bir bölümünü General Lisle İsmailoğlu Tepe'nin alınması için düzenlemişti. O tepe yarın alınırsa, yarma hareketi biraz kolaylaşırdı... Yatağından kalktı; masasında duran hatıra defterini kısa bir süre karıştırdı. Ne günler, ne ümidler, ne ümidsizlikler yaşamıştı... Şu anda ise kendini çaresiz ve yalnız hissediyordu. Eline aldığı kaleminden, "Başkomutanın çaresizliği gerçekten acı oluyormuş" cümlesi döküldü. Duygularında bir kopukluk oldu; kalemi eline almadan çok şey yazabileceğini zannetmesine rağmen, şimdi hiçbir şey yazamıyordu. Uzunca bir zaman düşündü; kendini zorladı; ama aklına yazmaya değer başka bir cümle gelmedi... Yarın cephede olacaktı; hiç değilse üzerindeki ağırlığı atacak kadar uyumalıydı; kalemini bıraktı; tekrar yatağına uzandı; fakat uyuyamıyordu. Bugüne dek hangi yanlışı yapmışlardı? Şimdi ne yapmalıydılar?...

Askere moral verir düşüncesiyle Hamilton sabahın erken saatlerinde maiyetiyle beraber karaya çıktı. Onları General Lisle karşıladı. Her ne pahasına olursa olsun, bugün İsmailoğlu Tepe'yi ele geçirmeyi kafalarına koymuşlardı. O tepeyi almaları askeri ümidlendirirdi; ardından da yarma hareketine girişirlerdi. Ne çare ki, ön siperlere doğru yürürken ortalık bir türlü aydınlanmıyordu. Hamilton sık sık kolundaki fosforlu saatine bakıyor; saat ilerlemesine rağmen sis koyulaşıyor, dağı taşı görünmez hale getiriyordu. Soldaki tepelerde patlayan tüfekler de sustu.

Havanın açılmasını beklemek için General Lisle'nin karargâhına geldiler. İsmailoğlu Tepe'yi bugün almaya kendilerini şartlandırmışlardı. Plândaki aksaklık sığınakta can sıkıcı bir havaya sebeb oluyordu. Bu havanın altında, en çok kendini ev sahibi kabul eden General Lisle eziliyor, uzunca bir süre ilgilerini çekebilecek bir konu da aklına gelmiyordu. Onun sıkıntısını sezen Hamilton da havayı dağıtmak için ruhunda coşkunluk bulamıyordu. Moralsiz görünmemeye de dikkat ediyordu; fakat başarılı olamadığının da farkındaydı. İlk çıkartma günlerindeki heyecanlarını, hayallerini hatırladıkça da ayrı bir kasvet ruhunu doluyordu.

Bir ara Hamilton'un bakışları kolundaki saate kaydı.

Vakit öğleyi geçtiği halde, havada açılma yoktu. Yüzüne sun'i bir gülümseme kondurmaya çalışarak:

- Biz karargâha dönelim, dedi. Bu saatten sonra hücumun anlamı kalmadı.

Ayağa kalkan Hamilton espri yapmak mecburiyetini duydu.

- Zaferimiz de nazlı hanımlara döndü. Avucumuza düşeceğini biliyor, ama cilvesini göstermek için, akla gelmedik imkânsızlıkları önümüze sürüyor.

Gülümseyen Lisle de espriyle karşılık verdi.

- Kolay ele geçenin değeri bilinmez, sayın Hamilton.

- Maalesef öyle.

Sahile indiklerinde sis biraz aralanmıştı; Hamilton geri dönüp, baktı; ama tepeler koyu bir kurşun renginde erimişlerdi.

Gökçeada'daki karargâhına dönen Hamilton, pek âdeti olmadığı halde, bardağa doldurduğu şarabı bir dikişte içti. Birkaç kere camın önüne gidip, geldikten sonra, ikinci kere bardağını doldurdu ve masasına koydu. Hatıra defterini açtı; kendisini teselli etmek ihtiyacını da duyduğundan şunları yazdı. "Bu sefer İsmailoğlu Tepe'yi hiçbir kuvvet elimizden kurtaramazdı. Fakat hava bir türlü aydınlanmadı; gittikçe yoğunlaşan sis etrafı göz gözü görmez hale getirdi. Tabiat Türkleri gizledi; Tanrı onları korudu."

*

* *

Ölümcül darbeyi vurmak için hücum fecirle başladı. Her zaman olduğu gibi önce müttefiklerin deniz ve kara topçusu Türk siperlerinin altını üstüne getiriyorlardı. Türk askerleri bu amansız bombardımanın bir an evvel durması için dua ediyorlardı. Fakat bombardıman gittikçe şiddetleniyor, sanki yerden kasırga fışkırıyor, şimşekler arasında gökyüzünü taşa toprağa boğuyordu.

Türklerin top mermileri azalmıştı; ancak zaruret kesin hale gelince, ateş edebiliyorlardı. Ama fecirle başlayan bu tek taraflı dövme, moral çöküntüsüne sebeb olabilirdi; onlar da hangi toplarının mermileri çoksa, onlarla tek tük düşman siperlerini dövüyorlardı.

Aralıksız beş saate yakın süren bombardımandan sonra, Dokuzuncu Kolordu ve Anzak Kolordusu beraber hücuma kalktılar. Taarruzun ağırlıklı merkezi İsmailoğlu Tepe idi. Son şanslarını kullandıklarının farkında olan Hamilton da Dokuzuncu Kolordu Komutanı General Lisle'nin yanındaydı. Lisle çok soğukkanlı bir subaydı; onun için önemli olan askeri gerektiği şekilde savaşa sokmaktı; ondan sonra yapılacak birşey yoktu. Savaşan askere müdahale etmek, bir erin tetiğini çektiği mermisinin hedefini değiştirmeye çalışmasına benzerdi. Devamlı purosunu tüttürüyor, Hamilton'a birşeyler soruyor, cevaplarını açması için hatırlatmalar yapıyor, arada bir de dürbününü gözlerine getirip, İsmailoğlu Tepe'ye hücum eden birliklerine bakıyordu.

Esat Paşa ve Kurmay Heyeti de hücumu İsmailoğlu Tepe'den bekliyorlardı. Saros'dan gelen alayı burada doğacak ihtiyaca göre yerleştirmişlerdi. Anafartalar, Arıburnu arasında Esat Paşa at üstünde mekik dokuyor, çevresine düşen şarapnelleri umursamadan atını mahmuzluyordu.

Anafartalara hakim tepenin üstüne gelince, Esat Paşa dizginini çekti; dürbününü gözlerine dayadı. Aynı bölgede yoğunlaşan top düellosunun altında piyadeler birbirine kıyasıya saldırıyorlardı; ağustosun sonları olmasına rağmen kızgın güneşin alev alev solunduğu vadilerde, sırtlarda boğuşmalar, süngüleşmeler cereyan ediyor; cephe bir sarkaç gibi gidip geliyordu. Dikkatle izleyen Esat Paşa, dürbününün merceğinden İsmailoğlu Tepe'nin eteklerinde cephelerinin çözülmeye başladığını gördü. Aynı çözülmeyi farkeden müttefik kuvvetleri süratle ileriye atıldılar. Esat Paşa atını mahmuzladı; burun delikleri yırtılırcasına soluyan at bayırlardan aşağı uçuyordu. İhtiyat kuvvetlerinin yanına gelir gelmez emir verdi.

- Hedef İsmailoğlu Tepe'nin sağ cenahından ilerleyen düşman! Marş marş!

Esat Paşa'nın sesinden durumun dehşetini kavrayan subaylar kılıçlarını çektiler; süngüleri takılı tüfekleri ellerinde olan askerlerin koşarken "Allah! Allah!" nidaları Anafartaları sarsıyordu. Esat Paşa atını top bataryasının bulunduğu yere sürdü.

Topçu Batarya Kumandanı Binbaşı Hasan Rıza Bey de çözülmeyi farketmiş, hedef tesbiti yaptırıyordu. Esat Paşa yaklaştığı sırada topçu ateşini başlattı. Toplar gürlerken, atı kişneyerek şaha kalkan Esat Paşa, bataryanın sağ tarafından dürbünüyle bakıyor, yarım kilometre kadar ilerlemiş düşmanın toz toprak içinde kaynaştığını görüyordu. Türk topları gürledikçe, atı havaya sıçrıyor, oradaki kaynaşma da artıyordu; fakat aynı zamanda da ilerliyorlardı. İlerlemelerinden Esat Paşa'nın duyduğu telâşı, Müttefik topçularından bir kısmının, Türk toplarını hedef alıp, ateşe başlamaları iyice artırdı. Kendini soğukkanlı olmaya zorlayan Esat Paşa, çevresine şarapneller düştükçe atı sıçradığından, tepeden aşağıya akmaya başlayan ihtiyat kuvvetlerini merceğine almakta güçlük çekiyordu; ama sevkettiği birlikler şarapnel patlamalarına doğru ilerliyordu.

Esat Paşa'nın korktuğu başına geldi; düşmana yaklaşan birliklerin sol kanadına art arda iki şarapnel düştü; düşman topçusuna yakalanmışlardı. Şarapneller devam ediyordu; toz bulutunda kaybolan birlikleri göremiyordu. Ancak cepheye intikal etmekle, şarapnellerden kurtulabilirdi; bir de panik başlarsa, ne yapabilirdi?... Fakat Esat Paşa'nın bu endişesi gerçekleşmedi. Toz bulutunun ucundan cepheye doğru çıkıyorlar, kılıçlar ve süngüler parlıyordu. Kasırga gibi de yol alıyorlardı. Cepheye otuz metre kadar yaklaştıklarında Esat Paşa bağırdı.

- Dikkat cepheye intikaller var!

Makaslı dürbünün başından Binbaşı Hasan Rıza:

- Takip ediyorum paşam, dedi. Merak buyurmayın, ateşi kestiriyorum.

Türk piyadeleri bir afet gibi müttefik piyadelerine çarptı. Toz, topraktan görünmüyorlardı; fakat soluğunu tutarak izleyen Esat Paşa, kısa bir süre sonra aşağıya doğru kaydıklarını farkedince, yüz hatları değişti.

Müttefik kuvvetlerinin geri çekilişlerini uzaktan takip eden Hamilton, bakışlarını General Lisle'ye çevirdi; yüzünden sanki üzüntü damlıyordu.

- Başka ne yapabiliriz sayın Lisle? Bütün imkânlarımızı seferber ettik.

Derin bir iç çeken Lisle cevap verdi.

- Eski siperlerde tutunabilsek bari.

Akşam karanlığı Gelibolu Yarımadası'nın tepelerine inip, denizin maviliğine karışırken, Hamilton'un yüz çizgileri derinleşmiş, bakışlarına ümidsizlik yerleşmişti. Dediği gibi, bütün imkânları seferber etmişlerdi; başka ne yapabilirlerdi?... Cebinden çıkardığı not defterine, hatıra defterine geçirmek üzere şunları kaydetti. "Evet, insan ruhunu yenmek gerçekten mümkün olmuyor. Dünyada hiçbir ordu bu kadar sürekli ayakta kalamaz. Sadece bugün binsekizyüz şarapnel attık; onbinlerce piyade mermisi yaktık. Aylardan beri gece gündüz savaş gemilerimiz mevzilerini bombalıyorlar. Son derece hırpalanmış Türkleri, koruyan Cenab-ı Allahlarından ayırmak için başka ne yapılabilir!..."

*

* *

Gelibolu Yarımadası'na tehlikeli bir sessizlik hakim oldu. İki taraf da bu sessizliğin bir anda bozulacağını hissettiğinden harıl harıl çalışıyor, siperleri derinleştiriyor, irtibat hendeklerini geriye uzatıyordu.

Savaş, meydanlarda boğazlaşma olmaktan çıkmış, ustalık haline gelmişti. Birbirlerini avlamaya çalışıyorlar; tüneller kazıp, lâğımlar patlatıyorlar; baskınlar, hileler düzenliyorlardı. Bazılarının arasında da, tıpkı yaz aylarında olduğu gibi yakınlaşma havası esiyordu. Sanki yeteri kadar birbirlerini öldürmüşler; şimdi de siperler arasında sigara, yiyecek atmalarla dostluklar başlamıştı; ama teneke kutuların arasında bazen bombalar da düşüyordu.

Patlayan bir silâhı, başka silâhlar takip ederdi. Böylece onlar da siperlere iyice gömülürler, birbirlerini gözetlerler, elleri tetikte beklerlerdi; fakat rastgele ateşler sürüp, giderdi. Çoğu zaman bu, karşıdaki düşmana mermi yaktırmak için kasten yapılırdı. Eğlenceli bir hal de alırdı. Yusuf, paramparça olmuş asker elbiselerini sopalara geçirip, bostan korkulukları yapmıştı. Akşam karanlığından sonra, baskın intibaını vermek için, anlaştığı arkadaşlarıyla siperin değişik yerlerinden bostan korkuluklarını birden havaya kaldırdıklarında silâh sesleri başlardı. Bazen dakikalarca süren bu silâh sesleri karşıki tepelerin arkalarına da yayılırdı.

Birbirine çok yakın siperlerin arasında sık sık el bombaları atılır, küçük bir dikkatsizlik hayata mal olurdu; ama iki tarafın da asıl korktuğu lâğım savaşıydı. Bir volkan üzerine oturmuşcasına insanın her an havaya savrulma tehlikesi vardı; bu lâğım savaşlarından dolayı pek çok yer karmakarışık maden kuyularına dönmüştü.

Gece nöbetindeki Oğuz Amca kazma sesine benzer bir ses duyduğunu zannetmiş, kulak kesilmişti. Bir vuruş daha duyamıyordu. Nefes almadan dinlerken denizin serinliğini taşıyan rüzgâr gözlerini yaşarttı. Kirpiğinde sallanan yaşın içinde oğlu Mustafa'yı, kızı Nadiye ile karısı Hatice'yi görüyordu. Mustafa bu kıyımlarda sağ kalabilmiş miydi? Kara haberini almaktan çok korkuyordu; tamamen yıkılmamak için "Bugün, yarın ararım" diyerek kendini oyalamıştı. Aslında Ramazan bayramından sonra, izin isteyebilecek müsait bir durum da olmamıştı. Nasıl isteyebilirdi ki, ya her gün baskın yapıyorlar, yahut da baskına maruz kalıyorlardı. Artık yakınında da bulunuyordu; kış da geliyordu; herhalde savaş da soğuyacaktı... Erzincan'ın kışı bakışlarında canlandı; kar esip savurmaya başladı mı bir daha dinmezdi. Yiyecek ve yakacaklarını hazırlayabilmişler miydi?...

*
* *

Arka arkaya iki el silâh patlatıldı. Hatice yatağından fırladığında, odanın içi aydınlıktı. Camdan dışarıya bakınca, harman yerine yığılmış buğday demetlerinin alevi göğe yükseliyordu. Başörtüsünü kapıp, koşmaya başladı. Birkaç silâh sesi daha yankılandı; sanki hepsi ayrı ayrı felâket haberi taşıyordu. Köyün değişik yerlerinden de kadın, çoluk çocuk, ihtiyarlar koşuyorlardı.

Söndürmek şöyle dursun, ateşin yanına yaklaşmak mümkün değildi. Çatırdıyla yükselen alevler, sabaha karşı esen rüzgârla yeni yığınlara sıçrıyordu. Uzakta dikilen çocuklar feryat ediyor, kadınlar gözlerini siliyor, ihtiyarlar da birbirine, "Şimdi ne olacak?" dercesine şaşkın şaşkın bakıyorlardı; ama hiçbirisinin ağzını bıçak açmıyordu.

Hacı Hüsrev hınçla bağırdı.

- Bu Ermeniler'in işidir.

Ömer Hoca sakindi.

- Hacım, nereden biliyorsun?

- Başka kim yapar?

- Her sütsüz yapabilir. Bir kimsenin bu işi yaptığını söyleyebilmek için görmek lâzım. Aksi iftira olur; Allah korusun!..

Sık sık sakalını sıvazlayan Hacı Hüsrev telâşlıydı; koca bir kışı köylü nasıl geçirecekti? Ömer Hoca'ya döndü.

- Hocam, şimdi ne olacak?

Ömer Hoca'nın sesi sükûnetini koruyordu.

- Birşey olacağı yok; Allah'a şükür buğdayın bir kısmını kaldırmıştık; ya hepsi yansaydı, ne olacaktı?

Nadiye ağlaya ağlaya kalabalığın arasında annesini arıyordu. Hatice, biraz uzaktaki armudun dibine oturmuş, düşünüyordu. "Geçimimize yetecek kadarını ayırır, kalanı satıp, askerlere gönderirim" diye devamlı hayal kurmuştu. Kaldırdığı buğdayın kendilerine yeteceği de şüpheliydi; askerlere ne gönderecekti?... Gökyüzüne tırmanan alevlerin ışığında ağlayarak dolaşan Nadiye'yi gördü. Çevrede erkekler vardı; "Buradayım" diyemiyordu; kalkıp, yanına gitti.

*

* *

İki taraf da tükendiğini kabul etmiyor, yeni imkânlar arıyordu. Ne çare ki imkânların da bir sınırı vardı; fakat yenilginin getireceği felâket ise sınırsızdı!.. Burada bir muharebe cereyan etmiyordu; hatta sadece bütün savaşın nabzının attığı yer de değildi... Müslümanların tek dayanağı olan Devlet-i Aliye ile güneş batmayan İngiliz İmparatorluğunun kaderleri burada düğümlenmişti. Rusya, Fransa, belki bütün dünya da nasibini alacaktı...

Türklerin asker sıkıntısı had safhaya varmıştı. Anadolu Yakası'nı hepten boşaltamazlar, Seddülbahir'den daha kuvvet kaydıramazlardı. Trakya'yı da büsbütün askersiz bırakmak istemiyorlardı; Yunanistan'ın ani hücumuna uğrayabilirlerdi.

Çetin savaşlarla hırpalanmış birlikler moral kazanabilir ümidiyle Esat Paşa fırsat buldukça en ön safları ziyaret ediyordu. Onu saflarında gören askerler, uzun zamanın yorgunluğuna rağmen, içlerinde diri bir güç buluyorlardı. Zayıflamış, rengi solmuştu; ama ona dikkatlice bakan gözlerindeki kararlılığı farkediyordu. Siperlerde dolaşırken, kimseye sezdirmeden, "Ey Rabbim; bize güç ver; milletçe, ümmetçe silinmeyelim. Yüzbinlerce evladımızın da kanı boş yere akmamış olsun." yakarışını dudaklarından eksik etmiyordu. Mermi imkânları da çok daralmıştı. Saldırmaları onları daha büyük sıkıntılara sokardı; sık sık, "Biz burada kıyamete kadar kalırız; ya onlar?" diyordu.

*
* *

Artık ne ağustos böcekleri ötüyor, ne de bir tırtıl hareket ediyordu. Ara sıra siyah benekli beyaz kelebekler sonbaharın serin rüzgârlarında süzülüyor, kirli beyaz bulut kümeleri gökyüzünden eksik olmuyordu. Derin bir sessizlik vadilere demir atmış, tepeleri sükûta boğmuştu. Bilmeyen kimse, bu tepelerin arasında birbirini her an boğazlayabilecek binlerce askerin bulunduğunu tahmin edemezdi.

Molla Kâzım, nöbet tutmanın sevab olduğuna inanır, sık sık gönüllü nöbete yazılırdı. Genellikle en zor olan sabaha karşı saatleri tercih ederdi; bu zamanlar daha sessiz olur; tabiat bir başka mana ifade eder, daha içten nefs muhasebesi yapardı.

Gene böyle bir sabaha karşı nöbetteydi. Esen rüzgâr kemiklerine işliyordu. Bakışlarını denizin maviliğinde yüzen yıldızlarda gezdirirken geçirdiği yılları düşünüyordu. Ne arzuların insanıydı; ilmi hem kendisi, hem de meyus İslam alemi için ne kadar istemişti: Ailesinden, hısım ve akrabalarından, doğduğu topraklardan o amaçla ayrılmıştı; ilim yolunun kapanmaması için de evlenmemişti. Fakat Balkan faciası bu isteğini sekteye uğratmıştı... Şimdi de burada idi... İradenin, kaderi ne kadar etkileyeceği sorusu üstünde durmadı; çünkü gencecik medrese arkadaşları, Darülfünun öğrencileri gözlerinin önüne geldi; pek çoğu şehit düşmüştü; birkaçı da hastahane köşelerindeydi... İradelerini kullansaydılar, kaderin avucundan hayatlarını kurtarabilirler miydi!... İrade, kader, hayat!... İç içe geçmiş üç ayrı sır ummanıydı!.. "Ne esrarlı bir alemde yaşıyoruz... Zaman çözülmez bir bilmece... Dünya döndüğü için mi oluşuyor; yoksa zaman olduğu için mi dünya dönüyor?... Baktığımız her yerde esrarlı bir iz görüyor, sanki bizi çağıran bir ses işitiyoruz... Nedir bunlar? Bunları lif lif çözsek, yeni bir sırla karşılaşmayacak mıyız?..." diye zihninden geçirirken, bir kazma sesi duyar gibi oldu. Kulak kesildi; birşey duyamıyordu; hareket etmeden dinliyordu. Bakışlarında Akyazılı Mehmed belirdi; şehitlerin defninde karşılaşmışlardı. Hâlâ sağ mıydı?... Tekrar kazma sesi duyar gibi oldu; ama arkası gelmedi. Vehim miydi? Yere yattı; sağ kulağını toprağa dayadı. Evet, kazma sesleri duyuluyordu; hem de çok yakından geliyorlardı. Hemen nöbetçi subayına haber verdi; o da gelip, kulağını toprağa dayadı; duyamıyordu.

- Birşey yok.

Molla Kâzım da kulağını toprağa dayadı; mahcubiyete benzer bir duyguya kapıldı.

- Kumandanım, şu anda ben de duymuyorum; fakat az önce duyuyordum.

Nöbetçi subayı Yüzbaşı Orhan Molla Kâzım'ı yakinen tanıyor, vesveseli bir tip olmadığını biliyordu. Sessizce:

- Boş bir karavana getir, dedi.

Molla Kâzım boş bir karavana getirdi. Yüzbaşı Orhan çömeldi; eliyle toprağı düzledi; karavanayı toprağın üstüne koydu. Karpit lâmbasının ışığında kulplarına bakıyordu; zaman zaman titriyorlardı. Yüzünde şafak rengi yayılırken Yüzbaşı Orhan yerinden doğruldu.

- Haklısın; derhal taburu alârma geçirin; makineli tüfek bataryalarına hazır olmalarını bildirin. Alayı da haberdar edin.

Ses çıkarmadan ön siperleri boşaltıp, arka siperlere çekildiler. Tepelerdeki makineli timlerin elleri tetikteydi. Siperlerin değişik yerlerinde ateş vaziyeti aldılar. Sıçrayıp, bomba atmaya hazır diğer askerler nefeslerini tutarak bekliyorlardı. Hiçbir canlının varlığı sezilmiyordu.

Dağı taşı sarsan patlama ile düşman siperlerinden fırlayan süngülü askerleri tepelerdeki makineliler, siperlerdeki piyadeler tarıyor, üzerlerine el bombası yağıyordu. Olanca güçleriyle koşan askerlerin tamamına yakını döküldü; pek azı açılan çukura atlayabildi. Makinelilerin taramaları, piyade atışları, peş peşe düşen bombalar akının devamını önleyince, Türk askerleri irtibat yollarından çukura yaklaştılar. Değişik yerlerden sürünerek çukuru kuşattılar. Anzakların sayısı azdı; ellerini kaldırıp, teslim olmak zorunda kaldılar. Molla Kâzım, birkaç askerle çukura indi; silâhlarını topladılar. Çıkmalarını işaret etti. Çukurdan düzlüğe çıkan, bir kurşunla yere serilmemek için sürünüyordu. Hepsi yedi kişiydi; aralarında bir de üstçavuş vardı.

Yüzbaşı Orhan'ın sığınağında yanan karpit lambasının cılız ışığı ancak portatif masasının çevresini aydınlatıyordu. Sorguya erlerden başladı; tercümanlığını yeni gönüllülerle cepheye gelen Galatasaraylı Mehmed Muzaffer yapıyordu. Hepsinin de yüzünden aynı dehşeti yaşadıkları belli oluyordu. Erler ordunun durumunu bilmezlerdi, ama belki mevcutlarının ne kadar olduğundan, yeni kuvvetlerin gelip gelmeyeceğinden, gelecekse ne miktarda ve ne zaman geleceğinden haberdardılar. Aslında erlerin bunları bilmeleri de mümkün değildi; fakat zaman zaman cephelerde şayialar yayılır, çoğu da doğru çıkardı. Erler inandırıcı ifadelerle bilmediklerini söylediler.

Karşısına aldığı Üstçavuş uzun boylu, atletik yapılı bir delikanlıydı. Yürek çarpıntıları bir türlü dinmeyen Üstçavuş'un, tercümanlığını yapan Mehmed Muzaffer'in kıyafeti merakına sebeb oluyordu. Elbisesi sivildi; başında sadece bir kabalak vardı. Ordusuna elbise veremeyecek kadar fakir düştüklerini düşünemediğinden, onu Türkler'e mahsus askerî bir sınıfa mensup zannediyordu.

Yüzbaşı Orhan gülümseme doldurduğu bakışlarını ona çevirdi.

- Sizler yeni kuvvetler yığıyorsunuz; bizler de yeni kuvvetler getiriyoruz. Gencecik insanlar doğranıyorlar. Sizce bunun sonu nereye varacak?

Yüzünde ürpertiler dolaşan Üstçavuş'un sesi titrekti.

- Siz de takdir edersiniz ki, bir üstçavuş olarak bunları bilmem mümkün değildir. Biz sadece aldığımız emirleri tatbik etmeye çalışırız. Dedikleriniz devlet politikasının işidir; bu politikayı belirleyenler belki ordunun üst kademelerinin fikirlerini alıyorlardır. Ama bize ne kimse birşey sorar ne de biz fikrimizi söylemeye mezunuz.

Onu sıkıştırmanın anlamı olmadığını Yüzbaşı Orhan da biliyordu. Bir ihtimal diyerek, onu diğerlerinden ayırmıştı. Hepsini Eceabat'taki esir kampına sevketti.

*

* *

Başkomutan Hamilton'un zihnine elindeki kuvvetlerle sonuç almalarının imkânsızlığı yerleşmişti; ama yeni bir kuvvet nasıl isterdi! Askerlik bilgilerinin, tecrübelerinin gerektirdiği herşeyi de yapmıştı; başka ne yapabilirdi?... Emrinde bu kadar değerli subay vardı!... Denemedik bir ihtimal bırakmamışlardı!... Yeni kuvvetleri nerede, nasıl kullanırlardı!...

Eylülün sonlarına doğru kopan fırtına canlı yaratık gibi uluyor, kıyılarda kırılan dalgaları azgınlaştırıyor; rüzgâr yağmur damlalarını Queen Elizabeth Zırhlısı'nın camlarına sık sık şaklatıyor; gökyüzü morlu, pembeli koskoca kavislerle aydınlanırken, şimşekler birbirine dolanıyor, gökgürültüleri tepeleri, vadileri sarsıyor; kabaran dalgalar dev geminin gövdesini dövüyordu. Gecenin geç saatlerinde, kamarada yalnız oturan Hamilton'u bu fırtına daha da yalnızlaştırıyordu. Artık hatıra defterini eline almak içinden gelmiyordu. Yaşadıklarını ve yazdıklarını düşünüyor, hiçbir şeyi yansıtamadığına inanıyordu. Ne korkunç anlar yaşamış, neler görmüştü!... Bunları anlatmak için ya dahi bir yazar, ya da çağlar üstü bir şair olmak gerekirdi.

Purosunu kültablasında söndürüp, koltuğundan kalktı; hafifçe aksayarak camın önüne geldi; loşlukta kendini görüyordu. Bakışı nasıl bir karanlık alevdi; yüzü de solgun ve titrek bir yaprağa dönmüştü. Cama iyice yaklaştı; kemikli yanakları sayısız incecik kırışıklıklarla kesik kesikti; ruhunun akisleri de alnına yansıyordu. Yüzündeki bütün işaret ve ifadelerin birleşmesinin oluşturduğu hüzünle korkunçlaşan yalnızlığı donuklaşmış gözbebeklerinde derinleşiyordu. Dışardaki uğultu gittikçe artıyor, deniz kuduruyor, camlara inen şakırtı da sıklaşıyordu. Şimdi herşeyi alt-üst eden rüzgâr kasım ve aralık aylarında kimbilir nasıl çılgınlaşırdı?...

"- Rabbim sana çok şükür;
sesini bana duyurdun;
yüzünü de gösterirsin, ey ulu Rabbim"

Yağmur yağdığı zaman iki tarafın da durumu çok kötüleşiyordu. Kış olanca hışmıyla çullanırcasına hava birden soğuyor, nöbetçiler Azrail'in pençesine düştüklerini hissediyorlardı. Nöbette bulunmayanlar, vadilerdeki çadırlarına sığınıyorlar; tek tük kelimenin dışında, genellikle tehlikeli kurtlar gibi soluyorlar, birbirlerine sokuluyorlardı. Sızıntılardan ıslandıkları yetmezmişçesine, yanlardan giren sular da ot yatakların altını, çadırın içini çamur deryasına çeviriyordu.

Dün akşamdan beri yağan yağmur, siperleri yürünemeyecek duruma getirmişti. Adımını atanın ayağı suya ve çamura gömülüyordu. Rahmetli Yahya Çavuş'la müşterek kullandığı kaput, günlerden beri yağan yağmurla, suyu iyice emmişti. Soğuğun buzlu suyla iliklerine işlemesine sebeb olacağından, onu giyememişti. Yazlık elbisesinin içinde titreyen Oğuz Amca, ayaklarını ısıtmak ümidiyle bir süre siperde dolaştıktan sonra, eliyle oyup, çukur yaptığı yere geldi; görünmeden çevreyi gözetliyordu; tüfeği de elindeydi. Saçı sakalı uzamış, soluk yüzü çamurlara bulanmış, tanınmaz hale gelmişti.

Bir tüfek patladı; genellikle her tüfeğin ardından birkaç tüfek daha patlardı; bu kere öyle olmadı. Yarım saat kadar sessizlik sürdükten sonra patlayan tüfeği takip eden ateş, kısa bir anda vadileri, tepeleri sardı. İki tarafın askerleri de düşmanı kolluyorlar, her an bir yerlerden fırlayıp, siperlerine dalmalarını bekliyorlardı; fakat herhangi bir hücum yoktu; tüfek atışları da gittikçe azalıyordu. Oğuz Amca'nın yanına gelen Yusuf da namluya mermiyi sürmüş, eli tetikte bekliyordu.

Yağmur yağmıyordu; ama ince damlacıkların asılı kaldığı hava gönüllere kasvet dolduracak kadar bulutluydu. Bulutlar tepelerde yoğunlaşıyordu; akşam da yakındı. Tek tük tüfek atışları devam ediyordu. Bu esnada İsmailoğlu Tepe'den çok yanık bir türlü başladı.

"Yükseğinde nemli nemli dağlar var
Eteğinde ala gözlü yarim var
Yardan ayırana intizarım var
Yol ver dağlar ben sılaya gideyim

Bugün çay bulandı yarın durulmaz
Gurbette ölenin gözü yumulmaz
Anadan ayrılır yardan ayrılmaz
Yol ver dağlar ben sılaya gideyim."

Berrak, duygulu, yüreklere işleyen sihirli bir sesti. Gurbeti bütün hüznüyle, acısıyla, kimsesizliğiyle taşıyan bu ses, aynı zamanda derin ve yumuşaktı. Tüfekler tamamiyle sustu; çevredeki herkes nefesini tutup, kulak kesildi; gerek müttefik askerleri, gerek Türk askerleri büyülenmişçesine dinliyorlardı. Sanki fanilikten eser taşımayan bu ses, yarı ölü haline gelmiş bu insanların ruhlarına yaşama sevincini dolduruyordu. Bu ses, iniltilerin, korkuların hüküm sürdüğü savaş alanında, çoğu baba ocağını, ana kucağını bir daha göremeyecek askerleri ruhlarından kavrayıp, onlara unutamayacakları bir anı yaşatıyordu. Bakılamayacak kadar yüzleri kir içinde, kaba görünüşlü, fakat vatan ve millet sevgisiyle yıkanmış, tertemiz yürekli dinleyici kitlesi, hiçbir konserde dinleyicilerin hissedemeyecekleri duygularla türküyü dinliyor, yüreklerinde uyuyan emeller bir bir dile geliyordu.

Bu ses en çok Oğuz Amca'yı etkiledi. Tüfeğini ayaklarının arasına almış, başını siperin duvarına dayamış, türküyü dinliyordu. Bir ara yanındaki Yusuf, onun hıçkırdığını farketti; bakışlarını ona çevirdi; yüzünü göremiyordu; ama feryat etmemek için kendini zor tuttuğunu anlıyordu. Boğuk boğuk, derin bir ah çekercesine yakarışta bulundu.

- Rabbim sana çok şükür; sesini bana duyurdun; yüzünü de gösterirsin, ey Ulu Rabbim.

Mustafa'nın tenöre çalan sesi, gerçekten emsaline çok az rastlanacak kadar büyüleyiciydi. Türkü bitince, Türk ve müttefik siperlerinden yükselen alkış dakikalarca sürdü. Son gönüllülerle cepheye intikal eden Galatasaraylı Mehmed Muzaffer başındaki kabalağı savurdu. Asker olduğunu belli eden bir kabalağı vardı; onu da savurmuştu; bereket versin ki siperlerinin yakınına düşmüştü; akşam karanlığı basınca, ne yapar, ne eder onu alırdı. Oğuz Amca'nın hıçkırıkları artıyor, ona bakan Yusuf'un da yaşları boşanıyordu.

Yüzünü sol avucunun içine alan Oğuz Amca, bütün yakışıklılığıyla Mustafa'sını görüyordu. Mustafa'sı sağdı, yanındaydı; kızı Nadiye, karısı Hatice nasıldılar?...

*

* *

Akşam yemeğini yiyen Nadiye yatağında uyuyor,

ocağın başında oturan Hatice sık sık gözyaşlarını siliyordu. İki oğlu şehit olmuştu; kocası Oğuz'la, oğlu Mustafa'nın da her an ölüm haberini alabilirdi. Yiyeceklerinin azlığı da onu düşündürüyordu. Buğdaylarının büyük kısmı yanmıştı; halbuki onların üzerine ne hayaller kurmuştu. Büyük bir bölümünü satar; gaz, tuz gibi ihtiyaçlarını gördükten sonra artanını da askerlerine gönderirdi.

Kapı vurulunca Hatice'nin yüreği hopladı; hemen kapının arkasındaki baltayı eline aldı. Ermenilerden ve dağda gezen eşkiyalardan korkuyordu.

Kapıya vuran Ömer Hoca, çevredeki komşuları rahatsız etmemek için sesini fazla yükseltmemişti; kapı açılmayınca biraz daha yüksek sesle bağırmak mecburiyetinde kaldı.

- Kızım Hatice; ben Ömer Hoca, kapıyı aç!

Bu kere sesini duydu; baltayı yerine koyarken yürek çarpıntıları devam ediyordu. Kapıyı açtı; yüzünü sarmış, kardan üstübaşı bembeyaz olmuş Ömer Hoca'nın sağ omuzunda teneke vardı. İçeriye girdi; tenekeyi ateş yanan ocağın yanına koyup, bir adım kadar uzaklaştıktan sonra elbisesini çırptı.

- Kemah'a gitmiş, esnaf bir ahbabımdan biraz şeker, tuz, gaz almıştım. Selime teyzen bir kısmını sana ayırmış, "Götürüver" dedi.

Başını önüne eğen Hatice'nin sesi bulanıktı.

- Sağolun Hoca Efendi; bu iyiliklerinizi nasıl ödeyeceğiz, bilmem ki!..

- Ah kızım, asıl senin iyiliğini biz nasıl ödeyeceğiz? İki oğlun dinimiz, vatanımız uğruna şehit oldu. Kocan ve oğlun gene bizler için cephelerde savaşıyorlar. Sen bize Allah'ın yadigârısın; biz sana ne yapabiliyoruz? Neylersin, fakirlik kızım. Yiyecekten çekinme; geçen yıldan ekinimiz kalmıştı. Yangından da biz az zarar gördük. Ambarımızdaki hepimize yeter. Unun henüz tükenmemiştir düşüncesiyle şimdi getirmedim.

- Şimdilik ihtiyacım yok, Hoca efendi; Allah razı olsun.

Kesekâğıtlarında tuz, şeker; şişede gazyağı vardı. Tenekeyi yarısına kadar da bulgur doldurmuştu.

- Kızım tenekeyi boşaltalım; ben gideyim. Selime Teyzen'e "Hemen gelirim" demiştim.

Hatice, şekeri, tuzu dolaba koydu. Gazyağını, dibinde bir parmak kadar gazyağı kalmış şişeye boşalttı. İçerden bir torba getirdi, Ömer Hoca'nın yardımıyla bulguru döktü.

Yüzünü tekrar sardıktan sonra, Ömer Hoca bir eline boş şişeyi, diğer eline tenekeyi aldı.

- Sağlıcakla kal kızım.

- Güle güle Hoca efendi.

Kapıdan çıkan Ömer Hoca, birkaç adımda yağan karın arasında kayboldu.

Süper güç, müttefikleriyle beraber "Hasta Adam"ın önünde dize gelmişti

İnsanda kıyamete kadar sürecekmiş hissini uyandıran yağmur günlerce devam etti. Bilhassa geceleri çıldıran rüzgâr, denizi kudurtuyor, dalları kırıyor, dağı taşı sarsıyordu. Yazlık elbiselerin içindeki askerler titriyorlardı. Cepheye yeni intikal edenlerin durumu daha da vahimdi; bunlara asker elbisesi verilememişti; bilhassa sıcak bölgelerden gelenler memleket kıyafetiyle kendilerini nasıl koruyacaklarını şaşırmışlardı. Bazı siperleri tamamen boşaltmışlardı; bazılarının içinde yarı bele kadar su vardı. Dışarda rüzgâr çığlık çığlığa bölünüyordu. Birkaçını sel alıp, götürmüştü. Tepelerdeki askerler çok sık değiştirilmelerine rağmen, her gece bir-ikisi nöbette donuyordu. Gün geçtikçe soğuk biraz daha keskinleşiyor, askerlerin pek çoğu ciğerleri sökülürcesine öksürüyordu. Hasta, yaralı, yiyecek, askeri malzeme sevkiyatı nerdeyse durmuştu.

Müttefiklerin Boğaz'ı geçemeyeceklerini anlayan Bulgarlar, Almanya ile Osmanlı'nın yanında yer alınca, Sırplar iyice silindi. Berlin-İstanbul arasındaki demiryolunun güvenliğe kavuşması, malzeme akışının hızlanması müttefiklerin işlerini daha da güçleştirecekti. Zaten bunca insan, bunca malzeme kaybına rağmen, ordularının Gelibolu Yarımadası'nın iki ucuna çakılıp kalması onlarda ümid bırakmamıştı.

Avusturya'dan 24 cm çapında topların sevke hazırlandığını da haber alan İngiltere Yüksek Savunma Konseyi, bu defteri münasip bir şekilde kapatmak istiyor; fakat sonuçlarından ürküyordu. Sadece Çarlık Rusyası'nın sonu gelmekle kalmayacak, güneş batmayan imparatorluğun bünyesinde yaşayan yüz milyonlarca müslümanı elde tutmak da güçleşecekti. İmparatorluğun dönüm noktasıydı; çekilmeye karar vermek kolay değildi. Hamilton savaşa şartlandığından sağlıklı düşünebileceğine Yüksek Savunma Konseyi ihtimal vermiyordu. Onu görevden alıp, yerine Fransa Cephesi'ndeki General Chales Monro'yu tayin etti ve ondan ayrıntılı bir rapor istedi.

Yüksek Savunma Konseyi çalışmalarını ne kadar gizli sürdürdüyse de, Çanakkale'nin geçilemeyeceği Batı kamuoyunca anlaşılmıştı. Süper güç, müttefikleriyle beraber, "Hasta Adam"ın önünde dize gelmişti. Bu şaşırtıcı, beklenmedik olayın sebebini araştırmak için yüzlerce gazeteci İstanbul'a, sonra da Çanakkale'ye akın etti.

Hacı Mahmud, denizin kenarındaki kahvede camın önüne oturmuş; her zaman olduğu gibi bastonunu bacaklarının arasına almış, ellerini kıvrık yerinde üst üste koymuştu. Karşısında oturanlara Plevne Savunması'ndan söz ediyordu.

- Gazi Osman Paşa iyi bir müslümandı. İmanın kavisi kadere inanmakta kendini gösterir. Her gün bizlere, "Evlatlarım korkmayın; atılan mermide adınız yazılı değilse, o size vurmaz; yazılıysa, fare deliğinde olsanız, gelir sizi bulur" derdi. Kendisi gizlenip, askerlere "yürüyün" emrini vermez, en önde göğsünü gere gere düşmanın üzerine giderdi. Gerek Cevat Paşa, gerek Esat Paşa onun manevi evlâtlarıdırlar. Aynen onun gibi savaştılar; en önde saldırdılar; askerleri şevke getirdiler...

Bunları söylerken, gözü sık sık dışarda karların içinde yalın ayak oynayan üç çocuğa kayıyordu. Çuvallar diplerinden ve yan taraflarından delinmiş, çocukların başlarından geçirilmiş, kenarlarından kolları değnek gibi çıkmıştı. Hatıralarını anlatmaya devam ederken kıyıya bir motor yanaşıyordu. Dikkatini bakışlarında topladı. Göğüslerinde fotoğraf makineleri asılı insanların yabancı olduklarını farketti. Bakışlarını karın içinde yalın ayak oynayan çocuklara kaydırdı; kendi alemlerine dalmışlar, kardan adam yapıyorlardı. Birden telâşlandı.

- Birisi şu çocukları kovsa!

Sözü aniden değiştirmesinin sebebini masada oturan ihtiyarlar anlayamadılar. O, telâşla aynı cümleyi tekrar etti.

- Birisi şu çocukları kovsa!

Ondan birkaç yaş daha ihtiyar olan Bakkal Mithat Efendi, sağ elini kulağına getirdi.

- Hangi çocukları?

Eliyle de işaret ederek cevap verdi

- Şu çocukları! Müttefikler fakirliğimizi anlarlarsa, daha ümidle saldırırlar.

Sol göğsünü tutup, derin derin solurken:

- Bana birşey oluyor, diyerek ayağa kalktı.

Masadakiler şaşırdılar; ne olup bittiğini anlayamadılar. Hacı Mahmud iki adım attıktan sonra düştü. Kahvedekiler başına toplandılar. Çırpınması çok kısa süren Hacı Mahmud, ciğerlerine hava doldurmak isteyen bir balık gibi ağzını birkaç kere açıp, kapattı; ama ağzından ses çıkmadı. Gözleri kahvenin isli tavanına çakıldı.

Başındakilerin arasında bulunan Bakkal Mithat Efendi devamlı hayretini belirtiyordu.

- Ne oldu? Ne oldu? Anlayamadım?

Cesedini omuzlarına alıp, kahvenin arka kapısından evine götürürlerken, Avrupalı gazeteciler çuval giymiş, ayakları yalın, kardan adam yapan çocukların resimlerini çekiyorlardı.

Aynı zamanda Türkolog olan Mösyö Valentin çocuklara yaklaşıp, konuşmaya başladı.

- Kaç yaşındasın?

- Sekiz.

- Sen?

- Dokuz.

- Sen?

- Ben de dokuz.

Bakışlarını mosmor olmuş yüzlerinde, ellerinde, ayaklarında gezdirdikten sonra ilk soru sorduğuna çevirdi.

- Baban ne iş yapıyor?

- Öldü.

- Nerde öldü?

- Harpte.

- Niçin öldü?

- Din için öldü.

- "Din için öldü"ğünü nerden biliyorsun?

- Caminin imamı söyledi.

Diğer ikisi de sorularına aynı cevapları verdi.

- Size anneleriniz mi bakıyor?

Soruyu ilk yönelttiğine baktığı için, o cevap vermek mecburiyetini hissetti.

- Üçümüzün de annesi öldü. Ebeninemiz bize bakıyor.

- Nerede oturuyorsunuz?

Bir eliyle de karşıdaki derme çatma kulübeyi işaret etti.

- Şurada.

Diğer gazeteciler çocukların, neşesiz ve bitkin, hafif sis ve karın peçesi altında düş kurarcasına suskun Çanakkale'nin ilginç buldukları yerlerinin; yanmış, yıkılmış ev ve dükkânların resimlerini çekerken Mösyö Valentin hayallere daldı. Oğuz Han'dan başlayan Türk tarihi gözlerinin önündeydi. "Tanrı'nın kırbacı" dedikleri Atilla ünlü kılıcını çekmiş, Avrupa'yı titretiyordu. Alparslan'ın Diyogenes'i perişan edişini görür gibiydi. Atını denize süren cengâver Fatih'in topları Bizans'ın surlarını dövüyordu. Bir insanın pasaportla gezemeyeceği ülkeleri kısacık saltanatında ülkesine katan Yavuz, Sina Çölü'nü geçiyordu. Her bahar, "Bize mi sefer yapacak?" korkusuyla Batılıların rüyalarına giren Kanuni, Mohaç'ı geçmiş, atını mahmuzluyordu. Ele avuca sığmayan akıncıların ufuklardan ufuklara yankılanan nağralarını duyuyordu... İşte bu sonsuz enerji, muhteşem tarih çuvalların içinde titreyen sıska vücudlara dönmüştü!... Çanakkale'de direnişi ölümden önceki son savleti olabilirdi!... Bu morarmış ellerin, yüzlerin, bir torba kemik haline gelmiş vücudların kaderi toprak olmaktı!...

Kulübenin kapısı açıldı; bastonuna dayanarak bir kocakarı dışarıya çıktı ve çağırmaya başladı.

- Gazanfer! Muzaffer! Mücahit! Gelin, çorba yaptım.

Çocuklar kulübeye doğru koşarlarken Mösyö Valentin'in yüzü ciddileşti; bakışları değişti, arkalarından bakarak mırıldanmaya başladı.

- Gazanfer! Muzaffer! Mücahit!... Ha!... En karanlık gününde çocuklarına bu adları takan millet, bir yerde toprağa gömülse bile, bir başka yerden fışkırır!...

" - Onların bedenini yenebiliriz; ama ruhlarını yenmeyi unutalım. Zaferimiz, Türkler'in fakirliğinin üzerine gitmekle mümkündür."

Gökçeada'ya gelen Başkomutan Monro ilk iş olarak Gelibolu Yarımadası'nın çevresini gezmeye karar verdi. Göklerinde cennet kokularının dolaştığı baharın keklik gözü gibi billur havaları yerini hırçın, rüzgârlı, soğuk bulutlu günlere bırakmıştı. Kurmay Heyeti'yle bindiği muhrip, dalgalı denizde yol alırken, güçlü dürbünleriyle sislerin doruklarına tünediği tepelerdeki siperleri inceliyorlardı. Hava bulanıktı; istedikleri şekilde göremiyorlardı; ama bir fikir edinmek istiyorlardı, nasıl olsa karaya çıkacaklardı.

Akşam karargâha döndüklerinde Birdwood, Lisle ve diğer kolordu, tümen komutanları da gelmişlerdi. Başkomutan Monro hepsinin ayrı ayrı elini sıkarken Birdwood'un bitkinliği dikkatini çekti. Emektar, cesur komutanın hal hatırını sormakla toplantıyı açmayı uygun buldu. Masasına oturdu; bakışlarını yumuşattı.

- Sayın Birdwood sizi yorgun görüyorum; inşallah sağlığınız yerindedir.

Birdwood hafifçe gülümsedi.

- Sağlığımdan şikâyetçi değilim; yalnız oldukça yorgunum sayın başkomutan.

Her halinden karamsarlığı belli olan Monro'nun sesi de bir askerin kararlılığından yoksundu.

- Ne düşünüyorsunuz sayın Birdwood; Boğaz'ı geçebilecek miyiz? Geçemezsek, bizi nelerin beklediğini hepimiz biliyoruz.

Bakışları duruldu; yüzü önemli anlarındaki tunçtan ifadesine kavuştu.

- Aylardan beri burada mücadele ediyoruz. Yanlış anlamayacağınıza inanarak, bir hususu belirtmek isterim. Bugüne kadar ki başarısızlığımız kesinlikle komuta kademesinden veya ordumuzun disiplinsizliğinden kaynaklanmadı. Askeri bilgilerimizin gereği ne yapmamız icab ediyorsa, hepsini yaptık. İmparatorluğumuzun ve müttefiklerimizin buraya ayırabildikleri bütün imkânları en akılcı şekilde kullandık; askerlerimiz de az fedakârlık ve cesaret örnekleri sergilemediler; fakat Türklerin inadını kıramadık. Kolay kolay da kırabileceğimizi zannetmiyorum. Tabii biz askeriz; komutanlarımızın emrindeyiz.

Onu dikkatle dinleyen Monro'nun rengi biraz değişti.

- Ne yapmamızı tavsiye edersiniz?

- Onların bedenini yenebiliriz; ama ruhlarını yenmeyi unutalım. Zaferimiz, Türkler'in fakirliğinin üzerine gitmekle mümkündür. Savaşı top, tüfek, teçhizat bakımından yeterli olamayacakları geniş cephelere yaymalıyız.

- Yani?

- Burayı boşaltalım. Mısır üzerinden veya Türkler'in yeterli silâh ve teçhizatla karşımıza çıkamayacakları kadar geniş bir alana savaşı yayabileceğimiz bir bölgeden cepheyi açalım. Başka bir çıkış yolu göremiyorum.

Bakışlarını General Lisle'ye çevirdi.

- Siz ne diyorsunuz?

- Biliyorsunuz, ben bu cephede yeniyim; General Stopford'un yerine tayin edildim. Fakat General Birdwood'la aynı düşünüyorum. Karşımızdaki düşmanı ölüm korkusuyla dağıtacağımızı veya öldürüp, tüketeceğimizi zannetmek yanlıştır. Ancak imkânsızlıklarından istifade etmekle zafere ulaşabiliriz. Gerisi boşuna can ve zaman kaybıdır.

Birdwood'u ve Lisle'yi dinlerken Başkomutan Monro'nun yüzünde kaygılı bir ifade belirdi; çünkü bu iki generali yıllardan beri tanıyordu; kolay kolay pes edecek insanlar değillerdi. Kendisi için mesele anlaşılmıştı; savaşı sürdürüp, riske girmenin anlamı yoktu. Bakışlarını diğerlerine çevirdi.

- Aksi düşüncede olan varsa, buyursun, söylesin.

Hiç kimse konuşmadı. Bakışlarını subaylarda ayrı ayrı gezdirdikten sonra çok şey ifade eden bir sesle!

- Mesele anlaşılmıştır, dedi.

*

* *

Arıburnu'na çıkan Başkomutan Monro'yu General

Birdwood ve Lisle Kurmay Heyetleriyle karşıladılar. Hiç vakit kaybetmeden siperleri dolaşmaya başladılar. Rüzgârın savurduğu kar eğri eğri yağıyordu. Çıplak yerler örtülmüş; ağaçların kökleri bu örtünün içinden yer yer dışarıya fırlamıştı.

Monro nazikçe birlik komutanlarının elini sıkıyor; hal hatırlarını soruyordu. "Teşekkür" eden gencecik subayların çaresizlikleri, tükenmişlikleri yüzlerinden okunuyor; askerde olması gereken çelik iradeyi Monro hiçbir subayda bulamıyordu. Çamurlarda, bele kadar buz gibi suların içinde yaşamaya çalışan erlerin durumu daha da kötüydü; canlı cesetlere dönmüşlerdi. Öyle yılgın bakışları vardı ki, hiçbir şey onları tekrar hayata döndüremezdi. Yürürken puro içmemeyi alışkanlık haline getiren Monro, yakmak zorunda kaldı. Purosundan derin nefesler çekerken, çevreye, askerlere bakıyor, durum değerlendirmesi yapıyordu. Aylardan beri bunca emekle ikiyüzelli üçbin kayıpla elde edilen hiçbir şey yoktu. Birkaç büyük çiftlik kadar toprak zaptetmişlerdi; üstelik onlar aşağıda, Türkler yukarda idiler. Avusturya'dan yola çıkarılan uzun menzilli toplar da zihnini kurcalıyordu.

Aşağıya inerlerken aralarında John'un da bulunduğu dört er Charles'i sedyeye yatırıyordu. Monro yanlarına geldi; Birdwood, Lisle ve diğer generaller iki adım kadar geride kaldılar. Monro:

- Bu erin neyi var? diye sordu.

John cevap verdi.

- Son günlerde çok öksürüyordu; az önce ağzından kan boşandı.

- Böyle olaylar sık oluyor mu?

- Bütün orduyu bilmiyorum; fakat biz hergün taburumuzdan dört beş kişiyi hastahaneye gönderiyoruz.

Monro sahile doğru yürürken purosundan sık sık çekiyordu. Zihninde kesinleşmeye başlayan kararın sonuçlarını gayet iyi biliyordu; ama çaresizdi. Arkasından gelenlerin duymayacakları şekilde mırıldandı. "Hiçbir beşeri güç sınırsız değildir."

Birdwood'un, Lisle'nin, onu uğurlayan diğer üst rütbeli subayların ellerini sıkarken kesin kararını vermişti. Karargâha varır varmaz, raporuna yazacak, "Gelibolu'nun boşaltılması gerektiği"ni bildirecekti.

*

* *

Dışarda esen rüzgâr karargâhın camlarını sarsıyor, horlayarak yanan sobaya sırtını dönmüş Monro, purosundan çekip, yağan karı seyrediyor, "Tilki gibi kurnaz" olarak tanınan Churchille kızıyordu. Çektiği dumanları salıverirken, "Fazla ihtiras insanda değil kurnazlık sıradan bir kişideki kadar akıl bile bırakmıyor. Talihten medet umacağımıza, temkini elden bırakmamalıydık" diye zihninden geçirdi. Saatine baktı; Savunma Bakanı Lord Kitchener'in gelmesi yakındı. Raporuyla yetinmeyerek, Yüksek Savunma Konseyi'nin durumu yerinde incelemesi için Savunma Bakanı Kara Mareşalı Lord Kitchener'i görevlendirmesine içerlememiş, hatta memnun olmuştu; çünkü sorumluluktan kurtuluyordu. Güneş batmayan imparatorluğun dönüm noktasıydı; yarın tarihte suçlanabilirdi; böyle ağır bir sorumluluk üzerinden kalkıyordu. Purosunun artığını sobaya atarken içeriye Emir subayı girdi.

- Komutanlar geldiler.

- Buyursunlar.

Önde Birdwood, sonra Lisle, onu diğerleri takip ediyorlardı. İçi tüylü, meşin eldivenlerini çıkarıp, kalın paltolarını kapının önünde bir kere daha silkeledikten sonra içeriye giriyorlardı. Giren Monro'yu selâmlıyor; Monro da elini sıkıp, "Hoşgeldiniz" diyordu.

Sandalyeleri işaret ederek:

- Buyurun, oturun, dedi.

Komutanlar durgundu; Monro'da da neşe yoktu; ama ne de olsa ev sahibiydi.

- Bu havada konyak gider.

Zile bastı; içeriye hizmet eri girdi.

- Bize konyak getiriniz.

Sonra komutanlara döndü.

- Cephede neler olup bitiyor?

Birdwood cevap verdi.

- Soğuk, kar, öksürük, hastalık var; başka birşey yok sayın Başkomutan.

Hizmet erinin gümüş karışımı tepsiye sıralayıp, getirdiği kadehlerden birini alan, diğer komutanları bekliyordu. Hepsi alınca, birbirine uzatıp, "sıhhatinize" diyerek bir dikişte içtiler. Monro saatine baktı; Savunma Bakanı'nın gelişi yaklaşıyordu.

- İmparatorluk bu seviyeye ulaştıktan sonra, her adım atışımızdan önce dokuz kere düşünmeliydik.

Birdwood:

- Herhalde Balkan Savaşı bizi yanılttı, dedi.

Masasında oturan Monro, "ne diyebiliriz?" şeklinde tavır takınmasına rağmen fikrini söylemeden edemedi.

- Türkler yüzelli yıldan beri yeniliyorlar. Fakat bu yenilgilerini iyi analiz etmemiz lâzımdı. -Derin bir soluk aldıktan sonra devam etti- Boğaz Savaşı'nda söz artık tarihçilerindir. Buyurun, vaktimiz yaklaşıyor.

Ayağa kalktılar; şapkalarının yanlarını çekerek, kulaklarını örtüp, sicimlerini çenelerinin altından bağladılar. Eldivenlerini giydiler.

Limana doğru yürürlerken, kar esip, savuruyordu. Sanki cenaze karşılamaya gidiyorlardı; hepsi üzüntülüydü; topuk seslerinden başka bir ses duyulmuyordu. Birdwood konuşmuş olmak için!

- Sayın Monro, baharda ve yazda buraların güzellikleri doyumsuzdur, dedi. Şimdi ise şu haşinliğe bakın.

Monro espriyle cevap vermek mecburiyetini hissetti.

- Kadife gibi yumuşak, uysal bir güzel gördünüz mü? Güzelliğini farkeden her bayan, onu pahalandırır, kıymete bindirir. Tafralarına katlanılarak kavuşulduğu için de, güzelliğinin değeri bilinir.

Rıhtımda dikilirken ancak üç-beş metre önlerini görebiliyorlardı. Kar yağışı artmış, burada rüzgâr biraz daha hırçınlaşmıştı. Sabırsızlıkla bekledikleri muhribi limana girince farkedebildiler.

Muhripten ilk önce orta boylu, yaşlı olmasına rağmen dik vücutlu, pala bıyıklı Lord Kitchener çıktı. Onu karşılayan Monro!

- Hoşgeldiniz sayın Mareşal, diyerek elini uzattı.

Lord Kitchener elini sıktı. Sıraya girmiş generaller esas duruştaydılar. Monro'nun takdim ettiğinin, Savunma Bakanı Kara Mareşalı Lord Kitchener elini sıkıyordu.

Karargâhta yapılan toplantıda Monro komutanların görüşlerini özetledikten sonra, burada bulunduğundan beri edindiği intibaların da onu aynı kanaate götürdüğünü ilave etti. Monro'yu dinlerken ihtiyar Lord Kitchener'in sol gözü devamlı seyiriyor, tombul yüzünde üzüntünün her çeşidi birikiyordu. Monro sözünü bitirince, Lord Kitchener durgun bakışlarını generallerde gezdirmeye başladı. Sesi de sanki gücünü iyice kaybetmişti.

- Sayın Monro'yu sizler de dinlediniz. Karşı olduğunuz veya ilave edeceğiniz bir husus var mı?

Hiç kimse konuşmayınca, Lord Kitchener toplantının bittiğini belirtmek mecburiyetinde kaldı.

- Mesele anlaşılmıştır, hepinize teşekkür ederim.

Ertesi gün kar durmuştu; ama keskin soğuk her an başlayabileceğinin habercisiydi. Kurşun renkli gökyüzü de gittikçe kararıyordu. Lord Kitchener ile Monro muhriple Gelibolu Yarımadası'nın çevresini dolaşıyorlar; Monro Anafartaları, sükût kesilmiş Arıburnu tepelerini göstererek bilgi verirken, ihtiyar Lord Kitchener'in purosu hiç sönmüyordu. Devamlı dinleyen Lord Kitchener;

- Sayın Monro, kararım kesinleşti; dedi. Fakat bir de karaya çıkalım.

- Emredersiniz sayın Mareşal.

Seddülbahir'de karaya çıktılar. Akşamdan kalan don, ıslak ağaç dallarına buzdan bir kılıf geçirmişti; rüzgâr vurdukça dallar kırılmaz kristaller gibi şıngırdıyordu. Lord Kitchener bayır yukarı çok zor yürüyeceğinden General Hunter-Weston üç at hazırlatmıştı. Kumkale taraflarından Türkler topla zaman zaman ateş ediyorlardı. Bir şanssızlığa uğramamak için iç kesimlerden, vadilerin arasından tırmandılar. Titreyen askerlerin perişanlığı Lord Kitchener'i yürekten etkiledi; duygularını belli etmemeye çalışmasına rağmen buzlu sularla dolmuş siperlerdeki soluk benizli askerlerden bakışlarını alamıyordu. Monro ve Hunter-Weston sık sık Lord Kitchener'e bilgi veriyorlar, sorularını cevaplandırıyorlardı.

Karargâha dönen Lord Kitchener, "çok gizli" kaydını taşıyan raporunu yazdı.

*

* *

Şiddetli lodostan sonra günlerce süren yağmur herşeyi altüst etti. Siperleri, irtibat hendeklerini sularla doldurdu. Bazı sığınaklar yıkıldı. Yazın kuruyan derelerden çılgın seller akıyordu. Askerler ne yapacaklarını şaşırmışlardı. İki taraf arasında sanki gizli bir ateşkes andlaşması imzalanmıştı; siperleri boşaltıp, yükseklere çıkmışlardı. Ferman tabiatındı; ancak onun hışmı bittikten sonra, insanların hesabı başlayabilirdi. Birbirlerine ateş etmiyorlardı; çünkü iki taraf da kurbanlık koyunlar gibi açıktaydı. Birbirlerine bakışları sadece ortak felâketlerini yansıtıyordu. Hatta birbirlerini hayatta tutmak için, tek tük de olsa, gene konserve, lokum atmaya başlamışlardı.

Soğuk poyrazın ardından kar fırtınası tabiatı esir etti. Yazlık asker elbiselerinin veya çeşit çeşit renkteki memleket kıyafetlerinin içinde Türk askerlerinin ilikleri titriyordu. Müttefik askerlerin kaputları da buzlu rüzgârlara dayanmıyor, ciğerlerden yükselen öksürükler soluk benizli askerleri yerlerde kıvrandırıyordu.

Müttefikler büyük bir gizlilikle çekilmeye başladılar. Üst rütbeli komutanlardan başkaları bilmiyor, kuvvet kaydırıldığı söyleniyordu. Tahliye sessiz sedasız, hiçbir şüpheye mahal vermeden sadece geceleri yapılıyordu. Karanlık koylara demir atınca, yüzlerce küçük tekne kıyılara yanaşıyor; asker, silâh, malzeme yüklüyor; adalara hareket ediyor. Şüpheleri önlemek için de bazen gündüzleri cepheye yeni askerler, sandıklar getiriyorlardı; tabii askerler o gece dönüyorlardı; Sandıklar da boştu.

Onların tepelerde görünmez olmaları, bir yıldırım hücumunu ihtimal dahiline getirmesi, Türkleri bele kadar su dolmuş siperlere gömmüştü. Nöbetçileri ne kadar sık değiştirirse değiştirsinler, bilhassa geceleri kemikleri sızlayan askerlerin dişleri kırılırcasına çeneleri birbirine çarpıyor, bütün dikkatlerine rağmen bir-ikisi donuyordu.

Müttefikler, Türkler'in şüphelenmesinden çok endişe ediyorlardı. Buna engel olmak maksadıyla, kar yağışının azaldığı veya durduğu günler uzun süren topçu ateşiyle siperleri döverler, hücuma kalkacakları intibaını verirlerdi. Bazı siperlerden tüfek, makineli tüfekle edilen ateşler saatlerce sürerdi; her an saldırı olabileceği için Türkler de hazır vaziyette beklerdi. Aslında Türkler onların çekildiklerini biliyorlar, temkini elden bırakmamak için tetikte bulunuyorlardı. Subaylar konuşurken Oğuz Amca duymuş, Yusuf'a söylemişti. Yusuf da bir taşa sardığı kâğıda İngilizce, "Gittiğinize üzülüyoruz. Yakında Kanal'da görüşeceğiz" diye yazıp, müttefik siperlerine savurmuştu. Bunu bulan bir er Birdwood'un yaverlerinden Üsteğmen Alec Meboriger'e verdi. Yusuf'un iki cümleciği müttefik cephesine sessiz bir bomba gibi düştü. Türkler hücum ederlerse halleri nice olurdu!... Türkler'de tâkat kalmış mıydı?.. Bunca şehitten sonra, bir hücumda verilecek kayıpları göze alabilirler miydi?... Düşman düşmanın halini bütün çıplaklığıyla nasıl bilebilirdi?...

Bugün sabahın alaca karanlığından beri top atışları devam ediyor, bir türlü durmuyordu. Bütün nöbetçiler gibi siperdeki sularda titreyen Oğuz Amca'nın yanına düşen bir mermi, etrafını çamurdan görünmez hale getirdi. Tepeden tırnağa çamura gömülen Oğuz Amca, "Kolum" dedi ve olduğu yere kıvrıldı. On-onbeş metre sağındaki Yusuf!

- Ne oldu, Oğuz Amca?

Diyerek ona doğru koştuğu anda bir mermi isabet etti; göğsünden kopan boğuk bir çığlıkla Yusuf'u kanlı bir et parçası gibi siperin duvarına çarptı; cansız yere düştü; sıcacık kanı çamurlara karışıyordu. Oğuz Amca bayıldı; onu alıp, sargı yerine götürdüler.

Doktor yaralarını temizlerken kendine geldi. Değişik yerlerinden yaralanmıştı; yalnız sol kürek kemiğinden aldığı yara beynini zonklatıyordu. Öldürücü yara almadığının da farkındaydı.

- Yusuf ne oldu?

Karşısında dikilen Hasan Çavuş'un gözleri doldu.

- Mertebesine erdi.

Oğuz Amca, yaşlarını göstermemek için sağ eliyle gözlerini kapattı. Uzun boylu, sakin görünüşlü, yakışıklı, yiğit Yusuf gözlerinin önündeydi; her zamanki gibi sanki yürekten "Oğuz Amca" diye çekti.

*

* *

Gece kopan tipi, şiddetini artırarak devam ediyordu. Bu tipide Eceabat'a nasıl giderlerdi?.. Ama mecburdular; kan kaybından yaralıların pek çoğu ölebilirdi.

Dizlerine kadar kara batıp, çıkıyorlardı. Tepelerde çığlıklar savuran, vadilerde ağıtlara gömülen rüzgâr yamaçlarda yürümelerini zorlaştırıyor; kar ağız ve burunlarını tıkamaması için başlarını önlerine eğmek zorunda kalıyorlardı. Bazı sedyelerden iniltiler geliyordu. Sıhhiye erleri gayret ediyorlar, dondurucu soğuğa rağmen boncuk boncuk terliyorlardı.

Baştan ikinci sedyeyi omuzlayan erlerden birinin ayağı kayıp, düşünce, sedye yuvarlandı. Battaniyeye sıkı sarılmış er, boğuk boğuk inliyordu. Tekrar omuzlarına aldılar. En öndekiler oldukça güç adım atıyorlardı; diğerleri onların izlerine basmaya çalışıyorlardı.

Vadide rüzgâr hafifçe azaldı; sedyeleri karların üzerine bıraktılar. Sıhhıye erlerinin göğüsleri kalkıp iniyor, ağız ve burunlarından soluklar kalın hortumlar gibi çıkıyordu.

Binbir güçlükle geldikleri hastahanenin kapısında sedyeleri indirdiklerinde onüç yaralıdan ikisi ölmüştü. Oğuz Amca yürüyemiyordu; kollarındaki iki sıhhıyenin yardımıyla hastahaneye girdi. Her taraf kandı; başı sarılı, kolu, bacağı kopmuş askerler yerlerde yatıyorlardı. Sıra bekleyen yaralıların arasında oğlu Mustafa'yı duruşundan tanıyınca, sanki yıldırımla çarpıldı. Şarapnel burnunu, ağzını, çenesini alıp götürmüş; yüzünde derin bir çukur açmış, sadece iki göz bırakmıştı. Mustafa da sıhhıyelerin kollarındaki babasını gördü; canevine alevli bir zıpkın saplanmışçasına sarsılmasına rağmen hemen sırtını döndü; babasının onu bu halde görmesini istemedi. Sapan yemiş bıldırcın gibi yüreği çırpınan Oğuz Amca da görmezlikten geldi; görüp, üzüldüğünü farketmesi Mustafa'yı derinden yaralardı. Sıhhıyelerin kollarında oğlu Mustafa'nın yanından geçerken inlememeye de dikkat etti.

Oğuz Amca yaşlıydı; kan kaybı da gücünden eser bırakmamıştı; ayakta duramazdı; hemen müdahale edilmesine de imkân yoktu. Doktorun emriyle ilk koğuşa girdiler; onu biraz önce ölmüş bir erin yatağına yatırdılar. Değişik yerlerinde kurumuş kan lekeleri bulunan yorganı başına çekerken, "Mustafa'm" diyerek gözyaşları dökülüyordu.

Annesi, ağabeyleri Hasan ve Akif, kızkardeşi Nadiye, evleri, çocukluğunun geçtiği kırlar, komşularının kızı Nazmiye'nin hayaliyle türkü söylediği erik ağacının altı gözlerinin önünde bulunan Mustafa da sanki babasının sesini duymuştu; hafifçe sendeledi; yanındaki sıhhıye ona sarıldı; bir-iki sarsıldı ve ruhunu teslim etti.

*

* *

Müderris Rasih Efendi, konsolun üzerinde duran resme uzun uzun baktı; Hasan Şakir, Yusuf, Sabri ve diğerleri fidan gibi delikanlıydılar. Yüzlerine henüz bir çizgi bile düşmemişti. Yüz kırışıklıklarından süzülen yaşlarını, gözlerini mendiliyle kuruladı.

Evden çıktı; lâpa lâpa kar yağıyordu. Bastonuna dayanarak zorla yürüyordu. Bakkal Mekki Efendi'ye biriken borçları ödemek için uğradı. Mekki Efendi defteri açtı; rakamları toplarken, Rasih Efendi'nin kulaklarında çocuğun, "Mekki Efendi Amca, annem bu tenekeye un koysun dedi" sözleri bin yıllık ağıt gibi yankılanıyor, utangaçlığı gözlerinin önünde duruyordu. Hesabı ödeyip, dükkândan çıktı; eve dönmek istemiyordu; kendisini içgüdüsüne bırakmış, yürüyordu.

Her dikkatli gözün, kalbinde gizlediği ahı yüzüdeki ağıttan yakaladığı Dilarâ, esip savrulan karın arasında Rasih Efendi'nin kendine doğru geldiğini gördü. Eşarbı yüzünü küçültmüştü; başını biraz eğerse, onu tanımayabilirdi; ama yanından geçmek istemedi; yolun karşı tarafındaki kaldırıma yürüdü. Zaten kendi dünyasına dalmış olan Rasih Efendi onu farketmemişti.

Koltuğuna gazeteleri sıkıştırmış, soğuktan morarmış bir çocuğun bağırışı onu kendine getirdi.

- Yazıyor! Çanakkale zaferini yazıyor!

Bir gazete aldı. Manşette "Zafer bizim" deniyordu. Hemen altında da büyük harflerle Müttefiklerin Çanakkale'den çekildiklerinin haberini veriyordu. Gazeteyi katlayıp, cebine soktu; bastonuna dayanarak yürümeye başladı.

Tıp Fakültesine geldi; koridorlar bomboştu; ıssız bir dünyaya girmiş gibiydi. Savaşın ilk aylarında ders verdiği sınıfın kapısı açıktı; içeriye girdi; kimse yoktu. Kürsüye oturdu. Bakışlarını sıralarda gezdirdi; bu sıraları dolduran gencecik öğrencileri hayattan neler bekliyorlardı!... heyecanını tutamamış, ayağa kalkıp, konuşunca, sınıf boşalmaya başlamıştı!... Yusuf'u, Bülent'i, Sabri'yi görür gibi oldu. Boş sıralarda yaşlı gözlerini gezdiriyor, o gencecik yüzleri hatırlamaya çalışıyordu.

Koridorda topuk sesleri belirdi; boş sınıfta, kürsüye oturmuş, ağlıyordu. Gören ne derdi? Aklından şüphe etmez miydi? Yerinden kalktı; ağır ağır camın önüne yürüdü. Gözlerini kuruladı, dışarda kar yağıyordu.

Aynı kar Çanakkale'de de yağıyordu. O korkunç çarpışmaların sürdüğü tepeleri, vadileri örtmüş, yüzbinlerce mezarı, siperleri gözlerden silmişti.

Eylül 1998
Bayezid- İstanbul

Hilos que unen